中国近代文学论文集·散文卷

（1980—2017）

主　编　王达敏
副主编　汪孔丰

苏州大学出版社

图书在版编目(CIP)数据

中国近代文学论文集. 散文卷. 1980—2017 / 王达敏主编. —苏州: 苏州大学出版社,2020.9
ISBN 978-7-5672-3316-4

Ⅰ. ①中… Ⅱ. ①王… Ⅲ. ①散文 - 文学研究 - 中国 - 近代 - 文集 Ⅳ. ①I206.5-53

中国版本图书馆 CIP 数据核字(2020)第 168366 号

中国近代文学论文集·散文卷(1980—2017)
ZHONGGUO JINDAI WENXUE LUNWEN JI · SANWEN JUAN(1980—2017)
王达敏　主编
责任编辑　李寿春
助理编辑　杨宇笛

苏州大学出版社出版发行
(地址: 苏州市十梓街 1 号　邮编:215006)
南通印刷总厂有限公司印装
(地址: 南通市通州经济开发区朝霞路 180 号　邮编: 226300)

开本 787 mm×960 mm　1/16　印张 27　字数 500 千
2020 年 9 月第 1 版　2020 年 9 月第 1 次印刷
ISBN 978-7-5672-3316-4　定价: 80.00 元

若有印装错误,本社负责调换
苏州大学出版社营销部　电话:0512-67481020
苏州大学出版社网址　http://www.sudapress.com
苏州大学出版社邮箱　sdcbs@suda.edu.cn

《中国近代文学论文集（1980—2017）》

编委会

序

关爱和

2017 年 9 月，中国近代文学学会在苏州大学召开学术会议。会中穿插召开理事会，讨论学会成立 30 周年纪念性学术活动的若干事宜。所讨论若干事宜中最重要的一项就是续编《中国近代文学论文集》。之所以称为续编，是因为 20 世纪 70 年代末，在中国社科院文学研究所陈荒煤先生提议下，近代组王卫民、王俊年、赵慎修、梁淑安、裴效维等参与编选过一套《中国近代文学论文集》，其时间起止与卷帙是 1919—1949 年三卷，1949—1979 年四卷。“续编”顾名思义就是“接着选”，从 1980 年续选至 2017 年，作为献给中国近代文学学会成立 30 周年的学术礼物。

中国近代文学学会成立于 1988 年。当时尚是兵强马壮的中国社科院文学所近代室在编选学术论文的同时，1982 年在开封河南大学召开了第一次学术讨论会，之后又有杭州、广州两年一次的学术年会。1988 年，在敦煌第四次近代文学会议上，中国近代文学学会成立。学会为民政部登记的全国一级学会，挂靠中国社科院文学所。与会代表推举中国近代文学研究的前辈季镇淮、钱仲联、任访秋为第一届学会名誉会长，文学所副所长邓绍基为会长。自 1988 年起，学会担负起统筹学术资源、团结学术力量、共襄研究事业的责任。山东大学郭延礼、复旦大学黄霖、文学所王飚先后担任学会会长。1990 年在济南、1992 年在杭州、1994 年在广州、1996 年在开封、1998 年在张家界、2000 年在福州、2002 年在芜湖、2004 年在青岛、2006 年在长春、2008 年在上海、2010 年在赣州、2012 在长沙、2014 年在天津、2016 年在大理，两年一届的学术年会按部就班地进行，目前共成功举办了 18 届年会。学会中的许多会员组织还在年会召开的空隙时间，穿插召开各类专题性学术研讨会，促进了学术探讨的深入，带动了青年学者的成长，加强了学会成员单位的学术了解。30年间，学会成为名副其实的中国近代文学新老研究者的学术之家。在学会成立30周年之际，我们衷心感谢为学会工作做出贡献的每一位学者，感谢举办每一次年会和专题会议的学会会员单位。中国近代文学学会因为你们的辛勤工作而硕果累累。

续选《中国近代文学论文集（1980—2017）》共有概论与文学理论卷、诗词卷、小说卷、散文卷、戏剧及说唱文学卷5卷，分别由孙之梅、马卫中、关爱和、王达敏、左鹏军担任分卷主编，在中国近代文学学会的领导下工作。每卷论文集的出版费用由各主编自行筹集。苏州大学出版社担负论文集出版的任务。20世纪80年代论文集的出版和眼下续选论文集的出版，如以编选者与出版经费的筹措为标志，80年代的编选，有着更多的官方色彩；眼下的续编更多地体现出学术民主、学术下移、学术在民间的发展趋势。

“接着选”可以让我们清楚地看到近四十年间中国近代文学研究从质到量的巨大变化。1980年之后，思想解放的潮流，使中国近代文学的研究挣脱“泛政治化”的牢笼，逐渐回到文学自身，近代文学作为古典文学与现代文学之间不可或缺的重要一环得到确认，近代文学的学科共识逐渐达成；随着国家学位制度的建立与完善，一个教育背景完整、年龄结构合理、学术传承特色明显、学术个性突出张扬的研究群体出现，并相对形成北京、上海、广州、山东、河南、苏州、西北等近代文学研究与教学的重要基地；本着实事求是的科学精神，近代文学研究工作者逐渐以新的学术眼光审视文学史实，以多元、宽容的学术胸怀，突破着研究中的禁区、敏感区，完成对过去权威的超越。中国近代文学的丰富性、整体性以及自身发展所体现的逻辑性，得到更多的认知；文学史料的收集、整理、研究更多地引起学者的普遍重视，回到文本，还原历史语境，越来越成为一种学术自觉。

“接着选”是一种对近代文学学会精神与学术传统的继承，是对近四十年来近代文学研究成果的检阅，更是为学术的“接着讲”整理一个再出发的平台。一句话：“接着选”目的是为了更好地“接着讲”。在西学东渐的政治文化场景中，中国发生了天翻地覆的巨大变化。作为中国人情感与心路历程载体的中国近代文学，其地位作用在中国古典与现代文学链条中，显得越发重要。在近百年的精神与情感演变过程中，古与今的转换，中与西的融合，旧的毁坏，新的生成，其间蕴含着丰富的感情密码和重大的学术命题。在近代文学学科确立，思想藩篱不复存在的新时代，我们需要阅读史料，更需要独立思考；我们需要大开大合的历史宏大叙事，也需要步步为营的细心考证；我们需要与其他学科共有的价值取向，也呼唤近代文学独特的学术话语。“江山代有才人出”，我们这一代肯定还会努力，但把更多的希望寄托于更年轻的一代。苏州会议的另一决策是从 2018 年开始，学会将设立“季镇淮钱仲联任访秋学术奖”，奖励最近两年间 50 岁以下学者的优秀论文、论著及文献史料整理著作。因为学会与学术的发展，需要“接着讲”精神的代代传递。只有拥有年轻人，才拥有学会学术的未来。

三十而立。进入而立之年的中国近代文学学会，会更执着于学术的耕耘，享受着学术的收获。在《中国近代文学论文集（1980—2017）》出版之际，愿借用上述的话，与每一位学会会员共勉。

前　言

在近代文学研究领域，与诗词、小说、戏曲研究相比，散文研究一直处在不温不火的状态。即便如此，与1980年前的研究状况相比，近代散文研究还是取得了明显的进步，在文献整理、散文嬗变、思潮现象、重要流派、代表作家作品等方面，研究成果显著。由此，选编《中国近代文学论文集·散文卷》（1980—2017）并非易事，挂一漏万之忧常常暗浮于编者心头。根据编选要求，我们在经过几番思量、几番割舍之后，最终选定了近30篇代表性论文。它们大体上能够呈现近40年来近代散文研究的新收获、新展拓、新特征，也能够展现几代学者的治学历程与学术取向。

一、深刻认知近代散文的主流和特色

近代散文是中国古典散文向现代散文转变的关键一环，具有承上启下的重要作用和特殊意义。由于近代社会的复杂性与动荡性，加之受到欧风美雨的沐浴，近代散文明显不同于古典散文和现代散文，自具面貌，自铸特色。由此，如何把握近代散文的主流面貌和自身特色，成为近代散文研究中无法回避的重要问题。

其实，有关近代散文主流和特色问题的探讨，在1987年启动的《中国近代文学大系》（1840—1949）（以下简称《大系》）编纂项目中得到较为充分的展开。《大系》共分十集，散文集是其中之一，主编为任访秋先生，关爱和、王广西、任亮直、李慈健、袁凯声为副主编。在编纂过程中，任访秋、季镇淮、周振甫、冯至、陈则光、何满子、王勉等学者对近代散文的编选问题进行了深入而坦诚的交流，在争鸣中深化了对近代散文的总体认识。[①] 关于近代散文的特色，季镇淮先生认为："近代散文的特色首先是思想性和政治性以表达其时代面貌和精神，这是为近代社会的特定条件所决定的。"[②] 他还致信《大系》总编纂范泉，特意强调："实际这个时代最可贵的东西，就在于政治性的觉悟的提高，人们已顾不得文章的风采，而唯求文章有用了。'用'的最高目的，在反帝反封建，争取民族独立。这是近代文学的灵魂。没有这一主流及其思想脉络，则不见其革新的色彩与时代精神。"[③] 本选收录了季先生的《近代散文的发展》，这篇文章梳理了近代散文发展的主要线索，从魏源、龚自珍等经世派之文到冯桂芬、王韬之文和太平天国革命散文，从近代桐城派之文到梁启超等改良派的新体散文，勾勒出近代散文演进的主体面貌与显著特征。对于近代散文的主线、主流，任访秋先生也认为："总观中国近代散文发展的历史，它的主流始终与社会的政治、思想主潮相呼应，从经世派、维新派到革命派，其中的主要代表作家，几乎都是重大政治变动的启蒙者或组织者、参与者，他们的散文贯穿着一条反帝反封建的红线，与这种内容相适应的散文体式，也随之日趋解放。"[④] 他还指出，西方科学、民主的精神为近代散文注入了勃勃生机，"使近代散文在思想的深度和广度上，超越了古代散文，对于我们沉睡的民族起到了振聋发聩的作用"[⑤]。

老一辈学者对近代散文的深刻认知，为散文研究起到了指引作用。1997 年，谢飘云先生出版《中国近代散文史》[⑥]，这是中国第一部专门研究近代散文发展

---

① 《〈中国近代文学大系〉争鸣录》收录了任访秋《中国近代散文各种流派作家作品的不同风貌》《我从两点论出发选了曾国藩的文章》、季镇淮《关于近代散文的特色和编选问题》《读〈中国近代散文〉随感》、周振甫《近代文选要不要选政论学术文》《读〈中国近代散文〉的一些意见》《浅谈文学散文与文章的分野》《再谈文学与文章的分野》、冯至《精选诗文应以文学标准衡量》、陈则光《曾国藩该不该选?》、何满子《近代散文文学作品与文章的分野》、王勉《谈小说、文论、散文的选题》等文，从中可见当时争鸣之激烈情况。

② 范泉．中国近代文学大系争鸣录［M］．上海：上海书店出版社，2012：84.

③ 范泉．季镇淮和中国近代文学大系［M］//文海硝烟．哈尔滨：黑龙江人民出版社，1998：203.

④ 任访秋．导言［M］//中国近代文学大系总编辑委员会．中国近代文学大系：第 3 集第 10 卷散文集 1．上海：上海书店出版社，1991：17.

⑤ 任访秋．导言［M］//中国近代文学大系总编辑委员会．中国近代文学大系：第 3 集第 10 卷散文集 1．上海：上海书店出版社，1991：18.

⑥ 谢飘云．中国近代散文史［M］．北京：中国文联出版公司，1997．又于 2010 年出版《中国近代散文史教程》（北京：科学出版社）。按，此前陈则光《中国近代文学史》（广州：中山大学出版社 1987 年版）、任访秋《中国近代文学史》（开封：河南大学出版社 1988 年版）、郭延礼《中国近代文学发展史》（三卷）（济南：山东教育出版社 1990—1993 年版）、管林、钟培贤：《中国近代文学发展史》（北京：中国文联出版公司 1991 年版）等著作中亦有对近代散文发展的论述，但不是专门之作。

史程之作。全书紧扣近代散文从内容变革到文体创新再到语言通俗化这一线索，以散文发展流程为经，以作家作品为纬，全面系统地探索近代散文的思想历程和发展走向，揭示出近代散文的基本面貌和发展规律。本选收入他的《中国近代散文的多重变奏》，此文是其著作的结语部分，单独发表在《文史哲》1998 年第 6 期上。谢文认为，近代散文在新旧文化潮流交替中经历了四次重大转变：第一重变奏发生于鸦片战争前后，以龚自珍、魏源等人为代表的散文创作表现出衰世批判者的理性精神，标志着散文近代化初期的最高成就；第二重变奏始于 19 世纪初，冯桂芬、王韬等人又以改革者的开拓气概，把近代散文的发展推上了一个新阶段；第三重变奏发生在与甲午风云结伴而来的近代散文变革高潮中，梁启超等维新变政者的文体开创了一代新文风；第四重变奏发生于辛亥革命至五四运动前后，秋瑾、邹容等民主革命家散文的语言革新，迈出了近代散文带有根本性变革的步伐，对近代白话文的形成及文体拓展有举足轻重的作用。在四重变奏之中，还存在着严复散文、章太炎散文、湘乡派散文、林纾散文等副歌情况。他还特别指出，近代散文中理性精神的弘扬，不仅把近代散文推上了新台阶，而且还使它与世界优秀散文接上了轨。这有助于我们重新审视近代散文的地位及价值。以往，我们习惯于将近代散文置于中国散文自身传统范畴里予以讨论，在这样的惯性思维下，容易忽略近代散文与西方文化、世界优秀散文的联系。实际上，自近代以来，随着西力东侵、中西交冲，中国被迫卷入由西方列强主导的资本主义全球化进程之中。在此时代背景下，近代散文不可避免地受到西方文化的影响。因此，研究近代散文，倘若将其置于世界文学视域下予以观照，应当会有新的发现和收获。

进入 21 世纪，其他学者对近代散文的新变亦屡发见解。2004 年，张永芳发表的《由经世文、时务文到报章文、白话文——略论晚清散文的新变》，勾勒出晚清散文主要经历了由传统的经世文向采用西学的时务文与借助报刊传播的报章文、白话文演进的过程，认为这其间的形态变化，远远大于秦汉至清中叶约两千年的文体变化。最后指出，散文发展至晚清，是古文的回光返照与最后咽气的时期，也是文言文向白话文过渡的转折时期，与此同时，它也反映了中国人寻求救国之路的精神探索的一个重要侧面。2011 年，欧明俊发表《论近代散文观念的新变与传统》，系统梳理了近代散文观念的新变表现，认为在散文概念上，传统“大散文”“杂散文”观念逐渐发展为“纯散文”观念；在功能价值上，开始重视受正统观念轻视的抒情性和娱乐消遣功能，散文文体也由此从文学中心渐移至边缘；在散文语言上，革新意识强烈，力图以白话取代文言；在文体文风上，“报章体”“时务文体”“新民体”先后出现，文风趋向通俗晓畅，明白自然。在此基础上，他还探讨了散文观念新变与传统的关系问题，指出近代散文观念的新变，既表现为对西方“纯文学”观念的吸纳，又表现为对古代散文观念的自然承继，是对传统的“扬弃”，外来因素只是助力而已。2012年，何宏玲发表《晚清小报的新体散文——近代散文新变之探索》，认为小报文章是晚清文学独树一帜的一支，其题材极为广泛，描写议论均富有特色，形成鲜明的美学追求和独特的书写风格，反映了知识阶层对社会的新认识和新表达。同时它也是近代文章新变的成果和收获。2013年，由郭预衡、郭英德任总主编的《中国散文通史》，其中杨联芬主编的《近代卷》，也从知识分子救亡图存的视角梳理了近代散文的发展轨迹，认为：“一部近代散文史，大致呈现了中国鸦片战争以来知识分子思索中国前途时，由‘开放’到‘西化’，由‘改良’到‘革命’，由‘器物’到‘精神’的现代性追求的完整轨迹。同时，散文的观念、语言和形式，也随之逐步变化。其中所包含的文学观念的检讨与转变，散文文体的发展与局限，也延续到下一个阶段即‘五四’及其后的现代文学中。”① 统而观之，学界对近代散文的演变与新变的认知，越来越深入，越来越具体，越来越客观。

近40年来，学界对近代散文演进的重要阶段、重要作家、重要作品也较为关注，尤为注意嘉道和清末民初这两个时期，相关研究成果较多。关于嘉道时期，学界较多关注龚自珍、魏源、姚莹等经世派文人的散文创作情况，研究成果丰硕，涉及作家事迹、文集文献、思想内容、艺术特色、影响渊源等方面。为此，本选收录了孙静、王飚两位先生的论文。孙先生研究龚自珍甚深，于龚氏诗文及其思想多有创见，本选所收《龚自珍的“尊史”思想》发表在1993年出版的《国学研究》第1卷。此文重在剖析龚自珍的“尊史”思想，认为“尊史”就是提倡正视现实，尊重理性，发扬以理性为中心的社会批判精神。而这也正是近代带有启蒙色彩的先行者具有进步意义的基本思想倾向，集中地体现出“尊史”的现实意义。王飚先生对龚自珍也有研究，尝论述龚氏文学思想的近代意义②，十余年后，他又发表了《魏源经世文论对传统文学原则的改造——魏源文学观的近代意义》。他比较了魏、龚两人文学思想，认为他们俩对文学变革途径的探索虽然有所不同，但可以互补相成。如果说龚自珍表现出对传统文学原则的怀疑和挑战，那么魏源的经世文论则着重对传统文学原则加以改造，使之适应时代发展。不仅如此，魏源还把创作方向引向关注现实，这为表达批判和改革思想

① 杨联芬．中国散文通史：近代卷［M］．合肥：安徽教育出版社，2012：4.

② 王飚．人的觉醒对传统文学原则的挑战：论龚自珍文学思想的近代意义［J］．安徽师范大学学报，2002，30（6）：641－648.

并随社会变化而发展，打开了通道。可以说，将王飚的两篇论文相互参看，有助于我们深入了解龚、魏两人文学思想的近代意义。需要指出的是，当前不少的近代文学史著述都把近代文学的开端界定在1840年的鸦片战争前后，且又常常将龚自珍、魏源放在开端部分论述。但如果考察龚自珍（1792—1841）、魏源（1794—1857）二人的主要活动时间以及相关创作，往往是在1840年之前。这就意味着文学史叙述时间与实际史实的差异，这种差异容易导致人们忽略鸦片战争之前文学发展中的新因素。2002年，关爱和先生在《中国社会科学》第5期上发表了《嘉道之际的文学精神与创作主题》。此文考察了当时士林与学术风气转换的历史背景，在此基础上，着重描述了嘉道之际议论军国、臧否政事、慷慨论天下事的文学主潮的形成及其发展，指出这个主潮为中国近代文学作了一个气势不凡的开场白。这篇论文，实际上将近代文学的起始上溯至嘉庆时期，富有启示意义。

关于清末民初时期的散文研究，学界关注面更为广泛。这主要表现在：在文体方面，涉论时务体、报章体等；在代表作家方面，涉论郑观应、王韬、康有为、谭嗣同、梁启超、秋瑾、章太炎等人；在语言方面，涉论报刊白话文、欧化白话文等；在其他方面，涉论文学教育的转型与散文的演变，等等。我们根据实际情况，收入了龚喜平先生的论文。《秋瑾文体革新理论与实践考论》，论述了秋瑾与近代文学革新的关系，这是一个尚未引起重视和得到发掘的重要问题。他从秋瑾文体革新的理论与实践两方面入手予以探讨，指出务实、尚俗、切用、崇外、求变、创新，这些都体现出秋瑾文学革新的理论取向和写作态势，而她有关白话“演说”活动的倡导组织、理论建树和写作实践，则尤具创新精神和文体意义。她的白话文创作在晚清白话文运动中具有典范性，并代表着近代散文发展的正确方向。他强调，秋瑾关于文体革新的理论和实践，在中国散文的近代化进程中有着独特价值和重要地位，不能忽略。

应该说，近代文学毕竟不同于古代文学和现代文学，有自己的学科定位和独特的学术价值。可以说，近40年来，学界对近代散文的主流和特色的把握，无疑进一步深化了人们对近代文学特色的认识。

二、别开生面的近代桐城派研究

有清一代，桐城派是一个作家众多、成果丰富、传衍广泛、成就卓著、影响深远的流派。晚清时期，这个流派在传衍过程中出现了新变化、新突破，声震华夏，并波及海外。近40年来，在近代文学研究领域，桐城派研究一直受人青睐，成果显著，别开生面。

自1980年到2000年，这期间的近代桐城派研究主要是以文学为本位。本选收录了郭延礼先生的《近代桐城派散文新论》，他认为，在理论上，近代桐城派一方面注意文学的面向现实、经世致用，校正了前期桐城派的“空疏”之弊；另一方面，还擅于系统总结古文的写作艺术，这较之前期桐城派文论有一个很大的发展。在创作上，桐城派作家无论是在表现反帝爱国主题上，还是在反映社会现实的深度上，都较前期有了程度不同的进展；至于描写西方文明和异国风光之作，这更是前贤未曾涉及的题材。此外，桐城派散文在艺术形式上，也发生了一些新变化，比如篇幅普遍加大，风格以雄奇宏丽、绚烂有光之文为尚，不规范于桐城派之“雅洁”，语言上骈散相间，还出现了新事物、新名词，等等。当然，他也认识到近代桐城派也有一些局限性，指出其弱点主要是其保守性和宗派性，这限制了它的发展和成就。此文发表于1989年，较早、较为全面地论述近代桐城派散文的新变情况，这对后来的近代桐城派散文研究有一定的影响。关于近代桐城派作家的文学理论及创作情况，这20年间不少桐城派研究著作都有所涉及，如何天杰《桐城文派：文章法的总结与超越》（广州文化出版社1989年版）、王镇远《桐城派》（上海古籍出版社1990年版）、吴孟复《桐城文派述论》（安徽教育出版社1992年版）、王献永《桐城文派》（中华书局1992年版）、魏际昌《桐城古文学派小史》（河北教育出版社1998年版）、周中明《桐城派研究》（辽宁大学出版社1999年版），等等。其中，关爱和先生的《古典主义的终结：桐城派与五四新文学》，不仅揭示了桐城派兴衰发展的轨迹，还阐述了桐城派的古文理论与创作实绩，最后又深入探讨了后期桐城派与五四新文学的复杂关系，分析了桐城派消亡的内外原因。其中，新文学家们对旧文学代表桐城派的猛烈批驳，是重要外因。不过，传统文学向现代文学的转型，毕竟是一个复杂的新陈代谢过程。更何况，两者之间还存在着千丝万缕的联系，传统文学本身就萌生着现代文学的“质素”。因此，他在“结束语：说不尽的‘五四’与旧话重提中的桐城”中也指出：“全面认识桐城派作家及桐城派古文，是新文学家‘五四’以后全面认识传统文化、传统文学与新文化、新文学关系的一个重要组成部分。”① 五四新文化干将们在头脑清醒之余，重新审视并能客观认识桐城派，这反映了桐城派在古典向现代转型之际的殊相。因此，桐城派与五四新文学的关系问题，仍是一个富有意味的、值得深入探讨的话题。②

① 关爱和．古典主义的终结：桐城派与五四新文学［M］．上海：上海文艺出版社，1998：502．

② 2015年，张器友出版的《桐城派与五四新文学》（合肥：安徽大学出版社2015年版）就是对这一问题的深化。

进入21世纪以来，桐城派研究出现新变化，呈现出多元化的研究视角。一方面，学界沿着原有的文学研究模式，继续深入探讨桐城派的文学艺术。① 柳春蕊的《晚清古文研究：以陈用光、梅曾亮、曾国藩、吴汝纶四大古文圈子为中心》（百花洲文艺出版社2007年版）是一部桐城派研究力作，他以晚清时期桐城派四大古文圈为重点考察对象，展现出桐城古文由江南向全国传衍的动态过程，也揭示出古文作为一种文学现象在晚清走向式微的相关原因。本选收录的《晚清古文理论中的声音现象》，是其论著的一节，曾在《文艺理论研究》2008年第3期发表。此文重点考察了桐城派诸家关于古文声音理论的论述，这是以往桐城派研究中不曾深入、系统关注的问题。他指出“因声以求气”是桐城派的重要理论成果。这一现象的产生与古文是“语言型”文学有关，古文写作要自然流畅，有自己面目，必须重视文气。诵读和模拟是古文写作的内在要求。同时，中国文字具有“因声得义”的特点，声音的组接使得古文的声音被赋予某种意味，这种意味蕴藉美的因素。他强调，晚清古文的声音现象进一步被强化是古文成为美文的重要前提，这使得古文的实用性减弱。文章最后还指出，古文声音理论中的“耳治”和文学近代化过程中的“目治”，在近现代文学的发展变革中，二者力量势位的消长，对于文学的走向有着深远影响。近些年来，萧晓阳深耕近代桐城派，他的《晚清桐城文章新范式——再论梅曾亮古文创作》从文体之变的视角论述了梅曾亮的古文创作，指出其记叙之文引入传奇之笔，论辩之文时杂以骈偶，写景之文又融入诗的意境，呈现出意近传奇、体合骈偶、蕴含诗境的特征，成为晚清桐城古文的新范式，这也标志着桐城派古文向近代散文的嬗变。此文后来成为他的《近代桐城文派研究》（中国社会科学出版社2016年版）著作的一部分。这本书从现代性与地域文化的研究视角，系统深入地论述了近代桐城文派的古文创作情况，这是以往近代桐城派研究所未曾做到的。

另一方面，学界力图突破传统的研究模式，另辟蹊径，从学术、教育等其他视角拓展桐城派研究空间。如有曾光光《桐城派与晚清文化》（黄山书社2011年版）、吴微《桐城文章与教育》（安徽大学出版社2012年版）等著作。本选所收潘务正的《“桐城谬种”与新文化运动》，发表于2008年。此文把人们习焉不察的“桐城谬种”问题放在新文化运动形成的历史背景下做了溯源性考察，认为此口号最初所指对象为林纾，而非整个桐城派。只不过后来为了适应新文化运动批判旧文学的需要，才扩大含义，转变为对整个桐城派的讨伐。这是一篇让人

① 相关著作有赵建章《桐城派文学思想研究》（北京：北京图书馆出版社2003年版）、杨怀志《桐城文派概论》（合肥：安徽美术出版社2011年版）等，皆涉论近代桐城派作家。

耳目一新的考辨之文，有助于我们重新审视和正确理解“桐城谬种”所指对象。近些年来，吴微一直注重从教育入手，研究桐城派的发展嬗变，他的《从“古文选本”到“国文读本”：桐城文章与文学教育的转型》就是其代表作，此文发表在2011年的《国学研究》（第27卷）。他结合书院（学校）的授受历史变迁，以桐城派教科书为切入角度，解读新学兴起和桐城文章变化的内在关联。他以1905年废除科举制度为界线，将桐城派文学教科书分成“古文选本”和“国文读本”前后两个时期。在这种文学教育的变化转型中，桐城派以“古文”为核心的选学理念始终未变。两类选本皆属于传统“旧学”的文化教育体系，然而，“当以科学、民主为核心理念的‘新学’占据了主流地位，‘旧学’虽然不能说与‘新学’水火不容，但至少‘经史百家’生存的空间极为狭窄和有限，古文的失落不可避免；桐城文人亦因此无法厕身于日新月异的新式文化教育体系之中，走向边缘，淡出文化教育中心，则是他们无奈的文化归宿”。由此，他从教育层面揭示出桐城派式微的重要因素。此外，本选还收了汪孔丰的《姚莹〈谈艺图〉与桐城派的江南传衍》，此文发表于2016年，他从姚莹《谈艺图》入手，探讨了他仕宦江南期间传衍桐城派的情形。他指出，姚莹居官江南期间，与幕府宾客，谈文论艺，道艺均进，并且表现出汉宋调和之态势以及强烈的重道经世之意识，充分昭示了道光年间江南士风与学风的新变化。不仅如此，他还有力推动了道光年间桐城派在江南的传衍，对常州、扬州两地文人有重要影响。

桐城派与中国现代化的关系以及它的现代转型问题，往往为研究近代桐城派的学者所忽视。实际上，近代以来桐城派学人多是当时中国先进的知识分子，也是中国现代化进程的重要推手。他们在鼓荡现代化风云的同时，也改变了自身以及中国的命运。王达敏先生一直关注桐城派的现代转型以及终局命运问题，屡有启人深思的新见。本选收录他在2015年发表的《论桐城派的现代转型》，此文从中西方相遇，中国被迫卷入现代化进程的视角，深入论述了桐城派秉持“变”和经世致用的观念因时而变的百年转型问题。他认为：在政治上，以曾国藩、徐世昌为代表的桐城派人物，参与引领并推动中国告别中世纪、走向现代世界；在文学上，桐城派从文论、体裁和语言诸侧面开始向新文学位移；在传播方式上，桐城派深度介入报纸、期刊和出版等新媒体，创办文学社团，以拓展存在空间和加速自身转型；同时，属于桐城一脉的女性作家也以出身旧家的新人姿态登上文坛。最后他强调，桐城派的现代转型使它成为新文学的开端，也造成了其自身的终结。尽管桐城派因转型而终结，但它为中国现代化事业建立的卓越功勋，以及其内部富含生命活力的珍贵质素，都永存于世。①

徐雁平深耕清代文学，在桐城派、家族文学研究等方面卓有成绩。本选收录他的《“地域文学传统的建构”成为一种文学叙写方法——以明清集序为研究范围》，虽未直接探讨近代散文，但他探讨地域文学传统的建构与文学叙写方法的关系，这对我们研究桐城派及其创作颇有启示意义。因为桐城派的形成与发展，离不开地域文学传统；桐城派的文章写作，也牵涉地域文学传统。徐雁平认为，受起源甚早的古代文学地域风格论影响的“地域文学传统的建构”，在明清的集序撰写过程中演变成一种文学叙写方法。地域文学传统“构件”，可视为一种再造的语境，出现在集序的前、中、后位置，它可以产生不同的功用；对于整体结构而言，它又有成型的功用。他指出地域文学传统构件赋予集序一种历史深度和“地方色彩”，并在明清集部中得到较为普遍的应用，这为撰序者在具有应酬性质的集序写作中提供一种程式化的便利。可以说，这篇论文对我们研究近代桐城派乃至近代散文创作都有方法论的意义。

需要注意的是，研究桐城派，不能忽视骈散关系，也不能忽视桐城派骈文。晚清时期，在骈散问题上，文坛呈现出不拘骈散、骈散调和的思想倾向，桐城派也受到此等思想倾向的影响。为此，本选收录了2篇刊发在《文学评论》上与骈文有关的论文。曹虹先生的《清嘉道以来不拘骈散论的文学史意义》，发表于1997年。此文探讨了嘉道以来文坛上不拘骈散、沟通骈散思潮形成的历史背景以及演变趋势，指出这股思潮对于问途唐宋的古文正宗桐城派势力而言，不啻代表了一种偏离，预示着传统内部所蕴含的转机。此外，打通骈散的理论要求，汇合着思想界自由意识的潜流，在文坛上还下开晚清标举效法魏晋文的风气。最后她强调，尽管不拘骈散论不足以形成改造文坛的震动力，但其中所蕴含的突破正统框架的倾向，对于散文从古典终结期向近代的过渡，显示了文学发展自然活力的内部胎动，是理论上的一种有益的准备，是有一定精神“先驱”意义的。2017年，吕双伟发表《曾国藩与晚清湖湘骈文批评的崛起》，他从曾国藩的骈文观念出发，研讨他对骈文地位及文体特征的审视情况，同时联系晚清湖湘周寿昌、王礼培、李元度、易顺鼎、杨毓麟、王闿运、王先谦等其他文人的骈文批评，借以展现晚清湖湘骈文的崛起图景。他指出，晚清湖湘骈文批评不仅对骈文存在的合理性和属性等作了总结性或者创新性阐释，而且还对文章，包括骈文、古文与经学的关系作了说明，突出了学问与骈文的重要关系。他强调，骈文批评从江浙文

① 关于桐城派的最终命运，参见王达敏《论桐城派的终局》，《韩国中国散文集刊》第7辑，2018年5月。

化“中心”到湖湘文化“边缘”的拓展，丰富了清代骈文学内涵，也促进了骈文学的建构。曹、吕两位都是学界研究骈文的专家，他们的论文分别标识着近代骈文研究前二十年和后二十年的新成就、新进展，有助于我们进一步认识桐城派的骈文思想与创作。

总的来看，近40年来近代桐城派研究，在视角、方法、内容、理论等方面都有所突破、拓展，呈现出焕然一新的多元化研究格局，这也充分展现了桐城派研究的广阔空间和美好前景。

三、多角度、多方面观照白话文运动

晚清白话文运动的兴起，是近代史上的一件大事。这场语言文字革新运动，有力推动了“文言合一”的风行，并逐渐颠覆了文言写作的传统惯习，为五四白话文运动和新文学革命的兴起奠定了坚实基础。早在20世纪50年代，为了批判胡适“‘文学改良刍议’的盗窃行为”，谭彼岸《晚清的白话文运动》（湖北人民出版社1956年版）初步梳理了清末白话文运动的历史情况，这不仅将五四白话文运动的源头上溯至晚清，还开启了探讨清末白话文这一论题的先河。80年代以来，文史研究者对这场白话文运动关注甚多，推进尤力，成果也较为丰硕。本选收录了王风的《晚清拼音化运动与白话文运动催发的国语思潮》。这篇论文重点梳理了晚清拼音化运动和白话文运动的发展线索，勾勒了国语思潮形成的历史背景，他认为：“国音”的确立，是由文言时代进入白话时代的门槛，为“国语”奠定了根本的基础，而基于某种“白话”的新的书写语言的出现已经可以期待了。①

在晚清白话文运动中，白话报刊是主要阵地，为推广、宣传白话文居功甚伟。胡全章的《清末民初白话报刊研究》（中国社会科学出版社2011年版）首次系统梳理了清末民初存在的200多种白话报刊，对其历史形态、主题思想、语言面貌、文体形式、历史地位等方面都做了深入讨论。本选收录的《清末民初报章文话和白话语体的近代化》是其论著的一节。这篇论文深入探讨了清末民初报章的文话和白话现象，认为白话化和欧化是报章文话发展演变的大趋势，这极大地打破了文言的旧格局，开辟了一条与白话文运动“貌离神合”的“言文合”途径。与此同时，报章白话的文话化与近代化，也成为一种不可忽视的发展趋势。报章文话和白话这一不约而同的演化趋势，深刻地影响了近代中国书写语言的历史面貌，乃至左右了其历史走向，两者的历史合力，极大地推进了中国书写

① 王风．现代中国：第一辑［M］．武汉：湖北教育出版社，2001：170－186.

语言的近代化进程及其现代转型。2015 年，胡全章又出版《清末白话文运动研究》，这是在前著的基础上，对清末白话文运动进一步展开多角度的系统考察与立体研究。

近年来，夏晓虹先生的研究视野也延伸到晚清白话文，出版专著《晚清白话文与启蒙读物》(香港三联书店 2015 年版)，其中收录《晚清白话文运动的官方资源》和《作为书面语的晚清报刊白话文》是两篇白话文研究代表作。本选收入后者，此文基于两百多种白话报刊的繁盛史实，通过两两相对的文言/白话、官话/其他方言、官话/模拟官话的抽样报刊文本比对，考察处在文言与其他方言夹缝中的官话白话文与各方的纠葛关系，认为由于方言的局限性，希望以官话统一全国白话文的努力于是成为晚清白话文的主流。不过，官话更接近日常口语，无法容纳新名词；同时，官话也仍然是一种方言，其中一些地域性的词汇并不具备通行全国的质素。因此，现代白话文还需从夹杂大量新名词的梁启超的“新文体”中有所借鉴，而从晚清的官话到日后的普通话书写，也需要经过词汇的选择和提炼。此外，本选收录孙之梅的《南社与近代新闻报刊业》，也值得注意。南社是中国近现代文学史上规模最大的文学社团，持续长久，影响深远。南社与近代报刊业关系密切，广有影响的《中国白话报》就是南社成员林獬创办并主编的，有力推动了白话文运动。孙文虽没有探讨报刊白话文，但梳理了南社文人在 1905 年以前、辛亥革命以前和辛亥革命以后三个时期涉足新闻报刊业的历程，呈现了这一社团在保卫革命果实、促进政治民主化进程和提高新闻报刊业水平诸方面所做贡献。这其中，南社所创办的白话报刊以及所作白话文也发挥了重要作用，不容忽视。

在溯源白话文的问题上，欧化白话文也逐渐引起了人们的注意。不过，在它对后来国语运动的影响方面，尚缺乏深入研究。2007 年，袁进先生在《文学评论》第 1 期上发表《重新审视欧化白话文的起源——试论近代西方传教士对中国文学的影响》，他认为欧化白话的文学作品早在 19 世纪就已问世，是由当时西方传教士书写的，文体涉及诗歌、散文和小说。西方传教士对于新文学的贡献，不仅在于提供了最早的欧化白话文的文本，更在于奠定了中国近代“国语运动”的基础。由此，从西方传教士到晚清白话文运动，再到五四白话文运动，构成了一条欧化白话文在近代的发展线索。最后，他强调，西方传教士曾经对中国近代的文学变革产生过很大影响，这一影响以前被我们低估了，因此受到忽视，由此需要调整我们的现代文学研究视野。这些年来，袁先生也一直在关注近代西方传教士对中国现代汉语和现代文学的影响，并撰写了系列论文①，和学界同仁一起深入推进了欧化白话文的研究。

在白话文兴起的进程中，晚清以降迅速崛起的“演说”也发挥了积极作用。2007 年，陈平原先生在《文学评论》第 3 期上发表《有声的中国——“演说”与近现代中国文章变革》，他从近现代比较盛行的“演说”入手，着重讨论作为“传播文明三利器”之一的“演说”如何与“报章”“学校”结盟，以及其对于开启民智、普及知识、修缮辞令、变革文章以及传播学术的意义。他认为，“演说”不仅仅是社会活动、学术活动、文化活动，也是一种知识传播方式，不仅有利于白话文的自我完善以及“现代国语”的生产与成熟，还深刻影响了许多作家的思路与文风。此外，晚清兴起的演说之风，其影响不仅限于“文章”，还扩展到“学问”，引起了述学文体的变革。他强调比起“文字的中国”来，“声音的中国”更容易被忽略。引入随风飘逝的“演说”，不仅是为了关注晚清以降卓有成效的“口语启蒙”，更希望借此深入了解近现代中国的文章风气以及学术表达。

作为民国以降国语教育、语文教育的直接源头，肇始于清末的“国文”学科在近代知识转型中，具有重要意义。陆胤近年来较为关注清末的国文教育与国族认同问题，本选收入他的《国家与文辞——清季文学教育的制度化》，就是其研究结晶之一。此文发表在 2017 年的《文学评论》第 5 期上，它是从近代国民教育和民族共同体意识勃发的背景出发，重新检视了清末文学教育被纳入全国性学制的历程，考察包括文字训诂和诗赋辞章在内的“中国文辞”，如何从危急时势下的“无用之学”，升格为学校制度不可或缺的一门教科。陆胤指出，“中国文辞”作为国民教育系统中的一门课程，充实着近代国家在时空维度上的文化共同体。虽然癸卯学制的“中国文辞”课程或许不合于一时之需，却有可能作为一种思想“潜势力”，成为百世以降的精神资源。

新文化运动的兴起，陈独秀、胡适、钱玄同等一批文人起到了引领作用，有力推动了白话文的盛行。本选收录了任访秋先生的《钱玄同论》。任先生重点论述了钱玄同的生平、文学革命运动贡献、史学成就、文字学研究四个方面。他认为，钱玄同在“五四”文学革命运动中，曾经对旧思想旧文学进行过勇猛冲杀，“不愧为当时一名闯将”。他的具体贡献有：一，最早积极响应胡适、陈独秀倡导的文学革命，提出“桐城谬种”和“选学妖孽”的战斗口号；二，他竭力拉周氏兄弟为《新青年》撰稿；三，他同刘半农两人在《新青年》上所发表的双

① 袁进．从传统到现代：中国近代文学的历史轨迹［M］．上海：东方出版中心，2018：170－284．

簧信，诱引林纾等人的攻击，最终赢得交锋之胜；四，他在文学革命初期，还曾提出废除汉字，改用拼音文字的主张。任先生还谈论了钱氏的散文特点，指出其文具有淋漓痛快、明白晓畅的特点。由于任先生在北京师大读书期间，上过钱玄同的课，知晓他的经历以及治学特色①，因此，他论钱玄同，实事求是，非常合适。这篇文章写于1980年，次年发表在《艺谭》第4期上。在那个时候任先生较早地公开、公正地评价老师钱玄同，是有助于学界重新审视新文化运动的，其意义和影响不言而喻。

总之，本选近30篇论文，虽然可能存在挂一漏万、顾此失彼之处，但大体上彰显了这些年来近代散文研究进展较为突出的三大部分。我们在编选目录时，也有意分成三编，并按发表时间先后排次。可以说，纵览近40年来的近代散文研究，成绩与进步并存，不足与希望同在。本选的编纂，一方面是对过去的总结和反思，另一方面也是为新的研究起点做一参照。我们相信且期待，随着越来越多的学者关注近代散文，这一领域的研究会出现如火如荼的局面。

汪孔丰

① 任访秋．钱玄同印象［M］//任访秋文集：集外集．郑州：河南大学出版社，2013：369－371.

目 录

第三编　报刊与白话文研究

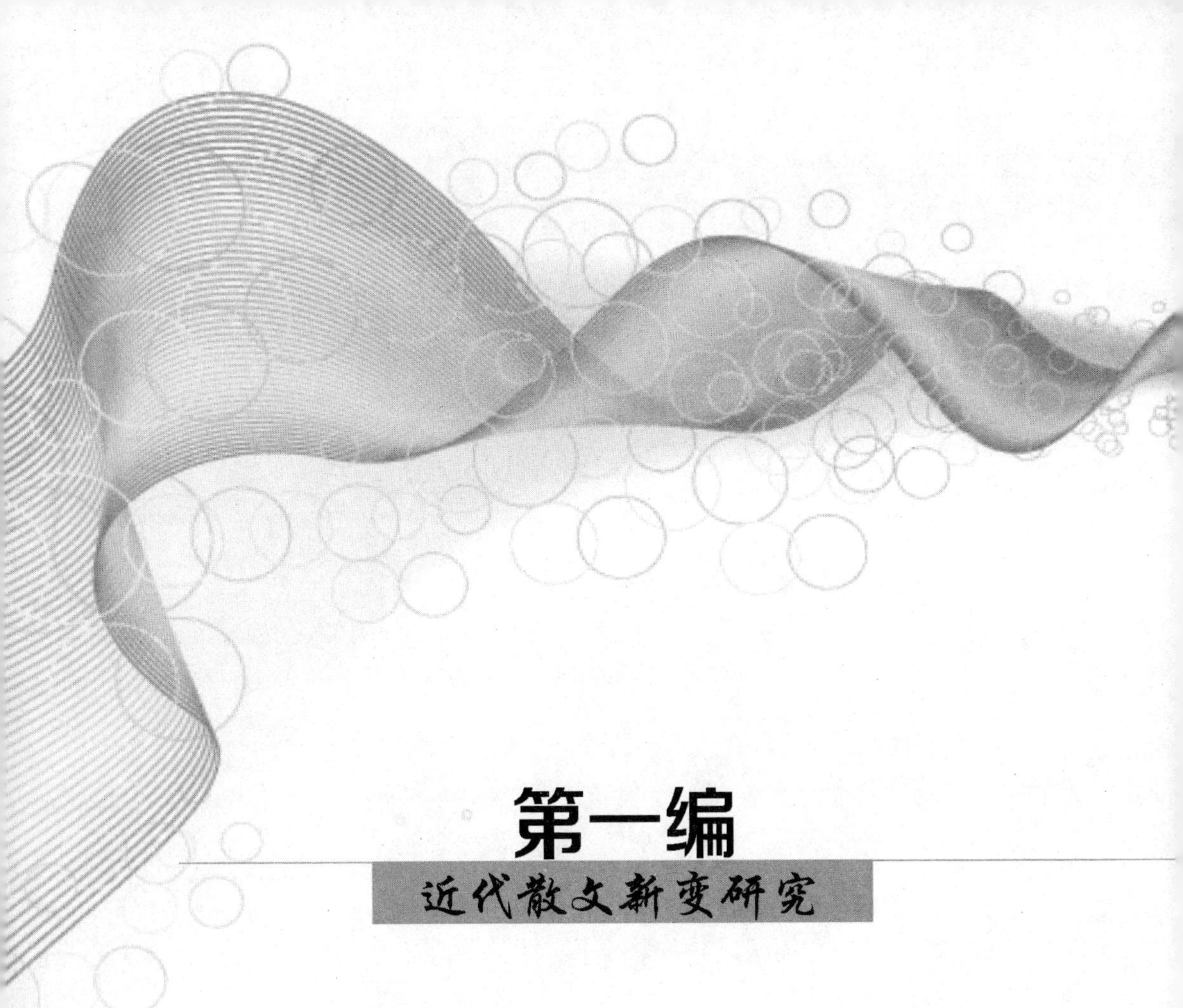

第一编

近代散文新变研究

近代散文的发展

季镇淮

在清中叶（雍乾嘉），有以方苞、刘大櫆、姚鼐为代表的“桐城派”古文。在刘大櫆的间接传授下，产生了张惠言、恽敬的“阳湖派”古文。在这些古文流派之外，还有各种古文，如诗人、画家、骈文家的古文以及经史小学等朴学家的古文。这些不以古文名派的古文，都是唐宋古文的应用和发展。此外，不以古文名家，而以古文选本表示其对古文的见解的，有乾隆时中会试“明通榜”的陆燿的《切问斋文钞》。选文分学术、风俗、教育等12类，作者共128家。选文皆切于现实社会政治之用，为独树一帜的经世文派。这些古文，虽流派众多，实皆为唐宋古文的余波。其中桐城派古文，深受八股文的影响，禁忌甚多，以程朱理学为内容，形式短小，拘谨迂徐，形成一种特殊的文体，是唐宋古文走向衰颓的一种表现。

古文之名，始于韩愈。经过唐宋古文运动，古文大发展了。以其奇句单行，南宋以后，又名散文。与古文即散文相对的就是骈文。这个时期骈文很盛，名家颇不乏人。以曾燠（宾谷）所选的《骈体正宗》为例，选文172篇，作者43家。有胡天游（稚威）、杭世骏（大宗）、袁枚（子才）、汪中（容甫）、孔广森（㧑轩）、孙星衍（渊如）、阮元（芸台）、洪亮吉（稚存）、彭兆荪（甘亭）及选者本人，都是著名的骈文家。“文体不甚宗韩欧”（龚自珍《常州高材篇送丁若士》），可见常州文人重骈文，不重古文。实际上，这时骈文家虽多，而确有新鲜感能吸引读者的，却只有扬州汪中一人的骈文。他学六朝骈文的风格，而有现实社会内容。一般唯着意堆砌典故，有如类书，使人不能卒读，而且已成为世俗应酬的工具，体格日益卑下。

但骈文与散文从来又不是绝对对立的。这时不仅古文家写骈文，骈文家也写古文，而且一篇之中，骈语中有散行，散行中有骈语，使文章自然生色，妙在作者善于运用。在骈散之间，作调和之论的，则有李兆洛（申耆）的《骈体文钞》。此以体裁形式分类，共31类，非常烦琐。其意以为“阴阳相并俱生，故奇偶不能相离”（《目录后序》）。骈散虽有关联，但文各有体，仍可区分而互相独立。编者自乱其例，书中杂有散文。其目的实以此书与姚鼐《古文辞类纂》对立。

清中叶的文坛，和其他传统文学如诗词戏曲等一样，作家流派众多，亦不乏可取作品，总的看来，大抵变化不大，仍以拟古为贵，古文只尊唐宋，骈文唯尚六朝。章学诚的《古文十弊》，已指出古文种种不顾实事、虚伪雕饰、庸俗陈腐等许多流弊，反映了古文已提出了另辟蹊径、要求革新的问题。陆燿的《切问斋文钞》实际上也较早地表现了文论的新观点，就是一切文章当以有用为主，而忽视文章的特色。文学发展的规律之一，是作家立足于现实而批判地继承前代的文学传统，不继承这一传统，就继承那一传统。不过，不是笼统地继承，而是有所取舍的。其决定性的标准是现实的需要。《切问斋文钞》包含文的各种内容和作用，即经世之文，继承的是先秦汉魏诸子的传统，正是现实的需要。

在乾嘉时代，桐城派古文，由于朴学家和骈文家的排斥，影响并不大，“当时相授受者，特其门弟子数辈”（王先谦《续古文辞类纂》序），但它的流弊却已不浅。章学诚论《古文十弊》当然包括“桐城派”古文。到了近代，诗人兼古文家张维屏（南山）在《复龚定庵书》中说：“今之为古文者，其病约有两端：一曰陈言，八家体貌，袭其皮毛，时文句调，摇笔即至，习见之词，叠床架屋，肉腐羹酸，此一弊也……”（《松心文钞》卷七）这显然指桐城派古文，但实际上它的影响还是不断的。道光中，姚椿《国朝文录》就是继姚氏《古文辞类纂》而编写的。选文内容分四类：“曰明道，曰纪事，曰考古有得，曰文章之美。有一于此，皆在所采。”（沈曰富《国朝文录述例》）形式体裁，为类17，为卷82。对姚氏为继承，对陆燿则有所补正。桐城派古文奉唐宋八家古文为宗，而受时文即八股文的影响，这已成为数百年不变之局。阮元从嘉庆到道光初提倡继承萧统《文选》的传统，以“沈思”“翰藻”为文，反对经、史、子和唐宋古文之为文，作《文言说》《与友人论古文书》《书昭明太子文选序后》等，以自张其说。这是唐宋古文的反动，显然是不合时宜的。因为唐宋古文运动的成功及其广泛影响，早已继承先秦两汉古文传统而形成牢固有力的新传统，而为桐城派等古文所宗主，《文选》派的旧传统是无力动摇它的历史地位的。

然而，道光以来，文坛的革新力量终于逐渐成长起来了。由于时代危机日益严重，内外矛盾不断加深，为封建统治阶级服务的文坛所需要的，不是桐城派或阳湖派的古文，也不是常州派或扬州派的骈文，而是各种实际有用的经世之文。这经世文派新一辈作家业已崭露头角，不过因为他们大多无名位或年轻而不为统治者或士流所重视，而且还不免为乾嘉老辈所斥责。这里首先应提出的是年纪稍长的包世臣（1775—1853），字慎伯，安徽泾县人。他指出“近世治古文者，一若非言道则无以自尊其文”（《艺舟双楫·与杨季子论文书》），是对当时古文——特别是桐城派的古文极中肯的批评。他认为“古文一道，本无定法，唯以达意能成体势为主而已”（《齐民四术·再答王亮生书》）。又说：“予为文能发事物之情状，窥见至隐，有如面谈，繁或千言，短则数语，因类付形，达意而止，是则千虑之一，抑亦有不敢多让者。”（《艺舟双楫·读亭林遗书》）他所要达的意，不是抽象空洞的孔孟或程朱之道，而是实际有用的农、礼、刑、兵之学和河、漕、盐之事，所以他的为文质朴，言事说理，就是经世致用之文。他的《安吴四种》：“皆经世之言，有关国计民生，不为空疏无用之学。”（丁晏《石亭记事·包倦翁〈安吴四种〉书后》）这是一个经学家站在对立面对他切当的赞语。后来刘师培于其《包慎伯〈说储〉跋》文中说：“吾观此书精义，大抵在于重官权、达民情二端，其说多出于昆山顾氏，行之于今，颇与泰西宪政之制相合。当嘉道之世，中国之局，方守其老洫不化，而先生已先见及此，仁和龚（自珍）氏之外，一人而已。”（《左庵外集》卷十七）据刘氏文中说，包世臣的《说储》一书，因为“嘉道之际文网尚密，故未刊行”。刘氏所见的是他的“家藏旧本，为慎伯先生所手自写定”。可见，包世臣的思想和著作在晚清的影响巨大，刘氏对他的评价极高，以为仅次于龚自珍。但包世臣的文论和文风，并不近于龚自珍，而近于较年轻的魏源（1794—1857）。源字默深，湖南邵阳人。他为江苏布政使贺长龄主编完成于道光六年（1826）的《皇朝经世文编》，“为卷百有二十，为纲八，为目六十有三，言学之属六，言治之属五，言吏之属八，言户之属十有二，言礼之属九，言兵之属十有二，言刑之属三，言工之属九”（《古微堂外集》卷三），则直接以《切问斋文钞》为蓝本。在这本文编的《叙》里，他提出“善言心者，必有验于事矣”；“善言人者，必有资于法矣”；“善言古者，必有验于今矣”；“善言我者，必有乘于物矣”。这些话都是说，作文章贵能联系实际，切合实用。在《国朝古文类钞·叙》里，他提出“文章与世道为洿隆”的观点，即一个时代的文章与当时的政治、社会有正比例的关系。他认为清代文章“驾两汉两晋三唐而上”。这和拟古主义者看法很不同，否定了拟古的基础。肯定文章今胜于古，就是重视文章的现实作用。魏源研究今文经学和近代史，如《圣武记》《海国图志》等，所学较包世臣深广，但他们都研究现实，重视提出并解决现实问题，不为空谈无用之文，思想却是相近的。在面临时代危机，抵抗外国资本主义侵略的严峻形势下，魏源提出“师夷长技以制夷”的论点，表现了崭新的、进步的爱国主义思想。这是近代文学包括进步的散文主流的特点。魏源著

《默觚》上下篇，上篇言学，下篇言治，是学以致用的典型著作。形式似《韩诗外传》，篇篇都引《诗》以明理言事，是独特的短小论文。他的文风和包世臣亦相近。魏文朴实晓畅，条理严整，逻辑性强。同时有汤鹏（1801—1844），字海秋，湖南益阳人。他科名早而较年轻，著《浮邱子》共"十二卷，凡题六十有七，凡篇九十有一"。此书形式似子书，是广泛的政论文，论多而事少，作者很自负，但影响不大。更年轻的古文家，有鲁一同（1804—1863），字通甫，江苏淮安人。他师事同邑潘德舆而较通脱，不为性命之学所羁绊，而重视现实问题的探讨。他认为"今天下多不激之气，积而为不化之习；在位者贪不去之身，陈说者务不骇之论"（《通甫类稿》卷二《复潘四农书》）。在虚伪的太平气象的掩盖下，统治者及其士大夫，因循苟且，贪居官位，无视现实的危机而麻木自喜，"一旦猝有缓急，相顾莫敢一当其冲，今之隐忧盖在于此"（同上）。太平之世，指出隐忧所在，其眼光是敏锐而正确的。作《胥吏论》五篇，极论吏治腐败，以为"天下之患盖在治事之官少，治官之官多"（《胥吏论一》，见《通甫类稿》卷一）。则胥吏势必"攘臂纵横"其间，人民实深受其凶悍勒索的困苦。他的《胥吏论》《复潘四农书》等，"名论独创，实近世之奇作"（《越缦堂日记钞》卷二），确是恰当的评价。鲁一同的古文，不为浮语，深厚有力，指摘时弊，独能窥见至隐，视为道光间进步古文作家之一，属于经世文派，是不可多得的。

现在我们谈谈龚自珍。龚自珍（1792—1841），字璱人，号定庵，浙江仁和人。和包世臣、魏源等在一起，龚自珍思想更近于魏源，世称龚魏。他初受家庭及环境的影响，治正统派乾嘉经史小学，后亦治今文经学，研究公羊《春秋》。但他能不为旧传统所限，更研究九流百家及边疆舆地之学。在章学诚"六经皆史"的启发下，而以诸子及一切文化记载皆目之为史，形成了一个完整的历史的观念，提出"尊史"的口号，以批评的历史家自任。他具有全面的文学才能，认为一切文学必须和政治统一起来。他不曾公开反对清中叶各种文派，而独自走着自己的文学道路。他在《文体箴》（《定庵八箴》之一）里，表明了自己写作古文的态度："予欲慕古人之能创兮，予命弗丁其时！予欲因今人之所因兮，予苶然而耻之。"可见他主张作文要有古人的创新性，反对跟在近代各派作者的后面而因袭古人。但是，在独创问题上，他是有亲身的经历和痛苦的。他 13 岁（嘉庆九年）即开始文集编年，当时塾师宋瑶先生指出其文"行间酸辣"，这文中的酸辣味，即非因袭传统的各派文人所能欣赏。23 岁作的《明良论》四篇，是对现实政治社会的深刻的批判，其中有其外祖父段玉裁的评语，以为是以"古方病今病"，他不敢拿出来，"弃置故簏中久矣"。26 岁（嘉庆丁丑），以《伫泣亭文》一册，就教于"吴中尊宿"王芑孙，王复信以为"此泣字碍目"，并大加指责说："足下年甚少，才甚高，方当在侍具庆之年，行且排金门，上玉堂，和其声以鸣国家之盛。天下之字多矣，又奚取于至不祥者而以名之哉！"（张祖廉《定庵先生年谱外纪》）这是责备他，也是爱护他，对一个年少才高的青年抱着中高科得以上进的希望。可见龚自珍的作品，包括诗与古文等，在当时实不为一般文士特别是老辈所了解，有的人如陈沆则闭门谢客，在家里暗抄他的古文（陆献《简学斋诗存跋》），好像怕客来打搅，实以龚文有禁忌，包含怕因抄读龚文得祸的用意。道光十六年梁章钜为广西巡抚，龚自珍作《送广西巡抚梁公序》，梁曾刻入《宣南赠言》中，"而读者嫌其语多触忌"。梁以为"此井蛙之见耳"（《师友集》卷六《仁和龚定庵主事》）。此又可见对龚文的认识亦存不同的意见，梁章钜等一班人是能欣赏龚文而不以为犯忌的。早在道光三年，龚自珍年三十二，即自刻《定庵文集》上中下三卷，存文共98篇，有目无文52篇，只刻46篇。这未刻的部分甚多，可能原因非一，而有政治及社会舆论顾虑，怕触禁忌，无疑是原因之一，可能还是主要的原因。

龚自珍的文名很大，毁誉不一，毁者众而誉者少。无论毁誉，在我们今天来看，都是没说到实处，好像都没有真正懂得龚文的优劣所在。比如蒋湘南是佩服龚文的，他说："戴先生（震）往矣，吾因读其书而私淑其人。其当吾世而获从捧手者，有刘礼部（逢禄）申甫、龚礼部定庵、魏刺史默深，三君精西汉今文之家法，而又通本朝之掌故……刘君之文，子政、子云之流亚也；龚君之文，子长、孟坚之流亚也；魏君之文，管仲、孙武之流亚也。"（《七经楼文钞》卷四《与田叔子论古文第三书》）这些话实在牵强得很，并没有论到龚文的好处。那些毁龚文的人，大抵没有搔着龚文的痒处。在龚自珍的时代，去乾嘉学派兴盛气象未远，而宋学到道光中叶又复兴起来，这是桐城派"中兴"的根源。所以，汉宋学之争，汉学内部又有经今古之争，这是当时学术界一部分主要的情况。从《陈硕甫（奂）所著书序》里，我们知道他既不赞成宋学，也不赞成经古文学，认为"彼陟颠而弃本（前者），此循本而忘颠（后者）"。对于经学，他赞成今文学。但他又认为一切经学又都是史，他站的最高处是史而不是经。经今文学——公羊《春秋》有"三世说"，与史相通处在进化和发展的观点。现实是历史的演变的延续，历史和现实是不可分割的，善言古者必有验于今，一个以当代史官或历史家自任的作家，必然重视并解决现实问题。所以龚自珍古文的思想基础是和汉宋学者和各派文不同的，他把当代学者和文人的理论依据都变成历史了，而且他并不一概抛弃它们，而是批判地继承为自己所用了。

龚自珍的古文遗产，当前以上海中华书局出版的《龚自珍全集》所整理的最完备（虽然还有少数佚文），除一部分学术性（如经学和佛学等）的论文，不在我们论述的范围外，其他大部分为政论文和政论性的杂文以及记叙人物、事件、地方、名胜之作。今举其有突出代表性的数篇并略加说明如下：

《乙丙之际箸议第九》，一组杂文的一篇。作于嘉庆二十、二十一年，自刻本共6篇，今存。“常州庄四（名绶甲，字卿珊，行四，常州武进人）能怜我，劝我狂删乙丙书。”（《杂诗……得十有四首》其二）庄绶甲劝他狂删的乙丙书，大概就是这一组杂文。今本共存11篇，至少删去了十多篇。这一篇就是应用公羊《春秋》的“三世说”，托古论今，一般士大夫以为时值太平盛世，作者则以为是衰世。他巧妙地先以治世现象来表述衰世，而后特别以无人才及人才所处的环境和人才的变化来指出衰世的特征，最后必然由衰世而走向乱世。这篇箸议，设想奇异，对当时所说乾嘉盛世，提出一个非常深刻的问题，在盛世的背面，潜伏着严重的危机，由盛世而走向衰世和乱世。这是正视现实，观察现实，分析现象，提出问题，虚伪的太平盛世实为腐朽透顶的深渊。

《平均》篇见于自刻本，是三十以前之作，是一篇正规的政论文。其主旨在平均贫富，即平均土地。经过嘉庆间大规模的白莲教农民起义，封建王朝的内部矛盾更加严重了。“小不相齐，渐至大不相齐……即至丧天下。”此文是为解决这一主要矛盾而作的。当时江沅（铁君）、魏源都对此文有很高的评价。到晚清，刘师培竟以之比卢梭的《民约论》，以为平均就是君民权利义务都归平等（《中国民约精义》卷三），则指其有反君权专制的政治意义。《农宗》篇亦见于自刻本，当时赞语更多。作者大概觉得平均土地已办不到，改为按宗法分田的主张，旨在打击大地主，与中下齐民。魏源说：“此义古今所未发。此法若在国家初定之年，则亦易行。”意说打击大地主，当前也是行不通的。但作者当时提出这个问题是根本性的，有极其重要的政治意义。

《尊隐》也是政论性的杂文。“少年《尊隐》有高文”（《己亥杂诗》），则此篇亦为少作，但不见于自刻本，题、文俱无。作者到晚年犹欣赏这篇少作，自称为“高文”。但它很难读，向来有许多不同的见解。论争的焦点在作者所尊之隐是哪一种人？文章开头“将与汝”一小段，描写“山中之傲民”“山中之悴民”两种不同的隐，是虚写作陪，不是作者所尊之隐。第二大段，借太史氏之口，应用《春秋》公羊学派的“三世说”，提出历史发展的三世说，每一历史时代都有初、盛、衰三世。文章以一日有蚤、午、昏三时喻时代有初、兴、衰三世。特别对夕时即衰世加以详细深微的刻画：着重对比统治者即“京师”与“山中之民”形势的消长变化，京师日益腐朽，则“山中之民”必有取而代之的一日，“有大声音起，天地为之钟鼓，神人为之波涛矣”。这就是改朝换代。山中之民也是一种隐，但不是作者所尊之隐。作者大胆地想象、热情地肯定山中之民兴起的由来，是对一定的历史时代规律性发展的阐明，并不包含作者歌颂农民起义的主观愿望，而只是肯定它在一定历史条件下的必然性。作者认为他的时代是衰世，因而他肯定未来的时代必然要有大变化，虽然作者对变化的具体性还是朦胧的。第三段从“是故民之丑生”到篇末，指出“横天地之隐”和“纵之隐”乃作者真正所尊的两种隐。这两种隐在对待现实思想态度上也还有所不同。前者实指参加实际斗争、认识时代变化、对现实社会政治做出贡献的在野派历史家，后者实指那种不着实际、不露迹象、不可捉摸的历史家。这一种隐，有点玄，是作者真正所尊之隐，实指历史上的道家。由此也可见作者思想上历史和阶级的局限性。本篇与《乙丙之际箸议第九》合看，可见由衰世至乱世，在这里是讲得清楚的，可见其认识的发展。

《杭大宗逸事状》是一篇记事文，是杭大宗传记的补充，也是乾隆时期文字狱档案的补充。杭世骏，字大宗，号堇浦，浙江仁和（杭州市）人。雍正甲辰（二年，1724）举人，受聘为福建省同考官。乾隆丙辰（元年，1736）召试博学弘辞，列一等第五，授翰林院编修。校勘武英殿十三经、二十四史，纂修《三礼义疏》。乾隆己未（四年，1739），“八月丙子，御史张湄劾诸大臣阻塞言路，上斥为渐染方苞恶习，召见满、汉奏事大臣谕之”（《清史稿》卷十）。乾隆壬戌（七年，1742），“三月庚申朔，上忧旱，申命求言，并饬九卿大臣体国尽职。丁卯，命大学士、九卿、督、抚举如马周、阳城者为言官”（同上）。乾隆癸亥（八年），正月“辛卯，以考选御史，杭世骏策言内满外汉，迕旨褫职”（同上）。“故事，翰林部曹保荐御史，先试章奏，上亲第其甲乙而用之。先生条陈四事，言过切，迕旨，推向举主，相国徐文穆公免冠谢罪。下先生吏议，寻放还。”（应澧撰《墓志铭》）“太史之归也，闻诸前辈云，是时亢旱，诏举直言极谏，徐文穆公以太史应诏。太史遂上疏，言部臣自尚书至主事，皆满汉并列，请外省自督抚至州县亦如此。所言纰缪，不中理。帝震怒，欲置之法，文穆悉力营救，叩首额尽肿，乃得斥归。”（许周生《杭太史别传》）“其论直省藩库宜有余款存留以备不虞，亦笃论。然已削稿，语多不传。”（《清史列传》卷七十一）杭大宗以乾隆八年正月言事犯罪，当于同年即返里。（《道古堂诗集》卷十一《归耕集》）有《甲子书怀》诗，甲子（九年）已在里中矣。大宗出京前曾有诗《查通守为义招集南园即席呈在座诸公》：“虚堂过雨树摇风，容得诗翁更醉翁。狂罪矜全邀圣主，羁愁慰藉仗群公。十年薄宦头颅改，一夕清欢笑语通。节物不殊泉不胜，乡情却与在乡同。”又，《越日再集南园饯别即次前韵》：“剧知风汉未全风，留得余生合唤翁。拂袖此时成小别，题诗他日报诸公。记曾桑下淹三宿，自向屏间写一通。多谢日来频置酒，高情真与古人同。”可见其抑郁不平之气。归里后，曾主讲粤东粤秀书院，又主讲扬州安定书院最久。大宗著作丰富，精史学，善诗、古文。生康熙三十五年（1696），卒乾隆三十七年（1772）。乾隆有十六年辛未、二十二年丁丑、二十七年壬午、三十年乙酉、四十五年庚子、四十九年甲辰六次南巡，其前四次杭大宗在南方有迎驾可能。有记载云："后迎驾西湖。赐复原官。"（《清史列传》）"乾隆三十年乙酉，皇上四举南巡，在籍文员，迎圣驾于湖上。上顾杭世骏而问曰：'汝性情改过么？'世骏对曰：'臣老矣，不能改也。'上曰：'何以老而不死？'对曰：'臣尚要歌咏太平。'上哂之。"（汪曾唯所辑《轶序》此据其曾伯祖汪涤原《湛兰书屋杂记》）又有记载云："三次迎銮，未邀恩顾。"（应澧撰《墓志铭》）龚自珍此文记载云："乙酉岁，纯皇帝南巡，大宗迎驾，召见，问汝何以为活？对曰：臣世骏开旧货摊。上曰：何谓开旧货摊？对曰：买破铜烂铁，陈于地卖之。上大笑，手书'买卖破铜烂铁'六大字赐之。"与汪涤原所记内容不同。而下一条所记："癸巳岁，纯皇帝南巡，大宗迎驾。名上，上顾左右曰：杭世骏尚未死么？大宗返舍，是夕卒。"癸巳为乾隆三十八年，无南巡事，但大宗有卒于三十八年之记载（《清史列传》）。龚自珍此文第一条所记"以翰林保举御史，例试保和殿"，时在癸未，乾隆二十八年，亦误。乾隆时事，得之传闻，记事有误不足怪。唯此文内容形式值得注意，即作者完全以客观态度记之，直录其事，寓微意于记事之中，表现了一个专制皇帝的冷酷无情和无上权威，暗示杭世骏实为乾隆所逼死。这是记事文，有史家实录精神，使是非自见。但它不是正史，而是逸事记，是对罪恶的封建专制的揭露。杭大宗死于直言清王朝的官制的不合理，是另一种形式的文字狱祸害的实录。

《己亥六月重过扬州记》是一篇记叙文，记地方。己亥，道光十九年（1839）。本文写扬州的盛衰变化，意在通过扬州见闻情景，反映整个时代的盛衰变化。作者一贯认为当时是衰世，是日之将夕，此从一个地方写出其象征，新鲜而有典型意义。不是正面写，也不是具体写，而是以褒为贬，欲抑反扬，概括指点，渲染气氛。全文层次分明，首先写主导气氛倾向，给读者以低沉、悲凉、没落的暗示。其次写扬州市容景物，写其变化不大，只取点染，明明是说衰象，而故为辩护。再次写世态人情，写其不变，一如"嘉庆故态"，正是没落征兆，亦故作辩解之词。最后感慨身世并发议论，点明题旨。读此文，如置身扬州之地，睹其繁荣衰落景象。此为记叙文，抒情、发论，缘事而生，含蓄有致，别具情态风味。

以上我们谈了龚自珍的三类古文：政论文、政论性的杂文和记叙文。此外还有一些寓言，如《捕蜮第一》《捕熊罴鸱鸮豺狼第二》，还有的通篇是比喻，如《病梅馆记》等，也形似寓言。龚自珍的古文，真正打开古文的僵局，不同于清中叶的各派古文，也不同于唐宋古文或魏晋文，独创一格。龚自珍是经世文派中注意实用性、文章性相结合的唯一作者，源于先秦两汉，而精神面貌又不同。他不排斥各种传统，而利用各种传统，形成自己独特的风格，思想性、政治性、批判性、艺术性完满地统一，既成的旧格调一扫而光。散行中有骈偶，简练中有铺陈，瑰丽中有古奥。出言构思，独出奇异，亦挟偏僻、生硬、晦涩以俱来。他的政治、学术思想到晚清发生了巨大的影响。其文体则空前绝后。龚文与包文、魏文的不同处，在于不易走向通俗化。

这是近代一个进步文派，他们是地主阶级开明派的代表人物，近代改良运动的启蒙人物。他们古文重要的一部分，是改革清王朝腐朽内政，抵抗外国资本侵略的呼声。对于传统的各种文派以及他们本身的文风问题，除龚自珍外，大抵已使之处于次要的地位，继承的是子史特别是子的传统。包世臣的为文只以“达意”为本，自以为近于“子”；魏源的《默觚》上下篇亦“子”之类；汤鹏更以著《浮邱子》为得意之作。中英鸦片战争（1840）前后，进步的古文即散文为这划时代的历史事件服务。黄爵滋的《严塞漏卮以培国本疏》、林则徐的《密陈夷务不能歇手片》，都是奏议，属政论文；鲁一同的《关忠节公家传》、袁翼的《江南提督陈忠愍公殉节记略》、吕世宜的《记游击张公死事略》、郭柏苍的《定海县姚公传》、蒋敦福的《书宝山烈女死夷难本末》等，都是传记文；又有无名氏呼吁奋起抗英、为抗英英雄殉难立传以及记载人民死难的古文等，都表现了反帝爱国精神。

鸦片战争后，长期的中国封建社会变为一个半封建半殖民地的社会，同时中国人民也开始了反帝反封建的旧民主主义革命。这是近代历史的一个进步的主流，也是衡量文学包括古文的政治思想内容的标准。在上述龚、魏诸家和鸦片战争时期众多进步的古文或散文之后，随着资产阶级启蒙思想——初期改良主义的发展，明白提出反对或抛弃桐城派古文的有冯桂芬（1809—1874）和王韬（1828—1897）。他们都是早期的改良主义者。冯桂芬在《复庄卫生书》中对桐城派古文提出了尖锐的批判。他承认“文者所以载道也”，但他认为“道必非天命率性之谓，举凡典章制度名物象数，无一非道之所寄，即无不可著之于文”。他把道的内容扩大化、具体化了，打破了桐城派古文家所标榜的程朱“义理”。他还认为为文只要有内容，“长于经济者”的“论事之文”如陆贽“奏议”以及“长于考据者”的“论古之文”，未必不如韩柳古文。这样，他就自然地达到了否定桐城派古文家所标榜的“义法”的主张。“称心而言，不必有义法也；文成法定，不必无义法也。”他感慨地说：“操觚者以义法为古文而古文卑，必非先秦两汉之作也。”（《显志堂稿》卷五）显而易见，冯桂芬代表当时进步的思想界，从内容到形式，反对僵化的桐城派古文，要求一种内容广泛、自由抒写、不受陈法约束的新体散文。应该说，这是要求文体解放的先声。冯桂芬“于学无所不通，而其意则在务为当世有用之学”（俞樾《显志堂稿序》）。著名的《校邠庐抗议》一书，就是他的“当世有用之学”的代表著作，也是他表达思想的新体散文。它的重要部分，所载的不是封建阶级的“义理”，而是成长中的资产阶级改良主义。王韬是一个新体散文家，他从同治十一年（1872）起，在香港办《循环日报》，“时以所见，达之于日报”。到了1873年，集成《弢园文录外编》八卷。他感于“自中外通商以来，天下之事繁变极矣”，所见所言，多是洋务和变法。他把它们“达之于日报”，那就是使文章社会化。他已顾不得什么“古文辞之门径”，而只求文章能够合乎一个简单的标准——“达”，明白清楚，人人能懂，毫无隔阂。他说：“文章所贵，在于记事述情，自抒胸臆，俾人人知其命意之所在，而一如我怀之所欲吐，斯即佳文。”（《弢园文录外编》自序）他自然地摒弃了桐城派古文，肯定他的社会化的报章日用的新体散文，在散文发展史上，这是有划时代意义的。

在冯桂芬、王韬的时代，还有更为重要、更有时代意义的太平天国的革命散文。根据洪秀全的指示，洪仁玕等发布的《戒浮文巧言谕》，是一篇彻底打击桐城派古文乃至一切虚伪的封建文学的历史文献。它提出了文章革新的明确主张。它认为文章的产生本来是为了社会实用，而“一应奏章文谕，尤属政治所关”。因此，它提倡“文以记实”，“一一叙明，语语确凿，不得一词娇艳，毋庸半字虚浮”，以期“朴实明晓”，人人易懂。它反对“古典之言”，特别是那些不伦不类、荒诞无稽、饱含封建色彩的陈词滥调。这些主张，似乎很简单，但它们的精神实质却是对当时的桐城派古文乃至一切虚伪的封建文学的根本打击和革命。从革新实际看，太平天国领袖们的叙事议论，自觉运用通俗的语言和形式，确实是向着“朴实明晓”的文风努力的。

由此可见，从19世纪中期以来，文坛上激起了一股抛弃桐城派古文，创造新体散文的潮流，龚、魏、冯、王和太平天国的领袖们以及稍后著《盛世危言》（亦是子书形式，属于改良派）的郑观应（1842—1922）都是这一潮流中的代表作家。他们的散文成为不断发展的新体散文的先驱。

桐城派古文和它的社会基础——封建统治阶级一样是不会自动退出历史舞台的。大致和新体散文的发展同时，它也正在做“中兴”的努力。它的代表作家，先有梅曾亮，后有人民革命的死敌、反动头子曾国藩。姚鼐有几个著名学生，如姚莹所说：“海内文章有惜翁，新城学士得宗风；方（植之、东树）、刘（孟涂、开）、梅（伯言、曾亮）、管（异之、同）均堪畏，输却家难是阿蒙。”（《雪桥诗话》卷十引姚石甫诗）姚莹自己当然也是姚鼐的学生。其中，梅曾亮是姚鼐晚年在南京钟山书院主讲时的一个学生，但在当时，他还是好为骈文，常和友人管同辩论，以为“文贵者辞达耳。苟叙事明，述意畅，则单行与排偶一也”（《柏枧山房文集》卷五《马韦伯骈体文叙》）。嘉庆十五年（1810），他作《姚姬传先生八十寿序》，还是骈文。可见骈文这时仍有势力，但用途甚狭。直到年近三十，他因“苦故实遗忘”和“酬接”的需要，才“弃骈文不作”，专心作古文。今文集存骈文二卷。道光二年（1822），他到京师做官，从此“居京师二十余年，笃老嗜学，名益重，一时朝彦归之，自曾涤生、邵蕙西、余小坡、刘椒云、陈艺叔、龙翰臣、王少鹤之属，悉以所业来质”。这样看来，在姚鼐之后，由于梅曾亮的坚持努力，桐城派古文有了活跃的趋势。梅曾亮虽知道，“文章之事，莫大乎因时”（《柏枧山房文集》卷二《答朱丹木书》），即随着变异日新的时代，反映不同的现实社会内容；但因为他甘于脱离现实，他的古文一般是缺乏现实社会内容的，只是一些书序、赠序、寿序等，恰好把古文变成世俗应酬的工具。他在文字上用功夫，不为浮词盛语，亦能运用自然，做到“清淡简朴”的地步。梅曾亮的古文和许多桐城派古文一样，叙事说理，一般缺乏具体内容，意义不大。有些记叙自然风景的小品文，如《小盘谷记》，文字洗练干净，句句落实，富有文学意味。继梅曾亮之后，把桐城派古文推向所谓“中兴”局面的是曾国藩。

曾国藩（1813—1874），字涤生，湖南湘乡人。道光十八年（1838）成进士。在太平军革命起事前，国藩在京师做官，治义理之学，兼为辞章、考据，与邵懿辰、孙鼎臣等往来于梅曾亮之门先后近十年。他的封建思想体系，具体表现于他所作《圣哲画像记》对一系列历史人物的选择与崇拜，共32人。其末二人为姚鼐和王念孙，可见他受乾嘉学风影响的一斑。乾嘉学派一般轻视桐城派，而曾国藩则兼重并尊。他推崇姚鼐，以为“姚先生持论闳通”，自称“国藩之粗解文章，由姚先生启之也”（《圣哲画像记》）。他作《欧阳生文集序》，宣扬桐城派古文，叙述桐城派古文授受源流和众多的作者，除高第四人外，还历称各处的桐城派古文家，以见其影响所及，至为广大，以证明“天下之文章，其在桐城乎”！当是时，国藩居高位，幕府网罗人才甚众。他对文章的理论和提倡，影响是很大的。其本身“又为文章领袖，其说一出，有违之者，惧为非圣无法”（李详《论桐城派》）。这样，以曾国藩为中心，以他的门生幕僚为声势，先后相承，转相授受，就使桐城派古文形成了一个“中兴”的局面。但曾国藩实未想到，作为他的幕府宾客，浏阳县学教谕吴敏树，竟不承认他被曾国藩指为桐城派古文家。吴敏树以为：“文章艺术之有流派，此风气大略之云尔，其间实不必皆相师效，或甚有不同。而往往自无能之人，假是名以私立门户，震动流俗，反为世所诟厉，而以病其所宗主之人。”他不但否认自己是桐城派，而且也不认为曾国藩是桐城派，“而果以姚氏为宗，桐城为派，则侍郎之心，殊未必然”。这揭穿了曾国藩所以鼓吹桐城派，不过是要利用桐城派，“私立门户，震动流俗”，而自己实并不信奉桐城派。在吴氏指出了事实之后，曾国藩承认：“斯实搔着痒处，往在京师，雅不欲混入梅郎中之后尘。”又说“平生好雄奇瑰玮之文”（以上见《续古文辞类纂》卷十一《吴南屏与篠岑论文派书》），则显然说明了他的文章与桐城派古文一般“清淡简朴”的作风并不相同。他在《送周荇农南归序》中，“略述文家原委，明奇偶互用之道”，颇赞赏清中叶胡天游、邵齐焘、孔广森、洪亮吉及近世凌玉垣、孙鼎臣、周寿昌等骈文家，而对“方姚之流风，稍稍兴起”的趋势，并无美词，而感叹“天游、齐焘辈闳丽之文，阒然无复有存者矣”（《续古文辞类纂》卷二十二）。他赞赏“为文务闳丽”，而对桐城派古文无大兴趣，确是事实。他的《经史百家杂钞》，补充了姚鼐《古文辞类纂》的缺陷，扩大桐城派古文学习的源流，识见是通达的；而为文少禁忌，奇偶并用，使文章舒展有气势，雄厚有内容。更重要的是，他于桐城派标榜的义理、考据、辞章之外，加上“经济”一条，使古文实际有用了。这就是把桐城派古文从局促迂徐的狭小天地里拯救出来而应时向前发展。梅曾亮看到文章的变化与时代发展的关系，而缺乏实践的表现，曾国藩继起做到了。因此，曾国藩古文实继承并发展了桐城派，且创立了“湘乡派”。晚清李详说：“文正之文，虽从姬传入手，后益探源扬马，专宗退之，奇偶错综，而偶多于奇，复字单义，杂厕相间，厚集其气，使声采炳焕，而戛焉有声，此又文正自为一派，可名为‘湘乡派’，而桐城派文在祧列。其门下则有张廉卿裕钊、吴挚甫汝纶、黎尊斋庶昌、薛叔耘福成，亦如姬传先生之四大弟子，要皆‘湘乡派’中人也。”（《论桐城派》）根据曾国藩的意见，黎庶昌编《续古文辞类纂》，包括经、子（上编）、史（中编）、集（下编），皆以补姚氏姬传《古文辞类纂》所未备也。“曾氏之学，盖出于桐城，与姚先生之旨合，而非广己于不可畔岸也。循姚氏之说，摒弃六朝骈俪之习，以求所谓神气味格律声色者，法愈严而体愈尊；循曾氏之说，将尽取儒者之多识、格物、博辩、训诂，一内诸雄奇万变之中，以矫桐城末流虚车之饰：其道相资，无可偏废。”（《目录序》）说湘乡派矫正桐城派末流专在文辞上洗刷而掩饰空虚的内容，确是有所见，是可取的。曾国藩亦承认：“古文之道，无施不可，但不宜说理耳。”（《致吴南屏书》）这里所谓古文，当指桐城派古文。因为“说理”则需要格物博辩，必然破坏清淡简朴的风格。可见湘乡派比桐城派要进步，学桐城派而不墨守桐城派，“私立门户”，开创湘乡派，实即扩大封建势力，反对太平天国革命，宣传封建道德等，因而得到封建统治阶级的信任和支持。桐城派古文到了曾国藩手里，经过他的改革，成为封建统治阶级顽固派垂死挣扎、屠杀人民的最反动的工具。但曾国藩办洋务，创办上海机器厂，培养技术人员，翻译西洋科学文化书籍，选送青年学生出国留学等，却有利于中国的近代化，有利于中国民族资产阶级的成长。

这里我们当然要略谈隐居洞庭湖滨的吴敏树（1805—1873），字本深，号南屏，巴陵（今岳阳）人。如上文所说，吴敏树自以为他不是桐城派，但实际上他并没有远离桐城派。吴敏树值得称赞处，在于他虽往来于曾国藩幕府，而终身不受曾国藩的牢笼，拒绝实际参加曾国藩的幕府；在于他虽因道光二十四年（1844）进北京后，见知于梅曾亮而得古文名，但始终企图在以方苞、姚鼐为古文正宗的桐城派之外，寻找自己的古文创作道路。他“以为文必古于词，则自我求之古人而已，奚近时宗派之云”（《柈湖文集》卷十二《梅伯言先生诔辞》）。“忆同梅叟论文日（伯言农部），衣冠道泰无兵革。朝士旬休车骑暇，词人夜集壶觞剧。酒酣梅叟诵君文，吐气成虹声裂石。”（孙鼎臣《苍莨初集》卷七《送吴南屏广文敏树还巴陵》）可见在梅曾亮的文士小集团中，吴敏树的古文是颇受重视的。可惜他只知道摆脱方、姚“义法”的束缚，直接“求之古文”“求之古书”，而不知道这正是步趋方、姚的后尘。因此，他就不能离开桐城派古文的僵化道路。他的古文，同样只在语言形式上用功夫，文字清洁枯淡，一般缺乏现实社会政治内容。他鄙薄功名利禄，湖光山色和隐居生活是他的古文突出的一面。《说钓》一篇，记叙垂钓的闲适趣味，即曲尽情态，并以钓鱼比拟“求科第利禄”，认为后者“劳神侥幸之门，忍苦风尘之路，终身无满意时，老死而不知休止”，还不如“日暮归来而博妻孥之一笑”的钓鱼为快活得计。作者虽然赞扬了空虚无聊的地主阶级的剥削生活，但他也看破了在腐朽的清王朝统治之下，一般封建士大夫更为无聊的丑态，揭露了封建统治阶级内部不断重复的矛盾。这是吴敏树少有的、足以见其思想生活和古文格调的一篇代表作品。

首先打破桐城派古文“中兴”的局面，促进晚清新体散文进一步发展的社会力量是新生的民族资产阶级改良派。新的社会物质基础、阶级关系和思想文化的产生，使“清淡简朴”的桐城派古文失去其充分表达的能力。新的社会内容要求新的表达形式和表达方法。资产阶级改良运动，由于开通“民智”，扩大社会影响的宣传需要，已有提倡文字改革和语文合一的文体改革的呼声。陈荣衮、裘廷梁等是主张用俗语写白话文的代表人物，白话报也在各地先后办起来了，这就从语言形式上否定了桐城派古文或一切传统古文的表达作用。但因为资产阶级改良运动的不彻底性，这种白话文运动一时影响不大，未被文坛或文化界所重视。当时影响最大的是梁启超等改良派的新体散文，它接近于语文合一，但又未能完全摆脱古文，这也是资产阶级软弱性、妥协性的一种表现。代表作家有康有为、谭嗣同、梁启超等。康有为是改良运动的领袖，他的散文主要是奏议，以上清帝七书为代表，思想解放，直抒己见，或散行，或排偶，富于想象和瑰丽之词，而又能利用传统古文，有龚自珍的影响，但比龚文汪洋放纵得多而奇诡较少，打破了传统古文的程式定局，是梁启超散文的先导。谭嗣同在思想上要冲决一切罗网，在文体上也寻求自己的道路。他"少颇为桐城派所震，刻意规之数年，久自以为似矣"。后来，"或授以魏晋间文，乃大喜，时时籀绎，益笃嗜之。由是上溯秦汉，下循六朝，始悟心好沈博绝丽之文"，并且认为"所谓骈文非四六排偶之谓，体例气息之谓也"（《谭嗣同全集》卷二《三十自纪》）。谭嗣同否定了桐城派古文，创造了自己的新体散文。他的散文确如他自己所说是从学习骈文来的，句法谨严整洁，绝少浮语。他颂扬"报章文体"，又曾运用口语的自然句法编写南学会讲义，可见已倾向散文的通俗化。梁启超是改良运动杰出的思想家、政治家和宣传家，也是新体散文最著名的代表作家。他办过许多报章杂志，提倡"文界革命"，试过"语文合一"，自觉地注意文体的通俗化，大胆地从传统古文的束缚下解放出来。他曾评价自己的文章说："启超夙不喜桐城派古文，幼年为文，学晚汉魏晋，颇尚矜炼。至是自解放，务为平易畅达，时杂以俚语、韵语及外国语法，纵笔所至不检束，学者竟效之，号新文体。"这似韩愈的古文运动，是古文通俗化运动。所以"老辈则痛恨，诋为野狐。然其文条理明晰，笔锋常带感情，对于读者，别具一种魔力焉"（《清代学术概论》）。这是一种很恰当的自我评价。他的散文著作，空前丰富，并世诸家，独一无二。就其内容观之，大致可分为三大类，即政论文、传记文和杂文。政论文论题明确，逻辑性强，论据充分，感情动人，语言畅达。传记文有两类：传统史传体，西洋评传体。前者有文学性，突出人物形象，如《谭嗣同传》；后者历史性强，似未注意塑造人物形象，夹叙夹议，如《李鸿章传》。杂文即随感录，不限形式，早期如《自由书》，实杂文集。其他杂文还有很多，如《少年中国说》《呵旁观者文》《过渡时代论》等，自谓"开文章之新体，激民主之暗潮"（《清议报一百册祝辞……》），可视为杂文一类的代表作。提出问题，思想解放，感情充沛，写得详尽，不嫌反复强调；运用语言，又非常自由，既无所顾忌，又不求修饰，只以表达明白为主。这种文章对桐城派古文或传统古文来说，确是一种"新文体"，一种解放了的新体散文。梁启超的散文从19世纪末到20世纪初发生了广泛的影响，对当时的思想解放和文体解放起了极大的促进作用。梁启超的散文在当时有无可置疑的进步意义，这与他的改良主义思想运动是分不开的。

随着改良主义思想日益与民族民主革命为敌，趋向反动，他的散文也就失去其进步锐利的光辉，成为宣扬他的反动思想的工具了。资产阶级的民族民主主义革命者，同样由于宣传的需要，也自然地趋向于文体的通俗化。邹容作《革命军》，“自念语过浅露”，章炳麟以为“感恒民当如是”。所谓“浅露”，就是通俗化。这是一本宣传反对清朝贵族统治进行革命的小册子，内容与改良派的主张完全不同，但就文体看，显然有梁启超的影响。陈天华更自觉地用通俗语言来宣传革命，他的《猛回头》是白话的说唱体，《警世钟》也是白话文。女侠秋瑾提倡家庭革命，男女平权，曾发表过宣言，也是用白话写的。这些都是走向文体通俗化的趋向。

但桐城派的古文或其他传统流派古文的影响，还是存在的。在资产阶级改良派和革命派中间，为古文找到新生命的，以严复、林纾、章炳麟为最著名的代表作家。严复翻译西方资产阶级的社会科学著作，提出信、达、雅的译文标准。雅是指文体说的，他声明要用古文。他认为“精理微言用汉以前句法则为达易，用近世利俗文字则求达难”（《译〈天演论〉例言》）。他所译的《天演论》一书，桐城派古文家、他的古文老师和朋友吴汝纶誉为“骎骎与晚周诸子相上下”（《〈天演论〉吴序》）。后来他翻译《原富》，遭到梁启超“其文章太务渊雅，刻意模仿先秦文体，非多读古书之人，一翻殆难索解”的正当批评，他却辩护说：“不佞之所从事者，学理邃赜之书也，非以饷学童而望其受益也，吾译正以待中国多读古书之人。”（《与〈新民丛报〉论所译〈原富〉》）可见严复翻译西方资产阶级著作，只是为了少数“多读古书之人”，而不是为了社会群众。由于内容的全新和一种谨严的古文格调，严复翻译的书，特别是第一部《天演论》，在当时的知识界是独一无二的，引起了思想震动，获得了普遍的赞誉。林纾从光绪八年（1882）中举以后，就专心学习桐城派古文；后来他和懂西文的人合作，也用古文翻译西方资产阶级小说，同样在知识界引起极大的兴趣和注意。章炳麟以古奥难懂的文章，表达强烈的排满思想。他主持《民报》时，不满意汉文和唐宋文，而以魏晋文相号召。

他认为魏晋之文“持论仿佛晚周”，“守己有度，伐人有序，和理在中，孚尹旁达，可以为百世师矣”。因此，“效魏晋之持论者，上不徒守文，下不可御人以口，必先豫之以学”（《国故论衡·论式》）。他是一个有学问的革命家，他的政论文是以他的广博渊深的学问为基础的。章炳麟的古文虽很难懂，但由于它的充实的革命内容，在当时也是发生很大的影响的。但是，时代究竟不同了，日益增长变化的革命形势，需要的不是各种流派的古文，而是通俗文。历史事实证明，严复的先秦文、章炳麟的魏晋文、林纾的唐宋文或桐城派古文，都是行不通的。以曾国藩为中心的桐城派支流——湘乡派古文，如著名的张裕钊、吴汝纶、黎庶昌、薛福成等，虽能适应时代的要求，接触新思想，他们的古文已非桐城派古文所能限，但也是行不通的。至于王先谦的《续古文辞类纂》，死守桐城派古文家法，以求“清淡简朴”的古文，则更无希望了。此外，与古文相对的骈文，自道咸以来，虽不乏著名作者，清末如王闿运、李慈铭等，但模拟守旧，更与时代背道而驰了。革命形势的发展和深入，新文化运动的兴起，以无产阶级社会主义思想为指导，以反帝、反封建为主要内容，以通俗化为形式的改良派或革命派的新体散文进一步的发展，终于过渡到“大众化”的白话文，结束了传统古文的长期统治。

（原载《俞平伯先生从事文学活动六十五周年纪念文集》，中国社会科学院文研所编，巴蜀书社，1992年）

龚自珍的“尊史”思想

孙 静

在龚自珍的文章中，“史”有三种含义：或指历史，或指史书，或指史官。《乙丙之际箸议第九》曰：“吾闻深于《春秋》者，其论史也，曰：书契以降，世有三等。”“论史”的“史”即指历史。《对策》曰：“不研乎经，不知经术之为本源也；不讨乎史，不知史事之为鉴也。”“讨乎史”的“史”与“经”并列，显指史书。《古史钩沉论二》曰：“周之世官，大者史。”既言“世官”，“大者史”的“史”自指史官。“史”之史官之义早出，历史之义、史书之义皆由史官之义推衍引申而成。史书为史官所纂录，因其所为之人称其所为之事，遂称史书为“史”。史书所录，时过境迁，皆成历史，因其所书称其所指，遂亦称历史为“史”。故《说文》曰：“史，记事者也。”仍是就其早出之义训解。《礼记·玉藻》云：“动则左史书之，言则右史书之。”亦是说“史”为记述之官。“左”“右”之目，不过区别其记事、记言之分职而已。龚自珍的“尊史”是尊尚史官。既尊尚史官，自然也会看重史书和历史，但主要着眼点却不在后者。

为了阐述“尊史”主张，龚自珍写有直接以“尊史”名篇的论文《尊史》与《尊史三》。他的另一组专论《古史钩沉论》，也主要是对史氏之书、史氏之职、史氏之价值、史氏与统治者之关系等的索引钩沉，与“尊史”的主张有密切关系。龚氏自言“年三十四，著《古史钩沉论》七千言，于周以前家法，有意宣究之矣”（《张南山国朝诗征序》），可谓夫子自道。所谓“周以前家法”，即周代以前的“文献之宗”的系统源流。龚氏后来曾在《己亥杂诗》中慨叹“姬周史统太销沉”（第五七首），可以说《古史钩沉论》就是对销沉的史统的究宣。《古史钩沉论》共四篇，其二又题《尊史二》，王佩铮先生疑其与《尊史》《尊史三》原为一组，颇为有见。其四又题《宾宾》，提出一代王朝应当以宾之礼待宾，“宾宾而尊显之”，实即尊“宾”。“宾”指与一朝后家不同宗姓的“异姓之卿”，即“异姓之圣智魁杰者”，“异姓之闻人”。他们对一朝皇家来说，属于

“宾籍”。但“异姓之闻人，则史材也”，所以“宾”也是“史”，尊“宾”也还是尊“史”。此外，龚氏的“尊史”思想还散见于《乙丙之际箸议》等其他文章中。“尊史”无疑是龚氏重要思想之一。

龚自珍文章，篇题即冠以“尊”字的，《尊史》是其一，此外还有《尊命》《尊任》《尊隐》。他又写有《宥情》，并在《长短言自序》中说：“情之为物也，亦尝有意乎锄之矣；锄之不能，而反宥之；宥之不已，而反尊之。”自称其为长短句“殆尊情者”。虽未尝以“尊情”名篇，“尊情”之意甚显，亦应视为一尊。在这五尊思想中，尊情、尊隐、尊史意义尤为重大。如果说“尊情”是鼓吹个性解放思想，“尊隐”是憧憬未来的社会改革力量，那么“尊史”就是提倡正视现实，尊重理性，开展以理性为中心的社会批判精神。这些都是在历史转折时期具有启蒙意义的进步思想，与龚氏社会变革思想密切相关。要深入了解龚自珍，不可不探究其“尊史”思想。

一

从“尊史”的角度看，龚自珍《古史钩沉论二》即《尊史二》是一篇重要文字。在这篇专论里，龚氏通过对古代史官作用及其发展的统系源流的钩沉索隐，突出揭示了史官的价值，可以说是其“尊史”主张的理论基础。

龚自珍首先以周代史官为对象，着重阐发了史官在国家政治社会生活中的突出的地位与作用。他说：“周之世官，大者史。史之外无有语言焉；史之外无有文字焉；史之外无人伦品目焉。史存而周存，史亡而周亡。”就是说，周代的史官集中地掌握了周王朝语言交通之事，文字记载之事，人事褒贬与是非判断之事。有史官的存在，才有有周一代创制的存在，没有史官则有周一代的创制必然湮灭无存。龚氏的这种论断并非臆说，完全符合《周礼》等古文献有关史职的记载，是有其文献的历史的根据的。

《周礼》一书记述周代他官设职，其六官中除《冬官考工记》外，其余五官即天官冢宰、地官司徒、春官宗伯、夏官司马、秋官司寇属下数百种官职中，大多配有“史”。郑玄《注》谓：“史，掌书者。”贾公彦《疏》云：“史，主造文书”，“掌官书以赞治”。说明“史”垄断了国家事务中的文书之事，并执持文书以佐助施治，即“赞治”。史官的这种作用，在《周礼·春官宗伯》所载大史、小史、内史、外史等的职事中，表现得更为明显。他们的职事，归纳起来，大致有六个方面：第一，造作文书，即将王命、法令等形诸文字。内史职言“掌书王命”，外史职言“掌书外令”，皆是。第二，主掌记述。如外史“掌四方之志”，小史“掌邦国之志”。贾《疏》云：“志者，记也。诸侯国内所有记录之事，皆掌之。”第三，汇藏文书档案。大史职言“凡邦国都鄙及万民之有约剂者，藏焉，以贰六官”。郑《注》云：“六官，六卿之官”；“约剂，要盟之载词及券书也”；“贰，犹副也，藏法与约剂之书，以为六官之副”。也就是说，国家的法令，邦国都鄙要盟的载词，万民的券书，总之，一切文书档案，“六官各有一通，此大史亦副写一通”（贾《疏》），存藏在手。第四，管理历史文献。外史职言“掌三皇五帝之书”，即收贮往古相传的典籍。第五，职掌文字小学。外史职言“掌达书名于四方”，郑《注》即云：“或曰古曰名，今曰字。使四方知书之文字，得能读之。”第六，考察施治状况。如国家最高政务长官大宰“掌建邦之六典以佐王治邦国”，“以八法治官府”，“以八则治都鄙”，具体主持政务的实施；大史则与之相应“掌建邦之六典以逆邦国之治，掌法（按即大宰职之‘八法’）以逆官府之治，掌则（按即大宰职之‘八则’）以逆都鄙之治”。何谓“逆”？郑《注》云：“为王迎受其治。”贾《疏》云：“迎受钗考之也。”即迎受其施治之实迹而钩稽考察。也就是说，大宰掌六典、八法、八则佐王治理邦国官府都鄙，大史则相应掌此三者为王勾考其施治得失。又如内史“执国法及国令之二，以考政事，以逆会计”，也是执国法、国令的副本“勾考其政事及会计，以知其得失善恶而诛赏也”（贾《疏》）。综上所述，可见古代史官深入现实社会之中，并在国家管理方面扮演着重要角色。他们不仅垄断了全社会文化层面的事情，而且稽考施治情形，给予毁誉批评。龚氏说“史之外无有语言焉；史之外无有文字焉；史之外无人伦品目焉”，是并不过分的。

龚自珍指出，史官的这种突出的作用，是由史官的性质决定的。一代王朝分官治事，史官具有不同的特点。它不是直接掌管政事的职事官，却与实际施治的百官无不有密切的联系：“史于百官，莫不有联事。”“联事”一词，亦出《周礼》，贾《疏》谓“连事通职相佐助”，本指职事官之间联合处理某些问题，龚自珍代借来指史与百官无不有共事的关系。不过，这种共事与职事官之间的共事不同，它并不直接参与百官对实际政事的处理，只是居于职事官之侧，总掌文书与勾考之事。一方面将施治的条教号令、法规制度形诸文字，并予以副藏；一方面又依据条教法规勾考施治情况，辨别得失，褒贬是非，记述情实，总结经验教训。从表现上看，它出离于实际政事之外，实际上以旁观者清的有利地位，最清醒地识察社会现状，并集中掌握一切书面文化资料。

史官既然参与创制并总揽一代文献典籍，最熟悉一代典章制度，自然关系到一代创业垂统的存灭。故龚有“史存而周存，史亡而周亡”的论断。他还借孔子的言论进一步阐发说：对于夏代，孔子感叹“文献杞不足征”，就是“伤夏史之亡”；对于殷代，孔子感叹“文献宋不足征”，就是“伤殷史之亡”；周代平王东迁，孔子说“天子失官”，就是“伤周史之亡”。孔子所谓“文献”，“文”指文籍，“献”指熟悉遗闻旧事的长者，史官是其中的重要部分。文献不足，一代的创制便不可详知，甚者则完全不能在历史上留下景象。所以“灭人之国，必先去其史；隳人之枋，败人之网纪，必先去其史；绝人之材，湮塞人之教，必先去其史；夷人之祖宗，必先去其史”。消灭一代史官，扫除一代文献，就可以泯灭一代的纲纪、教化、传统，断绝其人才，使五族忘其祖宗，彻底灭亡其国家。可见史官在一代创业垂统中的地位与价值。史官一方面集中掌握了当代与前代的书面文化资料，一方面深入现实社会之中，明察其施治的成败得失，这种特殊的地位与职能，很自然地让史官成为社会上最有文化并深察事理的智者。所以龚自珍说：“周之初，始为是官者，佚是也。周公、召公、太公，既劳周室，改质家跻于文家，置太史。史于百官，莫不有联事，三宅之事，佚贰之，谓之四圣。盖微夫上圣睿美，其孰任治是官也？”周初最早做史官的是佚。史佚虽非三事大夫之类的重臣，但与三事大夫都有联事，掌其文书，考其治迹，以贰其治，故与之并称为“圣”。如果不是圣智美材，是不可能胜任此职的。我们可以把龚氏的这种观点称之为“史官圣智论”，是他“尊史”主张的重要理论基石之一。

由于史官集中掌握了社会文化层面的事情，一代典章文献无不出于其手，藏于其府，龚自珍在文中进一步提出，古代一切学术文化无不源出史官，他详细论列了我国时代较早的文献与学术文化，即经书、子书，无不出于史。

龚自珍具体指明诸经与史官的关系说：《易》乃“卜筮之史”；《书》乃“记言之史”；《春秋》乃“记动之史”；《诗》之《风》乃“史所采于民，而编之竹帛，付之司乐者”，《雅》《颂》则是“史所采于士大夫”；《礼》乃“一代之律令，史职藏之故府，而时以诏王者”；作为《经》之附庸的“小学”，乃是“外史达之四方，瞽史谕之宾客之所为”。龚氏还特别指出，《礼》与《乐》虽分别为宗伯、司乐所掌，但是“礼不可以口舌存”，“乐不可以口耳存”，仍是得之于史，而非得之宗伯、司乐。可见全部经书，究其原始，或属史官职事，或为史官采编，或经史官录存，或由史官职藏，其初无不出自史官。

诸子百家属于学说流派，似与史官相远。但是，龚自珍广采文献资料，溯本探源，从诸家称道之祖与诸家学说宗旨所本两个方面，论证诸子亦无不出于史。

从诸家称道之祖看，或者是史官，或者出于史官职藏的文籍。前者如道家言称辛甲、老聃，墨家言称尹佚。辛甲、尹佚是史官，老聃则为柱下史。后者如农家、杂家、阴阳家以及兵、术数、方技等，言皆称神农、黄帝，而“神农、黄帝之书，又周史所职藏，所谓三皇、五帝之书者是也”。

从诸家学说宗旨所本来看，则无不各承古代史官职事之一端。龚自珍一一论列道：“老于祸福，熟于成败，万事之盈虚，窥至人之无竞，名曰任照之史，宜为道家祖。综于天时，明于大政，考夏时之等，以定民天，名曰任天之史，宜为农家祖。左执绳墨，右执规矩，笃信谦守，以待弹射，不使王枋弛，不使诸侯骄上，名曰任约剂之史，宜为法家祖。博观阁言，既迹其所终始，又迹其所出入，不蒙一物之讥，不受诸侯蹈，使王政不清，庶物奸生，名曰任名之史，宜为名家祖。胪引群术，爰古聚道，谦让不敢删定，整齐以待能者，名曰任文之史，宜为杂家祖。窥于道之大原，识于吉凶之端，明王事之贵因，一呼一吸，因事纳谏，比物假事，不辞矫诬之刑，史之任讳恶者，于材最为下也，宜为阴阳家祖。近文章，妙语言，割荣以任简，养怒以积辨，名曰任喻之史，宜为纵横家祖。抱大禹之训，矫周文之偏，守而不战，俭而不夺人，名曰任本之史，宜为墨家祖。五庙以观怪，地天以观通，六合之际，无所不储，谓之任教之史，宜为小说家祖。刘向云：道家及术数家出于史，不云余家出于史。此知五纬、二十八宿异度，而不知其皆系于天也；知江河异味，而不知皆丽于地也。”

综合五经、诸子与史官的渊源关系，龚自珍以封建宗法关系为谕，总结说：“五经乾，周史之大宗也”，“诸子也者，周史之支孽小宗也”。经、子之源，同在同代史官，分别只是如宗法之有大宗、小宗布局。

清人傅山得出五经乃“一代之王制”（《霜红龛集·杂记一》）的结论，章学诚承此，言“六经皆先王之政典”，进而提出“六经皆史”（《文史通义·内篇一·易教》）。有人认为龚自珍的“尊史”即承章氏之说，把它扩衍到了诸子，即不只言六经皆史，而且言诸子亦史。实际上，章、龚二氏之说，虽有相通之处，重心所指，则显有不同。章氏“六经皆史”的命题，虽然不能说毫不包含经书与史官的关系，但直接的着眼点却是经书本身的性质，因其均为“先王之政典”，所以说它本质上都属于史书。龚氏的经书为“周史之大宗”，其着眼点则在经书的创制，因为经书都与古代史官职事相关，因而说它无不出于史官之手。正是这样，龚氏在《古史钩沉论四》即《宾宾》中说：“孔子述六经，则本之史。”正文紧接言：“史也，献也，逸民也，皆于周为宾也。”可证“本之史”的“史”是指史官，而非史书。由于六经内容都属于古代史官的职掌，所以说孔子编定六经本之史官。可见，章氏的视角在书，在六经的性质；龚氏的视角在人，在六经的创制。龚氏要说明的，不是经书本身的性质，而是经书与史官的关系，是要指明史官在诸经的创制、存藏与流传中的作用。如果将章、龚二氏的命题予以清晰的表述，则章氏为“六经皆史论”，龚氏为“六经皆出史官论”。

对于子书来说，也是如此。章学诚也曾谈到诸子的源流，认为“诸子之为书”，“必有得于道体之一端”。但他明确指出：“所谓一端者，无非六艺之所该，故推之而皆得其本。”显然是说诸子皆源出六经。他还具体缕述道：“《老子》说本阴阳，《庄》《列》寓言假象，《易》教也；邹衍侈言天地，关尹推衍五行，《书》教也；管、商法制，义存政典，《礼》教也；申、韩刑名，旨最赏罚，《春秋》教也；其他杨、墨、尹文之言，苏、张、孙、吴之术，辨其源委，挹其旨趣，九流之所分部，七录之所叙论，皆于物曲人官，得其一致，而不自知为六典之遗也。”（均见《文史通义·内篇一·诗教上》）这些论述中所含的命题十分明显，仍是“诸子源出六经论”。龚氏的诸子为“周史之小宗”与此异趣，是说诸子学说宗旨都本于古代史官的职事，是其某一方面职事的发挥与推衍，其中所含的命题，乃是“诸子源出史官论”。龚氏所言，既非诸子与六经的关系，也非子书本身的性质，而是诸子学说与古代史官的渊源，重点是在指出史官对诸子的本原意义。分清章、龚二氏之说的这种差别，才能了解龚氏意见的本质，才能看出龚氏虽受章氏之说的影响，却系别有侧重的创论。

龚自珍关于六经、诸子皆源出史官的论述，充分揭示了古代史官在学术文化发展中的作用，可以称之为“学术文化源出史官论”，是龚氏“尊史”主张的又一理论基石。

自汉以后，儒家学说的创始人孔子逐渐被神化，孔子其人被尊为圣人，孔氏学说也被尊为圣道。孔子当年针对现世所发的那些活生生的言论，被变成永恒不变的先验的僵死的教条。但在龚自珍看来，孔子之所以为“圣”，并不在于他创造了什么放之四海而皆准的圣道，而是因为他接续了史统，成为史官统系濒临断绝时的中继的枢纽。

龚自珍认为，周人平王东迁，“天子失官”，“周之史亡”，史官没能尽到自己的职责。文献遗失，事无载记，史统面临断裂的危险。他在《古史钩沉论二》中具体梳理这段历史，以文献的存佚、记事阙备为标准，详细评论了史官的功罪，指出史官有大罪四，小罪四，大功三，小功三。如论史之大罪四云：“帝魁以前，书莫备焉，郯之君知之，楚之左史知之，周史不能存之，故传者不雅驯，而雅驯者不传，谓之大罪一。正考父得商之名颂十二于周，百年之间亡其七，太师亡其声弦焉，太史又亡其简编焉，谓之大罪二。周之雅颂，义逸而荒，人逸而名亡，瞽所献，燕享所歌，大抵断章，作者之初指不在，瞀儒序诗，以断章为初指，以讽谏为本义，以歌者为作者，史不能宣而明，谓之大罪三。有黄帝历，有颛顼历，有夏历，有商历，有周历，有鲁历，有列国历，七者，周天子不能同，列国赴告，各步其功，告朔怠终，乃乱而弗从；周享国久，八百余祀，历敝不改，是以失礼，是失官之大者，谓之大罪四。”所谓罪，就是使文献遗失，记事不备。又如论史之大功三云：“帝魁以降，百篇权舆，孔子削之，十倍是储，虽颇阙不具，资粮有余，史之大功一。孔子与左丘明乘以如周，获百二十国之书，夫而后《春秋》作也，史之大功二。冠昏之杀，丧祭之等，大夫士之曲仪，咸以为数；夫舍数而言义，吾未之信也，故十七篇之完，亦危而完者也，史之大功三。”所谓功，就是尽可能地保存了文献，留下了历史的真实。

龚自珍指出，史官的这种“功罪之际”，就是史统的“存亡之会”“绝续之交”。当时的状况是“史有其官而亡其人，有其籍而亡其统”。孔子恰生此时，“不后周、不先周”，乃是“存亡续绝，俾枢纽也”。孔子充当了“其人”，宣明了“其统”，故而“史统替夷，孔统修也”。“孔统”不是什么圣统，而是直承“史统”。“孔统”与“史统”禅为一，相因为用，所谓“史无孔，虽美何待？孔无史，虽圣曷庸”？如果没有孔子这个存亡续绝的枢纽人物，史统再好也得不到继承与发扬；反过来，如果没有史统的凭借，孔子即使聪明圣智，也无法发挥其作用。龚氏充分肯定、热烈赞扬了孔子在史统中继上的作用。正是这样，他尖锐地批评了孔子以后不能很好地发扬光大史统的言行，指出本十子之徒“不以孔子之所凭借者凭借”，是“失其器”；“三尺童子，瞀儒小生。称为儒者流则喜，称为群流则愠”，是“失其情”；“号为治经则道尊，号为学史则道诎”，是“失其名”；至于“知孔氏之圣，而不知周公、史佚之圣”，更是“失其祖”了。因为孔子之圣在于继承“史统”，而“史统”并非孔子所开创，应当远溯到周公、史佚。

龚自珍关于“孔统”的本质、“孔统”与“史统”关系的论述，可以称之为“孔统继史统论”。它不仅剥去了孔子圣道的光环，恢复了孔子在“史统”中的本来面目，而且把史官提到了与圣媲美的高度，借孔子的崇高地位进一步为史官张目，成为他“尊史”主张的又一理论基石。

从上述分析中可以看到，龚自珍在《古史钩沉论二》这篇专论中，通过对周以前史官的作用及其统系源流的钩稽阐发，对于古代史官提出了系统的认识，这就是“史官圣智论”“学术文化源出史官论”“孔统继史统论”，充分揭示了古代史官在国家社会生活及学术文化发展中突出的地位、作用与价值，为其“尊史”主张提供了理论基础与历史根据。不过，有两点是应予说明的。

第一，龚氏关于古代史官的论述，虽然都有文献根据，也抓住了古代史官的本质，但也只能说言皆有据，大体不错，却不能说完全科学。且不说关于诸子与古史职事的关系多属事理分析，缺乏实证，甚至不免某种以后溯古时的理想化成分；即使有文献根据的立论，所据之文献上的记载，也不全都可信，明显的如言农家、杂家、阴阳家等言称神家、黄帝，这不过是诸家改造神话传说，托古以自重，很难据以证明真实的传承统系。至于《周礼》，也是周以后编成之书，并非周代分官设职的实录，其中含有汇编者的整齐划一。龚氏生当乾嘉汉学蓬勃发展的时期，本人又有相当深厚的汉学考据学根底，不能说对这些完全处于盲目状态。他在《乙丙之际箸议第十七》中就曾明确说过："汉臣采雅记古仪官书造《周礼》，又颇增益《左氏传》。"说明他对文献资料是有辨识的自觉的。龚氏在这里如此运用文献资料建构其说，显然是采取了他在发表大议论时常常使用的六经注我、非我注六经的文法，这是与求古之真不相合的。不过，龚氏本意本不在探索关于古代史官的完整的科学认识，只不过想抓住主要方面，阐明古代史官的价值，以便有力地张起"尊史"的旗帜，细节的参差，无伤大体，也就不必计较了。

第二，龚氏关于史官作用的论述，只适用于古代史官，即周以前的史官。其立论的主要依据，也是《周礼》等文献所载的周代的史职。秦汉以后，情况发生了明显的变化。随着中央集权体制的建立，社会生活的复杂，设官分职的科学，文化事业的发达，史官的职事日趋单纯化。许多原来由"史"所主之事，或改隶他官，或更改了名号，史官的职事范围大大缩小了。一般说来，地方的文书档案已不设"史"掌管，各级职事官施治情况的"勾考"，也不再归属史官。史官的任务大体只限于记述朝廷大事、纂修国史以及汇存交付史馆的文书档案。清代尤其如此。据《清史稿·职官志》所载，记录皇帝的言动，由起居注馆负责；朝廷的各种"撰著记载"，统由翰林院职掌；至于勾考之事，则归属监察机构，如左都御史"掌察核官常，参维纲纪"，十五道监察御史"掌弹举官邪，敷陈治道"，六科给事中"掌言职，传达纶音，勘鞫官府公事"；而国史馆的任务，却仅仅是"掌修国史"。在这样的现状面前，提出"尊史"，是要改变现行官制恢复古代史职吗？龚自珍显然并无这样要求。那么，他得出"尊史"的意旨究竟何在呢？这正是我们应该进一步探讨的问题。

二

龚自珍处于近代历史转折时期。封建专制主义制度已经没落，日益暴露出它的腐朽性，清王朝的统治也已度过了康乾盛世，到了"日之将夕"（《尊隐》）的地步。处于这种时代氛围中的龚自珍，以他深邃的思想和敏锐的观察力，深切地感受到社会已经到了必须变革的前夜。他在《乙丙之际箸议第七》中尖锐地指出，或者是统治者"自改革"，寻找到新的出路；或者是由"来者"予以"劲改革"，取而代之。总之，不能按照老样子继续下去了。他劝告统治者"豫师来姓"，主张变革："将败，则豫师来姓；又将败，则豫师来姓。《易》曰：'穷则变，变则通，通则久。'非为黄帝以来六七姓括言之也，为一姓劝豫也。"一代政制走到了穷途末路，就要以将革已弊而代兴者为师，预行他们和政策，以争取《易经》所言穷变通久的前途。否则，“拘一祖之法，惮千夫之议，听其自堕”，则只能“俟踵兴者之改图”，因为“一祖之法无不敝，千夫之议无不靡”。他大声疾呼：“与其赠来者以劲改革，孰若自改革?”龚氏即以改革者自任。他一生写下不少关切现实的文章，“经济文章磨白昼，幽光狂慧复中宵”（《又忏心一首》），呼号变革与具体拟议变革是其中心主题。他需要呼唤适应变革的时代精神，“史”成为他注目的对象之一。他的“尊史”就是试图通过发扬古代史官的某些本质精神输载和宣扬其具有近代启蒙意义的适应变革现实需要的思想观念。这种观念大体可以归结为重现实、重智者、重理性。这是“尊史”的现实意义，也是龚氏“尊史”的根本意旨所在。

“尊史”就是提倡重现实。所谓重现实，首先就是以唯物的态度对待现实，把社会看作是社会本身，社会问题产自社会之中，解决社会问题的答案也只能从社会中寻找，不存在什么超越社会的支配力量。这种具有朴素唯物倾向的社会观是进行社会变革的重要思想前提。我国史官文化正含蕴这种观念与精神，它专注于现实社会的情事，对超现实的事物或力量不甚深究，或者敬而远之。儒学的祖师孔子“不语怪力乱神”（《论语·述而》），又说“务民之义，敬鬼神而远之，可谓知矣”（《论语·雍也》）。季路问他“事鬼神”和“死”的事，他回答说：“未能事人，焉能事鬼?”“未知生，焉知死?”（《论语·先进》）把“事人”看得重于“事鬼”，把“知生”看得重于“知死”。甚至认为深入把握典章制度的因革规律，可以预知未来的变化，所谓“殷因于夏礼，所损益可知也；周因于殷礼，所损益可知也；其或继周者，虽百世可知也”（《论语·为政》）。这是我国史官文化精神的集中体现，也是我国古代史官的重要精神之一。龚自珍依据文献资料勾画出的古代史官面貌，清楚地证明了这一点。其基本特质就是深入社会之中，正视社会现实，以其深察现实的智慧和“司谤誉”（《尊史》）即“人伦品目”的作为，发现和推动社会问题的解决，保持社会不停地向前运转。“尊史”的意义之一就是借“史”来高扬这种精神。

龚自珍的社会观很明显是继承与发展了我国史官文化的社会观。他认为人类社会的主宰是人类自身，不是什么超越人类社会之上的力量：“众人之宰，非道非极，自名曰我。”主宰人类的不是“道”“极”之类的先验物，而是“我”，即人类自身。人类社会中的一切，都是基于人类特性，适应社会生活的需要，由人类自身逐步创造出来的：“天地，人所造，众人自造，非圣人所造”，“我理造文字言语”，“我分别造伦纪”。（以上均见《壬癸之际胎观第一》）人类具有意识理性，所以创造了语言文字；人群有基于宗族、社会种种关系而生的分别，于是创造了伦常纲纪。“民我性能测，立测之法，是数之始”，“民我性能类，故以书书其所生，又书所生之生，是之谓姓，是谱牒世系之始”，总之，“既有世已，于是乎有世法”（均见《壬癸之际胎观第二》），有了社会，才陆续创造出适应社会需要的事物、法规等。人类社会组织也是随着人类群体由小到大的发展，自下而上逐步建立起来的：“先小而后大。五人主为政，十人主为政，十十人主为政，百十人主为政，人总至，至于万，为其大政。”规模大了，就产生了官：“万人之大政，欲有语于人，则有传语之民，传语之人，后名为官。”（均见《壬癸之际胎观第一》）相对于“民事”而言的“天事”，即人类那些报天敬祖的祭祀，也是在“民事”的基础上产生的：“民饮食，则生其情矣，情则生其文矣。”人们得以饮食生存发展，则思饮食之源，思报使己得以饮食者之恩，由情生文，于是有了对天、对父母、对圣人之祭，是“懂事终”才“天事始”（均见《五经大义终始论》）。“民事”在前，“天事”在后，社会生活是一切的基础。人类社会的一切既然是人类自身创造的，那么，当社会的典章制度已不适应社会发展的时候，自然应该由人类自身通过除弊救偏的变革来解决。这与我国古代史官所奉行的精神是一脉相通的。

龚自珍很重视捍卫这种史官文化精神。汉代大儒董仲舒提出一套与此种精神相悖的，宣扬阴阳灾异、上天示警的天人感应的迷信政治哲学，并将它归本于《春秋》。其著名的《对策》说：“臣谨案《春秋》中，视前世已行之事，以亲（视）天人相与之际，甚可畏也。国家将有失道之败，而天乃先出灾害以谴告之。不知自省，又出怪异以警惧之。尚不知变，而伤败乃至。”龚自珍针锋相对，提出这一套并非《春秋》之义，“不得阑入孔氏家法”。他说：“孔氏上承《尧典》，下因鲁史，修《春秋》，大书日食三十又六事，储万世之历，不言凶灾。”孔子上承《尚书·尧典》言“历象日月星辰”的传统，下依春秋时代鲁国纪实的史记，修纂《春秋》一书，大书日食三十六次，不过是“储万世之历”，如实记载历法，并没有说日食是凶灾。谁言“日食为凶灾”呢？是“《小雅》之诗人”，“七十子后学者”，“汉之群臣博士”。他们“言君后象日月”，见日月为食，乃“哗咎时君，时君或自责，诏求直言，免三公，三公自免”。龚氏指出，这种东西“大都君臣借天象傅古义以交相儆”，不过是君臣附会古义，借助天象以互相儆诫而已，并非存在什么天人感应。而且用这种虚诞的演说去儆诫人君，也起不了什么作用：“人主不学无艺能，虽借言以愚其君无所用；人主好学多艺能，必有能自察天文、步历造仪者矣。将诘其臣曰：诚可步也，非凶灾；诚凶灾也，不可以步。借者何以对？将大作诬与谤。”天不示警而言示警，是为“诬”；天象变异本与政治无关，而言政弊之象，是为“谤”。龚氏指出，太史就应“察天文，刻章，储历，编年月，书日”，如实记载历法史事。大臣也应是“探本真以奉君，过言有诛，矧旁饰言”。(均见《乙丙之际箸议第十七》)作为大臣，只应探求社会的“本真”，辅佐君主治理天下国家，不正确地判断尚要受到责罚，何况粉饰那些虚诞无证之说！龚氏守持史官文化精神的态度是坚定的。

在马克思主义没有产生之前，特别是中国社会还基本处于封建主义历史阶段的时候，人们不可能从经济基础上去科学地认识社会，总体上不能不局限于历史唯心主义的范畴中。我国史官文化中所蕴含的具有朴素唯物倾向的社会观也不例外。但是，能够把社会矛盾看作社会本身的问题，吸引人们到社会中去寻找社会矛盾的根源，这在近代历史转折时期，无疑是为激扬社会变革新思潮奠定基础，开拓道路。通过“尊史”发扬这种观念，倡导这种精神，价值正在这里。

在龚自珍时代，提倡重视现实还有另一层意义。由于清王朝统治者存在民族疑忌心理，实行严酷的思想文化禁锢政策，以大兴文字狱的残酷刑罚钉戮压制思想言论，驱使人们远离现实，尤其是对政治问题，避之唯恐不远。其结果，一方面是臣的缄默保身，无所建白，所谓“建大猷，白大事”，“绝无人也”(《明良论三》)。龚氏在《古史钩沉论一》中说，霸天下之氏，“未尝不仇天下之士，去人之廉，以快号令，去人之耻，以嵩高其身；一人为刚，万夫为柔”，“大都积百年之力，以震荡摧锄天下之廉耻；既殄、既狝、既夷，顾乃席虎视之余荫，一旦责有气于臣，不亦暮乎！”可以说是对清王朝的这种作为及其结果的真实描绘。另一方面则是促使学术走向纯学术，以徽文考献为核心的汉学考据学蓬勃发展，学者埋头故纸堆，成为“学隐”。因此，整个社会死气沉沉，士大夫“尽奄然而无有生气”(《明良论三》)。龚氏《咏史》诗说：“避席畏闻文字狱，著书都为稻粱谋。”《己亥杂诗》第一二五首说：“九州生气恃风雷，万马齐喑究可哀。”都是对这种形势的深沉感慨。用史官直面现实和学、治合一的精神，唤回关注现实的热情与勇气，从学、治分离的道路上摆脱出来，实为一大现实课题。

龚自珍在《乙丙之际箸议第六》中，深刻地论述了学与治的关系，力反学、治的分离。他指出所谓“学”，溯其本源，无不从国家社会治理实践中来：“自周而上，一代之治，即一代之学。”“一代之学，皆一代王者开之。”他具体阐发说：“有天下，更正朔，与天下相见，谓之王。佐王者，谓之宰。天下不可以口耳喻也，载之文字，谓之法，即谓之书，谓之礼，其事谓之史。职以其法载之文字而宣之士民者，谓之太史，谓之卿大夫。”王与宰治理天下，诏令法规不能靠口头传谕，将它形诸文字，就是“法”，也就是《书》和《礼》。完成其事叫作“史”。所以，以其法载之文字的叫太史，以其法宣之士民的叫卿大夫。“学”不是什么别的东西，不过是形诸文字的治法而已。三代典籍，《书》也好，《礼》

也好，其本质不过如此。所谓拥有知识的“士”与“师儒”，其与庶民的区别，也只是在于对“法”的了解的程度：“民之识立法之意者，谓之士。士能推阐本朝之法意以相诫语者，谓之师儒。”能识当代立法的根据与道理的就是“士”，不仅如此，还能阐发法意而进行教诫的就是“师儒”。龚氏总结说：“王、若宰、若大夫、若民相与以有成者，谓之治，谓之道。若士、若师儒法则先王、先冢宰之书以相讲究者，谓之学。师儒所谓学有载之文者，亦谓之书。是道也，是学也，是治也，则一而已矣。”君、臣、民相与结成社会，安定发展，就是“治”；其中蕴含的致治之理就是“道”；士或师儒参照先王、先冢宰之书以相讲求就是“学”。先王、先冢宰之书，实质又不外是先代之“治”。所以，道、学、治是三位一体的，不可以将它们割裂，更不可以将它们发展为互不相关的东西。

基于上述认识，龚自珍认为周以上“一代之治即一代之学”是最理想的时代。到了春秋战国，学术分化，“源一而流百”，诸家“各守所闻，各欲措之当世之君民”，已是“师儒之替”，“政教之末失”。不过由于他们毕竟还都“出于其本朝之先王”，如儒家为司徒之官之后，道家为史官之后，墨家为清庙之官之后等，也还能有用于时，“处则为占毕弦诵，而出则为条教号令”，国家也“甚赖有士”。可是到了后来，学、治完全分离，知识层也就号成为无用于时的群体了。他们“重于其君，君所以使民者则不知也；重于其民，民所以事君者则不知也。生不荷耰锄，长不习吏事，故书雅记，十窥三四，昭代功德，瞠目未睹，上不与君处，下不与民处。由是士则别有士之渊薮者，儒则别有儒之林囿者”，因而“王治不下究，民隐不上达，国有养士之赀，士无报国之日”。龚氏在这里情不自禁地流露了对纯学术的微词，对知识层脱离现实的倾向的非议。

古史氏是深入社会之中的，也是学、治合一的。在“史官”与“学隐”二者之间，龚自珍无疑倾心于前者。他在《古史钩沉论二》中说，如果在周末，“有一介故老”，“悯周之将亡也，与典籍之将失守也，搜三十王之右史，拾不传之名氏，补诗书之隙罅”，便会“逸于后之剔钟彝以求之者”。龚氏衷心向往地说：“自珍于大道不敢承，抑万一幸而生其世，则愿为其人欤！愿为其人欤！”以“史”自任之情，溢于言表。龚氏在当时的汉学考据学方面也有相当的造诣，经学、史学、小学、金石学、舆地学等都有涉猎和成就。但他对汉学所持的基本态度，是发扬其“实事求是”精神，通过恢复古文献的本来面目，弄清古代的典章制度，从中探求致治之理，并非为考据而考据。他在《陈硕甫所著书序》中说：“使黄帝正名，而不以致上世之理，孔子之正名，而终不能以兴礼而齐刑，则六艺为无用。”主张“始以六书九数之术，及条礼家曲节碎文”，而“遂以通于治天下”。同时，他把议时论政放在学术研究之先。在《古史钩沉论三》中，他回答朋友为什么“不写定《易》《书》《诗》《春秋》”的质问时说：“有事天地东西南北之学，未暇也。”所谓“天地东西南北之学”，就是他所撰著的《西域置行省议》《东南罢番舶议》一类紧密关切现实政事措置的议论。他是把时事置于经学之上的。龚氏在变革的志怀得不到伸展时，也往往以汉学的琐事排遣抑郁苦闷。《己亥杂诗》第七三首是为完成《镜苑》《瓦韵》《汉官拾遗》《泉文记》各一卷而写。诗云：“奇气一纵不可阖，此是借琐耗奇法。奇则耗矣琐未休，眼前胪列成山岳。”不难从中嗅到自我调侃之味和“借琐耗奇”的无可奈何之情。心志所系，实在“奇气一纵”方面。他的“尊史”实有想借古史氏唤回那种直面现实与学、治合一的精神的意向。

“尊史”又是提倡重智者。社会问题既然在社会本身，“学”与“道”既然无不蕴含在治理天下国家的实践中，史官自然最容易成为把握社会“本真”的智者，所以龚氏在《尊史》中说：“出乎史，入乎道。欲知大道，必先为史。”要知大道，就要做史官，“出乎史”才能“入乎道”。龚氏以老子为例说：“古有柱下史老聃，卒为道家大宗。”老子为柱下史，故能成为把握大道的道家之祖。不仅如此，所谓智慧也往往与史氏之书分不开。《乙丙之际箸议第九》说：“是故智者受三千年史氏之书，则能以良史之忧忧天下。”“履霜之，寒于坚冰；未雨之鸟，戚于飘摇。”接受三千年史氏之书，就可以具备“良史”之智慧，能够见微知著，预测未来；“探世之变，圣之至也”，能够了解社会变化的因果关系，就是最聪智的人物。史官就是智者，“尊史”就是重智者。

龚自珍重智者，在当时是有深刻历史内涵的。面对危机四伏、“穷”而当“变”的时代，龚自珍认为能够肩负起变革前进的重担的，就是那些善察事变、明晓如何除弊革新的智者和人才。他在《上大学士书》中说：“自珍少读历史史书及国朝掌故，自古及今，法无不改，势无不积，事例无不变迁，风气无不移易，所恃者，人才必不绝于世而已。”从古到今，法规事例无不变迁，所依恃的就是人才不断，能够不断除旧布新，革弊趋利，保持社会向前运转。正是这样，龚氏在《乙丙之际箸议第九》中鲜明地指出人才是社会盛衰的标志：“书契以降，世有三等。天等之世，皆观其才。才之差，治世为一等，乱世为一等，衰世别为一等。”而衰世的主要表现就是整个社会从上到下无才：“左无才相，右无才史，阃无才将，庠序无才士，陇无才民，廛无才工，衢无才商，抑巷无才偷，市无才驵，薮泽无才盗，则非但鲜君子也，抑小人甚鲜。”也正因为如此，为了解救当时的危机，龚氏在《己亥杂诗》第一二五首中疾呼：“我劝天公重抖擞，不拘一格降人材。”

龚自珍认为，人才、智者关系着社会国家的治乱兴衰，自古以来的明君无不重视人才。《五经大义终始论》曰：“古者明一辈子之在位也，必遍在天下良士之数；既知其数，又知其名；既知其名，又知其所在。盖士之任师儒者，令闻之枢也；令闻，飨帝之具也。其在《记》曰：‘三代之王也，必先其令闻。’”三代之王都首重令闻良士。《乙丙之际箸议第九》也说：“三代神圣，不忍薄谲士勇夫，而厚豢驽羸。”龚氏强调重视“宾”“师”，实质也还是重视人才。《五经大义终始论》引《尚书·洪范》八政曰：“七曰宾，八曰师。宾师得而彝伦序。”何谓“彝伦序”？文曰：“无政之曰阙，政不中之曰不序，阙且不序，中国必有不安者矣！”序与不序，实为治、乱之分野。龚氏《古史钩沉论四》言何以应尊宾曰：“夫五行不再当令，一姓不再产圣。兴王圣智矣，其开国同姓魁杰寿耇，易尽也。宾也者，异姓之圣智魁杰寿耇也。”“宾”是一代王朝的魁杰寿耇的重要补充。由于他们了解前古之礼乐道艺，对新朝尤其具有特殊的意义：“礼乐三而迁，文质再而复，百工之官，不待易世而修明。微夫储而抱之者乎，则弊何以救？废何以修？穷何以革？《易》曰：‘穷则变，变则通，通则久。’恃前古之礼乐道艺在也。”没有掌握前代礼乐道艺的“宾”，就不知如何救弊修废革穷，还怎么能推动社会前进呢？所以，“宾也者，三代共尊之而不遗也”。

龚自珍认为这种深察世变的智者是一股不可遏抑的力量。《乙丙之际箸议第九》言衰世一旦有“才士与才民出，则百不才督之缚之，以至于戮之”，要“戮其能忧心，能愤心，能思虑心，能作为心，能有廉耻心，能无渣滓心”，使他们成为浑浑噩噩、对时事冥心息虑的不才之庸人。然而，“才者自度将见戮，则蚤夜号以求治，求治而不得，悖悍者则蚤夜号以求乱”，“以思世之一便已”。他们不但不会束手就戮，反而顽强地要求变革现实。在《京师乐籍说》里，龚氏巧妙地通过议论乐籍的设立，生动地揭露统治者戕害人才的用心及其徒劳无益。统治者因为士爱“留心古今而好论议”，“于祖宗之立法，人主之举动措置，一代之所以为号令者，俱大不便”，于是想通过设立乐籍，利用“资质端丽，桀黠辨慧”的女子来“箝塞天下之游士”：“使之耗其资财”，谋身尚且来不及，就“无谋人国之心矣”；“使之耗其日力”，无暇读书观史，也就“不知古今矣”；使之缠绵床第，耗其“雄材传略”，也就没有“思乱之志”“议论图度”之态了；使之为奁体词赋、游戏不急之言，“耗其才华”，也就不能作“论议军国臧否政事之文章”了。但是，如此是否就真的“无豪杰论国是，掣肘国是”了呢？作者的回答是否定的：“人主之术，或售或不售。人主有苦心奇术，足以牢笼千百中材，而不尽售于一二豪杰，此亦霸者之恨也。”社会的先觉者是不会尽入彀中的。

龚自珍进一步指出，如果统治者对这种人才、智者一味排斥，使之离心，就会导致国势的衰微；严重的，则促使其转化为对抗力量，从而失国。《五经大义终始论》曰：“夫名士去国而王名微，王名微而王道薄。”“其衰也，贤人散于外。”“其大衰也，豪杰出，阴聘天下之名士。”名士就由助改革的力量转化为对社会实行“劲改革”的力量。龚氏《尊隐》一文可以说就是这一思想的最深刻最形象的表现。文中描写社会初时、盛时、衰时三种情景，其重要标志就是这种人物的向背。初时，“百宝万货，人功精英，不翼而飞，府于京师”，山林“但有鄙夫、皂隶所家”；盛时，“百宝万货，奔命涌塞，喘车牛如京师”，山林“但有窒士，天命不犹，与草木死”；到了衰时，情形完全逆转：这时，君子不只“不生王家，不生其元妃、嫔嫱之家”，“从山川来”者，也“止于郊”。因为“古先册书，圣智心肝，人功精英，百工魁杰所成，如京师，京师弗受也，非但不受，又裂而磔之”。京师时只是“丑类窳呰，诈伪不材，是辇是任，是以为生资”，因而“百宝咸怨，怨则反其野矣”。于是“京师之气泄”而“府于野”，“京师贫”而“四山实”，“京师贱”而“山中之民，有自公侯者矣”，“如是则豪杰轻量京师”而“山中之势重矣”。终于“山中之民，有大音声起，天地为之钟鼓，神人为之波涛”，将起而取代腐朽的现实统治了。龚氏《己亥杂诗》第二四一首说：“少年《尊隐》有高文，猿鹤犹堪张一军。”显然是以猿鹤指“山中之民”。龚氏《与人笺五》描绘当时人才不生的情况说：“将日月之光久于照而少休欤？将山川之气久于施而少浮欤？遂乃缚草为形，实之腐肉，教之拜起，以充满于朝市。风且起，一旦荒忽飞扬，化而为沙泥。子列子有言：君子化猿化鹤，小人化虫化沙。等化乎？然而猿鹤似贤矣。”引言不见于《列子》。《艺文类聚》卷九〇引《抱朴子》曰：“周穆王南征，一军尽化，君子为猿为鹤，小人化虫化沙。”当即文中所据之说法。可见“山中之民”就是与庸人相对的君子，也就是龚氏文章中常常说到的“才者”“豪杰”“圣智魁杰”“智者”“良史”一类人物，即对现实有清醒认识的先觉者。“猿鹤犹堪张一军”，正说明他们是可以对现实实行“劲改革”的力量。在这里，我们看到龚氏的“尊史”又是与“尊隐”一脉相通的。

被历史推到社会前沿，成为时代号筒的人才、智者，实质上代表着历史运动的内在要求。统治者或者吸收其说，变革除弊而前进；或者拒斥其说，守旧不化而衰亡。我国后来近代历史行程中的戊戌变法、辛亥革命，都反复证明了这一点。龚自珍自然还不可能有这样自觉的认识，但作为时代的先驱者，他的朦胧感受是不错的。龚氏通过“尊史”而尊智者的深刻历史意义也正在这里。他高张这面旗帜，既是警告统治者应重视智者，也是给智者以巨大的精神支持力量。

“尊史”又是提倡理性。“史”的本质就是善于把握社会之“本真”，现实发展中因果推移之必然。龚自珍把这称为史者之“心”。因此，他在《尊史》中特别得出尊“心”：“史之尊，非其职语言、司谤誉之谓，尊其心也。”史官之尊贵，并不在于职掌语言交通、文字记述和是非褒贬之事，而在于自尊其心。这“心”并非凭空而生，而是从洞察现实，把握社会“本真”和因果必然，从而获取理性得来，所以龚氏指出，史官要做到自尊其心，必须做到“善入”“善出”。所谓“善入”，就是“天下山川形势，人心风气，土所宜，姓所贵，皆知之；国之祖宗之令，下逮吏胥之所守，皆知之。其于言礼、言兵、言政、言狱、言掌故、言文体、言人贤否，如其言家事，可谓入矣”。必须对社会的一切了如指掌，如数家珍，才算是做到了“善入”。所谓“善出”，就是“天下山川形势，人心风气，土所宜，姓所贵，国之祖宗之令，下逮吏胥之所守，皆有联事焉，皆非所专官。其于言礼、言兵、言政、言狱、言掌故、言文体、言人贤否，如优人在堂下，号咷舞歌，哀乐万千，堂上观者，肃然踞坐，眄睐而指点焉，可谓出矣”。史官之深入现实，与职事官不同，它与职事官皆有“联事”而“皆非所专官”，明其情而不民其事，所以应该做到统观全局，高瞻远瞩，如坐堂上观堂下演出，顾盼指点，胸有成竹，这样才是做到了“出”。“不善入”则“非实录”，是“垣外之耳”，自然无法指点堂内之优，所以“史之言，必有余呓”，只能说些不切实际的梦话。“不善出”则“必无高情至论”，只见堂下“优人哀乐万千，手口沸羹”，眼花缭乱，哪里还能“自言其哀乐”？所以“史之言，必有余喘”，说不出应付自如的中肯的意见。可见尊心的关键，就是从善入善出中获取符合社会实际的认识的理性。所以龚氏说，尊心的归宿“又有所大出入”，这就是“出乎史，入乎道”。总之，把握道，把握社会发展中因果关系必然的链条，把握理性，是至高无上的。龚氏指出，史官做到善入善出，“毋寱毋喘，自尊其心”，才能真正达到官尊言尊人尊：“心尊则其官尊矣，心尊则其言尊矣。官尊言尊，则其人亦尊矣。”史官之尊的核心，在于自尊其心，掌握理性，坚持理性。

处于近代历史转折时期，要批判旧的，呼唤新的，没有别的武器，只有使用与历史脉膊合拍的理性审视一切，才能突破陈腐的传统的束缚，迈开未来的步伐。所以，龚自珍特别强调理性的独立思考、理性的主见、理性的是非观。他的《上大学士书》说：“夫有人必有胸肝，有胸肝则必有耳目，有耳目则必有上下百年之见闻，有见闻则必有考订异同之事，有考订同异之事，则或胸以为是，胸以为非，有是非，则必有感慨激奋。感慨激奋而居上位，有其力，则所是者依，所非者去；感慨激奋而居下位，无其力，则探吾之是非，而昌昌大言之。”提倡有独立思考的主见并抱持它积极干预社会生活，有其位则付诸实践，无其位也要昌言不止。他自称“心史纵横自一家”（《逆旅题壁次周伯恬原韵》），批评那种一无己见、随时俯仰的大臣“委索貌托养元气，所惜内少肝与肠”（《饮少宰王定九丈鼎宅，少宰命赋诗》)。

龚自珍也坚定地维护理性的尊严。他在《古史钩沉论四》即《宾宾》中特别强调了“宾”的守道不移的品格。他们“北面事人主，而不任叱咄奔走，捍难御侮，而不死私雠”，即不做一姓皇家的奴仆，不为一姓兵家的私利卖命。他们是为治理天下贡献才智，所以“进中礼，退中道，长子孙中儒，学中史”。他们对于皇家“谏而不行则去”，“识其大掌故，主其记载”，也“不吝其情”。总之，他们“不自卑所闻，不自易所守，不自反所学，以荣其国家，以华其祖宗，以教训其王公大人，下亦以崇高其身”。如果相反，“仆妾色以求容，而俳优狗马行以求禄，小者丧其仪，次者丧其学，大者丧其祖，徒乐厕于仆妾、俳优、狗马之伦”，则是“孤根之君子”所不取的。正是基于这种守持理性原则的坚定性，他鲜明地提出“心力说”。《壬癸之际胎观第四》说：“心无力者，谓之庸人。报大仇，医大病，解大难，谋大事，学大道，皆以心之力。”“心之力”就是理性独立精神，它具有岿然不倾的品格，“哲人之心，孤而足恃”，它足以裁决人世间的一切问题：“司命之鬼，或哲或昏，人鬼之所不平，卒平于哲人之心”，所以成为“物之不平者”所依恃的对象。龚自珍在这里把理性推到了更高的地位上。

马克思、恩格斯在《神圣家庭》中说：“德国的破坏性批判，在以费尔巴哈为代表对现实的人进行考察以前，力图用自我意识原则来铲除一切确定的和现在的东西。”龚自珍提倡理性，就属于这个“自我意识原则”。不过，他承袭我国史官文化精神，把它与深察社会因果之必然联系在一起，更多唯物的色彩。龚自珍提倡理性原则，维护理性的尊严，坚持理性的批判精神，与他在《宥情》《长短言自序》中鼓吹尊情，在《病梅馆记》中鼓吹个性解放，又是一脉相通的，只是这里升华到理性的原则高度而已。

龚自珍举起“尊史”的旗帜，既非一般地显扬古史氏的价值，也不是要重新恢复古代史职，而是通过发扬古史氏某些本质精神，提倡和鼓吹适应变革现实需要的思想，即重现实、重智者、重理性。这些也正是近代带有启蒙色彩的先行者具有进步意义的基本思想倾向，这集中地体现了龚氏“尊史”的现实意义。

中国近代散文的多重变奏

谢飘云

中国近代是历史文化的转型期，中外文化相互交汇撞击，使传统散文面临新的挑战，并发生着前所未有的变化。近代散文在走向近代化的发展演进中，形成了新旧交错的散文气象。这是一种振奋人心的多重变奏。

第一重变奏：衰世批判者的理性精神

在鸦片战争前后这一历史与时代巨变的转折关头，关注近代国家民族的命运和人民生活的作家中，龚自珍和魏源是突出的代表。一个把散文的触角伸向统治阶层，对国家的腐败凋敝现象进行揭露、抨击；一个把目光瞄准世界，关注社会的各个领域，提出“师夷之长技以制夷”的主张。一个在时代大潮的涌动与现实生活的变动中反思昨天，批判“颓波难挽”的今天；一个在并不以今天返回昨天，写今天时，也在思考着明天，抒写着发展的今天。他们在各自的位置上，为使新生活变得更加美好和合理，进行执着、顽强的艺术追求。我们从作家们提供的生活画面中，聆听到了历史的回声，强烈地感受到新的生活节奏。他们的作品，反映了近代人民的命运，反映了作家在历史的转折时期的进步要求、愿望和心理情绪，表现了他们忧患苍生、关心国家民族命运的思想感情，仿佛使人们听到散文近代化进程的隐隐惊雷，这就是龚自珍和魏源等进步作家作品的总主题和主旋律，也是他们对近代散文的贡献。

龚自珍与魏源的艺术个性和追求，孕育于特定的历史环境，根连着民族、人民的大树。历史和现实，正常和反常，纯洁和丑恶，交织融汇为切肤的体验和深沉的思索。龚自珍的散文，可以看作是作家对灾难深重的历史，也是对自我的一个反省和总结。在龚自珍散文的字里行间，相当宏伟地突显着“历史感”，中国社会大变革前夕的时代氛围，天地四方的“至极不祥之气”，人心世俗的“浇漓诡异”，居上位者的“守眉睫之间而不见咫尺之外”，等等，这一切见闻的汇集，使他痛心疾首地发现，自己所处的时代原来是一个“文类治世，名类治世，声音笑貌类治世”的“乱亦竟不远矣”的“衰世”。以此为基点，龚自珍的笔端从“理”“势”“人才的遭遇”这三个主要视角，痛快淋漓地抒写出了最富有时代色彩的“忧患”。他的散文，不大具体谈论时政措施的因革损益，而是以“医国”的高姿态出现，关心着时代整体性的大关节目。在魏源的作品中，也时时有对历史和自我的透彻的剖析。为了今天和明天不再重复昨天的历史，他理智、冷峻地描绘今天，却注进了理想和热情，满含着改革者和创造者对明天的希冀与期待。唯有如此，他对新生活的感受和捕捉，才具有可贵的敏锐性、准确性和深刻性。以龚自珍、魏源为代表的新型散文潮流就是适应了当时散文发展内在艺术规律的客观要求而以无比的生命力出现在晚清文坛上。它从垂死的边缘开拓了散文的新生命，从而使龚自珍、魏源的散文具有向旧时代冲决和向新时代迈进的伟大历史作用。散文作为艺术工具在龚自珍等作家的手中复活了。因此，龚、魏的散文标志着散文近代化初期的最高成就，对清代散文领域内占一百多年统治地位的桐城古文是有力的冲击，使散文这种最具实用价值的文学样式在近代文学的开端时期便表现出勃勃生机。

龚自珍与魏源的艺术所长，有时又表现为他们的所短。龚自珍的作品，对衰世的批判有一种振聋发聩的力量，但在含蓄隐藉中却具有一种艰涩玄奥的缺点，文章较典雅、高洁，片面强调了文字的技巧，使文章过分“奇僻”，造成一种佶屈聱牙的不良效果。魏源的文章虽“无沿袭义、应酬语，浩浩落落，以达其见，以伸其说”，但缺少激昂慷慨之气，显得平缓温和。

林则徐也是一直注重反映近代社会时代风云的散文作家。他用开眼看世界的襟怀，坚韧不拔地在反抗外来侵略的道路上行进。他虽不以文学名世，但他的政论散文，在近代文学史上也占有一席地位。他的散文，大多是写给皇帝看的奏稿，基本上是他一生从政的思想、政策、措施的记录，内容主要包括改革内政与反抗外国侵略两个方面，抒发了反侵略反投降的爱国热情。在表现方法上，他的散文无艰深的词句，无难懂的典故，信笔写来，质朴无华，情随笔到，叙事细密而具体，说理曲尽而详明，与龚、魏的风格不同，然而同样有说服力。他的文章对后来维新派的时务文有很大影响。

第二重变奏：早期改革者的开拓气概

经历过外国殖民主义侵略的历史浩劫的近代有识之士，他们在鸦片战争的炮火轰击之后，关注着什么，思考着什么，准备怎样迎接新的挑战？他们在探索，散文作家们也在探索。早期维新派和太平天国革命的散文家们是昨天惨痛经历的产儿，又是现实和未来的希望的耕耘者。他们逐渐摆脱传统古文的束缚，进一步扩大了散文的内容，运用散文“记事述情”，表达改革社会与御侮图强的思想内容。冯桂芬、王韬和郑观应运用通俗古文写作的近代报章政论文体，在近代散文的变革上，比起龚自珍和魏源，向前跨进了一大步。冯桂芬的政论性散文集《校邠庐抗议》、王韬的《弢园文录外编》、郑观应的《盛世危言》等文章的发表，为散文的近代化提供了新的启示：散文的变革仅仅从理论上进行批判是不够的，还要以实践来表示它的对立，才能更显出理论的威力。同时，还必须常把各国发生的事情与中国的社会现象做比较，把静止的封闭式的中国放在“事变繁极”的世界范围中来考察，并充分利用报刊这一阵地树立近代的舆论意识，通过中外舆论交流，冲击旧的文体桎梏，促进散文的改革。因此，论述时政，谴责列强侵略，维护国家主权与民族尊严，论述中外关系，探索社会政治的改革，便成为回荡于早期维新改革派散文作家作品中的主旋律。

从《漫游随录》《普法战纪》到《弢园文录外编》，是王韬散文创作上的一个突破。《漫游随录》是我国最早介绍近代欧洲社会和资本主义“文明”的游记体散文。它第一次向中国人展示了近代西方社会的风貌，为中国人了解西方提供了一份宝贵资料。当中国绝大部分知识分子还埋头于辞章考据之学、沉浸于科举之中时，王韬能够认识到科学技术对国计民生的重要性。可以说，他不但“明智通达”，而且堪称时代的先觉者。他对西洋科学技术的介绍，无疑是对中国传统的“道本器末”“贵义贱利”的价值观的否定和批判，同时也表明王韬在世界观上已经开始发生了深刻的变化。王韬的《欧游心影》，虽然走马观花，所见亦多流于表面，但他通过比较中英两种制度，认识到资本主义无论在哪一方面都要比封建社会优越。从写作上来看，笔调轻灵生动，语言平易浅显，风格朴实自然，是一部在近代中西文化交流史上占有重要地位的游记散文。

《普法战纪》是王韬根据外国报纸对1870年7月爆发的普法战争的报道，结合自己的欧洲见闻编译而成的。此书的编成，距离战事的发生仅仅四个月。这是我国第一部专门记述海外战争的散文著作，也是近代“睁眼看世界”的一部重要著作。这对于当时国人了解外国的历史和现状，特别是及时了解欧洲的局势，有着旁无所贷的历史作用。所以，《普法战纪》可以说也是中国近代早期认真探索国外情形、有着较大影响的一部著作。在写作上，反映事件非常迅速及时，记叙翔实，关于战争的起因，战事发生发展的时间、地点、规模、经过以及战争的结局和影响，其记述还比较完整正确；同时还旁搜远引，兼述西方诸国的历史政情和社会风俗掌故，可以说是具有“报告文学”的雏形。

王韬发表在《循环日报》上的论文，明白晓畅，议论风发，针砭时弊，并且贯穿着鲜明的“变法”思想。“变法自强”的口号，最早是由王韬在1875年的《循环日报》上提出来的。王韬后来将《循环日报》上发表的政论文选编成《弢园文录外编》，系统地阐述了王韬的资产阶级早期维新思想和政治主张。戈公振评价王韬创办《循环日报》倡言变法时说：“《弢园文录外编》即集该报论说之精华而成。其学识之渊博，眼光之远大，一时无两。”王韬政论文的思想，是魏源、冯桂芬政论思想的继续发展。所谓“继续发展”，就是在他的文章里，已基本上摆脱了从中国古代圣贤先王的文库中寻找变法资料，更多的是强调要“师西国之长，集思广益”来变法。值得注意的是，从宣传资产阶级维新思想的角度来看，《循环日报》比《时务报》的创办要早22年，它对19世纪90年代的维新思潮的兴起无疑起着晓角晨钟的作用。正如王韬的变法自强思想，为戊戌时期的维新派开启道路，《循环日报》对后来的《时务报》起到先驱示范作用一样，王韬的政论散文在近代散文的发展史上亦具有开拓性。王韬在龚自珍、冯桂芬等前辈作家散文改革的基础上开拓出来的“报章体文”，颇具自己的特色。他这种“无所师承”，不受拘束，按时代的需要，“记事述情，自抒胸臆”的散文，“往往下笔不能自休”，感情充沛，气机流畅，犹如长江大河，一泻千里，为后来梁启超的“纵笔所至不检束”的文章树立了榜样，梁启超的新文体正是从王韬开创的“报章体”文发展而来的。可见王韬在散文近代化进程中的作用。

郑观应在散文形式上亦有革新，为了适应报刊上发表，多数篇幅短小，行文多用中西、古今比较论证办法，条理清晰，论述透辟。在语言上，王韬说：“其词畅而不繁，其意显而不晦，据事胪陈，直而无隐。”作者尽量采用通俗流畅、浅显易懂的文言文，语言显豁，易于为读者接受。且文笔清新活泼，优美流畅，体现了近代散文社会化、通俗化的走向，对桐城古文无疑是一个冲击，对后来政论作家和“新文体”也产生了积极的影响。在散文近代化的进程中，郑观应的散文亦具有革新意义。

第三重变奏：维新变政者的文体创新

在甲午战争之后，当一种完全摆脱古文家法、自由活泼、富于鼓动性的“新文体”呈献给文坛时，人们振奋了——因为一场扫荡旧文体开创新文体的散文近代化高潮到来了。

“新文体”是资产阶级维新派在近代散文变革中的一种创造。它是适应宣传维新变法主张的历史要求而产生的，也是近代散文发展的必然趋势。新文体的代表作家是康有为、谭嗣同、梁启超等。梁启超为这种“新文体”的建立做出了独特的贡献，同时也包含着梁启超的同代人乃至其前辈的共同努力，康有为便是在传统古文向新文体过渡这一转折点上的关键人物之一，而谭嗣同则可称为开路先锋和最积极的实行者。康有为是维新运动的杰出领袖，他站在历史的较高阶段上，从巨大的历史潮流中吸取思想活力，冷静地观察落后了的东方古国，接受八面来风的吹拂，开始突破封建思想与封建文化的藩篱，把将外来思想与本国实际结合的任务提到了历史的日程。同时，他把文学活动与历史发展的大潮相结合，最终从传统的古文中走出来，成为散文大家。在当时的文坛上，康有为的散文，思想奔放，直抒己见，不仅在内容上表现出饱满的政治热情，而且在艺术上追求毫无拘束，感情尽情倾泻的艺术境地，从而形成了自己的独特风格。因而，梁启超将康有为列为“清末散文大家”①，是以他那受进化论和西方资产阶级文艺理论的影响所形成的中国文学进化观来审视中国散文发展，从整体意识上去评判康有为散文的历史地位的结果。纵观近代散文的发展，康有为的确是一位不容忽视的人物，他是晚清“文界革命”的先驱，其散文创作为新文体的诞生起着积极的作用。

谭嗣同的散文深刻地反映了他所处时代的社会现实和他所走过的人生道路，记录了他的理想、热情、思辨、学识，同时也为新文体的发展在理论上和实践上做了有益的探索。谭嗣同对资产阶级维新运动中出现的浅显平易、富有号召力和煽动性的解放了的文体极表赞赏。他在《报章总宇宙之文说》一文中，盛赞天下文体“未有如报章之备哉灿烂者也”。他认为报章文体的好处并不囿于形式，更重要的是它能够较多地反映出民众的呼声。他为《湘报》的发行而欢呼。他的政论散文《仁学》便是比较典型的“报章文体”，难怪时人惊呼其为“骇俗之文”。总之，谭嗣同的散文熔多家思想于一炉，取其精华、为我所用的论辩方法，使文章呈现出长于雄辩、汪洋恣肆的特点。行文则时骈时散，时古时今，力求文意表达通畅。特别是以感情之笔说理，情因理发，理因情显，情理相得益彰。谭嗣同本其冲决一切网罗的勇猛精神，为新文体在荆榛莽丛中开拓了一条大路。

梁启超是散文近代化进程中有突出贡献的一位作家。他不仅对散文在理论上提出了“文界革命”的口号，而且在创作实践上身体力行，写了许多激动人心的新体散文，对散文的改革起了很大的促进作用。梁启超把《时务报》至《新民丛报》中期（1896—1904）这一阶段的文章称为“新文体”，以区别于当时占正统地位的桐城古文、骈文和时文、八股等类的“旧文体”。这种新体散文亦有别于近代早期维新派的文体，特别是在语言的革新上。梁启超写作的新体报章散文，是以社会的改革和国民思想启蒙工作为当务之急的，这就把新体散文的创作

① 梁启超．清代学术概论［M］．北京：中华书局，1954：57.

从书斋扩展到整个社会，形成了他创作新体散文有决定性影响的创作思想——“新民”思想。他1898年11月在日本创办《清议报》给该报所规定的“为国民之耳目，作维新之喉舌”的性质便是这一思想的阐释。而由此产生的结果是，这不仅从根本上改变了散文的社会功能，提高了散文的地位，而且也极大地改变了散文本身的面貌，使他的新体散文呈现出鲜明的特征。综观梁启超的散文，特别是他在戊戌时期的散文创作，其成就和影响是巨大的。他的散文在思想内容上表现了资产阶级文化的特征，显示了其包融万汇的胸怀与气度；在艺术形式上有较大的变革，第一次在真正意义上实现了散文的社会化。他创造的“新文体”，结束了桐城派散文的一统天下，开创了一代新文风。

第四重变奏：民主革命家的语言革新

语言是文章的基本材料，它是人类表情达意的工具。但书面语言和口头语言的脱节，现代语言与古代语言的分离，为人类交流思想、倾诉情感造成了许多人为的障碍。语言文学既是一个民族文化的主要载体，也是一个民族文学的载体，这个载体本身有着内容和形式的两个方面。语言问题“初看起来，这都是‘文的形式’一方面的问题，算不得重要。却不知道形式和内容有密切的关系。形式上的束缚，使精神不能自由发展，使良好的内容不能充分表现。若想有一种新内容和新精神，不能不先打破那些束缚精神的枷锁镣铐”①。随着世界文学进入中国，文学家们更加清楚地认识到文学语言的通俗化是潮流所向的一种趋势。特别是随着资产阶级救亡运动的开展，才有条件兴起白话文运动。因此，近代散文在继资产阶级“新文体”之后，资产阶级民主革命派在维新派散文改革的基础上，为使散文语言更趋通俗化做了进一步的努力。语言的近代化，这是比叙述方式更为重要的主体革命，也是近代散文领域建立的新的美学原则。秋瑾、邹容、陈天华、柳亚子、孙中山、朱执信、李大钊、黄小配、黄远生等对于近代散文的意义，在于确立了一种真正属于近代的“写作姿态”，刷新了近代散文的语言，提供了一种不同于传统的“美文”的审美信息。从他们的散文创作来看，散文的语言不是一般修辞学上的语言，即不是以准确、生动、形象为特征的“美文”，而是主客体互相渗透，即此即彼，既是内容，也是形式；既是文学，也是生活的语言，是一种不仅包括了作家的才华、智慧、思想、人格等因素的文学表达中形成的风格，而且蕴含着耐人寻味的韵味、情趣、色彩的语言。而在这面呼啦飘扬

① 胡适．谈新诗［M］//赵家璧．中国新文学大系：建设理论集．上海：上海良友图书印刷公司，1935：295.

着的语言旗帜上，更加触目地映进读者眼帘的是四个大字：文体创新。因此，只有当白话散文逐步成为近代散文的语言载体时，中国近代散文才真正迈出了自己带根本性变革的步伐。

邹容的政论散文《革命军》，以火山爆发式的革命热情，雷霆万钧、叱咤风云的磅礴气势，催动三军披坚执锐、冲锋陷阵的语言节奏，表现出洒脱奔放的文学风格。《革命军》可以说是一篇表现革命内容的有代表性的新体散文，在语言方面比“新文体”更趋通俗化。女革命家秋瑾极力提倡白话文，她的散文通俗易懂，更趋白话化。柳亚子在“五四”前十年创作的白话散文，也为近代散文走向自由化、通俗化、社会化起了一定的促进作用。黄小配的《五日风声》，运用报刊新闻报道的方式，在报告文学领域作了一次开拓性的尝试，在语言上摆脱了传统的束缚。黄远生的散文以新闻报道体式为文学界开创了一个新局面，这位“报界奇才”的文章浅显易懂，妙趣横生。他的通讯报道亦已具报告文学的特征，如他的《外交部之厨子》《囍日日记》等，集中反映他的通讯报道的文学性质。他以白描的手法，把耳闻目睹的人与事加以提炼概括，选取最能表现人或事的细节表达出来。他的散文可以说是文学革命的先导，在近代散文向现代化过渡的进程中有举足轻重的作用。

副歌一：两支“特异”的动情和弦

一支是著名翻译家、资产阶级启蒙思想家严复的散文，回荡着先秦散文古朴渊雅的情韵。他用古文译介大量西方学术著作，较系统地介绍和传播西方资产阶级文化，影响于中国思想界和文学界，可谓前无古人，在应用古文方面做出了新贡献，功不可没。但严复在散文体式、语言上过分注重辞章，追求文采，就容易产生深奥难解、因辞害意等毛病，势必削弱文章在现实生活中的作用和影响。用古雅的文笔和驯雅的语调来作文与译文，的确是严复的缺点。同时，严复亦鄙薄一般“报馆之文章”。尽管如此，严复有些散文也在起着微妙的变化。章太炎在《社会通诠商兑》中对严复的批评，从另一角度说明了这一变化。由此可见，严复散文中那反复申述、欠含蓄、不简洁、多感叹等表述方式，正是作者不自觉地向桐城古文的某些框框挑战的表现，因为那种古文程式已不适于用来发挥丰富的新思想和爱国激情了，这也许是严复始料不及的。

另一支是资产阶级民主革命文学家章太炎的散文。章太炎是近代文坛上“以文章排满的骁将”，他撰写了政治、时评等文章，批判形形色色的错误思想，宣传资产阶级民主革命，在思想知识界引起了强烈的反响。章太炎的散文内容非常广泛，涉及经史子学、语言文学、医学、教育、经济、哲学等方面。他的散文，在1916年前后二十年，对比非常鲜明：前二十年的创作，意气风发，锋芒毕露，具有深刻的思想性和强烈的战斗性，打动了不少读者，对革命起了巨大的推动作用；后二十年，章太炎未能随着时代的步伐而前进，因此，其散文也逐渐失去了昔日的光辉。这正是章太炎政治思想多变、带有先进性又具有复杂性的艰辛而曲折的人生道路在散文中的反映。不过，章太炎的散文能根据客观需要的不同，采用不同体裁乃至不同的语言，取得了一定成效。纵观他的散文创作，既有引经据典、文字古朴的文章，也有笔调活泼的白话文。但章太炎的大部分散文，其主导风格还是古奥典雅的。他的散文受魏晋文风的影响较深，体现了魏晋风骨，文辞古雅，显示了他雄劲的学力。加上他用字古奥，索解困难，即使在文学上有些合理见解，也不容易为人们所理解。这样就决定了章太炎不可能为新文学开辟一条道路。

副歌二：两束“变调”的古典音符

一束是以曾国藩为首的桐城湘乡派的散文。曾国藩作为桐城湘乡文派的领袖人物，他把“义理”扩大到政事，强调以“礼”为本，以“经济”为纲，试图对桐城文派的思想旗帜——程朱理学有所改造。他对桐城文派的文风也是有所变易的，并没有亦步亦趋。实质上，曾国藩中兴桐城文派，就是以“湘乡派”改造“桐城文”。随着清朝统治的崩溃与新思潮的兴起，无论桐城文派或湘乡派古文都为人所抛弃，代之而起的是“新文体”和稍后的白话文。当然在桐城文派中间，也有一些如王闿运、张裕钊、薛福成、黎庶昌、郭嵩焘等作家冲破传统古文的束缚，创作了一些较有现实意义的散文，这说明散文的变革、发展已成为不可逆转的历史潮流。

另一束是翻译家林纾效法唐宋文的散文。林纾的文笔追踪韩、柳、欧、苏，因而虽从事西方名著的翻译，为近代文学的开放，以取法西方文学，起了先锋作用，可是在文体上却紧闭大门，固守门户家法，为文宗奉桐城古文的“雅洁”。他的《春觉斋论文》就是桐城古文“义法说”的具体化。当然，林纾所谓师法古人，又不等于亦步亦趋地模拟古人，他认为学古而不拘泥于古，诀窍全在学其法而变其貌。由此也可以看出，近代社会的急剧变化，使林纾的散文创作也起着微妙的变化。

综观近代散文创作，尽管作家们行色匆匆地走完了八十年的风雨历程，他们是带着发育不全的散文胚胎走进文化新纪元的，然而近代散文的成就已昭示着中国散文的深刻变化，即散文更加贴近时代、贴近心灵、贴近人生、贴近生活本身了。散文的这种变化，是时代生活的变化使然，也是散文家们更新散文观念的结果。这一方面表现了散文的自觉，另一方面也提高了散文表现生活的深度和广度，使散文发挥更大的作用，更易于为读者所接受。

近代八十年的散文之所以超越了古代散文，一个明显的标志，就是散文越来越走向大气，写小山小水抒发个人悲欢的“小景”散文已越来越少。这一时期的散文有一个共同的特点，一是篇幅长，二是这些作者都倾向于思考各种大命题（时代、国家、民族、开放、改革、制度等）。当然，这种大气不是外在的形式，而是内在的呈现。大气是一种理性精神，一种博大的情怀，一种人格智慧的闪光。这一时期的散文不同于以往的“学者散文”，作家们不再局限于考据、训诂、求证，不再沉湎于“过去时态”的回忆或以闲适的“隐士情调”为最高旨趣，而是以近代人的眼光和情怀观察生活、思考历史和把握时代，并倾注进个性和“自我”色彩。

理性精神的弘扬，不仅把近代散文推上了一个新的台阶，而且使近代散文与世界优秀散文接上了轨。因为世界的优秀散文，不管是倾向于说理议论的《论说文》（培根）、《随笔集》（蒙田）、《思想录》（帕斯卡），还是倾向于抒情描述的《忏悔录》（卢梭）、《梦茵湖》（梭罗）、《战地随笔》（坦贝克），作者的一个重要传统或特色，就是重理性。他们关注时代，思考人生，探索历史，纵横捭阖，议论风生，分析独到。因此，欧洲的散文曾开启了一代文风，推动历史前进。今天，我们把中国近代散文提高到世界近代散文的杰作之列，其中很重要的一点，就是在与世界文学的观照中，看到近代散文的历史行程。

近代散文的文体创新，也是一个非常引人注目的变化。文体不应当仅仅理解为文学体裁。文体的内涵是丰富的。按照别林斯基的说法，文体，是才能本身，思想的浮雕性，它表现着整个的人。也就是说，文体是作家的主体人格与精神，也是作家把握生活的方式，是语言的表达与呈现。随着近代历史的巨变和中西文化的交流，作家们对散文这种古老的文体做了新的透视，同时由于任何使用别种文体的叙事经验和写作技巧对散文进行改造组合，于是，散文便在这种嫁接中不知不觉地发生了变化；叙述已摆脱了封闭性、同一性的模式，而语言也变得越来越富有弹性。这一切都显示散文艺术形式的开放性。在中国散文叙事形式变革的大合唱中，叙述更成为近代散文的“文体革命”的新动向。

文体创新的另一方面的内容，是语言的近代化，这是近代散文发展中极为重要的主体革命，也是近代散文领域的一个变革原则。从近代年的散文来看，在语言上的确比古代的散文前进了一大步：语言越来越丰富和直白清浅、通俗易懂了。语言是一种哲学，也是一种人生状态。近代散文作家努力将散文语言朝着语言与文字合一的方向发展，使近代白话文成为充满活力的一种语言形式。

近代散文的变革是中国散文发展史上的重要一环，是中国古代散文发展的又一个繁荣时期。当然，在散文繁荣的背后，也的确存在着某种苍白和遗憾。其一是阶级的软弱性，导致变革的不彻底；其二是近代社会的复杂性，造成散文作家思想的多变和散文发展的多重性。然而，中国古代散文在近代化进程中的成就与不足，为“五四”以后的现代白话散文的发展提供了历史的借鉴和有益的启示。

（原载《文史哲》1998年第6期）

秋瑾文体革新理论与实践考论

龚喜平

一、引言：近代文体革新的历史背景

“俗语文体之流行，实文学进步之最大关键也。”① 这是近代文学革新运动的领袖梁启超的一句名言。秋瑾之于这种“流行”，可谓身体力行，功绩卓著。秋瑾的时代，晚清白话文运动已经高潮迭起，白话报刊、白话丛书、白话教科书成为白话文运动的三大景观，白话观念逐渐流行，白话文学尤其是通俗文艺领域的白话创作已较普遍。但作为文人，作家一般还是谨慎从事、留有余地的，裘廷梁、陈荣衮等倡导白话的论文本身就是用文言写的，梁启超“务为平易畅达，时杂以俚语、韵语及外国语法，纵笔所至不检束”② 的“新文体”风靡一时，但毕竟还不是白话文，只能“言文参半”。在那个时代，除小说、戏曲、说唱之外，纯粹的、成熟的白话诗文还不多见。唯其如此，20 世纪初年资产阶级革命派作家的白话作品特别是秋瑾的白话文创作就弥足珍贵。

在海内外中国近代文学研究中，秋瑾是得到充分研究的作家之一，业已取得丰硕成果。目前，除了在有关其生年的确定上尚难定论而各执一说之外，其余方面诸如思想意蕴、艺术风格等皆已形成共识。然而，“秋瑾研究中的一个很突出的特点，就是似乎有‘微观化’倾向”③，宏观研究相对稍显薄弱。本文试从秋瑾文体革新的理论与实践两方面入手，探讨秋瑾与中国文学近代化之关系，以引起学术界对这一问题的应有关注。

---

① 楚卿．论文学上小说之位置［J］．新小说，1903，（7）：5.

② 梁启超．清代学术概论［M］．上海：商务印书馆，1921：142.

③ 林言椒，李喜所．中国近代人物研究信息［M］．天津：天津教育出版社，1988：323.

二、秋瑾文体革新理论发微

现行《秋瑾集》① 中，没有专门讨论文学理论的篇章，亦无系统论述文体革新的文字，故前人和今人所撰各类文学批评著述，均未涉及秋瑾之文学观。如果结合入清以来复古与创新的文学思潮，着眼于秋瑾与改良派文学革新及五四文学革命的历史联系，特别从创作实践反观理论倾向并将其置于传统女性文学的整体背景之上，我们仍然能够感受到她的变旧创新的理论取向和写作态势。

务实

"时局如斯危已甚，闺装愿尔换吴钩。"② "我欲期君为女杰，莫抛心力苦吟诗。"③ 这是秋瑾对徐氏姊妹的劝勉，也是诗人自我形象的写照。秋瑾不是一般意义上的文人或才女，她首先是一位革命家和爱国者。关怀人生，直面现实，倡导女权，投身革命，贯穿于她的短暂生命历程。她不仅有着革命的愿望，更有着革命的实践。务实，成为其人其文的一种本色。

"避席畏闻文字狱，著书都为稻粱谋。"④ 龚自珍的这两句名言在一定程度上概括了清代社会政治与文化心理的基本特征，成为对那个时代的知识阶层精神面貌的生动写照。纵观清代文学思潮，无论"神韵""性灵"，抑或"格调""肌理"，无不缺少一种直面现实的勇气和致用务实的姿态，尽管这些产生于特定历史环境和文化氛围之中的不同流派都有着自己独特的艺术追求。及至嘉道时期，学风士风文风方才发生深刻变化，"经世致用"的思想日渐深入人心。此后伴随着"讥切时政，诋排专制"⑤ 的时代潮流，文学日益贴近社会，贴近现实，贴近政治，于是以梁启超为代表的进步人士引领的资产阶级文学革新运动应运而生，变法救亡成为时代的主旋律，文学成为启蒙新民的法宝。继改良派作家而后起的秋瑾，正是自觉顺应了这一历史潮流，心系现实，志在革命，将文学创作与实际斗争有机地结合起来，使之成为思想解放的武器和民主革命的号角。这种根植于广阔的现实生活和火热的革命运动的务实品格，不仅使秋瑾的文学创作迥然不同于前代以风花雪月、离愁别绪为能事的女性文学传统，也有别于同时期其他作家特别是旧派作家远离时代、逃避现实、漠视政治的创作倾向。即使在革命派作家中，其昂扬奋进的人生态度和务实尚真的创作精神，也是颇具代表性的。

---

① 秋瑾．秋瑾集［M］．上海：上海古籍出版社，1991.

② 秋瑾．柬徐寄尘：其二［M］∥秋瑾集．上海：上海古籍出版社，1991：93.

③ 秋瑾．赠女弟子徐小淑和韵［M］∥秋瑾集．上海：上海古籍出版社，1991：90.

④ 龚自珍．咏史［M］∥龚自珍全集：下．王佩诤，校．北京：中华书局，1959：471.

⑤ 梁启超．清代学术概论［M］．上海：商务印书馆，1921：122.

翻开《秋瑾集》，一股浓烈的时代气息扑面而至。妇女解放，反清革命，武装斗争，平等自由，这些新旧世纪之交的最强音，始终激荡于她的笔底。充实的内容，奋发的斗志，炽热的情感，雄健的格调，足令女性文学别开生面。她在《白莲》诗中写道："国色由来夸素面，佳人原不藉浓妆。"咏花即咏怀，这实际上从侧面表露出秋瑾去虚妄、尚朴实的审美情趣和创作原则。真知灼见与真情实感，正是秋瑾文学创作的思想价值与艺术魅力之所系。

尚俗

《秋瑾集》中不乏典雅婉丽之作，但其诗文的主导风格却是通俗晓畅，平易浅白，具有鲜明的平民色彩和普及效应。这是与她适时尚俗的文学观念和唤醒民众的政治抱负相一致的。为了适应开通民智、鼓动革命的需要，秋瑾大胆采用白话著文，俗语入诗，写出了纯熟的白话文和新异的"歌体诗"①，直至"谱以弹词，写以俗语，欲使人人能解"②。凡此种种，构成了秋瑾文学创作最富建设性的部分。即使她的文言诗文，亦少用典，多口语，通俗自然，平易生动，且不大受旧诗韵律的束缚，多采用比较自由舒畅的歌行体和梁启超式的新文体写成。

秋瑾是一位有着较高文学修养的作家，她的书信作品不乏骈语甚至通篇骈体，早期诗词亦多婉丽优雅之辞，但投身革命以来的后期之作则日趋通俗。这充分说明尚俗是她的一种艺术自觉，雅而能俗，正是秋瑾的过人之处。虽然她没有给我们留下更多的通俗化主张，但这种尚俗适时的艺术追求仍然十分可贵，在从黄遵宪"我手写我口，古岂能拘牵"③ 到胡适"有什么话，说什么话；话怎么说，就怎么说"④ 的语言解放与文体自由的历史进程中，秋瑾以自己富有成效的创作实践发挥了重要作用。

通俗化是中国近代文学的总体走向，从鸦片战争爱国诗潮到改良派的报章文体，莫不致力于此，尤以黄遵宪、梁启超的通俗化理论最为鲜明和系统。但是在创作实践上，革命派作家的成绩更为突出，秋瑾、邹容、陈天华、高旭、马君武等人便是其中的杰出代表。甚至连"有学问的革命家"⑤ 章太炎也顺应通俗化的趋势，写有通俗易懂、平易近人的《革命歌》《逐满歌》。应该说，在文学通俗化的道路上，秋瑾是近代著名作家中成效最为显著的一位，她在诗歌、散文、俗文学诸领域的通俗化实践，均取得了突出的成就，从而奠定了她在近代文学革新

---

① 龚喜平．近代歌体诗初探［J］．西北师院学报，1985（3）．

② 秋瑾．精卫石序［M］//秋瑾集．上海：上海古籍出版社，1991：126.

③ 黄遵宪．杂感［M］//钱仲联，笺注．人境庐诗草笺注：卷一．上海：上海古籍出版社，1981：40.

④ 胡适．自序［M］//尝试集．上海：亚东图书馆，1920.

⑤ 鲁迅．关于太炎先生二三事［M］//倪墨炎，编．鲁迅散文选集．天津：百花文艺出版社，1991：229.

中的历史地位。

切用

秋瑾是一位时代的歌手，其文学活动带有明显的功利性，言志缘情，自不必说，但更多的是为了服务于民主革命斗争和妇女解放运动。这种创作上的实用主义，是对空谈性情、无病呻吟的文学传统和文坛现状的反拨，与梁启超等改良派作家的功利文学观是相通的，有着鲜明的时代色彩。她倡导演说文体，谱写大众唱曲，正是注目于诗文的实用价值和社会效应。她的现存散文作品，均系实用性质的政论、演说、题词、文告、书札之类，是一位女革命家战斗生涯和心路历程的生动记录。长篇弹词《精卫石》也是出于宣传革命的需要："但祈看者须细味，莫作寻常小说看。其中血泪多多少，无非要警醒我同胞出火坎。"① 真人真事，现身说法，旨在唤醒女界，同建共和。她甚至还翻译过《看护学教程》。诚然，这只是一种普通的译著，并无多少文学色彩可言，但在翻译活动方兴未艾和文学翻译尚不发达的1907年，仍然具有一定的文化意义，也从一个侧面体现了秋瑾的切用作风。

纵观秋瑾的文学创作，可谓叛逆女性的心声，反帝爱国的战歌，妇女解放的宣言，民主革命的号角，是她投身革命的武器，具有一种特殊的功用和风采。她的作品已不再是茶余饭后的点缀和呈艺侑觞的工具，也并非藏之名山的孤芳自赏，而能直接作用于民众，服务于革命。其诗文产生于讲坛，发表于报刊，传唱于女界，流播于大众，真正发挥了实际的作用。"文字收功日，全球革命潮。"② 这一20世纪初年进步作家的共同价值取向，在秋瑾的身上得到了最完美的体现。

崇外

中国近代文学的革新，呈现出自身嬗变与"别求新声于异邦"③ 的双向发展趋势。如果说魏源所谓"师夷长技以制夷"④ 还停留于坚船利炮等西方物质文明的层面上，那么，以康有为、梁启超、严复、黄遵宪为代表的改良派则注目于西方的精神文明。梁启超就曾赞叹"欧洲之意境、语句，甚繁富而玮异，得之可以陵轹千古，涵盖一切"⑤；康有为则主张"更搜欧亚造新声"⑥；黄遵宪更能"吟

① 秋瑾．精卫石［M］//秋瑾集．上海：上海古籍出版社，1991：158.

② 蒋智由．卢骚［J］新民丛报．1902－03：第3号.

③ 鲁迅．坟：摩罗诗力说［M］//鲁迅全集：第1卷．北京：人民文学出版社，1981：65.

④ 魏源．海国图志［M］．陈华，常绍华，黄庆云，等校注．长沙：岳麓书社，1998：原叙1.

⑤ 梁启超．夏威夷游记［M］//梁启超全集．张品兴，编．北京：北京出版社，1999：1219.

⑥ 康有为．与菽园论诗兼寄任公、孺博、曼宣［M］//康有为诗文选．陈永正，编．广州：广东人民出版社，1983：331.

到中华以外天"①。学习和借鉴外国文学，革新和发展中国文学，已成为时代的必然。秋瑾正是在这一历史潮流中率先跨出国门、走向世界的著名文学女性。

秋瑾是近代中国女界向西方寻求真理的最杰出的代表。她敢于冲破重重束缚，"钗环典质"，"骨肉分离"②，东渡日本留学，投身革命运动，既是一位反封建的新女性，也是一位西方先进思潮的接受者和传播者。她的作品中有不少是直接赞颂西方文明的，如诗歌《我羡欧美人民啊》及诗句"成功最后十五分，拿破仑语殊足取"③"卢梭文笔波兰血，拚把头颅换凯歌"④等。又如弹词《精卫石》第五回《美雨欧风顿起沉疴宿疾，发聋振聩造成儿女英雄》，其中就有大段唱词和说白铺叙与描绘西方物质文明和精神文明，充满了向往之情。她又接受了外国爱国歌词的影响并借鉴近代学堂乐歌的形式，写成了《勉女权歌》等一系列新体诗歌。甚至在生命的最后时刻她还表达了"他年共唱摆仑（拜伦）歌"⑤的志向，这与同时代的苏曼殊所说"丹顿（但丁）裴伦（拜伦）是我师"⑥一样，均体现出一种崇尚外国文学的思想境界和艺术追求。

求变

晚清文学变革，不同于历代以复古为革新者，而能否定传统，面向未来。这固然与传统文论中的因革观念有关，但更受益于西方思潮中的进化论思想。秋瑾有着一种"拚将十万头颅血，须把转坤力挽回"⑦的坚定信念，变封建专制创民主共和，变旧式女子为新的女性，铸就了她"惹得旁人笑热魔"⑧的叛逆性格。一反传统，变革现状，其人品与文品皆可作如是观。

元明以来，唐宋之争、文笔之争、雅俗之争，一直困扰着文坛。诗之尊唐尊宋，壁垒森严。时至晚清，亦多有诗人仍沉迷于或唐或宋的荣光之中，流连忘返。关于散体与骈体孰优孰劣孰是孰非的文笔之争，至乾嘉以来愈演愈烈，势同水火。雅俗之争，虽未形成抗衡之势，但从李卓吾、冯梦龙、袁宏道、金圣叹、李渔、袁枚，直至梁启超，都曾不断地为俗文学鸣不平，争地位，梁启超尤能高

---

① 黄遵宪．奉命为美国三富兰西士果总领事留别日本诸君子［M］//钱仲联，笺注．人境庐诗草笺注：卷四．上海：上海古籍出版社，1981：337.

② 秋瑾．有怀精［M］//秋瑾集．上海：上海古籍出版社，1991：89.

③ 秋瑾．赠蒋鹿珊先生言志且为他日成功之鸿爪也［M］//秋瑾集．上海：上海古籍出版社，1991：81.

④ 秋瑾．吊吴烈士樾［M］//秋瑾集．上海：上海古籍出版社，1991：82.

⑤ 秋瑾．致徐小淑绝命词［M］//秋瑾集．上海：上海古籍出版社，1991：26.

⑥ 苏曼殊．本事诗：三［M］//苏曼殊全集：第1册．柳亚子，编．北京：中国书店，1985：35.

⑦ 秋瑾．黄海舟中日人索句并见日俄战争地图［M］//秋瑾集．上海：上海古籍出版社，1991：81.

⑧ 秋瑾．感时：其一［M］//秋瑾集．上海：上海古籍出版社，1991：85.

瞻远瞩："文学之进化有一大关键，即由古语之文学变为俗语之文学是也。各国文学史之开展，靡不循此轨道。"① 秋瑾的文学创作能够摆脱唐宋、文笔、雅俗的怪圈，大胆变旧创新，努力写出自己的个性，在传统女性文学中面目一新，在整个近代作家中亦能独树一帜。

创新

秋瑾是一位选择了新的人生理想和生活道路的新女性，她的文学创作同样呈现出新异的面目，创新意识十分突出。如果我们联系秋瑾留日前后两个不同历史时期的创作实际来看，就会真切地感受到其文学创新是伴随着思想解放而逐渐展开的。她虽然还不可能创造出崭新的文学形式，但新名词、新语句、新境界、新风格、新形象、新情趣，已在后期创作中随处可见，形成主流，其内容之新异自不待言。她的白话文创作在"五四"以前的著名作家中是最富实绩的；她的"歌体诗"是一种最接近于白话新诗的过渡形式；她的词作豪放凌厉，不让须眉；她的弹词一洗幽怨，高唱入云，"欲使人人能解，由黑暗而登文明"②。没有一种刻意求新的精神，这些成就的取得将是难以想象的。

仅以文学性最强的诗词作品而言，秋瑾笔下的抒情主人公自我形象完全不同于旧时代深闭幽闺的思妇或境遇悲惨的弃妇形象，而是一个具有独立人格和社会责任的新时代的新女性。诗歌意象刀剑、热血、头颅、大海等，也是女性诗词所罕见的，但在秋瑾笔下恰与其巾帼英雄的人品相得益彰，并无怪异之感。层出不穷的新名词的入诗，虽不及黄遵宪等人之横空出世，开启风潮，但比他们运用得更自如，更贴切，更灵活。尤其是出现在一些律诗中的新名词，绝无"纲伦惨以喀私德，法会盛于巴力门"③ 式的生涩之弊。至于风格情趣的豪健新异，亦非旧时代的女性作家所能比拟。总之，秋瑾作品中这些新的内容、题材、主题、形象、风格、情趣、语言、手法乃至形式，都是其文学创新观念的一种外化，从某种意义上说，已经成为"五四"新文学的一种先导。

务实、尚俗、切用、崇外、求变、创新，秋瑾的这些文学革新观念或许理论性尚不够鲜明和系统，但着实贯穿于她的创作实践当中，并引导着她的文学创作结出革新的硕果，"歌体诗"、白话文、《精卫石》，便是其文学革新的代表性成果。

---

① 梁启超．小说丛话［M］//梁启超学术论著集：文学卷．陈引驰，编．上海：华东师范大学出版社，1998：499.

② 秋瑾．精卫石序［M］//秋瑾集．上海：上海古籍出版社，1991：126.

③ 谭嗣同．金陵听说法诗四首：三［M］//谭嗣同诗选注．刘玉来，注析．北京：经济时报出版社，1998：211.

秋瑾有关白话“演说”活动的倡导组织、理论建树和写作实践，尤具是创新精神和文体意义，在中国散文的近代化进程中有着独特价值和重要地位。她还特别著文称赞演说的五大好处：

> 第一样好处是随便什么地方，都可随时演说。第二样好处：不要钱，听的人必多。第三样好处：人人都能听得懂，虽是不识字的妇女、小孩子，都可听的。第四样好处：只须三寸不烂的舌头，又不要兴师动众，捐什么钱。第五样好处：天下的事情，都可以晓得。

她又明确指出：“演说一事，在世界上大有关系的”，“西洋各国，演说亦为一种学问”，具有“唤醒国民开化知识”之功用。这些文字颇具理论建设色彩。有鉴于此，这篇《演说的好处》被视为“中国近代最早的‘演讲学’论文”①。值得注意的是，这种演说风气与演说文章，固然缘于宣传革命的实际需要，也与秋瑾“丰貌英美，娴于辞令；高谭雄辩，惊其座人”② 的个性和风采有关，但还受到了西方散文中盛行的“演讲”一体的启发。其实，我们从秋瑾自己的话中已见端倪。

三、秋瑾文体革新的贡献

秋瑾在近代文体变革与白话文学的建设中，不仅富有创作实绩，且有理论倡导之功。她在晚清白话文运动和散文白话化的历史进程中，至少有以下几个方面的贡献。

其一，创办白话报刊。1904 年 9 月，秋瑾创办的《白话》杂志在东京出版。她有感于“欲图光复，非普及知识不可”，乃“仿欧美新闻纸之例，以俚俗语为文……以为妇人孺子之先导”。③ 这是早期白话报刊中较早的一种。归国后，她又于 1907 年 1 月创办《中国女报》杂志，并感叹中国第一份妇女刊物《女学报》“只出了三四期，就因事停止了”；还批评当时的《女子世界》杂志“文法又太深了”，她说：“我姊妹不懂文字又十居八九，若是粗浅的报，尚可同白话的念念；若太深了，简直不能明白呢。所以我办这个《中国女报》，就是有鉴于此。内中文字都是文俗并用的，以便姊妹的浏览，却也就算为同胞的一片苦心了。”④ 在生命的最后两三年中，秋瑾连办两种白话刊物，惨淡经营，不遗余力，

---

① 谢飘云．中国近代散文史［M］．北京：中国文联出版公司，1997.

② 徐自华．鉴湖女侠秋君墓表［M］//郭延礼．秋瑾年谱．济南：齐鲁书社，1983：45.

③ 悲生．秋瑾传［M］//郭延礼．秋瑾年谱．济南：齐鲁书社，1983：45.

④ 秋瑾．敬告姊妹们［M］//秋瑾集．上海：上海古籍出版社，1991：13.

这在当时女界屈指可数，即使在整个学界，也是功绩卓著。

其二，倡导演说活动。文言文的最大弊端便是言文分离。“盖语言与文字离，则通文者少；语言与文字合，则通文者多。”① 黄遵宪曾经精辟地指出言与文的关系利害，并倡创一种“明白晓畅，务期达意”“适用于今，通行于俗”② 的新文体，提出了“我手写我口”的理想。然而，黄遵宪本人和他同时代的改良派作家们并未完全做到这一点，诗则“旧风格含新意境”③ 如新派诗，文则“言文参半”如新文体。秋瑾于1904年在东京与留日同志组织“演说练习会”，制定《演说练习会简章》十三条，每月开会演说一次。“凡关于各专门学及新理想议论精确于国内有应（影）响者，其稿交书记录存，以备印刷发行。”④ 秋瑾的三篇演说稿即发表于《白话》一、二、三、四期上。这就将白话的演说词的“言”与白话的演说稿的“文”完全统一了起来，真正做到了言文合一，实现了“我手写我口”。

其三，发表白话散文。秋瑾不仅积极倡导白话文，也努力实践白话文。她曾为多种白话报刊或妇女报刊撰稿，率先垂范，开启风气。《白话》杂志第一期刊有《演说的好处》，第二期刊有《敬告中国二万万女同胞》，第三期刊有《警告我同胞》（未完）。《中国女报》第一期刊有《发刊辞》《敬告姊妹们》《看护学教程》（未完），第二期刊有《创办中国女报之草章及意旨广告》《看护学教程》（续）等。此外，她还在《女子世界》二卷一期发表有《致湖南第一女学堂书》。弹词《精卫石》亦“初意在《中国女报》逐期刊布，以女报出版两期，费绌停顿，搁置勿用”⑤。这些白话文和报章体文传播范围广，影响大，有力地推动了白话运动和文体革新。

其四，重视民间文艺。民间文艺尤其是俗文学作品，在“古语之文学变为俗语之文学”的进化过程中有着不可忽视的作用，成为文人作家进行文学变革的一种重要动力和参照，改良派作家和革命派作家莫不注目于此，实非偶然。黄遵宪早年搜集客家《山歌》⑥，晚年“斟酌于弹词、粤讴之间”⑦；梁启超强调“日本

---

① 黄遵宪．学术志［M］//日本国志：卷三十．刻本：浙江书局，1898（清光绪二十四年）．

② 黄遵宪．学术志［M］//日本国志：卷三十．刻本：浙江书局，1898（清光绪二十四年）．

③ 梁启超．饮冰室诗话［M］．周岚，常弘，编．长春：时代文艺出版社，1998：54.

④ 秋瑾．演说练习会简章［M］//秋瑾研究资料．郭延礼，编．济南：山东教育出版社，1987：690.

⑤ 秋宗章．六六私乘［M］//秋瑾研究资料．郭延礼，编．济南：山东教育出版社，1987：133.

⑥ 黄遵宪．山歌［M］//钱仲联，笺注．人境庐诗草笺注：卷一．上海：上海古籍出版社，1981：54－60.

⑦ 黄遵宪．壬寅八月二十二日与梁任公书［M］//钱仲联，笺注．人境庐诗草笺注．上海：上海古籍出版社，1981：1245.

之变法，赖俚歌与小说之力”①，都表明了改良派作家对俗文学的高度重视。革命派作家后来居上，秋瑾、邹容、陈天华最为杰出，不仅在其诗文创作中均融入了一定的说唱文学成分，而且他们笔下的俗文学作品，实际上已经成为一种白话文学。秋瑾这方面的实践主要是弹词和“唱歌”。秋瑾写作于1906年前后的《精卫石》和陈天华发表于1903年的《猛回头》，堪称近代文学史上反映现实、鼓吹革命的弹词双璧，具有重大的社会意义和鲜明的时代色彩。“唱歌”亦即歌词之作，虽系韵文，但散文化倾向异常鲜明，如《我羡欧美人民啊》：

> 得自由，享升平，逍遥快乐过年年。国命都是千年永，人民声气权通连。商兵工艺日精巧，政治学术益完全。兵强财富土地广，年盛月异日新鲜。
>
> 这可不是轰轰烈烈的文明国么？可怜今日我中国的同胞啊！遭压力，受苦恼，国贫民病真堪忧。

前节描写欧美人民“文明”景象，格调欢快流畅，三言与七言兼用，有歌谣之风；后节先以十三字句与十一字句上承下启，继以三言句和七言句作结，痛陈“国贫民病”的祖国同胞之“苦恼”，语势愤激沉痛，形成鲜明对照。通篇已经自由化和白话化了。

四、秋瑾白话文创作述评

明乎秋瑾创办白话报刊、倡导演说活动、发表白话散文、重视民间文艺四项建树，我们便不难理解何以早在新文化运动十余年前，她就写出纯粹而成熟的白话文了。秋瑾的散文现存四十一篇，长短不一，大抵为政论、演说、文告、题词、书信之类，没有纯文学意义上的“美文”。这大约是秋文不受文学研究界重视的原因。这些文章多数仍为文言文，基本用梁启超式的“新文体”写成，是一种实用性强的浅近文言文。其中《致徐小淑绝命词》系骈体，《某宫人传》用典雅的古文笔法写成。少数为白话文，代表着秋瑾文体解放的成就。

秋瑾的白话文现存四篇。《演说的好处》《敬告中国二万万女同胞》《警告我同胞》均发表于1904年出版的《白话》，上距裘廷梁提出“崇白话而废文言”②的口号仅六七年时间，属于晚清白话文运动中的早期作品。这三篇纯用白话写成

① 梁启超．蒙学报演义报合叙［M］//梁启超全集：第一卷．张品兴，编．北京：北京出版社，1999：131.

② 裘廷梁．论白话为维新之本［M］//郭绍虞，编．中国历代文论选1卷本．上海：上海古籍出版社，2001：400.

的演说词，说理充分，条理明晰，文风平实，语汇丰富，一般说来俗有余而雅不足。倘仅从艺术水平看，正像高旭评说黄遵宪新派诗的那样，“终不若守国粹的用陈旧语句为愈有味也”①，如秋集中古文《普告同胞檄稿》《光复军起义檄稿》甚至骈文《致徐小淑绝命词》均比这三篇白话文艺术精美，文辞优雅。但其中有些段落确乎写得感情沉痛，描绘真切，形象鲜明，气韵生动，已有相当艺术水平和美感效应，切不可作一般宣传应用文字看。如《敬告中国二万万女同胞》开头一段：

> 唉！世界上最不平的事，就是我们二万万女同胞了。从小生下来，遇着好老子，还说得过；遇着脾气杂冒、不讲情理的，满嘴连说：“晦气，又是一个没用的。”恨不得拿起来摔死。总抱着“将来是别人家的人”这句话，冷一眼、白一眼的看待；没到几岁，也不问好歹，就把一双雪白粉嫩的天足脚，用白布缠着，连睡觉的时候，也不许放松一点，到了后来肉也烂尽了，骨也折断了，不过讨亲戚、朋友、邻居们一声“某人家姑娘脚小”罢了。

这段文字语言明白晓畅，语气亲切委婉，现身说法，痛定思痛，感染力与鼓动性兼而有之，语言之生动，描绘之传神，文气之流畅，口吻之毕肖，甚至为一般古文所不及。细玩文味，实能俗中见雅，文情并茂，几能脱尽民间说唱之粗浅格调，在早期白话文中，堪称珍品。

时隔两三年之后发表的《敬告姊妹们》，是一篇更趋纯熟精美的白话文。《中国女报》将其列入“演坛”栏下，可见性质仍属时论演说之类，但确已带有一定的“美文”色彩，情感充沛，文笔细致，语句灵活，辞采斐然。文中将新旧女性的两种生活对照写来，娓娓而谈，曲尽其妙。

> 唉！二万万的男子，是入了文明新世界，我们的二万万女同胞，还依然黑暗沉沦在十八层地狱，一层也不想爬上来。足儿缠得小小的，头儿梳得光光的；花儿、朵儿，扎的、镶的，戴着；绸儿、缎儿，滚的、盘的，穿着；粉儿白白、脂儿红红的搽抹着。一生只晓得依傍男子，穿的、吃的全靠着男子。身儿是柔柔顺顺的媚着，气虐儿是闷闷的受着，泪珠是常常的滴着，生活是巴巴结结的做着：一世的囚徒，半生的牛马。试问诸位姊妹，为人一世，曾受着些自由自在的幸福未曾呢？

① 高旭．愿无尽庐诗话［M］//高旭集．郭长海，金菊贞，编．北京：社会科学文献出版社，2003：544.

唉！但凡一个人，只怕自己没有志气；如有志气，何尝不可求一个自立的基础，自活的艺业呢？如今女学堂也多了，女工艺也兴了，但学得科学工艺，做教习，开工厂，何尝不可自己养活自己吗？也不致坐食，累及父兄、夫子了。一来呢，可使家业兴隆；二来呢，可使男子敬重，洗了无用的名，收了自由的福。归来得家族的欢迎，在外有朋友的教益；夫妻携手同游，姊妹联袂而语；反目口角的事，都没有的。如再志趣高的，思想好的，或受高等的名誉，或为伟大的功业，中外称扬，通国敬慕。这样美丽文明的世界，你说好不好？难道我诸姊妹，真个安于牛马奴隶的生涯，不思自拔么？

这两段文字一则曼声细语，一则扬眉吐气。“足儿缠得小小的”与“身儿是柔柔顺顺的媚着”两层，多重铺排，着力白描，十分传神；“一世的囚徒，半生的牛马”“洗了无用的名，收了自由的福。归来得家族的欢迎，在外有朋友的教益；夫妻携手同游，姊妹联袂而语”“中外称扬，通国敬慕”等处，排比对偶而使人不觉，确为俗而能雅。新文学健将郭沫若曾于1942年著文赞叹秋瑾的这篇白话文“相当巧妙”，并说“这在三四十年前不用说是很新鲜的文章，然而就在目前似乎也还是没有失掉它的新鲜味”①。这充分说明了秋瑾的优秀白话文不独有着深刻的思想性，还有着长久的艺术生命力。

与这篇优秀白话文同时刊出的《中国女报发刊辞》，则为梁启超式的“新文体”，深得梁文之神髓，写来豪情激越，辞采壮丽。同时刊布的译著《看护学教程》，文体则比“新文体”更趋平易浅俗，已经是一种浅近文言，或径直为徒有文言文格套的准白话文了。此作虽无文学色彩，但在白话文学和白话翻译尚未兴盛的当时，自有一种文本价值。

五、结语：秋瑾文体革新的意义与地位

秋瑾短暂的生命历程，只有三十余年。但她不仅在中国革命史上留下了光辉的业绩，成为妇女解放运动的一面不朽旗帜，而且还在文学领域充分展现了杰出的才华，取得了多方面的成就，留下了丰富多样的作品，成为中国近代文学史上最著名的女文学家。特别是她留学日本以来的后期创作实践和文学活动，正处于资产阶级改良派文学及其文学革新运动渐次消歇和资产阶级革命文学团体南社及

① 郭沫若．娜拉的答案［M］//中国新文学大系编辑委员会．中国新文学大系1937—1949：第42集杂文卷．上海：上海文艺出版社，1990：459．

其文学事业尚未鼎盛的重要历史关头。秋瑾文学革新的理论与实践，对于前者是一种继续和深化；对于后者，则具有启示和引导作用。秋瑾死后十年，五四文学革命高歌猛进，秋瑾的文学革新正是一种前奏。

要之，生活于“专为通俗易解，可以普及知识，并非取文言而代之”① 的特定历史阶段和文学环境中的秋瑾及其白话文理论与实践，已经取得了可能达到的最高成就，并代表着近代散文发展的正确方向。

（原载《西北师大学报》（社会科学版）2002 年第 2 期）

① 蔡元培．中国新文学大系总序［M］//赵家璧，主编．中国新文学大系．上海：上海良友图书公司，1935：10.

嘉道之际的文学精神与创作主题

关爱和

一、风云际会与士林风尚

嘉庆、道光之际，中国正处在鸦片战争的前夜，处在一个山雨欲来、风云骤集的年代。此时，清政府统治已由强盛的巅峰走向低谷，东方帝国天朝盛世的釉彩虽未剥落殆尽，但其王霸之气，已荡然无存，衰败之象处处可见。在17世纪末至19世纪中叶的百余年内，全国人口由一亿五千万猛增至四亿三千万，资源、生产力水平与人口的矛盾加剧，流民无以为业，士人仕途拥挤，成为国内政治不安定的重要根源；由于承平日久，官场腐败之风愈演愈烈，政府权力机能减弱，令不行而禁不止，贪污成风，威信下降；直接关系到国计民生的重大问题，如漕运、盐法、河工三大政，举步维艰，弊端重重；西北、西南边疆地区外扰不已，东南沿海鸦片贸易剧增，白莲教与南方秘密会社起事频繁，屡禁不止。各种社会危机重重叠叠，纷至沓来，如同地火在奔涌汇聚，蓄势待发。

即使没有后来外敌入侵所引发的鸦片战争，清王朝所面临的诸种危机，也必然会诱发巨大的社会动荡。其中的消息，最先为生活在这一时期具有敏感触角和强烈社会责任感的知识群体所窥破。生活在嘉道之际的龚自珍、魏源、林则徐、陶澍、贺长龄、黄爵滋、包世臣、姚莹、方东树、沈垚、潘德舆、鲁一同、徐继畬等人，是领一代风骚的文化名流。作为时代与社会的先觉者，他们充分意识到自身在由盛转衰历史变局中的地位和作用。匡济天下与挽狂澜于既倒的救世热情，施展才华抱负和治平理想的巨大冲动，使他们不愿放弃眼前可遇而不可求的历史契机。他们一方面像惊秋之落叶，以耸听之危言向全社会预告危机；另一方面，则上下求索，寻求补救弥缝之良方。他们虽然社会地位不同，生活道路不同，治学旨趣不同，但面对山雨欲来的危局，共同表现出救世的警觉和入世的热忱，并自觉地把这种警觉和热忱演化为对经世致用之学的呼唤，对新的士林风尚的设计。他们努力寻求与陶铸一种有切于国计民生、伦常日用的学术路径与学术精神，急切期望学风、士风由宋学之高蹈、汉学之烦琐向立足现世、通经致用方向的转换。对于新的学术路径与学术精神，龚自珍概括为“道也、学也、治也，则一而已矣”①，“学与治之术不分”②；魏源称之为“贯经术、政事、文章于一”③。这些概括蕴含着明确的“一代之治，即一代之学”④，学、治统一的价值取向。这种价值取向要求学术立足于天下之治，立足于现实问题的研究和解决，士人本身不是高头讲章与琐碎的生产者，不是“毕生治经，无一言益己，无一事可验诸治”⑤ 的书蠹，而应是天下之治的实践者。

学、治一致的学术路径与学术精神，得到嘉道之际知识群体的普遍认同，从而成为超越各流派门户畛域的学术选择。对新的学术精神的认同和以救世自救为基本出发点的奔走呼号，促使嘉道之际新的士林风尚形成。嘉道之际的士林风尚具有以下特征：

士人社会参与意识和主宰精神的确立与恢复。动荡不安、危机四伏的年代，正是封建士人阶层多梦的季节。平常时期，他们苦于阶级尊卑有定，文网恢恢，缺乏自我表现的机会，而非常时期，则以为可以跨越等级，破除旧例，大显身手，一展雄才大略。强烈的危机感和责任心，创造由衰转盛奇迹的热情与梦想，激动着一代士人之心，他们渴望获得社会参与和贡献智慧才能的机会，并开始充满自信地重新评估自身存在的价值和所应扮演的社会角色。“以布衣遨游于公卿间”的包世臣以为：“士者事也，士无专事，凡民事皆士事。”⑥ 姚莹更是不无自负地说：“稼问农，蔬问圃，天下艰难，宜问天下之士。”⑦ 其间所表现的不仅是一种以天下为己任的抱负，且充满着天下艰难，舍我其谁的社会主体意识和拯道济溺的英雄气概。林伯桐作《任说》，以为“自任以天下之重则固天下之士也”，以天下自任，虽为布衣，“而行谊在三公之上”⑧。梅曾亮写于道光初年的《上汪尚书书》抒写心志道：“士之生于世者，不可苟然而生。上之则佐天子，宰制万

① 龚自珍．乙丙之际箸议第六［M］//龚自珍全集．王佩诤，校．北京：中华书局，1959：4.
② 龚自珍．对策［M］//龚自珍全集．王佩诤，校．北京：中华书局，1959：114.
③ 魏源．两汉经师今古文学家法考叙［M］//魏源集．北京：中华书局，1976：151.
④ 龚自珍．乙丙之际箸议第六［M］//龚自珍全集．王佩诤，校．北京：中华书局，1959：4.
⑤ 魏源．学篇九［M］//魏源集．北京：中华书局，1976：22.
⑥ 包世臣．艺舟双楫：赵平湖政书五篇叙［M］//安吴四种．重刊本．湖北：包诚注经堂．1872（清同治十一年）.
⑦ 姚莹．复管异之书［M］//中复堂全集．刻本．安福：姚濬昌安福县署．1867（清同治六年）.
⑧ 林伯桐．任说［M］//修本堂稿．修本堂丛书本，1844（清道光二十四年）.

物；次之则如汉董仲舒、唐之昌黎、宋之欧阳，以昌明道术、辨析是非治乱为己任。”① 进则攘臂以治乱，退则治学以培道，先觉以觉民，此种人生取向，再清楚不过地显现出一代士人踌躇满志的躁动心态和意气风发的精神面貌。

一是士林中实际参与和躬行实践风气的形成。千疮百孔的社会现实和学、治一致的学术指向，使嘉道之际知识群体不满足于坐而论道，他们更崇尚实际参与和躬行实践的精神，留意于与国计民生、伦常日用密切相关问题的研究与探求。在整个社会士气复苏、议论风生之际，姚莹以东汉与晚明士人为前车之鉴，向激情四溢的士林提出忠告。姚莹以为，志士立身，有为身名，有为天下：“自东汉以虚声征辟，天下争相慕效，几如今之攻举业者，孟子所谓修其天爵，以要人爵也。当时笃行之士，固已羞之。明季东林称多君子，天下清议归焉，朝廷命相，至或取诸儒生之口，固宜宇内澄清矣。然汉、明之季，诸君子不能戡定祸乱，反以亡其身者，无亦有为天下之心而疏于为天下之术乎？”② 此种忠告，显示出作者在士风高涨中的冷静思考。以史作鉴，则宜摒却虚名，不尚空谈，留意于与国计民生、伦常日用密切相关的研究与探求。嘉道之际知识群体的社会参与活动，并不仅仅局限于清谈议政，而是自觉地致力于当世急务的研究与实践。包世臣留心于“经济之学”，闻名遐迩，“东南大吏，每遇兵、荒、河、漕、盐诸巨政，无不屈节咨询，世臣也慷慨言之”③。龚自珍在“引公羊义讥切时政、诋排专制”④ 的同时，又留心于“天地东西南北之学”。魏源编辑的《皇朝经世文编》，使得“凡讲求经济者，无不奉为椝矱”⑤。精于边疆史地者如张穆、徐松、沈垚等人在对边疆历史、地理的考察中，对经济开发与防务提出建策，以备当事者择取。管同、方东树等宋学信仰者，在高扬性理主义旗帜的同时，于“礼乐、兵刑、河漕、水利、钱谷、关市大经大法皆尝究心”⑥。正如李兆洛所言，嘉道士人“怀未然之虑，忧未流之弊，深究古今治乱得失，以推之时务，要于致用”⑦。这种重视实际参与和躬行实践的精神，构成了嘉道士林风尚的显著特征。

二是士林中问学议政、声气联络之风盛行。嘉道之际士风的复苏与高涨，促

---

① 梅曾亮．上汪尚书书［M］//梅伯言全集．刻本，1856（清咸丰六年）．

② 姚莹．复管异之书［M］//中复堂全集：东溟文外集．刻本．安福：姚濬昌安福县署．1867（清同治六年）．

③ 赵尔巽，等．包世臣传［M］//清史稿：第44册．北京：中华书局，1977：13417．

④ 梁启超．清代学术概论［M］．北京：中华书局，1989：53．

⑤ 俞樾．皇朝经世文续编序［M］//春在堂全书．刻本．1889（清光绪十五年）．

⑥ 方宗诚．仪卫先生行状［M］//柏堂集．刻本．桐城：方氏志学堂．1881（清光绪七年）．

⑦ 李兆洛．蔬园诗序［M］//养一斋文集．重刊本．1878（清光绪四年）．

使有志之士走出书斋，广结盟友。他们聚谈燕宴，问学议政，使管同、龚自珍著文批评过的“今聚徒结社，渺然无闻”①“今上都通显之聚，未尝道政事、谈文艺”② 的局面大大改观，士林之中，朝廷学校之间，不再是昔日“安且静也”的处所。这种志士间的交往，是一种声气之求，它超越了学术宗派之间的门户之见，而以诵史鉴、考掌故、慷慨论天下事作为共同的思想基础。他们互相推重，砥行砺节，以培植元气、有用于世相瞩望，又以学问议政、道德文章相切劘，并具有培植共同政见的意义。姚莹作《汤海秋传》记述其道光初年京师之交游道：

> 道光初，余至京师，交邵阳魏默深、建宁张亨甫、仁和龚定庵及君（指汤鹏）。定庵言多奇僻，世颇訾之。亨甫诗歌几追作者。默深始治经，已更悉心时务，其所论著，史才也。君乃自成一子。是四人者，皆慷慨激厉，其志业才气，欲凌轹一时矣。世乃习委靡文饰，正坐气萧耳，得诸子者大声振之，不亦可乎？③

“慷慨激励”“志业才气欲凌轹一时”的气度，使得他们一见如故，成为挚友。丁晏在《津门华梅庄诗集序》中记述京师文人聚会之盛况道：

> 京师为天下文人之薮，台阁之彦、胄监之英，四方才俊之士，毕萃于斯。己卯之岁，余年二十四，见举于萧山师。庚辰以朝考入京师，主同乡汪文端家。嗣后，公车留滞，所识多魁士名人，樽酒论文，于问学深有助焉。丙申之夏，宜黄黄树斋爵滋、晋江陈颂南庆镛、歙县徐廉峰宝善、甘泉汪孟慈喜孙，仿兰亭宴集，为江亭展禊之会。吾友汤海秋鹏、王慈雨钦霖、郭羽可仪霄、黄香铁钊、许印林瀚、张亨甫际亮、姚梅伯燮、蒋子潇湘南、斌秋士桐及同乡潘四农德舆、鲁兰岑一同暨余凡四十二人，各为诗文纪之，固一时之盛也。④

此次江亭展禊是京都文人的重要聚会。聚会士人议论时政，探讨学术，联络情谊。聚会的参与者大都为京都名宦、名士，其中黄爵滋、徐宝善、朱琦、陈庆镛等人，充任了鸦片战争时期主张严禁鸦片、改革吏治的主将。稍后以黄爵滋名义上呈的《严塞漏卮以培国本疏》，据说即是由吴嘉宾、臧纡青、张际亮等人共

---

① 管同．拟言风俗书［M］//因寄轩文集．刻本，1844（清道光二十四年）．

② 龚自珍．明良论一［M］//龚自珍全集．王佩诤，校．北京：中华书局，1959：29．

③ 姚莹．汤海秋传［M］//中复堂全集：东溟文后集．刻本．安福：姚濬昌安福县署．1867（清同治六年）．

④ 丁晏．津门华楳诗集序［M］//熙志斋文集．刻本，1949（民国三十八年）．

同起草的集体性作品。欧阳兆熊《水窗春呓》称他们“一时文章议论，掉鞅京洛，宰执亦畏其锋”。可见京都文人聚会，虽还称不上“聚徒结社”，但已具有联络声气、培植共同政见的意义。士林中问学议政、声气联络之风的盛行，是士人由噤若寒蝉走向意气风发的重要标志。嘉道士人“力挽颓波、勉成砥柱”[①] 的风尚，培养和造就了士人跌宕放言、傲俗自放的做派，而嘉道士林的人物品藻，又将傲俗自放与慷慨任事者推为上品。

嘉道之际风云际会和士林风尚的更新，为活跃在这一时期的知识群体带来了新的精神气象。他们由埋首经籍、读书养气转向“相与指天画地，规天下大计”[②]，由谋稻粱而著书、视议政为畏途，一变而为“举凡宇宙之治乱，民生之利病，学术之兴衰，风尚之淳漓，补救弥缝，为术具设”[③]，显示出旺盛的生命活力与刚健之气。在经世实学思潮崛起，知识阶层政治参与和社会主体意识不断加强的文化氛围中生成的嘉道之际文学，显示出独异的风貌和耀眼的光彩。

二、言关天下与自作主宰的文学精神

漫步在嘉道之际的文苑诗海之中，扑面而来的是一代士人浓烈郁结的救世热情，铺天盖地的忧患意识，鞭辟入里的社会批判，炽热旺盛的政治参与精神，以古方出新意的变革呼唤，起衰世而入盛世的补天情结。当然，也有先觉者独清独醒的孤独，前行者“无人会、登临意”的惆怅，以及不见用于世的种种痛苦与自我慰藉。

这是一个斑斓多彩的情感世界。它以一代士人富有生命力的精神气象与审美情趣作为支撑依托，显示出独异的风韵和色彩。这里很少有对飘逸高寄、简淡玄远生命情趣的玩味，更多的是被忧患意识浸泡过的社会使命感、责任感的流露；这里很少有对人生短暂、时光不永、逝者如斯的喟叹，更多的是对建功立业、渴求有用于世的心态的表白；这里很少再有如履薄冰、如临深渊、避害畏祸的惴惴不安，取而代之的是慷慨陈词，以不可一世的气魄评论国事，张扬灵知。文学像一只被政治参与热情与人生自信同时鼓荡起的方舟，责无旁贷地负载起嘉道士人救世与自救的双重期待。

动荡的时代和士风的高涨，使嘉道之际知识群体在构筑人生理想和思考自我

---

① 姚莹．汤海秋传［M］∥中复堂全集：东溟文后集．刻本．安福：姚濬昌安福县署．1867（清同治六年）．

② 梁启超．清代学术概论［M］．北京：中华书局，1989：54．

③ 范麟．读安吴四种书后［M］∥包世臣．齐民四术．北京：中华书局，2001：445．

存在价值过程中，存在着某种心理倾斜，他们并不安分于在纵恣诗酒、白头苦吟中打发一生。这个时期的诗文作品十分推重两个历史人物，一是汉代盛世而出危言的贾谊，一是南宋衰世而倡王霸的陈亮。他们议论风生，言关天下社稷，为帝王之师的潇洒风采，令人神往，而无形中被奉为追寻效仿的楷模。在嘉道士人对传统的立德、立功、立言三不朽之说的认同中，其对立功的渴望，远远超出立言、立德。他们以“国士”而不以“诗人”自期，以为“儒者当建功立德，而文士卑不足为”①。在这种文化氛围与士人心态中陶铸与造就的嘉道文学精神，在总体上表现为社会参与意识的强化和自作主宰意识的扩张。

龚自珍早年所写的《京师乐籍说》，是一篇耐人寻味的文字。文章通过对京师及通都大邑必有乐籍这一社会现象的分析，揭露了霸天下者控驭士人的心机。文章以为，霸天下者，不能无私，故而有种种愚民之举。“士人者，又四民之聪明喜议论者也。身心闲暇，饱暖无为则留心古今而好议论。留心古今而好议论，则于祖宗之立法，人主之举动措置，一代之所以为号令者，俱大不便。”因而霸天下者于士，便有种种钳制之术。乐籍制度的设立，便是钳塞天下游士心志的手段之一：

> 乐籍既棋布于京师，其中必有资质端丽、桀黠辨慧者出焉。目挑心招，捭阖以为术焉，则可以钳塞天下之游士。乌在其可以钳塞也？曰：使之耗其资财，则谋一身且不暇，无谋人国之心矣；使之耗其日力，则无暇日以谈二帝三王之书，又不读史，而不知古今矣。使之缠绵歌泣于床第之间，耗其壮年之雄才伟略，则思乱之志息，而议论图度，上指天下画地之态益息矣。使之春晨秋夜为奁体词赋、游戏不急之言，以耗其才华，则议论军国、臧否政事之文章可以毋作矣。②

乐籍制度于清朝中叶即已废除，龚自珍在此文中大力挞伐之，实为“项庄舞剑，意在沛公”之举。乐籍如此，学术研究中或专注于训诂校勘、辑佚辨伪，或空谈义理、高蹈世外，文学创作中寄情于山水，玩味于声韵，同样是士人以琐耗奇、消磨心志的方式。士人不通古今，思乱志偃，议论图度、指天画地之态益息，议论军国、臧否政事之文不作，这是霸天下者之幸，却是天下士人的悲哀。此文的言中之意、弦中之音，即在于呼唤豪杰之士奋发崛起，识破人主类似乐籍的种种钳塞之术，冲破拘囿思想的牢笼，恢复“留心古今而好议论”的元气，

① 管同．方植之文集序［M］//因寄轩文集．刻本．1844（清道光二十四年）．

② 龚自珍．京师乐籍说［M］//龚自珍全集．王佩诤，校．北京：中华书局，1959：117．

振刷议论图度、指天画地的精神，摒弃佽体词赋、一切游戏不急之言，奋力而为议论军国、臧否政治之雄文。因而《京师乐籍说》所体现的内在意义，并不仅仅是对霸天下者心术的揭露，它还包蕴着对学风、士风转变的渴望及对新的文学风气、文学精神的追寻。这便是留心古今，参与国事，议论军国，臧否政治。

社会参与激情与言关天下社稷的精神，合成了嘉道之际一代士人的文学期待视野。这一点仅从他们对诗文表现题材的分类与价值评判中即可窥知。管同将古文辞分为文士之文与圣贤之文，“穷而后工”“得乎山川之助者”为文士之交，“穷则见诸文，达则见诸政”① 为圣贤之文，主张以全力为圣贤之文，而以余力为文士之文。梅曾亮以为：文有世禄之文与豪杰之文。“模山范水，叙述情事，言应尔雅”者为世禄之文，“开张王霸，指陈要最”② 者为豪杰之文，而推豪杰之文为尊，世禄之文为卑。张际亮把汉以下诗分为志士之诗、学人之诗、才人之诗，力倡“思乾坤之变”，知古今之宜，“其幽忧隐忍，慷慨俯仰，发为咏歌”③ 的志士之诗。对隐含着注目人间、拯时救世价值取向的圣贤之文、豪杰之文、志士之诗的推重，反映出嘉道士人文学宗尚与审美情趣向社会功利方向的皈依。经术、治术文章合一，立言而为帝王百姓之师，这种人生目标，对大多数文人墨客来讲，比吟咏性情、描摹风月更具有令人神往的魔力。嘉道士人把诗文创作视为畅抒理想、昌言建策、慷慨论天下事的利器和排遣社会参与冲动的重要方式。他们在不能出将入相、亲挽狂澜的情况下，企求在议论时政、抒写感慨、作人间清议、写书生忧患中，获取自我价值实现的满足。龚自珍“安得上言依汉制，诗成侍史佐评论”④“我论文章恕中晚，略工感慨是名家”⑤，张际亮“著书恸哭敢忧时”⑥，汤鹏“非争墨客词流技”“微词褒贬挟风雷”⑦ 的诗句，都不啻为一种自励、一种号召，包蕴着旺健的入世精神。

在推尚志士之诗、圣贤豪杰之文的同时，嘉道士人还有意提倡与培植一种自作主宰的创造意识。如果说，参与现实、参与政治的文学价值取向，是嘉道文学精神的直观显现，那么，自作主宰的创造意识，则是嘉道文学精神的内在蕴藉。两者共同显示出士风振刷的实绩。

---

① 管同．送李海帆为永州府知府序［M］//因寄轩文集．刻本．1844（清道光二十四年）．

② 梅曾亮．送陈作甫叙刊本［M］//梅伯言全集．刻本．1856（清咸丰六年）．

③ 张际亮．与陆心兰方伯书［M］//张亨甫全集．刻本．1867（清同治六年）．

④ 龚自珍．夜直［M］//龚自珍全集．王佩诤，校．北京：中华书局，1959：455．

⑤ 龚自珍．歌筵有乞书扇者［M］//龚自珍全集．王佩诤，校．北京：中华书局，1959：490．

⑥ 张际亮．阳廓外守风阻涨慨然口号［M］//张亨甫全集．刊本．1867（清同治六年）．

⑦ 汤鹏．后慷慨篇［M］//海秋诗集．长沙：岳麓书社，1987：286．

自作主宰的创造意识，首先表现为作家对于自身在文学创作过程中独立地位的确认。文学活动是一种独立的创造性的精神活动，它凝聚着作家自身对外部世界的感受、理解、判断，龚自珍称之为“心力”。“心无力者，谓之庸人。”① 心无力者，不足以立世，不足以言创造。而不才者治世，则以摧残士人心力为要领，“戮其能忧心，能愤心，能思虑心，能有作为心，能有廉耻心，能无渣滓心”②，致使天下才衰。欲起衰救敝，治世者当改弦更张，而被戮者当振奋“心力”，以充满自信的姿态，担当起社会、历史及文学创造的责任。龚自珍在用于自励的《文体箴》中写道：“虽天地之久定位，亦心审而后许其然。苟心察而弗许，我安能颔彼久定之云？”尊尚“心审”“心察”，鄙夷人云亦云，是进行思想与文学创造的重要前提。

文学创造的主要任务，是展示人们的情感世界。如何看待与表现作者的自在情感，是与崇尚心力紧密关联的问题。与其意气风发、不可一世之气概相一致，嘉道士人主张诗文写作应言必己出，直抒胸臆，袒露性情，表现真我。魏源在《诗古微序》中提出“循情反性”之说，梅曾亮在《黄香铁诗序》中以为：“物之可好于天下者，莫如真也。”姚莹认为清代诗坛，大多剪彩为花，范土为人，缺少天趣天籁。而龚自珍的“宥情”“尊情”之说，更是神采飞扬，脍炙人口。龚自珍在《宥情》一文中，设甲、乙、丙、丁、戊数人就“情”这一问题互相辩难。对于纷纭众说，作者未明确置之可否，只是不厌其烦地描述自己萦怀于童心，流连于母爱，斩不断袭心之阴气，言不尽少年之哀乐的感觉。此种无可奈何、无力拔却的情根，“则不知此方圣人所诃欤？西方圣人所诃欤？”③ 距作《宥情》十五年后，龚自珍作《长短言自序》，则一改《宥情》中的闪烁其辞，理直气壮地宣称“尊情”。“情之为物，亦尝有意锄之矣；锄之不能，而反宥之；宥之不已，而反尊之。”“情孰为尊？无往为尊，无寄为尊，无境而有境为尊，无指而有指为尊，无哀乐而有哀乐为尊。”情之为尊，在于它以无住无寄、变幻莫测的形态参与着文学准备、文学创作和文学接受的全过程，它既是文学创造者的内在凭借，又是文学接受者的感应媒介。当作者调动艺术表现手段，将蓄积已久、不吐不快的情感诉诸文字、发为声音时，作者郁积之情得以畅释、转移，而文学创作亦得以完成。当凝聚着作者情感的声音文字作品叩击着读者心灵时，读者便沉浸在妙不可言的艺术享受中。正因为“情”有如此重要的作用，故而宥

① 龚自珍．壬癸之际胎观第四［M］//龚自珍全集．王佩诤，校．北京：中华书局，1959：15.

② 龚自珍．乙丙之际箸议第九［M］//龚自珍全集．王佩诤，校．北京：中华书局，1959：6.

③ 龚自珍．宥情［M］//龚自珍全集．王佩诤，校．北京：中华书局，1959：89.

之尊之。

尊情之外，真与伪，也是嘉道士人使用频率极高的批评词汇。真者，得天趣天籁，读其作，知其人、其世，知其心迹；伪者，揖首于古人与成法，饰其外，伤其内，害其神，蔽其真。真者，是心力强健、蕴藉深厚、充满自信的表现；而伪者，是泯灭本真、摧戮性灵、丧失自信心的结果。嘉道士人之崇真黜伪，意在恃崇真而一无遮拦地泄发幽苦怨愤、忠义慷慨之气，借黜伪而讨伐扫荡拟古复古之俗学浮声。崇真黜伪促使他们将目光超越纵横交错的流派门户间的庭阶畛域，而理直气壮地树立起“率性任情”的创作旗帜。姚莹自称：“生平不为无实之言，称心而出，义尽则止。何者周秦，何者建安，何者唐宋，放效俱黜。”① 龚自珍为汤鹏诗集作序，以“诗与人为一”，“其面目也完”② 为诗的最高境界，都表现出一种独立不倚、自作主宰的气度和风范，它传达出一代士人不甘与世浮沉的创造激情和创新渴望。

“留心古今而好议论”的社会参与意识与率性任情、自作主宰的创造激情，构成了嘉道之际的文学精神。嘉道文学精神以一代士人建功立业，创造由衰转盛奇迹的人生理想与睥睨四海、意气风发的宏大气象为依托，在盛衰交替的历史瞬间，闪耀着夺目的光彩，龚自珍在《送徐铁孙序》中以赞美诗般的语言，抒写了他对新的文学精神的憧憬与向往：

> 龚自珍曰：平原旷野，无诗也；沮洳，无诗也；硗确狭隘，无诗也。适市者，其声嚣；适鼠壤者，其声嘶；适女闾者，其声不诚。天下之山川，莫尊于辽东。辽俯平原，逶迤万余里，蛇行象奔，而稍稍泻之，乃卒恣意横溢，以达乎岭外。大海际南斗，竖亥不可复步，气脉所届，怒若未毕；要之山川首尾可言者则尽此矣。诗有肖是者乎哉？诗人之所产，有禀是者乎哉？自珍又曰：有之。（夫）诗必有原焉，《易》《书》《诗》《春秋》之萧若泬若，周、秦间数子之缜若峍若，而莽荡，而噌吰，若敛之唯恐其坻，揪之唯恐其隘，孕之唯恐其昌洋而敷腴，则夫辽之长白、兴安大岭也有然。审是，则诗人将毋拱手欲翎，肃拜植立，挢乎其不敢议，愿乎其不敢杏言乎哉！于是乃放之乎三千年青史氏之言，放之乎八儒、三墨、兵、刑、星气、五行，以及古人不欲明言，不忍卒言，而姑猖狂恢诡以言之之言，乃亦摭证之以并世见闻，当代故

① 姚莹．中复堂全集：复方彦闻书［M］．刻本．安福：姚濬昌安福县署．1867（清同治六年）．

② 龚自珍．龚自珍全集：书汤海秋诗集后［M］//龚自珍全集．王佩诤，校．北京．上海：中华书局，1959：241．

实，官牍地志，计簿客籍之言，合而以昌其诗，而诗之境乃极。则如岭之表，海之浒，磅礴浩汹，以受天下之瑰丽而泄天下之拗怒也，亦有然。

不屑为孱弱纤细、平庸世俗之声，而欲肖巍峨山川蛇行象奔之逶迤，秉承其恣意横溢之气脉，取原于经史子集，证之以并世见闻，当代故实，磅礴浩汹，放言无忌，以受天下之瑰丽，而泄天下之拗怒，这不正是一代士人孜孜以求的文学精神的形象化写照吗？道济天下的志向，敞开通达的心灵，使嘉道之际士人充满着蓬勃朝气。他们奔走海内，联络声气，广结同志，或形交，或神契，不论师承、出身、地域，以砥砺志节相标榜，以道义文章相吸引。尽管其艺术造诣有别，审美情趣不同，而彼此间以诚相见，互相推重，互相勖勉，共同促进嘉道之际文学冲破封建专制的重重禁忌，终使嘉道士人从拟古复古的泥淖迷雾中走出，而直面社会现实与人生。

三、惊秋救敝与忧民自怜的文学主题

与清代清淳雅正的文学风貌相比，嘉道文学所显示的最鲜明、最基本的总体特征是议论军国、臧否政事、慷慨论天下事。这一总体特征在惊秋救敝、忧民自怜两大文学主题中得到展示。

当嘉道士人渐次恢复了“留心古今而好议论”的元气，将审视与批判的目光投向社会现实的各个层面时，清王朝经济、政治、军事、外交的现状，使他们痛心疾首，忧心忡忡。学风士风转换与文学精神确认所带来的激动与兴奋，在严峻的现实危机面前，顿时化作阵阵忧愤悲慨之雾，弥漫于纸上笔端。他们以惊心动魄、耸人听闻的盛世危言，穷形尽相、痛快淋漓的衰世披露，为封建末世留下有形的存照，为天朝上国撞响夕阳西下的警钟。这类旨在撩开天朝盛世帷幕，以振聋发聩的社会批判，富有形象性与感情色彩的文字，向全社会预告危机并谋求解救方策的作品，其主题可称之为惊秋救敝。惊秋救敝主要表现了鸦片战争前夕一代士人的敏感心灵与思想锋芒。它的存在，使嘉道之际文学具有自身的不可复写性。

清王朝曾有过国力强盛的历史。19 世纪初，这一雄踞东方的天朝帝国，开始走向江河日下的颓败之境。危机如同凛然秋气，逼近社会的各个角落。当统治者尚沉醉于文治武功的辉煌业绩中时，留心古今的知识群体，已从历史的纵向比较中，嗅到萧瑟秋气的逼近和山雨欲来的气息。漕运、盐务、河工，被清人通称为三大政。漕、盐、河三政均与国计民生有着密切的联系，在国家经济事务中，占据着重要的地位。但由于长期因循旧例，经营管理不善，三大政至嘉道之际弊端丛生，成为国家财政收入难以堵塞的三大漏卮。漕运包括征粮、运粮、入仓等多项环节，每一环节都有官吏营私舞弊，巧取豪夺，中饱私囊，最终导致粮价飞涨，使运抵京师的漕米为当地价格的十数倍。盐务如同漕运一样，由于盐官与盐商相互勾结，盐官得盐商之贿赂，给予盐商以种种方便，盐商一方面哄抬盐价，一方面逃避缴税，使生产者、消费者利益受损，而国库盐税收入大减。至于黄河治理，更是困扰清政府的大事。由于黄河河底淤泥日高，嘉道之际数十年间，河堤几乎年年溃决。政府每年拨巨款治河，但多被官吏贪污挥霍。薛福成《庸庵笔记》追记道光年间南河总督衙门滥用治河经费及其奢侈之举道："每岁经费，银钱百万两，实用之工程者，十不及一。其余以供文武员弁之挥霍，大小衙门之酬应，过客游士之余润，凡饮食、衣服、车马、玩好之类，莫不斗奇竞巧，务极奢侈。"以宴席而言，厨工常以数十猪之背肉，为豚脯一碗，余肉皆委之沟渠；又驱活鹅数十只奔走于热铁之上，取其掌食之，而全鹅皆弃。至于食驼峰、猴脑，以河鲤之鲜血做羹，无不取其精美，极尽奢华。"食品既繁，虽历之昼夜之长，而一席之宴不能毕。故河工宴客，往往酒阑人倦，各自引去，从未有终席者。"宴席之外，车马、服饰、交游莫不挥金如土，"新点翰林，有携朝贵一纸书谒河帅者，河帅为之登高而呼，万金可立至。举人、拔贡有携一纸谒库道者，千金可立至"①。如此暴殄天物、挥霍钱财，国家虽岁糜巨币以治河，河何可言治！

与漕、盐、河弊政同为士人忧者是鸦片的泛滥。在鸦片贸易日益扩大，成为漕、盐、河之后国家财政的又一大漏卮的时候，魏源比较明清两代政事之得失，痛心而言："黄河无事，岁修数百万，有事塞决千百万。无一岁不虞河患，无一岁不筹河费，此前代所无也；夷烟蔓宇内，货币漏海外，漕鹾以此日敝，官民以此日困，此前代所无也；士之穷而在下者，自科举则以，声音诂训相高，达而在上者，翰林则以书艺工敏，部曹则以胥吏案例为才，举天下人才尽出于无用之一途，此前代所无也。"② 病漕、病鹾、病河、病烟、病吏、病民，财物匮乏，人才出于无用之途，清王朝已是多病缠身，国事危如积卵，怎可再高枕无忧，讳疾忌医，作优游不急之言？

生计日蹙，漏卮不塞，天下多事，固然使人触目惊心；而官僚政治腐败，贪污渎职成风，奉职为官者无有为进取气象，中央行政权威处处受到挑战，诸种政府机制的无能和国家机器的腐朽现象更令天下人失望。将明哲保身、不思作为、

① 薛福成．庸庵笔记［M］傅一，校点．重庆：重庆出版社，1999：80.
② 魏源．明代食兵二政录叙［M］//魏源集．北京：中华书局，1976：161.

不求有功、但求无过的奉职心态与贪赃枉法、有罪不惩、有冤不伸、铺张粉饰、欺上罔下的官僚行为归咎于高度集中而走向极端的封建专制制度，是一代士人的共识。

造成吏治腐败、政府官员无所作为的根源何在？龚自珍四篇《明良论》揭示了四个方面的原因。一是俸禄过低，志向为贫困所累。二是上以犬马役仆相待，志向磨灭殆尽。三是用人唯论资格，志向无所施用。四是权限芥微，束缚沉重，志向无从实行。姚莹著《通论》，痛斥“习委蛇之节，而忘震惊之功，仍贪冒之常，而昧通时之识”“一闻异论，则摇手咋舌，以为多事”之士，是“坐视大厦之敧而不敢易其栋梁者”①。士气摧荡至此，并非国家幸事。国家一旦有难，则普天之下，无有挺身而出，拯道济溺，备奇才智勇，抱非常之略者。龚自珍在《古史钩沉论一》中，以其特有的扑朔迷离、雄诡杂出的文字，揭示霸天下者摧残士气之用心：“霸天下之氏，称祖之庙，其力强，其志武，其聪明上，其财多，未尝不仇天下之士，去人之廉，以快号令，去人之耻，以嵩高其身。一人为刚，万夫为柔，以大便其有力强武。”② 一夫为刚，万夫为柔，一人号令，万众臣服，不允许有独立思考，不允许于号令之外有所作为，这正是封建政治走向僵化、走向极端专制的标志。霸天下者“大都积百年之力，以震荡摧锄天下之廉耻”，而霸天下者一旦失却王霸之气，进入“其力弱，其志文，其聪明下，其财少”的困顿之境，则于何处可求有廉耻之心、凛然气节之臣？霸天下者可谓咎由自取。

嘉道士人在凭借理性的目光揭发社会弊端进行政治批判的同时，还以重重叠叠、饱蘸情感的笔触，勾画出对这个没有黄钟大吕，没有勃勃生机之没落世界的估评与感受。“凭君且莫登高望，忽忽中原暮霭生。”③ “天地有沧桑，知己以为宝。不见秋风吹，辟物已枯槁。万变亦寻常，消弭恐不早。槭槭无时终，耿耿向谁道。”④ “秋心如海复如潮，但有秋魂不可招。”⑤ “秋气已西来，元蝉鸣未休。笑彼不知时，讵识中多忧。”⑥ 纷纷纭纭的咏秋诗句，传达出一代士人对人间秋事降临的悲切。龚自珍写于1839年的《己亥六月重过扬州记》，就扬州繁华已去而人心不觉、承平依旧的景象，抒写了深沉的感慨。龚氏以四时更替为喻，以为

---

① 姚莹．通论：下［M］//中复堂全集：东溟文集．刻本．安福：姚濬昌安福县署．1867（清同治六年）．

② 龚自珍．古史钩沉论一［M］//龚自珍全集：上．王佩诤，校．北京：中华书局，1959：20.

③ 龚自珍．己卯自春徂夏，在京师作，得十有四首［M］//龚自珍全集：下．王佩诤，校．北京：中华书局，1959：441.

④ 汤鹏．秋怀九十一首［M］//海秋诗集．长沙：岳麓书社，1987：263.

⑤ 龚自珍．秋心三首［M］//龚自珍全集：下．王佩诤，校．北京：中华书局，1959：479.

⑥ 潘德舆．寓感五十首［M］//养一斋集．刻本．1843（清道光二十三年）．

初秋时节，人沉溺于暑威除却的惬意之中，而无睹于秋象，无闻于秋声，昏昏然不知悲寒将至，这正是人们承平日久，茫然不辨衰世之象的社会心理原因，也正是令识在机先的惊秋之士悲愤交集、惶惶不可终日之所在。“履霜之屩，寒于坚冰；未雨之鸟，戚于飘摇；痹痨之疾，殆于痈疽；将萎之华，惨于槁木。”① 龚自珍以准确隽永的语言，表露出一代士人叶落知秋时节最难将息的忧愤心境。

在嘉道士人中，龚自珍善于以旁出泛涌的文思，雄诡杂出的语言，扑朔迷离的隐喻，表述他对形势时运的洞悉与评断。在《乙丙之际箸议第九》中，龚自珍将今文经学的三世说，演绎为治世、衰世、乱世，而以人才的盛衰境遇，作为三世推移的标志。衰世介于治、乱之间，其外表类似治世，但有才者却因无以自存而纷纷生背异悖悍之心，此距乱世已不远矣。龚氏以瑰丽神秘著称的《尊隐》将一日分为三时，早时、午时是清和之气会聚、宜君宜王的时节，而昏时则是“日之将夕，悲风聚至，人思灯烛，惨惨目光，吸引暮气，与梦为邻”的时节。如果说，龚自珍以衰世和昏时暗喻他对社会时局的总体评价，其意象稍显晦涩朦胧的话，姚莹的“艰难之天下”说，则将一代士人的社会总体感受表述得直截了当。姚莹在《复管异之书》中，同样把天下分为三种类型，称之为“开创之天下”“承平之天下”“艰难之天下”。其论“艰难之天下”道：“及乎承平日久，生齿日繁而地利不足养，文物盛而干盾不足威，地土广而民心不能靖，奸伪滋而法令不能胜，财用竭而府库不能供，势重于下，权轻于上，官畏其民，人失其业。当此之时，天下病矣，元气大亏，杂症并出，度非一方一药所能愈也。”其“艰难之天下”所列举的种种杂症，不正是清王朝嘉道之际所面临的重重危机吗？而“开创”“承平”“艰难”之说，又何尝不是治世、衰世、乱世与早时、午时、昏时喻义的直接破译！

“昏时”与“艰难之天下”的社会总体评价，无疑仍是依据盛衰、治乱、王霸的传统社会价值标准，在中国历史纵向坐标上进行的。在一个封闭得十分严密，而又缺乏近代大工业生产条件的农业国度，在帝国主义的大炮尚未惊醒东方帝国强盛之梦的鸦片战争前夕，摆脱昏时的梦魇，重睹宜君宜王之景象，由艰难之天下，重新步入开创之天下、承平之天下，似乎是无可选择、顺理成章的现实演进道路。一代知识群体危言耸听，筹谋策划，大多出于对封建盛世、仁政王道芳菲重现的渴望与坚信。这种渴望与坚信，给这一时期的文学蒙上了一层虚幻与乐观色彩。无数个补天情结，构成了梦幻的大网，使富有理性和现实深度的社会批判，在转向社会救敝改革方案的探寻时，突然变得充满浪漫气息。对兴衰治乱

① 龚自珍．乙丙之际箸议第九［M］//龚自珍全集：上．王佩诤，校．北京：中华书局，1959：6.

历史循环论的迷误，过分相信封建肌体的再生性与重建能力，再加上知识群体目光视野不出中土华夏范围及思想创造力的贫乏，他们在进行社会批判时虽然显得勇猛无畏，深刻有力，但在讨论变革途径时，却变得书生气十足，甚至迂腐浅薄。批判意识的深邃宽广与革新意识的平庸纤细，构成了一种极大的反差。这恐怕是光绪年间梁启超等维新志士“初读定庵文集，若受电然。稍进乃厌其浅薄”的重要原因。

这是一场散乱的、自发的，由补天情结所支配的救敝改革骚动。支撑着改革热情和自救信念的是对帝国盛世再现的憧憬与渴望。以“国士”“医国手”自期的知识群体，无不希望通过对旧有政体和思想文化体制的自我完善与调节来消除危机，应付世变。他们根据最深切的自我感受，在传统思想文化的武库中，寻求着救世的灵丹。文人的天真和浪漫气质，恰恰在这充满空想与梦幻色彩的寻求中得到充分体现。他们或希望通过读经、注经，把经籍中的普遍原则贯彻到社会治理中去的办法来振兴政治、文化；或鼓动重新高扬性理主义的旗帜，“兴起人之善气，遏制人之淫心”，从而改善道德、风俗；或主张培士气，重人才，简政放权，发挥士及师儒的辅政作用；或强调以农为本，解决好河、漕、盐诸政，缓和经济危机；甚至建议按宗法血缘关系分配土地，以缩小贫富差距。在连篇累牍的政论之文中，仁政得施，王道实行，帝王得道多助，臣者唯德是辅，弊绝风清，朝野声气相通，人尽其才，物尽其用，本固末盛，物阜财丰，成为众笔所重重描绘的理想世界。但这种盛世强国之梦，不久便彻底破灭。步入封建末世的东方帝国，已是老态龙钟，再也没有雄风重振的机会。鸦片战争之前，封建帝国在封闭状态下的虚假繁荣与强盛，使清政府与全社会并没有真正清醒地认识到生存危机的存在，知识群体所表现的忧患意识与革新呼吁常被视作杞人忧天；鸦片战争之后，中国被迫加入全球性的战争角逐与生存竞争中，封建王朝盛衰治乱的历史循环也因此趋于紊乱以至于中断，这就使一代知识群体所开具的种种“以古方出新意”的救国之方失去施用之所。不为世人理解的救世热情与变化中的社会现实，使一代志士深为叹息。鲁一同在《复潘四农书》中，曾以医者、病者作比，揭示了救世者与政府、社会之间的隔膜。病者于病情并不自知，但凭起居燕笑、充好如常便讳疾忌医；医者虽有救国奇方，却无法为病者所接受、所理解：“医者既苦于不信，病者又苦于不知，而病又不可久待，久待益深，益不信医。”病者、医者之间存在着一种由不信任而造成的紧张，使医者无从措手而病者愈趋沉重。作为医者之一，鲁一同和呼吁救敝改革的知识群体一样，一方面表现出救国救世、舍我其谁的自信；另一方面，又充满着不见用世的惆怅与无奈。自信使他认为：“虽世之病者，未必假借一式，然善吾方，谨藏吾药，必有抄撮荟萃获效者。”无奈又使他承认：“天下事深远切至者，非吾辈所宜言。纵言之善，及身亲多龃龉，不易措手。”① 魏源是以海运代漕运的积极主张者。在道光初年海运一度实行后，他曾兴奋地称赞此事是“事半而功倍，一劳而永逸，百全而无弊，人心风俗日益厚，吏治日益盛，国计日益裕，必由是也。无他术也”②。但随后他就发现，救敝之事并不如此简单和值得乐观。鸦片战争后两年，他在谈论黄河治理问题时，慨然叹道：“吁！国家大利大害，当改者岂唯一河！当改而不改者，亦岂唯一河。”③ 步入颓败之境的清朝帝国，杂症并出，牵一发而动全身，非一方一药所能奏效。从救世的自信走向救世的无奈，虽给一代士人带来失望的痛苦，但也带有几分历史发展的必然。满足于“药方只贩古时丹”，已不足以应付世变，解救残局。

在嘉道之际文学中，与惊秋救敝表现主题构成掎角之势的是忧民自怜主题。同惊秋救敝主题类似，忧民自怜是一种组合性主题。其中，“忧民”重在表现一代士人哀民生之多艰、歌生民之病痛的恻隐之怀；“自怜”则重在抒写一代士人感士不遇的牢愁和对自我人格高洁、完满境界的内在追求。与惊秋救敝主题着眼于时代风云的追寻和现实课题的思索相比，忧民自怜主题表现出更多的对传统文学精神的承接；惊秋救敝主题表现了历史转型期文学独特的情感风貌，而忧民自怜主题则与中国文学生生不息的人道精神构成了汇流联结。两大表现主题之间有着互相渗透、交融的层面，它们在一代士人意气风发、以天下为己任的思想基础上构成了和谐统一。

民生民瘼，是邦国盛衰的显性标志，是“军国”“政治”与“天下事”中的大宗。对民生民瘼寄予同情关注，以富有恻隐之心，合于讽喻之旨的笔触，揭示生民病痛，是中国文学的优秀传统，也是中国士人参与社会政治，实现兼济之志的重要方式。嘉道士人秉承议论军国、臧否政事、慷慨论天下事的文学精神，在揭露衰世之象，谋求绸缪之策的同时，对苍生忧乐、黎元困顿别具只眼，萦萦于怀。他们“慷慨论天下事”的诗文作品中，每每将世情民隐、百姓病痛形诸笔端。在不胜枚举的哀民生之多艰、歌生民之病痛的诗文中，蕴藏着嘉道士人忧时悯世的情怀和民胞物与的仁爱之心，同时，又表现出他们对传统的补察时政、泄导人情和风人之旨的追寻。嘉道士人悲天悯人的情怀在推己及人的心理过程中，还常常转化为“自责”的意绪。同情、讽喻、自责，形成了忧民主题的三大

① 鲁一同．通甫类稿［M］．刻本．1859（清咸丰九年）．
② 魏源．海运全案跋［M］//魏源集．北京：中华书局，1976：412．
③ 魏源．筹河篇［M］//魏源集．北京：中华书局，1976：373．

情结。

士阶层的自怜意绪，也是传统诗文中常见的表现主题。自怜主题既包蕴着士阶层对理想人生、理想人格的执着追求，又承载着其追求过程中自然伴随的种种失意与惆怅；自怜既具有士阶层对自我形象、自我行为的爱怜、赞美和心灵自慰的意义，同时也蕴藏着愤世嫉俗、斥奸刺邪的批判锋芒。自怜主题带有最为浓郁的自我色彩，是读者借以窥知创作主体心灵宇宙的重要窗口。在嘉道文学的自怜主题中，对谗谄蔽明、方正不容世象的感愤牢骚和对冰清玉洁、特立独行品格的自我期待，唤醒我们对古典文学长河中佩兰纫蕙、独清独醒高士形象的记忆；而惊于秋声、戚于飘摇的哀怨感伤与挽狂澜于既倒的执拗狂放，则又把我们拉回到山雨欲来、衰象层出的特定时代。这里，我们试图借用龚自珍的“剑气箫心”之说，概括嘉道文学中的自怜意绪。

在龚自珍的作品中，“剑”与“箫”是两个经常对举的词语。其《漫感》诗云：“一箫一剑平生意，负尽狂名十五年。”其《丑奴儿令》词云：“沉思十五年中事，才也纵横，泪也纵横，双负箫心与剑名。”可见龚自珍平生对一箫一剑、箫心剑名是何等的看重，何等的珍惜。“剑气箫心”首先表现为一种人格理想，这种人格理想充溢着敢忧敢愤、敢有作为，富贵不淫、贫贱不移的思想意志，它既有悱恻情思，眷眷爱心，“乐亦过人，哀亦过人”① 的一面，又有“大言不畏，细言不畏，浮言不畏，挟言不畏”②，放言无忌、狂狷不羁的一面。敢爱敢恨，培植情根，即为箫心；敢作敢为，锋芒毕露，即为剑气。龚自珍《己亥杂诗》中“亦狂亦侠亦温文”③ 的诗句，正是“剑气箫心”品格的注脚。“剑气箫心”又表现为经世抱负和不遇情怀。其《又忏心一首》诗云：“经济文章磨白昼，幽光狂慧复中宵。来何汹涌须挥剑，去尚缠绵可付箫。”④ 经世的幽光，济民的狂想，汹涌而来，缠绵而去。来须挥剑者，为报国之雄心；去可付箫者，为不遇之哀怨。“剑气箫心”还是一种审美追求。龚自珍《湘月》词云：“怨去吹箫，狂来语剑，两样消魂味。”箫怨多感慨之词，似《骚》而近儒；剑狂多不平之语，似《庄》而近仙、侠。感慨之词，忆之缠绵；不平之语，触之峥嵘。

“剑气箫心”之说所涵括的独立不移的人格理想，不屈不挠的救世意志，亦狂亦怨的审美追求，可以用来概括嘉道士人自我设计、自我期待、自我完善过程

① 龚自珍．琴歌［M］//龚自珍全集：下．王佩诤，校．北京：中华书局，1959：446.

② 龚自珍．平均篇［M］//龚自珍全集：上．王佩诤，校．北京：中华书局，1959：77.

③ 龚自珍．己亥杂诗：二十八［M］//龚自珍全集：下．王佩诤，校．北京：中华书局，1959：511.

④ 龚自珍．又忏心一首［M］//龚自珍全集：下．王佩诤，校．北京：中华书局，1959：445.

中的种种追求。在学风士风转换的呼唤，新的文学精神的陶铸及惊秋救敝、忧国忧民的诗文创作中，我们都能感受到剑气箫心的回荡与搏动。盛衰交替的历史氛围，以天下为己任、拯衰救溺的承担精神与千疮百孔、积重难返的社会现实，造就了嘉道士人的精神气质。这种精神气质以一言蔽之，可称为剑气箫心。创造的渴望与艰难，拯衰的躁动与蹉跎，都被涵括在剑气箫心之中。嘉道士人引以为自豪者在此，后代继踵者奉为风范者亦在此。

在鸦片战争之后的中国近代历史中，嘉道之际一代士人所开创的学风、士风、文学精神被继承延续下来，甚至连他们托古改制的策略，歌哭无端的狂放，都被继承下来。一代士人剑气箫心的风采，在戊戌变法、辛亥革命时期新的一代志士仁人身上重现，成为一种宝贵的精神财富。而嘉道之际形成的议论军国、臧否政事、慷慨论天下事的文学主潮，则为中国近代文学做了一个气势不凡的开场白。从这一时期开始，文学家逐渐改变了闲适悠然的心境与花前月下的吟唱，以热切的目光追寻着现实生活万千变化的波光澜影，以敏感的笔触描述着人间可悲可喜、可惊可叹、英勇威武、卑琐丑恶的种种事态世相，以艺术的方式再现了中国人民为民族独立、自由、解放而进行的呐喊、抗争及所经历的苦难。从这里起步的中国近代文学，始终紧紧地拥抱着现实生活，注目着人间沧桑。

（原载《中国社会科学》2002 年第 5 期）

由经世文、时务文到报章文、白话文

——略论晚清散文的新变

张永芳

晚清是我国历史上从未有过的巨大变动时期，是传统的中国被迫向近代中国转型的时期，是中西文化冲突并交融的时期。它不同于以往的改朝换代，不是简单的衰世末代，而是封建制度已然彻底崩溃，势不可挡地被新的社会制度和思想文化取而代之的历史时代。在这样的大背景下，散文的变化也不是简单的新陈代谢，而是由内在观念到外在形态，乃至语言工具、传播媒介等全都焕然一新的大变革。过渡性以及它带来的幼稚性、多样性、流动性、杂糅性等，使其别具面目。你可以指责它成就不高，却无法否认它的巨大变化；你可以认为它很不成熟，却无法抹杀它的独特魅力。尤其是西方列强的入侵，国势的日渐危蹙，使得爱国反帝成为这一时期散文创作最响亮的主题，散文的形态随着国人寻求救国道路的行径探索前行，对时代变革和思想解放起了独到的作用。

晚清散文的变化，得益于三点时代风气的变化：一是传播媒介的不同，随着近代报刊的兴起，“文集之文”渐渐落伍，“报章文”应运而生，日趋通俗便捷；二是异质文化的冲突，使得文人的视野空前广阔，思想日趋开放，文章的内容和形式也日益趋新；三是政治斗争、思想宣传的需要，使得文章的功用、形态、语言等随之更新。尽管这种变化是渐进的，但前后对比，面目大异。将鸦片战争时期的文章同20世纪初年的新文体相比，几十年间的变化，远远大于秦汉至清中叶约两千年的文体变化。可以说，这一时期的散文，是古文的回光返照与最后咽气的时期，也是文言文向白话文过渡的转折时期。

一、经世文与时务文的兴起

鸦片战争的爆发，将中国推向前所未有的震荡之中。国门的被迫打开，一连串屈辱条约的被迫签订，既促使国人回忆往日的辉煌，又不能不面对惨痛的现实，探讨重振国威的道路，于是对“实学”，即政治、经济、军事、史地的追求，成为有识之士的自觉意识。所谓“经世”之文，成为最受欢迎的文类；平实通畅的文风，打破了桐城派的拘谨，行文恣肆成为一时风气。魏源编有《皇朝经世文编》、曾国藩编有《经史百家杂钞》等，正是这种社会需求的产物。鸦片战争时期林则徐的奏议、书牍，戊戌前后康有为的政论等，都可看作经世散文的代表。自然，时移世易，文章内容与风格前后也有不同，但都用古文议事言政，则是其共同之处。这也可以说是将古文的社会功用发挥到极致的产物。

这种经世之文，一开始便受到西方文化的强烈冲击，魏源所谓“师夷之长技以制夷”（《海国图志序》）的主张，康有为“观大地诸国，皆以变法而强，守旧而亡”（《应诏统筹全局折》）的认识，都是闭锁国门的时代所不能产生的新见解。因而，传统经世之文受到西方新事物、新学理、新思想的冲击，逐渐演变成纵谈救国方略的“时务文”，也就是文章作者试图用杂糅西学的新观念，来处理国家的事务，摆脱国势的窘困。早期改良派冯桂芬的政论集《校邠庐抗议》（1867年完成）、马建忠的诸多政论文（收入《适可斋纪言》）、郑观应的政论集《盛世危言》（1871年初版时名《易言》）等都反映了这一潮流，这正是晚清散文发展的必然趋势。如冯桂芬《采西学议》云：

> 愚以为在今日又宜曰：“鉴诸国。”诸国同时并域，独能自致富强，岂非相类而易行之？尤大彰明较著者。如以中国之伦常名教为原本，辅以诸国富强之术，不更善之善者哉！

其行文虽然还是传统的文言，但抒写自如，指陈剀切，结构严密，气理畅达，使文风有所改变，对矫正“空疏僵化”的传统古文起了一定作用。

马建忠的散文，条分缕析，力避艰深，朴实无华，通俗易懂，从文风到语言都可看出散文创作的明显变化。其文章的内容，更是探求西学，倡言变革，已经认识到思想文化变革的必然性，并努力重新评估中国的旧文化，视野之开阔，观点之新颖，尤为难得。如他在《上李伯相言出洋工课书》中介绍西方的民主制度说：

> 各国吏治异同，或为君主，或为民主，或为君民共主之国。其定法、执法、审法之权，分而任之，不责于一身，权不相侵，故其政事纲举目张，粲然可观。催科不由长官，墨吏无所逞其欲；罪名定于乡老，酷吏无所舞其文。人人有自立之权，即人人有自爱之意。

这在封建牢笼中的旧中国，不啻石破天惊之语。平实的言语，反而增强了说服力。

郑观应作为有实绩的实业家，对时势有着更为清醒的认识，对“时务”亦即“洋务”的探讨更加全面而深入，如《论议政》《议院》《公举》《商务》《学校》《公法》《交涉》等，写有二百多篇政论散文。在形式上，为适应新的传播媒体报纸的需要，也颇有创新，如篇幅短小，论题集中，行文多用中西、古今对比，条理清晰，语言浅近，体现了散文社会化、通俗化的演进趋势，可谓报章体散文的开拓者之一。尽管他的文章仍属传统文言，即散行的古文，但因思想内容全新，确有别于传统古文。如《议院上》云：

> 故欲行公法，莫要于张国势；欲张国势，莫要于得民心；欲得民心，莫要于通下情；欲通下情，莫要于设议院。中华而自安卑弱，不欲富国强兵为天下之望国也，则亦已耳；苟欲安内攘外，君国子民，持公法以永保升平之局，则必自设立议院始矣。

其气势的充沛，文辞的畅达，自与桐城派的“雅洁”面目迥异。

二、桐城派的中兴

所谓“桐城中兴”，曾被看作文坛的反动逆流。其实，这主要是文坛的惯性使然，并不一定与政治上的保守反动有必然联系。在白话未成为通行语言的历史年代，传统的文言文当然是多数有教养的文人的习惯性选择。被尊为正统的桐城派古文，在晚清仍有较大影响。在政治上风云一时的曾国藩，亦曾师事桐城派名士姚鼐弟子梅曾亮，慨叹“天下之文章，其在桐城乎”（《欧阳生文集序》），并利用自己的政治地位，大力推行桐城派古文，造成很大声势，促成“桐城中兴”的局面。其实，他的用意不过是利用桐城派的影响，为自己争取古文宗主的地位而已，并非真正服膺桐城古文，其创作取向也与桐城派不同，其本人和幕僚的文章，被后人称作“湘乡派”。至于清末“译才并世”的两大翻译家严复和林纾，虽被归为桐城派，但其古文创作自具特色，并不被桐城派文风藩篱囿于其家数。因此，所谓的“桐城中兴”，不仅只是传统古文的回光返照，实际上也是散文不得不变的具体反映，也就是不能不受到“经世”潮流的影响。

梅曾亮（1786—1856），字伯言，一字柏枧，江苏上元（今南京市）人，原籍安徽宣城，为姚鼐弟子之一，一生性情简淡，不求仕进，著有《柏枧山房文集》。他较注意文学与现实的关系，顺应了“经世致用”的时代风尚，表现出对国计民生的关注，如《书棚民事》便提出有待解决的社会问题，即发展生产与保护环境的关系，在今日亦有参考价值。其文风精炼而简质，委婉而含情，在平淡中见新奇，表明桐城古文在经世致用潮流冲击下正微妙地发生变化。

曾国藩（1811—1872），初名子城，字伯涵，号涤生，进士后改名国藩，官至两江总督、直隶总督，武英殿大学士，受封为一等侯爵。他是著名的政治家，也是著名的儒学大师和文学家，其散文大多收入《曾文正公文集》。其传记散文、论学散文，文笔简洁，清晰雅致；政论散文则比较恣肆，纵横明快。他不但有创作，而且有明确的文学见解，在桐城派"义理、考据、辞章"三者兼顾的主张中，加上"经济"一项，并将"义理、考据、辞章、经济"比附为孔门的德行、文学、言语、政事四科。这实际是要求古文更好地为现实政治服务，因此将古文辞定位为"文者，道德之钥，经济之舆"（薛福成《拙尊园丛稿序》）。同时，针对桐城文气势不足的弱点，提出文章风格可分为雄奇与惬适两类，又以为雄奇必胜于惬适。另外，还纠正了桐城派过于讲求"雅洁"的弊端，不再排斥骈文，而主张骈散融贯。这些见解，表现出他对桐城派古文加以改造的意向。正因为他对桐城派有所突破，其弟子薛福成说："桐城派流衍益广，不能无窳弱之病，曾国藩出而振之……以理学经济发为文章，其阅历亲切，迥出诸先生上。"（《寄龛文存序》）也就是说，曾国藩的文章较前期桐城派之文切实具体，没有浮夸狭窄之弊。他以其政治地位维护桐城派的大旗，也以自己的才学对桐城派有所改造。因而，他的文章自成一家，被称作"湘乡派"，实际上是桐城派的一个分支。

曾国藩享有文名，《家书》起了很大作用，其行文的浅近恳切也很有特色，但对散文发展的影响，不及其论文主张和议论文创作。

曾国藩以其政治地位和文坛影响，笼络了一批文士，有"曾门四弟子"之称，即张裕钊、薛福成、黎庶昌、吴汝纶。薛福成与黎庶昌后来都曾担任驻外使节，亲自到达海外接受西学的直接影响，眼界大开，思想观念也打破壅塞，其政论文、游记文和叙事文（考察日记）都对传统古文有所突破，在散文内容的改革和形式的解放上，作出了积极的贡献。尤其是薛福成，成就较大，其《观巴黎油画记》和《登泰山记》都传为名文。吴汝纶则严守桐城"义法"，成为晚清桐城派的领军人物，在他周围以亲友、师生关系聚集了一批桐城派文士，如姚永概、马其昶等，使湘乡文重向桐城派文复归。

清末还有坚持用铿锵顿挫的古文翻译西学著作的严复和采用古奥文风的学术大家章炳麟，这既说明文章的内容与语言工具并不等同，也说明传统的消亡须经反复，是一个漫长的过程，很难戛然而止。

三、报章文的兴起

前面已提到，郑观应的文章是报章文体发展的产物，而对报章文发展起作用的要首推王韬。王韬（1828—1897），原名利宾，后易名瀚，号懒今（兰卿），1862年以后改名韬，字子潜（紫铨），号仲弢，晚年自号弢园老民、天南遁叟。江苏苏州城外角直（今角直）人。中秀才后，对仕途失去兴趣，受雇于英国教会所办墨海书局，担任译书工作，接触到西方文化。后旅欧考察，完成《漫游随录》的写作，这是我国最早介绍欧洲的游记体散文著作，并编译了《法国志略》和《普法战纪》二书，成为维新派了解西方的必读之作。后来回香港创办《循环日报》，自任主笔，这是我国最早的报刊之一。在办报期间，还曾去日本访问，撰成《扶桑游记》一书。晚年回上海定居，主持格致书院，并任《申报》编纂主任，致力于传播近代西学。他著述甚富，散文主要有两本游记和《弢园文录》《弢园文录外编》。他是我国最早的新闻工作者，也是报章体散文（主要是政论和游记）的创作者。

王韬的政论，具有强烈的近代舆论意识，常将世界各国近期发生的事情介绍给国人，并结合中国国情进行评述，故其政论文起到了“下情上闻，上意下达”的沟通作用。这也正是他的自觉追求。他在《循环日报》的《本局日报通启》中阐述道：

> 夫国之大患，莫若民情壅于上闻。民情不通，则虽有水旱盗贼，皆蔽于有司，莫得而知矣。比之一人之身，元气不通，则耳目失其聪明，手足艰于行动……近世儒者，囿于耳目，见有谈时务者，则曰大言不惭；见有谈外事者，则曰夺于外诱。岂知日月丽天，不废秉烛，为明有不及也。

王韬不仅想沟通上下官民，还想起到交流中外舆论的作用。这是未曾出国的旧式文人绝对不敢想象的事情。另外，王韬的政论散文，因借助报纸发表，传播的速度之快和覆盖的领域之广，远非传统的书柬往来、文集印行所能比拟，这就开创了中国知识分子在报刊纵论天下大势、横议治国方略的先河。不仅论题广泛，而且感情充沛，具有强烈的战斗性。他往往站在救国图存的立场，就敏感的时事政治问题直抒胸臆，在社会上产生巨大的反响。

在表达形式上，王韬的政论散文也对桐城派古文形成有力的冲击。其行文浅显易懂，平易畅达，骈散自如，不事雕琢。其主要特点，一是重视说理，强调“明理达意”的逻辑性，并不过多地留意文字的雅俗和技巧的工拙，对一切传统的程式和规范进行了大胆的突破和改革；二是为了便于大众理解，在表达方法上或设言解说，或就事评述，不着空谈，关注热点，时效性和针对性很强，反映出传播媒体变化所带来的必然要求。

此外，王韬的海外游记也很有特色，对于散文的革新起到促进作用。它们不仅描写了异域的山川名胜、风俗民情，更表现了富有时代意义的新知、新事、新理，以及各国人民友好往来的友情，以新的视野和自由灵活的表达方式，显示出我国散文创作已经进入新的阶段。

报章文其实是文类而非文体，其中既有因媒介变化而面目一新的传统文体，如政论文、游记文、传记文等，更有许多新的文体形式，如消息、通讯以及类似今日报告文学的长篇纪实文体，还有发刊词、通启、告读者书等新的应用文体。晚清的报章文尽管体式有别，但基本都采用浅近流畅的文言，形成自身的特色。

王韬对报章体文章有开创之功，而贡献最大的人是梁启超。

在清末，改良派不仅在政治上风云一时，对文体的变革，尤其是议论文的革新起了重要作用。为了配合政治变革和思想解放，充分发挥报刊的舆论宣传作用，他们不得不采用更加畅达、更有煽动力的文体，这就是所谓的“新文体”。它既是适应维新变法需要而产生的新式散文，也是经世文兴起以来散文变革趋势的必然产物。康有为的疾呼畅论，是新文体问世的前导；谭嗣同要冲决一切罗网的淋漓尽致的革新散文，更是报章体文章进展的见证。他本人便对这种进展热烈欢呼，认为天下文体“未有如报章之备哉灿烂者也”（《报章总宇宙之文说》）。梁启超更是新文体的杰出代表，获得“舆论界之骄子，天纵之文豪”的美誉（吴其昌《梁启超》）。

梁启超（1873—1929），字卓如，号任公，又号饮冰室主人，广东新会人。著名维新派人士，不但是启蒙思想家、政治活动家、宣传家，也是学者、诗人、作家，在散文方面的成就尤高。他少有才名，其散文产生较广泛的社会影响，是在他成为《时务报》主笔之后。戊戌之后创办《清议报》和《新民丛报》，更使梁启超文名远振。他自己也很为之得意，尝自言：“有《少年中国说》《呵旁观者文》《过渡时代论》等，开文章之新体，激民气之暗潮。”（《〈清议报〉一百期祝辞并论报馆之现任及本报之经历》）。

这类文章，当然首先是因为思想内容合乎时代的潮流、民众的意愿，向中国输入了先进的西方思想文化，抨击了清政论的腐朽顽固，因而易感动读者，深入人心。当革命派兴起后，梁启超的思想一度落伍于时代，尽管他的文笔依然那样精纯，却再也难有震撼之力，在舆论斗争中败下阵来。其次，也与这类文章在表达上有鲜明的特点相关。梁氏所开之文章新体，不仅突破了文言与口语、单行与骈偶、散文与韵文的界限，写得既汪洋恣肆，又不乏典丽；而且打破了汉语与外国语的畛域，大量采用了外来新词语，以输入外国的新学理，染上了鲜明的时代特色。诸如“泼兰地”“金字塔”“西伯利亚”“欧洲列强”“玛志尼”“意大利”“法律”“主权”“国民”“地球”等，译语满纸，比比皆是。这不仅大大丰富了文章的内容，也大大增强了文章的表现力。

梁启超对自己这种文体的特征有明晰的表白：“务为平易畅达，杂以俚语、韵语以及外国语法，纵笔所至不检束，学者竞效之，号新文体。”(《清代学术概论》)具体说来，其特点有六：

其一，行文无所拘束，汪洋恣肆，淋漓酣畅，意到笔到，意尽乃止。梁启超自云，办《时务报》时，初期“心犹矜持”，而后“每一为文则必匆迫草率”。这本是一种缺陷，但在文坛尚被崇尚雅洁的桐城派古文盘踞之际，突破老气横秋的拘谨文风，能给人以解放的快感，有助于它的流行。挥洒自如的气势本身，便已造成一种耸动人心的强大冲击力。

其二，思路清晰，逻辑严密。其文虽“纵笔所至不检束”，但并非杂乱无章，而能做到“条理明晰”，读来层次井然，在毫无窒碍、圆融贯通的层次顺序中，体现出严谨周至的逻辑力量。如《少年中国说》既层层递进，又环环相扣，说服力极强。以上是仅就全文整体而论，其实小至某个分论点的提出，乃至某个具体意象的衍化，无不显示出思维的明晰和推理的严谨。

其三，饱含感情，富有气势。如《少年中国说》不仅擅长以逻辑力量说服人，更擅长以感情力量打动人。文章一开始提出问题，便倾吐出作者久已积郁于心的激情：“呜呼！我中国其果老大矣乎？梁启超曰：恶，是何言！是何言！吾心目中有一少年中国在。”以后的行文，也处处饱含感情，以致作者常按捺不住地直述本名，大声疾呼。“梁启超曰”一语，竟在文中出现五次；“呜呼”一语，更出现六次之多！强烈的爱国激情与严谨的逻辑力量融合在一起，使文章气势充沛，如挟风雨。排比、骈偶、博喻、层递、复沓、呼应等多种修辞手法的灵活运用，更将文章的气势沉浸得浓烈如火，将作者的激情抒发得淋漓尽致。

其四，才华纵横，学识渊博。如《少年中国说》全文仅四千余字，不算很长，但横观全球，纵览千古，弘扬国故，鼓吹新知。非才高气盛者不敢言，非饱学博览者不能言，其胆其识，其才其学，无不令人叹服。如在描述古国“老大”之伤悲时，不仅引用了浔阳江头琵琶妇人追忆往事、西宫南内白发宫娥讲说前朝等中国典故，还引用了“拿破仑之流于厄蔑（今译厄尔巴岛），阿剌飞之幽于锡兰（今斯里兰卡）”等西方史事。这些西方史事一经作者引用，洵成时髦新典；这种采用新典并多用翻译词语的新派文章，确实令耳目闭塞的国内士人大开眼界。另一方面，行文所显示出来的旧学根底，也堪称一时人杰。文章用典用事，已臻化境，骈散相间，音韵铿锵，读来朗朗上口，吟诵津津有味。

其五，句式活泼，不拘一格，或骈偶或散行，或排比或层递，修辞手法多样，语气变化多端。如《少年中国说》结束一节，因选入中学课本，至今仍为莘莘学子所熟知。它写得音调铿锵，生动有力，颇便吟诵。

其六，形象生动，对比鲜明；描摹逼真，褒贬分明。梁启超的政论文，虽系说理之作，但极富文艺色彩，嬉笑怒骂，俱成妙文，在哲理的推演中，不乏生动的形象刻画。如《少年中国说》中，以人之老少喻国之老少，即写得摇曳多姿，奇彩纷呈。

至于其他特点，如采用西方文法以及新式标点，文章分段，长文分节或另立标题，大段引文退一格另行书写等，也是梁启超文不同于传统古文的地方。

正因梁启超文有极其鲜明的特点，当时号为“新文体”。因其多发表于报刊，或称“报章体”；因多论时务，或称“时务文”；又因以《新民论》一文为代表作，或称“新民体”。其影响之大，确为前代所未有，这与大众传播媒介的输入有重要联系，可谓时代的产物。

仅从文体来讲，梁启超也运用得灵活多样。不仅报章常用的政论、时评、答问、公牍等写得神采飞扬，传统的传记、书启、序跋、日记等也写得纯熟自如。对各种文体，他都有自己的创新和发展，打上了鲜明的个性烙印。即如《饮冰室自由书》的短文来说，也实具多种体裁。其《自叙》云：“每有所触，应时授笔，无体例，无次序，或议论，或讲学，或记事，或抄书，或用文言，或用俚语，唯意所之。”仅此一端，便可看出梁启超的过人之才。

其政论文代表作，戊戌前有《变法通议》《论中国积弱由于防弊》《论君政民政相嬗之理》《论中国之将强》《治始于道路说》等，戊戌后有《少年中国说》《呵旁观者文》《中国积弱溯源论》《过渡时代论》《新民说》《异哉所谓国体问题者》等。许多文章今日读来犹虎虎有生气，仍然具有动人心魄的力量。

用中西贯通、文白夹杂、骈散相间、气充语畅的新文体写作，在19世纪初年成为时尚，大量新说新论磅礴而出，影响最大的要数邹容长达两万余字的政论《革命军》。它是我国第一部系统宣传资产阶级民主共和国的思想著作，也是一篇表现革命内容的具有代表性的新体散文作品。比起梁启超的“新文体”之作，它显得更为通俗畅达。

四、白话散文的问世

报章体及其代表“新文体”，对于传统古文来说固然是一种新变，但从语言工具来看，并没有实质的变化，依然属于文言文系列，只是比较浅近而已。但是随着西学的输入，启蒙宣传的需要，言文一致的要求日益迫切地提上日程。据近世学者查考，最早提出“言文合一”要求的是著名外交家、诗人黄遵宪，他于1877年定稿的《日本国志》中提出：

> 文字者，语言之所从出也……盖语言与文字离，则通文者少；语言与文字合，则通文者多，其势然也。泰西论者谓五部洲中，以中国文字为最古，学中国文字为最难，亦谓语言文字之不相合也……逮夫近世，章疏移檄、告谕批判，明白晓畅，务期达意，其文体绝为古人所无。小说家言，更有直用方言以笔之于书者，则语言文字几几乎复合矣。余又乌知夫他日者不更变一文体，为适用于今、通行于俗者乎？嗟乎！欲令天下之农工商贾、妇女幼稚，皆能通文字之用，其不得不于此求一简易之法哉？

黄遵宪此处希望问世的“简易”文体，其实就是白话文。此后，更有多人写出多篇提倡白话文的论文，如梁启超的《蒙学报演义报合叙》（1897）、裘廷梁的《论白话为维新之本》（1898）、陈荣兖的《报章宜改用浅说》（1900）、白话道人（林白水）的《中国白话报发刊词》等。其中，尤以裘文影响力最大。

不仅如此，在19世纪末和20世纪初，白话报刊大量涌现，有数十家之多。白话文作者日益增多，且不乏名人；白话文作品也越来越多，影响越来越大。如秋瑾女士便写出《警告姊妹们》等白话文，其恳挚切近，确有特殊魅力：

> 我的最亲爱的诸位姊姊妹妹呀，我虽是个没有大学问的人，却是个最热心去爱国、去爱同胞的人。如今中国不是说有四万万同胞吗？唉！二万万的男子，是入了文明新世界；我的二万万女同胞，还依然黑暗沉沦在十八层地狱，一层也不想爬上来……

即使最浅近的文言，也未必能如此切近口语，把内心的话语表白得如此淋漓尽致，如此推心置腹。由文言文至白话文的转变，实在不只是文体的变化、语言工具的变化，而是思维的变化、文化的变化。清末的白话文，对于五四新文学乃至新文化的贡献，实在不容忽视。

但是，清末的白话文毕竟没有成为文坛主体，没有取得对于文言文的压倒性胜利。这主要有三个原因：一是创作主体，即当时的多数文人，还更习惯运用文言文；二是当时白话文的主要受众，还多是下层平民，文人阶层对白话文大多尚持抵制态度；三是白话文本身还没有成熟，表现力尚不足以代替文言文。但是，白话文完全、彻底地取代文言文，已经是不可逆转的历史趋势。

（原载《洛阳师范学院学报》2004年第4期）

论近代散文观念的新变与传统

欧明俊

一、引言

近代中国社会出现了剧烈的变动，文学观念包括散文观念随之发生深刻的变化。近代文学的新变即“近代性”，表现为对外来文学观念的吸纳，同时又是对古代文学观念的承接，既有“外援”，又有“内应”。我们关注外来文学观念的影响，但不能忽视传统的作用。本文拟从散文概念、功能价值、散文语言及文体文风四个方面，系统梳理探究近代散文观念新变与传统的关系，并对其中引发的问题做深入思考。

二、近代散文概念内涵的新变

古代文学研究界通常根据古代史学界的分期理论，将1840年至1919年文学称作“近代文学”。实际上，历史是一条连续不断的长河，并非古今双方对立分明，古代、近代、现代之间不是“沟”“界”，而是“环”，环环相连，是一种线性的演进。明代王世懋《艺圃撷余》论唐诗云：

> 唐律由初而盛，由盛而中，由中而晚，时代声调，故自必不可同。然亦有初而逗盛，盛而逗中，中而逗晚者，何则？逗者，变之渐也，非逗，故无由变。如诗之有变风变雅，便是《离骚》远祖，子美七言律之有拗体，其犹变风变雅乎？唐律之由盛而中，极是盛衰之介。然王维、钱起，实相倡酬，子美全集，半是大历以后，其间逗漏，实有可言，聊指一二。如右丞“明到衡山”篇，嘉州“函谷”“磻溪”句，隐隐钱、刘、卢、李间矣。至于大历十才子，其间岂无盛唐之句？盖声气犹未相隔也。学者固当严于格调，然必谓盛唐人无一语落中，中唐人无

一语入盛，则亦固哉其言诗矣。①

强调唐诗在初、盛、中、晚交替时期的渐变，即“逗”，不满完全依据具体时代划分机械地看待唐诗之变化。近代散文观念的新变亦经历了渐变过程，简单地举出几个文学史实，如白话文体的确立，以1919年为界划分近、现代文学，把文学渐变看成突变，将“新文学”成就仅归于1919年后几个文化名人如胡适、周作人等身上，不是历史的态度。因此，我们在探讨近代散文观念新变时，应突破这种二元对立两极思维，将1840年至1919年这段时期向前后自然延伸十年左右，突破古近代、近现代划分的壁垒。

近代骈文、散文孰为“正宗”，仍争论不断，是古代骈、散之争的自然延续。桐城派古文理论作为正统散文观念一直影响不衰，作为桐城古文的“反拨”，骈文理论亦盛。阮元《文言说》云：

> 孔子于《乾》《坤》之言，自名曰“文”。此千古文章之祖也。为文章者，不务协音以成韵，修辞以达远，使人易诵易记，而唯以单行之语，纵横恣肆，动辄千言万字，不知此乃古人所谓直言之言，论难之语，非言之有文者也，非孔子之所谓文也。②

骈文理论承继了六朝“有韵为文，无韵为笔”的观念，主张“文”须排偶对仗，有声韵，否则就是“直言之言，论难之语”。他认为，与散文相对，骈文才是真正的“文”，而无韵散行者只是“笔”，不满桐城派的“古文”。

“纯文学”散文观念的确立，是一渐进过程，传统“大散文”“杂散文”观念的影响仍根深蒂固。近代正统文人常讨论的散文仍是传统观念的“文章”，刘师培在《广阮氏文言说》中对“文”进行界定：“故三代之时，凡可观可象，秩然有章者，咸谓之文。就事物言，则典籍为文，礼法为文，文字亦文。……文也者，别乎鄙词俚语者也……亦必象取错交，功施藻饰，始克被以文称。”③ 强调“文”的修饰典雅，排除“鄙词俚语者”，也就是不承认通俗文的地位。阮氏以声韵排偶为标准，从形式上将骈文与散文区分开来，欣赏骈文，将散文排除于“文”外；刘氏也讲究遣词用语，但仅视为要求之一，不如阮元严格，他强调“文”之内容广博，散文是“文字之文”。1910年，章太炎《文学总略》说：

① 何文焕．历代诗话：下［M］．北京：中华书局，1981：776－777.

② 阮元．揅经室集：三集［M］．邓经元，校点．北京：中华书局，1993：605.

③ 刘师培．广阮氏文言说［M］//陈引驰，编校．北京：中国社会科学出版社，1997：183.

“文学者，以有文字著于竹帛，故谓之文。论其法式，谓之文学。”① 对“文”的内容、形式均无要求，其散文观念更为宽泛。刘、章之论是以更复古保守的偏激形式对抗革新者对传统主流文学观念的“颠覆”。

随着西方文学观念的输入，近代一些文人对传统“大散文”“杂散文”观念有所突破。西方，文学是一门独立的学科，与哲学、史学等相分离，不同于中国古代文、史、哲混合一体的文学观。梅曾亮《答吴子叙书》云：“昔孔氏之门有善言德行，有善为说词者，此自古大贤不能兼矣。谓言语之无事乎德行，不可也；然必以善言德行者乃得为言语，亦未可也。庄周、列御寇及战国策士于德行何如？然岂可谓文词之不工哉！若宋、明人所著语录，固非可以文词论，于德行亦未为善言者也。”② 认为作文可与宣德分开，不再将文作为道统的附庸。王国维《论近年之学术界》说：“观近数年之文学，亦不重文学自己之价值，而唯视为政治教育之手段，与哲学无异。”③ 要求文学与哲学分工，强调“纯文学”的独立性。这些文学观念反映在散文概念上，则是追求散文的纯文学性，强调抒情性，对散文的范围做出限定。1908 年，周作人《论文章之意义暨其使命因及中国近时论文之失》说：“文章者必非学术者也。盖文章非为专业而设，其所言在表扬真美，以普及凡众之心，而非权为一方之说法。”“他如一切教本，以及表解、统计、方术图谱之属亦不言文，以过于专业，偏而不溥也。”④ 他将“学术”之文排除在“文章”之外，要求文章具有“真美”，而排除“善”，即提倡“美文”，一种“纯文学”散文。1917 年，刘半农《我之文学改良观》首次提出“文学的散文”概念，他主张“文学”与“文字”分开：“所谓散文，亦文学的散文，而非文字的散文。”“酬世之文（如颂辞、寿序、祭文、挽联、墓志之属）一时虽不能尽废。将来崇实主义发达后，此种文学废物，必在自然淘汰之列。故进一步言之，凡可视为文学上有永久存在之资格与价值者，只诗歌戏曲、小说杂文二种也。”⑤ 指出传统的“酬世之文”没有“纯文学”价值，不在散文范围内，从纯文学性出发，他将散文与诗歌、戏曲、小说并举，进一步明确了“文学散文”的概念。1919 年 2 月，傅斯年《怎样做白话文》首次明确将散文同小说、

---

① 章太炎．国故论衡［M］．陈平原，导读．上海：上海古籍出版社，2003：49.

② 梅曾亮．柏枧山房文集［M］//柏枧山房全集．续修四库全书编委会．续修四库全书：第 1513 册．上海：上海古籍出版社，1995：620.

③ 王国维．王国维文集：第三卷［M］．姚淦铭，等编．北京：中国文史出版社，1997：38.

④ 周作人．论文章之意义暨其使命因中国近时论文之失［J］．河南．1908（光绪三十四年）：（4）（5）.

⑤ 刘半农．我之文学改良观［J］．新青年，1917－05－01：3（3）.

诗歌、戏剧并列为四大文学样式①。文体“四分法”引入并确立，进而通行至今。1922年3月，胡适《五十年来中国之文学》在总结五十年来中国文学发展历史时说：“这几年来，散文方面最可注意的发展，乃是周作人等提倡的‘小品散文’。这一类的小品，用平淡的谈话，包藏着深刻的意味；有时很像笨拙，其实却是滑稽。这一类作品的成功，就可彻底打破那‘美文不能用白话’的迷信了。”② 确立现代“散文”的文体概念。“纯文学”散文观念影响深远，不少学者认为古代文体存在“文学”与“应用”之分，将墓志铭、奏疏排斥于文学文体之外，有失妥当。文体首先是应用文，应用文中文学性强或具有文学性的，便是文学，如韩愈的《祭十二郎文》、欧阳修的《泷冈阡表》是典型的“应用文”，但它们的文学性是最强的，是典型的文学散文。

三、近代散文功能和价值的新变

近代散文理论继承了传统的“经世致用”思想，发展“文以载道”说，“道”之内涵更为丰富。方东树《复罗月川太守书》说：“文不能经世者，皆无用之言，大雅君子所弗为也。”③ 强调散文济世功用。曾国藩《求阙斋日记类钞》中，将桐城派的“义理”“考据”“辞章”加入“经济”，认为此四者缺一不可，强调散文的实用功能。他在《致刘孟容》中仍强调传统的“孔孟之道”：“文之醇驳，一视乎见道之多寡以为差。见道尤多者，文尤醇焉，孟轲是也。次多者，醇次焉。见少者，文驳焉。尤少者，尤驳焉。自荀、扬、庄、列、屈、贾而下，次第等差略可指数。”“取司马迁、班固、杜甫、韩愈、欧阳修、曾巩、王安石及方苞之作悉心而读之……然后知古之知道者，未有不明于文字者也。”④ “道”决定“文”，“道统”“文统”相一致，肯定“义理”在散文创作中的重要地位。冯桂芬扩大了“道”的内涵，《复庄卫生书》云：“道非必‘天命’‘率性’之谓，举凡典章、制度、名物、象数，无一非道之所寄，即无不可著之于文。”⑤ 加入“典章”等更为具体的内容，使之更具现实性。魏源提出“贯道”“言志”说，黄霖先生认为“他所言的‘文贯道’和‘诗言志’，深刻地包涵着经世致用，为现实服务的精神”⑥。近代散文理论之“道”更强调现实关怀，强调文人

---

① 傅斯年．怎样做白话文［J］．新潮．1919-02-01：1（2）．

② 胡适．新文学运动［M］//胡适学术文集．姜义华，主编．北京：中华书局，1993：160．

③ 方东树．仪卫轩文集：卷七［M］．刻本．1868（清同治七年）．

④ 曾国藩．曾文正公书札：卷一［M］．刻本．长沙：传忠书局，1876（清光绪二年）．

⑤ 冯桂芬．显志堂集：卷五［M］．刊本．上海：校邠庐，1876（清光绪二年）．

⑥ 黄霖．中国近代文学批评史［M］．上海：上海古籍出版社，1993：41．

在动荡的时代中所应承担的责任，是传统“经世致用”观的自然承继，是新的“工具论”。近代内忧外患不断，社会动荡，民族生存艰难。文人被现实所“激”，更加关注散文的现实功利，即“纯文学”散文本身以外的功用，视散文为政治文化宣传，文人难有余裕闲情思考散文的美，无法超然，从而轻视了古典散文的闲、逸、韵、趣、格、境，散文担当太重的责任，减弱了自身的审美价值，缺乏恒久的艺术魅力，难以成为经典。这是近代散文理论和创作的一个教训。

近代散文理论家注重散文的抒情功能。1883 年，王韬强调：“文章所贵在乎纪事述情，自抒胸臆，俾人人知其命意之所在，而一如我怀之所欲吐，斯即佳文。”① 抒情性本来即是中国散文的传统，自古便有“发愤著书”“言志”的说法，只是与“载道”相比，抒情言志并非主流散文观念。晚明文人力倡人性解放，如李贽提出“童心说”，公安派提倡“独抒性灵”，与抑制人性的理学相对抗，王学左派非名教，反传统，尊个体，讲心性，重表现自我，追求自由、个性，文人的情感在散文中得到释放。明末清初，黄宗羲编选《明文海》即以“情至为宗”。清初大兴文字狱，压制文人的思想感情，后来统治者放松思想控制，文人又注意情感在散文中的抒发。近代，“主情”“尊情”说兴起，龚自珍《五经大义终始论》云：“民饮食，则生其情矣，情则生其文矣。”② “圣人治人情，必反攻其情。”③ 肯定情感在创作中的作用。1905 年，科举考试制度废止。“科举制度的崩溃，使得广大读书人与旧的管道断绝联系，大量旧读书人被抛掷出来，成为‘自由流动的资源’（free floating resources），它们从儒家正统及官方意识形态飘离，寻找新的‘成功的阶梯’（ladder of success），而渐成气候的新思想提供了一个‘阶梯’，吸引许多前途未定的年轻人。”④ 在此情况下，西方重抒情的文学观与中国传统抒情观相遇融合，得到近代文人的推崇，散文的抒情性逐渐成为主流观念。

传统主流散文观念轻视娱乐性，重视“经世致用”，文人创作亦抱严肃的态度。一些文人以诙谐轻松的方式言志、说理，则被讥为游戏笔墨，如韩愈的《毛颖传》等。近代文人重视散文的娱乐消遣功能，王国维《文学小言》云：“文学者，游戏的事业也。人之势力，用于生存竞争而有余，于是发而为游戏。婉娈之

① 王韬．弢园文录外编［M］．郑州：中州古籍出版社，1998：31.

② 龚自珍．五经大义终始论［M］//龚自珍全集．上海：上海人民出版社，1975：41.

③ 龚自珍．五经大义终始论［M］//龚自珍全集．上海：上海人民出版社，1975：45.

④ 王汎森．中国近代思想与学术的系谱［M］．石家庄：河北教育出版社，2001：254.

儿，有父母以衣食之，以卵翼之，无所谓争存之事也。其势力无所发泄，于是作种种之游戏。逮争存之事亟，而游戏之道息矣。惟精神上之势力独优，而又不必以生事为急者，然后终身得保其游戏之性质。而成人以后，又不能以小儿之游戏为满足，于是对其自己之情感及所观察之事物而摹写之，咏叹之，以发泄所储蓄之势力。故民族文化之发达，非达一定之程度，则不能有文学；而个人之汲汲于争存者，决无文学家之资格也。"① 极言"游戏"在文学创作中的重要性，即重视文学的娱乐性。李伯元于1897年在上海创办了第一份消遣性小报《游戏报》，其《论〈游戏报〉之本意》云："或托诸寓言，或涉诸讽咏，无非欲唤醒痴愚，破除烦恼。意取其浅，言取其俚，使农工商贾妇人竖子，皆得而观之。庶天地间之千态万状，真一游戏之局也。"② "游戏"之笔可排除苦恼。1907年，鲁迅在《摩罗诗力说》中说："纯文学上言之，则以一切美术之本质，皆在使观听之人，为之兴感怡悦。文章为美术之一，质当亦然。"指出文章有"不用之用"③，明确强调娱乐功能。1913年，鲁迅在《拟播布美术意见书》中又说："美术诚谛，固在发扬真美，以娱人情，比其见利致用，乃不期之成果。"④ 强调文学本于娱乐消遣，自然而然"致用"。1915年，胡适在《论"文学"》中提出："文学大别有二：1. 有所为而为之者，2. 无所为而为之者。""无所为而为之之文学，非真无所为也。其所为，文也，美感也。其有所为而为之者，美感之外，兼及济用。"主张文章审美娱乐，兼及"济用"。他又说："作诗文者，能兼两美，上也。"⑤ 更为欣赏审美娱乐与"经世致用"兼备的散文。娱乐功能在近代散文理论中逐渐摆脱传统的边缘地位，它与"抒情性"一起成为近代散文的本质特性，散文不再只是"工具"，而是注重娱乐的美文或美、用兼备的文章。

近代散文文体由文学中心向边缘转移。古代主流文学观念，文体的尊卑等级秩序是文（包括散文、骈文）第一，其次诗，为文之余，其次词，为诗之余，其次曲，为词之余，小说更是等而下之的文体。文的至尊地位是其他文体无法企及、无法替代的，《四库全书》收录标准、范围和比重即是明证。近代引入西方"纯文学"观念，重诗歌、戏剧、小说，轻散文，"颠覆"了古代文体的尊卑等级秩序。严复、夏曾佑较早肯定小说的社会作用，1897年，在《国闻报馆附印

① 王国维．王国维文学美学论著集［M］．周锡山，编校．太原：北岳文艺出版社，1987：24.
② 李伯元．李伯元全集：五［M］．南京：江苏古籍出版社，1997：28.
③ 鲁迅．鲁迅全集：第一卷［M］．北京：人民文学出版社，2005：73.
④ 鲁迅．鲁迅全集：第八卷［M］．北京：人民文学出版社，2005：52.
⑤ 胡适．新文学运动［M］//胡适学术文集．姜义华，主编．北京：中华书局，1993：324.

说部缘起》中说："且闻欧、美、东瀛，其开化之时，往往得小说之助。"① 提升了小说的价值。鲁迅《〈草鞋脚〉小引》说："在中国，小说是向来不算文学的。"② 不满传统对小说的歧视。近代文人降低散文地位，提升词、曲、小说的地位。楚卿（狄平子）《论文学上小说之位置》说："吾以为今日中国之文界，得百司马子长、班孟坚，不如得一施耐庵、金圣叹。得百李太白、杜少陵，不如得一汤临川、孔云亭。吾言虽过，吾愿无尽。"③ 贬低传统诗文的地位。1912 年，王国维在《宋元戏曲考·序》中说："凡一代有一代之文学，楚之骚，汉之赋，六代之骈语，唐之诗，宋之词，元之曲，皆所谓一代之文学，而后世莫能继焉者也。"④ 以西方"进化论"观念考察中国古代文学的发展，肯定词曲的价值。1922 年，胡适在《南宋的白话词》一文中将词看作白话文学的代表，认为宋词和元曲、明清小说等通俗文学的价值超过正统文学的诗文。⑤ "宋文"失去主流地位，"宋词"由边缘上升为主流。但仍有人坚持传统、主流文学观念，强调散文的至尊地位。1910 年出版的林传甲《中国文学史》，论及宋代文学，只谈宋文、宋诗，不谈宋词。谢无量说："唐文学之特质，仅在诗歌，宋文学之特质，则在经学文章之发达。"⑥ 以传统"大文学"观念称"经学文章"为宋代文学的"特质"，即将文作为宋代"一代之文学"。曾毅认为："唐之取士以诗赋，宋之取士以策论，故宋之文学，不在诗而在文。"⑦ 亦强调文在宋代的突出成就和独尊地位。宋代各体文学皆繁荣兴盛，但文的至尊地位是无法动摇的。欧阳修云："晏公小词最佳，诗次之，文又次于诗，其为人又次于文也。"⑧ 他认为，文才是正宗，词无法与之相比，他称赞晏殊之词，实含轻视之意。"唐诗宋词"说在近代的盛行，说明散文在近代地位下降。近代文人对词、曲、小说的重视，具有革新精神与进步意义，应肯定其"历史合理性"，但轻视或否定传统古文的成就及地位，是偏激的。梁启超认为小说是"文学之最上乘"，这是通过"颠覆"传统重文的主流观念，来提升小说的价值，又是对传统"另类"文学观念的承继，如李贽、袁宏道、金圣叹等，皆重视通俗小说的文学价值，袁宏道即认为《水浒

① 严复，夏曾佑．本馆复印说部缘起［N］．国闻报，1897－11－10（清光绪二十三年十月十六日）．
② 鲁迅．鲁迅全集：第六卷［M］．北京：人民文学出版社，2005：21．
③ 楚卿．论文学上小说之位置［J］．新小说：第 7 号．1903－09－06（清光绪二十九年七月十五日）．
④ 王国维．王国维文学论著三种［M］．北京：商务印书馆，2001：57．
⑤ 胡适．南宋的白话词［N］．晨报副刊．1922－12－01．
⑥ 谢无量．中国大文学史［M］．北京：中华书局，1918：1．
⑦ 曾毅．订正中国文学史：下册［M］．上海：泰东图书局，1930：69－70．
⑧ 魏泰．东轩笔录［M］．李裕民，点校．北京：中华书局，1983：180．

传》比六经和《史记》还要高。近代散文地位的下降，与各体文学功能观念变化有关，小说、戏曲分担了散文“载道”“经世致用”的传统功能，甚至成为中心文体，而散文自身也因增强抒情、娱乐功能，失去了传统的至尊与神圣。

四、近代散文语言及文体文风的新变

近代文人特别重视革新散文语言。1874 年，王韬创办并主编《循环日报》，用近乎白话的浅近文言写作。1883 年，王氏《弢园文录外编》成书，是中国有史以来第一部报刊文集，《自序》称“于古文辞之门径则茫然未有所知”①，认为报刊文章另有法度，着力探寻有别于“古文辞”的文章用语。胡适《五十年来中国之文学》肯定王韬的“报馆文章”。② 梁启超《小说丛话》认为“文学之进化，有一大关键，即由古语之文学变为俗语之文学是也。各国文学史之展开，靡不循此轨道”，“中国先秦之文，殆皆用俗语。观《公羊传》《楚辞》《墨子》《庄子》，其间各国方言错出者不少，可为佐证。故先秦文界之光明数千年称最焉”，“自宋以后，实为祖国文学之大进化。何以故？俗语文学大发达故”。高度称赞先秦文学对“方言”的运用，肯定宋代以来的“俗语文学”，以此说明俗语文的重要，“凡为文章，莫不有然”。③ 胡适《文学改良刍议》说：“以今世历史进化的眼光观之，则白话文学之为中国文学之正宗，又为将来文学必用之利器，可断言也。”④ 运用西方进化论思想，追溯“白话文学”的历史，视之为散文“正宗”，提高俗语文的价值。白话文是一大传统，宋代之后便流行，只是不入主流，梁启超、胡适等人力倡白话，“五四”兴起白话文运动，是改变白话文的非主流地位，借传统非正宗观念改革散文语言。

近代文人重视散文的“开民智”作用，要求语言变革，期望民众通过散文关注现实，了解社会。《察世俗每月统纪传》序云：“盖甚奥之书，不能有多用处，因能明深奥理者少故也。容易读之书者，若传正道，则世间多有用处。”⑤ 所以，语言的通俗化势在必行。裘廷梁《论白话为维新之本》，主张“白话为维新之本”⑥。陈荣衮《论报章宜改用浅说》认为开民智莫如改革文言。他们提倡

---

① 王韬．弢园文录外编［M］．郑州：中州古籍出版社，1998：31.

② 胡适．胡适文存：二集［M］．上海：亚东图书馆，1924.

③ 梁启超．小说从话［J］．新小说：第 7 号．1903－09－06（清光绪二十九年七月十五日）.

④ 胡适．文学改良刍议［J］．新青年，1917－01－01：2（5）.

⑤ 察世俗每月统纪传序［J］．察世俗每月统纪传．1815－08：1（1）.

⑥ 裘廷梁．论白话为维新之本［M］//新民社，编．清议报全编：第 16 册卷二十六．台北：文海出版社，1986：65.

“言文合一”，梁启超《变法通议·论幼学》云：

> 古人之言即文也，文即言也。自后世语言文字分，始有离言而以文称者，然必言之能达，而后文之能成，有固然矣。故学缀文者，必先造句。造句者，以古言易今言也。今之为教者，未授训诂，未授文法，闯然使代圣贤立言。朝甫听讲，夕即操觚……又限其格式，诡其题目，连上犯下以钤之，擒钓渡挽以凿之，意已尽而敷衍之，非三百字以上弗进也；意未尽而桎梏之，自七百字以外勿庸也；百家之书不必读，惧其用僻书也；当世之务不必讲，惧其触时事也。以此道教人，此所以学文数年，而下笔不能成一字者，比比然也。①

作者指出古人并未言文分离，今人不了解古之文法，囿于古语，便言不达意乃至不成文。“言文合一”即要求散文语言自然晓畅，浅近明白，书面语与口语一致，出“口”成“章”。梁启超称赞《时务报》另一主笔麦孟华作文“不事研炼，略使平易可晓，真报馆之异才矣”②。“通俗”并非“俚俗”，光绪二年，《申报》馆创办一份“字句俱如寻常说话”的报刊《民报》，《本馆告白》说明创办《民报》宗旨云：

> 此原非为文人雅士起见，只为妇孺佣工粗涉文理者设也。盖人之心思，虽无优绌，人之学问，究有浅深，设尽以风华典赡之词强之使阅，容有索解而不得者矣。顾本馆特另延友人专任经理《民报》，务使措辞密质而无文，论事宜显而弗晦，俾女流童以及贩夫工匠辈皆得随时循览以扩知识而增见闻，迨至钻研既久，势必智慧顿开，既风华典赡之辞，向所未解者，亦渐开通达矣。

刊载使“俾女流童以及贩夫工匠辈”皆能读懂的文章，期望借此开启民智。当时报刊的消费者主要是阅读浅近文言的读者，《民报》过于俚俗的语言便不受欢迎，最终因销路不好而停刊。《申报》常用浅近文言，“记述当今时事，文则质而不俚，事则简而能详，上而学士大夫，下及农工商贾，皆能通晓”③。

正统文人严分“文”“言”疆界，坚持用古语、雅语，排斥“言”即口语白话。桐城之祖方苞强调“古文不可入语录中语，魏晋六朝人藻俪俳语，汉赋中板重字法，诗歌中隽语，南北朝佻巧语”等“五不”的雅语言标准。姚鼐继承这

① 梁启超．饮冰室合集：第一册［M］．北京：中华书局，1989：48.

② 丁文江，赵丰田．梁启超年谱长编［M］．上海：上海人民出版社，1983：65.

③ 佚名．本馆告白［N］．申报：第1号．1872－04－30（清同治十一年三月二十三日）.

一观念，梅曾亮《姚姬传先生尺牍序》一文云：“先生尝语学者，为文不可有注疏、语录及尺牍气。”① 反对古文使用俗语，追求语言的典雅、古朴。吴汝纶继续强调桐城派提倡的“雅洁”之辞，他的《答严几道》论及翻译的行文要求：“鄙意与其伤洁，毋宁失真，凡琐屑不足道之事不记何伤！若名之为文，而俚俗鄙浅，荐绅所不道，此则昔之知言者无不悬为戒律，曾氏所谓辞气远鄙也。”② 主张散文要“反俚求雅”。在《与薛南溟》一文中，他对梁启超等人的散文语言改革颇有微词：“如梁启超等欲改经史为白话，是谓化雅为俗，中文何由通哉！”③ 梁启超并非一味地提倡白话，排斥文言，他在《湖南时务学堂学约》中说：“传世之文，或务渊懿古茂，或务沉博绝丽，或务瑰奇奥诡，无之不可；觉世之文，则辞达而已矣，当以条理细备，词笔锐达为上，不必求工也。”④ 根据作文的不同目的对散文语言的雅俗作出要求。散文语言雅俗与否，关键在于能否达意，是否反映时代，梅曾亮《答朱丹木书》云：

> 惟窃以为文章之事，莫大乎因时。立吾言于此，虽其事之至微，物之甚小，而一时朝野之风俗好尚，皆可因吾言而见之。使为文于唐贞元、元和时，读者不知为贞元、元和人，不可也；为文于宋嘉祐、元祐时，读者不知为嘉祐、元祐人，不可也。韩子曰：“惟陈言之务去。”岂独其词之不可袭哉？夫古今之理势，固有大同者矣；其为运会所移，人事所推演，而变异日新者，不可穷极也。执古今之同，而概其异，虽于词无所假者，其言亦已陈矣。⑤

文章的见解仍拘于古，脱离时代，即使采用时语、俗语，也为“陈言”。反之，见解进步实际，使用达意的古语、雅语，亦为“新言”。

我们要重视文体语言革新与思想革新、文化革新的对应关系，将文体革新仅理解为语言层面的改革，以白话代替文言，是肤浅的。语言是手段，是“载道”的形式，是“道”的载体。近代散文革新者绝不只是看重纯散文文体语言革新，改造文言为白话，更是为了便于思想文化的传播与接受，是利用白话散文为宣传

---

① 梅曾亮．柏枧山房全集：文续集［M］//续修四库全书编委会．续修四库全书：第1514册，上海：上海古籍出版社，1995：105.

② 吴汝纶．吴汝纶全集：第三册［M］．施培毅，徐寿凯，校点．合肥：黄山书社，2002：235.

③ 吴汝纶．吴汝纶全集：第三册［M］．施培毅，徐寿凯，校点．合肥：黄山书社，2002：369.

④ 梁启超．饮冰室合集：文集第一册［M］．北京：中华书局，1989：27.

⑤ 梅曾亮．柏枧山房全集：文集［M］//续修四库全书编委会．续修四库全书：第1513册上海：上海古籍出版社，1995：618.

新思想、新文化服务。

黄遵宪说："周秦以下，文体屡变，逮夫近世，章疏移檄，告谕批判，明白晓畅，务期达意，其文体绝为古人所无。"① 随着白话的盛行，散文的传统文体须有所革新，以适应"辞达而已矣"的"觉世之文"。"凡是近代进步文人，大抵都与报刊发生关系。"② 光绪二十七年，《清议报》刊登《中国各报存佚表》云："自报章兴，吾国之文体为之一变。"③ 王韬、郑观应等人在报刊上发表不少"平易畅达"的文章，形成"报章体"。此体主要采用浅近文言，条理清晰，平实自然。如王韬《变法自强》一文，平实质朴地指出中西文化差异，排比句式，一气呵成，富于感染力，是梁启超政论文的雏形。王韬"作为中国知识分子在报刊上纵论天下大事，横议治国方略的先驱，开创了报章政论散文的新世界"④。1896 年，梁启超发起"文界革命"，1896 年至 1898 年，他于《时务报》发表五十多篇文章，注重吸收传统古文的优点，"报章体"语言得到一定程度的雅化，被称为"时务文体"。之后在日本，他创办《新民丛报》，将其发展为"新民体"。梁启超自称"夙不喜桐城派古文，幼年为文，学晚汉魏晋，颇尚矜炼"。以后"自解放"，创新文体，是为了"适用于今，通行于俗"，"欲令天下之农工商贾妇女幼稚，皆能学通文之用"。⑤ 新文体的主要特点是"平易畅达，时杂以俚语韵语及外国语法，纵笔所至不检束"，"老辈痛恨，诋为野狐，然其文条理明晰，笔锋常带感情，对于读者，别有一种魔力焉"。⑥"新文体"实质上是以文言为基础，结合"俚语韵语"及外国语法，是一种顺应时代的改革，它"是传统的古文和'五四'时期的现代白话散文之间的过渡桥梁"⑦。1905 年是散文史上的"关键年"，科举废除，结束了以八股文为代表的散文文体。严复在《救亡决论》中说："天下理之最明而势所必至者，如今中国不变法则必亡是已。然则变将何先？曰莫亟于废八股。夫八股非自能害国也，害在使天下无人才。"⑧ 八股文的废止，有利于新体散文的发展。20 世纪 20 年代，戈公振指出："清代文

---

① 黄遵宪．学术志二［M］//日本国志：卷三十三．刻本．杭州：浙江书局，1898（清光绪二十四年）．

② 袁进．近代文学的突围［M］．上海：上海人民出版社，2001：50．

③ 梁启超．中国各报存佚表［N］．清议报：第 100 册，1901－12－21（清光绪二十七年十一月十一日）．

④ 袁进．中国文学的近代变革［M］．桂林：广西师范大学出版社，2006：98．

⑤ 黄遵宪．学术志二［M］//日本国志：卷三十三．刻本：浙江书局，1898（清光绪二十四年）．

⑥ 梁启超．清代学术概论［M］．朱维铮，导读．上海：上海古籍出版社，1998：85－86．

⑦ 吴锦濂，姚春树．中国现代散文革命的先导：中国近代散文变革略述［J］．福建师范大学学报，1986：(4)．

⑧ 严复．严复集：第一册［M］．王栻，主编．北京：中华书局，1986：40．

字，受桐城派与八股之影响，重法度而轻意义，自魏源、梁启超等出，绍介新知，滋为恣肆开阖之致……文体为之一变。”① 近代散文文体的新变，很大程度上是桐城派古文、八股文“相激”的结果。

近代文人将传统散文发展出新的特质。如近代域外游记，本质上是西方文明记，是报告文学，山水景物仅是偶尔及之。它继承了古代游记包括古代域外游记的传统，在时代风气的感召下大胆创新，具有政治性、宣传性、知识性、议论化、审美化等特色，是传统游记文学在近代开出的奇葩，是传统古文在近代长出的新枝。②

五、近代散文观念的新变与传统

陈平原先生指出：“相对于诗歌、话剧或者小说，散文的‘历史脐带’更加明显。”③ 近代散文观念的新变与传统密切相关。此期不少文人学者对“传统”的理解存在偏差：一是把传统理解为正统，传统思想、传统观念即正统思想、正统观念，特别是儒家“元典”思想和宋明理学思想。方东树斥责汉学：“近世为汉学者，其敝益甚，其识益陋，其所挟惟取汉儒破碎穿凿谬说，扬其波而汩其流，抵掌攘袂，明目张胆，唯以诋宋儒攻朱子为急务。要知，不知学之有统，道之有归，聊相与逞志快意以鹜名而已。”④ 努力维护“道统”与“文统”。二是把传统理解为封建糟粕，把传统主流思想观念等同于落后、陈腐、反动的思想观念，全盘否定传统。裘廷梁《论白话为维新之本》认为：“愚天下之具，莫文言若；智天下之具，莫白话若”。⑤ 极力赞美“白话”，贬低作为传统主流思想观念载体的“文言”。我们把传统理解为一切过去的思想观念，一切物质文化和精神文化，不管正统与非正统，不管所谓精华还是糟粕。传统有积极的正面价值，也有消极的负面价值。传统中的精华可以借鉴利用，发扬光大，传统中的糟粕要革除。对传统，要在批判中继承，进行合理的“扬弃”，而不是简单极端地维护传统或反传统。近代散文观念是传统观念的自然演进，是对传统的“扬弃”，外来因素只是助力。所谓“反传统”，是部分反传统，是以一部分传统反对另一部分传统，多以传统中的非主流、异端反对主流、正宗，对主流也不是完全抛弃，而是“暗度陈仓”式的继承，不一定用外来文化反传统。“反传统”其实一直是传

---

① 戈公振．中国报学史［M］．北京：中国新闻出版社，1985：109－110.

② 欧明俊．亟待开掘的文学宝藏：近代域外游记述论［J］．中文自学指导，2005（4）.

③ 陈平原．中国散文小说史［M］．上海：上海人民出版社，2004：192.

④ 方东树．汉学商兑序略［M］//汉学商兑．刻本，1891（清光绪十七年）.

⑤ 新民社．清议报全编：卷二十六［M］．台北：文海出版社，1986：65.

统文化中的题中之义，历史就是在革新、保守两种“合力”下前进的，并不是近代才有革新，才有反传统。仅仅将传统理解为保守、倒退、落后，是片面的，反传统反过了头，必然造成文化断裂。

鲁迅《中国小说的历史变迁》精辟指出，“有两种很特别的现象：一种是新的来了好久之后而旧的又回复过来，即是反复；一种是新的来了好久之后而旧的并不废去，而是羼杂。”① 近代文人对传统具有复杂的心理，他们或理论上倡导创新，反对传统，创作上并不排斥传统，或理论、创作上对传统既批判又肯定，有时不免出现矛盾，总的表现为“复古”与“革新”的矛盾。外来文学观念对传统散文观念造成极大的冲击力，传统散文观念作为文化力，自然做出“回击”。近代“复古”者具有强烈的使命感，本能地维护传统散文观念；“革新”者吸纳外来文学观念，要求变革传统散文观念，“复古”者便进行辩护。刘师培、章太炎等人的“复古”，便是对“新变”的“反弹”。“复古”者所说之“古”有时并非时间意义上的“古”，他们提倡的是不同于西方文学观念的传统散文观，“放大”传统散文的优势，一味否定“革新”，便忽视散文的发展，过于保守。革新者一直有创新的冲动和努力，有理论，有实践，但单纯的“革新”势必把不该抛弃的传统抛弃，必须有“复古”牵掣，“革新”才不会走过头。“新”与“旧”两种力量，“合力”推动近代散文的发展。“复古”“保守”的正面价值应予以必要的肯定。

梁启超《与严幼陵先生书》说：“当《时务报》初出只第一二次也，心犹矜持而笔不欲妄下。数月以后，誉者渐多，而渐忘其本来。又日困于宾客，每为一文，则必匆迫草率，稿尚未脱，已付钞胥，非直无悉心审定之时，并且无再三经目之事。”② 近代报章文体一改传统散文的生产方式，时评、杂感、通讯、游记等大量出现，短小精悍，快速面世，时效性强，同时产生草率之弊，出版者、作者、评论者、读者形成及时“互动”关系。这种“转型”必然影响散文的内容、体制、语言、风格等各个方面。

六、结论

近代散文观念的新变是由文学观念的新变决定的。近代散文观念的新变既表现为对西方“纯文学”观念的吸纳，又表现为对古代散文观念的自然承继，是对传统的“扬弃”，外来因素只是助力。我们要重视外来影响，更要重视传统影

① 鲁迅．鲁迅全集：第九卷［M］．北京：人民文学出版社，2005：311．

② 梁启超．饮冰室合集：第一册［M］．北京：中华书局，1989：107．

响。传统“大散文”“杂散文”观念发展为现代“纯散文”观念，是一渐进过程。近代文人逐渐重视受正统散文观念轻视的抒情性和娱乐消遣功能，散文文体渐由文学中心移至边缘。“复古”“革新”两种观念相互排斥而又相互渗透，反映出转型期文人散文观念的矛盾状态。近代散文从概念内涵、功能价值到散文语言以及文体文风各个方面，都与传统散文观念联系密切，传统观念与新观念冲突融合，渐变发展。近代散文观念不够成熟，一直在探索，实为进行时态，是未完成的完成时，呈现出“过渡”状态。得失利弊，经验教训，皆值得我们认真总结。

（原载《中国散文研究集刊》2015 年第 1 辑）

晚清小报的新体散文
——近代散文新变之探索

何宏玲

谈及中国近代散文的新变，通常认为是滥觞于龚自珍、魏源的经世文派，经洋务运动时期王韬、冯桂芬的报章体，至梁启超达到高峰形成“新文体”散文。然而，中国散文传统源远流长，仅以政论文章来讨论散文新变未免偏狭不周。据此探索，晚清风起云涌的小报上生成一种新的散文文体，这里暂且称为“晚清小报新体散文”，值得特别关注。小报借鉴西方报刊思想，以现代传播为媒介，剖析中国社会新旧转换中的种种现象，对社会、政治、风俗、人情等展开广泛的论述，开一代文学新天地。民国小说家、报人平襟亚曾肯定晚清小报的意义，说：“彼时小报势力甚巨，一字褒贬，有华衮斧钺之概，非若光复以后上海之小报，价值一落千丈也。”① 可见当日小报宗旨之正大、立论之严肃、影响社会之巨大，但小报文章的历史意义尚未被明确揭示。本文拟就晚清小报的这类散文略做论说，以期引起学界兴趣。

晚清小报内容庞杂，无所不包，文章体式多种多样，如《游戏报》：

> 文则论辩、传记、碑志、歌颂、诗赋、词曲、演义、小唱之属，以及楹联、诗钟、灯虎、酒令之制。人则士农工商、强弱老幼、远人逋客、匪徒奸宄、倡优下贱之俦，旁及神仙鬼怪之事，莫不描摹尽致，寓意劝惩。无义不搜，有体皆备。（《本馆重印丁酉戊戌两年全份〈游戏报〉明日出第一册》，《游戏报》1899 年 5 月 2 日）

所谓“有体皆备”，即文体不限，古今中外各种体式，只要能抒我情，达我

---

① 平襟亚．上海小报资料［M］∥上海市文史馆文史资料工作委员会编．上海地方史资料：第 5 辑．上海：上海社会科学院出版社，1986：70．

意，皆可用之。我们可以结合小报的编例具体说明。晚清小报从1897年创刊至1911年辛亥革命，十几年间编排屡有更迭。早期小报多采用“一论八消息”的体例，如《游戏报》《消闲报》《采风报》《笑报》都是如此。所谓报首的“论”，其实不局限于论说文，各类传、论、诗词曲赋皆可，因为篇幅较长，主题突出而放在报纸开篇。小报“题必对偶”，各类逸事趣闻，笔记杂谈，两两对偶，分列而下。1901年，李伯元另创《世界繁华报》，改变了千篇一律的“一论八消息”，采用大报的栏目设置。以《世界繁华报》来看，其中一天的栏目有：“评林、词林、艺文志、电报、翻译、时事嬉谈、滑稽新语、杂俎地理志、食货志、鼓吹录、北里志、妆楼记、群芳谱、方技列传、方言新编，庚子国变弹词已至三十四回、东三省失陷事。”（见1902年9月21日《新闻报》所登广告）有十七个之多。

不管是“一论八消息”，还是分栏设置，乍看起来，小报都没有如“文界革命”“小说界革命”那样公然宣布一种文学变革的理论。然而从实实在在的文本来看，即便是旧文体，也是书写新内容，立论宗旨、语言风格已经大大变易，是为“旧瓶装新酒”。更重要的是，晚清小报中有大量消息、短论，关注当下，品评现实，显示出新的写作风格，即便是寥寥数语的短文，也纵横捭阖，大有意味。

晚清小报新体散文，便是涵盖了报上明确标明为小说、戏曲、诗词赋之外的所有文字。尽管未曾赋予它们明确的文体概念，但众多小报文章汇聚起来，记载时事，议论言谈，穷形尽相，嬉笑怒骂，产生广泛的影响，一种总体的文字风格还是显然可见。究其主导特色，可略分为四个方面：内容的现实性、描写议论兼具、风格诙谐、语言平易而蕴藉。

内容的现实性。晚清小报内容丰富，“上至列邦政治，下逮风土人情”，无论国内海外，举凡社会、政治、风俗、人情，皆加关注。经过几十年发展，中国新闻媒体已经具有成熟的时事敏感力。小报秉此而来，更扩及闾巷市民，范围更为广大。如《飞报》（1902－03－15）称：

> 褒贬是非，为我宗旨，启聩振聋，慷慨直接，列自由书第一。梼杌之后，春秋之余，编年纪月，据事直书，列新历史第二。天听民听，兴亡系焉，防民之口，胜于防川，列舆论一斑第三。舟车所至，人力所通，瑰奇谲异，风化从同，列海外奇谈第四。理辟新机，义恋薄俗，动魄惊心，兼收并蓄，列新智识之杂货店第五。但有影响，不振根据，游戏文章，本非实势，列道途听说第六。文人结习，慷慨悲歌，采风问

俗，借资观摩，列文苑杂俎第七。

一共七大类，时事政论、社会速写、民间舆论、海外大观、新知绍介、游戏文章、文人风雅，纷繁多彩，难怪称“轶事奇闻，莫多于报主人云。取益亦宏矣，不可不阅哉”①。

报纸本来以追踪新闻、传播信息为职事，小报的特色则在于将这些题材处理到文学领域。它深入新闻事件的背后，观察调研，在极琐屑之处，发现思想的价值和美学的意义，并以文字之力感染人心。如《游戏报》（1899－08－26）称：

> 康有为内渡昨有友在第一楼啜茗，见隔座一人手执报纸一张细细揣摩。忽然看到一条，起身将台子一拍，大声告众曰：康有为在外国做了官，现在居然放了外国钦差大臣，仍旧到我们中国来，中国朝廷是要另眼看待，不可怠慢他的了。一时闻者信以为真，忙问康有为是在哪一国做官，其人曰美国。众人曰，勿错呀，康有为的确到过美国。前数日各报纷传其已经来华，中国政府特地要拿他，则此说着实可信。或曰，他做了外国大臣，谁敢拿他。正谈论间，忽有一眼戴金丝镜之某翻译翩然而至，询知此事，自言自语道：晓得哉，Canger 与 Kang，叩其意其康有为之康华人，译音虽是相同，西字拼法却是各异。美国驻北京公使康大臣是前年底到中国的，而公等遂误作康有为。

新闻记述了上海茶馆中的一次茶客闲谈。七嘴八舌，众说纷纭，展示了民众对康有为的理解与认识。从他们言谈的可笑看，民众的政治见解能力不高，评论也迂阔不通，但毕竟国家时政、政治是非已经走入大众日常生活。小报描述了一种社会现象，字里行间流露出多重意味。

如前文所述，小报汲取了西方文化观念，故而它能跳出专制体制之外，以资产阶级民主、人权、公平、正义的视角看待中国这一老大帝国，对社会中诸多事实和现象随手拈来，有感而发，开辟出新的境界。小报处处排除陈腐，独标新异，适应新时代的要求，书写前人未曾有的境界，明确的现实性、广泛的题材是小报新体文章突破性的贡献。中国古代文章门类繁多，每种文体各有范式，各有其书写内容与应用语境。唐宋古文运动以来，“文以载道”，“蓄道德而后能文章”，散文主导倾向是为圣贤立言。晚明小品“独抒性灵”，也不过在抒情写意上拓宽了领域。总体来看，散文与小说戏曲不同，不论是作者还是受众，一直局

---

① 佚名．采风报序（仿兰亭集序）［N］．采风报：第3号．1898－07－12（清光绪二十四年五月二十四日）．

限于士大夫阶层。晚清小报文章关注当下生活，或批判、或讽刺、或呼吁，并借助现代传播媒介，受众广泛，社会影响巨大，形成社会舆论导向。这也是散文写作重大突破的契机，并由此带来现代散文的重要品质：广泛的题材，随意的书写。林语堂说："盖小品文，可以发挥议论，可以畅泄衷情，可以摹绘人情，可以形容世故，可以札记琐屑，可以谈天说地，本无范围。"① 郁达夫在《中国新文学大系·散文二集》概括现代散文的三大特征，其中之一便是"范围的扩大"。小报文章取材既广，视野通脱开放，所谓"上下五千年，纵横九万里，无扞格不通，有化行成俗之义"。在近代革故鼎新、社会剧烈变动之际，小报无所顾忌，大胆创新，举凡一切新事、新闻、新理，无不笼纳、熔铸，文境自然随之一新。

描写议论兼具。晚清小报中新体散文首先注重的是描写。李伯元说："本馆以文字玩世，亦以文字醒世，诙谐向出，摹写极态，自知殊失圆转之道，谓之不合时。"② 又云："亦得见人世间狡狯伎俩，如铸鼎象形，莫可隐匿。"又云："特是本报轻世肆志，举当世奸恶之徒，未免形容尽致，以是招忌于人，诚所难免。然本报实寓劝惩，要不能不举一桩事取一种人以供其发挥，而肆其议论。"③ 如此反复言说，称之"不合时宜"，即使"招忌于人"，也在所不惜，可见，这种描写不同于单纯的记叙，它要体现出倾向性的类型化，倾向性即舆论导向，类型化即普遍意义。如《世界繁华报》的一则"时事嬉谈"：

> 某顽固大臣之抚吴也，壹意黜奢崇俭。食无兼味，草具而已，除宴会外，终岁不知肉味。至建灶于上房后，以一绳系猪油斤许，一头置上房。每炊饭时，某坐上房内，待厨子请曰"豆腐下锅矣"，某乃亲放绳，令猪油下。闻必剥一声，急掣起，系之如故。④

这种片断的描述颇有"世说"遗风，形容刻画淋漓尽致，穷形尽相，揭示讽刺对象的本质。后来李伯元创作《官场现形记》，杰出的描写、讽刺的技巧，被人誉为"照妖镜""燃渚犀"，与此相关。

但小报不能止于生动的描写，它的功能还在于点评，形成社会舆论，记叙之后以议论作点睛之笔。"或有问于主人曰，近来游戏报风行中外，而所纪者并无朝政国事，不过嬉游之事，笑傲之谈，一何令人爱观若是也？主人曰：子知其

---

① 林语堂．发刊人间世意见书［J］．论语，1934（38）：662.
② 李伯元．论本报之不合时宜［N］．游戏报．1897－11－19.
③ 李伯元．记本报开创以来情形［N］．游戏报．1898－01－16.
④ 佚名．时事嬉谈［N］．世界繁华报，1901－06－24.

一，不知其二，本馆之特创此举，原非专为游戏，实欲以小观大，借事寓言，为唤醒痴愚起见，或涉诸讽咏，或托以劝惩，俱存深意于其间。”小报文章常常深入底蕴，挖掘根源，因而在揭示时代生活的瞬间，具有广阔的历史深度，如《游戏报》（1899－07－14）：

> 既不在国亦不在民　有某校书生意甚佳，比及节边计算，而犹负债垒垒。究原其故，皆由带挡利钱太重，拆分头人太多，娘姨大姐又往往趁校书不在房中，向客人抄取小货，务罄客人之囊而后已。由是合院皆肥而校书转瘠。校书曾向其昵客缕述其苦况，客喟然曰：近来中国理财各官，大半假公济私，运入私橐，以至利不在国，亦不在民，不道近来作妓女的人，亦坐此病。

文中所叙事实是青楼妓女的牢骚抱怨，不过为日常琐屑，而由此引申至国家财物治理，可谓典型的以小见大手法。而作者视野之超越寻常，于此可见。

报纸观察现实世界，也要表达自己的看法和见解，描写和议论兼具是为这种功能服务，因此，小报文章虽恣意书写，率性而谈，却都有一种个性化的笔调。林语堂曾说：“善冶情感与议论于一炉，而成现代散文之技巧。”从这个意义上说，晚清小报文章表达时代，形成了自己的特色。

风格诙谐。小报“以诙谐之笔，写游戏之文”，善于讽喻，寄寓劝惩，而多以诙谐之语出之。小报的始创者李伯元极擅长“俳谐嘲骂之文”，其诙谐笔墨深为时人欣赏。晚清著名报人、小说家孙玉声云其“最工游戏笔墨，如滑稽谈、打油诗之类，则得松字诀”①。邱菽园亦称其“兼长小品杂著，嬉笑怒骂，振聩发聋，得游戏之三昧”。我们看小报，所见几乎都是游戏诙谐的文字，《采风报》（1898－08－10）以一则笑谈形象地说明这种写作风格，云：

> 昨有岸然道貌、规行矩步、状若八股儒者，惠然肯来，揖采风主人曰：“贵报采风也，顾名思义，所采何风？”主人曰：“人间风气，采取无穷，吾之所采者，世风、文风，下之则雌风、淫风，凡是风，无所不采。然自今奉诏改试策论，则以后文绉绉之酸风，当不复采矣。”其人曰：“否，昨日某在美仁里斗牌，斗了一只东风，被庄家和得五百十二回，何以贵报不曾采入？”主人不能答，乃大笑而去，其殆佯狂风世者乎？

① 孙家振．退醒庐笔记［M］．上海：上海书店出版社，1997：62.

这位佯狂风世者颇能道出小报报人的几分精神气质。他们脱略形骸，不拘小节，然而有独特的见解。中国文士中一直有这类传统，先秦的隐士、魏晋的名士，至明清李贽、李渔、金圣叹等“异人”，都可以称得上小报报人游戏诙谐的渊源。小报报人在文学传统中，靠拢和选取的也是被刘勰称为“本体不雅”的“谐隐”类文章。

谐隐，刘勰说：“谐之言皆也。辞浅会俗，皆悦笑也。”“隐者，遁辞以隐意，谲譬以指事也。”谐隐文通俗浅近，令人愉悦，言辞婉曲，易于规劝。这种特征正适合小报的需要。尽管在传统中谐隐文学被认为“虽有丝麻，无弃菅蒯”，仅聊备一格，“以广视听”而已，但在晚清小报中，诙谐文直可与“经济文章”相提并论，甚至超越了它。李伯元说：“特时事迫我以忧伤，每欲下笔，辄俯仰唏嘘而不知所云，吾又何心而高谈傥论耶！”他自觉地放弃“胸有千秋，以宏编巨制为来者告”的社会主流观念，从事这种“命名细甚”的小报。之所以如此，李伯元说“是犹聚喑聋跛足之流，强之为经济文章之务，人必笑其迂而讥其背矣”。在某种意义上说，他对中国社会的观察比维新家更符合事实。因此，小报固然从来不正襟危坐作道德家言，也绝少激越昂扬作宣传家语。它是诙谐的，虽然批判、暴露、讽刺，但保留着稳健、温和的姿态。这恰如《游戏报》(1902－01－22）上的一则消息所云：

同是顽固　吴中某生好谈新学有诋毁康梁者，必怒形于色，斥人必曰：顽固党。前日在某处又高谈阔论，历诋旧党。旁有某甲闻而愤甚，语生曰：君知康梁亦顽固党乎？生怒甚，谓康梁的系维新中人，岂得谓之顽固？某生曰：居，吾语汝，夫执而不化，迷而不悟者，皆谓之顽固。如端刚辈，拘执己见，酿成大祸，固为顽固；而康梁执一偏之见，以欺天下士，岂非顽固党而何？君不知顽固二字，反欲以之毁人，真是妄人也。生为之语塞。

晚清小报文章的诙谐，并非一味通俗取笑。它笔法谨严，富有理性，所谓“惟妙惟肖、或庄或谐、可歌可泣、亦规亦讽、理必切餍、富有波澜、摆脱窠臼”①。小报报人谈小莲总结了“游戏文章”的笔法要领有六：厚、透、溜、扣、逗、够。他说，“虽小小短篇，俱有绝大关系”，亦须“令观者如饮醇醪，自然心醉，方为有味”。按之小报文章，大多类此。如《消闲报》(1897－12－02)：

留心官话妓女从师效北音　西人之来我华，为税司、为领事、为翻

① 佚名．本馆附送《凤双飞》唱本缘起［N］．游戏报．1897－11－12.

译者，均须通晓中国官场话，以免旁人蒙蔽，故不惜修脯，延请北地师儒朝夕教导，无足怪也。乃不谓青楼佳丽中亦有效其所为者，是诚可异矣。校书深自引咎，以谓不懂官话，难以接待官场中人，乃托人延师教授。

此文意在讽刺官场之嫖妓，却无一言直接发表不满。先讲西人之学官话，再讲青楼妓女之学官话，层层递进，环环相扣，又无一矛头不指向官场，可谓得六法中的“溜”字：“记事不可沾实，如走盘之珠，处处滚得到而处处得不着。”

又如《游戏报》（1899－08－28）：

培养元气　战为危事，故老成持重者每不肯轻以兵戎相见。相传中东之役，有某大僚实掌戎机，力主和议。迨纳款议定，万口指摘，大僚尝谓僚佐曰：“此番议和，人家都说是我的主意，然构兵不详，我为国家保全元气却不少呢。”僚佐皆服其见。今闻中国以元气仍亏，又欲命某大僚出任兼圻，苍生霖雨，想旌节所之，其培元气于无形，当又不知若何措施，以赞成无为之盛治也。

某大僚的再次起用令作者十分感慨。在“中东之役”中“力主和议”的这位大僚，明眼人一看就知道这是李鸿章。文章巧妙地从大僚的视角展开叙述，把签订求和条约解说为“为国家保全元气”，然而自1895年条约签订，至1899年8月28日，“中国以元气仍亏”，希望是不是仍然要寄托在李鸿章的“培养元气”上？结尾以反问嘲笑了李鸿章的狡辩。文章出于诙谐戏谑之笔，避免了是非曲直的争端，读者在反思中不难得出自己的判断，这就是“谐语之收功，反出于正言格论之上”。贾谊作“可痛哭”“可流涕”“可长太息”之文，固然不失名文大作，可这是对皇帝一人的上书，小报是人们茶余饭后的消遣，炉旁床侧的闲谈，如此慷慨陈词自然不宜，轻松的诙谐便成最佳的选择，这对现代散文也有多方面的启示。

语言平易而蕴藉。晚清小报立足于大众阅读，采用的是浅近的文字，这也是晚清报刊文章的共同特性，不必多论。平易而不失蕴藉，则是晚清小报新体散文的独特性。如：

榜后闲谈　本馆开设叶榜，已于昨日揭晓，状元为姚宝云家阿三，取其平正通达，敦厚温柔，与戊戌年花榜状头取林绛雪同一命意。榜眼为谢新卿家妹妹，声华藉甚，名下无需。至金秀英家阿毛，则最时髦、最年少，探花妙选，微斯人其谁于归？诸叶中惟薛宝钗最难位置，以名

> 花而降为冶叶，若以之弁冕群芳，而后起多才，殊难翕服；若摈而不录，亦无以餍荐者之心，则传胪一席，允为确当。此外前茅诸叶，大抵非素有名望，亦后起之英，播歇浦之新谈，擅芳丛之俊誉，传之海外，示之将来，当又让主人独开生面也。①

在报中选举青楼花榜是李伯元首倡，各小报闻风而起，一时极盛。李伯元在花榜之外，又选叶榜（为妓女的跟班大姐排榜。因为名花之陪衬，故称叶榜）、武榜（以妓女的歌、曲等技艺来排榜），更是花样翻新。花榜本是文人的风流雅兴，报选花榜已成大众娱乐，雅而为俗。上文作为花榜公布，在作者写来，却有钱钟书所谓“不骈不散，亦骈亦散，不文不白，亦文亦白”，“一种最自在、最萧闲”的文体意味。不管内容中“阿三”“阿毛”何等不雅，而作者的叙述格调毋庸小觑。②

这得益于报人的文艺修养。小报报人多来自文学积淀深厚的江南地区，有很好的古典文艺素养，诗文曲赋，无不擅长，而且多才多艺，于书法、绘画，甚至刻印，多能兼通。郑逸梅说李伯元“风流自喜，颇以东山丝竹、南部烟花为乐，文字渊茂古丽，读之如餐苓漱薇，芬留三日”③。而那些贬称小报的，也不能不承认他们是“洋场才子”的领地。

而在另一方面，我们也看到小报报人的通达、宽容，如其论“文家维新”：

> 今日以东语行文者，往往活剥生吞，勉强牵合，盖未习东文，徒以字面上窃其皮毛，故耳是则圆凿而方枘，必有为东人所窃笑者。然虽贻笑于东人，而以之警愚饰智，使我四万万同胞首瞩目而视之，推为维新志士，则固绰绰有余裕矣。予是以读其文，喜其善变，而赞叹低徊不能自已也。(《游戏报》1902 年 3 月)

思想内容上的通达与包容，和外在风格的平易与蕴藉正是互为表里、内外一致的。

近代以来，中国散文日益通俗化、大众化。壁垒森严、文法紧密的古文自然要打破，然而新的书写审美也需建构。在文学的变革过渡中，不可能把新异的东西照搬过来，必然要借鉴一脉相承的语言风格。我以为这方面晚清小报文章有自己的贡献。小报报人对“文”有一种内在的追求，李伯元说：“然恐闻咫见，言

① 陈无我．老上海三十年见闻录［M］．上海：上海书店出版社，1997：229.

② 钱钟书．雅言俗语［M］．兰州：敦煌文艺出版社，1998：89.

③ 郑逸梅．南亭亭长之与安凯第［M］//孤芳集．上海：益新书社，1932.

不能文，即不足以行远，复恐掉以轻心，有初鲜终，非特自诬始志，亦大负阅者之盛心乎。”至于效果，李伯元的得力助手蒲郎说：“阅者喜其谑词动听，妙语解颐，故日售万余纸，风行数万里，执笔之人可告无罪。”① 可见得到社会的认可。在晚清文学求变的汹涌大潮中，小报文章成为其中独树一帜的一支，它有自己的美学追求，形成独特的书写风格，是近代文章新变的成果和收获，值得探讨。

（原载《中国现代文学研究丛刊》2012 年第 2 期）

① 蒲郎．瓦老爷说［N］．游戏报，1897－11－26.

魏源经世文论对传统文学原则的改造

——魏源文学观的近代意义

王 飚

魏源与龚自珍齐名，世称“龚魏”，都是标志近代思想史开端的人物。诚如梁启超所说：“数新思想之萌蘖，其因缘固不得不远溯龚、魏……我思想界亦自兹一变矣。”① 而在文学史上，一般都只推龚自珍为近代文学的开创者，魏源则有所不及。《孽海花》作者曾朴的评论很有代表性：“龚定庵、魏源两人崛起，孜孜创新，一空依傍，把向来的格调，都解放了。魏氏注意在政治方面，龚氏是全力改革文学，无论是教导诗文词，都能自成一家，思想亦奇警可喜，实是新文学的先驱者。”② 诚然，就创作内涵的深度、文学变革的力度、艺术独创性和成就而言，魏源确实不如龚自珍。然而，从文学观念近代化转型角度考察，则两人倾向一致，都主张文学变革，只是对变革方式和转换途径的探索不同，却又各有千秋，异曲同工，互补相成。大体上，龚自珍的文学“大变论”“尊情说”“尊史论”等，表现出对传统文学原则的怀疑乃至部分否定，孕育了具有新的时代色彩的思想③；而魏源的经世文论则着重对传统文学原则加以改造，或给予新的解释，使之能够适应时代变化发展的需要。龚自珍的思想代表了文学变革的未来方向，因而到19世纪末、20世纪初才产生巨大影响；魏源则代表了从传统转向近代的切实途径和曲折道路，而且在鸦片战争后进一步发展，更切近时代新的变化，因此在19世纪中后期其影响还大于龚自珍。

---

① 梁启超．论中国学术思想变迁之大势［M］．上海：上海古籍出版社，2001：127.

② 曾朴．译龚自珍病梅馆记题解［M］//时萌．曾朴研究：附录．上海：上海古籍出版社，1982：195.

③ 王飚．人的觉醒对传统文学原则的挑战：论龚自珍文学思想的近代意义［J］．安徽师范大学学报，2002（6）．

由于对龚、魏文学总体观感和评价的差别，还可能由于魏源的一些文学思想隐藏在《默觚》等比较深奥的文字中，比较难以理解和发掘探究，魏源文学观的近代意义尚未得到充分揭示。本文拟通过对魏源经世文论的剖析阐释，论证他和龚自珍一样，都是近代初期文学观念新变的代表人物。

一、龚、魏启蒙思想的同异与其文学观的特点

龚、魏思想的异同，需要另外专文探讨，这里只是扼要提示两人文学观念的思想基础，以通过比较来更清晰地显现魏源文学主张的特点，并说明两人旨近而术异，又殊途而同趋。

龚自珍和魏源都经历过从古代学术步入近代思想启蒙的精神历程。他们都曾接受过全面的传统文化教育，嘉庆末年，又先后从刘逢禄受今文经学，并结交。在此前后，两人的文化取向和政治倾向都发生过重大转折，成为交谊甚笃的同道。他们反思当时仍占据主流地位的汉学、宋学末流之弊，转向讲求经世之学。龚自珍认为无论“研乎经”还是“讨乎史”，都要和“当世之务”联系，“以其言裨于时”。[①] 魏源斥汉学“争治诂训音声，爪剖釽析”，“锢天下聪明知慧，使尽出于无用之一途”[②]（《武进李申耆先生传》），讥宋学之徒“托玄虚之理，以政事为粗才，而不知腐儒之无用亦同于异端”（《默觚·治篇一》）。当嘉道之际多数士大夫还迷恋于“盛世”夕照余晖的时候，龚自珍已敏锐地觉察到社会正开始沦入“衰世”，“自京师始，概乎四方……各省大局，岌岌乎皆不可以支日月”[③]。魏源也揭露清王朝已面临前所未有的、非同寻常的严重危机：“无一岁不虞河患，无一岁不筹河费，此前代所无也！夷烟蔓宇内，货币漏海外，漕鹾以此日敝，官民以此日困，此前代所无也……举天下人才尽出于无用之一途，此前代所无也！”（《明代食兵二政录序》）于是倡言“一祖之法无不敝，千夫之议无不靡”[④]，“天下无数百年不弊之法，无穷极不变之法”（《筹鹾篇》），疾呼“变古愈尽，便民愈甚”（《默觚·治篇五》），并且提出了一系列改革建议。在转换学术、主张经世、揭露危局、倡言改革等方面，龚、魏声气相求。

但是，两人的思想发展的路径却有所差异。

龚自珍早年渊源家学，主要是其外祖父、清代著名小学家段玉裁，而段玉裁

① 龚自珍．对策［M］//龚自珍全集．上海：上海人民出版社，1975：114.

② 本文所引魏源著述文字，均引自中华书局1976年版《魏源集》，以下均在文内夹注篇名，不另注页码。

③ 龚自珍．西域置行省议［M］//龚自珍全集．上海：上海人民出版社，1975：106.

④ 龚自珍．乙丙之际箸议第七［M］//龚自珍全集．上海：上海人民出版社，1975：6.

是具有反理学倾向的戴震之弟子。所以龚自珍对程、朱少所许可，曾说“千古论晦庵者，当以陈同甫对孝宗之言为定评定谳”①。此指陈亮《上孝宗皇帝第一书》，斥朱熹（晦庵）及其门徒“自以为得正心诚意之学者，皆风痹不知痛痒之人也。举一世安于君父之仇，而方低头拱手以谈性命，不知何者谓之性命乎!”龚自珍的思想也较多表现出斥理学、鄙“儒派”（“人间儒派方狺狺”②）的倾向。他转向社会批判、倡言“自改革”比魏源早③，却迭遭挫折，这迫使他、也促使他转向更深广的思考，“伏思本原之中，又有本原”，要“从本原更张”。④即使接受今文经学之后，也并不以经学自任，而明确表示，考文研经“足以慰好学胪古者之志，终无以慰我择于一之志”⑤。他从对社会现状的揭露延伸到对封建历史的批判，从对各派学术的隶用扩展到对传统哲学的反思，公然表示：“虽天地之久定位，亦心审而后许其然。”所谓“天地之久定位”，即《周易·系辞》所称“天尊地卑，乾坤定矣；卑高以陈，贵贱位矣”，这是封建时代根本准则“三纲”之理论依据。对这样一个被奉为天经地义的传统原理，龚自珍也认为要经理性审察才能决定是否认同，“苟心察而弗许，我安能领彼久定之云”⑥，表现出反思想统制的理性批判精神，这是他思想的显著特点。正是在这历史和哲学的批判性反思中，龚自珍提出了一系列包含着近代意识萌芽的新命题，这就是具有人本主义色彩的“众人造天地论”、追求精神解放的“尊心论”、预言未来时代大变革的“三时说”。而他期待文学“大变忽开”的变革文学观，正是以“心审论”为基础的，具有挑战传统文学原则的意义。

魏源则有所不同。今人读魏源著述，会感到在批判传统思想的深刻性和叛逆性方面，魏源似有些不及龚自珍。例如，同样对于“天地之久定位”原则，龚自珍敢于“心审”，甚至表示可以“心察而弗许”；而魏源却仍认同“乾尊坤卑，天地定位，万物则而象之，此尊无二上之谊焉。是以君令臣必共，父命子必宗，夫唱妇必从”（《默觚·学篇十一》）。这一方面与两人学术渊源有关。魏源早年究心阳明心学，后入都从胡承珙问汉儒家法，从姚敬塘问宋儒理学，尝潜心其

① 龚自珍．语录［M］//龚自珍全集．上海：上海人民出版社，1975：434.

② 龚自珍．辨仙行［M］//龚自珍全集．上海：上海人民出版社，1975：469.

③ 1813年天理教起义后，龚自珍就写出了《明良论》《乙丙之际箸议》等抨击时政的名文。此时，魏源刚从湖南进京应试、问学。

④ 龚自珍．上大学士书［M］//龚自珍全集．上海：上海人民出版社，1975：323.

⑤ 龚自珍．古史钩沈论三［M］//龚自珍全集．上海：上海人民出版社，1975：26.

⑥ 龚自珍．文体箴［M］//龚自珍全集．上海：上海人民出版社，1975：418.

间，至蓬发垢面而不辍。[①] 所作《孔孟赞》《周程二子赞》《朱子赞》《陆子赞》《王文成公赞》等，仍以为朱熹、陆九渊、王阳明等“皆百世之师”。所以，他主张“变古”“变法”，却又承认“其不变者道而已”（《默觚·治篇五》）。另一方面则因为两人对治学路径和经世策术的选择有所差别。龚自珍批评宋学、汉学“彼陟颠而弃本，此循本而忘颠”[②]，所以着重独立思考，追踪“本原”；魏源则更多地着眼于有用无用，不满汉学“锢天下聪明智慧，使尽出于无用之一途”，宋学“腐儒之无用亦同于异端”，力主通经致用。两人都治今文经学，但龚自珍“卒不能写定《易》《诗》《书》《春秋》”[③]，只是借此讥时议政，即何休《公羊传注》所谓发挥“非常异议可怪之论”，以致“世颇訾之”。魏源曾劝他“苟不择而施，则于明哲保身之谊深恐有悖”[④]。所以，在思想统制的情势下，魏源采取另一种方式。他“写定”《诗古微》《书古微》《易象微》《公羊春秋发微》等，其实用今文经学“微言大义”的方法对经典做出新的阐释。《默觚》就是对传统观念和政治原则反思的心得，而其中却包含着一些启蒙思想的萌芽。如他由《孝经》“天地之性人为贵”一句，发挥为“天子者，众人所积而成……故天子自视为众人中之一人，斯视天下为天下之天下”（《默觚·治篇三》），显然带有民主思想色彩。换言之，龚自珍以“狂言”挑战传统原则，魏源则以“微言”改造传统原则，两人心是相通的，而方式、途径有异。这一特点，也反映在魏源的文学论议中。不过，在经世之学方面，魏源却比龚自珍更为切实和深入。龚自珍久居京官，沉抑下僚。如其《上大学士书》所说：“居下位，无其力”，只能力争“昌昌大言之”；然而终不见用，深感“阴符无效勿虚陈”[⑤]。所以，后来他虽然仍提出一些“刍荛之言”，但已是“今日易施行之言，又为虽不施行而言不骇众之言”，而“绝非自珍平日之狂言”。[⑥] 而魏源于道光五年（1825）应江苏布政使贺长龄之聘，编辑《皇朝经世文编》。后又充两江总督陶澍幕僚，实际参与筹议、实施改革漕运、盐务、水利诸政，对社会积弊和现实状况有了更广泛的接触和深切认识。其《筹河》《筹漕》《筹鹾》诸议，都是针对时政积弊提出的具体改革建议。所以他对如何把学术，包括文学，与政事、治术结合起来，有较深入的思考。由此形成魏源文论的突出特点：以“经世”为中心，可以称为

---

① 魏耆．邵阳魏府君事略［M］//魏源．魏源集：附录．北京：中华书局，1976：848.

② 龚自珍．陈硕甫所著书序［M］//龚自珍全集．上海：上海人民出版社，1975：195.

③ 龚自珍．古史钩沈论三［M］//龚自珍全集．上海：上海人民出版社，1975：26.

④ 此魏源致龚自珍书，《魏源集》未收，载《甲寅杂志》第一卷第七号，1914-05-10.

⑤ 龚自珍．秋心三首之二［M］//龚自珍全集．上海：上海人民出版社，1975：479.

⑥ 龚自珍．拟厘正五事书［M］//龚自珍全集．上海：上海人民出版社，1975：343.

"经世文学观"。

龚、魏的第三个差异，或许可以说是由龚自珍所谓"命"造成的。龚自珍毕竟在鸦片战争爆发后一年就去世了，他支持禁烟抗英，却还没有、或者说来不及了解西方。而魏源在这场腐朽的封建帝国与先进的资本主义侵略者的斗争中，成为第一批睁眼看世界的中国人之一。他编撰了当时在中国乃至东方都具有划时代意义的世界史地著作《海国图志》，这是中国人第一次主动打开了望世界的窗口，冲破并抨击了"徒知侈张中华，未睹寰瀛之大"（《圣武记》）的腐见陋识，鲜明地提出"师夷之长技以制夷"，标志了中国近代化思想的萌芽。1924 年，梁启超还在《中国近三百年学术史》中说："其论实支配百年来之人心，直至今日，犹未脱离净尽，则其在历史上之关系，不得谓细也。""师夷长技以制夷"这一思想，开拓了经世之学的新方向，也为经世文论增添了新的内涵。

二、道存乎实用　文资乎救时

把"经世文"作为一个特定概念提出，单列为古文的一种特殊类别而集中汇编，始于明末陈子龙编的《皇朝（明）经世文编》。但是它编成不久，入清以后，就遭禁止，以致湮没无闻。这与明末清初以顾炎武等为代表的经世致用思潮"中绝"① 同一命运。

"经世文"这一概念再度出现，并对 19 世纪中后期文风产生深广影响，则始于魏源编辑的《皇朝经世文编》。此书自道光七年（1827）刊行后，"数十年来风行海内，凡讲求经济者，无不奉此为矩矱，几于家有此书"②。承其绪例而以"经世文编"为名的补编、续集、续编，以及专辑变法维新派"通达时务之言"以"开守旧者之耳目""化陋邦而为新国"③ 的《皇朝经世文新编》《新编续编》《新编时务续编》等，达十余种，构成近代文界一大景观。而这类旨在"骋其才智，力思补救，挽狂澜于既倒，维中华之全局"④ 的"经世文"的长足发展，不但成为近代文学最显著的特点之一，也反映出近代文学观念新变的一个重要特点。而奠定近代经世文论基础的，就是魏源。

---

① 梁启超．清代学术概论［M］．上海：商务印书馆，1930：71．

② 俞樾．皇朝经世文新增续编序［M］//葛士濬．皇朝经世文续编：卷首．上海：上海图书集成局，1888（清光绪十四年）．

③ 梁启超．皇朝经世文新编序［M］//麦仲华．皇朝经世文新编：卷首．上海：上海日新社，1901（清光绪二十七年）．

④ 俞樾．皇朝经世文三编序［M］//陈忠倚．皇朝经世文三编：卷首．杭州：浙省书局，1898（清光绪二十四年）．

在《皇朝经世文编》的序言和编例中，魏源已提出了经世文论的基本原则：

书各有旨归，道存乎实用。志在措正施行，何取纡途广径？既经世以表全编，则学术乃其纲领。凡高之过深微，卑之溺糟粕者，皆所勿取矣。时务莫切于当代，万事莫备于六官……凡古而不宜，或泛而罕切者，皆所勿取矣。

殆以切时之言，无须身后始出……彼既行世之书，吾取经世之益……庶文资乎救时，复例绝夫标榜。(《皇朝经世文编五例》)

其中包括三个要点："道"或者"学术"，为经世文之"纲领"，但以"实用"为"旨归"；"切时之言"、时务之论，为经世文之内容，而以有益当代、"资乎救时"为功用；绝其"标榜"陋习，期尚简明精切，为经世文之写作要求，亦须注意文采以求广传"行远"。《刘礼部遗书序》则把这三方面统一为"贯经术、政事、文章于一"：

且夫文质再世而必复，天道三微而成一箸。今日复古之要，由诂训、声音以进于东京典章制度，此齐一变至鲁也；由典章制度以进于西汉微言大义，贯经术、政事、文章于一，此鲁一变至道也。

他在《两汉经师今古文家法考叙》中几乎一字不易地重复了这段话。可以说，"贯经术、政事、文章于一"，是他要求"一变"文风的目标，也是经世文论的总纲。

这是一条与桐城派"义理、考据、辞章"隐然相对的总纲。诚然，魏源仍把"经术"放在第一位，并以"贯道""存道"作为文学的基本要求和衡量标准。其《国朝古文类钞叙》说："百川止于海，百家莞乎道。畸于虚而言之无物，畸于实而言无心得，是皆道所不存，不可以为文，即不可以权衡一代之文。"并据此批评"宋、景、枚、马以后，不知约《六经》之旨成文，而文始不贯于道；萧统、徐陵以后，选文者不知祖《诗》《书》文献之谊，瓜区豆剖，上不足考治，下不足辨学，而总集始不秉乎经"。在提法上，主张"文贯于道""集秉乎经"，似乎与传统的"原道""宗经"，以及"文以载道""文以明道"等区别不大。但是，他以"实用""有用"作为"道"的价值判断和选择标准，从而部分改变了"道"的内容，赋予"贯道""秉经"以新的含义。他说：

自古有不王道之富强，无不富强之王道……使其口心性，躬礼义，动言万物一体，而民瘼之不求，吏治之不习，国计边防之不问；一旦与人家国，上不足制国用，外不足靖疆圉，下不足苏民困，举平日胞与民

物之空谈，至此无一事可效诸民物，天下安用此无用之王道哉？（《默觚·治篇一》）

又说：

> 道形诸事谓之治；以其事笔之方策，俾天下后世得以求道而制事，谓之经……以经术为治术。曾有以通经致用为诟厉者乎？（曾有）以诂训音声蔽小学，以名物器服蔽《三礼》，以象数蔽《易》，以鸟兽草木蔽《诗》，毕生治经，无一言益己，无一事可验诸治者乎？（《默觚·学篇九》）

从这两段话，可以看出他所说的“贯道”与“义理之学”“秉经”与“考据之学”的区别。

其实，桐城派之重“义理”，倒也不全在心性之说、道极之论上，主要在于纲常名教、人伦道德。“义”“理”云者，更多关乎“义利之争”“理欲之辨”，相对于“利”“欲”而言。他们也重视文学有裨日用实修的功能，但关注的是维持风教，羽翼圣道，即整治民心，稳定社会秩序。与龚、魏同时的姚（鼐）门第子刘开云：“程朱所以为后世宗者，以其所严辨者皆纲常名教之大，礼义廉耻之防，是非得失之介，可以激发心志品节，性情所系于日用之处者甚切，故国家礼之重之，布其说于甲令，用以扶植世道，纲纪人伦。”① 在鸦片战争前后社会剧变，危机严重，“民除抗租抗赋无饱啖”（魏源《君不见》）的形势下，这套明义理、兴教化、正风俗的治世之方，更显得空泛无当。在魏源看来，“畸于虚而言之无物”，“古而不宜，或泛而罕切者”，属于“道所不存，不可以为文”。而魏源所重，恰恰是关乎国之“利”、民之“欲”的“富强之道”，期于足国之用，苏民之困，固边防，御外敌。这就是“道存乎实用”，“文资乎救时”。而所谓“经术”也就是“制事”之“治术”。他反对“言无心得”，其实是用“西汉微言大义”的方法，对经书自作心解。他抬出孔子为其变法论证，说“孔子得位行道，必早有以大变其法”（《默觚·治篇九》），就是一个例子（后来康有为作《孔子改制考》，滥觞于此）。在这个前提下，他那些“变古”之议，突破“夷夏之大防”观念的“师夷”之论，甚至主张“沿海商民”设厂造械等含有发展资本主义的思想萌芽，都可以说成无不“贯于道”，也无不“秉乎经”。

这样，他在部分改变“道”与“经”内涵的同时，也改变了它们的地位。既然“道”与“经术”都“存”乎“治术”，那么在“经术、政事、文章”中，

---

① 刘开．学论上［M］//孟涂文集．刻本．桐城：姚氏檗山草堂，1826（清道光六年）．

“政事”实际已处于中心地位。文章的主要内容应该是有关“政事”的“切时之言”。“道”（切实有用且系作者“心得”之道），只是作为一种本源性、哲理性的思想，融贯、存含于文章中，而不是由文章直接载明。所以，他只说“贯道”“存道”，而不说“载道”“明道”。

在这一基础上，他把三者统一起来：

> 文之用，源于道德而委于政事。百官万民，非此不丑；君臣上下，非此不牖；师弟友朋，守先待后，非此不寿。夫是以内亹其性情而外纲其皇极，其缊之也有原，其出之也有伦，其究极之也动天地而感鬼神，文之外无道，文之外无治也；经天纬地之文，由勤学好问之文而入，文之外无学，文之外无教也。执是以求今日售世哗世之文，文哉！文哉！诗曰：“巧言如簧，颜之厚矣！”（《默觚·学篇二》）

他在《国朝古文类钞叙》中还说：“《六经》自《易》《礼》《春秋》，姬、孔制作外，《诗》则纂辑当时有韵之文也；《书》则纂辑当时制诰章奏载记之文也；《礼》则纂辑学士大夫考证论议之文也……后世尊之为经，在当日夫子自视，则亦一代诗文之汇选，本朝前之文献而已。”这个“六经皆文”论和“文之外无道、无治、无学、无教”论，与龚自珍的“六经诸子皆史”“史之外无语言、无文字”论，堪称异曲而同工。正如龚自珍并非完全将文学混同于史学，魏源也看到“文学每短于政事，政事多拙于文学……能两美者，天下无之”（《默觚·学篇十一》）。所以，他又说“文章之士不可以治国”（《默觚·治篇九》），文学家和政治家毕竟不同。但和龚自珍说“史外无文”是强调文学的历史责任一样，魏源的“文外无治”论，实质上也是强调文学可以具有、也应该承担政治功用，同时提高了文学的价值。所以，他以此为标准，抨击当时“售世哗世之文”，要求转移文风。龚自珍建立在“尊心论”基础上的“道从史出论”，对传统的“道”的合理性提出挑战，要“自尊其心”，从历史中发现真正的“道”，从而在“文以载道说”的藩篱上打破缺口，为文学随历史发展而变革提供了依据。魏源则对传统古文理论的核心问题——文、道关系，做了关键性的调整和更改。他从改变文学的功能阐释入手，即由“心性义理”的载体变为“经世救时”的资凭，由载道明理变为贯道于用，从而把“道”和“文”都归结于、统一于“切时”“实用”，以“政事”联结“道”和“文”，突出了“政事”的中心地位。这一改造，主要针对“托玄虚之理”的“心性迂谈”和“工骚墨之士”的“浮藻饾饤”文风，却在一定程度上摆脱了唐宋以来“载道”“明道”论的束缚。因此，他虽然保留了“贯道”“存道”的前提，在理论上也存在单方面地甚至过度地强调文学政治功用的偏颇，但在当时则把文学创作方向引向关注现实，为他表达批判和改革现实的思想，也为文学随“政事”、随社会现实变化而发展打开了通道。

这里要指出，这种对文学功能的重新阐释，对文学社会功能论的极度强化，以及通过强调文学的政治作用以提高文学的地位，后来愈益成为近代文论的一个显著特点。虽然龚、魏所说的“文”都还属于杂文学概念，但后来梁启超等提倡小说，运用的是同一逻辑。这或许可以使我们理解，20世纪某些类似观点（包括其片面性）的历史渊源和时代原因，不过它们对政治功能的具体阐释以及对文学发展所起的作用，则因历史条件而不同。

三、达性情于政事　融政事于性情

魏源的经世文学观，并不限于论古文。《国朝古文类钞叙》言“六经皆文”就包括了“有韵之文”。

不过魏源在论文时着重讨论文道关系和政治功用，而关于经世宗旨与文学创作的艺术构成要素如情感、表现手法等的关系，则更多地在谈到诗时论及。他在《诗古微序》（定稿）中的一段话，可以说是“贯经术、政事、文章于一”这一总纲在诗论中的体现：

> 不反乎性，则情不得其源；情不得其源，则文不充其物；何以达性情于政事，融政事于性情乎？①

“达性情于政事，融政事于性情”，体现了经世文论对“政事”与“性情”关系的要求。而值得注意的是实现这一要求的前提：“反（返）情于性”。这是魏源的一个重要观点，而且具有特殊意义。因为这个观点是他在《默觚·学篇四》中直接针对“发乎情，止乎礼义”而提出的，而且在更深层次上还涉及“天理人欲”论：

> “诗三百，一言以蔽之，曰：思无邪。”曷可以能令思无邪？说之者曰：“发乎情，止乎礼义。”乌乎！情与礼义，果一而二，二而一耶？何以能发能收，自制其枢耶？吾读《国风》，始《二南》终《豳》，而知圣人治情之政焉；读大、小《雅》文王、周公之诗，而知圣人反情于性之学焉；读大、小《雅》文王、周公之诗，而知圣人尽性至命之

① 这段文字，《魏源集》所收《诗古微序》（初稿）中未见，系道光二十年（1840）魏源修改《诗古微序》时所加。《诗古微序》定稿见光绪十三年（1887）刊本《诗古微》，《魏源集》未收。

> 学焉。乌乎！尽性至命之学，不可以语中人明矣；反情复性之学，不可以语中人以下又明矣……其通用于乡党邦国而化天下者，惟《二南》《豳风》，而无算乐肄业及于《国风》。然则发情止礼义者，惟士庶人是治，非王侯大人性命本原之学明矣。

魏源以他从《诗经》中“读”出来的“微言大义”和“圣人尽性至命之学”为根据，论证“发情止礼义”只是用文学教化天下、治理庶人的一种教化政策（“治情之政”），而不是诗人作诗所遵循的原则，在理论上也不符合“王侯大人性命本原之学”。诚然，魏源并不反对统治者的教化治民政策。他在另一处就说道：“民之制于上，犹草木之制于四时也，在所以煦之。煦之道莫尚乎崇诗书，兴文学。”（《默觚·治篇十四》）其实，龚自珍也有类似的观点。① 他们毕竟还属于封建阶级。但是，魏源抬出文王、周公等圣人兼诗人的作品为证，把诗歌对“庶人”的情感教化作用，与诗人创作时抒发感情的主观态度区别开来，从而否定“发乎情，止乎礼义”具有诗歌创作“本原”即根本原理或原则的意义。而他提出的与之相对的原则就是“反情于性”，亦称“反情复性”。这个提法似乎带有心性之学色彩，实质上他主张“复性”，恰恰与理学“以道窒欲”相反。《默觚·学篇四》中另一段话，就是他“复性”论的理论前提：

> 常人畏学道，畏其与形逆也。逆身之偷而使重，逆目之冶而使暗，逆口之荡而使默，逆肝肾之横佚而使平，逆心之机械而使朴。无事不与形逆，矫之，强之，拂之，闲之，其不终败者几希矣。语有之：“惩忿如摧山，窒欲如填壑。”乌有终日摧山填壑而可长久者乎？君子之学，不主逆而主复。复目于心，不期暗而自不冶矣；复口于心，不期默而自不欺矣；复肝肾于心，不期惩窒而自节矣；复形于心，不期重而自重矣。

他认为，“天地之性人为贵”（《默觚·治篇三》），“人之心即天地之心”，“人赖日月之光以生，抑知身自有其光明与生俱生乎？灵光如日，心也；神光如月，目也……神聚于心而发于目，心照于万事，目照于万物”，这就是“人心本觉之光明”（《默觚·学篇五》）。“以道窒欲”，就如为防止眼睛看到妖冶就“使之暗”，是违逆“人心本觉”的。所以，就学道论，他反对以“道”逆身心而强

① 龚自珍《升平分类读史雅诗自序》：“宜有文臣，附先知觉后知之义，作为诗歌，而使相与弦歌其间。诗之义，贵易知也。犯上作乱之民，必有自搏颡泣者，必有投械而起，仰祝圣清千万年，俯祝云礽之游其世者。”（龚自珍．升平分类读史雅诗自序［M］//龚自珍全集．上海：上海人民出版社，1975：237.）

制性地“窒欲”，“主复”即主张“复”其本心。与之相应，就作诗论，他也反对以“礼义”强制性地“止情”，而主张“反情复性”。“性根于心，萌芽于意，枝分为念，鬯茂为情，则性之华也。”情，是“根于心”的人的本“性”开出的花朵；而花变为果实，果核即“果之内有仁”，犹“心之内有仁”，“仁”就是人的本性。所以，“果复其核，情返乎性”（《默觚·学篇十三》）。可见，所谓“反情于性”或者“反情复性”，就是说情感应该出于“人心本觉”，回复人的本性。

龚自珍的“尊情说”，直接针对“发乎情，止乎礼义”的传统诗歌原则而发，实质上是一种创作自由观。魏源主张的“情反乎性”，与龚自珍的“发乎情，止乎命”有所区别，也不像龚自珍那样用“诞言”的方式另标新异；他的理论根据、论证方式、语言表述，都比较“传统”。但他们都对“发乎情，止乎礼义”作为创作原则的合理性表示质疑乃至否定，并提出与之相对的理论，这一点本身就很值得注意。从《毛诗序》以“发乎情，止乎礼义”概括《诗三百》后，这句话就随着《诗》被奉为“经”而成为诗歌创作的典范性准则，也是“温柔敦厚诗教”的理论依据。对大多数古代诗人和诗论家来说，它几乎已经成了一种不言而喻的潜意识。龚、魏开始对这一传统原则进行反思，实质上已经不同程度地意识或感觉到“礼义”在某些方面违背和压抑人的感情，要求突破这种限止，意味着文学中人性意识的某种觉醒。

为什么“反情于性”才能“达性情于政事，融政事于性情”？因为“无情于民物而能才济民物，自古至今未之有也”（《默觚·治篇一》）。有情于民物，就是“仁”，也就是人之“性”。他自已曾表示：“不忧一家寒，所忧四海饥。恫瘝苟不瘳，尧禹亦何为？”（《偶然吟十八首呈婺源董小槎先生为和师感兴诗而作》）“梦中疏草苍生泪，诗里莺花稗史情。”（《寰海后》）其情之所钟，在四海饥寒，苍生血泪，“莺花”（鸦片）战史，民生国计，正是“性情”与“政事”的统一。所以他多处说：“诗人之境，类多萧瑟嵯峨，而《三百篇》皆仁贤发愤之所作焉。”（《简学斋诗集序》）这里举出的是“仁贤”，正如前述他抬出“文王、周公”一样，实际说的是诗人。他有一个很深刻的思想：“道念苟同情念，何凡不圣矣；道味苟同世味，何愚不哲矣。”（《默觚·学篇十》）“道”应与世、情相通，“凡”可向圣哲转化。道存乎实用，性关乎民物，则所忧、所悲、所愤之情，皆达于政事。

由此可以明白，魏源论诗仍主“诗以言志”的意思。正如他以“文以贯道”衡文一样，他也用“诗以言志”“诗教”等传统术语评诗。《诗比兴笺序》云：“自《昭明文选》专取藻翰，李善《选注》专诂名象，不问诗人所言何志，而诗教一敝。自钟嵘、司空图、严沧浪有《诗品》《诗话》之学，专揣于音节风调，不问诗人所言何志，而诗教再敝；而欲其兴会萧瑟嵯峨，有古诗之意，其可得哉……诵诗论世，知人阐幽，以意逆志，始知《三百篇》皆仁圣贤人发愤之所作焉，岂第藻绘虚车已哉!”显然，他所说的“诗教”，指发愤言志、“萧瑟嵯峨”、诵其诗而可论世知人，与传统的“温柔敦厚，诗教也”不全相同。强调“言志”，乃针对徒重藻翰、专揣风调、脱离现实之弊而发，旨在转移诗风。其《致陈松心信》说得更具体：

> 诗以言志，取达性情为上……集中咏怀诗多，山水诗少；离别诗多，关系诗少。
>
> 蜀山之高，沧海之阔，以至桂林阳朔奇秀甲天下，一叶扁舟，溯洄其间，何患清妙之气不勃勃腕下？又如乡俗之淳漓，年荒钱荒之得失，近来楚粤兵事之琐尾，作歌志哀，以备采风，何患律诗不与杜陵媲美？昔人“时非天宝、位非拾遗”之诮，谓泛论朝政，出位言高；非谓家乡切虑，民风谣俗，亦在所禁。试问《国风》采自何人耶？

魏源偏爱山水诗，这也是他个人“性情”之所寄吧。所以其《戏自题诗集》说：“唯有耽山情最真……应笑十诗九山水。”值得注意的是“关系诗”这个概念，前人诗论中从未见过，是他独创的。林昌彝《射鹰楼诗话》说“默深所为诗文，皆有裨益经济，关系运会，视世之章绘句藻者，相去远矣”①，适可为“关系诗”作注释。这是魏源诗文创作的特点，也是他文学观的表现。“志”，既属性情，又关政事，他说的“诗以言志”，就是“达性情于政事，融政事于性情”。经世文学观的主要特征，是强调诗文社会功能的实用性和作品内容的现实性，强调“实”。相对而言，作品的艺术性，所谓“华”，被置于次要地位。对这一点，魏源《〈简学斋手书诗稿〉题辞》有很明确的表述和解释：“盖华者暂荣而易萎，实者坚朴可久，而又含生机于无穷，此其所以不责彼而责此也。”但是，这并非完全漠视艺术性。他反对的只是专求形式华赡、并无实际内容，即“藻绘虚车”的倾向。而正是从重视文学的功用和内容出发，他紧接着就指出：“然不华安得有实?”进而提出了创作“三要”：

> 窃谓此有三要：一曰厚，肆其力于学问性情之际，博观约取，厚积薄发，所谓万斛泉源也。一曰真，凡诗之作，必其情迫于不得已，景触于无心，而诗乃随之，则其机皆天也，非人也。一曰重，重者难也，蓄之厚矣，而又不以轻泄之焉。

---

① 林昌彝．射鹰楼诗话［M］．上海：上海古籍出版社，1988：36.

要做到有华有实，首先要有学问和性情的丰厚积累。“博观”不仅指博览群书，更主要的是广泛接触生活。他认为知识来自亲身经历的实践（《默觚·治篇五》）。“厚积”也不仅指学问、生活的积累，还包括情感的蓄积。他自称“荆楚之南”的“积感之民”（《圣武记叙》），与龚自珍的“积愤”是同一意思。这样才能在获得丰富的创作源泉的基础上，“约取”即经过提炼、选择而“薄发”。其次是“真”，要发自胸臆，独具个性，力避拟古蹈袭。他认为这是诗家关键：“古人如陶、阮、陈、杜，皆抒胸臆，独有千古。太白、青田乐府，一时借古题以述时事；东坡和陶，借古韵以寄性情，字字皆自己之诗，与明七子优孟学语，有天渊之别。此诗家真伪关，不可滥借。”（《与陈松心书》）真情是“景触于无心”即客观环境触发心灵的产物。“景”包括自然与社会，所以他很重“寄慨身世”（《行路难·自序》）、“寄身世之感”（《观往吟·自序》）。而且，真情须迫不得已始出，这可为他所说“薄发”作注，与龚自珍的“不得已而言”相同。其三“重者难也”，则主要说创作态度的慎重和对表达形式的注重，不可轻率为之。如诗当重比、兴，“词不可径也，则有曲而达焉；情不可激也，则有譬而喻焉”（《诗比兴笺序》）；文当注意“节冗”“去偏”，简明精切，等等。这“三要”虽然前人多有所论，并非独创，但对前人经验和自己的创作体会做了相当精练的概括总结，说明魏源并非单纯重质而轻文。不过，也可以看出，和龚自珍一样，他还没有考虑到形式体制变革问题。中国近代文学和文学观念的变革，都是首先从转变文学的社会功能和思想规范开始的。

四、从“主逆复古”到“愤悱启发”

魏源在为龚自珍文集所作的《定庵文录叙》中，进一步提出了关于文学变革发展的一个观点，这就是“主逆复古”论。

“逆”，是魏源关于社会运行规律的一个重要思想。在“学道”上，他反对以“道”逆心窒欲，“不主逆而主复”；而在对待“天道”上，却相反，强调“逆数”。他从哲学上论证社会运行往往与天道相左相逆：“一阴一阳者天之道，而圣人常扶阳以抑阴；一治一乱者天之道，而圣人必拨乱以反正；何其与天道相左哉！天左旋，日月五星右转……人之发，与蛛之网、螺之纹、瓜之蔓，无不右旋而成章。惟不顺天，乃所以为大顺也。”（《默觚·学篇四》）《默觚·治篇二》又说：“《六经》其皆圣人忧患之书乎！天下之生久矣，一治一乱。治久习安，安生乐，乐生乱；乱久习患，患生忧，忧生治……故真人之养生、圣人之养性、帝王之祈天永命，皆忧惧以为本焉。真人逆精以反气，圣人逆情以复性，帝王逆气运以拨乱返治。逆则生，顺则夭矣；逆则圣，顺则狂矣。草木不履霜，则生意不固；人生不忧患，则智慧不成。大哉《易》之为逆数乎!”可以看出，所谓“逆数”，一方面是作为一种普遍性的规律提出来的，包含着对“逆”与“顺”、“治”与“乱”等矛盾统一、辩证转化关系的深刻认识；另一方面，又包含着现实针对性，主要是针对当时人心“治久习安”，社会政弊势颓，因此强调“忧惧为本”，强调“逆气运以拨乱返治”。这是一种具有时代特征和现实指向的变革发展观。

《定庵文录叙》则把这种“主逆”变革观推广之于论文学：

> 昔越女之论剑曰：“臣非有所受于人也，而忽然得之。”夫忽然得之者，地不能囿，天不能嬗，父兄师友不能佑，其道常主于逆。小者逆谣俗，逆风土，大者逆运会。所逆愈甚，则所复愈大。大则复于古，古则复于本。若君之学，谓能复于本乎，所不敢知；要其复于古也决矣。

这段话有三点值得注意。首先，是“创新之道主于逆”。他推崇龚自珍的思想文字“窔奥洞辟，自成宇宙”，乃天地所不能拘囿，亦非前代之承嬗，不能得之于父兄师友传授，亦即推崇其独造创新。而魏源的深刻之处，在于他进而指出这种创新的基本特点，是“其道常主于逆”，逆前人今人、父兄师友之所“囿”、所“嬗”之风习运会，尤其推重逆“大者”“愈甚”者。所谓“逆”，实质上就是反传统。这是魏源的“逆创论”与古代“通变论”或者说“承变论”，即在传承既定规范的基础上踵事增华的文学发展观的区别。它与龚自珍的“大变论”相辅相成，都隐含着一种大变革时代的新的文学发展观的因素。

其次，是“逆则复古”。魏源曾说“三代以上，天皆不同今日之天，地皆不同今日之地，人皆不同今日之人，物皆不同今日之物”，故“上古之风必不可复”，主张“变古”。而这里又说“复古”，似乎相矛盾。其实，他对“变”与“复”自有见解。他认为：“天下事，人情所不便者，变可复；人情所群便者，变则不可复……履不必同，期于适足；治不必同，期于利民。”(《默觚·治篇五》)也就是说，“变”也有两种，如果后世的变革适应时势人情当然不可复古，而对于不符合时势人情的变化则可以复古圣人之道；“变”或“复”都取决于适时利民。《定庵文录叙》是针对这种情况而言的：“自孔门七十子之徒，德行、言语、政事、文章已不能兼谊。其后分散诸国，言语家流为宋玉、唐勒、景差，益与道分裂。荀况氏、扬雄氏亦皆从词赋入经术，因文见道，或毗阳则驳于质，或毗阴则愦于事。”他所要“逆”者就是这种“德行、言语、政事、文章”分裂的文学状况。而所谓“复古”，也就是前引《刘礼部遗书序》所说的“今日复古之要”，即文学“一变”而之于“贯经术、政事、文章于一”。所以他推许龚自珍之文“以周秦诸子吉金乐石为崖郭，以朝章国故世情民隐为质干”。因此，“逆运会”和“复于古”都统一于要求变革文风以适应“世情民隐”，“主逆复古”其实就是经世文论的文学变革观。

其三，“复古返本”则启后开来。《定庵文录叙》说：“矧生百世之下，能为百世以上之语言，能骀宕百世以下之魂魄……其所复讵不大哉!”最高的“复古”不仅是“为百世以上之语言”，更能产生影响“百世以下之魂魄”的开启作用。这是因为“大则复于古，古则复于本”。所谓“本”，就是《默觚·治篇二》所说的圣人帝王“皆忧惧以为本”。在这个意义上“复古返本”，则“古圣忧患天下来世之心，不绝于天下”(《诗古微序》)。这种古圣之心，体现了对人心民智的重视——“夫圣人之贵人心，崇民智，甚至矣!”(《国朝古文类钞叙》)而忧患意识，又是智慧形成的条件（“人生不忧患，则智慧不成”)。变革文学，以复“古圣忧患天下来世之心”这个“本”，是比“贯经术、政事、文章于一”这个“复古之要”更高的境界和目标。其中透露出一种隐约的以文学来开民智、启人心的意识。

如果说在《定庵文录叙》中，这种以文学启蒙的意识还隐藏在“复古返本”的传统命题中，那么在《海国图志叙》中，这种意识就以比较明确的语言表达出来了。“是书何以作?”直接的目的是“为以夷攻夷而作，为师夷之长技以制夷而作”，但还有更具根本性的意义和目的，魏源进而指出：

> 然则执此书即可驭外夷乎？曰：唯唯，否否！此兵机也，非兵本也；有形之兵也，非无形之兵也。明臣有言：“欲平海上之倭患，先平人心之积患。”人心之积患如之何？非水，非火，非刃，非金，非沿海之奸民，非吸烟贩烟之莠民。故君子读《云汉》《车攻》先于《常武》《江汉》，而知二雅诗人之所发愤；玩卦爻内外消息，而知大《易》作者之所忧患。愤与忧，天道所以倾否而之泰也，人心所以违寐而之觉也，人才所以革虚而之实也。
>
> 夷烟流毒……此凡有血气者所宜愤悱，凡有耳目心知者所宜讲画也。去伪，去饰，去畏难，去养痈，去营窟，则人心之寐患祛其一。以实事程实功，以实功程实事，艾三年而蓄之，网临渊而结之，毋冯河，毋画饼，则人才之虚患祛其二。寐患去而天日昌，虚患去而风雷行!

面对西方侵略造成的新的危机，在开始考察、初步了解了近代世界之后，魏源对处在世界大势中的中国现实有了更深刻的认识。他看到，真正的“积患”，已不仅仅是时政弊端、有形之兵，甚至不是海上敌寇和勾结外敌的奸民，而是

“人心”。人心之积患，一是“寐”，愚昧无知如同沉睡，“岛夷通市二百载，茫茫昧昧竟安在”（《都中吟》）。二是“虚”，学术无用且虚伪盛行。改变人心之积患，在于激发“愤与忧”。这和他反复强调“《三百篇》皆仁贤发愤之所作”“《六经》其圣人忧患之书”是一贯的，但有了更新的内涵。“不愤不悱，不启不发”，由愤悱忧患，进而启发开智，使人心由昏睡而觉醒，由虚骄而趋实。而最重要的，是“欲制外夷者，必先悉夷情始”，以夷为师，从而“风气日开，智慧日出，方见东海之民，犹西海之民”（《海国图志·筹海篇·议战》）。随着魏源的经世思想与师夷方向的结合，其对文学功能的强调也由“贯道”“救时”转向激发忧愤、开通民智。这是经世文论的发展，也预示了文学功能论的新方向，成为清末以文学“鼓民力、开民智”的文学启蒙论的滥觞。

（原载《文学与文化》2014 年第 2 期）

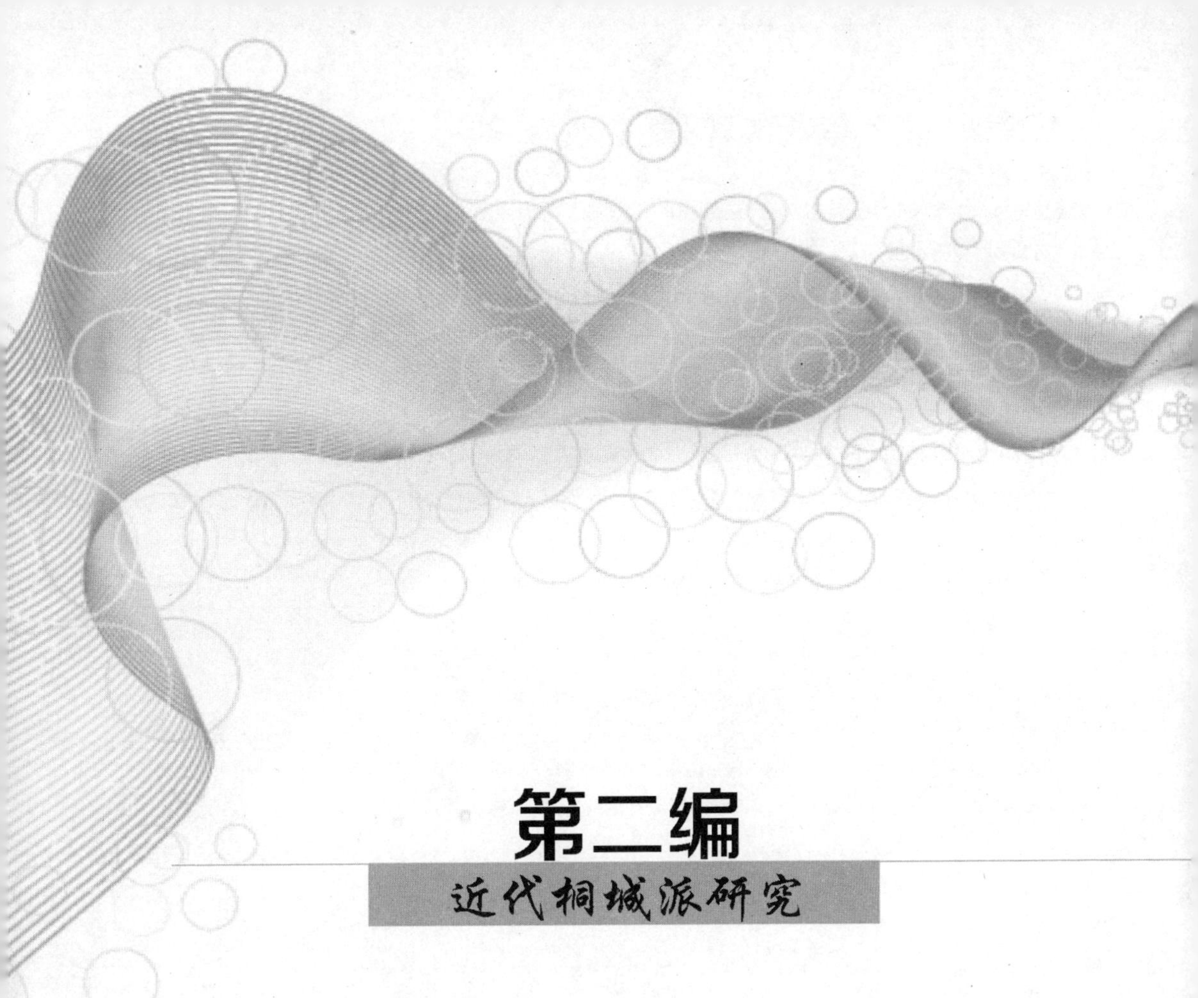

第二编

近代桐城派研究

近代桐城派散文新论

郭延礼

桐城派传至近代，在理论和创作上均有所发展。先是姚门四弟子的梅曾亮（1786—1856）、姚莹（1785—1853）、方东树（1772—1851）支撑门面，迨曾国藩（1811—1872）进入文坛，连同他的四弟子张裕钊（1823—1894）、黎庶昌（1837—1897）、薛福成（1838—1894）、吴汝纶（1840—1903），以及环绕在曾氏周围的一批文人，一时人才济济，故有“桐城中兴”之说；即使在它的后期，仍有像贺涛（1849—1912）、马其昶（1855—1930）、姚永朴、姚永概（1866—1924）、吴闿生等人承袭祖业。可以说，整个近代，桐城派古文，在散文界仍居正统地位。这一派作家，不仅是一个庞大的作家群，还有许多有影响的作家，而且在散文创作上也取得了一定的成就。但是，对近代桐城派作家，学术界始终未能给以正确的评价。“五四”时期，由于对旧文学批判的需要，“桐城谬种”这种盖棺论定之说，数十年来影响了对它的正确评价；1949 年后，受政治因素和“左”的干扰，在许多高校教科书和专著中，遇到桐城派，也多以“形式主义”“拟古主义”“反现实主义”的“逆流”视之。那么，近代桐城派作家真是毫无成绩可言吗？在我提出这一问题时，耳边又响起了列宁的一段名言：“判断历史的功绩，不是根据历史活动家没有提供现代所要求的东西，而是根据他们比他们的前辈提供了新的东西。”① 根据这一提示，我们再回过头来看看近代的桐城派散文。

一

在近代桐城派作家中有不少是属于学者型的作家，他们不仅有文学创作，而且也有理论。他们很喜欢谈文论艺，从而表达了自己的文学观和有关桐城散文的

① 列宁. 评经济浪漫主义［M］//列宁全集：第 2 卷. 北京：人民出版社，1959：150.

理论。因此，首先从理论方面看他们的主张和见解，对于正确认识近代桐城派的成就和地位，还是有帮助的。

近代桐城派在理论方面论述相当广泛，数量也很多，不仅有大量的单篇散论，同时还有像姚永朴《文学研究法》和林纾《春觉斋论文》那样比较系统的专著。在此我不打算逐个评述其得失，而只是想通过他们文论中的几个主要方面，看它比前期的桐城派（泛指近代之前的桐城派，下同）在理论上有哪些发展。

第一，近代桐城派的代表人物，像梅曾亮、姚莹、曾国藩、薛福成等人，他们从理论上提出了文章“莫大乎因时”的文学发展观，主张文学要反映现实，要“经世致用”，这是前期桐城派作家少有论及的。

文学是时代的产物，是社会现实生活在作家头脑中的能动反映；自然它要随着时代社会生活的变化而变化。梅曾亮说：“窃以为文章之事，莫大乎因时。”“韩子曰：‘惟陈言之务去。’岂独其词之不可袭哉？夫古今之理势，固有大同者矣：其为运会所移，人事所推演，而变异日新者，不可穷极也。”梅氏所谓“因时”，含有两方面的内容。一方面是指作家要适应时代的需要，文学要反映社会现实，富有时代特色，所谓“虽其事之至微，物之甚小，而一时朝野之风俗好尚，皆可因吾言而见之”。梅曾亮强调文学的时代性，读其文，便知其为何时人，“使为文于唐贞元、元和时，读者不知为贞元、元和人，不可也”①。另一方面，他认为随着时代的变化，文学也应变化。梅曾亮强调“因时”和“变”的观点，不啻给思想上日趋僵化、艺术上日趋程式化的桐城派作家注入了一针清凉剂。姚莹先于曾国藩提出文章应重视“经济”，他认为读书作文“要端有四：曰义理也，经济也，文章也，多闻也”②。方东树更明确地说：“文不能经世者，皆无用之言，大雅君子所弗为也。”③ 他们已开始从阐发“义理”逐渐走向“经济世务”，注意文学反映现实的社会功能，这在形式主义的文风弥漫文坛时，还是有其积极意义的。

曾国藩于姚鼐所提出的“义理、词章、考证”外，又加上“经济”一项，目的在于矫正桐城文的“虚车之饰”，所谓“有序之言虽多，而有物之言则少”的倾向。④ 这种理论在曾氏弟子薛福成、黎庶昌以及郭嵩焘等人的文论和创作中

① 梅曾亮．答朱丹木书［M］//柏枧山房文集．刻本，1856（清咸丰六年）.

② 姚莹．与吴岳卿书［M］//中复堂全集：东溟外集．刻本．安福：姚濬昌安福县署．1867（清同治六年）.

③ 方东树．复罗月川大守书［M］//考槃集文录．刻本，1894（清光绪二十年）.

④ 曾国藩．求阙斋日记类钞：乙未六月［M］．刻本，1876（清光绪二年）.

得到了充分的体现。黎庶昌评薛福成文曰：是编“皆所谓经世要务”①，罗文彬评黎庶昌文曰：“其言多经世意，主实用。”② 一般来说，近代桐城派作家比较注重反映现实，他们与时代贴得比较近，特别是曾门四弟子，他们多宣传变法图强，主张发展资本主义工商业，建设边防以抗御外国的侵略，又主张开办新学堂。这些也正是中国近代史上救亡图存的主要内容。因此，在他们的散文中跳动着时代的脉搏，反映了当时中国现实的某些侧面。

第二，注意文学的“真”和表现作家的艺术个性。文艺作品要真实地反映生活，这本是古代文论中一个常见的艺术命题，方东树说，“庄子曰：‘真者，精诚之至也。’不精不诚，不能动人。”又说：“诚身修辞，非有二道。试观杜公，凡赠寄之作，无不情真意挚，至今读之，犹为感动。无他，诚焉耳。”③“修辞立诚”，正是文学创作的一条原则。梅曾亮进而把“真”与作家的艺术个性联系在一起，他说：

> 见其人而知其心，人之真者也；见其文而知其人，文之真者也……失其真，则人虽接膝而不相知；得其真，虽千百世上，其性情之刚柔缓急，见于言语行事者，可以坐而得之。盖文之真伪，其轻重于人也，固如此。④

梅曾亮认为“真”是文学能否表达作家个性的主要因素。他还举李白、杜甫、曹植、陶潜的诗为例，说明他们的诗歌之所以各具自己的面目，就是因为这四位诗人真实地表达了自己的心声。所以他说：“真也，古人之作肖乎我，今人之作肖乎人。”⑤ 梅曾亮认为，文学创作要“肖乎我”，即作品能否表现自己的艺术个性，这是衡量“真”的主要标志之一。梅氏提出这一点，对于纠正姚鼐死后桐城派作家因袭成“法”，句摹字剽，不敢越雷池一步的不良倾向有一定的针砭意义。近代桐城派作家，如姚莹、吴敏树、曾国藩、张裕钊、薛福成、黎庶昌等人比较重视艺术个性，应当说，这与被人视为近代初期桐城北斗的梅曾亮的倡导不无关系。

第三，在散文艺术和美学风格上打破了桐城三祖的许多清规戒律。如主张散

---

① 黎庶昌．庸庵文编序［M］//薛福成．庸庵文编．沈云龙．近代中国史料丛刊：第95辑第943册．台北：文海出版社，1973：3.

② 罗文彬．拙尊园丛稿跋［M］//黎庶昌．拙尊园丛稿．台北：文海出版社，1973.

③ 方东树．昭昧詹言［M］汪绍楹，校点．北京：人民文学出版社，1961：3.

④ 梅曾亮．太乙舟山房文集序［M］//柏枧山房文集．刻本，1856（清咸丰六年）.

⑤ 梅曾亮．杂说［M］//柏枧山房文集．刻本，1856（清咸丰六年）.

文的气势宏伟、骈散皆用和珠圆玉润，在美学风格上提倡雄奇、瑰玮、昂扬的壮美。桐城三祖的古文一般是规模狭小，文尚简明而少变化，以淡雅、简洁、阴柔为其主要美学特点；缺少雄奇、昂扬之壮美，纵横磅礴之气势。降至近代，姚莹已开始不守祖训，提出“文贵沉郁顿挫”，又主张“发愤著书”“不穷不奇”。迨曾国藩出，他全面地阐发了这个问题。首先，他主张学韩文，他说：“瑰玮俊迈，以扬马为最；诙诡恣肆，以庄生为最；兼擅瑰玮诙诡之胜者，则莫胜于韩子。”① 在美学风格上，姚莹、曾国藩、薛福成、郭嵩焘等人均主张雄丽瑰玮的阳刚壮美。为此，曾国藩又提出“行气”，他说：“行气为文章第一义。卿、云之跌宕，昌黎之倔强，尤为行气不易之法。”② 曾国藩重视“气”和“行气”，这对增强散文奇崛宏丽的气势很有好处。

曾国藩还主张骈散相间、珠圆玉润。桐城派古文家由于主张语言“雅洁”，他们反对骈偶参入，严格骈散的界限；与此相反，以阮元、汪中、李兆洛为首的一批文学家又大张骈文，反对扬散抑骈，阮元甚至主张“文必尚偶”，只有骈偶之文才是文学作品，这又走向了另一极端。国藩面此形势，提出了骈散相间的主张。他写有《送周荇农南归序》一文，从理论上阐述了古文宜骈散相间的道理。作者从“以奇而生，以偶而成”“一奇一偶，互为其用”的哲学辩证观，论证了在中国散文史上偶俪和散体互补而不相斥的道理。他说，司马迁的文章是天下之至文，“其积句也皆奇”，“文必相辅，气不孤伸”，实际上，“彼有偶焉者存焉”，也就是说，他的散文已存在着“偶”的因素。诚然，在中国散文史上，韩文“毗于用奇”，班文“毗于用偶”，但韩愈对于班固是“相师不是相非”，正如韩愈所说的：“孔子必用墨子，墨子必用孔子，不相用，不足为孔墨。”但后人不察此点，以为骈俪与散体乃水火不相容，以是独尊古文，“骈偶之文乃屏而不得与于其列”。在文笔之辨、骈散相争中，国藩折中于两者，不仅立论公允，而且于丰富桐城散文的语言、推动桐城散文的发展亦不无裨益。

正是基于这种认识，曾国藩还主张吸取汉赋之长。他说：“吾观汉魏文人，有二端最不可及：一曰训诂精确，二曰声调铿锵。”③ 训诂乃文字语言之基础，不明“训诂”，也就难以用字精确、造语华美；不懂“声调”，也就准以造就语言的抑扬顿挫和音韵的和谐动人。所以他说，今人学习古文，也应在文字和音韵

① 曾国藩．笔记二十七则：文［M］//彭靖，殷绍基，章继光，等整理．曾国藩全集：诗文．长沙：岳麓书社，1986：373.

② 曾国藩．谕纪泽［M］//邓云生，整理．曾国藩全集：家书2．长沙：岳麓书社，1985：853.

③ 曾国藩．谕纪泽［M］//邓云生，整理．曾国藩全集：家书1．长沙：岳麓书社，1985：532.

上下些功夫："吾辈学之，亦须略用对句，稍调平仄，庶笔仗整齐，令人刮目耳。"① 曾国藩这种主张，对提高桐城散文语言的艺术，增加桐城散文语言的音韵美和表现力，都有积极的意义。后来薛福成、黎庶昌、郭嵩焘等人都在创作中实践了曾氏的这些主张。关于曾国藩所说的"珠圆玉润"，这是就语言艺术而言。但曾氏所谓"圆"，并非仅指语言的流畅、娴熟，而是对语言美学规范的一种概括。这我们从他教育子女学习古文的家书中看得十分清楚，兹从略。

曾国藩过去被人视为"桐城中兴之主"，他在散文理论上有不少建树。他的散文理论继承与吸收了桐城三祖中的精粹部分，又从总结桐城散文的创作经验入手，纠正了桐城前期文论中的一些偏颇，提出了自己的一些新见。于此，王先谦曾指出："曾文正公亟许姬传……以为初解文字由姚先生启之也。然寻其声绪，略不相袭。道不可不一，而法不必尽同，斯言谅哉!"② 从而自我完善了桐城派散文理论。

近代桐城派作家在理论上还提出过一些有价值的见解，这里不能一一论述。但仅从上面几点也可以看出，近代桐城派作家在理论上还是有发展的。特别值得提出的是，他们一方面注意文学的面向现实、经世致用，校正了前期桐城派的"空疏"之弊，另一方面，又十分注意总结古文的写作艺术，特别是像姚永朴的《文学研究法》和林纾的《春觉斋论文》，系统地总结了有关散文创作的艺术经验，不论就论述的系统性与完整性，抑或是理论色彩，都是桐城派前期理论家所不如的。尤其是这两部专著中的创作论和风格论，大大地丰富了古代散文艺术的理论宝库。总的来说，近代桐城派散文理论具有一个较完整的体系，它已经从只言片语的论述发展为具有较严整的理论框架和理论深度的专论，其中包含着深刻的美学思想、精湛的文学见解和丰富的艺术经验，较之前期的桐城文论有一个很大的发展，在中国古典散文理论批评史上也具有一定的历史地位。

二

与他们的理论相适应，近代桐城派作家在散文创作上也取得了新的成就。

近代桐城派作家多数具有较强的民族意识和爱国主义感情。当殖民主义的侵略炮火燃烧着祖国大地时，他们中的不少人从睡梦中惊醒，并用自己的笔参加了这次神圣的反帝斗争，写出了一些洋溢着昂扬的反帝爱国精神的作品，如梅曾亮

---

① 曾国藩．陆贽奉天请罢琼林大盈二库状［M］//彭靖，殷绍基，章继光，等整理．曾国藩全集：诗文．长沙：岳麓书社，1986：516.

② 王先谦．续古文辞类纂序［M］//续古文辞类纂．刻本．1882（清光绪八年）.

的《王刚节公家传》《与陆立夫书》《上某公书》、姚莹的《再与方植之书》《上邓制府请造战船状》、王拯的《陈将军画像记》《陈将军义马赞》《振威将军提督衔浙江定海镇总兵谥壮节葛公墓志铭》、鲁一同的《关忠节公家传》，表彰反帝爱国将领陈化成、葛云飞、关天培、王锡朋，揭露投降派的陷害忠良，赞颂中国人民的反帝斗争精神，洋溢着浓郁的爱国主义激情，在一定程度上反映了时代风云和人民的战斗风貌，这是近代初期桐城派作家创作的重大转变和新的成就。比如王拯的《王刚节公家传跋尾》，此文不仅热情地赞颂了鸦片战争中寿春镇总兵王锡鹏在帝国主义侵略者面前英勇顽强的战斗精神，和临难勿苟、视死如归的英雄气概，而且又把当时的投降派、庸臣懦夫和捐躯报国的反帝英雄相比。文云：

> 司马迁曰："人皆有一死，而或轻于鸿毛，或重于泰山。"彼轻重得矣。则或一决而处，或菹醢而死，等死耳。乃吾观古忠臣烈士，当其被祸尤烈，则后之人尤感激焉。抑独何欤？夫人之心，必有所之。彼之于利禄名位者，日颠倒于膏粱文绣，酣豢怡悦之中，人见之者且将厌焉，而彼方泰然自以为得也。忠臣烈士，崎岖险难，或辗转刀锯鼎镬之间。浅夫陋人，攒眉蹙额，以谓大戚，至相悲涕。亦安知夫受之者不心甘焉，如人奔走于尘暍，倏然而乘清风，出浮云，以游乎埃壒之表，犹夫利禄名位之徒之泰然方自以为得耶？孔子曰："求仁而得仁。"人能各得其所欲得，而又何憾焉。

作者把对"日颠倒于膏粱文绣"的名利之徒的满腔悲愤，以平淡之笔出之，更令人从冷静的沉思中透视出这群庸臣懦夫（实际上是暗指妥协投降派）卑鄙无耻的面目，从而加深了读者对于在民族危亡面前效死疆场的爱国志士崇高精神境界的感知。他如张裕钊的《送吴筱轩军门序》《送黎莼斋使英吉利序》、吴汝纶的《矢津昌永世界地理序》，均表现了作者的奋发图强、抵御外侮的反帝爱国思想。还值得注意的是，在近代桐城派作家宣传变法图强、学习西方的散文中，他们还强调了中国的后来居上："以中国人之才智视西人，安在其不可相胜也！""又安知百数十年后，中国不更驾其（西方）上乎？"① 学习西方，要超过西方，这是何等强烈的民族自信心、自强心啊！这在国弱民穷、危亡日深的情况下，无疑是作家一种爱国主义思想的流露。再如马其昶的《赠太仆寺卿南昌知县江君家传》，记述南昌教案，揭露法国传教士的横行霸道和清廷的屈辱求和，表彰南昌知县江召棠在帝国主义者面前严拒无理要求、以死殉国的凛然大义，表现了作者

---

① 薛福成．变法［M］//筹洋刍议．石印本．西安：秦中官书局．1902（清光绪二十八年）．

深厚的民族感情和强烈的反帝精神。

近代桐城派散文中出现这么多表现反帝爱国思想的作品，并非偶然。这既是时代的感召，也是作家民族意识的觉醒、爱国主义思想的表现。近代桐城派代表作家梅曾亮，在鸦片战争中曾向当时天津兵备道陆建瀛提出在陆地与外国侵略者接战的方案①，并对林则徐、邓廷桢积极禁烟、抗击侵略者而反遭诬陷鸣不平，表现了作者鲜明的爱国主义立场。再如姚莹，他本身就是一位站在反帝斗争前线的爱国将领。鸦片战争时期他任台湾兵备道，和台湾总兵达洪阿一起在台湾抗击外国侵略者，颇有战绩。他有诗写道："忽闻鼓角动，拔剑夜数起。丈夫志念国，富贵何足拟。裹甲赴战场，全身以为耻。"② 他是怀着为祖国报仇雪耻的意念坚决抗击外国侵略者的，姚莹是中国近代史的开端仅次于林则徐的又一位反帝爱国志士。他如薛福成、黎庶昌、吴汝纶、马其昶等人，都是具有爱国主义思想的作家。因此，在他们的笔下出现这么多反帝爱国之作也就是很自然的了。而这一点，正是近代桐城派作家的显著成就之一。

其次，近代桐城派作家比较注意面向现实，写了一些反映当时社会现实的作品。像反映棚民开山种田问题的《书棚民事》（梅曾亮），赞扬刚正不阿、不畏权贵的《谢御史》（吴敏树），写禀性孤傲、不向权贵折腰的《虫单传》（张裕钊）。此外，有些寓言和讽刺小品，或影射清军的腐败，如《捕鼠记》（姚莹），或讽黥利禄之徒，如《说钓》（吴敏树），或通过两蚁相争喻中西交战，激励国人团结一致、抗御外侮，如《杂感》（薛福成），这些作品均具有一定的思想意义。其中有些散文对于封建社会的黑暗还具有很强的揭露力量。比如梅曾亮的《蒋念亭家传》，就是一篇饱含着血泪的记叙文。此篇记述一位廉吏、四川粮台蒋作梅，因不受重金贿赂而反遭诬陷、最后被处死的故事，揭露了封建社会政治的黑暗，官场的龌龊、丑恶，不容许仕宦者为清官廉吏。作者颇有感慨地说："甚哉，廉吏之难为也。非独廉吏之为难，而上官同其廉之为难也。苟不能同其廉，则且害其廉，既已害成其廉而加之罪，则必以大不廉之名被之，以为非是不足以中仁主之深恶而去其疾也。"由此我们可以看出作者对当时政治黑暗的抨击。

第三，近代桐城派作家还写了很多游记，文字优美，意象明丽，状物写景，很见功力，许多已成为脍炙人口的名篇。如梅曾亮的《钵山余霞阁记》《游小盘谷记》，吴敏树的《君山月夜泛舟记》《游大云山记》，张裕钊的《游虞山记》《北山独游记》，马其昶的《游冶父山记》《游紫蓬山记》等，均具有较高的审美

① 梅曾亮．与陆立书夫［M］∥柏枧山房文集．刻本，1856（清咸丰六年）．

② 姚莹．咏古［M］∥中复堂全集：后湘诗集．刻本．安福：姚濬昌安福县署．1867（清同治六年）．

价值。另一方面，在桐城派作家中，还较早地写出了一部分国外游记。薛福成、黎庶昌、郭嵩焘都曾出使过西欧，任驻外使节，郭嵩焘还是中国第一任驻外公使，吴汝纶也曾去日本考察。这些作家由于生活视野的开阔，他们的审美理想也发生了变化，写了许多反映国外新事物、新思想的散文，还有些是描写异国风光、民俗之作。这不仅是前期桐城派散文中所没有的，即使在整个中国古典散文中也很少见，如黎庶昌的《奉使伦敦记》《卜来敦记》《巴黎大赛会纪略》《游日光山记》《游盐原记》，薛福成的《白雷登海口避暑记》，以及郭嵩焘的《伦敦与巴黎日记》等许多优秀篇章。这些作品有的是游记，有的是一些抒情记叙散文，生动而形象地展现了外国自然风光和风俗民情，充满着异国情韵，给人以奇幻、浪漫和耳目一新之感。比如黎庶昌的《卜来敦记》，这是一篇声情并茂的美文。文中描写英国卜来敦这座海滨城市旖旎多姿的自然风光和人工修饰的奇丽秀美。这篇游记不仅保持了桐城派传统笔法的“雅洁”，而且在写法上颇类似现代游记。作者选用了风和日丽的白昼和灯火辉煌的夜晚两个时景，以及士女“联袂嬉游”、小艇荡漾和“鲜车怒马，并辔争驰”三组画面，多层次地描绘了游人的热烈气氛、闲适幽雅的心境和情趣，其笔法的细腻，时空的换用，近于现代游记，所以颇为读者喜爱，不少教科书和选本选作范文。至于薛福成的《观巴黎油画记》《普法交战图》，更以构思的新颖，描写的细腻、逼真，以及蕴寓着丰富的思想内涵而成为脍炙人口的散文名篇。这类作品不论就其描写素材、表现手法和语言，较之古代散文都是一个发展和进步。不少人提起桐城派，会立刻联想起老古董，这实在是一种由无知而造成的错觉。近代中西文化交流，倒是较早地在一批桐城派作家创作中表现出了实绩。

总之，近代桐城派的散文创作，在表现反帝爱国主题方面，在反映社会现实的深度方面，都较前期有了程度不同的进展；至于描写西方资产阶级文明和异国风光之作，更是前桐城派作家未曾涉及的题材。由此我们不难看出近代桐城派散文创作的成就和意义。

三

近代桐城派散文的艺术形式也有某些变化。随着作家视野的开阔和审美理想的变化，在散文形式上也较前期有所不同。近代桐城派作家自己也意识到了这点。在这派散文中，散文形式变化较大的是薛福成、黎庶昌和郭嵩焘。吴汝纶在评其文时云：“郭、薛长于议论，经涉殊域矣，而颇杂公牍、笔记体裁，无笃雅可诵之作。”① 我们姑且不谈此评论是否准确，但指出“经涉殊域”这一点是对的。也就是说，郭嵩焘、薛福成等人的散文在形式上和桐城古文的规范已有不同。近代桐城派散文在形式上的变化有如下几点。

一、篇幅普遍加大。桐城三祖的散文在形式上主张简洁，取材删繁就简，篇幅愈来愈小，这点在近代初期代表作家梅曾亮散文中仍表现得很明显。曾国藩指出，文章学司马迁、班固和韩愈，以雄直之气，宏通之识，发为文章，即洋洋大观；而到了他的弟子薛福成、黎庶昌和同乡郭嵩焘，在散文形体上则变化更大。这些作家多学贯中西，经史并用，长于议论，工于达意，动辄洋洋千言至数千言，像薛福成的《书科尔沁忠亲王大沽之败》《通筹南洋各岛许领事保护华民》，郭嵩焘的《拟陈洋务疏》《上合肥伯相书》，都是著名的长篇宏论。

二、在散文风格上，为文喜纵横恣肆，以雄奇宏丽、绚烂有光之文为尚，不规范于桐城派之“雅洁”。他们的议论文往往雄辩滔滔，这点在曾国藩、薛福成、郭嵩焘的文中表现得最为鲜明；而一些记叙文，在写法上描写成分、抒情成分增多，这在某些游记散文中表现得最为突出。请看黎庶昌的《游盐原记》：

> 盐原在山峡中，当日本下野国盐谷郡之西，连山皆石，而独宜木，产枫尤盛，叶又先红于他郡者，盖其地高，多风而早寒也。始以峡中深险，无途径，好游者不一至焉……自那须西行十余里入山，纡道盘诎而上。入愈深，峡愈束，奇益愈显。泉之淙然鸣琴者；瀑之汹然赴壑者：松之偃立若亭若伞者；石之绉若云者，矗若笋者，垂壁可摩刻者，碨硊嵚崟，熊升鸟骞者，岩之斗出者，奥者，旷者，窦者，厂者、窈窕而修秀者，使人揽接不厌，几二十里而后至。至则缘山皆枫叶，棽棽丛丛，红者若缬，绀者若緅，绛者若丹，日光射之，皆斑驳成锦彩，诚极天下之大观也。

这段文字，语言极富表现力，状山中景色、泉流水泻、松石岩壑，奇幻多姿，确实令人有目不暇接之感。而写枫叶，色彩斑驳，浓淡不一，层次丰富，明丽如画，令人赞叹。散文中描写成分的增多，正是向现代散文过渡的一个标志。再如薛福成的《观巴黎油画记》，作品以描写的形象逼真见称，作者交错运用了叙述、描摹、表现三种艺术手法，具有很好的艺术效果。薛福成、黎庶昌等人在散文表现手法上的这些创新，说明了近代某些桐城派作家已开始突破桐城派的樊篱，在寻求适合表现时代内容的新的审美规范。

① 吴汝纶．答黎莼斋［M］∥中华书局，编．近代十大家尺牍：2. 上海：中华书局，1937：62.

当然，黎、薛、郭等人这种新的审美规范和艺术风格，也还不能完全概括近代桐城派作家的艺术风貌，但从梅曾亮、姚莹开始就可见这种变化的倾向；不规于桐城三祖的"雅洁"，对于胸无激情、语无烟火的审美尺度也逐渐抛弃。至曾门四弟子出，他们在政治上主张学习西方、变法图强，在文学上受时代潮流的影响和西方资产阶级文化的撞击，他们不由自主地求"变"创"新"，在不同程度上试图跳出前代桐城派作家的框框。就这一层面而论，薛福成、黎庶昌、郭嵩焘的散文，实为近代新体散文的先导。

三、语言方面，近代桐城派散文有两点变化，一是主张骈散相间，从而丰富了语言的表现力，增强了散文语言的音韵美。前已提及，兹从略。二是散文语言中开始出现了新事物、新名词，如化学、电学、光学、声学、轮船、水雷、来福炮、舞会、议政院、马力、煤气，至于外国地名、人名那就更多了。这种新名词的加入，使桐城古文的语言逐渐发生了变化。由此，我们也看到了以加入新名词为特征的新体散文的源头。近代桐城派散文在语言上的这种变化，尽管发生在部分作家身上，但仍是值得重视的。

四

上面我们从近代桐城派的文学理论和创作实践两方面论述了它的成就和贡献，对于它在中国近代文学史上的历史地位是应当肯定的。但是，我们还应当看到它的另一面。近代桐城派是一个庞大的作家群，由于作家的政治立场、生活视野和艺术修养的不同，他们每个人所表现的特点和取得的成就也不完全一样。因此对于某一位作家的评价，还应当再做具体分析。从总体来讲，近代桐城派也有一些明显的局限。

首先是这派作家的卫道立场。他们中的不少人，如方东树、张裕钊、马其昶、吴闿生、姚永概等人，恪守程朱理学。方东树说，他平生"不欲以巧文名世，研极精理而最契朱子"①。姚永概则谨守"六经之训，程朱之书"②。他们往往主张文学的目的在宣传教化，"正人心"，具有较浓重的封建色彩。

其次，重视"文统"。所谓"韩欧文章"，在创作上具有较大的保守性。在薛、黎、郭等人的作品中，虽有某些变化和创新，但从总体看，近代桐城古文因袭传统者多，创造成分少。这在很大的程度上限制了它的发展和文学成就。

其三，宗派性强。桐城派虽不都是桐城人，但多有师承关系，特别是近代桐

① 方宗诚．仪卫先生行状［M］//柏堂集前编．刻本，1880（清光绪六年）．

② 姚永概．与陈伯严书［M］//慎宜轩文集．刻本，1931（民国二十年）．

城派后期的作家，这种宗派性表现得更加浓重。姚永朴、姚永概是姚莹之孙，吴闿生是吴汝纶之子；马其昶是吴门（汝纶）弟子，范当世是张门（裕钊）弟子，他们二人又分娶姚永朴、姚永概之两姊，同为姚莹之孙婿，于是师生关系之外又加姻亲纽带，这便使桐城派的宗派性更加浓厚；而师承相因、亲属相重，重承袭而忽视创造，这也限制了桐城派的发展。

其四，辛亥革命后，以文坛正宗自居的桐城派仍抱着封建僵尸不放，配合袁世凯的称帝和张勋复辟，掀起了一股尊孔复古的逆流。组织孔教会，提倡尊孔读经，吴汝纶之子吴闿生提出什么“学非孔孟均邪说，语近韩欧始国文”，妄图将桐城古文定为“国文”。“五四”前后，以林纾为代表的古文家，又极力反对“五四”新文化运动，他一方面自撰小说《别生》《妖梦》，诋毁新文化运动；另一方面又亲自组织古文讲习会，并煽动学生“力延古文之一线，使之不至于颠坠”①。历史是不容倒退的，文学也必然顺应时代潮流而向前发展。在新文化运动的滚滚浪涛中，桐城派逐渐销声匿迹了。

以上是我对近代桐城派散文成就和局限的总体认识。近代桐城派是有成就的，较之它的前期，不论是理论还是创作，均有所发展。特别是一些描写反帝爱国斗争、面向社会现实的作品，以及一部分描写西方资产阶级文明和异国风光、民俗的纪游抒情散文，更具有较高的思想意义和审美价值，在艺术上也有创新。有些作家，如薛福成、黎庶昌、郭嵩焘等人，在中西方文化交流方面做出了贡献，他们出使西欧后所写的散文，可作为新体散文的先导。近代桐城派的弱点主要是其保守性和宗派性限制了它的发展和成就。但是，就总体而论，近代桐城派是功大于过，瑕不掩瑜，在近代文学史上应占有一定的地位。

（原载《东岳论丛》1989 年第 3 期）

① 林纾．送大学文科毕业诸生序［M］//畏庐续集．北京：商务印书馆，1934：40.

清嘉道以来不拘骈散论的文学史意义

曹　虹

一

有鉴于明七子学古而赝与性灵派师心而妄的弊病，清初的古文家倾向于弘扬唐宋古文传统。《四库全书总目·尧峰文钞》提要概括说："古文一脉，自明代肤滥于七子，纤佻于三袁，至启、祯而极弊。国初风气还淳，一时学者始复讲唐宋以来之矩矱。"问途于唐宋以求自立，成为清初文坛的某种共识。

敏感到一代"古文复兴之几"① 的，应该以由明入清的钱谦益为最初代表。他个人的古文创作，经历了由追随明代前后七子到笃好唐宋派归有光之文的转变，归有光在文坛上备受瞻仰的地位，就与他发端表彰有关。② 不仅如此，在表彰归有光的同时，他还痛责"近代剽贼顾赁之病"③，这不啻是入室操戈，指向源于明代前后七子倡言"文必秦汉"而导致的假古董。钱氏特别揭出"伪古文"的病症，认为"近代之伪为古文者，其病有三，曰僦、曰剽、曰奴"（《郑孔肩文集序》）。这里，"古文"与"伪古文"的对立，是对明代以李梦阳、何景明、李攀龙、王世贞等人为代表的变本加厉的复古之风加以反省的结果。

与钱谦益痛惩明代前后七子的淆乱真伪相呼应，黄宗羲甚至讥讽李梦阳等人号召起衰复古为无稽之谈：

> 自空同（李梦阳）出，突如以起衰救弊为己任，汝南何大复（景

① 钱谦益．汤义仍先生文集序［M］//钱曾，笺注．钱仲联，校．牧斋初学集．上海：上海古籍出版社，1985：905.

② 钱谦益《新刻震川先生文集序》谓："启、祯之交，海内望祀先生，如五纬在天，芒寒色正，其端亦自余发之。"《牧斋有学集》卷一六，清康熙二十四年（1685）刻本。

③ 钱谦益．答山阴徐伯调书［M］//牧斋有学集．刻本，1685（清康熙二十四年）.

明）友而应之，其说大行。夫唐承徐、庾之汩没，故昌黎以六经之文变之；宋承西昆之陷溺，故庐陵以昌黎之文变之。当空同之时，韩欧之道如日中天，人方企仰之不暇，而空同矫为秦汉之说，凭陵韩欧，是以旁出唐子，窜居正统，适以衰之弊之也。①

"起衰救弊"，本来是唐宋古文运动所确立的古文家的使命感。李梦阳"突如以起衰救弊为己任"，"适以衰之弊之"，从动机到效果都变成了"伪古文"的逆流。无论这种评价是否过于苛刻，它都反映了前后七子学古而赝的问题，比之明代公安三袁等人师心而妄的流弊，对清初文坛来说，受到的刺激似更强烈。在缺乏外来文化的参照，只得向传统回顾探寻中，如何超越形式或格调的字摹句拟，深求古人的内在神理气韵，取精用宏而不落窠臼，这也就隐然构成清代古文复兴所面临的新的课题。清初归有光地位的迅速提高，恰在于他的创作符合这种学古而不泥古的要求。黄宗羲于《郑禹梅刻稿序》中指出：

震川之所以见重于世者，以其得史迁之神也；其神之所寓，一往情深，而迂回曲折次之。

明代的唐宋派在创作思想上优于秦汉派之处，是对古文传统的取资较为宽泛，宗法唐宋古文大家而不废学习秦汉；秦汉派虽高自标置，不屑于读唐以后书，但正如黄宗羲所说，"古今之书，去其三之二矣"，引导文坛的结果，反而是"便其不学"②。

基于对时代古文的反省，尤其是对秦汉派模拟剽窃之弊的反拨，讲求"唐宋以来之矩矱"，便成为清代古文复振的基本取向。

桐城派的蔚然兴起，也是顺应问途于唐宋的要求的，如方苞就认为初学古文不必师法汉文，"始学而求古求典，必流为明七子之伪体"（《古文约选序例》），因而颇为有效地获得了一代"正宗"的声望。无论是方苞认为"艺术莫难于古文"（《答申谦居书》），还是姚鼐所说"古今才士，惟为古文者最少"（《复鲁絜非书》），都反映出桐城派对古文艺术性的高度追求。然而，桐城派的宗派作风与创作趣味，又形成新的古文藩篱。作为桐城派文体论体系的一个核心内容，方苞提出著名的"义法"说："义即《易》之所谓'言有物'也，法即《易》之所谓'言有序'也；义以为经而法纬之，然后为成体之文。"（《又书货殖传后》）"有物"与"有序"所强调的是内容与形式的统一。不过，所谓"义"，重在阐

① 黄宗羲．明文案序下［M］//南雷文案．刻本．1688（清康熙二十七年）．

② 黄宗羲．明文案序下［M］//南雷文案．刻本．1688（清康熙二十七年）．

道翼教的内容，尤其是以宋儒义理为根本，这在效果上往往形成对文章生命力的束缚。桐城派的文章思想守正、内容单薄，应当归因于此。从“言有序”的角度看，不能不落实到笔墨蹊径，所以他又拈出“雅洁”二字作为文章语言审美风格的标准，制定了一些戒律，如对“语录中语、魏晋六朝人藻丽俳语、汉赋中板重字样、诗歌中隽语、南北史佻巧语”等一概摒斥于古文之外（《古文约选序例》）。

使桐城派声势壮大起来的，当推姚鼐。他所编《古文辞类纂》一书，隐然归纳出他直承刘大櫆、方苞，近法明归有光，远绍唐宋八家的文统。他还以其主讲的书院为基地，传授古文法，培养和影响了一大批文士。“自惜抱文出，桐城学者大抵奉以为宗师。”① 适应于乾嘉汉学兴盛的学术文化背景，虽然他在《述庵文钞序》提出“义理、考据、文章”三者相济为用的主张，希望“以考证助文章之境”（《与陈硕士书》），但他仍然坚持以宋儒义理为根本，对于崇尚鸿博的汉学深怀抵触之意。因而宋学与汉学的对抗，便成为姚门作风的一个重要内涵。方宗诚《刘孟涂先生墓表》指出：

> 姚先生之门，攻诗古文者数十人，君与吾从兄植之先生、上元管异之、梅伯言名尤重，时人并称为方刘梅管云。乾嘉间，治经学者以博综为宗，诋毁先儒，姚先生力障狂澜，戒学徒不得濡其习。

受考据派繁碎芜杂文风的刺激，姚鼐在实践上更注重文体的洁净精微。桐城派讲求法度、崇尚雅洁的宗风创自方苞，而到姚鼐才告完成，成为桐城派的标准风范。

二

作为唐宋古文运动的一个历史性的结果，由六朝到中唐居于文坛主流的骈文，退居于古文之次，历元明二代，几乎一蹶不振。在人们的意识中，“或以篆刻太工，为扬雄之小技；寓言虽妙，类《庄子》之外篇”②。这些就构成了清代骈文中兴所面临的历史包袱。

改变骈文的陪属地位，实有赖于创作实绩的出现。清初毛奇龄、陈维崧等学人才士的创作成就，标志着骈文在清代的复苏。而其高峰期的到来，则在乾、嘉时期。人才济济，名家如林，吴鼒《八家四六文钞》、曾燠《国朝骈体正宗》所

① 方宗诚．桐城文录序［M］//柏堂集次编．刻本．1882（清光绪八年）．

② 曾燠．国朝骈体正宗序［M］//国朝骈体正宗．刻本．1806（清嘉庆十一年）．

选作家主体，均属此时期高手。骈文讲求声偶藻饰，难免雕虫小技之讥。这一因袭已久的陈见，受清代骈文中兴之潮的冲击，也趋于淡化。这在学术条件与理论层面上，主要得益于两方面力量的作用：其一，骈文以富于书卷气著称，尤为投合崇尚博学多识的汉学品味，这一机缘使骈文的地位也随之大为改观。这时期的骈文高手中，多为成就卓著的朴学家，如吴鼒《八家四六文钞》介绍入选作家的才学时，就提到其中有人“修述朴学，传薪贾、郑”。不少阐扬朴学的文章，也采用骈体而名高一世，最典型的如孔广森为戴震学术新著所作《戴氏遗书序》，谭献就铨评为清代十五篇骈文佳作之一。[①] 其他为考据专著或学术丛书撰序而出之以骈体形式的，不胜枚举。正如袁枚所概括：“散行可蹈空，而骈文必征典。”(《胡稚威骈体文序》)骈文“征典”的特征，就意味着它与学问的结合，这在崇尚宏博的学术氛围下，能得到相当的肯定，也是顺理成章的事。骈文创作的繁盛与骈文尊体意识的加强，在乾嘉时期已开始形成某种良好的循环之势，其标志就是嘉庆十一年（1806）《国朝骈体正宗》一书的结集。“正宗”的名目运用于文集，以南宋真德秀《文章正宗》为最早最著。因倡古文者以道统或文统之正自待，所以“正宗”之名似乎属于古文。曾燠选编当代骈文，而以“正宗”为其书名，透露出对骈体活力的信心。他在《国朝骈体正宗》序言中指出：

> 古文丧真，反逊骈体；骈体脱俗，即是古文。迹似两歧，道当一贯。近者宗工叠出，风气大开……康衢既辟，不回墨子之车；正鹄斯悬，以待由基之矢。

中国传统的文艺思想重视“质”与“文”的统一、“道”与“技”的兼摄。毋庸置疑，骈文是技巧性极高的一种文体，容易弄巧伤质；相对而言，古文则显得是一种善于藏巧若拙的文体，加上有“载道”的意识，因而较易摆脱技巧层面的拖累。“骈体脱俗，即是古文”，这一论断借重于古文，意在表明骈体也能通往艺术的“康衢”，也有坦途可言。

其二，古文家尤其是桐城派古文的笔墨蹊径重又遭到诘难，这种批评多来自汉学家、骈文家以及脱略唐宋门径的文士。由于桐城派依附程朱理学的背景，汉学家往往厌薄桐城古文，其中钱大昕对方苞的指责尤为严厉，讥讽“方所谓古文

---

① 《复堂日记》卷六。其馀篇目有胡天游《一统志表》《禹陵铭》、胡浚《论桑植土官书》、陆繁弨《吴山伍员庙碑文》、吴兆骞《孙赤崖诗序》、袁枚《与蒋苕生书》、汪中《自序》《琴台之铭》、孔广森《戴氏遗书序》、阮元《叶氏庐墓诗文序》、张惠言《黄山赋》《七十家赋钞序》、孙星衍《大清防护昭陵之碑》、乐钧《广俭不至说》。谭氏评之为“皆不愧八代高文，唐以后所不能为者”。《复堂类集》本，清光绪十一年（1885）刊本。

义法者，特世俗选本之古文"，认为方苞的只是达到了"波澜意度颇有韩、欧阳、王之规模"，甚至引述王若霖之言，判方氏是"以时文为古文"（《与友人书》）。时文有一套程式窠臼，如果古文家甘于步趋唐宋诸家的为文蹊径，也就难免变相的程式化之讥。阮元也不满于"近代古文名家，徒为科名时艺之累，于古人之文有益时艺者，始竞趋之"（《与友人论古文书》）。古文而沾上时文习气，这不仅在技巧上落入下乘，而且也谈不上义理的高超，即钱大昕所谓："法且不知，而义于何有?"（《友人书》）袁枚是一位不立宗派的文人，其《答友人论文第二书》对于骈散两体的比较甚为通达：

> 夫古文者，途之至狭者也。唐以前无古文之名，自韩、柳诸公出，惧文之不古而古文始名……韩、柳亦自知其难，故镂肝鉥肾，为奥博无涯涘，或一两字为句，或数十字为句，拗之，炼之，错落之，以求合乎古。人但知其戛戛独造，而不知其功苦，其势危也。误于不善学者，而一泻无余。盖其词骈，则征典隶事，势难不读书；其词散，则言之无物，亦足支持句读。

本来，古文从立名之始，即获得自尊自重的面目，但在袁枚看来，古文也是一技，一旦形成流弊，其危害的隐蔽性与严重性甚至超过骈文。曾燠所谓"古文丧真，反逊骈体"，也是此意。这种认识，在骈散两体经历清代的发展演变以前，似乎不能如此清晰。而章学诚的《古文十弊》，更是具体剖析了古文丧真的种种病症。诸如此类多方面的作用，促使骈文渐渐走出自卑的逆境，并敢于与古文争胜。这其实是清代骈文中兴的更为内在的意蕴所在。

三

时至嘉道之际，古文与骈文相互抗衡的力量都更进一步地壮大起来。这主要是指桐城派的古文壁垒更为完善坚固；与此相对，褒赏骈体的呼声有所提高，也更为切实。最具标志意义的事，莫过于姚鼐《古文辞类纂》与李兆洛《骈体文钞》的相继刊刻行世。

《古文辞类纂》在嘉庆末年付梓，次年即道光元年（1821），《骈体文钞》也刊刻问世。《骈体文钞》31卷，收录晚周至隋代的文章共774篇，李兆洛的同乡好友庄绶甲（字卿珊）曾劝他更改书名，李兆洛专门写了《答庄卿珊》一信，重申自己的意图，说明书名不更改的理由即在于为骈体正名，以期真正融通骈散。他说："今日之所谓骈体者，以为不美之名也，而不知秦汉子书无不骈体也。"由于是与好友的私人通信，其意见表述得直率而鲜明。李兆洛自己也预料到，《骈体文钞》一出，“恐古文家见之不平”①。显然，他主观上对此书的现实针对性也是很清楚的。这正如包世臣《李凤台传》所述：“此论盛推归、方，宗散行而薄骈偶，君则谓唐、宋传作皆导源秦、汉；秦、汉之骈偶，实唐、宋散行之祖。”

具体说来，《骈体文钞》的针对性是指向姚鼐《古文辞类纂》的。桐城派尊古文为文章正宗，桐城古文的统绪是从归、方直接唐宋古文而上溯秦汉，六朝骈俪之文被排除在这个文统之外。这一宗派意向应归功于姚鼐在理论上的总结，其《古文辞类纂序目》明确提出：“古文不取六朝人，恶其靡也。”黎庶昌将姚鼐文论的要义归纳为：“循姚氏之说，摒弃六朝骈俪之习，以求所谓神理、气味、格律、声色者，法愈严而体愈尊。”（《续古文辞类纂序》）可见，摒弃六朝是桐城家法的重要内容。那么，重视六朝、提高骈文的地位，也就成为突破桐城壁垒的关键所在。为了论证六朝骈文的存在价值，李兆洛使用的方法是“从流溯源”。秦汉文是桐城古文统绪的源头部分，李兆洛恰好把秦汉文作为骈体的源头。② 这一做法实际上包含这样的潜台词：既然古文骈文同出一源，又有什么必要斤斤分别彼尊此卑呢？古文正统派“摒弃”六朝骈文的习见，使秦汉与六朝之间的文章源流关系发生阻隔。而重新打通这道阻隔，往往也不易完全为人理解，如其友人庄绶甲就提出不当入选司马迁《报任安书》、诸葛亮《出师表》等文。对此，李兆洛解释道：

> 若以为《报任安》等书不当入，则岂唯此二篇，自晋以前皆不宜入也。如此则《四六法海》等选本足矣，何事洛之为此哓哓乎？

一般的四六选本常常只是提供若干范文，以供揣摩作法。而李兆洛通过选文，在文学源流的意义上确定骈体的价值，并探求贯通骈散的创作之路，这是他比《四六法海》等选家用意深曲之处。他还说：

> 《报任安书》，谢朓、江淹诸书蓝本也，《出师表》，晋宋诸奏疏之蓝本也，皆从流溯源之所不能不及焉者也。其余所收秦汉诸文，大率皆如此，可篇篇以此意求之也。（《答庄卿珊》）

李兆洛不仅以骈体蓝本的眼光来看待秦汉文，而且认为“宗两汉非自骈俪入

---

① 《养一斋文集》卷一八，《四部备要》本。案：此信之后还附有《代作骈体文钞序》（今本《骈体文钞》不载），李兆洛除了自序以外，又代庄绶甲作一序，可见他对宣传此选宗旨的重视。

② 《骈体文钞》有38篇文章与《古文辞类纂》所选相同。若不计辞赋类七篇，其余几乎是秦汉之文。

不可”。这是正宗古文家所提不出来的见解，可谓骇俗之论。桐城派虽然也提倡效法两汉，但由唐宋古文入手，以“义法”的眼光去选择先秦两汉之文，因此文学趣味形成差别。

从袁枚提出“古文者，途之至狭者也”，对古文文统的反省，而李兆洛乘乾嘉以来骈散抗衡对垒之势，破古文家之成法，标举骈文之美，将一向排除在古文文统之外的六朝骈文纳入源远流长的文章史中。这正如他的弟子蒋彤于《李申耆兆洛年谱》所指出：

> 先生以为唐以下始有古文之称，而别对偶之文曰骈体。乃更选先秦、两汉以及于隋为《骈体文钞》，欲使学者沿流而溯，知其一源。

既然骈散同出一源，那么斤斤于优劣尊卑，就显得没有什么意义了。这在文学史观的层次上，有助于消弭骈散畛域；同时在文学思想的层次上，也可促进回归文学的本位和打通骈散的实践。这其实是李兆洛选编《骈体文钞》的旨趣所在。其《骈体文钞序》指出：

> 天地之道，阴阳而已。奇偶也，方圆也，皆是也。阴阳相并俱生，故奇偶不能相离，方圆必相为用。道奇而物偶，气奇而形偶，神奇而识偶……六经之文，班班俱存。自秦迄隋，其体递变，而文无异名。自唐以来，始有古文之目，而目六朝之文为骈俪。而为其学者，亦自以为与古文殊。路既歧奇与偶为二，而于偶之中，又歧六朝与唐与宋为三。夫苟第较其字句，猎其影响而已，则岂徒二焉三焉而已，以为万有不同可也。夫气有厚薄，天为之也；学有纯驳，人为之也；体格有迁变，人与天参焉者也；义理无殊途，天与人合焉者也。得其厚薄纯杂之故，则于其体格之变，可以知世焉；于其义理之无殊，可以知文焉。文之体，至六代而其变尽矣。沿其流极而溯之，以至乎其源，则其所出者一也。吾甚惜夫歧奇偶而二之者之毗于阴阳也，毗阳则躁剽，毗阴则沉膇，理所必至也。于相杂迭用之旨，均无当也。

谭献称赏这是“因端竟委之言，披文相质之旨，非深于学、博乎文者不能及此”①。李兆洛认为，文之有骈散，犹如天地之间有阴阳、奇偶、方圆一样，是“相并俱生”“不能相离”“必相为用”的。事实上，由于汉字是单音节孤立语，一音一义，便于对仗工整；又有平上去入四声，使单音文字有所区别，并能以单

① 李兆洛．骈体文钞［M］．谭献，评．上海：世界书局，1936.

音连缀而成双声、叠韵等，有抑扬顿挫、音韵协畅之美。所以从中国最早的群经诸子之文来看，其中骈偶的成分已相当可观。因此，他编选此书，“亦欲使人知古者之未离乎骈也”（《代作骈体文钞序》）。所以，融通骈散，“相杂迭用”，其意图不是对秦汉文的复归，而是要为文章写作的发展开拓一条更为宽广的道路。在这个意义上，拒骈或拒散皆为自隘其途，都有明显的缺陷。

四

李兆洛是阳湖文派的代表作家之一。一般来说，阳湖派是一个受桐城派影响而又别开生面的散文流派。这一批作家治汉学者较多，又受常州新学风的濡染，思想比较自由活泼；创作风格在奇正之间，“文体不甚宗韩欧”①，表现出折中求变的动向。而李兆洛所表现出的对正宗古文藩篱的突破，既代表了这个文派革新通变的特征，也透露出嘉道之际学术文学挣脱既成框架的消息。

从散文领域看，这时期出现的贬抑韩愈或八家之论，很能体现向正统规范挑战的积极意识。如李兆洛这样批评韩愈：

> 文之有法始自昌黎，盖以酬应投赠之义无可立，假于法以立之，便文自营而已。习之者遂借法为文，几于以文为戏矣。（《答高雨农》）

对韩愈所开古文法门的不满，主要在于其助长了后世“借法为文”的流弊：

> 洛之意颇不满于今之古文家，但言宗唐宋而不敢言宗两汉，所谓宗唐宋者，又止宗其轻浅薄弱之作，一挑一剔，一合一咏，口牙小慧，谫陋庸词，稍可上口，已足标异，于是家家有集，人人著书。（《答庄卿珊》）

所谓“以文为戏”的提法，原来是裴度对同时代的韩愈文风的一种批评，见于《寄李翱书》，认为韩愈倡古文已与骈文对立，“恃其绝足，往往奔放，不以文立制，而以文为戏”。在他看来，“文之异，在气格之高下，思致之浅深，不在其磔裂章句，隳废声韵也”。平心而论，裴度担心韩文过求新异，难免堕入另一种偏重形式的文墨游戏，并非完全无的放矢。但韩愈能称之为“以文为戏”的方面与后世学韩者的“以文为戏”不可同日而语。这一点李兆洛也了然于心，他曾指出：“昔之病退之者，病其才之强；今之宗退之者，则又病其才之弱矣。”

---

① 语出龚自珍《常州高材篇送丁若士履恒》。钱钟书《谈艺录》三九认为此语是对阳湖派文章“提要钩玄”之论。

(《代作骈体文钞序》)也就是说，韩愈尚有矫枉过正的才力，而后世的步趋者则甘于规模，更无“奔放”之可言。这种情形，朱锡庚曾以辛辣的笔致描述为：“未成文章，先成蹊径；初无感发，辄起波澜。”① 历史地看，用“以文为戏”贬抑韩愈的古文业绩，未必十分公允；但用“以文为戏”来针砭后世“比葫画瓢”的古文家②，却可谓击中要害。同样是出于对当代古文之路日趋狭窄的忧虑，常州学派的著名学者宋翔凤十分推许裴度的意见，其《过庭录》卷十六引录《寄李翱书》全文，并尖锐地指出韩愈所辟古文门迳并非康衢，后学“若李翱、孙樵，力追韩氏，规矩犹在，尺度逾窘。盖以之陈廊庙，不足以铺鸿藻、信景铄也；以之告天下，不能使妇孺色动、悍夫垂涕也。徒有偃蹇之形，自示崖异耳，乌足重哉!”与李兆洛深有交谊、重视经世致用的包世臣，也把古文家空谈义理、无补实用的弊病归咎于韩愈：

> 窃谓自唐氏有为古文之学，上者好言道，其次则言法。说者曰：言道者，言之有物者也；言法者，言之有序者也。然道附于事，而统于礼。子思叹圣道之大，曰：“礼仪三百，威仪三千。”孟子明王道，而所言要于不缓民事，以养以教；至养民之制、教民之法，则亦无不本于礼。其离事与礼而虚言道以张其军者，自退之始，而子厚和之。至明允、永叔，乃用力于推究世事，而子瞻尤为达者。然门面言道之语，涤除未尽，以致近世治古文者，一若非言道则无以自尊其文。(《与杨季子论文书》)

这里批评韩愈，意在棒喝当世古文家对“门面言道之语”的执迷。破除古文创作中韩愈的偶像地位，显然是为了使文章重新焕发思想活力。

清初以来的文坛清算了明代前后七子“凭陵韩欧”之谬，认同唐宋成为古文主流。而嘉道之际再度出现贬抑韩愈之论，看似重蹈明七子之覆辙，其实反映了文学上更新求变的历史需要。这一转变的信号并不是孤立的，而与当时悄然兴起的学术新风关系密切。无论是今文经学的兴起，还是经世致用之风的复苏，都深受“殆将有变”的时代刺激，试图突破原有的学术格局，展现思想的风采。正如宋翔凤讥讽正宗古文家“徒有偃蹇之形”，寻求通变的学者文人一方面关注更为名副其实的新义理，也就是思想的实际魅力，另一方面关注文辞表现的闳

---

① 语出朱氏为其父朱筠文集所作序文，见《笥河文集》卷首，嘉庆二十年家刊本。李详评此文“叙文章源流，与章实斋《文史通义》相出入”。

② 蒋湘南．与田叔子论古文书［M］∥七经楼文钞．刻本，1847（道光二十七年）．

丽，这就容易使他们把文章理想寄托在先唐，尤其是汉晋时代。李兆洛《答汤子厚》曰：

> 曩与彦文论骈体，以为齐梁绮丽，都非正声，末学竞趋，由纤入俗，纵或类皂，终远大雅，施之制作，益乖其方，文章之家遂相诟病。窃谓导源《国语》及先秦诸子，而归之张、蔡、二陆，辅之以子建、蔚宗，庶几风骨高严，文质相附。要之此事雅有实诣，非可貌袭。学不博则不足以综蕃变之理；词不备则不足以达蕴结之情；思不极则不足以振风云之气。

这里提到以张（衡）、蔡（邕）、二陆（机、云）等人为归趣，实现“风骨高严，文质相附”的理想风格。作为一种理想的原型，它从历史中被发掘出来，当然是基于其本身的特点，以及发掘者切身的期待。汉晋文章的特点，是属词隶事，声色渐开，但尚没有发展到取青媲白、讲究新巧的极致。这种中间状态，容易符合词意相称、文质相附、骈散相间等文学趣味。例如，《骈体文钞》卷一选入薛道衡《老氏碑》，并有评语曰：“此初唐四杰之先声，其小异者，尚有疏朴之致。”谭献十分赞赏这条评语，加按语道：“评以‘疏朴’，颇入微。南朝文章，惟晋人有之耳。”值得一提的是，谭献雅好《骈体文钞》一书，“李氏斯篇，恒在几席”，数十年间，批阅评点，颇能发挥李选精义，如其评语中揭出“汉魏义法”之说，就是一个极有会心的推阐。谭献在王简栖《头陀寺碑》文下评曰：“辞不泛滥，汉魏义法未沦。”那么，“汉魏义法”的关键在于辞意相称，联系他在李选“七类”之后所下的总评，有助于理解其具体所指：

> 七林闳丽，有章法，有句格，骈俪家之科律也。权其利钝，则枚叔语语用意，高不可企；陈思郁伊，意内言外，非苟作者；景阳已病蔓辞，而形容变化不无深沉之思。继此则斧藻而已。但后人运入杂文，便见遒厚，不可不习。

枚乘《七发》、曹植《七启》、张协《七命》，不同程度地符合辞意相称的标准，其所代表的恰是汉晋时的文采特点。谭献提到，尽管齐梁以下藻饰过繁，但“后人运入杂文，便见遒厚”，提示骈散融合的另一种具体方法。

在步入近代的历程中，六朝前期文章备受文坛有识者的青睐，这与清代骈文中兴的成功经验也有联系。关于清人的骈文取径，张之洞概括指出：“国朝讲骈文者，名家如林，虽无标目宗派，大要最高者多学晋宋体，此派较齐梁派、唐派、宋派为胜，为其朴雅遒逸耳。”（《辀轩语·语文》）善学晋宋者，在相当程度上表现为擅长骈散浑然之美。一些取法六朝的骈文家（有论者概称之为“六朝派”），其实也以此境为归趣，如其骈体创作“有六朝风格”的孔广森对六朝文的见解就非同一般。他说：“六朝文无非骈体，但纵横开阖，一与散体文同也。”① 为文善于“陶冶汉魏”的汪中，近人李详曾分析其“独高一代”的原因：“汪氏之文，出范蔚宗《后汉书》，而承祚《国志》先于范氏，裴松之注所采诸家，规模如一，观其约疏为密，继以闳丽，文之能事，尽于此矣。容甫窥得此秘，节宣于单复奇耦间，音节遒亮，意味深长；又深会沈休文、任彦升之树义遣词，而不敢轻涉鲍明远、江文通之藩篱，此所以独高一代而推为绝学也。”（《江都汪氏丛书序》）范晔《后汉书》的文学成就，在于既富文采，又保有浑朴自然之致，许多精彩论赞难于分辨单复奇偶。汪中会意于此，是其成功的主要秘诀所在。

正如汤鹏所深切感到的：“疏解调通之言，济时艰也。”（《浮邱子·树文》）试图突破陈规旧套对人心的桎梏，是19世纪中叶前后抱有忧患意识的文士共同的精神趋向。李兆洛、谭献等人明确倡导的不拘骈散论，既是在文章学上积极提供“疏解调通”的具体方案，同时还引导自由通达的思维方法，因而在文学思想史上有其不可忽视的地位。谭献在《复堂日记》中写道：“明以来，文士心光埋没于场屋殆尽，苟无摧廓之日，则江河日下，无可倚杵。予自知薄植，窃欲主张胡石庄、章实斋之书，辅以容甫、定庵，略用挽救，而先以不分骈散为粗迹、为回澜。”这里就把“不拘骈散”与挽救人心紧密联系起来，可见文学上的更新也是整个思想文化形态更新的一个环节。不过，19世纪中叶前后，思想界尚缺乏外来文化的强烈激发，因而各种更新的方案仍然需要依托于逝去的历史，在古人身上寄寓理想，经学上的今文经学派以及不拘骈散论者回归魏晋，就是这种古典形态的反映。尽管如此，不拘骈散论蕴含着某种奔放的精神素质，它要求消弭畛域，消解禁忌，因而在一定意义上是世纪之交文界革命理论的前奏。梁启超自称其文“时杂以俚语、韵语及外国语法”（《清代学术概论》），所谓文白、韵散乃至中外等界限，都可打通，由文白合一更打开现代白话文学之路。不拘骈散论者未必能料到后世新文体的发展趋势，但他们在自身的历史条件下所作的积极探索，对于散文向近代的过渡，无疑是有一定精神“先驱”意义的。

（原载《文学评论》1997年第3期）

---

① 孙星衍. 孙观察渊如郑堂遗文序［M］//仪郑堂遗文. 上海：商务印书馆，1939：23.

论晚清古文理论中的声音现象

柳春蕊

一

解析问题的线索，我们从贺涛《答宗端甫书》开始。贺氏云：

> 古之论文者，以气为主。桐城姚氏创为因声求气之说，曾文正论为文以声调为本，吾师张、吴两先生亦主其说以教人。而张先生与吴先生论文书乃益发明之。声者，文之精神，而气载之以出者也。气载声以出，声亦道气以行。声不中其窾，则无以理吾气。气不理则吾之意与义不适，而情之侈敛、词之张缩，皆违所宜，而不能犁然有当于人之心。①

贺涛讲了三个问题：（1）古文理论中的声音现象经过姚鼐、曾国藩、张裕钊、吴汝纶的努力，逐步完善起来。（2）声气关系问题。贺涛说“文以气为主”，其实谈的还是一“声”字。（3）诵读的意义。通过诵读，能“契乎其微”“神解妙会”。这三个问题涵盖了古文声音理论的基本问题，也是我们讨论此一现象的三个维度。

较早系统地论述此一现象的是刘大櫆，其《论文偶记》分析了音节、字句、神韵之间的关系。而后有姚鼐，他认为：“诗古文各要从声音证之，不知声音，总为门外汉耳。”②“大抵学古文者，要放声疾读，又缓读，只久之自悟。若但能

---

① 贺涛．答宗端甫书［M］∥贺先生文集．刻本．1914（民国三年）．

② 姚鼐．与陈硕士［M］∥惜抱轩尺牍．上海：商务印书馆，1928．

默看，即终身作外行也。”“急读以求其体势，缓读以求其神味。”① “深读久为，自有悟入。文章之精妙，不出字句声色之间，舍此便无可窥寻矣。”② 姚门弟子方东树和姚莹都各有发挥。方东树说：“夫学者欲学古人之文，必先在精诵。沉潜反覆，讽玩之深且久，暗通其气于运思置词、迎拒措注之会……然古人所以名当世而垂为后世法，其毕生得力，深苦微妙而不能以语人者，实在于此。”③ 姚莹认为：

> 古人文章妙处，全是“沉郁顿挫”四字。“沉”者如物落水，必须到底，方着痛痒，此“沉”之妙也，否则仍是一“浮”字。“郁”者如物蟠结胸中，展转萦遏，不能宣畅。又如忧深念切，而进退维艰，左右窒碍，塞厄不通，已是无可如何，又不能自已。于是一言数转，一意数回，此“郁”之妙也，否则仍是一“率”字。“顿”者如物流行无滞，极其爽快，忽然停住不行，使人心神驰向，如望如疑，如有丧失，如有怨慕，此“顿”之妙也，否则仍一“直”字。“挫”者如锯解木，虽是一来一往，而齿凿巉巉，数百森列，每一往来，其数百齿必一一历过，是一来凡数百来，一往凡数百往也。又如歌者一字，故曼其声，高下低徊，抑扬百转，此“挫”之妙也，否则仍是一“平”字。文章能去其“浮”“率”“平”“直”之病，而有“沉郁顿挫”之妙，然后可以不朽。④

姚莹此论非常精到。诵读，精读，涵泳玩味文中一段往复流连之气，揣摩古人为文的神形情态，这是桐城诸家一贯的主张。

姚鼐对古文声音理论的发明，除了受刘大櫆影响以外，还吸收了明代七子派诗歌理论的成果。七子派诗歌理论最重要的贡献之一是集中阐发诗学中的声音现象。姚鼐将古文与诗歌的声音理论相互印证，相互补充。或者说，姚氏关于古文的讨论是建立在他对文学的整体认识基础之上的。这一讨论的最终成果，是使得桐城派古文和诗歌有了独到的艺术效果，即诗文相通——古文诗意化，成为诗性的散体语言形式；而诗歌则借鉴古文笔法，使得诗歌有古文的意味。

曾国藩对古文声音的认识直接受惠于姚鼐，至少可以找到两例。一例是曾国

---

① 姚鼐．与石甫侄孙［M］∥惜抱轩尺牍．上海：商务印书馆，1928.

② 姚鼐．与陈硕士［M］∥惜抱轩尺牍．上海：商务印书馆，1928.

③ 方东树．书惜抱先生墓志铭后［M］∥考槃集文录．刻本，1894（清光绪二十年）.

④ 姚莹．康輶纪行［M］∥四库未收书辑刊编纂委员会，编．四库未收书辑刊：5辑14册，北京：北京出版社，2001：319－320.

藩读到吴敏树寄来的诗，回复云："尊兄诗骨劲拔，迥越时贤。姚惜抱氏谓诗文宜从声音证入，尝有取于大历及明七子之风。尊兄睥睨姚氏，亦颇欲参用其说否?"①（《复吴敏树》）表明曾氏认同姚氏"因声求气"说。另一例是，据戴均衡所说，曾国藩曾经向他问及桐城文法，戴以《姚姬传尺牍》示之。② 曾国藩说自己"粗解文章，由姚先生启之"③（《圣哲画像记》）。究竟曾国藩受到姚鼐哪些启示，弄清此一问题，可以说明曾氏在此问题上的论述哪些是他的独得。《谕纪泽》有一段话，颇值得重视：

> 凡作诗，最宜讲究声调。余所选抄五古九家、七古六家，声调皆极铿锵，耐人百读不厌。余所未抄者，如左太冲、江文通、陈子昂、柳子厚之五古，鲍明远、高达夫、王摩诘、陆放翁之七古，声调亦清越异常。尔欲作五古、七古，须熟读五古、七古各数十篇。先之以高声朗诵，以昌其气；继之以密咏恬吟，以玩其味。二者并进，使古人之声调，拂拂然若与我之喉舌相习，则下笔为诗时，必有句调凑赴腕下。诗成自读之，亦自觉琅琅可诵，引出一种兴会来。④

"先之以高声朗诵，以昌其气；继之以密咏恬吟，以玩其味"，是这段话的中心句。它脱胎于姚鼐"急读以求其体势，缓读以求其神韵"。《姚姬传尺牍》不少内容是与学生讨论如何学诗作文。将这些内容与曾氏这段话对读，易知曾氏受姚鼐"启之"的具体内容当是诗文"声音"问题。⑤

关于曾国藩对古文声音的认识，还应补充两点。(1) 曾国藩自小爱好古乐，观看过浏阳古乐，具见《日记》"咸丰十一年十一月廿七日"条。他的感悟是："古昔圣王修己治人之术，其精者全存乎乐。""余思古人治兵之道，作诗之法，皆与音乐相通。"⑥ 人们常认为曾氏的哲学思想是囊括在其"礼"学之中的。事实上，"乐治"才是清明有效的方式，故而曾氏文章中再三致意，这一点为论者所忽视。这里将曾氏乐治思想置于其古文声音理论中加以讨论，是因为"乐治"与声音的"周边"紧密相连，二者的连接点则是"文"。大声诵读，使"文"唤

---

① 曾国藩. 曾国藩全集：书信 [M]. 长沙：岳麓书社，1995：1155.

② 戴钧衡. 卷首自序 [M] //味经山馆文钞. 刻本，1853（咸丰三年）.

③ 曾国藩. 曾国藩全集：诗文 [M]. 长沙：岳麓书社，1995：250.

④ 曾国藩. 曾国藩全集：家书 [M]. 长沙：岳麓书社，1995：418.

⑤ 曾国藩. 曾国藩全集：日记 [M]. 长沙：岳麓书社，1995：384. 按，曾国藩说："夜思君子有三乐：读书声出金石，飘飘意远，一乐也。"

⑥ 曾国藩. 曾国藩全集：日记 [M]. 长沙：岳麓书社，1995：689.

醒、复苏并呈现出“文”的“声音世界”来。唤醒和复苏由“文”的声音层面而建筑的“历史世界”——对于曾国藩而言，这样的“历史世界”无论是想象的力量，还是事实的依据，都可视为其事业向前推进的美好昭示和内在驱动力，而孟子发明的诵声养气在曾氏这里得到较为完整的印证——和由声音而来的“意义世界”（指的是他阅读经验中所获得的知性和慧性上的喜悦）是曾国藩赖以实现立德、立功、立言的重要方式。（2）在古文声音方面，曾国藩的独得是将这一声音现象延伸到铭、赞、汉赋及其他文体中。《谕纪泽》云：

> 唯四言诗最难有声响，有光芒，虽《文选》、韦孟以后诸作，亦复尔雅有余，精光不足。扬子云之《州箴》《百官箴》诸四言，刻意摹古，亦乏作作之光、渊渊之声。余生平于古人四言，最好韩公之作，如《祭柳子厚之文》《祭张署文》《进学解》《送穷文》诸四言，固皆光如皎日，响如春霆。即其他凡墓志之铭词及集中如《淮西碑》《元和圣德》各四言诗，亦皆于奇崛之中迸出声光。其要不外意义层出、笔仗雄拔而已。自韩公而外，则班孟坚《汉书・叙传》一篇，亦四言中之最隽雅者。尔将此数篇熟读成诵，则于四言之道自有悟境。①

曾国藩由四言诗的声响说到铭词的声响。后来，林纾从声音的角度讨论了如何作铭文问题。② 曾国藩发现汉魏人作赋“一贵训诂精确，二贵声调铿锵”③，这也是他的独创。

继曾国藩之后，张裕钊对这一理论有所发展。其《答吴至甫书》云：

> 古之论文者曰：文以意为主。而辞欲能副其意，气欲能举其辞。譬之车然，意为之御，辞为之载，而气则所以行也。欲学古人之文，其始在因声以求气，得其气，则意与辞往往因之而并显，而法不外是矣。是故契其一而其余可以绪引也。盖曰意、曰辞、曰气、曰法之数者，非判然自为一事，常乘乎其机而绲同以凝于一，唯其妙之一出于自然而已。自然者，无意于是，而莫不备至，动皆中乎其节，而莫或知其然。日星之布列，山川之流峙是也。宁唯日星山川？凡天地之间之物之生而成文者，皆未尝有见其营度而位置之者也，莫不蔚然以炳，而秩然以从。夫文之至者，亦若是焉而已……故姚氏暨诸家“因声求气”之说，为不

① 曾国藩．曾国藩全集：家书［M］．长沙：岳麓书社，1995：900.
② 钱基博．现代中国文学史［M］．上海：上海书店出版社，2004：131.
③ 曾国藩．曾国藩全集：日记［M］．长沙：岳麓书社，1995：481.

可易也。吾所求于古人者，由气而通其意以及其辞与法，而喻乎其深。及吾所自为文，则一以意为主，而辞、气与法胥从之矣。①

将张裕钊与贺涛的文字对读，可知贺涛的观点本于其师张裕钊。张氏谈了两个问题：一是论证姚鼐“因声求气”的合理性和阅读接受中的必要性；二是提出古文由“意”到“气”“法”“辞”的创作原则，这是他的独得。此外，张裕钊认为声音的最高处是“自然”，由此推至“日星之布列，山川之流峙”“天地之间之物之生而成文者”，这就谈得相当高了。讲古文，进而由人文讲到天地自然之文，在姚鼐之后的晚清古文家中，谈得最为通脱的当属张裕钊。

二

声音问题何以一直为古文家所关注并不断地被加以阐发？讨论之前，有必要介绍梅曾亮对于古文声音的看法。他认为：

夫观书者，用目之一官而已，诵之而入于耳，益一官矣。且出于口，成于声，而畅于气。夫气者，吾身之至精者也。以吾身之至精，御古人之至精，是故浑合而无有间也……罗台山氏与人论文，而自述其读文之勤与读文之法，此世俗以为迂且陋者也。然世俗之文，扬之而其气不昌，诵之而其声不文，循之而词之丰杀、厚薄、缓急与情事不相称。若是者，皆不能善读文者也。文言之，即昌黎所谓养气；质言之，则端坐而读之七八年。明允之言，即昌黎之言也。文人矜夸，或自讳其所得，而示人以微妙难知之词，明允可谓不自讳者矣，而知而信之者或鲜。②

这段文字前部分是梅氏独得，是从“观文”方面说。大体上说，就是刘勰讲的“观文者披文以入情”，唯如此才能做到“觇文辄见其心”，只是梅氏的论述较为集中而具体。后一部分是用清初古文家罗有高（1732—1779，字台山）的话来回答孙芝房的疑问，讲的也是“观文”问题。显然，梅曾亮是认同罗有高这一观点的。罗有高将“养气”与“端坐诵读”合为“知言”的两面，并用韩愈和苏洵佐证，将问题说足了。

韩、苏合证，在梅曾亮之前，较早注意到的是朱熹。朱熹在《沧州精舍论学

① 张裕钊．濂亭文集［M］．刻本．苏州：查氏木渐斋．1882（清光绪八年）．
② 梅曾亮．与孙芝房书［M］//柏枧山房文集．刻本．聊城：杨氏海源阁．1856（清咸丰六年）．

者》[①] 一文中所强调的熟读是从学习方法着眼，而苏洵的古文创作经验只是他的一个论据。朱熹并未谈及古文，却给我们提供了一条线索。作为一个思想家，能将韩愈、柳宗元、苏洵放在一起，说得这样通融，这是朱子的高妙。[②] 从“只是要作好文章，令人称赏而已”这句话来看，朱子似乎没明白韩、柳、苏三人那样做的全部意义，这为我们的解读留下了很大空间。

朱熹所征引的文字见于韩愈《答李翊书》、柳宗元《答韦中立论师道书》、苏洵《上欧阳内翰书》。将韩愈的为文态度与苏洵文字对读，十分相似。尽管柳宗元谈的是“羽翼夫道”，换个角度看，他也是在谈古文的“声”“气”，使其“气充”而“言宜”，这一切是在熟读百家之编基础上取得的。可以说，大凡在古文上有所创获的人，大都可在此三篇文章中找到类似的写作经验。梅曾亮说“出于口”“畅于气”“成于声”。罗有高讲“世俗之文”“扬之而其气不昌，诵之而其声不文，循之而词之丰杀、厚薄、缓急与情事不相称”。张裕钊认为“欲学古人之文，其始在因声以求气”。贺涛讲“声不中其窾，则无以理吾气，气不理则吾之意与义不适”。吴汝纶认为“以意求之，才无论刚柔，苟其气之既昌，则所为抗队、诎折、断续、敛侈、缓急、长短、申缩、抑扬、顿挫之节，一皆循乎机势之自然，非必有意于其间，而故无之而不合”[③]。曾国藩通过诵读“使古人之声调，拂拂然若与我之喉舌相习”，引出“兴味”来。通过诵读，“披文入情”，这属于文学审美和接受问题。

与此相关的是张裕钊文中说的姚鼐“因声以求气”。姚氏的“声”是指诵读文章的声响，“气”指的是文章潜伏的气脉。在传统的“知人论世”接受原则下，这个气脉的“意义世界”指涉的是文中所表现的创作主体的精神风貌。姚鼐此一理论的提出是基于学习诗文的途径，而未泛化成一种读书方法。换言之，他所讲的“声”和“气”是有规定的，指向儒家圣贤的仁义道德，或狷介不俗的人品。

为何要“因声以求气”？刘大櫆的解释是：“音节者，神气之迹也。字句者，音节之矩也。神气不可见，于音节见之。音节无可准，以字句准之。”[④] 张裕钊认为：“作者之亡也久矣，而吾欲求至乎其域，则务通乎其微，以其无意为之而莫不至也。”贺涛认为：“以其神解妙会无法之可传，不能据成迹以求之也。”就

① 朱熹．朱文公全集：第24册［M］．上海：上海古籍出版社，2002：3593.

② 姚范云，“朱子谓：‘韩昌黎、苏明允作文，敝一生之精力，皆从古人声响处学。’此真知文之深者。”（《援鹑堂笔记》卷四十三，《续修四库全书》本）

③ 吴汝纶．答张廉卿［M］//吴汝纶全集：尺牍．合肥：黄山书社 2002：36.

④ 刘大櫆．论文偶记［M］．北京：人民文学出版社，1961：6.

是通过诵读古文，把握文字间的微妙，顺着已有的“迹”去接近作者的意志丰神，去理解孟子“知人论世”的“世”中“人”。其实，这一问题庄子早就思考过。庄周以“轮扁斫轮”为喻，说明后世在理解前人的思想时，企图通过语言文字的方式来实现是难以奏效的。而圣贤的精微处不可能用语言记载下来，所以他的办法是“得意忘言”。张裕钊、贺涛等人的解释则是通过诵读，把握字与字之间、词与词之间、句与句之间、段落与段落之间的“气脉”流走，将从字、词、句、段、篇中呈现出来的“精微”的“气脉”连接起来，唤起和建构起一个文本的“意义世界”。

有了语言文字之后，该如何来表述我们的思想和认识，这是庄周关注的理论问题。而有了文学之后，该如何还原文学的意义，这为桐城派诸家所关注。后一问题的解释，姚鼐的回答是熟读自然妙悟，认为文事如禅事，一如严羽之论诗。张裕钊的回答是“颛取古人之书，反复而熟读之，以意逆志，达于幽眇”，这样“其所得盖有远出寻常解说之上者”。① 在创作中，“因声以求气”的妙用常被说得很玄。韩愈说“当其取于心而注于手也，汩汩然来矣”。苏洵说“其胸中豁然以明”，“浑浑乎觉其来之易矣”。刘大櫆、梅曾亮、曾国藩、吴汝纶、贺涛都认为熟诵之后，古人神气与我之神气能相吻合。姚鼐说“其于人也，漻乎其如叹，邈乎其如有思，暖乎其如喜，愀乎其如悲。观其文，讽其音，则为文者之性情形状举以殊焉”。② 张裕钊将此推向山水自然，更是玄之又玄。

张裕钊在《答吴至甫书》一文中高度肯定姚氏“因声以求气”说之后，提出“因意以摄气”的理论。他说：“吾所求于古人者，由气而通其意以及其辞与法，而喻乎其深。及吾所自为文，则一以意为主，而辞、气与法胥从之矣。”③“因声以求气”是由“声”到“文气”“意”“辞”“法”，此就接受者而言。“因意以摄气”，由“意”而统摄“辞”“法”“气”，此就创作者而言。揣摩古人文里的神气，继而探寻古人作文的内在依据。在他看来，这个内在依据就是“意”。这个“意”——指的是为何“那样”立意而不“这样”立意的“意”，即符合对象事物的恰当秩序，做到“当于情而合乎理”——构成创作的主要内容。张裕钊所说的“声”“气”“意”，是一个层面上的表述，有些像理学家讲的“月印万川”“理一分殊”，古文中的声音理论到了他这里可谓博大精深。

---

① 张裕钊．归震川平点史记后序［M］//濂亭文集．刻本．苏州：查氏木渐斋．1882（清光绪八年）．

② 姚鼐．复鲁絜非书［M］//惜抱轩全集：文集．北京：中国书店，1991：71.

③ 张裕钊．濂亭文集［M］．精刻本．查氏木渐斋．1882（清光绪八年）．

三

无论是“因声以求气”，还是“因意以摄气”，都必须要回答这两个问题：一是声音与声音间的组接，它们的“意义场”是如何生成的，即声音的意义如何成为可能；二是作为散体语言形式的古文，声音是否必然成为古文的内在问题。

（1）因声以得义

曾国藩《日记》“同治四年一月条”载：“因阅钱莘楣先生《声类》一书。此书分《释诂》《释言》《释训》《释语》《释天》《释地》《名号之异》等目，皆因声得义者，足见古人先有声音，后有文字。余前有意为是书而未果。”①“有意为是书而未果”，曾国藩的自信很大程度上是缘于他从诵读古文中获取的直接经验——声音的意义经验。曾国藩所说的“因声得义者”，既可理解为汉字的特点，也可作为一种训诂的方法。

段玉裁《王怀祖广雅注序》云：“圣人之制字，有义而后有音，有音而后有形。学者之考字，因形以得其音，因音以得其义。治经莫重于得义，得义莫切于得音。”② 阮元《与郝兰皋户部论尔雅书》云：“言由音联，音在字前。联音以为言，造字以赴音。音简而字繁，得其简者以通之，此声韵文字训诂之要也……以简通繁，古今天下之言皆有部居而不越乎喉舌之地。”③ 此一现象，近人刘师培和黄侃有深入的论述。刘氏《字义起于字音说》云：“字义起于字音，杨泉《物理论》述臤字，已著其端……近儒钱溉亭氏欲析《说文》系以声。嗣焦氏说《易》，陈氏、姚氏、朱氏治《说文》，均师其例……古无文字，先有语言，造字之次，独体先而合体后，即《说文·序》所谓其后形声相益也。”④ 黄侃认为：“（形、音、义）三者之中，又以声为最先，义次之，形为最后。凡声之起，非以表情感，即以写物音，由是而义傅焉。声、义具而造形以表之，然后文字萌生。”⑤ 上古时，有语言而无文字，未造字形，却先有字音。后来，字形与字音相辅，逐渐分化。这一现象对于我们要解释的声音的“意义世界”是否有效？从理论上说，“耳治之音有限，目治之字无穷，以有限御无穷，所谓易简之理即

① 曾国藩．曾国藩全集：日记［M］．长沙：岳麓书社，1995：849.

② 段玉裁．经韵楼集［M］//续修四库全书编委会，编．续修四库全书：第1434册，上海：上海古籍出版社，2002.

③ 阮元著．揅经室集：一集［M］．邓经元点校，北京：中华书局，1993：124.

④ 刘师培．左盦集卷四［M］//刘申叔先生遗书．刻本，1934（民国二十三年）.

⑤ 黄侃．黄侃论学杂著［M］．上海：上海古籍出版社，1980年：93.

在其中矣"①。所谓"简易"说的是一种有效地把握事物的认识方式。人的认识是一个由约到博、从博返约的过程，声音不出于喉舌之间，从声音证万物，则易于把握。② 此就"声音"于汉字特点上说，具有普遍性，自然为古文所有。

（2）声音问题内在于古文的必然性

骈文是"文字型"的文学，其产生和发展是基于汉字的特点（单音和孤立），并充分发挥这一特点的。因而它基本不考虑语言，这样使得它和当下的口语距离越来越远。但骈文能独立存在于不同历史时期的主要原因是它讲声律，使其文之不"吃"③，利用文字的特点来完成人工的声律。所以，声音自然而然地内在于骈文之中了。古文则不同，它是"语言型"的文学，古文家讲得最多的却是文气，因为"气"能使文"贯"穿起来。古文家所讲的"文气"近于自然的音调，而骈文家所谓的声病，则属人工的声律。④

虽然古文家用的是文言，模仿先秦两汉时期的语言，但与当时的口语不完全相同。因之，它使用的是文字化的语言型，是模仿古代的语言型的文学语言。这种准语体的文学，与人们实际生活当中的口头的声音语还是不合。怎么办呢？另一方面，古文写作必须做到自然流畅，要做到语势的自然，要"贯"而不"吃"，那只好讲开阖、脉络、起伏、长短、高下、擒纵、疾舒之法，只好讲音节。

清代古文家探讨声音与情韵、声音与神气之关系，强调音节字句是情韵神气的外在表现，而情韵神气则内在音节字句之中。刘大櫆的表述相当精彩，他说：

> 音节高则神气必高，音节下则神气必下，故音节为神气之迹。一句之中，或多一字，或少一字；一字之中，或用平声，或用仄声；同一平字仄字，或用阴平、阳平、上声、去声、入声，则音节迥异，故字句为音节之矩。积字成句，积句成章，积章成篇，合而读之，音节见矣；歌而咏之，神气出矣。⑤

这表明文气具有声律的性质。刘大櫆之前，唐顺之认为：

> 喉中以转气，管中以转声，气有湮而复畅，声有歇而复宣，阖之以助开，尾之以引首。此皆发于天机之自然，而凡为乐者莫不能然也。最

① 齐佩瑢．训诂学概论［M］．北京：中华书局，1984：39.

② 柳春蕊．形容词的缺场与动作意谓［J］．北京大学研究生学志，2004（3）.

③ 范文澜．文心雕龙注：下［M］．北京：人民文学出版社，1978：553.

④ 郭绍虞．文气的辨析［M］//照隅室古典文学论集：上．上海：上海古籍出版社，1983：115－123.

⑤ 刘大櫆．论文偶记［M］．北京：人民文学出版社，1961：6.

> 善为乐者则不然。其妙常在于喉管之交，而其用常潜乎声气之表。气转于气之未湮，是以湮畅百变，而常若一气。声转于声之未歇，是以歇宣万殊，而常若一声。使喉管声气融而为一，而莫可以窥，盖其机微矣。然而其声与气之必有所转，而所谓开阖首尾之节，凡为乐者莫不皆然者，则不容异也。使不转其气与声，则何以为乐？使其转气与声而可以窥也，则乐何以为神？①

此论古文音节之意义。

古文家好论文气，不外乎利用语势之浩瀚、文气之流畅，以自然的音调见长而已。然而自然的声音，虽不易把握，但有一定的音节，或宜于高声朗诵，或宜于低声密吟，或偏于阴刚，或毗于阴柔，体会玩索，本是学习古文的重要途径，为创作之主要方法。而且还可以“因声以求气”，能看到作者的精神意气，“虽百世而后，如立其人而与言于此”②，“观其文，讽其音，则为文者之性情形状举以殊焉”③。

将韩愈的“气盛言宜”和姚鼐的“因声以求气”对看，会发现一个很有意思的现象：韩愈主“文气”，但到了姚鼐这里则是主“声色”。姚鼐认为“神理气味”是“为文之精”，它们又是内蓄于“文之粗”，即“格律声色”之中。而“格律声色”，总体上说，为骈文所固有，这大约是姚鼐所没有想到的吧。如果认识到骈文在变化多样、新鲜活泼的语体面前，如何开创新的发展道路的话，那么易于明白桐城派古文家在坚守古文壁垒、日益保守的情形下所做的一切努力，采用的仍是当年在古文强大的语境之下骈文为了生存所采用的策略，即通过其自身的变化，而不依照外在的语言形态；注重总结古文传统的创作方法，而不去寻求古文在不断发展变化的社会实践中（包括具体的“物”与“序”）的生长点，尽管桐城派在理论上将“有所法而后能，有所变而后大”视为回应时势、要求通变的圭臬，奉为不二科律。晚清古文的保守性日益强化，在这里得到证实。

（3）古文声音“意义场”的形成

古文是一种准语体的语言型文学，由于自身的规定性，创作古文必须是先模仿，而模仿最直接而有效的方式便是诵读。在诵读过程中，声音的内在性（由内向外涟漪式的语义流向）使得古文中那些稍为固定的文义与声音一起流走。通过

---

① 唐顺之．董中峰侍郎文集序［M］//荆川先生文集．四部丛刊：第1581册，上海：商务印书馆，1919.

② 姚鼐．答翁学士书［M］//惜抱轩全集：文集．北京：中国书店，1991：64.

③ 姚鼐．复鲁絜非书［M］//惜抱轩全集：文集．北京：中国书店，1991：71.

诵读，我们能更好地寻找到古文的“意义出口”——由声音的义项（逻辑、结构、符号、字、韵、法等）而组成的“意义场”。声之闳暗与气之短长则成为这一意义生成中的重要一环。在这一点上，“气盛言宜”和“因声求气”可统一起来。韩退之《上襄阳于相公书》说：“手披目视，口咏其言，心唯其义。”① 曾国藩认为韩愈《柳州罗池庙碑》“情韵不匮，声调铿锵”，是“文章中第一妙境”。“情以生文，文亦足以生情。文以引声，声亦足以引文。循环互发，油然不能自已，庶渐渐可入佳境。”②

古文家喜欢讨论具体文法，重视开阖顺逆、起承转合、抑扬顿挫，从语言观点来看，唐宋文人善于动用助词，所以能丰神摇曳，曲折表达语言的神态；又善于动用连词，所以开阖顺逆等各变化容易在文中得到体现，这是唐顺之所说的“有法可窥”。“唐宋派”从唐宋文入手，谙于开阖顺逆之法，所以在秦汉之文中也能体会“涇畅歇宣”的自然之法，遗貌而取神。后来桐城派乃至林纾大谈古文中的虚词、助词、语气词等。从语言上说，是因为古文语言不同于口头语，不能较好地表达一时一地的神态情状，表达各种事物的形态和特征，所以必须借助汉字虚词或者音节上的特点；从神气上说，通过文法和词语上的活用，使自己的神态更为形象鲜明（创作上），使古人的神态更为清晰（接受上）。通过诵读，语言的音响与古文所蕴蓄的“意义场”能达到同一约定。

四

通常把桐城派古文看作美文，为文艺散文，那是因为桐城派在古文艺术上的贡献，合乎现代散文的艺术特征。这里我们从声音的角度，认为一旦声音被人们单独用于审美，那么古文和骈文一样，将成为一种美的文学。而古文原本参与社会实践的功能和性质日益减弱，逐渐成为古文家陶冶性情之物。前所举梅曾亮、吴德旋、吴敏树、曾国藩、张裕钊诵之不厌，陶醉在古文的情景中，“益于口，成于声，而畅于气”，这着实为晚清古文家提供了莫大的精神补偿。③

桐城派古文对于词汇的吸纳不大，排斥俗语、口头语和新生的语汇。他们更多的精力是用于研究古文的声音上面，从文法、虚词、段落、篇章、字句等方面加强对古文经典的诵读和研究，以求得古文在新历史情境下的生存空间。宗骈文

---

① 韩愈．韩昌黎文集校注［M］．马其昶．校注．马茂元．整理．上海：上海古籍出版社，1987：147.

② 曾国藩．曾国藩全集：日记［M］．长沙：岳麓书社，1995：420.

③ 张裕钊说：“往在江宁，闻方存之云，长老所传刘海峰绝丰伟，日取古人之文，纵声读之。姚惜抱则患气羸，然亦一不废哦诵。”（《答吴至甫书》，《濂亭文集》卷四）

者则用力在文字上面，使之更大限度地挖掘文字的声音美。到了桐城派这里，虽然用力方向不同于骈文，但他们并没有开掘出一片新天地来，而是在既有的语言上进行反复锤炼和吟咏。这让我们看到桐城派古文家在追求古文的声音美，追求古文自身美的同时，他们所走的道路，又何曾不是与韩愈同时的那些力主骈文的文家所坚守的道路！

晚清古文艺术化的发展趋向与当初韩愈所创立的“因事以陈辞”① 的古文写作原则绝不一样，与韩愈的“文章语言”要“与事相侔”②“辞事相称”③ 的古文思想背离。我们不能因为桐城派在“义法”“声色”上的贡献而回避这一弱点。相对晚清社会重大历史变迁，这时期的古文家在表现与时俱进的“事”方面无能为力；相反地，他们在既有的“古文世界”（指的是已有的古文义法、古文的意味形式和情感世界）里饱餐不厌。相比韩、柳、欧、曾，晚清桐城派和受其影响的古文家表现了空前的保守性和封闭性。由于与“事”脱离，与以“事”为中心的世界日益疏远，从而使古文成为一门语言艺术，成为一门语言的声音艺术。本来，近代两楚人士，尤其是湖南人，按其“事即理”“理在事中”的内在路向，是可以开出晚清古文的新局面的。可惜的是，即使是像曾国藩这样的气魄雄奇之士，对于古文的贡献仍然是在古文与骈文二维向度内展开，终未向前迈进一大步，这不能不让后人为之遗憾。

在西潮激荡下，晚清古文在面对自身发展困境时，它与骈文所走的路向基本一致。钱基博讲到近代骈文家孙德谦时说：

> “六朝文之可贵，盖以气韵胜，不必主才气立说也。《齐书·文学传论》曰：‘放言落纸，气韵天成。’若取才气横溢，则非六朝真诀也。昌黎谓：‘唯其气盛，故言之高下皆宜。’斯古文家应尔，骈文则不如此也。六朝文中，往往气极遒练，欲言不言，而其意则若即若离。上抗下坠，潜气内转，故骈文蹊径与散文之‘气盛言宜’，所异在此。”（柳案：引文为孙德谦语）此主气韵，勿尚才气之说也。主气韵，勿尚才气，则安雅不流于驰骋，与散行殊科。崇散朗，勿矜才藻，则疏逸而无

① 韩愈．答胡生书［M］//韩昌黎文集校注．马其昶．校注．马茂元．整理．上海：上海古籍出版社，1987：184.

② 韩愈．上襄阳于相公书［M］//韩昌黎文集校注．马其昶．校注．马茂元．整理．上海：上海古籍出版社，1987：178.

③ 韩愈．进撰平淮西碑文表［M］//韩昌黎文集校注．马其昶．校注．马茂元．整理．上海：上海古籍出版社，1987：607.

伤于板滞，与四六分疆。①

孙德谦所说颇得骈文精义。如果将韩愈“气盛言宜”解释为“才气”之“驰骋”，还稍成立的话，那么这一观点置于晚清古文的语境中，其说服力就大可怀疑。孙德谦强调骈文比韩愈创立的古文优越，他所讨论的古文是韩愈那个时代的古文。唐宋古文家论文，多从气势上说，因气以品文。清代古文家论文则是将“气”与“韵”联系起来。桐城派古文同样是“主气韵，勿尚才气，则安雅不流于驰骋”。桐城派强调渊池停蓄、树茂幽美之气，雅洁懦缓之辞，表明古文与骈文不相抵牾，反而相通相融。钱氏擅长骈偶行文，不过“主气韵”“崇散朗”，持论却相当泛化。

骈文“其气转于潜，骨植于秀，振采则清绮，凌节则纡徐，缉类新奇”②。孙德谦日取《骈体文钞》，“苦不得其奥窔，第领其音节气息而已。既读朱一新《无邪堂答问》论六朝文云‘上抗下坠，潜气内转’，大悟，创血脉之说。以为‘颜黄门谓文有心肾、筋骨、皮肤，而不知有血脉。血脉者，以虚字使之流通，亦有不假虚字而气仍流通，乃在内转。刘成国训脉为幕，谓幕落一体，则其贵尤在于通体之气韵’”③。这使我们看到，骈文在清代后期并不尚涂泽，而唯务气韵。孙德谦所谓“血脉”何尝不是古文家所讲的“文气”？晚清骈文重遒逸、研炼、疏宕、峬峭、岸异之气，相当程度上是借鉴古文的结果。尽管他们未必如是想，但骈文到后来，必将与古文有某种一致性。晚清古文注重渊懿、安雅、致韵的审美特点，同样可看成是骈文效用的延续。因为古文要成为一门艺术，必然与骈文有着内在的一致性。在晚清文论中，古文家也讲声色，骈文家也讲义法。这一点，郭绍虞归之为“骈文与古文相济”④。补充这一段是为了印证曾国藩在《送周荇农南归序》中所阐发的骈散相合的观点是基于古文骈文相融通上面，这正是古文逐渐成为艺术美文的重要前提。

古文理论中的声音现象对于古文发展的影响自然不止于此，吴汝纶将古文理论中的声音现象引申到解经、注经的领域，使其成为晚清古文家治经的重要方法。古文声音理论中的“耳治”和文学近代化过程中的“目治”，在近现代文学的发展变革中，二者力量势位的消长，对于文学的走向有着深远影响。

（原载《文艺理论研究》2008 年第 3 期）

---

① 钱基博．现代中国文学史［M］．上海：上海古籍出版社，2004：120.

② 孙德谦．六朝丽指［M］．刻本：四益宧．1923（民国十二年）：8－9.

③ 刘梦溪．中国现代学术经典：钱基博卷［M］．石家庄：河北教育出版社，1997：152.

④ 郭绍虞．文气的辨析［M］∥照隅室古典文学论集：上．上海：上海古籍出版社，1983：14.

“桐城谬种”与新文化运动

潘务正

1917年1月，胡适在《新青年》第2卷第5号上发表《文学改良刍议》，提倡白话文，反对文言文。接着，陈独秀以革命者的姿态，响应胡适，在《新青年》第2卷第6号发表《文学革命论》，将矛头对准旧文学，视前后七子和归有光、方苞、刘大櫆、姚鼐等人为“十八妖魔”。同时，在这一期《新青年》的通信栏内，还刊载了钱玄同致陈独秀的一封信。在这封信里，钱玄同首次使用了“选学妖孽，桐城谬种”的说法。之后，这两句话成了批判桐城和文选两派的锐利武器，“目桐城为谬种，选学为妖孽”（《新青年》第4卷第3号钱玄同《文学革命之反响》）也成了人们的共识。这两句口号由于指明了文学革命的对象，在当时深受欢迎，所发挥的作用亦不言而喻。

今天，人们已经牢固地将“谬种”和“桐城”、“妖孽”和“选学”联系在一起。尽管有人会觉得它不可避免地具有偏激性，但往往因为它在新文化运动中的巨大作用而忽略它的不足。

但是，当我们以冷静的眼光重新审视那段历史，寻找那两句话产生的原因时，我们会发现，原来人们误解了那句话的最初含义。

钱玄同致陈独秀的信是这样写的：

> 顷见六号（按：应为五号）《新青年》胡适之先生文学刍议，极为佩服。其斥骈文不通之句，及主张白话体文学说，最精辟……具此识力，而言改良文艺，其结果必佳良无疑，惟选学妖孽，桐城谬种，见此又不知若何咒骂。虽然，得此辈多咒骂一声，便是价值增加一分也。（《新青年》第2卷第6号）

仔细分析这段话，可得出以下几个结论：

首先，“妖孽”“谬种”这里指人。“见此又不知如何咒骂”的很明显不是针对派别来说的。

其次，从“见此”这个词可看出，时间应为当下，是目前。硬定为整个桐城派和文选派，也说不通。

第三，所指对象即人的一个显著特点是好骂（当然最主要的是反对新文学、白话文），而且有骂的历史，要不怎么说“又不知若何咒骂”呢？

从上面几点来看，将这里的“选学妖孽，桐城谬种”视为“目桐城为谬种，选学为妖孽”是不正确的，二者不管从对象还是时间上都有不一致之处。那么，“选学妖孽，桐城谬种”此处到底指谁呢？

钱玄同在估计对手会咒骂时，自己先动了粗，使用了“妖孽”和“谬种”这样难听的字眼。和陈独秀的“妖魔”不同，这两个词含有强烈的憎恨之情。钱玄同桀骜的性格众所周知，好骂是他这种性格的突出表现。① 要弄明白“妖孽”和“谬种”所指的对象，则不能不分析他和当时桐城、文选两派人士的恩恩怨怨。就桐城派及和桐城派关系密切的人来说，又是谁得罪了他，惹得他破口大骂？

在民国初年文坛上，影响较大的桐城派正宗传人是马其昶、姚永朴、姚永概郎舅三人，是他们的文学创作和学术活动才使桐城派大旗不倒。他们是否有骂的习惯和历史呢？

马其昶除古文创作外，大部分时间从事学术研究，先后完成了《周易费氏学》《诗毛氏学》等著作，尤精三礼，1910 年被聘编《礼经》教材。深厚的儒家文化的熏陶，养成了他“清靖不尚矫介之行”② 的性格，为人处事极为小心，“或涉偏宕之论，矫激之行，矜已而戒世”③。谨慎的性格，又面临衰世，造成他内敛的心态。当姚永概认为范当世的诗当今第一时，尽管他不否认范氏的诗歌成就，但对“第一”提出了异议。他说：“吾辈数人昵好，世所闻也，称心而言，人疑其党。”④ 小心到连对同门发表评论也要考虑别人反映的马其昶，决不会对着别人破口大骂。

姚永朴和马其昶走着一条相近的学术创作道路，对《尚书》《周易》《论语》

---

① 周作人说钱玄同的脾气特殊，假如要他去见“大人先生”，他听见名字，便会老实不客气地骂起来。（周作人．钱玄同的复古与反复古［M］//沈永宝，编．钱玄同印象．上海：学林出版社，1997：18.）

② 林琴南．赠马通伯先生序［M］//林琴南文集：畏庐续集．北京：中国书店，1985：25.

③ 陈三立．学部主事桐城马君墓志铭［M］//散原精舍文集：卷十六．沈阳：辽宁教育出版社，1998.

④ 马其昶．慎宜轩文集序［M］//抱润轩文集．刻本．1923（民国十二年）．

亦有精深的研究，因此“内养纯粹，貌庄而温”①，其父姚浚昌名其轩曰“蜕私”。对于“私”，他有独特的理解。他认为，不但自私是私，而且“以其聪明才辨陵人，发一言行一事辄思人之同己，誉之则喜，訾焉则怒”，“若此者亦私也”。② 这些都是“蜕”的对象。所以在北京大学时，“（黄侃）与桐城姚仲实争，姚自以老髦，不肯置辩”③。像这样刻苦自持、涵养深厚的人，也不会骂人的。

和马其昶、姚永朴二人相比，姚永概更多的时间是从事诗文创作，但儒家温柔敦厚的思想也同样在他身上烙下深深的印记。姚家旧习，诞辰之日，弟于兄必四拜，这种习惯一直到年老，姚永概还保持不改，“检身之密，乃如是邪”④。由于教育上的成就，姚永概1912年被任为北京大学教务长。面对章氏弟子的攻击，林纾说了些过火的话，而姚永概却批评林纾“任气而好辩”。⑤ 由此可见，姚永概和他的姐夫、兄长一样，能谨慎地对待世事的变化。1917年以后，“目桐城为谬种”已布在人口时，他们始终一言不发，默默地做自己的事。

在学术观点和文学理论上，晚清民国桐城派主张汉宋合一，骈散结合，尽量泯灭门户之见造成的旧派文学之间的冲突。他们对章氏弟子的进攻采取回避策略，一方面是由于性格涵养的原因，另一方面还是因为折中的学术、文学观念。即使是新文化运动将桐城派骂得一无是处，他们也不站出来争辩。他们确信，“桐城固白话文学之先驱矣”⑥。

以上从桐城作者的修养和性格方面排除了他们咒骂的可能性。除此之外，还有谁有好骂的性格和历史呢？

民国初年的学界，与桐城派关系密切、影响更大的是成名于翻译的严复和林纾。他们和桐城派的关系很复杂，当今学界对二人是否为桐城弟子还有争议。

就严复而言，他虽未曾公开表示自己是桐城弟子，但也没否认过。桐城大师吴汝纶在世时，严复经常请他为自己的译书作序，吴氏对他也极为赏识。1912年入主北京大学任校长后，他就将桐城派传人二姚兄弟聘为教师，并任姚永概为

---

① 姚塘．姚仲实行述［M］//卞孝萱，唐文权，编．民国人物碑传集．北京：团结出版社，1995：736.

② 姚永朴．蜕私轩记［M］//蜕私轩文集：卷五．刻本：秋浦周氏，1921.

③ 章太炎．国学讲演录［M］．上海：华东师范大学出版社，1995：34.

④ 姚永朴．叔弟姚永概行略［M］//蜕私轩文集：卷四．刻本．池州：秋浦周氏，1921.

⑤ 林琴南．慎宜轩文集序［M］//林琴南文集：畏庐三集．北京：中国书店，1985：5.

⑥ 吴孟复．书姚仲实先生文学研究法后［M］//姚永朴．文学研究法．合肥：黄山书社，1989：191.

教务长。桐城派势力在北大的强盛，和严复的扶植是分不开的。考严氏生平，发现他既无骂人的习惯，也无骂人的历史。1915 年严复误入筹安会，受到世人的普遍指责，因此新文化运动前后，他几乎在学界和文坛销声匿迹，更无骂人的机会。

排除以上人物有咒骂的可能，嫌疑自然落到林纾身上。翻开林纾的历史，发现他不但有骂的习惯，而且自 1913 年离开北大后，一直骂声不绝。

林纾称自己的性格为"木强多怒""褊狭善妒"①，动辄怒火中烧，骂不绝口。他的朋友包括姚永概在内，一再规劝、批评他。挚友高而谦奉使去意大利，临行，拉着林纾衣袖哭着劝他"勿使气"②。林纾自己也认识到这一点，并痛下决心改正。为此，他写下了《二箴》(《气箴》《言箴》)。在《气箴》中他写道：

> 人唯尔愚，故挑尔怒。褊衷弗载，声色呈露。是非颠倒，与尔何与？疥尔行能，痤尔撰著。谬悠之口，尔执为据。以一詈万，侯祝侯诅。日即俚下，嗟尔老暮。让路徐行，胡窒雅步？藉砭吾疵，或起沉痼。流水清泠，闲云高素。尔倘知足，奚谤毁之骛？③

从中可见这是一场恶战，林纾"以一詈万"，又见他骂功之高。尽管林纾一再箴戒自己，但本性难改，1916 年之后，他还是忍不住，又对新文化运动大骂起来。

文学革命运动之前，林纾骂的对象主要是章太炎及其弟子，而对手的一个特点也是善"骂"。

林纾和章氏的过节，源自章对林的评价。在《与人论文书》中，章氏评价道："下流所仰，乃在严复、林纾之徒……纾视复又弥下，辞无涓选，精采杂污，而更浸润唐人小说之风。夫欲物其体势，视若蔽尘，笑若龋齿，行若曲肩，自以为妍，而只益其丑也；与蒲松龄相次，自饰其辞，而祗敬之曰：此真司马迁、班固之言！"④

章太炎批评林纾，一方面是林氏当时文名甚高，而章氏最喜欢挑大人物的刺。另一方面，林纾的翻译小说入不了章太炎的法眼。章氏推崇"上说下教"，"曲道人物风俗、学术方技"类小说，在他眼中，蒲松龄、林纾之作"亦犹《大

① 林纾．冷红生传［M］//畏庐文集．北京：商务印书馆，1910：11.

② 林纾．高莘农先生传［M］//林琴南文集：畏庐续集．北京：中国书店，1985：45.

③ 林纾．气箴［M］//林琴南文集：畏庐续集．北京：中国书店，1985：44.

④ 章太炎．与人论文书［M］//上海人民出版社，编．章太炎全集：四．上海：上海人民出版社，1985：168.

全》《讲义》诸书，傅于六艺儒家也”①。

这样的批评，林纾是接受不了的。此时林纾似乎还未到大骂的程度。

激发林纾大骂的是章氏弟子。1913年之前，林纾和桐城派弟子在北大占据着主要位置。但自从浙江人何燏时任校长后，情形发生了变化。林纾在给其子的信中说：“大学堂校长何燏时，大不满意于余，对姚叔节老伯议余长短，余闻之失笑。以何某到校时，余无谄媚之容，亦无趋承之态，故憾我次骨，实则思用其乡人，亦非于我有仇也。”② 据沈尹默回忆，何校长不满林纾，一则是不满他的教书，“说林在课堂上随便讲讲小说，也算教课”。另一方面，则如林纾所说，是“思用其乡人”，即想用章太炎及其弟子。他请不到章，就将章门弟子如沈兼士、马裕藻、钱玄同、黄侃等人相继请进北大，连不是章氏弟子的沈尹默也受到邀请。③ 何校长想通过同乡来排挤林纾。从上面的记载中看出姚永概在北大的境遇要比林纾好得多。但章门弟子一入北大，不但展开对林纾的攻击，也对桐城派势力进行清扫。尽管黄侃等同门内部也有矛盾，但“对严复手下的旧人则采取一致立场，认为那些老朽应当让位，大学堂的阵地应当由我们来占领”④。

章氏弟子来势凶猛，斗争的结果是林纾及与他关系要好的姚永朴、姚永概一时间全部辞职离开北大。至于失败的原因，钱基博认为：“民国兴，章炳麟实为革命先觉；又能识别古书真伪，不如桐城派学者之以空文号天下！于是章氏之学兴，而林纾之说熸！”⑤

“木强多怒”的林纾当然气愤难忍，旧恨新仇加在一起，骂声自然冲口而出。其形诸文字的见于《与姚叔节书》《慎宜轩文集序》《与本社社长论讲义书》。在前两篇文章中，他诋章太炎为“妄庸巨子”（或“庸妄巨子”），而骂章氏弟子的话，正是后来钱玄同所用的“谬种”这个词语。“谬种”在他的文章中共出现四次，分别如下：

> 近者其徒某某腾噪于京师，极力排媢姚氏，昌其师说，意可以口舌之力挠蔑正宗，且党附于目录之家……贡父（刘邠）兄弟读书多于欧公，今日二刘遗集宁足与居士集并立？矧庸妄之谬种，又左于二刘万万

---

① 章太炎．与人论文书［M］//上海人民出版社，编章太炎全集：四．上海：上海人民出版社，1985：169.

② 林纾．畏庐老人训子书：第十五则［M］//李家骧，等编．林纾诗文选．北京：商务印书馆，1993：372.

③ 沈尹默．我和北大［M］//陈平原，夏晓虹，主编．北大旧事．北京：三联书店，1998：164－165.

④ 沈尹默．我和北大［M］//陈平原，夏晓虹，主编．北大旧事．北京：三联书店，1998：167.

⑤ 钱基博．现代中国文学史［M］．上海：上海古籍出版社，2011：222.

也……①

今庸妄巨子……鼓其赝力，斥桐城不值一钱，而无识之谬种和者嘷声彻天……②

彼妄庸之谬种若独得此秘用之以欺人……③

□□一生，好用奇字，袭取子书断句，以震炫愚昧之目；所传谬种，以《说文》入手，于意境义法，丝毫不懂……④

文中林纾说章氏“斥桐城不值一钱”是无根据的。章太炎对桐城派是有批评，不过那还是1900年时，他在《清儒》中说的：“桐城诸家，本未得程朱要领，徒援引肤末，大言自壮。”⑤ 章氏当时受维新思潮的影响才有此言。⑥ 之后，他尽管以朴学家身份主张魏晋文，但对桐城派的评价却有好转，特别是在1906年的《校文士》和1910年的《与人论文书》⑦ 中，态度发生了明显的变化，对姚鼐、吴汝纶、马其昶并不一味轻视。尤其是马其昶，曾经为被幽禁的章太炎帮

① 林纾．与姚叔节书［M］//林琴南文集：畏庐续集．北京：中国书店，1985：16－17.

② 林纾．慎宜轩文集序［M］//林琴南文集：畏庐三集．北京：中国书店，1985：5.

③ 林纾．慎宜轩文集序［M］//林琴南文集：畏庐三集．北京：中国书店，1985：5. 姚永概并没有将林纾的这篇文章作为《慎宜轩文集》的序，恐是因为林措辞激烈，怕引起章氏弟子的攻击。由此亦可见桐城派中人性格的平和。《畏庐三集》虽出版于1923年，但收录文章始于1916年4月。（见张俊才编《林纾年谱简编》，收入薛绥之、张俊才编《林纾研究资料》，福建人民出版社1983年版，第59页）姚永概《慎宜轩文集》一次刊刻于光绪戊申（1908），另一次刊刻于辛酉（1921）之后，林纾该序显然不是为此两本而作。该序对章氏弟子的态度和《与姚叔节书》相同，故而可以认定两文前后时间相差不远。1917年之后，林纾的态度稍微收敛，不可能再如此强烈；1919年之后，林纾又大骂新文化运动，也不可能作此序。据此，该文应作于1917年之前。

④ 钱谷融．林琴南书话［M］．杭州：浙江人民出版社，1999：178. 据张俊才编《林纾年谱简编》，1916年6月，林纾为上海中华编译社印行的《文学讲义》编辑主任，该杂志自本月起，月出一期，共十二期。林纾《与本社社长论讲义书》的开头云：“来书云：讲义不如前之蔽掩……”则作这封信时讲义已出了几期，据此可断定此信作于1916年底，1917五月之前。又林纾《再与本社社长论讲义书》中云：“得书憬然！吾岂忍怪足下耶？不过自少负气，老来忏悔未净，闻拂意之事辄暴发，然知过矣。兄来书谆谆引过，令我汗颜无地。静言思之，□□弟子之言，特为其师报复，不足怪也。吾《续集》中《与姚叔节书》，其中言妄庸巨子者，即指□□□之为人似李卓吾……”（《林琴南书话》，第180页。）“为其师报复”之言可能就是指钱玄同1917年1月在《新青年》上的言论，据此则《与本社社长论讲义书》当作于1917年1月前，其时还未听到钱玄同的言论。

⑤ 章太炎．清儒［M］//上海人民出版社，编．章太炎全集：三．上海：上海人民出版社，1984：475.

⑥ 汤志钧．近代经学与政治［M］．北京：中华书局，2000：288－299.

⑦ 关于《清儒》《校文士》《与人论文书》的写作时间，参考汤志钧《章太炎年谱长编》。北京：中华书局1979年版，第112、232、338页。

过忙，并将《毛诗考》托人请章氏批评。① 深厚的私交，章氏断不会如以前那样“斥桐城不值一钱”。“炳麟之所贬绝者，固非桐城，而特林纾也”，林纾此说，只不过是“引桐城家以自障焉”。②

这形诸文字的“谬种”相信章氏弟子必定见过。“畏庐之文每一集出，行销以万计”③，虽有夸大，但《畏庐文集》（指《续集》）销售六千册，则是“并世作者所罕觏”④ 的。翻译上的成就给林纾带来极高的荣誉，其古文也随之走红，连当时偏僻的四川都有读者。⑤ 文字记载的毕竟是少数，在双方的口战中，林纾这类话应该很多。以林纾的名气，他的每一句话都会被人们传诵。另一方的黄侃和钱玄同等人也决不会静听林纾的“高论”。

我们有理由相信，钱玄同所使用的“谬种”，直接来源是林纾的文章和言论。而且，通过“咒骂”这个词能揣摩出其笔锋所指，实在林纾，不在桐城派。这种骂法，从形式上说，可算得上是一种“礼尚往来”。

林纾是否为桐城弟子，众说纷纭。⑥ 林纾本人却极力否认自己是桐城派传人。林氏最早和桐城人士打交道，是1901年，在京城五都学堂和吴汝纶会见。二人论《史记》竟日，吴汝纶对他大加赞赏，林纾对吴氏也十分敬佩，“尊先生如师”⑦。吴汝纶还曾向林纾表示了他的担忧：“自憾其老，恐桐城光焰自是而熸。”⑧ 受到表扬的林纾品出了吴氏话内的含义，以“力延古文之一线，使不至于颠坠”⑨ 为己任。照此说，林纾虽未拜吴为师，但至少也应算私淑之列。但林氏在公开场合却极力“诋毁桐城”⑩，根本反对桐城派作为一个流派存在。他曾对人说：“凡侈言宗派，收合徒党，流极未有不衰者也！”⑪ 当有人称他的文章学桐城时，他“至是，既不复叹，亦不复笑，但心骇其说之奚所自来也”⑫。

---

① 马夷初．我在六十岁之前［M］．北京：三联书店，1983：53.

② 钱基博．现代中国文学史［M］．上海：上海古籍出版社，2011：98.

③ 高梦旦．畏庐三集序［M］//林纾．林琴南文集：畏庐三集，北京：中华书局，1985.

④ 钱基博．现代中国文学史［M］．上海：上海古籍出版社，2011：221.

⑤ 林纾．答甘大家书［M］//林琴南文集：畏庐三集．北京：中国书店，1985：30.

⑥ 王风．林纾非桐城派说［M］//王守常，汪晖，陈平原，主编．学人：第9辑．南京：江苏文艺出版社，1996：605－620.

⑦ 林纾．桐城吴先生点勘史记读本序［M］//林琴南文集：畏庐续集．北京：中国书店，1985：9.

⑧ 林纾．送姚叔节归桐城序［M］//林琴南文集：畏庐续集．北京：中国书店，1985：25.

⑨ 林纾．送大学文科毕业诸学士序［M］//林琴南文集：畏庐续集．北京：中国书店，1985：20.

⑩ 钱钟书．石语［M］．北京：中国社会科学出版社，1996：31.

⑪ 林纾．郭兰石先生增默庵遗集序［M］//林琴南文集：畏庐文集．北京：商务印书馆，1910：5.

⑫ 林纾．方望溪集选序［M］//朱羲胄．林畏庐先生学行谱记四种：春觉斋著述．台北：世界书局，1965.

民国时期的桐城文派，其声势已远不能和乾嘉时期相比。以林纾的文名，绝不是此时的桐城文派所能圈得住的。但他和桐城派弟子马其昶、姚永朴、姚永概保持着亲密的关系。在民国初年风雨飘摇的文化界，面对共同的威胁，他们紧紧地站在一起，以至给人一种错觉，仿佛林纾已成了桐城派弟子。

《春觉斋论文》是林纾古文观的总结。翻观全文，其理论和桐城文派甚似，无论是义法的阐扬，还是韩、柳的取法对象，走的都是桐城派的老路。这不难看出，尽管林纾不承认自己是桐城派，但他的古文和文论的确是承桐城派而来的。

钱玄同将林纾与桐城派区分得很清楚，就在“桐城谬种”抛出的二十多天后，他说：“又如某氏与人对译欧西小说，专用《聊斋志异》文笔，一面又欲引韩欧以自重，此其价值，又在桐城派之下，然世固以大文豪目之。”（《新青年》第3卷第1号）他承乃师的观点批评林纾的小说和古文，认为林纾并未得韩、欧的真传，充其量只不过是引韩、欧以自重，比起一心一意学八家作通顺古文的桐城派自然不及。桐城派看不起小说，反对将小说笔法用于古文，林纾却用古文来翻译西洋小说，还凭这一点获得大文豪的地位。在钱玄同认为，这简直就是欺世盗名。新文化运动的主将，安庆人陈独秀也将林纾与桐城派区分开来，对二者的态度也很明确：“林老先生自命为古文家，其实从前吴挚甫先生就说他只能译小说不能做古文；现在桐城派古文正宗马先生也看不起他这种野狐禅的古文家；至于选派文家更不消说了。”① 身为当事人，陈独秀对事件还是很清楚的，和“桐城派古文正宗马先生”相对，“野狐禅的古文家”林纾不就是“谬种”么？

钱玄同在借用“谬种”这个词的同时，又稍稍变化意义。经过改头换面，再回敬给对手。明明学别人作文方法，又不肯承认是其弟子且加以诋毁，这种行经，非“谬种”而何？依钱玄同的性格，他不屑于再去攻击独处一隅、默默教书的桐城弟子，而过去积下的一口恶气，也终于找到了发泄的机会。

林纾似乎也感觉到钱玄同的矛头所指，在1917年《再与本社社长论讲义书》中他说：“得书慓然，吾岂忍怪足下耶？不过自少负气，老来忏悔未净，闻拂意之事辄暴发，然知过矣。兄来书谆谆引过，令我汗颜无地。静言思之，□□弟子之言，特为其师报复，不足怪也。吾《续集》中《与姚叔节书》，其中言妄庸巨子者，即指□□□之为人似李卓吾，其狂谬骂人似祝枝山、汪伯玉，实则其才远逊此三人……为文章家之蟊贼……”② 其中“□□弟子之言，特为其师报复”之语，极可能就是指钱玄同在《新青年》上的言论，包括《新青年》第2卷第6

① 臧玉海．林纾与德育中学：附陈独秀答语［J］．新青年，1920，7（3）：147.

② 林琴南．林琴南书话［M］．吴俊，标校．杭州：浙江人民出版社，1999：180.

号上钱玄同所说的话，这话是通过林纾信中提到的这位上海中华编译社社长之笔传给林纾的。

面对攻击和辱骂，站出来回应的正是林纾。不过开始他的态度倒很和平，尚遵守着自己的箴言，只是跟人们商量“古文之不当废”①。随着冲突的加深，他的原形也逐渐暴露。1919 年发表的《荆生》《妖梦》，不但将钱玄同诸人及新文学痛骂了一顿，甚至幻想将这帮人痛打、吃掉。事实的发展，印证了钱玄同的预言，“桐城谬种”也不打自招了。

对“桐城谬种”所指的对象，当时并非没有人知道。和桐城派有渊源的钱基博（其祖钱伯坰曾受业刘大櫆）在《现代中国文学史》中描述了斗争的大致情况：

> 未几，绩溪胡适自美国可伦比亚大学卒业归，倡文学革命之论，蕲于废古文，用白话；以民国七年入北京大学为教授，陈独秀、钱玄同诸人和之，斥纾三人为桐城余孽。纾心不平，作小说《妖梦》《荆生》诸篇，微言讽刺，以写郁愤。②

旁观者清，他敏感地觉察到矛头所指。他的话又不完全正确。首先，“斥纾三人”，其余二位应是马其昶、姚永概了（二人和林纾关系更密切）。征诸事实，马、姚无骂的习惯和历史；此时他们虽仍在北京，但只是专心教书，言论并无多大影响。他们谨守桐城家法，绝无资格称得上“桐城谬种”。

其次，陈独秀目光开阔，从一开始，就将锋芒对准旧文学，于桐城派也是整个的加以批判。关于马、姚二人，无单独具体批判文章和言论。

更重要的是，“桐城谬种”所指的对象，随着新文化运动的发展不断扩张，以至于被单独使用时，由于缺乏了具体背景和语言环境，成了对整个桐城派批判的词语。钱基博没有认识到这一点。

钱玄同对自己的发明创造很得意，在以后的言论中，“选学妖孽，桐城谬种”被反复使用。如：

> 选学妖孽所尊崇之六朝文，桐城谬种所尊崇之唐宋文，则实在不必选读。（学周秦两汉者，其人尚少。间或有之，亦尚无选学妖孽，桐城谬种之臭架子，故尚不讨厌。）（《新青年》第 3 卷第 5 号）
>
> 选学妖孽与桐城谬种，方欲以不通之典故，与肉麻之句调戕贼吾青

① 胡适．寄陈独秀［J］．新青年：第 3 卷第 3 号．1917-05-01.

② 钱基博．现代中国文学史［M］．上海：上海古籍出版社，2011：226.

年……(第3卷第6号)

此等论调,虽若过悍,然对于迂谬不化之选学妖孽与桐城谬种,实不能不以如此严厉面目加之。(《新青年》第3卷第6号)

除了那选学妖孽,桐城谬种,要利用此等文字,显其能做“骈文”,“古文”之大本领者,殆无不感现行汉字之拙劣。(《新青年》第4卷第4号)(此文写于1918年3月4日)①

目桐城为谬种,选学为妖孽。(《新青年》第4卷第3号)(此文刊载于1918年4月15日)

从上面的引文中可注意到以下两点:

首先,前四处的“桐城谬种”已很难看出具体指谁,既可特指,也可泛指;既可指当时的桐城派人物包括林纾,又可指整个桐城派。而发展到双簧信中的“目桐城为谬种,选学为妖孽”,则意义清晰,范围明确,与今人理解相同。

“桐城谬种”的矛头所指从林纾一人扩大到整个桐城派,这又是由于当时新文化运动的需要。具体地说,其转变契机在于陈独秀《文学革命论》的发表。陈独秀以一个革命者的姿态扫荡旧文学,对旧文学的批评不限于一家一派,目姚鼐等人为十八妖魔就是他大义灭亲②、眼光开阔的具体表现。在那个“除了漫骂,更有何术”(《新青年》4卷6号钱玄同语)的新旧转换时代,“桐城谬种”比“十八妖魔”的表达方式更具有攻击性和杀伤力。因此一出台,便被人们断章取义地接受和运用。③

其次,不难发现,上举五句话中,前四句一直是“谬种”处于“妖孽”之后,到第五句,次序发生了转换。这一转换虽只是顺序先后问题,但也包含了某种微妙的变化。再印证新文化运动后期所批判的对象,正如有人说的“章门弟子虚晃一枪,专门对付‘桐城’去了,这就难怪‘谬种’不断挨批,而所谓‘妖孽’则基本无恙”④。这一变化产生的疑问是:“选学妖孽”最初指谁?为什么被摆在第一位遭批?

章太炎一派的魏晋文也可称之为“文选派”,但和真正的“文选派”还是不

① 第四段话虽刊登于第4卷第4号,实际写于1918年3月4日,第五段则发表于4月15日,故排列于前。见沈永宝编《钱玄同五四时期言论集》,上海:东方出版中心1998年版,第63页。

② 陈独秀.文学革命论[J].新青年:第2卷第6号.1917-02-01.按,时桐城属安庆,陈独秀为安庆人,故如此说,他亦称方姚为“吾乡”人。

③ 按,连胡适也有这样的误解。唐德刚.胡适口述自传[M].合肥:安徽教育出版社,1999:177.

④ 陈平原.新文学与新教育[M]//王守常,汪晖,陈平原.学人:第14辑,南京:江苏文艺出版社,1996:33.

同，因为他们不作四六骈体。① 章氏弟子中称得上“选学派”的只有黄侃一人，他不但后来师从刘师培这位“选学”传人，而且自己也经常作骈体文。在对付林纾和桐城派这一点上，他和钱玄同有一致立场，但不能掩盖两人很深的矛盾。钱玄同也不讳言他俩“平日因性情不合，时有违言”②。只有在1915、1916年间“商量音韵，最为契合”③。据《钱玄同年谱》，1915年春，钱玄同手录黄侃所著音学八种，并作序文对《重定切韵韵类考》提出修订意见四十二条，黄氏一一手披注明，表示接受。④ 此时尚流露出同门之间的脉脉温情。“最为契合”的大概就是这时。之后不久，黄、钱二人又生新的矛盾。据周作人回忆，黄侃死后，他在报纸上看到一篇名叫《钱玄同讲义是他一泡尿》的文章，文中记录了黄怒斥钱乘他上厕所之际，偷走其文字学笔记作为课堂讲义的事。周作人曾问钱玄同是否有此事，钱没有否认。这件事的具体发生时间，周作人也不清楚，只说“发生很早”⑤。然考钱玄同在北大教授文字学是在1917年之前，本年他已改教音韵学这门课。⑥ 黄侃于1914年秋被聘为北大国文门教授⑦，则黄的漫骂应在1915—1917年之间。从“骂人名海内”的黄侃嘴里出来的话绝对让钱玄同不好受。这件事北大国文系多知之，连记录的人也不禁说“可谓恶毒之至”⑧。喜欢毫不客气骂大人物的钱玄同尽管理亏，也不会善罢甘休。1932年两人在章太炎家见面，黄侃说：“二疯！你来前！我告你！你可怜啊！……你近来怎么不把音韵学的书好好读，要弄什么注音字母，什么白话文……”钱玄同顿时大怒，拍案厉声道：“我就是要弄注音字，要弄白话文！混账！”⑨ 此时的钱玄同是满腔怒火，可见两人宿怨太深。反观“选学妖孽，桐城谬种”的口号，选学所以首先挨批，也容易理解。这可能也是钱玄同走上文学革命道路的原因之一。

正因推动新文化运动的章氏弟子知道其中的瓜葛，所以他们渐渐改变目标，

---

① 冯友兰．我在北京大学当学生的时候［M］//陈平原，夏晓虹．北大旧事．北京：三联书店，1998：198－199.

② 钱玄同．致潘景郑书［M］．制言，1935（7）：5.

③ 曹述敬．钱玄同对待学术工作的态度及其他［M］//沈永宝．钱玄同印象．上海：学林出版社，1997：191.

④ 曹述敬．钱玄同年谱［M］．济南：齐鲁书社，1986：23.

⑤ 周作人．钱玄同的复古与反复古［M］//沈永宝．钱玄同印象．上海：学林出版社，1997：23.

⑥ 曹述敬．钱玄同年谱［M］．济南：齐鲁书社，1986：20；22；44.

⑦ 黄焯．黄季刚先生年［M］//黄侃．黄侃文存：黄侃日记．南京：江苏教育出版社，2001：1105.

⑧ 周作人．钱玄同的复古与反复古［M］//沈永宝，主编．钱玄同印象．上海：学林出版社，1997：23.

⑨ 黎锦熙．钱玄同先生传［M］//沈永宝，主编．钱玄同印象．上海：学林出版社，1997：82.

全力对付"桐城"而让"选学"逍遥法外。

历史发展的趋势是必然的，但具体的历史事件的发生，又包含着极大的偶然性。胡适也承认他走上文学改良的道路，"不是一个'最后之因'就可以解释了的"，而"是许多个别的、个人传记所独有的原因合拢来烘逼出来的"。① 这一说明亦适用于钱玄同。但即使承认了钱走上文学革命道路的偶然性，也不能否认他在新文化运动中的重大作用。一方面，古文大家钱玄同的加入，使新文化运动"声势一振"②；另一方面，钱玄同后来对旧文学的勇猛态度，加快了旧文学垮台和新文学建设的进度。③ 在这些方面，他都功不可没。今天所以回忆这段往事，只是想将历史的真实面目展现在人们面前，从而更进一步探究新文学运动的复杂性。

［原载《安徽师范大学学报》（人文社会科学版），2008 年第 1 期］

① 胡适．中国新文学大系·建设理论卷：导言［M］//赵家璧．中国新文学大系建设理论集：第 1 集．上海：良友图书印刷公司，1935：15、17.

② 胡适．文学革命的响应者［M］//唐德刚．胡适口述自传．合肥：安徽教育出版社，1999：176.

③ 胡适．文学革命运动［M］//胡适作品集：第 2 册胡适文选．台北：远流出版事业股份有限公司，1986：209.

从“古文选本”到“国文读本”：桐城文章与文学教育的转型

吴 微

文学、文化的传承与嬗变，教育至关重要。这在具有丰厚文史传统的古代中国显得尤为突出。孔夫子倘若没有三千弟子、七十二贤人鼓吹师说，恐怕难有儒学大宗。韩愈正因祭酒国子监才得以传道授业、引领诸生，张古文运动大旗，由此而泽惠文坛千年。正因如此，古代文人士大夫莫不重视言传身教，如何将自家著述、平生最得意处传钵弟子，几乎是每一个圣哲仁贤所兢兢业业之事。就文学史而言，就文学流派而言，两千年中以教育维系生命纽带的莫过于桐城派。自方苞、刘大櫆、姚鼐起，桐城文人大都职为教师，乐为人师，辗转清代各大书院，倾心教育，环环相扣，薪火相传，英才辈出。乐于执教、善编“选本”（教科书）、安身书院（学校）成了桐城派独特的文化符号。应该说，正因如此，桐城派的传衍才得以拓开空间，突破地域，蔚为大观。王先谦在《〈续古文辞类纂〉序》中描述其景象曰：

> 自桐城方望溪氏以古文专家之学，主张后进。海峰承之，遗风遂衍。姚惜抱禀其师传，覃心冥追，益以所自得，推究阃奥，开设户牖。天下翕然，号为正宗。承学之士，如蓬从风，如川赴壑，寻声企景，项领相望。百余年来，转相传述，遍于东南。由其道而名于文苑者，以数十计，呜呼，何其盛也。

观照文学教育，就受教者而言，教师的讲授、教科书（选本）的选定、学校（书院）的类型是不可或缺的三大关注重点。其中，文学教科书（选本）较之文学教育其他要素，社会关注度更高。这是因为：其一，教科书具有超越时空、突破地域、传播久远的特点。求学者可以无缘名校悠游，无缘名师亲炙，但一旦拥有心仪之教科书（选本），一样可以揣摩涵泳，私淑之而得其神韵。这在古代私塾教育体系中实为常态，曾国藩私淑姚鼐就是典型一例。其二，教科书既是知识、技能的载体，也是文化观念、思想的载体。文学教科书（文学选本）显然积淀了编撰者独特的文学趣味和文化意识。广为流行的“古文选本”或文学教科书无疑代表了社会文化的主流意识倾向，蕴涵着历史行进中的价值取向和文化选择。因此，文学教科书（选本）的变化，不只是文学教育嬗变的呈现，更表明了文章功能的变化、文学审美的变化，并由此而昭显社会文化的变迁。

回望桐城文派，可以发现，桐城文人对此有着超越常人的敏感和专注。其“古文选本”系列对清代的文学教育影响深远、人所共知，桐城文派据此而传承百年。而当西风东渐之时，桐城文人又一度引领风潮，踞守文化中心。但文学教育的现代转型，“转益多师”的结果，也使得桐城文章的传承出现了前所未有的境遇。因而桐城文人在新的历史境遇中所编纂的“国文读本”系列，在晚清以降的教育转型中同样显得独树一帜，别有意味。本文因此从教育入手，结合书院（学校）的授受历史变迁，以文学教科书（选本、读本）为切入角度，解读新学兴起与桐城文章变化的内在关联，讨论由此所昭示的传统文学、文化困境。

一、“有所法而后能，有所变而后大”

桐城派的文学教科书，以 1905 年科举制废除为界线，分为前后两个时期，前期是“古文选本”，以《古文辞类纂》为核心；后期是“国文读本”。林纾、吴闿生、吴芝瑛等均编有此类学堂国文讲授之读本。

在“古文选本”系列中，下列选本当为代表：

方苞编选的《古文约选》，姚鼐编选的《古文辞类纂》，曾国藩编选的《经史百家杂钞》，黎庶昌、王先谦分别编选的《续古文辞类纂》。除此之外，吴汝纶还编有大量的古文评点本和节选本。通过这些古文选本的纽结，“桐城家法”得以播扬，而桐城文章的嬗变也得以印证和昭显。换言之，桐城“古文选本”系列的嬗递，其作用就是使桐城弟子“有所法而后能，有所变而后大”①。因此，“从头说起”，以史家之眼光，探究“桐城选本”文化，当是寻绎上述“选本”的最佳路径。

作为桐城始祖，方苞为桐城派奠定的理论基石就是“义法”说。他在《又书货殖传后》第一次提出了古文“义法”说，以“言有物”“言有序”之“义”与“法”，要求文章写作“义以为经而法纬之，然后为成体之文”。方苞“义法”

① 姚鼐．刘海峰先生八十寿序［M］//惜抱轩诗文集．刘季高，标校．上海：上海古籍出版社，1992：114.

说“汲取了先秦以来史传文、古文写作的理论成就与经验，也融会入他自己读书、写作的感受与体悟”①。在方苞看来，古文写作的法则，同样也适用于时文写作。因此，他在应和硕果亲王允礼编选《古文约选》时，即据此原则取舍范文，作为“制举之文”之准的。他在《古文约选序例》中云：

> 盖古文所来远矣，六经、《语》《孟》，其根源也。得其枝流而义法最精者，莫如《左传》《史记》，然各自成书，具有首尾，不可以分剟。其次《公羊》、《谷梁传》《国语》《国策》，虽有篇法可求，而皆通纪数百年之言与事，学者必览其全，而后可取精焉。唯两汉书、疏及唐宋八家之文，篇各一事，可择其尤，而所取必至约，然后义法之精可见……学者能切究于此，而以求《左》《史》《公》《谷》《语》《策》之义法，则触类而通，用为制举之文，敷陈论策，绰有余裕矣。

古文义法既然旁通于时文，那么古文写作训练自然有益于时文写作，有益于科举考试。在八股取士制度笼罩下的文学教育，“承学之士，必治古文”。古文成为士人学子必备的文化修养和文学技能。具有授徒课文与四试科第之人生阅历的方苞，对于私塾教育“教科书”的“杂乱”状况，对于士人学子古文与时文写作训练茫无舟楫之窘态，既了然于胸，也感触良深。“近世坊刻，绝无善本，圣祖仁皇帝所定《渊鉴》古文，闳博深远，非始学者所能遍观而切究也。”基于此种考察，方苞“乃约选两汉书疏及唐宋八家之文，刊而布之，以为群士楷”。这里，非常明确地表明其《古文约选》是为莘莘学子初学古文提供入堂“门径”和写作“津梁”。一言以蔽之，即为“初学者示范”。为此，他在例言中谆谆告诫：“三传、《国语》《国策》《史记》为古文正宗。”“《易》《诗》《书》《春秋》及《四书》，一字不可增减，文之极则也。”“惟汉人散文及唐宋八家专集，俾承学治古文者先得其津梁，然后可溯流穷源，尽诸家之精蕴耳。”这样，他就为初学古文者构建了一个可资效仿的古文文统：四书五经、周秦诸子、左史八家。于是，桐城文统亦由此成立。例言中再三致意的还有“义法”：“子长‘世表’‘年表’‘月表’序，义法精深变化，退之、子厚读经、子，永叔史志论，其源并出于此。”“序事之文，义法备于《左》《史》，退之变《左》《史》之格调而阴用其义法，永叔摹《史记》之格调而曲得其风神，介甫变退之之壁垒而阴用其步伐。”由此，桐城派理论基石之“义法”说，再次被倡扬，并由所选定的古文篇目得到确认和体现。而另一理论基石“雅洁”说，方苞在例言中也有所申论：

① 关爱和．古典主义的终结：桐城派与“五四”新文学［M］．上海：上海文艺出版社，1998：29．

“古文气体，所贵澄清无滓。澄清之极，自然而发其光精，则《左传》《史记》之瑰丽浓郁是也。”这样，桐城文统与“桐城家法”两大基石“义法”说、“雅洁”说，均由例言而得以阐明，虽名曰“为群士楷”，但桐城门户却悄然而现。

不仅如此，方苞还视古文写作为一种人格修炼。其《古文约选序例》中云：

> 虽然，此其末也。先儒谓韩子因文以见道，而其自称则曰：“学古道，故欲兼通其辞。”群士果能因是以求六经、《语》《孟》之旨，而得其所归，躬蹈仁义，自勉于忠孝，则立德立功，以仰答我皇上爱育人材之至意者，皆始基于此。

在方苞看来，文学教育中的古文写作，不仅是一般意义上的文章修养操练之必修功课，而且是忠孝仁义之儒家人格之文化养成，是一种道德修炼历程。由于《古文约选》原为八旗官学学子所编选的古文范本，因而具有官修教材的意味。乾隆三年（1738），《古文约选》等书被官方认定“俱于学术有裨，自宜广为传习”①，因而诏令“坊间有情愿翻刻者，听其自便”，“听人刷印”。② 在官方的推助下，民间书坊得以大量印行。《古文约选》由此广为传布，成为当时私塾教育中学习古文写作的正宗范本和科考必备书。其以古文为时文，以清真雅正为正途楷模，很大程度上影响甚至左右了那个时代的文学教育。得力于官助，虽说无以骄傲，但因此而深刻地影响了那时的科举文化，却是不争的事实。方苞《古文约选》的高人之处在于，明明是为举业而为，却以纯粹之古文而范之，授徒悬的之教育眼光明显高出侪辈。作为桐城古文选本之先声，虽然不免粗糙与取径狭窄，但在当时，确为初学者最好的选本，因而一直为桐城后人所津津乐道。

继承并光大方苞“古文选本”最成功者是姚鼐的《古文辞类纂》。

说其继承，是因为《古文辞类纂》至少在两个方面与《古文约选》神理相通、一以贯之。其一，遴选文章之趣味大体一致。《古文约选》只收两汉、唐宋八家文章，共计357篇，其中两汉文45篇，唐宋八家文312篇。而《古文辞类纂》收文770篇，虽然较《古文约选》扩充一倍多，但主体部分仍是两汉文（130篇）、唐宋八家文（509篇），而且方苞所选之文，不少也被姚鼐辑录。由此可见，方、姚不仅文学趣味前后相通，而且授徒课文之文学教育眼光亦大体叠合。与此息息相关。其二，方姚之选本路径大体相近。《古文辞类纂》遵循《古

① 素尔讷等．颁发书籍［M］//学政全书：卷四．续修四库全书编委会，编．续修四库全书：第828册．上海：上海古籍出版社，2002：569.

② 素尔讷等．颁发书籍［M］//学政全书：卷四．续修四库全书编委会，编．续修四库全书：第828册．上海：上海古籍出版社，2002：567.

文约选》之溯源六经、《语》《孟》，推求《左传》《史记》《公羊》《谷梁》《国语》《国策》之义法作为古文路径；同时，姚鼐由此扩而广之，切究两汉古文、唐宋八大家，并辑录明代归有光和清代方苞、刘大櫆的古文，作为初学古文者之范文。选本路径的方向大体一致，显示出桐城派标举的文统已经形成，桐城文派亦因此山高水长。

而言其光大，则《古文辞类纂》较之《古文约选》堂庑广大，去取精严，文学眼光和教育理念显然高出一筹，为一时之冠，以至于百余年后吴汝纶还赞叹："《古文辞类纂》一书，二千年高文略具于此，以为六经后之第一书。"① 作为桐城派开派的关键人物，姚鼐编纂此书，用意颇深。

首先，开宗立派，须有书为证。为此，姚鼐在《古文辞类纂序》开篇即称：

> 鼐少闻古文法于伯父姜坞先生及同乡刘耕南先生，少究其义，未之深学也。其后游宦数十年，益不得暇，独以幼所闻者，置之胸臆而已。乾隆四十年，以疾请归。伯父前卒，不得见矣。刘先生年八十，尤善谈说，见则必论古文。后又二年，余来扬州，少年或从问古文法。夫文无所谓古今也，唯其当而已。得其当，则六经至于今日，其为道也一。知其所以当，则于古虽远，而于今取法，如衣食之不可释；不知其所以当，而敝弃于时，则存一家之言，以资来者，容有俟焉。

这里有两层含义：一是先叙姚鼐本人之古文法得之于伯父姜坞先生和老师刘大櫆先生；言外之意，"所闻习者"渊源来自桐城先祖，并非自己的闭门造车和心血来潮；桐城文派客观存在于这一渊源之中。二是编纂此书的起因，乃"余来扬州，少年或从问古文法"，即姚氏主讲扬州梅花书院之时为答弟子问而编此书。传道授业解惑，乃为师之道。但姚鼐此处并非单纯"解惑"，联系上文之叙述渊源，其文派建构意味已委婉显现。再阅读早于此文三年（1776）而撰写的《刘海峰先生八十寿序》，可以明了，姚鼐已借"寿序"阐明了方苞、刘大櫆及其本人与方、刘的师承脉络和文统谱系，桐城派已经"呼之欲出"。因此，三年后的编纂此书、作此序言，实则就是借此更明确地彰显桐城派文统。毕竟，有教科书张扬旗帜，比空洞的说辞要实在，而且有说服力和感召力。姚鼐的"老谋深算"很是高明，也很有文化魅力。果然，"始惜翁先生为此书成，门弟子多写其目或

① 吴汝纶．答严几道［M］//施培毅，徐寿凯，校点．吴汝纶全集：三．合肥：黄山书社，2002：231．

录副去”①，流播极广。桐城派由是而立。

其次，编纂此书，规模古文写作，拓宽阅读视野，提升审美功能。作为教授古文的“教科书”，只有有益于学生领略古文辞的佳妙，并且得以学步轨辙，才能服膺众人，沿溯源流，承绪文统。撰成于扬州梅花书院的《古文辞类纂》，显示了姚鼐的匠心独运。他改变了前人古文选本繁复、淆乱和庞杂的文体分类，更不取方苞选本不分类的范式②，而将文体归并为十三类，并逐类阐述了其渊源、特点、功用及代表作品和选录标准。文体的删繁就简，使得各类文章的功用性大大突出。诸如论辨、序跋、奏议、书说、赠序、诏令、传状、碑志、杂记、箴铭、颂赞、辞赋、哀祭类这些文体，在当时几乎都是适用性、针对性很强的应用文体。姚永朴《文学研究法·门类》曰：“欲学文章，必先辨门类。门者，其纲也；类者，其目也”。纲举目张，“辨别体裁，视前人乃更精审”的姚氏分类，简明恰当，确实便于学生学习和掌握。学以致用，这一古老的教育箴言，是这一分类广为流播和接受的最好诠释。

将“古文”扩而广之为“古文辞”，是姚氏的一大发明。方苞《古文约选》只选古文，不选诗歌、辞赋，以现代文学术语指称之即是纯粹的“古典散文”选本，鲜明地反映了方苞所谓“古文中不可入语录中语，魏晋六朝人藻丽俳语，汉赋中板重字法，诗歌中隽语，南北朝史佻巧语”③的作文雅洁主张。虽然将古文纯而粹之，较若干前贤文章选本（如《昭明文选》、宋人姚铉《唐文粹》等）诗文并收，在文体分类上有所厘清，但限制过多，对古文的发展无疑于作茧自缚。姚鼐既汲取了方苞将诗文分途的考量，但又加入“辞赋”一类，则大大扩充了古文的学习范围和发展空间，破除了狭隘的门户之见。日后曾国藩以汉赋之气运之古文，扩桐城而后大，于姚鼐实有内在关联。但由“古文”而至“古文辞”，不仅仅是概念的拓展、视野的扩大、容量的扩充；更重要的，是标志了姚鼐对古文审美性的重视。姚鼐在《古文辞类纂序》即曰：“辞赋类者，风雅之变体也。”《文心雕龙》则云：“赋者，铺也；铺采摛文，体物写志也。”《两都赋序》亦云：“赋者，古诗之流也。”因此，姚永朴据前人诸说在《文学研究法·门类》中概括曰：“赋之发源在于诗。”由此可知，“辞赋”显然较之其他文体类别，重文采，多藻丽，格律声色，抒情审美，为其文类之胜。韩、柳、欧、苏之

① 姚椿．古文辞类纂书后［M］//晚学斋文集：卷三．刻本，1852（清咸丰二年）．

② 如《昭明文选》文体分为三十九大类，大类下还有小类。宋人吕祖谦《宋文鉴》分为五十八类。明人吴讷《文章辨体》分为五十八类。明人徐师曾《文体明辨》则分为一百二十一类。庞杂不堪。

③ 沈廷芳．书方望溪先生传后［M］//隐拙轩集．刻本，清乾隆年间．

古文，其实并不排斥辞赋。韩愈得扬、马之长，例如其《送李愿归盘谷序》就是奇偶错综；欧阳修之名作《醉翁亭记》，偶对之语句则更多。姚鼐显然对此了然于胸，他自己的古文创作，较之方、刘前辈及同时代古文家更具“神韵”，讲求余味曲包。因而，他在强调为文得体、适用的同时，全力营造文章的审美意境。他在《古文辞类纂序》中强调为文须“神理气味，格律声色”，在其他诸篇文章中倡扬“阴阳刚柔”说，“道与艺合、天与人一”，等等，都是其强调和突出古文审美境界的一种体现。换言之，教授学生古文，姚氏在学以致用的基础上，更突出了文学的审美教育。那种认为《古文辞类纂》选文“正体现了古文由杂向纯演进的趋势”之观点，其实不符合当时的文章原生态，更非姚氏之原意。① 在笔者看来，所谓“杂”，是指古文与其他文学体裁之间的交融与互渗，比如古文之渗入小说。这主要是在晚清才逐渐成为一种“趋势”。桐城文人以古文记日记、写小说就可谓之曰“杂”。而四书五经、周秦诸子、左史八家、归方刘姚之古文不存在所谓的“杂”与“纯”，只有“适用”与“审美”。姚鼐选文与作文既强调适用性，又突出审美性。在他眼中，绝大多数古文均为有用之文体，因此划为十三类，倒是一些文学性较强的文章无法归并，这才谓之“杂记”。

其实，《古文辞类纂》之所以高于方苞选本，之所以强调适用性和审美性，与姚鼐长期主持书院教学实为因果。“就因为它是在教学中摸索出来的，很讲可行性”，所以它成为学习古文的最佳摹本，影响特别大。② 姚鼐辗转各大书院，从教四十余年，此选本亦随之不断修订。因此，这一选本的另一特别之处就在于将学生的接受放在第一位，如何适配书院的文学教育成为其编选的最大愿望。不同于方苞《古文约选》是为满足官学学童修习八股时文之需，姚鼐选本则是为书院弟子研习古文辞赋、切磋学问之道而编选的教材。故钱基博赞其“荟斯文于简编，诏来者以途径”③。尽管书院弟子亦有制艺之举，但与官学及私塾之学童，在层次和素养上显然有高下之别。此类学生，更多地考虑的是如何学有所成，如何立身济世，如何修身养性。教育的适配对象不同，姚鼐在强调古文致用性、适用性的同时，突出古文审美功能的揣摩与掌握，那就应该顺理成章、容易理解了。没有大言欺世，抛弃高深莫测，姚鼐以具体的范文、精当的评点，启沃门生，将自家学术追求、古文创作感受与文章选录意味融入授徒课文的文学、文化教育活动之中，这样的老师当然是负责任、有情怀的导师，学生接受这样的学术

① 高黛英．古文辞类纂的文体学贡献［J］．文学评论，2005（5）．

② 陈平原．从文人之文到学者之文：文派、文选与讲学［M］．北京：三联书店，2004：225．

③ 钱基博．古文辞类纂解题及其读法：改增版［M］．上海：龙虎书店，1935．

训练，既是沉潜文章学问、接受文学（古文辞）技能的强化培训，更是儒家文化熏陶下的人格养成和文化修养的锤炼。由此可知，姚鼐《古文辞类纂》之所以被士人学子奉为圭臬，表面上看因其采辑之博、选择之精、分类之善，文学眼光与文学趣味适为修学古文者示范，但内在本质却是当时儒家文化教育之思考和实践的结晶。

而改变这一面貌的是“中兴”桐城的曾国藩。曾氏之“变”，主要体现在两个方面，其一是曾氏及其弟子的古文创作，“以理学经济发为文章”①。其二则是曾国藩精心编选的《经史百家杂钞》。它集中地反映了曾氏“中兴”、改造桐城派的文化理念。

作为鸦片战争之后的士大夫，曾国藩面对的是国门渐开、西风东渐、国运衰微的历史境况。舍我其谁?！以振天下为己任的儒家思想，要求曾国藩乘势而起，立德、立功、立言，成文治武功。因此，曾氏以“经济”之学，充实改造“义理、考据、辞章”之桐城古文，其底蕴是儒家文化在新的历史环境中的本能反应。而在此时，姚门弟子的古文创作尽管清真雅正，但日益浅弱不振。在曾氏看来，桐城文章只有以雄肆闳通之气药救，才能坚车行远，体用兼顾，“乃始别有一番文境”②。曾国藩为此而絮不休的诸多文论，概而言之，就是“不能不取义法于桐城，继而扩充，以极其才”③。曾国藩的古文正是其文化思想的具体表现。恰如钱基博《现代中国文学史》所概述的那样：“以雄直之气，宏通之识，发为文章。”“奇偶错综，而偶多于奇，复字单词，杂厕相间；厚集其气，使声彩炳焕而戛焉有声。”“由桐城而恢广之。”④ 桐城文章至曾国藩，由此焕然一新，为之大变。

1860年前后，正值曾国藩率湘军与太平军鏖战之期，战事惨烈，惊心动魄。但恰恰就在此期间内，曾氏编选了《经史百家杂钞》，真可谓“文武双全”。其对于“事功”与“文章”的内在关联的深刻理解与把握，由此也得以昭示。

《经史百家杂钞》的篇幅比《古文辞类纂》约减少了四分之一，删去了一些应酬文章，更换了一些篇目，并新增了不少经、史、子三类的文章。因此，较之

---

① 薛福成．寄龛文存序［M］//庸庵文外编：卷二．续修四库全书编委会，编．续修四库全书：第1562册，上海：上海古籍出版社，2002：212.

② 曾国藩．致刘蓉（咸丰八年正月初三）［M］//殷绍基，等整理．曾国藩全集：书信一．长沙：岳麓书社，1990：611.

③ 薛福成．寄龛文存序［M］//庸庵文外编：卷二．续修四库全书编委会，编．续修四库全书：第1562册，上海：上海古籍出版社，2002：212.

④ 钱基博．现代中国文学史［M］上海：上海书店出版社，1989：34.

姚鼐《古文辞类纂》,《经史百家杂钞》的面目、神采显然判然有别。曾国藩在《经史百家杂钞序例》中述及其编选宗旨曰：

> 村塾古文有选《左传》者，识者或讥之。近世一二知文之士纂录古文，不复上及六经，以云尊经也。然溯古文所以立名之始，乃由屏弃六朝骈俪之文，而返之于三代两汉。今舍经而降以相求，是犹言孝者敬其父祖而忘其高曾。言忠者曰：我家臣耳，焉敢知国？将可乎哉！余钞纂此编，每类必以六经冠其端，涓涓之水，以海为归，无所于让也。姚姬传氏撰次古文，不载史传，其说以为“史多，不可胜录也”。然吾观其奏议类中录《汉书》至三十八首，诏令类中录《汉书》三十四首，果能屏诸史而不录乎？余今所论次，采辑史传稍多，命之曰《经史百家杂钞》云。

曾国藩的“变”其实就是尊崇经史，期望通过经史的学习，了解历代治乱兴衰、典章文物和经世济民之道，这完全合拍于其“苟通义理之学，而经济该乎其中矣”之观念；“为学之术有四：曰义理、曰考据、曰辞章、曰经济”的文化主张，借此书之编撰也得以表现。曾氏的上述编纂意图，说到底是强调文章与事功的融合，注意学问之道与经济之术的统一。既要文以载道，又要文以致用。但从曾国藩《杂钞》增添不少实用性的文章看，曾氏更侧重文章的致用性。其津津乐道、特意更替的“余有而姚氏无”之“叙记”“典志”类中的文章大半都可归之于实用。如“叙记”类三十三篇，选录史传中“战争记录”的有二十一篇，这与曾氏编选此书之时正战事犹酣，读史鉴今，不无关联。“典志”类十八篇，几乎全为实用的经世要务。如《史记》中的《天官书》《封禅书》《平准书》以及《汉书·地理志》和《唐书·兵志》。“序跋”类则有《史记》《汉书》多篇序赞、许慎《说文解字序》、马端临《文献通考序》等。确如张舜徽所言：“都是有裨实学之文，可使颂习者放宽视野，开拓胸襟，这却大大不同于文人的选本了。”①

问题是，作为古文选本，曾国藩此番“改造”，其适配的对象是哪些？就当时之情形而言，不外有两类，一是书院弟子及私塾生徒，二是幕僚中的青年才俊。此书编成于战火纷飞之时，日理戎机的曾国藩显然没有时间与精力顾及书院及私塾教育，即便日后曾国藩任两江总督，复兴金陵书院、敬敷书院等著名书院时，也未向书院师生“推荐”自己编选的《经史百家杂钞》。恰恰相反，他却相

① 张舜徽．清儒学记［M］．济南：齐鲁书社，1991：344．

当重视时文诗赋、八股举业。为此，他制定的书院山长的选择标准是：经师、人师，时文、诗赋诸般才学集于一身之人方可担任。“鄙意书院山长，必以时文诗赋为主，至于一省之中，必有经师人师名实相副者一二人，处以宾友之礼，使后进观感兴起，似亦疆吏培养人才之职。”之所以如此，是因为在曾氏看来：“鄙意书院常课，必当以举业为主，非精熟八股八韵之学，则群弟子不相亲附。”① 据徐雁平考证，曾国藩此时在金陵推荐给士子的系列书籍就有《古文辞类纂》，却并无其自编的《经史百家杂钞》。② 其实，认真翻阅《杂钞》目录就会发现，这一选本根本不适合科举考试，没有在书院推广，既有自知之明，也合乎教育情理。那么，由此看来，曾氏的这本《经史百家杂钞》的适配对象主要就是曾氏幕府中的青年才俊和有志于“经济”的士人学子。曾国藩志向远大，心胸宽广，收罗人才，不遗余力。其幕府人才济济，堪称晚清之最，亦因此影响清末民初百年历史。如何拓宽幕府中青年才俊眼光，增强他们的学识才干，《经史百家杂钞》无疑是很好的读本、很好的舟楫。黎庶昌在《庸庵文集序》一文中曾深情回忆其在曾府时，“（曾国藩）以躬行为天下先，以讲求有用之学为僚友劝”。薛福成于《叙曾国藩幕府宾僚》亦云：“昔公（曾国藩）尝以兵事、饷事、吏事、文事四端，训勉僚属，实已囊括世分，无所不该。”

如此，曾国藩的《经史百家杂钞》就有了深邃的写作学意义。曾氏发明的是：古文写作乃“道德之钥，经济之舆”，既是人格修炼，又是济世工具，即所谓“自淑淑人”。而在曾门弟子的运作中，古文明显侧重于后者，古文的应用功能得到大大加强和发挥。通顺、平易、雅洁而且适用的文字，承载了西洋新知，促进了新学兴起。于此，在古文的审美与实用两大功能上，较之姚鼐侧重审美，曾氏似乎更看重实用。而从教育功能考察，姚氏《类纂》是课堂教材，曾氏《杂钞》则是“课外读本”，着力于应用能力的提高和实用之学兴趣的养成。由于“文正功勋莫二，又为文章领袖，其说一出，有违之者，惧为非圣无法”③，桐城文章因而为之大变。

要之，在桐城文章的流变过程中，姚鼐的《古文辞类纂》和曾国藩的《经史百家杂钞》是两部具有标志性的古文选本，对桐城派的建构与发展实为关键。晚清出现的王先谦和黎庶昌各自编选的《续古文辞类纂》就分别代表了姚氏、

① 曾国藩．复丁取忠［M］//王澧华，等整理．曾国藩全集：书信七．长沙：岳麓书社，1985：681.

② 徐雁平．清代东南书院与学术及文章［M］．合肥：安徽教育出版社，2007：268.

③ 李详．论桐城派［J］．国粹学报．1908.4（12）：64.

曾氏的路径和理念。视之余绪，实至名归。

王先谦视姚鼐“《古文辞类纂》开示准的，赖此编成，学者犹知遵守”。因而，其编选的《续古文辞类纂》依傍姚鼐，体例及择选原则一仍其旧，其自序云其《续纂》为“辄师其意，推求义法。采自乾隆迄咸丰间，得三十九人，论其得失，区别义类，窃附于姚氏之书，亦当世著作之林也”，可谓名副其实的《续古文辞类纂》。而从其择选的文章看，绝大多数乃桐城派文人，或嫡传，或私淑；少数虽属派外文人，但言辞桴鼓相应，颇具桐城气息，亦可视作桐城盟友。因此，王氏此续，实为桐城派古文之选本；再联系其“学术盛衰升降”“谁与祓濯而振起”之叹，可以发现，压在纸背的，是带有谶语式的桐城古文总结。文学的回忆是一种文化的省察，更是教育的沉思和前瞻。黎庶昌对此采取了不同于王先谦的另一种策略。

作为曾门四弟子，黎庶昌远宗桐城三祖，尤其服膺姚鼐；近则师事曾国藩，师之如父。其《祭曾文正公文》曰：“始吾读书识字尝欲抗志夫先哲，而如幽乏烛，无以辨于学术之歧，自遇公而始有师，以为世不复见孔子，见公亦庶几。”因此，黎氏所编选的《续古文辞类纂》，本曾氏《杂钞》之旨意，依姚氏《类纂》之轨辙，综合姚、曾“选本”之长，增删而定。黎编《续古文辞类纂》选录文章419篇，分上中下三编，按时代顺序排列。上编“经子”，姚选首断自《国策》，不复上及《六经》。黎选则广录经子之文，以补姚氏所未备；并分为十一类，其中“叙记”“典志”为姚氏所无，取曾氏《杂钞》之目入之。中编曰“史”。姚氏纂文，不录史传，以为史多不可胜录。黎选则录《史记》47篇、《汉书》40篇，较姚、曾选本为多。《三国志》《五代史》亦间采一二。下编为“方刘前后之文”。除方、刘、姚、曾、梅等桐城代表作家外，亦收录诸如汪中、龚自珍、施愚山等派外文人文章，较王先谦选本范围扩大。由上述编选情况可知，黎续正如其《续古文辞类纂叙》所云，不仅是“补姚氏姬传《古文辞类纂》所未备”，而且步踵曾国藩，拓宽古文范围，扩大桐城堂庑。“循曾氏之说，将尽取儒者之多识格物、博辨训诂，一内诸雄奇万变之中，以矫桐城末流虚车之饰。”

如此的编选策略，虽然在文统承绪上，黎氏与王氏并不相左，但黎选所透现的文章趣味和文化取向，显然与王选皈依姚氏判然有别，比较全面地体现了曾国藩“中兴”改造桐城、扩姚氏而大之的经世致用思想，具有明显的文章变革意味，而且这种“变革”较之曾氏更为“自觉”和“急迫”。黎续成于光绪十五年（1889），正是黎庶昌使署日本之际。他在《答赵仲莹书》述及编书缘由时曰：

> 本朝人喜言考据，然其学在今日实已枝搜节解，几无剩义可寻。骛而不已，诚不免于破碎害道之讥，唯独文章一事，余意以为尚留未尽之境以待后人。而因文见道之说，仆尤笃信不惑。何也？盖文以载道，周子固尝言之也。古之善为文者，莫盛于马迁、班固、韩愈、欧阳修。韩、欧之文，世颇以道归之矣，而马、班则未也。独苏明允称之曰，迁、固虽以辞胜，然亦兼道与法而有之，时得仲尼遗意焉。望溪方氏推尊子长，曾文正公则兼及班氏，谓其经世之典，六艺之旨，文字之源，幽明之情状，粲然大备，是岂逐世俗为毁誉哉！故仆近者妄有《古文辞类纂》之续，于史汉所选独多，欲以踵姚氏义法后。

曾国藩喜言考据，热衷汉学，企望汉宋融合，以精确之训诂，作古茂之文章。这在咸同之际，颇有号召力。但几十年过去，西洋新知越来越多地进入中国传统的知识谱系，新学以其不可抗拒性逐渐深入晚清帝国的文化“腹地”。传统的考据学面对中外连属之新“理势”，手足无措，日陷窘境。黎庶昌讥其“破碎害道”，“枝搜节解，无剩义可寻”，其实是士大夫阶层清醒者的共识。因而，其编选《续古文辞类纂》在接续曾国藩的文化思想的同时，也就有了更多的新变。其一，他摈弃考据之学，大力推崇经史文章，期望学子因文明道，读书明理，迎合并理解新学。这是因为“经济即在经史中，加以阅历，乃有把握；否则赵括之谈兵而已”①。他在编选此书的同时，于日本使署中写就的《敬陈管见折》曰：“处今时势，诚宜恢张圣量，稍稍酌用西法，不必效武灵之变服，但当求秦穆之荣怀，中外协力图谋，犹不失为善国。”以史为鉴，持论闳通，方可“稍稍酌用西法”。奏本与选本之理念其实互可参发。其二，他扩大桐城堂庑，继续了曾国藩“未竟事业”。黎选中选录汪中等骈文家的辞赋和曾国藩、左宗棠、薛福成等人奏折，前所未有，越出了桐城古文藩篱。这一选学理念表明，其文章趣味在崇雅的同时，更倾向于畅达、平易和实用。虽然黎选根本不适宜八股制艺，但作为“课外读物”，强化了桐城文章向“道德之钥，经济之舆”的功能转向。黎庶昌的时代忧患，最后落实在文学教育之上，落实在文学教科书之上，以此而寄望于来者。这虽然得益于时势激荡，但由此也反映了桐城文人一以贯之的教育情怀。

然而，无论是王先谦的回归淳雅，还是黎庶昌的寻求新变；桐城文章行进至晚清，也还是笼罩于科举制阴影之下，只能在其牢笼中舞蹈。从方苞、姚鼐到曾国藩，再到王先谦、黎庶昌，其系列古文选本，都是在审美与实用中寻找平衡

① 朱一新．无邪堂答问［M］．刻印本．广州：广雅书局，1895（光绪二十一年）．

点。只不过其“实用”之着眼点各不相同，或八股制艺，或雅洁古文，或新学引进。比较而言，王、黎所处的文化困境更为深重，因而他们对桐城派古文，乃至于对传统文化的窘迫与凋敝，感受尤为迫切。各自的续选其实就是他们挽救斯文之道的文化教育之努力。在晚清西风东渐之中，他们的努力得到了积极的回响，同好与仿效者不绝如缕，如吴汝纶、林纾、吴闿生等人各自编选了不少古文节本、选本、读本、评点本等。其效若何？1905 年科举制度废除后的文学教育回答了这个问题。

二、“得上探古人之精神，资以演进耶”

晚清西洋新知之盛行，新学之兴起，甲午前后，渐成燎原之势。与此同时，以经史百家为中心的传统旧学知识体系则日渐衰微，解体之态似乎也难以遏抑。于此，吴汝纶感受最为深切。“曾门四弟子”中，吴汝纶序齿在后，又年寿最长，且著籍桐城。如何纾解文化困境，成为他晚年上下求索的主要内容。一方面，他推崇薛福成“转移风气，以造人才为第一”① 的观点，“性喜以西学引掖时贤”②。认为“将来后生，非西学不能自立于世③”，兢兢于西学的引进，冀西学以自强。另一方面，他又恋恋不舍于孔孟之道和传统文化，“吾国周孔遗业，几成绝响”④，认为“中学之当废者，乃高头讲章、八股八韵等事。至如经史百家之业，仍是新学根本”⑤。因此，他在主持莲池书院时，就传统文化为门生采取了一个特殊的方法——“减损之法”，试图以此两全其美。广受门生揄扬和传播的《桐城吴氏古文读本》（光绪二十九年十二月刻印本）就是吴汝纶的具体实践。《读本》仍分为十三类：论辨、序跋、奏议、书说、赠序、诏令、传状、碑志、杂记、箴铭、颂赞、辞赋、哀祭，与姚鼐《古文辞类纂》相同。择录古文二百九十余篇，亦为姚氏所采。因而，“吴氏读本”显然是“姚氏选本”的节本。其弟子于 1908 年为翻印此书而作“告白”云：

---

① 吴汝纶．答薛叔耘［M］//吴汝纶全集：三．施培毅，徐寿凯．校点．合肥：黄山书社，2002：32.

② 吴汝纶．答廉惠卿［M］//吴汝纶全集：三．施培毅，徐寿凯．校点．合肥：黄山书社，2002：122.

③ 吴汝纶．与萧敬甫［M］//吴汝纶全集：三．施培毅，徐寿凯．校点．合肥：黄山书社，2002：209.

④ 吴汝纶．答日本中岛生［M］//吴汝纶全集：三．施培毅，徐寿凯．校点．合肥：黄山书社，2002：153.

⑤ 吴汝纶．与张溯周［M］//吴汝纶全集：三．施培毅，徐寿凯．校点．合肥：黄山书社，2002：385.

此书由《古文辞类纂》中选出，详加评点，视姚氏原著为简要、为明显矣。学堂诸生，欲研究国文，莫急于此书。①

吴汝纶据此节本，细加评点，授之及门诸生，与其极力推崇姚氏《古文辞类纂》之言行十分吻合，更与其山长莲池书院关系密切。吴汝纶主持莲池书院期间，“设博物、格致、机械等科，要求生徒必须精通外语，始能宏济时变。开有日语、英语课”②。“今年选得诸生十余人，同从英人曰贝格耨者学习英文……书院中兼习西文，亦恐止莲池一处也。”如此中西并重，学生难免精力分散。吴汝纶虽然服膺姚鼐《古文辞类纂》，认为“姚选古文为古今第一善本”。“姚选古文则万不能废，以此为学堂必用之书，当于六艺并传不朽也……亦不能弃去不习，不习则中学绝矣。”③④⑤ 但面对新学的勃兴，面对西洋新知的传授与古文授受争夺教育空间的局面，他只能采用“减损”的办法传授古文，以维系古文的命脉。而就具体教学方法言，也不可能将姚选古文逐篇细释，只能择其要者，精讲熟参多练。因此，古文节本，其实就是古文教学的实际讲授篇章目录。出自吴汝纶这样的名师，自然是精思傅会，具有很强的古文之学练针对性。从教育效果来看，吴汝纶主讲莲池书院后，“教化大行，一时风气为之转移”。“一时才俊之士奋起云兴，标英声而腾茂实者，先后相望不绝也。已丑以后，风会大开，士既相竞以文词，而尤重中外大势、东西国政法有用之学。畿辅人才之盛，甲于天下，取巍科，登显仕，大率莲池高第。”⑥ 可见，虽然吴门弟子的古文成就未能超越曾门弟子，更不及方、刘、姚、曾；但在晚清，能够以“中外大势、东西国政治有用之学”而称誉于世，吴汝纶的文学、文化教育不失为成功明智之举，承上而启下。

1905 年，施行千年的科举制度终于诏令废止。严复在《论教育与国家之关系》中认为此“乃吾国数千年中莫大之举动。言其重要，直无异古者之废封建，开阡陌”。作为集文化、教育、政治、社会等多方面功能于一身的科举制，是传

---

① 吴芝瑛．告白［M］//俗语注解小学古文读本．上海：上海文明书局，1908（光绪三十四年）．

② 季啸风．中国书院辞典［M］．杭州：浙江教育出版社，1996：12．

③ 吴汝纶．与李季皋［M］//吴汝纶全集：三．施培毅，徐寿凯．校点．合肥：黄山书社，2002：255．

④ 吴汝纶．与裴伯谦［M］//吴汝纶全集：三．施培毅，徐寿凯．校点．合肥：黄山书社，2002：251．

⑤ 吴汝纶．答严几道［M］//吴汝纶全集：三．施培毅，徐寿凯．校点．合肥：黄山书社，2002：234－235．

⑥ 吴闿生．吴门弟子集［M］．刻本．保定：莲池书社，1929（民国十八年）：序．

统社会的基本建制，它的废除，是晚清社会西风东渐过程中，最重要、最核心的变动之一，不仅深刻地反映了西洋新知对中国传统知识体系的颠覆力量，而且废科举、兴学堂，其本身就是“新旧之争”过程中，新学取得决定性胜利的里程碑事件。严复之言，实事求是，绝非虚语。1901 年，谕旨诏令书院一律改学堂，各省大、中、小学堂，即如雨后春笋般设立。草创之期，众皆遵循张百熙、荣庆、张之洞《奏定学堂章程》（1903）所定办学宗旨：“无论何等学堂，均以忠孝为本，以中国经史之学为基。俾学生心术壹归于纯正，而后以西学瀹其智识，练其艺能，务期他日成材，各适实用。”① 虽然各级各类学堂大都期望中西学并重，但由于“西学”师资匮乏，并重往往落空。不得已还是“中学”为主，“中国经史之学”暂时得以基本保全。不过，这一局面随着教科书的自行编定和西洋教科书的编译借用，很快就发生了深刻变化。1904 年，商务印书馆出版了一套冠以“最新”二字的小学教科书两套和中学教科书一套，包括国文、格致、中国历史、地理、修身、算术、珠算、农业、商业、动物学、植物学（系翻译而成）、矿物学、英文初范、物理学、化学、生物学、代数学、平面几何、立体几何、三角、用器透视画册、投影画册、万国舆图册等。在此前后，南洋公学、文明书局等都出版发行了大量自编或翻译的各科教科书。“四部之学”终于在西学成为学术主流后，被消融、分解，演化成“七科之学”，近代中国的知识系统在以西学为核心的新学体制下得以重新整合和建构。教科书作为文化教育转型和学术知识重构的表征，它的出现与成熟深刻而具体地表现了这一既漫长而又迅捷的裂变过程。就文学教育而言，“选本”逐渐被“教科书”所替代。在这一过程中，“中学”，或曰传统的“经史之学”，受到了前所未有的冲击。科举制的废除，既是这一历程的必然结果，也大大加速了“经史之学”的“衰朽”进程。只是，作为圣贤之道载体的“古文”，也形影相随，悄然褪去了往日的神圣和光彩。“古文”变成了“国文”。

当然，名称的变化，并非一日之功。光绪二十四年（1898）颁布的《同文馆章程及续增条规》，内有“学生向例早晨学习汉文，午后学习洋文”之语。以“汉文”对仗“洋文”，简括“汉语言文字”，虽前所未有，但不失高明。此后以吴汝纶为代表的古文家好像很能接受这一称呼，与友人交往的尺牍中，凡涉及与洋文比照，均以“汉文”或“中文”对之。如曰“今所困难者，则中人以上之

① 舒新城．中国近代教育史资料［M］．北京：人民教育出版社，1961：197.

教育，欲于西欧科学之外，别加汉文、欧语，则学僮脑力，万不能胜”①。再如，“既学日语，即中文当且恝置”②。其名称旨意与同文馆章程略同。而“国文”一词的最早出现，与学堂创办及发展，与教科书的编辑与翻译基本同步。光绪二十三年（1897），南洋公学外院成立，课程分国文、算学、舆地、史学、体育六科。与“国文”等课程相配套，师范生陈懋治、杜嗣程、沈叔逵等自编《蒙学课本》。其他教员另编（译）有《笔算教科书》《物算教科书》和《本国初中地理教科书》等。从其《蒙学课本》第一编第一课内容“天地日月山川”来看，它显然是以识字为发端的启蒙读本，绝非古文选本；因而其课程名之曰“国文”，颇类似今天的“语文”，“古文”只是其中的一分子。

真正从现代意义上阐发“国文”概念的是张謇。他于光绪二十九年（1903）《论国文示师范诸生》的演讲文中写道：

> 国文为通各科学之精神，算术与之并重。故国文必期适用，与美术国文有别。美术国文者，华藻之文也。适用国文者，切事切理之文也。然若不能通贯，如何能切事切理；不常读常作，如何能通贯；不通贯之国文，即不适用。施于实业，工手一例之技能耳；施于师范，则误人益甚。本校诸生将俱无高尚技能之思想乎？闻诸生有言曰，文止须实业有用，不必人人能为国粹之文。又曰辞达而已矣。二说皆不切。试问国粹之文何等文耶？辞达之达何如达耶？仆若督诸生为国粹之文，是以欧苏韩柳期之人人也，不谬若是。若督诸生必如孔子之所谓达，是以六经诸史之文期之人人也，不谬若是。所望于诸生者，说一事使人了然首尾，说一理使人了然眉目，说一境使人如到其境，说一物使人如见其物，在题中说出，不在题外敷衍。不华可也，不雄可也，不美可也，不博不深甚至不长均可也。不切不可，不通不可。诸生其务为切，务为通。若以寻常适用之文为国粹，以寻常适用为辞达，则是不切，亦即不通。所谓通者，能于事理文理之上下四旁无障无碍也，如所言则障碍多矣，故可说不通。昔人言秀才不读三通，终是不通，又言读书十年，才可当得不

① 吴汝纶．答土屋伯毅［M］//吴汝纶全集：三．施培毅，徐寿凯．校点．合肥：黄山书社，2002：427.

② 吴汝纶．谕儿书［M］//吴汝纶全集：三．施培毅，徐寿凯．校点．合肥：黄山书社，2002：596.

通，则不通之程度又有甚高者，愿诸生无易其言也。①

张謇此文，意义重大：其一，所言“国文”，内涵明确，即“文章”也。较之此前南洋公学“国文”课程之识字启蒙与古文学习混而不分，张謇此“国文”指称则概念清晰，也较妥帖。其二，将“国文”区分为“美术国文”和“适用国文”，其实就是将曾国藩倡扬，尤其是薛福成、黎庶昌所践行的古文“道德之钥，经济之舆”之功效，扩而广之，以更明晰、更直白的阐述，突出了“华藻之文”和“切事切理之文”各自的风格特点：审美与实（适）用。“美术国文”乃“华藻之文”，其实就是指骈文和辞赋；“适用国文”乃“切事切理之文”，其实就是指古文。其三，明确宣示“实（适）用”是“国文”的正途。在驳斥了所谓“国粹之文”与“辞达而已”的极端文章观后，认为“必期适用”的国文，可以“不华”“不雄”“不美”“不博”“不深”“不长”，但不可“不切”与“不通”。何谓“不切”与“不通”？则曰：“以寻常适用之文为国粹，以寻常适用为辞达，则是不切，亦即不通。”如此看来，切于事理、通贯无碍的“国文”，并不是寻常使用的“寻常”文言文，而主要是指雅洁清通、平易畅达的古文。换言之，“国文”就是在新式教育体系中以桐城古文为核心的古文辞的替代名词。在新旧教育的转换中，“国文”替代了“古文”，“古文”也从此变成了“国文”。一千余年的古文，其文脉虽然不能说就此了断，但名称的置换，至少也表明“旧学”在汹涌而起的“新学”面前的节节败退。而清醒、清晰、完整地置换这一概念的竟然是以“古文”见长的桐城派中人，张謇此文可谓意味深长：既曲折表达了桐城古文的“清通”优长和其晚清时期的风格走向，更昭示了在“国文”概念形成初期，桐城古文仍然当仁不让地位居核心的文化史实。作为桐城派中人的张謇②，以“切通”要求诸生“国文”训练和写作，与十五年后胡适以“清通”称誉桐城古文，可谓“遥相呼应”。由此也说明，桐城文人在新式教育的转型过程中，既视野闳通，引领风潮，能够审时度势，因时而变；又理念执着，固守古文壁垒，守望传统文学、文化的底线。如此矛盾的文化态度，看似费解，其实，此乃晚清传统文人的共相。改良主将如康梁师徒，对孔孟之道始终坚定不移，可备参照。

1902 年之后，在“戊戌政变”中得以保留和恢复的京师大学堂以及随之而起的各地大、中、小学堂，对“国文”课程的概念理解和具体运作，大体沿用、

① 张謇．张季子九录：教育录卷一［M］//朱有瓛．中国近代学制史料：第二辑（下）．上海：华东师范大学出版社，1989 年：318.

② 刘声木．桐城文学渊源考撰述考［M］．合肥：黄山书社，1989：289.

扩展了张謇的表述，是否受其影响或启发，不得而知，“但英雄所见略同”，却是事实。如光绪二十九年十一月（1904年1月），张百熙、荣庆、张之洞《奏定学堂章程·学务纲要》中云：

> 学堂不得废弃中国文辞，以便读古来经籍。中国各体文辞，各有所用。古文所以阐理纪事，述德达情，最为可贵。骈文则遇国家典礼制诰，需用之处甚多，亦不可废。古今体诗辞赋，所以涵养性情，发抒怀抱……中国各种文体，历代相承，实为五大洲文化之精华。且必能为中国各体文辞，然后能通解经史古书，传述圣贤精理……唯近代文人，往往专习文藻，不讲实学，以致辞章之外，于时势经济，茫无所知……盖黜华崇实则可，因噎废食则不可……其中国文学一科，并宜随时试课论说文字，及教以浅显书信、记事、文法，以资官私实用。但取理明词达而止，以能多引经史为贵，不以雕琢藻丽为工。篇幅亦不取繁冗……中小学堂于中国文辞，止贵明通。高等学堂以上于中国文辞，渐求敷畅，然仍以清真雅正为宗，不可过求奇古，尤不可徒尚浮华。戒袭用外国无谓名词，以存国文，端士风。①

此段文字所述之“中国文辞”“国文”之内涵，较张謇之表达有所扩大，但强调“明通”与“实用”的核心理念，两者如出一辙。稍后，光绪三十一年八月（1905年9月），袁世凯、赵尔巽、张之洞、周馥、岑春煊、端方等会奏的《奏请废科举折》所阐述的“国文”概念，亦大体与上述类似。在此前后，朝野上下，教育界内外，开始广泛接受并使用“国文”一词。如《时报》（1904年5月22日）《奏定小学堂评议》一文曾云：“中国教育既无国语一科，势不得不以国文代之。”宣统元年（1909年），江苏教育总会通告各劝学所教育会及各会员研究部《变通初等小学章程书》即明确确定小学五科为修身、读经讲经、国文、算术、体操。而各类出版书局自1898年起，一直不间断地编纂出版各级各类“国文教科书”。② 而清廷于光绪二十九年（1904年）颁布的《奏定中小学堂章程》，经过近六年的“蹉跎”，其中的“中国文学”课程名称终于在宣统二年十一月（1910年12月）和宣统二年十二月（1911年1月）由清廷官方正式改定名称为“国文”。初等小学堂“国文”课程总体要求是“识字、通用短文读法、联

---

① 朱有瓛．中国近代学制史料：第二辑（上）［M］．上海：华东师范大学出版社，1987：84.

② 中华民国教育部．教科书之发刊概况［M］//第一次中国教育年鉴．台北：传记文学出版社，1972.

字造句、作文、习字”①。高等小学堂“国文”课程总体要求是“通用文字读法、作文、习字”②。中学堂“国文”课程总体要求是“读文、作文、习字”，要求懂文义、得文法，“作文以清真雅正为主”。③“国文”仍然以古文为核心，以明通、实用为好尚，但范围被大大扩展延伸，包括了识字启蒙和习字等内容，初显现今“语文”之雏形。

在“古文”演变成“国文”的过程中，虽然张謇将“古文”变换成“国文”，并对其作了明确的阐释，可谓得天下风气之先，但晚清几位桐城派代表人物对“国文”一词的接受和使用还是比较谨慎的。他们既顺应时代教育的变化，又不遗余力、津津乐道地推行他们的古文知识、经验和智慧。吴闿生《吴氏文法教科书》和吴芝瑛《俗语注解小学古文读本》应该是桐城古文家在新旧教育转型中，桐城选学的一次新的尝试。

吴闿生乃吴汝纶之子，或称生有异禀，濡染家学。复师事贺涛、范当世、姚永概，受古文法，为马其昶、姚永朴、姚永概之后著籍桐城的桐城派重要古文家。他于光绪三十年六月（1904）编定初版《吴氏文法教科书》，在叙及其编选缘由时云：

> 保定两江小学堂既成，请文法教科书于余，因取《读本》（笔者注：指吴汝纶《桐城吴氏古文读本》）中韩非诸难，粗加诠次，益以史公序赞若干首。本于庭训，不惜详且尽慰蒙求也夫。④

这里，透露了两点重要信息：一是桐城古文家对“教科书”这个新名词欣然接受并亲自编写。二是此教科书节自吴汝纶《古文读本》，而该读本又节自姚鼐《古文辞类纂》。因此，吴闿生此教科书乃姚选节本之节本。综合上述两点，可知桐城古文家对于新式学堂和新式文学教育、教学尽管接受积极，参与意识较强，但其古文意识和古文中心观并未有多少变化，其以《古文辞类纂》为核心的桐城选学情结依然如故。可是，在“古文”转换成“国文”的历程中，青少年学子的“古文”或“国文”水准若何？程度若何？吴闿生在再版此书所作的“例言”中不经意地透露出个中消息：“余著此编，初止为同乡学堂童蒙之便用而已。既而印行后，颇风行一时，两次翻版咸尽。泛观近刻文法书，尚未有善于此者……此本出后，同人多加谬赏，而颇有议其程度太高者……某君面叹曰：

① 朱有瓛．中国近代学制史料：第二辑（上）［M］．上海：华东师范大学出版社，1987：221．
② 朱有瓛．中国近代学制史料：第二辑（上）［M］．上海：华东师范大学出版社，1987：222．
③ 朱有瓛．中国近代学制史料：第二辑（上）［M］．上海：华东师范大学出版社，1987：384．
④ 吴闿生．桐城吴氏文法教科书［M］．印本．上海：文明书局，1905（光绪三十一年）．

‘子书非中小学所能用，高等学堂以上课本也。’……独有一语须申明者，此本乃教师用而非儿童用者。教师玩味批语，心领神会，以之教授儿童，殆无善于此者。若不得教师，以此望儿童自晓，则求初驹于千里，责尺木以栋梁耳。”吴闿生此教科书乃姚鼐《类纂》节本之节本，大概是因为其节简明通，故“风行一时，两次翻版”，并且出类拔萃，“尚未有善于此者”。然而如此节本，“乃教师用而非儿童用者”；更有谓其程度太高，叹为“高等学堂以上课本”。显然，此时青少年的“古文”程度已经不能和姚鼐所处的乾嘉之时相提并论。尽管吴闿生对其选本很是自信和自傲，但新学的兴起，“声光化电”等新式学科的形成，已经使学子的教育内容发生了深刻的变化，“古文”或者“国文”，在教育体系中由中心开始走向边缘。因而，他的选本根本挽救不了古文的“日薄西山”。

吴芝瑛《俗语注解小学古文读本》倒是不折不扣的儿童古文读物。此本印于光绪三十四年（1908）三月，正值全国各地中小学堂设立呈梯度深入之时。吴芝瑛“选录古人短洁兼有情趣之文七十余首，均用俚词而诠释之”，“不独令学子乐而爱读，且资长其慧智”①。其目录如下：

1. 赵人赂魏杀范痤；2. 梁王使惠子言事无譬；3. 林既论服事不足以端士行；4. 子贡不识孔子之为人；5. 子贡不识孔子之贤奚若；6. 子贡求救于吴；7. 晏婴使吴；8. 晏婴使楚；9. 吴少孺子谏伐楚；10. 楚椒举谏伐阳夏；11. 晏婴谏杀围人；12. 晏婴谏杀烛雏；13. 伍子胥谏吴王从民饮酒；14. 晏子论朝居严有害治道；15. 老子论祸福；16. 楚老父吊孙叔敖之为令尹；17. 魏公子牟之赠言；18. 孔子论忘身；19. 鲁哀侯自知弃国之由；20. 成回恭敬待大命；21. 孙伯不谏亡国之君；22. 齐景公女女于吴；23. 晋咎犯不以私事害公义；24. 古之行师；25. 鲁哀公示惠于民；26. 王满生说周公诛管蔡；27. 禹泣罪人；28. 邾文公知命；29. 楚庄王恐亡；30. 士不言功；31. 孙卿论行不离奸而求誉；32. 晏子对梁邱据之言；33. 宁越苦耕而求学；34. 孔子不欲释古学；35. 晋师旷勉平公为学；36. 晋狐突之报太子申生；37. 奋扬之奉使；38. 晏子不欲独乐；39. 子游论孔子与郑子产之遗爱；40. 非命之死；41. 古之格言；42. 十皮论魏惠王慈惠之失；43. 苏秦之楚；44. 靖郭君将城薛；45. 淳于髡一日而见七士于宣王；46. 齐人见田骈；

① 参见《俗语注解小学古文读本》之“严钊序”与“凡例”，光绪三十四年（1908）三月，上海文明书局印刷发行。

47. 田需贵于魏王；48. 有献不死之药于荆王者；49. 公孙衍为魏将；50. 庞葱与太子质于邯郸；51. 白圭谓新城君；52. 魏王欲攻邯郸；53. 史疾为韩使楚；54. 赵且伐燕；55. 孟尝君将入秦；56. 荆宣王问群臣；57. 魏王遗楚王美人；58. 天下合从；59. 昭阳为楚伐魏；60. 秦魏为与国；61. 齐欲伐魏；62. 献书秦王；63. 荆王伐吴；64. 晋阴饴甥复惠公；65. 寺人披见晋文公；66. 头须见晋文公；67. 烛之武退秦师；68. 宋戴盈之论去关市之征；69. 任人问礼与食孰重；70. 桃应问瞽瞍杀人；71. 临江之麋；72. 黔之驴。

由上述“目录”可知，吴芝瑛所选古文确乎“短洁兼有情趣”。其中不少篇章短小精悍，寓意深刻，至今仍为小学或初中语文课本所收。再看其“俗语注解”。兹择其当今熟知的《黔之驴》之“注解”而录之：

贵州没有驴子，有好事的人，用船装个驴子去。这驴子到了贵州没有用处，把他放在山底下。老虎看见驴子，好大的一个大物件。以为他是个天神，藏在树林里偷看他，稍稍走出来与他相近，大家客客气气的都不知道彼此底细。有一天，驴子一叫，老虎大大的惊吓跑向远地方逃遁，以为将要吃自己，怕得很。然来来往往的看他似觉没有什么异样能处，又渐渐听惯了他的声音，便又逼近他的前后，走来走去，然而到底不敢击他，稍稍同他亲狎，放荡倚侧，冲犯驴身。驴子怒极了，就拿蹄子踢老虎。老虎因此大喜，心里算计驴子说道，他的本领只有这个样儿罢了，就大叫大跃起来，合驴子大斗，把驴子的喉管咬断，吃完了他的肉才去。咳，形状伟，类乎有德行的样子；声音宏大，类乎有才能的样子。向使驴子从前不把自己本领不济的破绽漏出来，老虎虽然凶猛，却也疑惑畏惧，不敢下手。如今倒弄到这样结局，真是可悲的了。

由上可知，所谓“俗语注解”，所谓“诠释”，就是将古文用白话文译出。在今日已铺天盖地，习以为常。但在一百年前的晚清，可是前无古人，石破天惊。而且，是由桐城文人亲自运笔成文，更让人感慨万千。一方面，“情趣”的提出并以此标准衡录古文，就突破了方、姚、曾、黎、吴为代表的桐城选学原则和路径，体现了桐城古文家对西洋教育知识的认同、理解与掌握。由此看来，新式教育确乎深入人心。另一方面，以白话译古文，借此助小学堂学童习读古文，虽然说顺应了时代发展和需求，但古文的衰落由此也得以昭显。作为吴汝纶的侄女、古文家廉泉的夫人、秋瑾的挚友，吴芝瑛，这位晚清著名的女古文家和书法家，面对如此古文颓势并不甘心，连同其他古文家一道，仍然想方设法，在日渐贫瘠的古文土壤上耕耘。有趣的是，她所编写的这部“半文半白”、突破“家规”的《古文读本》，在桐城诸家之中并非独一无二。十余年后，姚永朴、姚永概兄弟也出于同样的考量，利用在正志学校任教的机会，于1918年编选、排印了浅近的《初学古文读本》两卷，冀望以此既顺应时尚，又能维系古文文脉。桐城古文大家不惜放下身段，亲自编选近乎启蒙读物的古文选本，期望“从娃娃抓起”；尽管其精神可嘉，但从教育史实看，收效甚微；古文的光焰，早已今非昔比，薪火难继。

1911年1月前后，清廷颁行修订的《奏定中小学堂章程》，正式将“中国文学”课程名称改为“国文”。大约从此起，“古文”被官方正式置换为“国文”；也自从此时起，“国文”才被桐城古文家们所正式接受，并在文学教育中予以运作。“古文”之称谓也因此为“国文”之名词所取代。1913年6月印行的吴闿生《国文教范》和1913年1月上海商务印书馆印行的林纾《中学国文读本》，算是顺应新式教育、应运而生的桐城新式选本。

《国文教范》分上下两编。上编“以庄生史公为主而汉以前诸家附之”。共选录二十六篇又八节古文。其中以庄子四篇八节为中心的“周秦文凡七家十篇又八节”，以《史记》七篇为中心的“汉魏文凡十家十六篇”。下编“以韩公为主而自唐以来附之多录荆公者入韩之梯径也”；共选录三十六篇古文。其中韩愈十四篇，柳宗元两篇，欧阳修两篇，王安石十篇，曾巩两篇，苏洵一篇，苏轼一篇，唐宋八家共三十二篇；清文三家四篇，姚鼐两篇，梅曾亮一篇，曾国藩一篇。将上述入选古文与《古文辞类纂》比照，便可发现，除清文外，其他篇目绝大多数取自其中。或者说，《国文教范》其实就是姚鼐《古文辞类纂》的又一种精简本，在吴闿生眼中，其“国文”不过是“古文”之别称。至于其编选出版意图，王金绶在其“序”中尽情坦白：

> 一国民族有一国民族之精神，一国民族之精神皆由数百千年神圣贤人之精神递相陶铸而成。精神亡，虽土地山川无恙而民非其民，国非其国矣。吾国民族之精神，自《诗》《书》《易》《春秋》泚圣人之文出，而群受圣范。自老庄、荀、墨、管、韩诸子之文出，而再受圣范。汉唐以还，自扬、刘、马、班，韩、欧、曾、王以及归、方、姚、曾之文出，原本六经诸子，冶道德政治于一炉，而吾民又深受其范，而精神遂卓立而不可摇矣。且吾非专崇吾国之精神，摈绝他国以阻我民族进化之机也，正谓欲收彼学之长，宜先精研吾国雅文之传，以植基而增融化之力，而后彼学之美皆为供我进步之资粮……吴子何不一破其例，约取恒

读之文，详评以示之的，俾后之人沿流溯源，得上探古人之精神，资以演进耶?①

由此可知，吴闿生编选《国文教范》，其目的就是试图以古文评选，为学子提供古文模范，“循其涂轨可自得之无俟”；进而感知古文之内在民族精神，以此“增融化之力”，“供我进步之资粮”。虽然吴闿生评析古文仍以文章意蕴、写作技法为主，其思路、手法与前文所述之《吴氏文法教科书》如出一辙，并未“与时俱进”，但十余年文化教育的天翻地覆，其着眼点不得不为之转移，由着力古文文统道统的承传，转变为文学、文化素质的养成；意图与目的也明显“降格”很多：“精研吾国雅文之传”是为“收彼学之长”，“增融化之力”。如此“低调行事”，如此不遗余力，就这些古文大家而言，缘由相当悲壮。王金绶在“序”中扼腕叹息：

> 自改革后，莘莘学子方欲举吾国之旧，一切扫除刮绝而唯新是谋。即炎黄复生，耳提面诏，恐亦视为顽陋而唾弃之矣。吾辈其如雅文何?!且如进化何耶?! 悲夫。

同样，高步瀛序也记载了吴闿生类似的感慨：

> （高步瀛、王金绶）复请辟疆（笔者注：吴闿生字辟疆）评选古文若干首，为后学模范。辟疆叹曰，天下方摈弃故学，我辈乃龂龂于此，徒取訾议。

新学盛行，旧学则黯然退让。古文家们切身感受到了“经史之学”的消退，感受到了古文空前的消亡危机，惶恐、悲愤、不甘交织一处，奋力而起，编写教科书，编选读本，以“国文”之名而行“古文”之实，在新式教育中为“古文”的生存而奔波，并竭力争夺与扩充“古文”在新式文学教育中的领地。由此亦可以明了，吴闿生的这部“古文选本”为何取名为“国文教范”的内在缘由了。

林纾编选的《中学国文读本》和吴闿生选本的编辑策略显然不同。其“凡例”云：“本书为中学校用之教科书”，“中学校四年毕业，本书分为八册，每一学年教授二册”，“本书选辑古今名家之文”，“各类略备，使读者稍知其门径”，“本书次序自清代上溯元明而宋而唐而六朝以至于秦汉三国，由近及远，由浅及深，循序渐进”，“本书于文中之大节目处，特加圈点并附评语，以引起读者之注意”。不同于桐城诸家以“类”纂文、从古及今、由源到流的编选方法，林纾

① 吴闿生．国文教范［M］．石印本．北京：京师国群铸一社，1913（民国二年）．

采取了“倒叙”的策略，“由浅及深”则是这一策略的核心。根据学生年龄、阅历、理解能力的梯度，安排由浅易到闳深的古文诵读和学习，契合中学生的身心发展特点，与吴芝瑛的努力可谓桴鼓相应，符合新式教育的特点、规律与要求。而在选录标准上，林纾也较方苞、姚鼐、曾国藩、王先谦、黎庶昌及吴汝纶、吴闿生父子取径宽松。选录的唐宋元明清之文中，既有桐城诸家不曾惠顾的罗隐、司空图、皮日休、陆龟蒙、李梦阳、王守仁诸家，也有名不经传的袁皓、欧阳詹、古之奇、权德舆（以上唐），陈尧、种放、穆修、潘佑、杨夔、蔡戡（以上宋），吴桂芳、叶白高、薛瑄、徐階、王帏、程敏政（以上元明），王猷定（清）等近20位无名作家。桐城文统意识显然刻意淡化不少。尤其是六朝之文选录48篇单独成册，更显编者之别具匠心和独特的文章趣味。如此“各类略备”，确实在一定程度上突破了桐城选学过分注重名家名篇、着力讲求清真雅正的“精英”化文章轨辙。由“古文”蜕变而成的“国文”，可能在林纾手中真正开始了范围拓展。不仅如此，林纾的“国文读本”评点亦颇有自家面目。他不取吴闿生详评细述、条分缕析的评点方式，而是“于文中大节目处，特加圈点并附评语”。观览其八册国文教科书，于所录之古文“大处、远处、非常华丽处”，林纾才略加点评，摈弃喧宾夺主，代之要言不烦。如此举重若轻，就读者接受而言，其实更轻松愉悦，感悟之机往往得以发启。就此而言，林纾的一二点醒较吴闿生的“下笔千言”，更得姚鼐真传。而且，有意与无意之中，与新式文学教育讲趣味、重性情若合符节。

大概因为翻译西洋小说，与出版社关系热络。林纾《中学国文读本》是与当时占领全国教科书销售市场份额最大的商务印书馆合作编选的。不管林纾的编辑理念是否受到出版社的影响，就选择以正规的教科书形式，采取与实力雄厚的出版社合作的方式，凸显了畏庐老人的“世事洞明”。林纾以其独有的敏感，将文学、教育与出版机缘巧合，不仅占尽先机，而且借此声名远播，远非吴闿生、吴芝瑛姐弟所能比拟。据郑国民考证：

> 在光绪三十四年（1908），商务印书馆先后出版了林纾编的《中学国文读本》和吴曾祺编的《中学国文教科书》。这两套课本是清末最有影响的中学语文教科书，尽管其他书局也曾出版过这类书，但使用范围小，很快就绝版了。①

借此，桐城选本在“国文”的新领地仍然独领风骚。

---

① 郑国民．从文言文教学到白话文教学［M］．北京：北京师范大学出版社，2000：118.

然而，仔细辨析，就能发现，从“古文选本”到“国文选本”，其实经历了深刻的内在变化。首先，古文选本乃书院教材与“课外读物”，士人学子借助古文的阅读与写作，陶冶人格，修炼古文之技能，并提高课艺的档次，进而获取功名。因此，科举制度是古文选本得以产生和流播的土壤。于此，《古文辞类纂》堪称“第一读本”。而“国文读本”是科举制度废除后新式教育的产物，学堂学生诵读古文，在很大程度上，是为练就“切于事理”的“清通”文章能力。没有了科举考试的压迫，古文程度的高下，对于学堂学生而言并非“性命攸关”。较之“古文”在书院的崇隆，“国文”的重要性其实在新式学堂中已大打折扣，因而“国文读本”在学堂学生心目中的地位远不及“古文选本”对于士人学子重要。其次，“古文”训练在书院兼有文章与修身的双重功能，但在新式学堂中，“修身”“伦理”已单独成科，“国文”成了纯粹的文学训练，因而讲求技法、追寻文法成了合乎时尚的需求。吴闿生讲求文法的相关努力其实是时代需求下不得已而为之的选择。而同时，小说、戏曲等俗文学逐渐成为晚清文学的审美主体。古文与小说在青少年的阅读兴趣中，地位已悄然发生了变化。吴芝瑛读本及二姚兄弟读本的趣味与浅白，林纾读本的简易与扩容及其吴汝纶、吴闿生父子共同的“减损之法”，都是在新旧教育转型期，为“国文”（其实就是为“古文”）争夺文学教育的空间和领地。殊途同归，因时而变。再次，“国文”相对应的是“西文”，显然是“古文”在新学兴起的过程中不得已的退让和蜕变。张謇之文就很好地概括了由“古文”到“国文”的过渡。晚清桐城诸家的“国文读本”，很大程度上就反映了这一过渡。黎锦熙曾曰：

> 清末兴学，坊间始依钦定课程编印国文教科书；中学以上，所选大率为“应用的古文”（胡适氏用以称桐城派者），其高者亦不出姚氏《古文辞类纂》等书之旨趣与范围。①

黎氏之语，既是真实的记录，也是精当的评析。

从“古文选本”到“国文读本”，桐城选本在文学教育的转型中虽然变化深刻，但其以“古文”为核心的选学理念始终不渝。这种“变”与“不变”，在过渡转型期尚可风光一番，桐城文人在新式学堂之初尽得先机、游刃有余，就说明清通实用的古文，仍然是新旧教育转型期的普遍需求。但是，当新式教育趋于成熟，言文一致的“国文”要求成为新的时代追求，晚清桐城诸家的“国文读本”

---

① 黎锦，王恩华. 中等学校国文选本书目提要［M］. 北平：国立北平师范大学文学院，1937（民国廿六年）.

便时过境迁，风光不再。对古文修习的期望，也由“古文选本”的“有所法而后能，有所变而后大”，着意于古文的发扬光大，而不得不“降调”为“得上探古人之精神，资以演进耶”。古文的学习从此成为“新学”兴起与发展的人文素质之养成。当历史继续行进，“国文”之构建逐渐以语体文为中心时，桐城文人就难以有所贡献了。既然英雄无用武之地，在新文化运动中，败走麦城，显然就不仅仅是“五四”健将的单边力量所能左右的。进而言之，桐城文人，连同其“古文选本”和“国文读本”，隶属于传统“旧学”的文化教育体系，他们的内心深处依然是壁垒森严的古文情结和一以贯之的经史意识，他们的“变”与“不变”虽然是应对时势的权宜之计，但也昭示了桐城文人赓续中华传统文化的文化策略和选择，由此亦表现了这一文化群体对传统文化精粹的坚信不疑和坚定不移。然而，当以科学、民主为核心理念的“新学”占据了主流地位，“旧学”虽然不能说与“新学”水火不容，但至少“经史百家”生存的空间极为狭窄和有限，古文的失落不可避免；桐城文人亦因此无法厕身于日新月异的新式文化教育体系之中，走向边缘，淡出文化教育中心，则是他们无奈的文化归宿。其实，早在光绪二十八年（1902），吴汝纶就已经预言：“新旧二学，恐难两存。”并对此忧心忡忡：“西学未兴，吾学先亡。奈之何哉！奈之何哉！”①

十七年后，吴汝纶的预言成了现实，“桐城光焰亦自是而熸”②。

（原载《国学研究》第27卷，2011年第1期）

① 吴汝纶．答贺松坡［M］//吴汝纶全集：三．施培毅，徐寿凯．校点．合肥：黄山书社，2002：406.

② 林纾．送姚叔节归桐城序［M］//林琴南文集：畏庐续集．上海：商务印书馆，1916.

“地域文学传统的建构”成为一种文学叙写方法

——以明清集序为研究范围

徐雁平

一、问题的提出与研究范围的界定

地域与文学之间的关系，学界已有深入的探究，如吴承学提出“地域文体学”“中国古代文学地域风格论”等论题，并从“江山之助”的视角切入，论析“自然界留在精神上的印记”“地域文化与人格塑造和创作”“风土感召与风格创造”诸问题；① 蒋寅指出，明清两代地方性诗文集和诗话的不断涌现，地域文学传统日益浮现并不断得到强化。② 前一学者强调地域对文学的感召作用，后一学者着重文学对地域传统的构建。依循两位学者探究的路径，关于地域与文学的关系，还可进一步追问：受起源甚早的古代文学地域风格论影响的“地域文学传统的建构”，如果能左右地方文学风气，成为文学批评中重要的参照系，那么它又是如何影响文学创作的呢？以撰写集序而言，序文中常牵涉地域文学传统的建构。譬如，论及江西文学，往往提及欧阳修、黄庭坚；论及湖湘文学，则上探屈原；论及岭南文学，时时联系张九龄；论及松江云间文学，则追溯二陆。这一建

① 说明：本文自“摘要”开始就使用“构件”这一核心概念，此概念受雷德侯（Lothar Ledderose）《万物：中国艺术中的模件化和规模生产》一书影响。该书译者将module译为“模件”，笔者以为此译未能传达module具有的内在生发性，故用“构件”。（雷德侯．万物［M］．张总，等译．北京：三联书店，2005：3.）在学术交流中，罗时进教授对“构件”一词使用是否妥帖提出建设性意见；考虑到“地域文学传统的建构”在集序中诸如叙事手段、结构方法多方面的功用，故目前还是用“构件”一词。特别是在应酬性质较为明显的集序中，用此概念更能显现集序撰作时的情境。吴承学．中国古代文体学研究［M］．北京：人民出版社，2011：26，198－215.

② 蒋寅．清代诗学与地域文学传统的建构［J］．中国社会科学，2003（5）：166.

构行为和思路，又是如何反过来成为一种文学表现方法或者文章结构法的呢？这一现象的文体学和文化学意义何在？似皆值得探究。①

问题的发现，源于笔者阅读新近出版的《沈德潜诗文集》②，见沈德潜所撰集序中，有7篇序文包涵地域文学传统的追溯；再检《钱牧斋全集》③，性质类似的集序有16篇之多。结合其他文集的翻检所得，似可初步断定，地域文学传统的追溯，至少在明清两代是一种较为常见的文学表现手法或文章结构方法。此一方法大约在何时形成，则要落实到地域文学观念的生发。"就文学来说，直到唐代，地域观念还很淡薄，文学很少被从地域观念下谈论"，"文学创作中的地域差异，实际上到宋代才开始凸显出来"，以地域性为主要特征的文学时代则在明初时出现。④ 这些论说，颇具启发意义，然或多或少是观念层面上的推衍，还须结合具体文学创作中对地域文学传统关注的情形。集序（含别集序与总集序）是书序中的一部分，相较书序中其他种类的序文而言，集序文学色彩较浓厚，数量较丰富，适合作为研究的对象。以此为研究范围，笔者逐一检查《宋集序跋汇编》（5 册）⑤、《宋人总集叙录》⑥、《全元文》（60 册）⑦、中国台湾《善本序跋集录》中明清集部，以及52 种明清人文集和地方志中的"艺文"部分，可初步断定：在集序的范围内，将地域文学传统的追溯与建构有意识地作为一种文学表现手法或文章结构方法，在宋代已见端倪，元代稍有滋长，至明清方兴盛。

地域文学观念、地域文学传统的建构何时兴起，可能有不同的论说，这不是本文讨论的重点所在；本文试图探究的是，一种观念与风气兴起后，如何被转化为一种较为普遍的文学叙写方法，以及其作为一种叙写方法的意义所在。程千帆先生曾指出，研究古代文学理论，不能只从理论到理论，"也应考虑从古代文学

① 蒋寅. 清代诗学与地域文学传统的建构［J］. 中国社会科学，2003（5）：174. 按，蒋文中引用魏禧《陈介夫诗序》、杜濬《楚游诗序》、黄定文《国朝松江诗钞序》时，已有论述地域文学传统叙述手法的文字，然因其文章重点不在此，故未展开论述。

② 沈德潜. 沈德潜诗文集［M］. 潘务正，李言，编校. 北京：人民文学出版社，2011.

③ 钱谦益. 钱牧斋全集［M］. 钱曾，笺注. 钱仲联，标校. 上海：上海古籍出版社，2003.

④ 蒋寅. 清代诗学与地域文学传统的建构［J］. 中国社会科学，2003（5）：167. 按，这些判断融合了龚鹏程、祝尚书、王学泰诸学者的成果。

⑤ 祝尚书. 宋集序跋汇编［G］. 北京：中华书局，2010.

⑥ 祝尚书. 宋人总集叙录［M］. 北京：中华书局，2004.

⑦ 李修生. 全元文［M］. 南京：凤凰出版社，2004.

作品去发现那些尚未发现的理论”①，从宋元以来特别是明清的集序的撰写实践中，梳理总结一种新的文学叙写方法的形成与发展，似可视为对程先生倡导的研究方法的一种尝试。

二、地域文学传统叙写方法的历史呈现

在集序（尤其是在别集之序）中叙写地方文学传统，其真正的目的不在于建构一地的文学传统；以文体的功用而言，梳理建构文学传统，最终是为了传达对总集、别集的介绍与揄扬之意。集序的撰写，不仅是文学修辞行为，还牵涉社会交往行为。中国台湾《善本序跋集录》收录的集序中地域文学传统叙说的标准样式大致如下：

> 宣人之为诗，盖祖梅圣俞。圣俞以诗鸣庆历、嘉祐间，欧、范、尹、苏诸巨公皆推尊之。后百余年，又得竹坡先生（周紫芝）继其声，而周与梅在宣为著姓，且亲旧家也。（陈天麟《太仓稊米集序》）②
>
> 吴自古尚文，至于今盛矣，是故有礼让之风焉，有清嘉之俗焉。晋陆氏以兄弟，宋范氏以父子，皆彬彬然华国而名世。国朝贤哲嗣出，骚雅并鸣，每以文甲天下，天下亦首称之。石湖卢氏兄弟，予所亲见者也。蔚然若虎凤，烨然若山斗，天下大夫士乐交之，吴之文每称卢氏焉。（胡缵宗《古园集序》）

前后两序分别出自宋人与明人之手，虽强调程度不同，但表述手法近似。这一手法似乎是在“数家珍”，在对传统作仪式性的回顾与致敬之后，开始着墨于别集、总集及其作者的表彰。自宋至明清，建构文学传统的叙写方法虽无大变化，但亦自有其生长昌盛的过程。以下列出部分统计数据：

1.《宋集序跋汇编》（5 册）共收宋集 484 种（不含词集、总集），其中包涵地域文学传统的宋人序有 10 篇，还有同类性质的元人序 4 篇，明人序 17 篇，清人序 17 篇；《宋人总集叙录》收录总集 85 种，其中包涵地域文学传统的宋人序有 4 篇。总计包涵地域文学传统的宋人集序有 14 篇。

2.《全元文》（6 册）所收上述性质的集序有 43 篇。

3.《“国立中央图书馆”善本序跋集录》收录明集 2121 种，所收上述性质

---

① 程千帆．从小说本身抽象出理论来：在中国古代小说理论研讨会上的发言［J］．武汉师范学院学报，1984（5）．现收入巩本栋编《程千帆沈祖棻学记》，贵阳：贵州人民出版社，1997：58－59．

② 祝尚书．宋集序跋汇编［G］．北京：中华书局，2010：1081．

的明人集序50篇，清人序5篇。

上列包涵地域文学传统内容的集序，因有完备的专题汇编《宋集序跋汇编》《宋人总集叙录》以及大全性质的《全元文》为依据，统计数据基本稳定；而明清则难窥全貌，仅以《宋集序跋汇编》中所录明清人撰重刻宋集序的篇数而言，即可稍知以地域文学传统作为叙写方法的使用范围。以《“国立中央图书馆”善本序跋集录》中明清集序为基础，笔者再检50余种明清别集总集序及方志所收序文，共得符合要求的集序210篇，其中明人撰写的有77篇，清人撰写的有131篇，年代不能判断者2篇。以此并不全面的统计，以及前文所述明清之际钱谦益与清中期沈德潜撰写的相关集序数目来推断，在宋代已经形成面目的地域文学传统叙写方法，经过元代的发展，至明清已经得到文人较为普遍的认可。之所以称较为普遍，是因为上述210篇集序中，撰序者与别集作者、总集编者为同乡者有94人，非同乡者99人，不能判明者7人。同乡撰序者与非同乡撰序者数量无明显差距，说明撰序者构思撰写并非全部出自表扬乡贤的用意，也多有出自“因地制宜”而采用一种更为得心应手的叙写方法的考虑。

“文变染乎世情”（《文心雕龙·时序》），集序中地域文学传统叙写方法的出现与被认可，应联系宋代以来地方意识的兴起加以考察。郝若贝（Robert Hartwell）和韩明士（Robert P. Hymes）等学者的“地方史”研究成果显示：

> 由北宋到南宋有一“地方化”（localized）的转变，成为近二十余年来宋史领域中影响颇著的“变革”理论。尽管学者对于是否真有一“地方化”的现象，或此一“地方化”的实际历史意义尚有争议，大体上仍承认南宋有一愈来愈庞大的地方士人群体（精英阶层），以及愈来愈大量与地方相关的记载。①

包弼德（Peter K. Bol）同意郝若贝与韩明士关于南宋与北宋之间“地方转向”的描述，但他检视地方士人对地方现象诸多类型的“地方性书写活动”时，提出“士人社群”概念，并以地方与国家这组视角置换郝、韩二人的社会与国家二元对立视角。② 总之，“地方性转向”以及地方性书写、地方士人社群的大量出现，皆可视为一时代之风气，它或多或少渗透到文学创作层面。

---

① 陈雯怡．吾婺文献之懿：元代一个乡里传统的建构及其意义［J］．新史学2009.20（2）：46－47．按，此一引文包涵韩明士、柳立言、Beverley Bossler、包伟民、John W. Chaffee、包弼德等学者的论点。

② 李卓颖．地方性与跨地方性：从“子游传统”之论述与实践看苏州在地方文化与理学之竞合［M］//台湾地区研究院历史语言研究所．台湾地区研究院历史语言研究所集刊：第80本第2分册，2011：326.

巧合的是，《宋集序跋汇编》收录的10篇包涵地域文学传统的集序撰写时间皆在南宋，《宋人总集叙录》4篇集序有3篇是在南宋撰写的，据此并结合郝、韩、包三学者的论断，对地方文学传统叙写方法形成的时间，可进一步地限定在南宋。这一历史脉络较为清晰的文学现象，可作为一个样本予以分析，从中可见一种文化意识如何被创造性地转化为一种文学叙写方法。西方的文体分析研究试图将独特文体的特征“与作者感知世界和组织其经历的独特方式相联系”，“或与某一历史时期特有的观念框架及对现实的态度相联系”。[①] 依此思路，可探明南宋日渐兴起的地域意识如何渗透到集序的写作当中，并形成了这一文体的“地方色彩”（local color）[②]。南宋这类集序数量有限，或许是因为这种新型的叙写方法正处于滋长期，在取法先秦两汉以及唐代名家的古文创作潮流里，新型的叙写方法的展现空间十分有限。这一点尚可略作延伸论说，在注重典范与法度的桐城文家中，特别是桐城三大家方、刘、姚，以及中后期的梅曾亮、曾国藩等人的文集中，此类集序极少。[③] 或许是地域文学传统这一新起的叙写方法不在先秦两汉以至唐宋（北宋）的古文系统里，故几乎未入桐城古文家的法眼。

元代士人的“地方意识”得到延续发展，陈雯怡以元代婺州路为中心，讨论地方传统建构的文化模式及其作用[④]，所关注对象虽为个案，但对探讨“地方意识”而言，具有普遍意义。与此相呼应，地域文学传统叙写方法至元代得到文家有意识的运用。上文所述《全元文》所收43篇集序中，戴表元有4篇，吴澄有5篇，虞集有4篇，黄溍有3篇。同一撰序者重复使用同一叙写方法，正是这一手法渐入人心的表现。自宋元以来，特别是明清时期，方志的编纂成为一地具有连续性的重要文化事业，使得一地的知识与图景得以百科全书式的呈现。同时，方志在“艺文”部分的编选策略也偏向采录具有弘扬地方传统的文章，故包涵地域文学传统的集序时时入选。郡邑性总集和家集的编纂，郡邑性诗话和词话的撰写，无疑强化了地方文学传统意识，故明清两代采用地域文学传统叙写方法的集序，数量大幅度提升；同时，在运用的灵活性方面，也更上层楼。

三、作为集序“构件”的地域文学传统

在集序中针对具体的总集别集梳理建构地域文学传统，大致能形成一个信息

① 艾布拉姆斯．文学术语词典［M］．吴松江，等，译．北京：北京大学出版社，2009：613.

② 艾布拉姆斯．文学术语词典［M］．吴松江，等，译．北京：北京大学出版社，2009：291－292.

③ 师法姚鼐的秦瀛例外，在其《小岘山人文集》中，此类集序有8篇。

④ 陈雯怡．吾婺文献之懿：元代一个乡里传统的建构及其意义［J］．新史学 2009.20（2）：43－113.

集中的文字单元，因其在明清集序中屡屡出现，且有相对固定的叙述程式，在此将其名之为集序整体文章结构中的“构件”。集序中的“构件”并非边界分明、性质固定不变的单元，在文章的整体结构中，这一构件很可能与其他文字或其他构件相互感应，因为这种关联，使得地域文学传统构件内具有程式化的文字显现出某种流动性。

欲探讨地域文学传统构件如何在集序中发挥其功用，须考察这类构件在集序中的分布位置。仍以前文所列文献作为考察范围。在此将集序按照开题、展开、收结的结构大致将集序分为前、中、后三个部分，以下可统计出地域文学传统构件在前、中、后三部分的分布情况，其中“前后”表示利用地域文学传统的梳理，在集序中设计出前、后照应的结构：

1.《宋集序跋汇编》《宋人总集叙录》14 篇集序：前 6，中 4，后 1，前中 1，前后 2。

2.《全元文》43 篇集序：前 37，中 1，后 1，前后 4。

3. 包括《“国立中央图书馆”善本序跋集录》在内的 52 种文献共得 210 篇集序：前 108，中 26，后 22，前后 47，前中 4，中后 3。

地域文学传统构件在集序位置的不固定，显示出它们不是突兀的单元，具有很强的组合性，能较协调地融入整体之中；变动不居，可使集序呈现出较多的面目，而避免千篇一律。以《全元文》所列 43 篇与明清所列 210 篇相比，明清集序中的地域文学传统构件更为活跃，尤其是运用在集序的中、后两部分，以及利用该构件设计前中、中后、前后的呼应。这或许可表明撰序者对构件性质与功用了解更为深入，故使用时能随文自如运遣。

上列宋、元、明、清集序中，地域文学传统构件出现在前面的例证最多，众人如此趋之，说明在一定的场合或氛围里，“知人论世”是最简捷的切入方法，如此展开铺设，接续的论说就有舞台。此种安排，在地域这一节点上，隐约与得“江山之助”的地域风格论相关。① 山水清淑，蔚为人文，地域文学传统构件似可视为“得江山之助”叙说的发展。有时在行文中这两个部分往往联系在一起，如蔡汝南撰《水南集序》起首云：“苕溪之源发自天目，德清其上游也。山川耸秀，瑰玮卓荦，纡潆洼汇，裒翠而为屏障，融结而为人才，越自南宋，沈麟士讲学吴羌，继之以休文之博洽、吴潜之经义，由此其选也。缘是人文辈出，代有述作，盖嵩高降神，或此其理欤！”叙述由山水转向人文，由人文传统的铺垫，再托出重心所在“邑治之东有水南先生焉”（《善本序跋集录》集部第 3 册）。整体

① 吴承学．中国古代文体学研究［M］．北京：人民出版社，2011：198－215.

而言，以地域文学传统的梳理开篇，是一种惯常的顺水推舟手法。

地域文学传统构件出现在集序的中间部分，可以较为充分地显示其在“结构”方面的作用。就此构件与其他文字的关联程度而言，偶有“脱节”之感，如张士佩作《订刻太史升庵文集序》，在述说《升庵文集》的内容及编辑之必要后，其过渡语段是：“盖余读迁史儒林传，而知齐鲁之娴于文学，圣人之遗化也。蜀自文翁之教行，人士彬彬以学显于当世，比齐鲁云。”两层过渡之后，再述司马相如以后的蜀中文学传统，遂转入“爰至我朝，复得之升庵先生”（《善本序跋集录》集部第4册）。如此转换，留下痕迹。而大多数文家撰作，皆有意安排，有出于常见思路者，如毛奇龄撰《金华文略序》，先说“文”与“献”，接续“金华自颜乌许孜以后，多忠孝节烈之士，而各有文章”① 云云，思路是先大后小，撰序者常利用处于中间位置的构件，发挥作用。钱谦益撰《郑闲孟时文序》，开篇论郑闲孟“文有本”，转述“熙甫之门弟子在嘉定者，独能邮传其师说”。顺此势，将郑氏纳入归有光古文传承谱系之中：“是故嘉定之士，讲贯服习，最为近古。而闲孟游于诸君子，才气壮健，远骋高视，不顾流俗。”② 钱氏此举，如同构筑高台，后继文字，皆以震川文之命运为背景参照论述郑氏时文。

处于集序中间位置的地域文学传统构件，在上下文之间，有钩连、转虚为实、活筋脉之功用，其作用近似枢纽。王袆撰宋濂《潜溪先生集序》，其中心题旨就在于阐发“文章所以载乎学术者也”。此意在序文开篇处即点明，而在集序后面，又作呼应：“苟即其文以观其学术，则知其足以继乡邦之诸贤而自立于不朽者远矣。”观此前后呼应设计，其中还有“乡邦诸贤”作为承接。王袆叙述地方文学传统时，用笔舒徐：“然而古今文章作者众矣，未易悉数也。姑自吾婺而论之，宋南渡后，东莱吕氏绍濂洛之统，以斯道自任。”往下笔墨，皆为说明宋濂学术渊源厚、培植深，再以“其所推述无非以明夫理，而未尝为无补之空言”（《善本序跋集录》集部第2册），引接下文，从而使集序形成一个脉络分明的整体。若无中间构件，则此文直上直下，全说学理。构件在中间的转承，有调节文章景观，造成虚实结合之妙。归庄撰《严祺先文集序》的结构与王袆序近似，前文以朱熹批评韩愈诗文不能免俗入手，后文回应以“虽然，使韩子而居今之世，其立言之旨，当亦如严子之迂，必不至有上宰相之书，城南之诗，取讥于大

① 王崇炳．金华文略［M］//四库全书存目丛书编委会，编．四库全书存目丛书：集部第395册，济南：齐鲁书社，1997：629.

② 钱谦益．牧斋杂著［M］//．钱曾，笺注．钱仲联，标校．钱牧斋全集：第8册．上海：上海古籍出版社，2003：639.

儒矣”。然强调立言之旨以及严祺先文矫然拔俗之用意，则依靠地域文学传统的叙述来完成：“无锡自顾端文、高忠宪两先生讲道东林，远绍绝学，流风未远。严子生于其乡，诵遗书，沐余教……”① 地域文学传统构件的运用，为归庄撰序创造了另一立说的角度，即可从何为立言之旨以及与俗相对的“迂”这一路径展开；同时，构件调整了序文的节奏，添加宽大之气，而免峻急局促之弊。

地域文学传统构件出现在集序的收结部分，是在做“更上一层楼”式的推扬，同时也在酿造一种言有尽而意无穷的余韵。徐献忠撰《俨山外集序》述淞滨（上海）文学传统，称陆琛“出自华宗，源长有委”，乃陆机陆云千数百年后一人：“岂非希世之俊民，珪璋之伟望者耶?”（《善本序跋集录》集部第 3 册）归有光《五岳人前集序》最后一节列述“荆楚自昔多文人”之后，即接表彰之语：“玉叔生于楚，其才岂异于古耶?”② 此类收结，往往用问句展现撰序者的期望，有意突破文字或结构上的边界。钱谦益《熊雪堂耻庐近集序》在叙说“江右之文”范围内宋、元、明诸大家之后，有“西江之后学，其将有焰焰然兴起者乎?”③ 沈德潜为王鸣盛作《王西庄四书文序》首论古文与时文之关系，次及王鸣盛根据六经经营四书文，而收结处以地域文学传统作远望式的拓展：“嘉定故多君子人，以明代言之，前有归震川、季思，后有黄陶庵，皆纯儒也。西庄生于其地，文品既高，而更能抗心希古，日进于纯，安见不足接踵前贤耶?”④

地域文学传统构件在集序不同位置的出现，正可看出它不是一个封闭的物理单元，而是自具生发力。这种力量来自撰序者的创造。创造力促使构件在具体语境中略作变形，从而使集序在结构方面有局部的形似，但在神韵上却各有分别。同时，地域文学传统的叙说既然被视为构件，必定会被多次利用。俞樾的《春在堂杂文四编》中所录《郦黄芝诸暨诗存序》和《翁稚鸥平望诗拾序》两序，因皆述诸暨地方文学传统，且皆为郡邑诗总集序，故皆有以王冕为中心的地域文学传统构件，表述较接近。⑤ 构件在同一撰序者手中重复使用，应与其面对的别集或总集性质相近有关。李兆洛为朱映霞及其族人朱画亭诗集撰序，因二人皆为江阴人，故在叙述地域文学传统中，内容相似：

---

① 归庄．归庄集［M］．上海：上海古籍出版社，2010：216.

② 归有光．震川先生集［M］．周本淳，点校．上海：上海古籍出版社，2007：27.

③ 钱谦益．牧斋杂著［M］．钱曾，笺注．钱仲联，标校．钱牧斋全集：第 8 册．上海：上海古籍出版社，2003：683.

④ 沈德潜．沈德潜诗文集［M］．潘务正，李言，编校．北京：人民文学出版社，2011：158.

⑤ 俞樾．春在堂杂文四编［M］//续修四库全书编委会，编．续修四库全书，编．续修四库全书：第 1550 册．上海：上海古籍出版社，2002：442，443.

宋以来以诗鸣者时有之，而如王梧溪之真实，黄大愚之哀烈，梅正平之雄横，要未免有失之于犷者焉。唯葛氏祖孙服习风雅……元则许北郭之清远，明则张藻仲之纯和、卞兰塘之倜傥，盖亦指不多屈焉。（《朱映霞诗叙》）①

大抵宋以前无传人，宋则有葛胜仲常之父子，元有陆子方、许北郭、孙大雅、王梧溪，明有张沟南藻仲父子、薛尧卿、夏冰莲、卞华伯，鼎革时有黄介子、梅正平……梧溪疏而庄，藻仲雄而丽……他如北郭之清迥，华伯之流美，介子之浩荡，正平之奇拔……亦各其诗人之美矣。（《朱画亭诗集叙》）②

稍加比较，两段关于地域文学传统的文字可视为同一构件在不同语境中的变形。构件提供了撰序的便利，但李兆洛并不是生硬地挪移。地域文学传统构件在同一撰序者手中重复使用，也可看出有应酬性质的集序，很有可能是在“迫不得已”的情形中完成的。

四、构件的成型作用及其自我微调

前文列出52种文献中的210篇集序，指出其中47篇利用地域文学传统构件建立前后（或前中后）的呼应关系，另有7篇有前、中或中、后部分的联系。由此可见地域文学传统在集序局部发挥功用之外，还影响到集序的整体结构以及结构内各组成部分的联系。“所谓一部作品的形式，指的是决定一部作品组织和构成的原则。”③ 这种形式原则亦即成型原则（shaping principle），“将作品的‘结构’——即顺序、重点和对组成作品的题材和各部分的艺术处理——加以控制和综合，使之成为‘一个明确的美丽而又有感染力的整体’”④。地域文学传统构件在上述47篇序中，其作用虽不敢断定可上升为“原则”，但称其有成型作用则可以肯定。下列四篇集序的结构：

王慎中《唐荆川先生文集序》（《善本序跋集录》集部第3册）：

（前）“吴之有文学旧矣”，遂述季札、言偃，“吾于二人……尚而

① 李兆洛．养一斋文集［M］//续修四库全书编委会，编．续修四库全书：第1495册．上海：上海古籍出版社，2002：55.

② 李兆洛．养一斋文集：卷四［M］//续修四库全书编委会，编．续修四库全书：第1495册．上海：上海古籍出版社，2002：57.

③ 艾布拉姆斯．文学术语词典［M］．吴松江，等，译．北京：北京大学出版社，2009：203.

④ 艾布拉姆斯．文学术语词典［M］．吴松江，等，译．北京：北京大学出版社，2009：205.

友之……于今所见而及与之为友，又得一人焉，毗陵唐应德也”。(中)“有吴公子轻千乘之国之节”，“其文之以礼乐得言氏之传”。(后)“上下二千有余岁之间，吾谓吴有文学三人焉……唐君独起于千载之后，追二人者而与之并，岂不为尤难哉!”

钱谦益《金尔宗诒翼堂诗草序》:

(前)“嘉定有怀文抱质、温恭大雅之君子，曰金先生子鱼。其子曰德开，字尔宗。”(中)“嘉定为吴下邑……其地多老师宿儒，出于归太仆之门，传习其绪论。”(后)“夫以嘉定之多君子，读书修行，涵养蕴畜，百有余年，风流弘长，余分闰气，演迤旁薄，犹濬发为尔宗父子。”①

沈德潜《王直夫诗序》:

(前)“前明闽中诗派，国初开于林子羽鸿……论闽中诗者，不能无待于继起之人也。”(中)“王子直夫以诗鸣于漳浦之间。”(后)“直夫将归闽中，作序遗之，见子羽、善夫诸人而后，别有诗之一途。”②

计东《西松馆诗集序》:

(前)“诗宗三百篇，而三百篇之诗，莫盛于秦。何也?《豳风》、二南正变、大小雅、《周颂》作者，不越邠岐酆镐之间，皆秦地也。”(中)“今昭代诗人林立，而秦中为盛；秦中之诗，又以稚恭张先生为尤盛。”(后)“倘得卺先生倡导之功，以釐正天下之心声，将几于《豳风》、二南、正雅也不难矣。”③

上列四序，以摘要性文字粗略呈现出集序结构。地域文学传统的叙说，分散布置。除钱谦益将地域文学传统构件的重心安置于中间位置，其他三篇皆在集序起首处。虽重心位置略有不同，但在序文中皆可见重心的“辐射”。此即表明撰序者在集序中建构地域文学传统时，亦留心这一构件与其他文字的联系，或设计

① 钱谦益．牧斋有学集［M］．钱曾，笺注．钱仲联，标校．钱牧斋全集．上海：上海古籍出版社，2003：774－775.

② 沈德潜．沈德潜诗文集［M］．潘务正，李言，编校．北京：人民文学出版社，2011：1522－1523.

③ 计东．改亭文集［M］．续修四库全书编委会，编．续修四库全书：第1408册．上海：上海古籍出版社，2002：105.

出一些较为明显的附件或线索。称其“较为明显”，主要是撰序者还是在“地方色彩”上雕琢，如王序中的“吴”与季札、言偃，钱序中的“嘉定”与归有光，沈序中的“闽”与林子羽，计序中的“秦”与《豳风》、二南，叙述文字虽有详略之分，但附件性文字皆可视为作为重心构件的回应。当地域文学传统构件在运思中形成时，也就大致影响到其他部分文字的走向，特别是当其成为重心时，其统合控制力量愈强，以致在集序中能看出其影响的脉络；作为表征，集序的“地方色彩”也就愈明显。

撰序者利用地方文学传统构件影响或内在规定集序的主线（近似旋律）时，还会利用其自身特质，创造出抑扬起伏（近似节奏）。上文所引沈德潜《王直夫诗序》，沈氏在述明初诗派之后，对闽中诗人如曹学佺、徐熥、郑善夫有批评之意，如称郑氏“学杜而只得其皮毛”。如此抑低，其意图是为在集序的中间强调王直夫之诗“不背前人，不摹古人”①。田汝成为顾起伦《泽秀集》撰序，从吴下人秀而多文、得江山之助入手，述高季迪、徐昌穀、王履吉诸家之诗，“然绮靡者或失之浮华，雄伟者或伤于直致……于是少年崛起，乃有顾子玄言甫者出焉”。结尾处曰：“俾季迪、昌穀以下诸家复起，必驰骛而甘心焉。今之应地灵而以文名世者，不在兹乎！”（《善本序跋集录》集部第4册）这两篇集序有先扬后抑再扬的起伏波动，在曲折中传达出撰序者的意图。

在集序中梳理建构地域文学传统，表现在文字和语气上，会出现油然而生的自豪感或紧迫的焦虑感。自豪感往往经由“吾乡”“吾邑”之类的地域文学传统叙说语句引发。此类叙说在地域分布上不均衡，如宋代的14篇集序中，写江西文学传统的有4篇，写浙江的有4篇，写福建的有3篇；《全元文》43篇集序中，写浙江的有19篇，写江西的有14篇；《“国立中央图书馆”善本序跋集录》所录50篇包涵地域文学传统的明代集序中，写江苏的有13篇，写浙江的有11篇，写江西的有8篇，写福建的有5篇。包涵地域文学传统叙述的集序在地域分布上的不均，意味着其他文学欠发达区域的地域文学传统在梳理建构时，文字中常有焦虑之意，同时也多运用与发达地区对比的撰写手法；在地域分布不均之外，在时间方面，集序中还有因地域文学由盛转衰而造成的紧迫感。

以地域而言，福建、广东、贵州在地域文学传统建构方面，往往不如浙江自豪，徐熥序《晋安风雅》云：“闽中僻在海滨，周秦始入职方，风雅之道，唐代始闻，然诗人不少概见。赵宋尊崇儒术，理学风隆，吾乡多谈性命，稍溺比兴之

① 沈德潜．沈德潜诗文集［M］．潘务正，李言，编校．北京：人民文学出版社，2011：1522.

旨。元季毋论已。明兴二百余年，八体四声，物色昭代，郁郁彬彬，猗欤盛矣！”① 郑珍撰《息影山房诗钞序》云：“吾播古号山州，自唐以来，文章道德之士代不乏人，独无以诗赋名家、与中州人士会盟角逐者。我朝乾嘉之际，海内晏然，士大夫争以文章风雅相衒鬻，弦歌之泽涵濡漫衍，度越古今。”② 昔盛今衰，在清代的江西与福建文学传统叙述中可见。魏禧《郑礼部集序》云：“吾江右古以文章名天下，自前辈衰谢……数十年间，文章之衰甚矣。”③ 杭世骏《郑荔乡蔗尾集序》云：“百年以来，闽疆诗学日微。”④ 用谦抑笔调写的地域文学传统，与前文所述先抑后扬的手法近似，但创造出的效果却有差异。谦抑的定位，是因为叙述地理位置边缘、人文开化较晚、文学传统衰落等缘故，遂使文字浸染一种沧桑变化中的使命感。

就具体地域而言，要建立较为连续完整，或者脉络清晰的文学传统，并非易事。一地文学的发展，会因各种原因产生空白或断裂⑤，后人的梳理就不能接续；还会因为文学发展的丰富与复杂，无法容纳于单一的同质性叙述。撰序者在面对地域文学史上的空白与断裂时，往往用一种时间叙述法一笔带过，如张应泰撰《荷华山房摘稿叙》云：“西江之胜，在匡庐一山……泄越而为文章，晋栗里得之，以诗先诸子鸣……千载而下，抑何寥寥也。洎于赵宋，乃有分宁……由分宁以来，四百有余岁，其间随时振响。”（《善本序跋集录》集部第 4 册）又如何白撰《北游集叙》云：“昆阳当宋季，则有太学林德阳先生，以诗倡东南……越三百余年，则吾友元辉吕君接武而兴。”⑥ 其后多少年而有某事，即《史记》中所习用的“搭天桥笔法”，钱锺书评曰：“皆事隔百十载，而捉置一处者也。”⑦ 这一笔法，很可能给人造成一种错觉，以为时间短语连接的两件事、两个人物之

---

① 徐熥．晋安风雅：卷首［M］//四库全书存目丛书编委会，编．四库全书存目丛书：集部第 345 册．济南：齐鲁书社，1997：373.

② 周恭寿，赵恺．民国续遵义府志（一）：卷三十二艺文［M］//中国地方志集成：第 34 册．成都：巴蜀书社，2006：444.

③ 魏禧．魏叔子文集［M］//续修四库全书编委会，编．续修四库全书：第 1408 册．上海：上海古籍出版社，2002：556.

④ 杭世骏．道古堂文集［M］//续修四库全书编委会，编．续修四库全书：第 1426 册．上海：上海古籍出版社，2005：303.

⑤ 陈雯怡指出：“当元代的作者在褒扬他们辉煌的乡里传统时，这个‘传统’指的并不是学派宗旨意义上的延续，而仅是聚合一段长时期的地方先贤所构成的传统。这些‘乡贤’间并不必然互有关联……”见：陈雯怡．吾婺文献之懿：元代一个乡里传统的建构及其意义［J］．新史学 2009，20（2）：57.

⑥ 孙诒让．温州经籍志［M］．潘猛，补校．上海：上海社会科学院出版社，2005：1269.

⑦ 钱锺书．管锥编：第一册［M］．北京：中华书局，1986 年：308.

间有较为直接、或有源流性质的联系。“搭天桥笔法”在地域文学传统建构中经常被运用，正可看出这个构件的内部松动。同时，它所承载的传统是“被发明的”，“它们与过去的这种连续性大多是人为的”。[①] 撰序者在集序中建构地域文学传统，是要给别集的作者或总集的编者塑造一种归属感，同时使其叙说因为一种考镜源流的深度而具备一切实的历史感。所谓文体（style），“指的是散文或韵文中语言的表达方式——说话者或作者如何说话，不论他们说的是什么”[②]。就此界定而言，地域文学传统构件为撰序者提供了一种较为特别的表达方式。地域文学传统构件之所以能发挥作用，在于它再造了一种语境。语境的再造，是指撰序者将别集与总集从晚近或当时的语境中抽离出来，或者淡化与当时语境的联系（这类联系往往“不称意”或“无意义”），然后将其置于一种较为宏大、可以充分显现、可以立论言说的语境中。

地域文学传统构件如何选择历史上的重要文人或文学事件为建构素材，一般而言，有其全局性考虑，譬如它们与别集、总集在内容与形式上的某种关联，或者可以给表述提供某种便利。选择必然伴随淘汰，秦瀛在为黄梅俞石农诗集撰序时，述自三闾以降的楚地文学传统，相沿数千年不绝，“顾自有明公安竟陵倡为空疏幽诡之学，顿变雅音……厥后杜于皇、顾黄公辈颇能不染习气”[③]。在秦氏所撰集序里，公安派和竟陵派在楚地文学传统中被抑制，被视为传统中的“异质”。地域文学传统构件有选择和清整素材的一面，还有适度拓展以求容纳新鲜素材的一面。朱彝尊为其弟子戴锜《鱼计庄词》撰序，戴氏是侨居浙江秀水的休宁人，似不便列入浙词的系统里，但朱氏找到了一条变通的路径：“在昔鄱阳姜石帚、张东泽、弁阳周草窗、西秦张玉田，咸非浙产，然言浙词者必称焉。是则浙词之盛亦由侨居者为之助，犹夫豫章诗派不必皆江西人，亦取其同调焉尔矣。”[④] 构件的适度调整，显示其随语境而变的灵活性，而地域文学传统“被发明”的过程亦得以呈现。

结　论

章学诚尝言后世之文体皆备于战国[⑤]，此乃就文体的基本格局而言，实际

---

① 霍布斯鲍姆，兰格．传统的发明［M］．顾杭，庞冠群，译．南京：译林出版社，2004：1-2.

② 艾布拉姆斯．文学术语词典［M］．吴松江，等，译．北京：北京大学出版社，2009：607.

③ 秦瀛．小岘山人文集：卷三［M］//续修四库全书：第1464册．上海：上海古籍出版社，2005：168.

④ 朱彝尊．曝书亭序跋：卷七［M］．上海：上海古籍出版社，2010：120-121.

⑤ 章学诚．文史通义校注［M］．叶瑛，校注．北京：中华书局1994：61.

上，文体在一直衍生，文学的叙写方法也因不断创造而增多。文学的叙写方法，从来就不是文学领地中的独自经营，而是在丰富的文化创造实践中汲取营养，儒家经典的笺注，《汉书·艺文志》的分类与溯源，佛经的翻译，《四库全书总目》所代表的提要，等等，皆对文学的表现手法以及与之相关的文章风格造成影响。① 集序中地域文学传统构件的生成与得以运用，是南宋以来兴起的地方意识在文学创作中的创造性转化，它包含一些似曾相识的基因，如“江山之助”“考镜源流”“知人论世”，但它却是一种新型的叙写方法，对于集序而言，它出现在前、中、后位置，产生不同的功用；对于整体结构而言，它又有成型的功用。地域文学传统构件赋予集序一种历史深度和“地方色彩”，明清集部文献数量的迅速增长，意味着集序的撰写进入规模化生产时期。地域文学传统构件较为普遍地应用，为撰序者在具有应酬性质的集序写作中提供一种程式化的便利。“地域文学传统的建构”作为常用手段在集序的撰写中被频频使用，正表明它作为一种叙写方法得到明清文家较为广泛的认可。

“地域文学传统的建构”构件具有一定程度的灵活性，它会随文生变，在一些高超的文家手中有新颖的呈现。地域文学传统构件及其牵涉的集序的程式化，应置放在繁盛的明清文学生态中考量。雷德侯论及中国艺术中模件化生产的意义时指出：“在艺术中，这种勃勃雄心可能造成一种结果，那便是习惯性地要求每一位艺术家及第一件作品都标新立异。创造力便狭隘地定向于革新。而另一方面，中国的艺术家们从未失去这样的眼光：大批量的制成作品也可以证实创造力。他们相信，正如在自然界一样，万物蕴藏玄机，变化将自其涌出。”② 集序中的地域文学传统构件也可提供一种观察明清其他文体的视角。如数量繁多的寿序、碑传、方志序、家谱序、书院记③、府学县学记、园记等④，绝大多数存在

---

① 2012年4月23日，在从西安回南京的途中，向曹虹教授请教相关问题，得到指点：张惠言《七十家赋钞目录序》论诸家赋之源流得失，乃仿照《汉书·艺文志》体例。回家后，检读《清代常州骈文研究》，得见更为详细的论述。见曹虹、陈曙雯、倪惠颖著《清代常州骈文研究》，南京：江苏人民出版社2010年版，第252页。略书数字，以记问学之乐。

② 雷德侯．万物［M］．北京：生活·读书·新知三联书店，2012：11.

③ 据卢兴民的统计分析：“在清人所撰山东书院碑记中，多述及山东一地的地方文化传统。据笔者统计，在《中国地方志集成·山东府县志辑》中所收的115篇清代山东书院碑记中，论及地方文化传统者多达55篇，其比例近50%。在此类书院碑记中，作者或追述齐鲁自孔孟以至清季的学术大传统；或着眼一州一县的小传统，表彰造化一地人文之先贤。如鲁西书院多标举孔子、孟子、董仲舒、石介等人，而胶东书院则多推扬费直、庸谭、郑玄等人。”卢兴民：《清代山东书院研究三题》，南京大学文学院硕士论文，2012年。

④ 王重民，杨殿珣，等．清人文集篇目分类索引［M］．北京：中华书局，1965.

具有文体和文化意义的构件。文章中功能性构件的形成与规模化使用，可以揭示一种文体或文化特色的生成过程，亦可揭示一种明清文学兴盛的原因，即繁茂的文学原野，更多地是由大量相似的枝枝叶叶聚集、簇拥与烘托而成的。

（原载《中山大学学报》社会科学版2013年第1期）

晚清桐城文章新范式
——再论梅曾亮古文创作

萧晓阳

道、咸之际，姚鼐已逝，桐城文章渐衰，梅曾亮因时而变，斐然继起。其古文独辟意境，别饶姿韵，自成一体，在桐城派清真雅洁的古文中注入了清新秀逸的新气象，上承桐城三祖，下启曾国藩与湘乡派。作为古典载道之文向近代逻辑文与现代美文演进的中介、江南文人翘楚与京师骚坛盟主，梅曾亮在散文史上的地位亟待重新认识。近年已有学者开始关注梅曾亮古文之新变，或论其回归文士之文①，或阐释其真美之品格②，然尚未深入探讨文体之变。本文拟从传奇笔法、骈偶气韵、古诗意境三方面剖析其古文之新体式，上溯本源，通其流变。

一、记叙之笔，意近传奇

桐城传记之文，往往简而有法。然梅曾亮传记古文展现了桐城传记文章之新变，叙事曲折多姿，体近传奇，时超逸于“义法”之外。其论文以为文体须曲折：“文气贵直，而其体贵屈。不直，则无以达其机；不屈，则无疑达其情。”③主张曲尽情致之美。其所作古文则如《清史稿》本传所言：“选声练色，务穷极笔势。”④ 如果说选声练色多注重文辞的话，穷极笔势则有曲折与波澜在其中，这正是传奇小说具有的特征。

梅曾亮所作传记之文，颇有传奇叙事的意味。其中《书李林孙事》《书杨氏

---

① 张维．回归文人：道光时期桐城派的选择：梅曾亮推动崇尚归氏古文风气的原因和意义［J］．安徽大学学报，2009（6）：52－56.

② 彭国忠．真：梅曾亮文学思想的核心：兼论嘉道之际桐城文论的发展［J］．文艺理论研究，2007（2）：39－45.

③ 梅曾亮．柏枧山房诗文集［M］．彭国忠，胡晓明，校点．上海：上海古籍出版社，2005：371.

④ 赵尔巽，等．清史稿［M］．北京：中华书局，1977：13426.

婢》被吴曾祺作为传奇之文，与魏禧《大铁椎传》等文一并辑入上海商务印书馆民国二十四年刊行的《旧小说》巳集。《书杨氏婢事》记叙杨氏婢呵斥欲嫁的杨氏寡妻，主妇羞惭，谢绝媒人，此婢后随主妇终身不嫁。文章通过人物的语言行为尤其是细节展现人物性格，情节波澜起伏，叙事已非简略，而有夸饰之嫌；《书李林孙事》写李林孙足智多谋、以少胜多的传奇故事。《王芾传》中记述王芾事迹一段尤为曲折有致：

> 余于江宁得一人焉，曰王芾，字小石。壮时尝应试，中副榜，遂弃不应试。好为大言，无检束。谈经书，务闳大奇伟，凿空以自恣，期适己意而已。他日忘前语，又改说之。然皆有词义扶持其理。亦不常说经也。暇携两孙游于常所往来意所可者，遇饭则索饮。所适之富邻欲饮之，不可。强持之。展两足，伏地大号曰："吾足痛！"狂走逸去。家居，常不得菜。植箸盐中，嘲箸以佐食。而性好客，客至，必沽酒。人不能堪，而君劝客饮益坚也。屋外有弃地，君晨往负暄，有过者，暴起，揖坐之谈，不令去。人惊，或间道行避君。然见人未尝言贫。赠之金，则受者四五人而已，稍多亦不受。①

传记中刻画了一个忘却名利、甘于淡泊的儒生形象，无疑是对当世儒生的针砭。王芾好空言以自恣，不愿入富人之门，贫苦而好客，坦腹而长谈，穷困之时不故作高洁，偶受人接济，如《庄子》中的隐者、魏晋之高士，又近于《儒林外史》中率性而行的儒生，文章的传奇笔法则与《聊斋志异》相似。《叶应传》也使用了传奇笔法，勾勒出叶应不沐浴、面多垢的奇人形象：叶应来江宁应乡试，门生担炊灶具，妻牵狗随行，行为古怪，让人啼笑皆非；至于在梅家为塾师时半夜大哭后逃离让人更为惊骇，情节曲折多变，人物性情率真，而文章的细节描绘又有唐传奇之笔。至于友人形象更真实可感，如《赠余小坡叙》："余初识小坡，其貌甚落落，久之而情益亲，议论益同。"② 友人余小坡形象如传奇人物，呼之欲出。寓言体之文《观渔》也有小说之意味，"文之妙，却在不将正意说出，而所寓之义自然跃然纸上"③。叙述曲折，情致隽永，短小的寓言故事因此也有了传奇小说之意味。奇异的人物、平凡的婢女，乃至草木鱼虫都在其曲折的笔致中显得栩栩如生，不同凡响，可见梅曾亮古文之叙事深得传奇笔法之精神。

---

① 梅曾亮．柏枧山房诗文集［M］．彭国忠，胡晓明，校点．上海：上海古籍出版社，2005：175－176.

② 梅曾亮．柏枧山房诗文集［M］．彭国忠，胡晓明，校点．上海：上海古籍出版社，2005：63.

③ 秦同培．清代文评注读本：上［M］．上海：世界书局，1925：1－2.

梅氏古文记叙之辞浓郁的抒情性也体现出了传奇的特征。传记文后的“梅曾亮曰”，成为一种特定的抒情方式。它沿用了《史记》“太史公曰”以来传记的体例，不违桐城旧法，然而更接近《聊斋志异》之“异史氏曰”。此种体例，有时用来补叙或深化主题，也是传奇与志怪小说中常用笔法。《袁宜人家传》的“梅曾亮曰”细节补充就加强了全文的述情意味：“宜人病，犹命诵于旁。忽语子曰：‘吾今日闻书声甚烦，可无读也。’是夕遂卒。介侯流涕，言时幼不知其言之悲也。”① 话语余韵悠长。又一种与之相近的表现手法是作者以亲身经历来加强传记文的感染力，如《汪洎斋先生家传》中“曾亮尝至其村”，《家秋竢先生家传》中“于曾亮为伯父行”，《书邓中丞决狱事》中“曾亮在京师，闻人言邓公守安西时决狱事”等处，都是叙述人成为与传记相关的人物。② 这个无所不知的叙事者，从多角度讲述事件，使得所述之事更为生动形象。甚至作为议论的书序之文，也时有叙事，点染了传奇的情韵，如《汤子燮试帖诗稿书后》叙述了朋友的交往与情谊，《昙花居士存稿序》的细节中则有绘声绘色的描述，《管异之文集书后》又以对话形式再现了当时论辩的情景。无论是传记、纪事还是议论，作者都擅长以文系人，以人系事，将描述的对象刻画得感人至深，是高妙传奇笔法的运用。

梅曾亮古文的传奇笔法，源于作者对传奇小说与通俗文学的关注。近世江南通俗文学日渐兴盛，宣城梅氏文人也不排斥通俗之文。明代梅鼎祚虽以诗文戏曲名家擅声，但对小说传奇也颇有研究，曾编纂小说集《青泥莲花记》十三卷，搜集了正史、野史、笔记小说、诗词话和诗文集中历代妓女的传奇掌故，将娼女之可喜者分为七门，又附录外编五门，《四库全书总目》“子部小说家存目类”有其提要：“鼎祚乃捃摭琐闻，谓冶荡之中亦有节行，使倚门者得以借口；狎邪者弥为倾心，虽意主善善从长，实则劝百而讽一矣！”③ 可见梅氏家学中早有编纂小说的先例。

至于梅曾亮之母侯芝，号香叶阁主人，又曾将《玉钏缘》《再生缘》《再造天》和《锦上花》四种弹词改编刻印。侯芝在序言中表达了钟情于野史弹词的雅趣：

> 至野史弹词，或代前人补恨，或恐往事无传。虽里俗之微词，付枣梨而并寿。余幼弄柔翰，敢夸柳絮迎风；近抱采薪，不欲笔花逞艳。是

① 梅曾亮．柏枧山房诗文集［M］．彭国忠，胡晓明，校点．上海：上海古籍出版社，2005：207.
② 梅曾亮．柏枧山房诗文集［M］．彭国忠，胡晓明，校点．上海：上海古籍出版社，2005：182.
③ 永瑢，等．四库全书总目［M］．北京：中华书局，1987：1235.

以十年来，拚置章句，专改鼓词。花样新翻，只恐词难达意；机丝巧织，未免手不从心。近改四种，《锦上花》业已梓行。若《再生缘》，传抄数十载，尚无镌本。因惜作者苦思，删繁撮要……叙事言情，胥归礼法；谄书杂戏，不尽荒唐。虽闺阁名媛，俱堪寓目。即市廛贾客，亦可留情。①

侯芝改编后的《再生缘》叙事言情，条理明晰，别有情韵。《再生缘》虽为弹词，其形式仍与传奇小说近。吴江徐敬修为金天翮弟子，著《说部常识》论《小说与传奇、弹词》一节谓："弹词亦类乎章回之小说，自传奇变例而出也。"②徐敬修谓弹词类乎章回之小说，在下等社会有极大之势力，而《再生缘》即在其中。梅曾亮幼承家学，故必受其影响，善以传奇之笔作奇诡曲折之文。

小说与传奇、弹词皆为通俗之文字，梅曾亮之文向传奇的接近，表明了其文章兼有浓郁的述情意味与文不甚深、雅而能俗的特征。其作品充分发挥了全知叙事的长处，细节精微，情节曲折，较方苞以来的正统"古文"更易于引人入胜。

二、属辞比事，体合骈散

梅曾亮作为文章家，兼擅骈散二体，善于将骈文与散文之体式融合为一，以营造文章波澜起伏、卓尔不凡的气势。如果说传奇之笔造就了其文章体式上曲折的情致，那么骈俪、铺陈的句式与散行单句交错使用则形成了梅曾亮古文清丽自然之风、雄深雅健之气。属辞比事、体合骈散造就的清新峻洁文风使桐城正宗的雅洁之文显得索漠乏气，是梅曾亮古文在形式上最为显著的特征。

在桐城派文章走向衰微之时，梅曾亮以骈俪之辞造就了古文的气韵。古文中融入了骈体与赋体之气势，以畅达之辞、雄健之气来表现议论与陈述之观点。其文以气势胜，力图以骈偶之辞造就雄奇瑰玮之文。而据方苞论古文五"不可"之言，其中即有不可入魏晋六朝人藻丽俳语、汉赋中板重字法。这样的文章自然不失醇雅深沉，"然以空疏者为之，则枯木朽荄，索然寡味，仅得其转折波澜"③。单行古文谨严有度，然而往往缺乏气势贯穿于其间。桐城文章家多奉方苞之言为不刊之论。然自幼研习骈文的梅曾亮突破了桐城雅洁古文之藩篱，所作古文往往杂以骈偶之句式，铺陈文辞，使得文章摇曳生姿。其论文以为："文贵

---

① 陈端生. 再生缘全传［M］. 刻本：宝宁堂，1822（道光二年）：卷首叙.

② 徐敬修. 说部常识［M］. 上海：大东书局，1925：13.

③ 刘师培. 左盦外集·卷十三：论近世文学之变迁［M］//宁武南氏，校印. 刘申叔遗书，1934（民国二十三年）.

者，辞达耳。苟叙事明，述意畅，则单行与排偶一也。”① 这正是梅曾亮为文自得之处。后来马茂元直接否定了方苞之论：“方苞为了抬高古文的地位，把古文和诗赋之类的纯文学截然对立起来，则是完全错误的。”② 从另一面看，则是对梅氏将诗赋与骈俪之文引入古文的肯定。梅曾亮引骈入散的胆识在一定意义上是姚鼐质疑方苞古文之论的引申与发挥。姚鼐曾指出：“震川论文深处，望溪尚未见。”③ 故方苞选文称《古文约选》，姚鼐则编纂《古文辞类纂》。古文以雅洁为典范，古文辞则注重词章，故姚鼐选文，已有辞赋一类。其不足处在于谨遵法度，不列骈文。梅曾亮则在古文中杂以骈偶之句，在一定程度上动摇了“古文”的根基，故姚鼐规劝梅氏回归单行雅洁古文之正道。然而，梅曾亮文章之妙，正在于骈偶与气势。“其笔力高简醇古，独得古人行文笔势妙处。”④ 梅曾亮古文骈散相济，故于平淡处生波澜；妙用铺陈，故在细微中多曲折。这一特点在创作中展现得淋漓尽致。

梅氏议论之文中，骈偶与单行交错，骈偶之句增加了文章之波澜，引发出文章之气势，使本来醇雅平淡之文生气勃郁。今存《柏枧山房全集》中古文多不事考证，“少谈义理”⑤，论说之文十四篇，多切中时弊，或因事发端，不空言心性。《士说》论选材，《民论》说牧民，《论语说》议曾点之志，至于《观渔》《墓说》之篇则近于杂文与小品。其论文常以两端对举阐发奥义。其卷首《士说》为早年之文，以山木与国士对举：“士之于国，犹木制于室也。一国之士，其材者百无一二焉；一山之木，其材者亦百无一二焉。”⑥ 《杂说》论真与伪：“古人之作肖乎我，今人之作肖乎人；古人之作生乎情，今人之作生乎学。”⑦ 将古人与今人对举，本身即有骈偶意味。《观渔》则就“跃而出者”与“跃而不出，与跃而反如者”比较进行论述。《墓说》讨论祭墓为祈福还是为立诚，都体现出了骈偶之体在其议论文中的影响。强烈的对比突出了作者的观点，骈偶的排比增强了文章的气势。

在铺陈之文中，骈偶句式驱辞逐貌，绘声绘色；叙事精微，清新明晰。不唯气势贯通，也显示了铺陈排比昭析之能，这是骈俪之句描摹物态人情极穷工巧瑰

---

① 梅曾亮．柏枧山房诗文集［M］．彭国忠，胡晓明，校点．上海：上海古籍出版社，2005：110.
② 马茂元．桐城方刘姚三家文论评述［M］//晚照楼论文集．上海：上海古籍出版社，1981：222.
③ 姚鼐．与陈硕士［M］//惜抱尺牍．刻本：小万柳堂，1909（宣统元年）.
④ 梅曾亮．柏枧山房诗文集［M］．彭国忠，胡晓明，校点．上海：上海古籍出版社，2005：387.
⑤ 黄霖．论姚门四杰［J］．江淮论坛，1985（2）：65.
⑥ 梅曾亮．柏枧山房诗文集［M］．彭国忠，胡晓明，校点．上海：上海古籍出版社，2005：1.
⑦ 梅曾亮．柏枧山房诗文集［M］．彭国忠，胡晓明，校点．上海：上海古籍出版社，2005：7.

丽之处。如《通河泛舟记》之记述部分：

> 道光十六年七月，与友人泛舟通河。樯帆始移，旷若天外，波云水鸥，万景毕纳。自二闸至三闸，不三四里，而茶村酒舍，断续葭苇中。舟人缓桡安波，悠然无穷，攀林而休，披草而坐，舟步相代，穷日乃返。①

文章以四字句为主，随意点染，句式近骈；而描写详尽，铺采摛文，则近于赋体；文中甚至已用韵："河""波"同韵，"坐"与之相近，为仄声。骈偶与散行交错，文理自然，简洁清丽。如柳宗元之峻洁而无幽意，又似东坡之泛舟赤壁而出以清新自然之笔，近人朱自清、俞平伯之作情致与之相近。又如文集卷五《陈拜芗诗序》曰："与主人燕饮，箫管四合，万籁屏声，锦绣丰润，腻肌醉骨。当是时，客如垣墙，仆如流川，千指万目，各有所趣。"② 四字与排偶句式的运用，增加了文章的气势，华美的辞藻使文章别有情韵。他如《引虹桥记》曰："阳崖阴壑，伏起百丈。林木幽昧，蔽景匿光。悲禽巨兽，倏忽睒晹。行者皆掉栗，莫敢投足。"③ 其行文中不经意处即杂以四六之句。《游瓜步山记》则记述了坐于补山亭上所见："远江近渚，回澜就目。杂花周阿，迎桃送杏。"④ 用简短的四字句式将山中景色描绘得精致而细腻。此种笔法，在梅曾亮之文中随处可见。在使用骈俪句式的同时，作者也借用汉赋的体式来生发文章之波澜，如《邹松友诗序》以"或告余曰""余笑应之曰"与"曰"为主客问答之体，汉赋笔法在其中运用得自然入神，使文章更臻精妙。

梅曾亮古文中骈俪之句是骈体文创作之延伸。梅曾亮为近三百年桐城古文家中少见的骈文大家。徐珂《清稗类钞》曾论嘉道间骈文之盛，袁枚、邵齐焘、刘星炜、孔广森、吴锡麒、曾燠、孙星衍、洪亮吉为骈文八大家，而足与八家并美者即有上元梅曾亮：

> 八家之外，仪征有阮元，阳湖有刘嗣绾、董基诚、董佑诚，临川有乐钧，镇洋有彭兆荪，金匮有杨芳灿、杨揆，仁和有查初揆，桐城有刘开，上元有梅曾亮，大兴有方履篯，其文皆闳中肆外，典丽肃穆，足以

① 梅曾亮．柏枧山房诗文集［M］．彭国忠，胡晓明，校点．上海：上海古籍出版社，2005：244－245．

② 梅曾亮．柏枧山房诗文集［M］．彭国忠，胡晓明，校点．上海：上海古籍出版社，2005：111．

③ 梅曾亮．柏枧山房诗文集［M］．彭国忠，胡晓明，校点．上海：上海古籍出版社，2005：231．

④ 梅曾亮．柏枧山房诗文集［M］．彭国忠，胡晓明，校点．上海：上海古籍出版社，2005：237．

并驾齐骛。①

“足与八家并美”者，自清初至于道咸之际，仅列十二人。其中有主张用韵比偶的阮元与桐城派古文家梅曾亮、刘开，然刘开以为骈文与散体并派而争流，尚不足与梅曾亮骈散一体说并论。而王先谦光绪十五年刊刻的《国朝十家四六文钞》甚至把梅曾亮列为清代骈文十大家之一，张鸣珂辑《国朝骈体正宗续编》也收录了梅曾亮骈文，可见其骈文影响之大。当世骈文盛行促使他对骈文有了更多的关注，同门李兆洛“论文欲合骈散为一，病当世治古文者知宗唐宋不知宗两汉，因辑《骈体文钞》”②，延续了恽敬、张惠言以来阳湖文派骈散兼行之风。梅曾亮将骈俪之体式运用于古文之中，一定程度上实践了李兆洛的创作旨意。道光四年梅曾亮已中进士，然所作《与李申耆书》仍表达了对李兆洛的钦慕，也体现了此时作者对骈体文的倾心。自道光至于咸丰之作，书札时用骈文，《谢陶云汀中丞启》《上座主顾晴芬先生启》即为骈体之文。梅曾亮擅长骈俪之体正是其古文骈偶句式焕然有文、跌宕多姿的根柢所在。

梅曾亮古文的骈偶化与家族文化及交游有着密切关联。据《金陵通传》卷三十一《梅氏传》，曾亮父梅冲曾增订事类赋，《再生缘》弹词中也颇多排偶之辞，曾亮受业于从舅侯云锦时，“冬夜课《咏雪》，辄刺取《雪赋》语排比缀之”③，以骈赋为诗，也未获责罚，都体现了梅曾亮家族文化中雅好骈偶的倾向。不仅如此，与之交游的马沅、许宗衡也好作骈体，《马韦伯骈体文叙》中云：“韦伯与余交三十年矣，余少好为诗及骈体文，君皆好之。”④ 梅曾亮之用心研习古文，已是在与友人管同论辩之后，“稍学为古文词”⑤，可见梅曾亮之古文有深厚的骈文功力，情真意切，蕴而不露，文辞修美，时溢于言外，故能后来居上，自成一家。

三、写景述情，妙入诗境

如果说梅曾亮之古文写人擅传奇之笔，论事多用骈偶之体，写景状物之作则往往情韵悠远，有诗境之真美。《柏枧山房文集》中记游写景之文、亭台山水图记，虽体制不同，然信笔所至，即景会心，托物述情，皆清新自然，幽雅峻洁，

① 徐珂．清稗类钞：第8册［M］．北京：中华书局，2003：3888.
② 赵尔巽，等．清史稿［M］．北京：中华书局，1977：13415.
③ 梅曾亮．柏枧山房诗文集［M］．彭国忠，胡晓明，校点．上海：上海古籍出版社，2005：108.
④ 梅曾亮．柏枧山房诗文集［M］．彭国忠，胡晓明，校点．上海：上海古籍出版社，2005：110.
⑤ 梅曾亮．柏枧山房诗文集［M］．彭国忠，胡晓明，校点．上海：上海古籍出版社，2005：109.

已突破了方苞不以诗入文的藩篱，在桐城清真雅洁之辞外别构一体，有柳宗元古文之风格，得“宣城体”诗歌之笔意，可谓妙入诗境。

梅曾亮将诗歌引入古文，使桐城古文有了诗的情韵。前期桐城之文宗法程朱、体效韩欧，故不可以诗为文。方苞论古文之“五不可”中即有“诗中之隽语”，而梅曾亮作为姚鼐晚年弟子，所编《古文词略》在辞赋之外增选了诗歌类。其《凡例》说：“姚姬传先生定《古文词类纂》，盖古今之佳文尽是矣。今复约选之，得三百余篇，而增诗歌于终。”① 梅曾亮在古文辞中选录诗歌，表明了桐城古文对诗体的接纳。诗歌文献的引入使桐城派古文深沉华茂，呈现出清丽绵渺的新风貌。

由于桐城派古文尚议论，因此很少引用诗句。但梅曾亮之古文并非如此，不时以诗述情。《八角楼诗稿序》中“饮御诸友，炮鳖脍鲤。侯谁在矣？张仲孝友”②，即出自《诗经》，既为诗歌，又堪称语录。《牛山种树图记》中“《诗》不云乎：‘毋逝我梁，毋发我笱。’”③ 也信手拈来，以《诗》为证。《送翁二铭序》中引用诗句说理，“昔人之诗有云：‘古人一日养，不以三公换’”④。也以诗入文，触犯了方苞论文之禁忌。然梅曾亮古文中的诗性之美，不只是在所引用的诗句中呈现出来，而是更多地体现在古文蕴涵的诗性情韵之中。其写景叙事之篇于自然的景致中透露出诗情画意。论文之“天机”说以为：文章在天地，如云物烟景，稍纵即逝。这与方东树论诗之“灵境”说有异曲同工之妙。曾国藩曾称赏其文有两般妙境：“碧海鳌呿鲸掣候，青山花放水流时。”⑤ 从梅氏文章看来，虽时有波澜壮阔、鲸鱼掣海之气势，似更能得青山花放、水流云在之妙旨。描摹物态营构意境，如诗如画，更有自然清丽的特色。《游小盘谷记》写景之妙，在山水之外：

> 江宁府城，其西北包卢龙山而止。余尝求小盘谷，至其地，土人或曰无有。唯大竹蔽天，多歧路，曲折广狭如一，探之不可穷。闻犬声，乃急赴之，卒不见人。熟五斗米顷，行抵寺，曰归云堂。土田宽舒，居民以桂为业。寺傍有草径，甚微。南出之，乃坠大谷。四山皆大桂树，随山陂陀。其状若仰大盂，空响内贮，謦欬不得他逸；寂寥无声，而耳

① 梅曾亮．柏枧山房诗文集［M］．彭国忠，胡晓明，校点．上海：上海古籍出版社，2005：441.
② 梅曾亮．柏枧山房诗文集［M］．彭国忠，胡晓明，校点．上海：上海古籍出版社，2005：161.
③ 梅曾亮．柏枧山房诗文集［M］．彭国忠，胡晓明，校点．上海：上海古籍出版社，2005：246.
④ 梅曾亮．柏枧山房诗文集［M］．彭国忠，胡晓明，校点．上海：上海古籍出版社，2005：61.
⑤ 曾国藩．曾文正公文集［M］．长春：吉林人民出版社，1995：1715.

听常满。渊水积焉，尽山麓而止。由寺北行，至卢龙山，其中阬谷洼隆，若井灶龈腭之状。或曰："遗老所避兵者，三十六茅庵，七十二团瓢，皆当其地。"日且暮，乃登山循城而归。暝色下积，月光布其上。俯视万影摩荡，若鱼龙起伏波浪中。诸人皆曰："此万竹蔽天处也。所谓小盘谷，殆近之矣。"①

前人之评述颇得其精髓："小盘谷仅有其名，并无确实风景可以着笔。故通篇纯从旁面设想。衬出小盘谷，有如水映月照之妙。"② 作为风景，小盘谷渊水深积、万竹蔽天，或许并无太多奇特之景，但在作者心中，它是心灵的憩园，落笔不写景而境界自现。其他写景之文如《吴松口验功记》："时当春和，桃杨献新。水光纳天，积葑云卷。"③ 景象绮丽动人；《游瓜步山记》有闲逸之趣；《冯晋渔舍人梦游记》《欧氏又一村读书图记》皆情灵摇荡，亦真亦幻。至于《宣南夜话图记》及《江亭消夏记》情景毕现，又近于晚明之小品。尤其是摹写宣城山水之文如《谒墓记》《记所至各村》《引虹桥记》，可谓极尽精微，使人如临其境，又与《六月十五日柏枧山飞桥纳凉作》等诗歌交相辉映。

梅曾亮古文中以议论为主的篇章也往往别有诗情画意，《程春海先生集序》云："夜过其邢氏寓园，月出园中，竹石如沐，池光荡人面。坐水槛，尽读所作于别后者，而少时得名以《黄蝶》诗及前见者，俱不复存矣。"④ 水月生辉，竹石掩映，如游故园。与管同之名作《书苏明允〈辨奸论〉后》《〈孝史〉序》相比，自是另一种文境。管同之作虽不乏深思之妙文，然缺乏这般山光水色摇曳生姿之清丽绵渺之境。《阮小咸诗集序》中描述江宁郡城之美，《缘园诗序》追慕缘园文酒之会，《〈费昆来西园感旧图叙〉书后》怀念西园游处之欢等或忆往昔，或叙际遇，将议论幻化为叙情怀、述离居的感人情境。梅曾亮《侯青浦舅氏诗序》论侯云松之诗："汪洋而不失之浅易，炫烂而不失之浮艳。"⑤ 可以看作梅氏对自身古文尤其是写景之作的解读。

梅曾亮作为宣城梅氏之嫡传，"宣城体"清新自然的画境浸润于其古文之中。"宣城体"之称最早见于《清史稿·文苑传》，谓清初宣城施闰章、高咏及梅文鼎等诗人融会了"宣城画派"简淡清远精髓之诗歌，逸情清藻近于唐人，

① 梅曾亮．柏枧山房诗文集［M］．彭国忠，胡晓明，校点．上海：上海古籍出版社，2005：221.
② 秦同培．清代文评注读本上［M］．上海：世界书局，1925：38.
③ 梅曾亮．柏枧山房诗文集［M］．彭国忠，胡晓明，校点．上海：上海古籍出版社，2005：238.
④ 梅曾亮．柏枧山房诗文集［M］．彭国忠，胡晓明，校点．上海：上海古籍出版社，2005：146.
⑤ 梅曾亮．柏枧山房诗文集［M］．彭国忠，胡晓明，校点．上海：上海古籍出版社，2005：124.

议论隽永则近宋诗。施闰章自谓作诗之法：“如作室者，瓴甓木石，一一就平地筑起。”① 如片瓦、木石用之构筑，条理粲然，而境界全出。梅曾亮诗颇有“宣城体”之遗风，继承了“宣城体”诗自然秀逸、清丽如画的传统。其古文写景入神，议论风生，井然有序。尤其是写景之文多诗情画意，与诗歌长于描摹景物的特点相映成趣。可见其古文作法也与“宣城体”诗歌之精神一致。而三吴地望清嘉，金陵居其要，梅氏习染常州之词、性灵之诗，亦必豁其文境。

从家学渊源看，梅曾亮古文清新自然的意境中涵融着梅氏家学的诗性情韵。梅氏家学兼有宣城诗歌清新之风与金陵文化之风韵，故梅曾亮之文兼有二者之长。清初梅文鼎传承了宣城诗歌自然峻逸之气，从祖梅钫著《新晴阁诗草》、祖梅璆有《石居文集》，父梅冲亦善诗文。外祖侯学诗少有诗名，《随园诗话》赏其“绿遮人外柳，红落渡前花”② 之妙；其子侯云松与当时江南文士作“青溪耆老会”，“而云松年最长，领袖骚坛”③。陈作霖《朱侯传》后之评述：“青浦才名，睥睨一世。主牛耳于骚坛，为名士冠。”④ 更令人想见其卓荦不群的诗人风范。宣城梅氏自然清丽之诗风、上元侯氏冲和恬淡之气融会于梅曾亮之文章中，与江南、京师名人唱和，得其骀荡之气，无疑增加了梅曾亮古文的诗性意蕴。故梅曾亮古文的意境之美是对桐城文境的拓展，传承了宣城诗歌清真秀逸的传统，同时浸润着梅氏家学冲和恬淡的诗性情韵。

四、当代宗匠，自成范式

自梅曾亮倡导古文于京师，京师治古文者皆从梅氏问桐城文章义法，一时被称为“当代宗匠”⑤。当日与梅曾亮商榷文辞的有许宗衡、张岳骏、秦缃业、鲁一同、邵懿辰、孙衣言、余小坡、方朔、朱之榛、吴敏树及曾国藩等人，刘声木《桐城文学渊源考》卷七载“师事及私淑梅曾亮诸人”又有七十五人。梅氏弟子遍及大江南北，尤以京师、岭西、湖湘为盛，于是咸同间古文流派纷呈，蔚为大观。梅氏之文，堪称桐城古文之典范。

其一，情韵之文，流布京师。许宗衡一变桐城“清真雅正”之文而为“安雅峻洁”之篇。梅曾亮居京师，在文酒宴会中结识了以江南文人为主的文人墨

① 赵尔巽，等．清史稿［M］．北京：中华书局，1977：13329.
② 袁枚．随园诗话［M］．北京：人民文学出版社，1986：358.
③ 陈作霖．金陵通传［M］．刊印本．江宁：陈氏瑞华馆．1904（清光绪三十年）.
④ 陈作霖．金陵通传［M］．刊印本．江宁：陈氏瑞华馆．1904（清光绪三十年）.
⑤ 龙启瑞．彭子穆遗稿序［M］//经德堂文集：卷四．桂林：桂林典雅印行，1935.

客。太平天国起事之时，“曾亮方告归，京师言古文辞者群推宗衡为首”①，“其文夷犹自得，不为桐城末派所囿”②。梅曾亮离开京师后，许宗衡与朱琦、叶名澧、冯志沂、杨汀鹭、潘祖荫、孙衣言等人文酒宴乐，切磋艺文。陈作霖《梅氏传》谓梅曾亮与许宗衡等文士交游，而朱庆元《柏枧山房全集跋》则谓许宗衡曾以梅曾亮为师。

京师文人魁首许宗衡的《玉井山馆文略》《文续》中多记游之篇、写景之文，记游之多、写景之细腻、文辞之清丽流畅，在近代古文中实属罕见。《记草》《记篱》《记树》之文皆有情韵，《西山记程》《游盘山日记》《旧游日记》等游记又自成系列。其古文观与梅曾亮也很接近，认同桐城之义法，又能不为义法所拘。许宗衡作文讲究古文之义法，《与钱生论文书》以为：“古文有义法，义者一定之理，法者言之有则。”③ 而《复鲁川书》又谓：“以仆不规规于桐城而实得文家正派。”④ 正可谓一语中的，体现了梅曾亮古文范式的影响。其不拘于桐城义法的一个显著特征是古文的骈俪之风。清末金嗣芬《板桥杂记补》指出：“吾乡许海秋先生宗衡，道光甲午举人，咸丰季年成进士，官起居注主事，继梅、管之后，以古文辞名海内。先生之文，不为桐城末派所拘，盖合骈散为一手者也。”⑤ 文中说许宗衡之文兼有骈散之风，不拘泥于桐城义法。同治四年黄云鹄《题辞》则对其文章之由来与章法做了详细的论述：

> 先生学无所不窥，性孤介不妄交游，不斤斤立名，不善进取，不立宗主讲学，不屑考据家言，不耽禅悦，其为文务以理气胜，不拘拘古人法度，而神明变化自不盭于古。虽未知于古人奚似，要其精神学力实有足以不朽。故先生曰：吾文无他，长达吾意而已。不尽合于古，亦不同乎今。⑥

许宗衡为文以气胜，不为考据家言，不尽合于古，几方面均与梅曾亮晚年的论文观点相似。从对梅曾亮古文范式的传承来讲，许宗衡可谓梅氏嫡传。云鹄之子黄侃则谓：“海秋先生诗文皆安雅峻洁，其哭《杨汀鹭》诗，尤沉痛苍凉。自是咸

① 陈作霖．金陵通传［M］．刊印本．江宁：陈氏瑞华馆．1904（清光绪三十年）．

② 谢章铤．赌棋山庄词话校注［M］刘荣平，校注．厦门：厦门大学出版社，2013：371.

③ 许宗衡．玉井山馆文略［M］//清代诗文集汇编：第640册．上海：上海古籍出版社，2010：179.

④ 许宗衡．玉井山馆文续［M］//清代诗文集汇编：第640册．上海：上海古籍出版社，2010：242.

⑤ 金嗣芬．板桥杂记补［M］//余怀，珠泉居士，金嗣芬．板桥杂记·续板桥杂记·板桥杂记补．南京：南京出版社，2006年：165.

⑥ 黄云鹄．玉井山馆文集叙［M］//许宗衡．玉井山馆文略．清代诗文集汇编：第640册．上海：上海古籍出版社，2010：125.

同间一名家。”[①] 友人程守谦更以为许氏文章承六朝遗风，“极哀艳之致”[②]。许宗衡论词也以婉约为宗：“意在乎悱恻，而情极乎缠绵。”[③] 可见其文境之美与词境相通。许宗衡古文于凝练中见明白晓畅，以情动人，故与梅曾亮古文一样富有情韵。至同治八年许宗衡谢世之后，旧友零落，桐城古文在京师的影响日渐衰落，然余韵流响不绝。

其二，山水之文，盛于岭南。梅曾亮居京师时，岭西文人与梅曾亮商榷文章，得其描摹山水之精髓，在道咸之际，一时称盛。“岭西五大家”中除嘉庆进士吕璜已逝外，诸人皆以梅曾亮为师。龙启瑞称：“梅先生古文为当代宗匠，子穆与少鹤暨朱伯韩琦、唐仲实启华及不肖，每有所作，辄相就正，得先生一言以为定。”[④] 故梅曾亮有天下文章“萃于岭西”[⑤] 之说。岭西文章尚文体之变，主“法无定法”，写景之作尤为自然清新，别具一格，深受梅曾亮古文的影响。

岭西古文家之文斐然成章，尤以龙启瑞声名最高，所作《谌云帆诗序》谓：“所贵乎诗人者，非取其排比字句、刻画景物而已，必蕲合于风人之旨而立言有补于世。”[⑥] 堪称岭西古文之旨。岭西古文之成就，从谭献论朱琦之文可窥见一斑：

> 国朝古文起元明之衰靡，粹然复出于正。桐城方氏、姚氏后先相望，为世儒宗。而粤西吕先生璜同声应之，至朱先生而益大。先生挥斥万有，晖丽婵雅，兼方、姚之长而扩其所未至。桂林奇秀之气其特钟于是矣。[⑦]

朱琦《辩学》《穆堂别稿书后》等篇，皆长于议论，切于义理。此论以为朱琦之文已在方苞、姚鼐之上，评价之高，令人称奇，然而岭西之文自有其卓异之处。彭昱尧云：“及见梅先生后，其神韵益近震川。”[⑧] 龙启瑞《过绎山记》《月牙山

---

① 黄侃．黄侃日记［M］．南京：江苏教育出版社，2001：305．

② 许宗衡．玉井山馆文略［M］//清代诗文集汇编：第640册．上海：上海古籍出版社，2010：跋127．

③ 许宗衡．诗余自序［M］//玉井山馆文略．清代诗文集汇编：第640册．上海：上海古籍出版社，2010：167．

④ 陈作霖．金陵通传［M］．刊印本．江宁：陈氏瑞华馆．1904（光绪三十年）．

⑤ 龙启瑞．彭子穆遗稿序［M］//经德堂文集：卷四．刻本，1878（清光绪四年）．

⑥ 龙启瑞．经德堂文集［M］．刻本，1878（清光绪四年）

⑦ 朱琦．叙［M］//怡志堂文集．刻本，1935（民国二十四年）．

⑧ 王拯．龙壁山房文集［M］．铅印本，1920（民国九年）．

记》《江亭闻笛记》诸篇，文辞修美，写景传神，别有情致。王拯之文“渊懿古茂”①，尤长于记叙，其游记之文如《游百泉记》《游衡山记》《游石鱼山记》等皆秀美自然，有凌霜跨俗之风。梅曾亮尝亲为岭西古文家批点文章，岭西诸家曾刻意模仿梅曾亮之文，故二者体式相近。此外，巴陵吴敏树曾从梅氏习古文，也所作《听雨楼记》《北庄记》《樊圃记》《大云山记》《宽乐庐记》《九江楼记》《君山月夜泛舟记》等，皆以写景状物胜，远过柳宗元“永州八记”之数，文辞清新雅致，美赡可玩，为古文大家。

其三，时务之文，兴于湖湘。曾国藩之文无疑受到了梅曾亮的影响。前人早已指出了二人文章的师承关系：“自曾湘乡、邵位西、龙翰臣、朱伯韩诸彦，咸以所业为质。”② 曾国藩《送梅伯言归金陵三首》谓：“方、姚以后无孤诣，嘉道之间又一奇。”③ 也表达了由衷钦慕之情。但梅曾亮混迹官场多年仍为户部主事，曾国藩已身为侍郎，在权倾朝野之际谓：“往在京师，雅不欲步梅郎中之后尘。”④ 曾国藩称其文受姚鼐启发，然而方、姚之文高谈义理，曾国藩及其弟子好论经济，曾门师友古文与梅曾亮《记棚民事》《记日本国事》等文议论之气势、辞章及内容如出一辙，国藩经世之文在一定程度上是梅曾亮“因时”之说的推演。章太炎《说林》将曾国藩列为通俗不学而行文有法的典范，用心推敲，可以发现，这种风格与梅曾亮古文很接近：

> 若通俗不学者，其文亦略有次第，善叙行事，能为碑版传状，韵语深厚，上攀班固、韩愈之伦，如曾国藩、张裕钊，斯其选也。⑤

《说林》以为曾国藩行文有义法，善为传记，娴于韵语，这正是梅曾亮古文的特征。姚鼐雅洁之文中没有通俗之言的地位，故当得之于梅曾亮。其文系于行事，与梅曾亮之文近；根柢在义理，则较梅曾亮之文深。从曾国藩论文者，不乏来自湖湘之宗族子弟，幕府中“三圣七贤”多是湘乡派文人，幕府宾僚极一时之盛，更不乏古文作手，晚清时事与逻辑之文深受其影响。

综上所论，梅曾亮作为江南士林之翘楚、京师文坛之宗匠，是桐城派影响由江南远播到河朔、湖湘与岭西的关键，治学以程朱理学为根柢，为文深谙桐城

---

① 向万鑅．题记［M］//王拯．龙壁山房文集．铅印本，1920（民国九年）．

② 梅曾亮．卷首蒋国榜“题辞”［M］//柏枧山房全集．续修四库全书．第1513册，上海：上海古籍出版社，2002．

③ 曾国藩．曾文正公文集［M］．长春：吉林人民出版社，1995：1715．

④ 曾国藩．曾文正公文集［M］．长春：吉林人民出版社，1995：2102．

⑤ 章太炎．章太炎全集：4［M］．上海：上海人民出版社，1985：121．

“义法”，同时因时而变，逸出桐城“义法”之外。在道咸之际，其古文往往以描摹与叙述取代桐城末流空疏的议论，并能转益多师，涵融众体，呈现出意近传奇、体合骈偶、蕴涵诗境的特征，成为晚清桐城古文的新范式。纪事之文言之有序，条理明晰，湘乡派时务之文、章士钊逻辑文与之一脉相承；山水风景之作清丽自然，真美恬静，开近代山水游记、写景小品之先河；骈散兼行的体式，深蕴清丽曲折的情致，为京派六朝体散文之先导。同时，梅曾亮“古文”的骈文化导致骈散合流与“古文”向近现代散文演进，成为古典散文向近代转型的一个标志。

（原载《苏州大学学报》哲学社会科学版 2014 年第 6 期）

论桐城派的现代转型

王达敏

清代道咸之后，中国与西方相遇，被迫卷入肇端于西欧的全球现代化运动，成为这场运动的东方回响和重要组成部分。经历现代化的百年激荡，中国的政治制度、物质生活和精神世界，或先后，或同时，发生了由表及里的嬗变。由于中国原有文明的渊茂，这一嬗变无法一蹴而就，迄今仍在途中。紧随整个国家现代化的步伐，桐城派或被动、或主动地开始了现代转型。由于桐城派思想、艺术的繁复和精微，其转型不免一波三折。尽管如此，转型毕竟开始，并在各个层面跌宕起伏地展开了。

一、导乎先路

从清代咸同开始到中华人民共和国成立初期，在乾旋坤转的现代化运动中，桐城派从学问领域跨入实际政治运作，参与引领并推动中国走向现代世界。这期间，两位重量级政治家曾国藩、徐世昌的主持风会，对于桐城派的现代转型和国家的进步具有里程碑意义。

曾国藩私淑并终生服膺姚鼐，又与梅曾亮长期切磋学问。他的出现，把桐城派推向峰巅，以至于胡适说："姚鼐、曾国藩的古文差不多统一了十九世纪晚期的中国散文。"① 首先，曾国藩以其在军政学界的崇高地位，把桐城派带向政治和文坛中心。在与太平天国战争中，曾国藩以捍卫礼教相号召，吸引大量抱道君子来归。当时曾幕人才几半天下，曾氏又待"堂属略同师弟"②，因此，幕中从事学术文事者多以其学问祈向为转移。曾氏俯首桐城，幕宾也多心向桐城。后来，曾幕移动到哪里，曾门弟子游走到哪里，就把桐城派的种子播向哪里。当曾

① 胡适．建设理论集导言［M］//刘运峰．中国新文学大系导言集．天津：天津人民出版社，2009：2.

② 曾国藩．题金陵督署官厅［M］//曾国藩全集：诗文．长沙：岳麓书社，2011：100.

氏晚年总督直隶时，经过他和弟子张裕钊、吴汝纶的拓荒，朴野少文的冀南之地形成了一个规模巨大、绵延百年、文风雄奇、志在经世的莲池学者群体。其次，曾国藩作为洋务新政的领袖，在朝野蒙昧之时，倡导学习西方科学技术，发展军工产业，选派幼童留学；在中外冲突之时，他以其对国内外大势的深刻洞见，一反桐城派前辈邓廷桢、姚莹曾经的主战姿态，而力持和局。曾氏的洋务理论和实践推动中国从农业社会向工业社会转变，也为桐城派带来了宽阔的国际视野，为桐城派向现代的转型提供了契机。①

在曾国藩洋务理论和实践的陶铸下，其身旁走出了一群富有远见卓识、尊奉桐城之学的中国第一代外交家兼政治家。最著名者有郭嵩焘、黎庶昌和薛福成。他们突破了数千年历史中形成的华夏中心观，走向盘古开天地以来华族闻见所不及的高度文明世界。郭嵩焘意识到西洋立国自有本末，其末在工商，其本则在政教修明、以法治国。薛福成意识到中国与强大的西方相遇，已经无法闭关独治，必须变古就今。他推崇西洋器物技艺，更推崇君民共主的君主立宪制度。黎庶昌为西欧的议会民主、政党政治和军事力量所震撼，深感忧患。郭、黎、薛是优秀的外交家，也是一流的桐城派古文家。他们描写异域的大量作品为桐城派，也为中国文学史带来了新的思想情感、新的风情、新的词汇和新的艺术魅力。

清民之际，莲池群贤传承祖师曾国藩倡导的经世致用精神，投身实际政治。他们多半留学日本，熟悉东洋、西洋的现代政治，渴望中国从专制向民主过渡，实行宪政。清廷在退出历史舞台前夜，为预备立宪，成立资政院。莲池学子籍忠寅、刘春霖当选资政院议员。他们在资政院常会上张扬立宪精神，支持速开国会，反对封疆大吏越权，弹劾军机大臣，抵制皇权胡为。1911 年六月四日，他们又积极组织宪友会，为国家从官僚政治向政党政治转型尽力。② 进入民国，籍忠寅、常堉璋、王振尧、谷钟秀、李景濂、张继、李广濂、邓毓怡、王树枏等当选国会议员。他们中，籍忠寅、常堉璋等是改良派，张继、谷钟秀是革命党。无论改良或革命，他们在国会内外都忠于职守，为中国实现真正宪政而勤奋工作。1914 年农历一月，谷钟秀在上海主办《正谊》杂志，锤击袁世凯欲帝制自为，撰《中华民国宪法草案释义》，捍卫宪政理想。③ 邓毓怡热心参与制定宪法，1922 年发起宪法学会，手译欧战后各国宪法，终因生逢乱世，壮志不酬，忧愤

① 王达敏．曾国藩总督直隶与莲池新风的开启［J］．安徽大学学报，2014（6）：61－70.

② 侯宜杰．逝去的风景：清末立宪精英传稿［M］．北京：北京师范大学出版社，2013：333－341，350－354.

③ 谷钟秀．中华民国宪法草案释义［J］．正谊．1914，1（1）．［1914－01－15］

而亡。[①] 此外，张继曾任参议院议长和国民政府委员，刘若曾任直隶省长，王瑚任江苏省省长，傅增湘任教育总长，谷钟秀任农商总长，吴笈孙任总统府秘书长，何其巩任北平市市长。他们都是民国政局中的要角，曾为中国的现代化事业付出过大量心血。

徐世昌是继曾国藩之后把桐城派推向另一座峰巅的政治家。他曾任军机大臣、东三省总督、体仁阁大学士；袁氏当国时，任国务卿；1918—1922 年出任中华民国总统。他与盟兄弟袁世凯一文一武，左右清季民初政局近二十年。他与桐城派渊源甚深。其外祖刘敦元籍贯桐城，为刘开族父行，与姚氏为亲故。刘氏俪体文经过河南巡抚桂良揄扬，为道光帝所知；其诗文全稿藏于桐城姚氏。徐世昌数次刊布外祖诗文集，曾请吴汝纶赐序。吴序揭示了徐氏与桐城文脉的关联。[②] 贺涛、柯劭忞为吴汝纶弟子，徐世昌的同年。徐氏 1917 年年初曾说："丙戌同年多文人。贺松坡，余从之学文；柯凤荪，余从之学诗。"[③] 徐世昌与曾国藩一样，对国内外大势有卓越洞察，很早就觉悟到，中国只有改革才能挺立于世界。他是中国早期现代化的著名推手，在主政东三省时建树尤多。他凭着对新旧文化的湛深造诣和对共和政治的深刻理解，宽容而文明地面对新文化运动的兴起和"五四"运动的展开。他的宏通之识和在中国现代化中所起的先导作用使他誉满海内外，1921 年巴黎大学授予他博士学位。徐世昌为桐城派做了大量工作。他重建桐城文统，以明清八家归有光、方苞、姚鼐、梅曾亮、曾国藩、张裕钊、吴汝纶、贺涛上绍唐宋八家之绪。他再造桐城道统，把弘扬实学的颜李学派引入桐城派中，以分程朱理学之席。他主纂《大清畿辅先哲传》，将北方的区域意识植入莲池学者群体之中。而他所具有的比曾国藩更为深广的现代视野，更把桐城派带向新的境界。必须道及的是，徐世昌于 1920 年农历一月颁令，命国民学校一、二年级的教材改用语体。这一决策是对时代新潮的顺应，是新文化运动的重大成果，也是对包括桐城派在内的古典学术的釜底抽薪。

二、文学蜕变

与西方相遇之后，桐城派的文学观念和文学创作发生蜕变。桐城诸老的原创

① 籍忠寅．邓君家传［M］//困斋文集：卷四：刻本．籍氏家藏，1932：10－14.

② 徐徐世昌：《先太宜人行述》，见《退耕堂文存》，天津徐氏开雕，第 9 页；《敬跋先外祖悦云山房集》，见《退耕堂题跋》卷一，第 12－13 页。吴汝纶．刘笠生诗序［M］//吴汝纶全集：一．施培毅，徐寿凯．校点．合肥：黄山书社，2002：200.

③ 贺葆真．贺葆真日记：三［M］//李德龙，俞冰主编．历代日记丛钞：第 133 册．北京：学苑出版社，2006：17.

在文论；经过桐城后学从西学视角所做的创造性阐释，这些文论成为现代美学的组成部分。桐城诸老忌古文中掺入小说；其后学则不唯引小说因素入古文，而且开手翻译小说、创作小说。桐城诸老忌古文沾染语录中语言的鄙俚俗白；其后学则自觉破此清规，甚至在前贤古文中寻觅引车卖浆者语，以与新文学对接。桐城望族在桐城派兴起后多守程朱之道、韩欧之文；在西潮汹涌时代，这些望族开新而不忘守本，但鲁褀方氏中激进的后辈则积极投身新文学运动，一去而决绝地不再回返。

在桐城派文论的现代转型中，朱光潜贡献最大。朱氏籍贯桐城，在桐城中学受到桐城派的严格训练；留学欧洲时，对西方美学有精深研究，后来成为新文学阵营中杰出的理论家。他对桐城派文论的现代阐释，是从中西汇通角度转化传统精神资源的范例。桐城派首重的文以载道，受到周作人等新文学家诟病。朱光潜则以为，中国文学与西洋文学的大不同处，是其骨子里重实用、道德，文以载道之说“把文学和现实人生的关系结得非常紧密”，“在中国文学中道德的严肃和艺术的严肃并不截分为二事”，这是中国文学的特点，不容一笔抹倒。① 桐城派重视声音节奏在欣赏和创作中的价值，提出了因声求气说。朱光潜对此说作了新的发挥。他以为，声音与意义本不能强分，古文对声音节奏很讲究，白话文同样离不开声音节奏，只是比起古文来，白话文的声音节奏较为“不拘形式，纯任自然”罢了。② 姚鼐论述文章风格时，提出阳刚阴柔说。朱光潜以为，姚鼐之说在西方美学中同样存在。姚鼐所说的阳刚之美、阴柔之美，在西方分别被称为雄伟、秀美。他引申西哲之论曰：“‘秀美’所生的情感始终是愉快”，“外物的‘雄伟’适足激起自己焕发振作”。③ 姚鼐论述文章最高境界时，提出了神妙说。他推尊一种不可言说的与天道合一的超越、神秘、疏淡、含蓄的意境。朱光潜继承包括姚鼐在内的前贤之说，提出“艺术的作用不在陈述而在暗示”，“含蓄不尽，意味才显得闳深婉约，读者才可以自由驰骋想象，举一反三”。④ 朱光潜在中西美学比较中，对桐城派的文学思想进行了融会贯通的解说。他的解说彰显了桐城派文论的普适性和现代价值，也使其不露痕迹地渗入新文学的理论系统之中。

在创作中，桐城派最忌小说因素掺入古文中。方苞在论述义法的雅洁原则

---

① 朱光潜．文艺心理学［M］．合肥：安徽教育出版社，1996：100.

② 朱光潜．散文的声音节奏［M］//朱光潜美学文集（二）：谈文学．上海：上海文艺出版社，1982：301－307.

③ 朱光潜．文艺心理学［M］．合肥：安徽教育出版社，1996：225.

④ 朱光潜．情与辞［M］//朱光潜美学文集（二）：谈文学．上海：上海文艺出版社，1982：355.

时，对吴越间遗老的用笔放恣，“或杂小说”，极表不满。[①] 此一见解后来成为桐城派家法。与西方相遇后，桐城派一部分学者自觉扬弃这项禁忌，不仅在古文中引入小说因素，而且大量翻译西方小说，直至亲自动手写起小说来。在翻译方面，林纾是“介绍西洋近世文学的第一人”[②]。他用古文翻译的一百八十余部作品是中国文学史上的丰碑，给文坛打开了通往西洋文学之门，向读者展示，西方不仅有别样的器物和制度，也有可以与司马迁的《史记》并驾齐驱的深邃精美之作。他以辉煌的业绩改变了包括桐城派在内的中国学者千百年来视小说为小道的观念。在小说创作方面，吴闿生的弟子潘伯鹰成就最为卓著，其作品在民国时代甚获好评。关于小说，潘氏以为：“摹画世情，抒心意，为体深博，奇而法，庄而肆，造极幽远，感人尤至者，莫善于小说。”[③] 小说在他眼中已非闲书，而是高雅艺术。这就难怪他在撰作时那么苦心经营、一丝不苟。潘伯鹰的代表作《人海微澜》1927 年起在《大公报》连载，两年始毕；1929 年出版单行本，翌年即告再版。这部风靡京津之作写尽新旧交替、礼坏乐崩时代北京城的社会乱象和众生百态，得到吴宓等名家激赏。吴氏推潘伯鹰为“今日中国作小说者第一人”[④]，且向陈寅恪等力荐，并将《人海微澜》列入清华大学和西南联合大学学生的必读书目。[⑤] 潘伯鹰的小说创作得到同门诸子支持。《凫公小说集》出版时，其中《隐刑》剪辑之册残缺甚多，谢国祯在北平图书馆从报刊上为之抄补，齐燕铭为封面作画，贺培新为封面题字。[⑥]《人海微澜》付梓时，吴兆璜以文、贺培新以诗序之。此外，1902 年至 1903 年，吴汝纶的弟子邓毓怡、籍忠寅成立了小说改良会，拟对小说进行改良。[⑦] 上述事实表明，突破桐城先正设置的忌小说的界限，已成为新时期桐城派部分学者的共识。桐城诸老忌小说，与小说同样不

---

① 沈廷芳．书方望溪先生传后［M］//隐拙斋文钞；卷四．刻本，1750（清乾隆庚午年）：7.

② 胡适．五十年来中国之文学［M］//胡适文存：二．合肥：黄山书社，1996：193.

③ 潘伯鹰：《著者赘言》，末署“民国十八年三月慧因室记，凫公”。见《人海微澜》卷首，大公报馆，1929 年 8 月天津第 1 版。按：凫公是潘伯鹰笔名。

④ 吴宓．吴宓诗话［M］．北京：商务印书馆，2005：218.

⑤ 刘淑玲．人海微澜与新人文主义［J］．中国现代文学研究丛刊，2012（7）：70 – 85.

⑥ 潘伯鹰：《著者赘言》，末署“民国十九年五月慧因室记，凫公”。见《人海微澜》卷首，北平世界日报，1930 年 7 月北平印刷。按：《人海微澜》1927 年至 1928 年连载于《大公报》。1929 年 8 月由天津大公报馆出版。1930 年 7 月，该书作为《凫公小说集》第一种，由北平世界日报代印，发行 2000 册。北平版增加序文两篇，分别是吕碧城撰《高阳台·为凫公先生题人海微澜》，徐英撰《题凫公人海微澜》；同时，潘伯鹰撰《著者赘言》也比大公报馆版增写了《凫公小说集》印行经过的说明文字，本文所引内容即为作者新增。

⑦ 周兴陆．小说改良会考探［C］．第二届清代文学国际学术讨论会论文集．合肥：安徽大学出版社，201：756 – 767.

登大雅之堂的戏曲自然也在禁忌之列。但民国时代，吴闿生的弟子周明泰、张江裁、王芷章和齐燕铭均以戏曲研究名家，齐氏还主创了饮誉红区的京剧《逼上梁山》和《三打祝家庄》。

方苞在论述义法的雅洁原则时说："古文中不可入语录中语。"① 语录语的特点就是鄙俚俗白，与雅洁有碍，因而被桐城诸老悬为厉禁。清季民初，这一戒律也被桐城派诸家突破。光绪三十年（1904）陈独秀在安庆创办《安徽俗话报》，负责纂辑小说、诗词稿件的吴汝澄和李光炯均为吴汝纶的弟子，负责纂辑教育稿件的房秩五是吴汝纶创办的桐城学堂五乡学长之一。该报以开启民智为旨归，在思想上提倡科学、男女平等、实业救国、现代教育，在文学上提倡白话写作、戏曲变革，在语言上使用鄙俚俗白。在新文化运动前后，就连桐城派的嫡传姚永朴也开始试写白话文了。为教育家中小儿，姚氏撰写过一部简明中国通史《白话史》。此书用新史学的章节体写成，语言是较为纯正的白话。② 姚氏在理论上并不反对使用鄙俚俗白。1935 年春，他对弟子吴孟复说："'奋臂拨眦'，几何不为引车卖浆者语耶？昔在京中，林琴南与陈独秀争，吾固不直琴南也。若吾子言，桐城固白话文学之先驱矣。"③ 姚氏以方苞的《左忠毅公逸事》为证，说明桐城派本来就不排斥引车卖浆者之语。其说自然并非事实，但也具体而微地显示，桐城派面对新文学的紧逼，如何调整自己以适应新的时代。

进入清季民国，在桐城派诸世家中，鲁谼方氏从桐城之学转向新文学最为彻底，也最有成就。鲁谼方氏自方泽始，人文蔚起。方泽以姚范、刘大櫆为友，以姚鼐为弟子。方泽孙方绩、曾孙方东树皆从姚鼐问学。方宗诚师事族兄方东树，又入曾国藩幕府。方宗诚之子方守彝、方守敦视曾国藩为神圣，身际西潮横决之世，谨守中体西用之旨。在方守彝、方守敦培养下，其子孙辈二十余人龙腾虎跃，皆成新时代的弄潮儿。其中，方守敦子方孝岳、女方令孺、孙方玮德和舒芜，方守彝外孙宗白华，从桐城派起步，朝新文学迈进，最终成为新文学中的名家。方孝岳在上海圣约翰大学毕业后，任教于北京大学预科，后留学日本。对于新文化运动中的文白之辨，他 1917 年四月在《新青年》发表《我之改良文学观》，以为"白话文学为将来文学正宗"，但今日应"姑缓其行"，只做"极通俗

① 沈廷芳．书方望溪先生传后［M］//隐拙斋文钞：卷四．刻本，1750（清乾隆庚午年）：7.

② 姚永朴．白话史［M］．钞本：安徽省图书馆藏．笔者在安徽省图书馆阅览此书和其他古籍时，得到石梅、张秀玉和周亚寒三位女士帮助，谨致谢忱！

③ 吴孟复．书姚仲实先生文学研究法后［M］//吴孟复安徽文献研究丛稿．合肥：黄山书社，2006年：51.

易解之文字”即可。[1] 此后，方孝岳用西洋方法整理国故，对桐城派作了独到研究。方令孺、方玮德姑侄是闻一多、徐志摩为首的新月派中人物，其学养虽以桐城派为根底，其诗文面貌则焕然一新。宗白华生于方家大院，与桐城之学的关系千丝万缕，“五四”后则以《流云》小诗和兼通中西美学而著称于世。舒芜童年、少年时代浸润于桐城派氛围之中，受鲁迅、周作人影响后，对家学反戈痛击，死而后已。其文之骨有桐城之影，其文之表则与桐城若不相干了。[2]

三、传播方式的更新

桐城派早先主要通过政治、书院、家门之内互为师友和刊刻自家著作等渠道进行传播。与西方相遇后，桐城派除了旧有流布渠道外，更通过出报纸、办刊物、建立出版机构、结社等现代方式进行传播。传播手段的改变是桐城诸家趋新的表现，也加速了桐城派向现代转型。

桐城诸家对报纸等新媒体非常敏感。他们在阅报时睁眼看世界和中国，并在报端发表见解以经世济民，播扬自家的文学观念和审美趣味。吴汝纶是桐城派中办报的先行者。在庚子乱局中，他对朝野因蒙昧而祸国的惨剧有切肤之痛，起意办报以启愚蒙。在避难深州、兵火仓皇中，他即致信弟子常堉璋，对诸如集股、购置印刷机、组织机构、安排人事等办报事宜做切实指导。由于总理朝政的庆亲王奕劻唯恐私报讥刺时政，而谕批从缓，使吴汝纶的办报计划胎死腹中。[3] 时隔四十余载，桐城派学者再次与报纸结缘。抗日战争结束后，国民党中宣部派时任华北宣传专员的卜青茂恢复《天津民国日报》。卜氏是贺涛之孙贺翊新、贺培新好友，但他和部下毫无办报经验，贺培新当仁不让地将自己那些受过现代教育的友朋、门生三十余人推荐到报社工作，隐主该报笔政。贺氏弟子俞大酉任总主笔，主持撰写数百篇社论，倡导民主、宪政、法治、女权、新闻自由和学术自由等。贺氏弟子刘叶秋任副刊主编，编发数百版文艺作品。就形式而论，这些作品有旧文学，也有新文学。就内容而论，这些作品所表现的思想悉与战后时代风尚合拍，同时又引领新的时代风尚。据初步统计，有不下四十五位桐城派的学者为《天津民国日报》撰稿，成就显著者有：吴闿生、阎志廉、谷钟秀、尚秉和、傅

---

① 方孝岳．我之改良文学观［J］．新青年，1917，2（2）：101－104．

② 方宁胜．桐城文学世家的现代转型［M］．胡睿．桐城派研究论文集．北京：中国文联出版社，2006：83－105．

③ 舒芜：《先行者》，见《文汇报》2004年2月5日第12版《笔会》，也见《大公报》2004年2月17日第4版。按：此文是舒芜先生为李经国先生纂《观雪斋所藏清代名人书简》所作序，由李先生见示，谨致谢忱。

增湘、邢赞亭、冒广生、贺葆真、张继、贺翊新、贺培新、贺又新、陈汝翼、傅筑夫、陈保之、陈诵洛、陈病树、吴君琇、吴防、潘伯鹰、曾克耑、俞大酉、刘叶秋、张厚载、齐纪图、高凖、孙贯文、朱光潜、刘国正等。王树枏、柯劭忞彼时已经下世，其遗作经整理也在副刊刊出。《天津民国日报》非常畅销，在最好的时候，每日发行达七万份之多。其读者网络遍布全国，尤其覆盖东北、华北地区。这是桐城派退出文坛前的最后辉煌。经过新文化派持久的批判，在新文学逐渐占领文坛高地的情势下，桐城派尚能组织起这样一支整齐的队伍，爆发出如此巨大的能量，显示出经过新学洗礼后的古典传统仍会焕发出惊人活力。

清民易代之际，桐城派学者主持过《经济丛编》和《青鹤》等刊物。《经济丛编》半月刊以吴汝纶为精神导师，由廉泉、常堉璋董其事，邓毓怡负责编纂，光绪二十八年（1902）二月十五日在京创刊，自三十年（1904）三月二十九日出版的第42期、第43期合刊起，取名《北京杂志》，不久停办。该刊宗旨为经世济物，以牖民智。“经济”取《中庸》“经纶天下”、《论语》“博施济众”之义。陈灨一主编的《青鹤》半月刊创办于1932年农历十一月十五日，1937年农历七月三十日停刊，共出版114期。该刊意在新旧相参，发挥中国灿若光华之古学，以与世界思想潮流相融贯。江西新城陈氏自陈用光师事姚鼐后，一门数代浸润于桐城之学。陈灨一继起于清民易代之际，虽不为桐城所囿，却也不悖家学。在《青鹤》特约作者中，桐城派名家有王树枏、冒广生、柯劭忞、袁思亮、傅增湘和叶玉麟等。①

清民易代之际，桐城派学者主持的出版社主要有华北译书局、京师国群铸一社。光绪二十八年（1902），吴汝纶办报受挫，命弟子常堉璋、邓毓怡等苦心经办华北译书局。清季开办译书局成风，华北译书局的成就与湖北译书局（1894）、京师大学堂译书局（1902）等相比虽有不逮，但因其主办者为学坛重镇，该局也颇受关注。除发行《经济丛编》外，书局还将吴汝纶到日本考察教育时数十家当地报刊有关载文汇为一编，取名《东游日报译编》出版。这部作品集中反映了吴汝纶为中国之崛起而不辞劳苦考察日本现代教育的热诚，塑造了桐城派大师笃信新学、挺立时代潮头的苍劲形象，既为桐城派赢得盛誉，也推动了当时正在进行中的教育变革。京师国群铸一社由吴汝纶弟子高步瀛主持，其业务主要有两项：一是设立通俗演讲社向公众发表演说，二是出版书籍。通俗演讲社以“扶共和宪政稳健进行”为宗旨，其成员贾恩绂、梁建章、韩德铭、步其诰等均为高步

① 魏泉. 1930年代桐城派的存在与转型：以青鹤为中心的考察［J］. 安徽大学学报，2013，37（5）：60-68.

瀛就读莲池书院时的学侣。高步瀛撰《共和浅说》、韩德铭撰《民政心说》即为当时的演讲词。京师国群铸一社所出书籍的作者也多属莲池群体成员。[①] 此外，由吴汝纶侄婿兼弟子廉泉参与创办的上海文明书局（1902）和北京分局不仅出版桐城先正的著作，也印刷了吴汝纶纂《吴京卿节本天演论》、严复译《群学肄言》、吴闿生译《万国通史》《改正世界地理学》等。这些作品既传播了新学，也彰显了桐城派学者思想的新锐和为重塑中华文明所作的努力。

民国建立后，吴闿生主盟的大型社团“文学社”在京师文坛影响颇大。在内忧外患、新文化运动方兴未艾之时，文学社成员竭力融新知于旧学，以再造文明。文学社由吴闿生及其弟子组成。吴氏最早的弟子是辛亥革命元老张继。张氏父亲张以南是张裕钊、吴汝纶的得意门生。年十六，他遵父命拜吴闿生为师，时吴氏年才十九。[②] 但吴氏真正抗颜为师，则在新文化运动兴起之后。至1920年底，吴氏门人贾应璞、张庆开等集同学六十二人，次其名字、年岁、乡里，为《文学社题名录》，以张继冠首。“文学社”之名由吴氏所赐。1924年夏、1936年年底，在贺培新主持下，《文学社题名录》又经二刻、三刻，分别增入吴门弟子六十二人、一百四十人。数十年间，《文学社题名录》共录吴门弟子二百六十四人，知名当时与后世者有：张继、李葆光、周明泰、李濂堂、柯昌泗、于省吾、贺翊新、贺培新、齐燕铭、吴兆璜、潘伯鹰、谢国祯、徐鸿玑、李鸿翱、曾克耑、何其巩、陆宗达、贺又新、王芷章、张江裁、李钜、陈汝翼、王汝棠、王维庭、吴君琇、吴防等。[③] 这些吴门弟子或为革命家，或为抗日志士，或为学者，或为小说家、戏曲家，等等，多非传统意义上的桐城文士。他们在大转折时代，以其所学，散发出光芒和热力。

四、从闺阁到社会

清代安徽女性文学昌盛，桐城才媛的成绩尤为斐然可观。[④] 这些才媛多生于诗礼之家，嫁于簪缨之族，有父兄陶铸，有姐妹共笔砚，有夫君伴吟，才情因得施展。综而观之，她们虽各有精彩，也间有不让须眉之作，但因受礼教闺范限

① 许曾会．清季民国桐城派史学研究［D］．北京：北京师范大学历史学院，2014：38－39.

② 吴闿生．记张溥泉［N］．天津民国日报，1948－03－11（6）．

③《文学社题名录》，1920年12月第1版，1924年夏第2版，1936年12月（3）．

④ 单士厘撰《清闺秀艺文略》收录女性作家两千三百一十人，安徽达一百一十九人之多，紧随江苏、浙江之后，位居第三。光铁夫撰《安徽名媛诗词征略》收录安徽清代女作家近四百人，桐城达九十三人之多，位居各县之冠。见胡适：《三百年中的女作家——〈清闺秀艺文略〉序》，《胡适文存》（一），合肥：黄山书社1996年版，第530－536页；光铁夫：《安徽名媛诗词征略》，合肥：黄山书社1986年版。

制，心灵难得自由；诗词常撰于绣余织余灶余，视野难得开阔，因此其作品往往题材狭窄，风格单调，也缺乏现实关照。① 进入清季民国，属于桐城一脉的才媛，除了籍贯桐城者外，也有隶籍外省者出入其间。杰出者有桐城姚倚云（1864—1944）、吴芝瑛（1867—1934）、方令孺（1897—1976）、吴君琇（1911—1997），天津俞大酉（1908—1966）等。这些女性作家生活于大转折时代，栉欧风，沐美雨，产生了较强的女权意识。她们离开闺阁，服务社会，甚至劳心国事。这一切殊非桐城前代才媛所能梦见。

这些桐城派女性作家皆生活于衣被新学的旧家。姚倚云为桐城麻溪姚氏嫡脉，其父姚濬昌为姚莹之子，颇得曾国藩赏识。兄弟姚永朴、姚永概曾在北京大学内外经受新文化运动考验。夫君南通范当世习闻吴汝纶绪论，“颇主用泰西新学”②。侄儿姚焕、姚昂，继子范罕、范况曾负笈东洋。③ 吴芝瑛为吴汝纶侄女，夫君无锡廉泉倾心维新，支持革命；清末在上海参与开办文明书局，编印新式学堂教科书、西学译著等；民初东渡日本。④ 方令孺之父方守敦曾随吴汝纶考察日本学制，喜读《大公报》社评。其兄弟诸侄多是新文化运动后成长起来的新人。⑤ 吴君琇之父吴闿生为吴汝纶独子，曾游学日本。夫君金孔章留学法国，获巴黎大学法学博士学位。⑥ 俞大酉世父俞明震为晚清显宦、诗人，父亲俞明谦曾负笈东瀛。⑦ 五位女性作家的家风兼容新旧。家风之旧，使她们如清代桐城才媛一样，古典学养深厚；家风之新，使她们能够超越清代桐城才媛，开辟新的人生道路。这种融汇新旧的家庭是过渡时代的产物。家庭与时代把她们造就成为具有古典风韵的新女性。

这些桐城派女性作家走出家庭后，很热心教育事业，为国造就人才甚众。姚

---

① 祖晓敏：《清代桐城女性文学创作的文化内涵》，硕士学位论文，2006 年夏在安徽大学通过答辩，导师为周致远教授。吕菲：《清代桐城女性诗词初探》，见《安庆师范学院学报》，2008 年第 11 期。温世亮：《清代桐城麻溪姚氏闺阁诗歌繁兴的文化因素》，见《地方文化研究》，2013 年第 6 期。聂倩：《桐城方氏家族女性诗歌研究》，硕士学位论文，2014 年夏在曲阜师范大学通过答辩，导师为李冬红副教授。

② 马其昶．范伯子文集序［M］//抱润轩文集．刻本，京师，1923：9.

③ 徐丽丽．姚倚云年谱［D］//清末民初才媛姚倚云研究．苏州．苏州大学，2014：113，118.

④ 王宏．廉泉年谱初稿［J］//上海中山学社，编．近代中国：第 20 辑．上海：上海社会科学院出版社，2010：382 -427.

⑤ 子仪．新月才女方令孺［M］．青岛：青岛出版社，2014.

⑥ 金之庆．金孔章吴君琇大事年表［M］//金孔章，吴君琇．琴瑟集．香港：香港天马图书有限公司，2002：339.

⑦ 俞大酉．花朝雨后放歌呈孔才师用觚庵世父均［M］//涵苍室诗文．国家图书馆藏稿本；俞大酉．先考行述［M］//涵苍室诗文．国家图书馆藏稿本.

倚云光绪三十一年（1905）三月发表公开演说，为办学筹募经费；同年十二月起受张謇之聘，担任通州公立女子学校校长。1919年后担任安徽女子职业学校校长达六年之久。1925年回任通州女校讲席。吴芝瑛捐出父亲遗产，光绪三十二年（1906）在家乡创办鞠隐小学堂。方令孺留美归国后，长期任青岛大学、复旦大学教授。吴君琇、俞大酉也转徙于各地中学、大学任教。

这些桐城派女性作家或关心国事，时发惊心之鸣；或在民族存亡关头，奋起救亡御侮，并以柔翰抒发国仇家恨。袁世凯当国后醉心帝制，吴芝瑛不避斧钺，上书力阻。她说："帝制至于今日，已为我国四万万同胞之公敌。公竟冒不韪，甘为众矢之的，是公自遭其毙也。以清朝二百余年之基，其潜势不为不厚，当武昌义旗一起，而天下如洛钟响应，清室卒为之墟。此无他，民气固也。公今以新创之业，遽欲抗五千年来蓬勃将起之民气，是犹以鸡卵而敌泰山，其成败利钝，不待龟卜而知其必败也。"① 其胆识深得并世名流汪精卫、章太炎、吴稚晖称誉。抗战军兴后，俞大酉时任北平中国大学讲师，秘密加入国民党，与日伪周旋，被捕入狱。方令孺在安庆访问伤兵，支持子侄辈汇入抗日洪流。年近八旬的姚倚云避地马塘、潮桥，吴君琇流离四川，均有大量诗作抒写家国飘零、九州锋镝引起的孤愤。姚倚云以诗激励后生："齐家治国男儿志，还我河山属少年。"②

在桐城派女性作家中，吴芝瑛具有强烈的女权意识，俞大酉则把经济独立视为妇女解放的保证。吴芝瑛随夫定居北京不久，就组织妇人谈话会，讨论男女平权等问题。光绪三十二年（1906），她筹款赞助秋瑾创办以倡导妇女解放为宗旨的《中国女报》。1912年，民国肇造，她作为女界代表之一，致书南京临时政府，要求在宪法正文中写明男女一律平等，均有选举权和被选举权。时隔数日，她又与神州女界共和协济社同仁一起上书孙中山，请其支持创立女子法政学校和《女子共和时报》，并在国会设立女界旁听席位。③ 俞大酉在做《天津民国日报》总主笔时，曾在1946年和1947年三八节领衔写过两篇主旨相近的社评。她以为："真的妇女解放，决不仅在妇女参政、谋与男子同权，而在争取经济独立。""唯有经济独立的人，才有自由平等之可言。"同时，新的女性应以献身精神，负起建国责任，"参与国家各部门工作，然后才能开拓自己的自由之路"④。俞大酉强调经济独立对于女性解放的意义，比吴芝瑛的争取男女平权更进了一层。

---

① 佚名．人物小志：吴芝瑛［N］．兴华周刊，1934，31（28）：22．

② 姚倚云．己卯潮桥商校暑假三年级学生倩曾孙临乞诗赋此贻之［M］//范当世．范伯子诗文集：沧海归来集·消愁吟上．上海：上海古籍出版社，2003：802．

③ 周爱武．近代女子参政的呐喊者：吴芝瑛［J］．安徽史学，1992（2）：76．

④ 俞大酉，等．纪念国际妇女节［N］．天津民国日报．1946－03－08（1）．

在桐城派女性作家中，吴芝瑛支持民主革命，俞大酉则对民主和宪政做过深入论述。辛亥革命前，吴芝瑛是民主革命的支持者。她与秋瑾相结金兰后，毅然筹款帮助秋瑾东渡留学。秋瑾成为革命家后，她始终支持其事业。秋瑾就义后，她撰写大量诗文，颂扬其功绩，并与好友徐自华一起，冒死义葬烈士，挑战清廷威权。辛亥革命后，吴芝瑛走到上海街头，发表演讲，呼吁年轻人为国从军，撰《从军乐》六章鼓动之，且斥巨资以助军饷。① 俞大酉在抗战胜利后主持发表的社评以为：民主政治的“第一个最明显的象征，就是人民的言论自由”②。1946年年底，制宪国民大会召开前后，她以为：“国家者乃全体国民的国家，非任何党派任何阶级的国家，所以全民的意志和利益高于一切，先于一切。因此，这次所制订的新宪法必须建筑在全民的意志和利益上面，以全体国民的要求为根据为依归，不能为了迁就某一党派和阶级的偏见而置全体人民的意志于不顾，以致留下未来国家的大患。”③ 又说：“现在只有实施宪政，才能使中国富强康乐。”④

五、终结与不灭

桐城派为什么会发生现代转型？

桐城派的现代转型当然由发端于西欧的全球现代化运动所催发。没有这一不可遏阻的惊涛骇浪的冲击，中国将依然是过去的中国，桐城派也将依然是过去的桐城派。未与西方发生实质性接触前，中国也常处变易之中。但这变易在中国内部发生，如珠走玉盘而不飞离玉盘一样。但与西方发生实质性接触后，数千年华夏中心的大梦顿时惊破，中国带着精神巨创展开了惊心动魄的现代化运动。桐城派的现代转型也由此启动。

桐城派的现代转型是桐城诸家持守“变”的观念的结果。姚鼐在开宗立派时就提出：“天地之运，久则必变。”⑤ “为文章者，有所法而后能，有所变而后大。”⑥ 在姚鼐之前，其师刘大櫆就已提出：“天地之气化，万变不穷。”⑦ “世异

① 周婧程，吴芝瑛．对民主革命的贡献：以相助秋瑾为例［J］．齐齐哈尔大学学报，2012（3）.

② 俞大酉，等．民主政治与言论自由［N］．天津民国日报．1946－09－21（1）.

③ 俞大酉，等．中国人民所希望的新宪法［N］．天津民国日报．1946－11－15（1）.

④ 俞大酉，等．对于宪法应有的认识［N］．天津民国日报．1947－01－31（1）.

⑤ 姚鼐．赠钱献之序［M］//刘季高，校点．惜抱轩诗文集．上海：上海古籍出版社，1992：110.

⑥ 姚鼐．刘海峰先生八十寿序［M］//刘季高，校点．惜抱轩诗文集．上海：上海古籍出版社，1992：114.

⑦ 刘大櫆．息争［M］//吴孟复，校点．刘大櫆集．上海：上海古籍出版社，1990：16.

则事变，时去则道殊。"① 在姚鼐之后，其弟子梅曾亮明确提出：为文者应"通时合变，不随俗为陈言"②，"文章之事，莫大乎因时"③。稍后曾门弟子薛福成更提出："通变方能持久，因时所以制宜。"④ "今古之事百变，应之者无有穷时。"⑤ 有关"变"的观念虽为《易经》等经典所固有，但它并非传统思想的主流。传统思想的主流是天不变，道亦不变。桐城诸家从古典资源中提炼出一个"变"字，将其转化为一种思想，转化为一种信念，转化为派内家法，而一代代传承下来。当桐城诸家将"变"的观念与其持守的经世致用精神结合起来迎接西方挑战时，其现代转型便已不可避免。后来，桐城诸家又将"变"的观念与进化观念对接，形成了更富理据的、线性的、向前发展的世界观。当这一世界观成为思想和行动的指南时，桐城派便朝着现代化的纵深方向挺进了。

桐城派的现代转型造成了怎样的结果呢？

桐城派发生现代转型的直接结果，就是导致了它自身的终结。桐城诸家热情拥抱西方。西方的民主宪政、法治制度、人权、自由、平等的价值理念，西方完备的教育制度、精好的器物、博大的学术和文学艺术，以及优异的风土人情，桐城诸家惊叹之，赞美之，介绍之，学习之，并用以改造自己，也改造着中国。为了救亡和启蒙，当桐城诸家分别成为洋务派、立宪派、革命派的时候，以西学为圭臬的时候，甚至用白话文创作的时候，桐城先正所尊奉的孔孟程朱之道、秦汉唐宋之文已经无处安放。可以说，从西潮涌来的那一日起，从中国踏上现代化之路那一日起，从桐城派开始转型那一日起，桐城派式微的命运就已经注定。桐城诸家在吸收西方文化之时，有的不忘民族本位，有的起而卫道，但均改变不了其最终命运。学界普遍以为，桐城派受"五四"新文化运动打击而陷入绝境。其实，新文化派在相当长一个时段里力量极为有限。鲁迅在《呐喊自序》中曾说：新文化派当时"不特没有人来赞同，并且也还没有人来反对"⑥。而钱玄同、刘半农演出的双簧更道尽了新文化派的寂寞。几声"桐城谬种""十八妖魔"的诅

---

① 刘大櫆．答周君书［M］//吴孟复，校点．刘大櫆集．上海：上海古籍出版社，1990：122.

② 梅曾亮．复上汪尚书书［M］//胡晓明，彭国忠，校点．柏枧山房诗文集．上海：上海古籍出版，2005：30.

③ 梅曾亮．答朱丹木书［M］//胡晓明，彭国忠，校点．柏枧山房诗文集．上海：上海古籍出版，2005：38.

④ 薛福成．强邻环伺谨陈愚计疏［M］//出使奏疏：卷下．刻本，无锡：薛氏传经楼，1894（光绪二十年）：26.

⑤ 薛福成．自序［M］//出使四国日记．北京：中国社会科学文献出版社，2007：9.

⑥ 鲁迅．呐喊自序［M］//鲁迅全集：（一）．北京：人民文学出版社，1981：419.

咒，绝难打倒桐城派。最终打倒桐城派的，是桐城派自己，是桐城派在面对西方时所进行的现代转型。1949 年后，当仍处在转型中的桐城派遭遇“要同传统的观念实行最彻底的决裂”的政治氛围时，其彻底走入历史的结局已经无可挽回。

桐城派虽因现代转型而走向终结，但它为新文学开启端绪的历史功勋不可磨灭。对于桐城派作为新文学开端的地位，一些新文学家有着清醒的认识。例如，周作人批判桐城派比胡适、陈独秀、钱玄同、傅斯年还要持久与深刻，但他在三十年代初反思桐城派与新文学的关系时就认为：“到吴汝纶、严复、林纾诸人起来，一方面介绍西洋文学，一方面介绍科学思想。于是，经曾国藩放大范围后的桐城派，慢慢便与新要兴起的文学接近起来了。后来参加新文学运动的，如胡适之、陈独秀、梁任公诸人都受过他们的影响很大。所以我们可以说，今次文学运动的开端，实际还是被桐城派中的人物引起来的。”① 按周作人的说法，桐城派所介绍的西洋文学、科学思想对新文学的领袖们具有决定性影响。这一结论正与历史实际相符。陈独秀、胡适、鲁迅等以新旧划分时代和文学，崇新而贬旧，并且相信新会战胜旧。这一思路是他们倡导、推动新文化运动的理论基础。背后支配这一思路的，就是进化史观。而进化论的译介、传播，恰是严复和吴汝纶的功绩。因此，说桐城派为新文学开启了端绪，并非无根之谈。

桐城派虽因现代转型而走向终结，但在走向终结过程中，桐城诸家对于桐城派，对于桐城派所的古典传统仍然怀有敬意和深情。他们以为，在现代化进程中，虽说古典传统中一部分内容已不周于用，或在舍弃之列，但古圣先贤的精神则是民族之根，不可毁弃。而古圣先贤的精神就隐藏在精美的文学中。因此，欲得古圣先贤的微言奥义，必以文学为津筏。吴汝纶说：“因思《古文辞类纂》一书，二千年高文略具于此，以为六经后之第一书。此后必应改习西学。中国浩如烟海之书行当废去，独留此书，可令周孔遗文绵延不绝。”② 又说：“欲求研究国故，必须从文学入手。因中国数千年之陈籍，都是文言。古今多少英豪俊杰，他们著作书籍，莫不极意讲求文章之精美，所有精心结撰的微言奥义，大抵埋藏于隐奥之间，隐约于言辞之表。苟非精通文学，何能了其奥义。所以欲通国故，非先了解文学不可。”③ 贺涛“以文章为诸学之机缄”，认为“诏学者必以文辞为入学之门，亦以此要其归”。他“虽极推服西国大儒学说，而以吾国文辞为学术之

① 周作人．中国新文学的源流［M］．上海：华东师范大学出版社，1995：48.

② 吴汝纶．答严几道［M］//吴汝纶全集：三．施培毅，徐寿凯．校点．合肥：黄山书社，2002：231.

③ 吴闿生．莲池讲学院开学演词［M］//莲池讲学院讲义．印本：保定．协生印书局.

本源”①，相信古圣先贤的精神有绵延的价值，相信通过文学能进入古圣先贤的精神堂奥，因此文学不可不研读。这是桐城诸家在桐城派终结前对古典传统所作的最后守望。中国的现代化还在进行中，桐城诸家对于古典传统的敬意和深情，对于民族之根的固守，对于达此根本的学问门径的亲切指引，迄今仍闪耀着智慧之光。

中国与西方相遇之初，面对神州三千年未有之奇变，桐城诸家属于中国最先觉醒的一群。他们秉承数代一脉相承的“变”的观念和经世致用的观念，与时俱进，勇敢地踏上从古典向现代转型之路，也参与引领并推动中国告别中世纪，走向现代世界。他们发起洋务运动，提倡宪政，译介包括进化论在内的西方科技和文艺；他们突破老辈藩篱，在文学创作和文学传播方式上进行全新探索；他们中的女性作家也以出身旧家的新人姿态登上文坛。这一切，与桐城派原有的精微理论和深邃艺术相浑融，构成一个浩大而富有魅力的存在。这一存在，是中国现代化历史进程的重要组成部分，是桐城派对中华民族的卓越贡献，也是其不朽之所在。

（原载《安徽大学学报》哲学社会科学版2015年第6期）

① 贺葆真．先刑部公行述［M］//清代民国名人家谱选刊续编：武强贺氏家谱．北京：北京燕山出版社，2009：248－251．

姚莹《谈艺图》与桐城派的江南传衍

汪孔丰

嘉庆二十年，桐城派的集大成者姚鼐因病在江宁钟山书院去世。此后，桐城古文之学的传衍重任自然而然地落在了姚门弟子肩上。姚莹、陈用光、邓廷桢、姚椿、梅曾亮、康绍镛、吴德旋、方东树等一批姚门弟子尽力传播惜抱文法，有力地推动了桐城派的南北流播。而拥有姚门弟子与姚鼐侄孙双重身份的姚莹，对桐城古文的弘道传法之功尤易引人关注。

自道光十一年七月至十七年十月，姚莹一直在江南做官，这是他传扬桐城派的一个重要时期。① 其间，江南文士如李兆洛、毛岳生、吴德旋、包世臣、方东树、潘德舆、梅植之、刘宝楠、刘文淇等纷纷来归。姚莹在政事之暇，与诸子谈道论艺，宾主尽欢。为纪念此等韵事，他还专门嘱人绘成《谈艺图》。本文就以这幅图为研究视窗，阐述其来龙去脉及具体面貌，并详细论述姚莹与谈艺宾客之间的交游关系及相关活动，进而探究他仕宦江南期间推动桐城派传衍的相关问题。

一、《谈艺图》始末

关于《谈艺图》的创作背景、绘制者以及绘图经过等情况，容易见到的是阳湖通儒李兆洛的弟子蒋彤的记载：

> （道光十七年）七月既望，彤与冕之（宋景昌）、冠英（吴儁）随往扬州，住运司署中之景贤楼下。生甫（毛岳生）、仲伦（吴德旋）皆在。公（姚莹）曰："题襟馆中寂寞二十年，不意复有今日之集！"属

① 王达敏先生在《姚鼐与乾嘉学派》（北京：学苑出版社 2007 年版）中对姚莹仕宦江南期间推动桐城派传播的情况有简要阐述，虽未具体展开，但对笔者写作此文颇有启示。本文侧重以《谈艺图》为视角来深入探讨姚莹在江南推动桐城派传衍的情况。

冠英绘《谈艺图》记其事。与于此图者曰姚公、曰养一师（李兆洛）、曰仲伦、曰生甫、曰冕之、曰宝应刘楚桢宝楠、冠英及彤也。四农（潘德舆）归山阳，姚公从子师沆已赴省试，虚其位，俟其归而补肖之……是行也，留扬州十日，彤与冕之赴江宁应试。生甫母服未阕，与先生及冠英于八月下旬离维扬。①

由此可知：

其一，绘制者是画家吴冠英。他是江阴人，“以三绝擅长，写真尤得古法”②。他能侍从李兆洛，殆与李氏长期主讲江阴暨阳书院有关。此次扬州之行，他有幸躬逢盛会，濡毫磨墨，挥写丹青的重任非其莫属。

其二，绘制时间是在道光十七年。是年七月十六日，在代理两淮盐运使姚莹的邀请下，李兆洛携其弟子蒋彤、宋景昌、吴冠英一同来到扬州，入住运司署。《谈艺图》就是在此期间所绘。

其三，绘图缘由：当时，姚莹幕府内文士云集，宾主相得甚欢，以至于姚莹感叹说：“题襟馆中寂寞二十年，不意复有今日之集。”题襟馆是曾燠所建，他在乾隆五十八年至嘉庆十一年任两淮盐运使，其间幕府宾客猬集，盛况空前。姚莹在扬州的谈艺盛会，可谓再现了当年题襟馆内的文采风流。为此，他嘱托画师吴冠英绘图，欲以留存谈艺韵事。

其四，图中谈艺嘉宾人数及姓名。从蒋氏所记来看，图中宴集诸公似乎仅有姚莹、李兆洛、吴德旋、毛岳生、宋景昌、刘宝楠、吴冠英、蒋彤等八人。

由于年谱所记扬州之行，是蒋彤在李兆洛去世之后所写，相隔时间较远，故他对画中人物恐难以记全。有学者考证出图中人物还有左石硚、张际亮（系当年十月补入）。③ 至此，《谈艺图》中人物名单似已完整。

然而，实际情况却并非如此。《谈艺图》现存于安徽省博物馆④，画后有姚

---

① 蒋彤．武进李先生年谱［M］//．北京图书馆，编．北京图书馆藏珍本年谱丛刊：第131册．北京图书馆出版社：北京，1999：172－173．

② 蒋茝生．墨林今话续编［M］．石印本：扫叶山房，1920（民国九年）．

③ 施立业．姚莹年谱［M］．合肥：黄山书社，2004：150－151．

④ 据《安徽省文物志稿》（中册）记载，此画纸本，设色，纵40.3厘米，横164厘米，无款，左下角钤“吴儁”印。张祖翼题签：“桐城姚石甫先生扬州谈艺图”。陶澍题引首“谈艺图”，署“道光丁酉嘉平，石甫老友属书，安化陶澍。”图后有姚莹自撰后记及曾国藩观款，吴汝纶、李鸿章、江云龙、沈曾植、方宗诚等人皆有题跋。这幅画原本系桐城麻溪姚氏家藏，1954年由姚永概次子姚翁望捐献给安徽省博物馆。（安徽省文物志编辑室1996年编印，第115页）。笔者曾亲赴博物馆观赏此画，见到题签、印章、陶澍题字。惜相关题跋因画卷两侧裱边卷起，无缘得见。

莹自撰记文（笔者称之为《谈艺图记》①），这对我们了解画卷的具体情况极为有价值。全文录之如下：

道光十七年冬（春）②，余再权两淮运使。扬州旧为宾客游宴之所，余所交海内贤哲众矣，又为日稍久，于是见过者益夥，或下榻斋中，共谈道艺。江阴吴冠英儁善画，乃图而貌之。儿婿辈晨夕侍教，亦与其末。方作图时，下榻最久而去之岭南者，桐城方植之东树；之江宁者，鄱阳陈伯游方海；暂返山阳者，潘四农德舆；甫过之江宁又偕往者，泾包慎伯世臣，仪征刘生文淇孟瞻、吴庭飏熙载、王僧保西御、王翼凤句生、吴士榛佩苍，甘泉杨季子亮；数过而返闽者，建宁张亨甫际亮，颇以为憾。及图成，而亨甫来，冠英已去，别倩补之，殊不类，姑存之。图中作小山，山前广数十步。左为二大松，怪石倚之；右为小亭，阑以长槛，更西修竹婕娟，小童烹茶所也。山前横大石几，南面据几高坐者为宜兴吴仲伦德旋；稍东为武进李申耆兆洛；几东坐西面把卷者桐城左石侨德慧；几西东面坐而髯者宝山毛生甫岳生；后石侨坐石栏者庐江江龙门开；后生甫立者刘生楚桢宝楠，余下坐几南为之主人，亨甫后至，更前置蒲团而盘其膝；去楚桢稍西，有两人执手相顾，颀然者左葵之应午，侧面者余子师沆；立两人后作偶语者，余婿张汇也；新城陈淮生兰第坐小亭中，倚槛与江都梅生植之蕴生共话；立而听者元和陈生克家叔梁；荫大松下行且回顾者阳湖蒋丹棱彤；缓步与语者江宁（阴）宋勉之景昌也。夫道大矣，艺其末焉，故非道之艺不足贵。诸君子所日谈者，道与艺均进，若徒以诗酒从容，夸宾客之盛，非余道也。桐城石甫姚莹记。杨亮书。

这篇记文蕴含着姚莹在扬州交游的诸多重要信息，兹就其幕宾情况谈两点：其一，他细致地描述了《谈艺图》的文本面貌，列举了大量幕宾人物姓名。据笔者观画统计，图中人物共有 21 人。记文中，除 5 人未说明姓名外③，其他 16

① 此文不见于姚莹的《东溟文集》、《东溟文后集》，此据莫友芝《吴冠英绘姚石甫都转谈艺图横卷》所录。《郘亭书画经眼录》卷四，张剑点校，中华书局，2008：350－351.

② 据施立业《姚莹年谱》，当为“道光十七年春”。因为同年十月，姚莹因升署台湾道而离开扬州，故不可能是“道光十七年冬”。

③ 按，吴冠英，蒋彤称《谈艺图》中列其画像，而姚莹《谈艺图记》却并未言明他在画中。笔者观看图像时，注意到这无名的5人，其中，姚莹记文中提到的“小童烹茶所”旁边有3个人，一个是煮水的妇人，两个是准备端茶倒水的童仆。此外，吴德旋身边有一小童；姚莹的前面也站有一人，此人未蓄辫，抱书怀中，似童仆，不应是吴冠英。蒋彤所记应有误。

人皆可知悉，其中姚莹从子师沆、姚莹之婿张汇、江开、左应午、陈淮生、梅植之、陈克家等7人被忽略。其二，姚幕内宾客云集，一些文士当时因故未能绘入《谈艺图》，姚莹在记文中专门有所补述。总而言之，这些都验证了方宗诚在《谈艺图后记》中所说："图中所列老少十余人，皆一时英俊也。先生自为记，并补叙朋辈之先去扬州不得与列斯图者数人，是足见先生笃友怀旧之情根诸天性。"①

《谈艺图》是姚莹与江南文士谈艺盛会景观的空间呈现，不仅再现了姚幕内的诗酒风流，也反映出宾主间的亲密融洽。不过，这场以姚莹为中心的文化盛会并未持续太长时间，随着他调离扬州，其幕府内的谈艺风流亦随之烟消云散。

二、姚莹与谈艺宾客

姚莹在江南的文化活动，根据其仕宦地情况，大致可分为武进时期与扬州时期。倘若我们仔细梳理他在这两个时期的文化活动，并深入考察这些谈艺文士，就会对这幅图的文化意蕴有更深的认识。

（一）武进时期

道光十一年七月，姚莹奉旨来到江苏，参与开坝倒塘、救灾查赈等政务。次年二月，莅任常州府武进县知县。十三年冬，又调任苏州府元和县知县。他在武进一载有余，疏浚孟渎、得胜、澡港三河，治绩卓异，深得民心。其间又好贤礼士，常州文士多与之交游。其中，李兆洛是阳湖县人，周济、吴德旋是宜兴县人，泾县包世臣因长期作客常州，也自诩为"常州同党"②，吴江吴育在嘉庆初就以诸生侨居常州，与李兆洛、董士锡等人交情深厚③，亦可列入"常州同党"。这些常州文人中，李兆洛年龄最长，于经史、考据、舆地、辞章、天算无不淹通，学问最为渊博精深。以他为代表的常州文人群与姚莹交往，主要文化活动是帮助姚氏校订、刊印书籍。

李兆洛精于校勘，"以梓人自随"④，是编刻书籍的最佳人选。姚莹来武进两个月后，就将家族先辈及个人的著述寄给正在江阴掌教暨阳书院的李兆洛，并请他校正姚鼐的《惜抱轩书录》稿本以及个人诗文集。当时毛岳生、吴育也在书院，遂与李氏一道共主其事。这一年七月，他们就编辑整理出四卷本的《惜抱轩

---

① 方宗诚．柏堂集余编［M］//柏堂遗书．刻本：桐城方氏志学堂，光绪年间．

② 包世臣．答董晋卿书［M］//包世臣全集：艺舟双楫．合肥．黄山书社，1994：257．

③ 张舜徽．清人文集别录［M］．武汉：华中师范大学出版社，2004：318．

④ 李兆洛．抱经堂诗抄序［M］//养一斋文集．续修四库全书：第1495册．上海：上海古籍出版社，2002：28．

书录》，李、毛二人先后为之作序。次年八月，李、毛、吴三人又在江阴重新整理并刊刻了《东溟文集》六卷、《东溟外集》四卷、《后湘诗集》九卷、《后湘二集》五卷。①

姚莹曾祖姚范的《援鹑堂笔记》重新编校工作也启动于武进县署。此事主要由桐城方东树负责。道光十三年，方氏与弟子苏惇元先后来到武进，开始编校笔记，“随文究义，汇以部居，检校本书，足得依据，整齐首尾，标叠章句”②，历时两年，终成五十卷本。此外，鄱阳文人陈方海也在县署参与整理书籍工作。他在道光十三年四月编校成姚莹《识小录》后③，又编订笔记中的经部《尚书》内容，区为四卷，仅用两月讫功④。

受姚莹之请，这些嘉宾还纷纷撰写了姚氏家族先人的墓铭、碑传。如道光十二年冬，包世臣撰写《清故翰林院编修崇祀乡贤姚君（范）墓碑》；同年，吴德旋撰《姚姜坞（范）先生墓表》《姚惜抱（鼐）先生墓表》；毛岳生作《姚先生（鼐）墓志铭》《赠奉直大夫福建台湾知县姚君（斟元）墓志铭》；李兆洛撰《桐城姚氏姜坞惜抱两先生传》；方东树撰《书姚惜抱先生墓志后》。这些文章对姚莹的曾祖姚范、从祖姚鼐、祖父姚斟元的道德、学术、辞章扬榷发明，灿然无遗。

还需一提者，是《谈艺图》中的张际亮。他是后补的缺席者，与姚莹的关系如他所说“殆宿缘有独深焉者”⑤。早在道光三年，他俩就在福州订交。姚莹仕宦武进时，张氏在道光十二年十月、十三年七月先后两次去探访他⑥。张氏有诗云：“姚侯此为政，宾客复多贤。”⑦ 可见，他在姚莹署衙，结识了不少署中宾客。他的到来，也应该会给幕府内的文学活动增光添彩。

---

① 李兆洛．东溟文集识语［M］//姚莹．东溟文集．续修四库全书：第1512册．上海：上海古籍出版社，2002：368.

② 方东树．援鹑堂笔记目录识语［M］//姚范．援鹑堂笔记．续修四库全书：子部第1148册：援鹑堂笔记．上海：上海古籍出版社，2002：404.

③ 姚莹．识小录弁言［M］．黄季耕，点校．合肥：黄山书社，1991：3.

④ 陈方海．尚书记叙［M］//计有余斋文稿．丛书集成初编本.

⑤ 张际亮．谭艺图为石甫廉访题即送之官台湾诗序［M］//王飚，校点．思伯子堂诗文集：诗集．上海：上海古籍出版社，2007：994.

⑥ 据张际亮《〈谭艺图〉为石甫廉访题即送之官台湾》诗序云，张际亮先后在道光十四年、十六年、十七年三次去江南探访姚莹。尤其是在道光十七年，张氏因礼部试道经扬州，至时已是十月，遗憾缺席谈艺集会。不过，姚莹还是专门请吴冠英补张氏之貌入图。这充分显示出他与张际亮之间交情至深，非同寻常。

⑦ 张际亮．武进夜别姚石甫莹大令陈伯游方海上舍［M］//王飚，校点．思伯子堂诗文集：诗集．上海：上海古籍出版社，2007：704.

概言之，常州是清代的学术文化重镇，人才济济。姚莹居官武进，政事之余，凭借地利之便，与江南文人交游在所难免。他聘请李兆洛等人校勘、刻印家族先人及个人著述，既充分发挥了常州文人深厚精湛的学问优势，又多方展示了姚氏的家学与家族文化。

（二）扬州时期

道光十四年秋，姚莹升任淮南监掣同知，治所在扬州府仪征县。次年十一月，两淮盐运使俞德渊因病请假两月，姚莹被委派扬州代理其职，这是他首次以监掣同知权盐运使。次年二月，新任盐运使刘万程接印上任，姚莹回到仪征。十七年二月，刘万程因奏销缺额，忧惧自尽，姚莹再次护理运司职。同年十月，他因升署台湾道而离开扬州运署，结束了为官江南之途。

姚莹在扬州期间，依旧礼贤下士，当地诸多文人聚集在其身边。宝应文人刘宝楠有诗称姚莹在扬州：“执法三章约，抡才四行收。”① 前句言其执政严明，后句说他抡才造士。就后者而言，姚莹曾到仪征乐仪书院课士，倡导士子讲求道义，敦重实学②。一些扬州俊彦也确实受过他的赏识和奖掖。如刘文淇有诗说：“鲰生惭滥竽，龙门幸著籍。”③ 王翼凤亦有诗云：“从来文章遇，感激淋肝脾。”④ 他们或以见赏于姚莹为幸事，或因文章遇合而感激至深。除了他们外，吴熙载、王西御、吴佩苍、杨亮、梅植之等也都曾造访姚莹幕府。他们宾主之间相互切磋学术、辞章，不仅活跃了幕府内部的文化氛围，也加深了宾主间的浓厚情谊。

《谈艺图记》中提到的山阳潘德舆，在姚莹代理两淮盐运使期间，也曾进入幕府。道光十六年二月，受姚莹之聘，潘德舆携第三子潘亮熙、门人吴昆田前往仪征，教馆于淮南监掣同知署⑤。姚莹移官扬州后，潘氏亦与同馆诸生徙居运使署中，“坐馆讲肄”⑥。姚莹与潘德舆朝夕聚处，交流诗艺，他观赏并称赞潘氏所

① 刘宝楠．送姚石甫先生兵备台湾［M］//张连生，秦跃宇点校．宝应刘氏集·刘宝楠集·念楼集：卷九．扬州：广陵书社，2006：335.

② 姚莹．乐仪书院始由监掣课士状［M］//东溟文后集：卷二．续修四库全书：第1512册．上海：上海古籍出版社，2002：487.

③ 刘文淇．送姚石甫先生莹观察台湾［M］//青溪旧屋文集：卷十一．刻本．1883（清光绪九年）.

④ 王翼凤．奉送姚石甫先生兵备台湾［M］//舍是集：卷七．刻本．1841（清道光二十一年）.

⑤ 据朱德慈《潘德舆年谱考略》考证，姚莹《潘四农诗序》所说随潘德舆来扬州的“其子亮弼”有误，实为亮熙。北京：中国社会科学出版社2009年版，第269页。

⑥ 潘德舆．致亮弼（四月初一日）［M］//朱德慈整理．潘德舆家书与日记·养一斋日记（外四种）．南京：凤凰出版社，2015：59.

为诗文“精深奥窔，一语之造，有耐人百日思者”[①]。同年六月，他与潘德舆、毛岳生、吴昆田、张汇、陈克家、潘亮熙、姚瀣青等八人还有一次金焦之游。[②]七月初，潘德舆携子及弟子返回淮安，故而缺席“谈艺盛宴”。

姚莹先后两次代理两淮盐运使，计时近一年。当他离任赴台时，扬州学人对其依依不舍之情借助于诗歌喷涌而出。刘文淇伤怀感叹：“壮游不获从，离绪无由释。”[③] 王翼凤彷徨无助：“独有江淮士，孤寒失所依。”“恨无琼瑶报，雨泣聊同挥。”[④] 刘宝楠期冀姚莹赴台：“从兹鲸浪息，边海靖戈矛。”[⑤] 此外，王翼凤之兄王西御还被姚莹聘入台湾道幕中，任职书记。[⑥] 在以后的岁月里，对姚莹与扬州学人双方来说，谈艺盛事只能永久地定格于《谈艺图》中了。

简言之，扬州是清代东南一大都会，一个重要的学术文化中心，文人墨客、四方贤士多汇集于此。姚莹在扬州期间，凭借其身份、地位和名望，吸引着四方人才尤其是当地文人奔赴其幕下。他鼓扬风雅，与宾客们谈文论艺，奖拔人才。一些俊彦顿生知遇之感，以致景附波属，姚幕由此成为继曾燠幕府之后又一个颇有影响力的文化中心。

三、道艺均进与学风新变

《谈艺图》虽以“谈艺”为名，但实际上，姚莹与其幕府宾客所谈内容并不仅仅涉及“艺”，还牵涉与“艺”紧密关联的“道”。他在《谈艺图记》中说：“夫道大矣，艺其末焉，故非道之艺不足贵。诸君子所日谈者，道与艺均进，若徒以诗酒从容，夸宾客之盛，非余道也。”这段话表明了他对待“道”与“艺”的态度以及幕府内“道与艺均进”的情况。

显然，在道艺观上，姚莹认为“道”为本，“艺”为末，“非道之艺不足贵”。然而，他所言之“道”与“艺”究竟指什么呢？他为什么会重“道”而薄“艺”呢？弄清楚这些问题，无疑会有助于我们了解姚氏与幕府嘉宾谈艺的实质内涵及其学术文化理念。

---

① 姚莹．潘四农诗序［M］//东溟文后集：卷九．续修四库全书：第1512册．上海：上海古籍出版社，2002：569.

② 毛岳生．焦山诗录序［M］//休复居诗文集·文集：卷一．刻本．宝山：滕氏．1936（民国二十五年）.

③ 刘文淇．送姚石甫先生莹观察台湾［M］//青溪旧屋文集：卷十一．刻本．1883（清光绪九年）.

④ 王翼凤．奉送姚石甫先生兵备台湾［M］//舍是集：卷七．刻本．1841（清道光二十一年）.

⑤ 刘宝楠．送姚石甫先生兵备台湾［M］//张连生，秦跃宇点校．宝应刘氏集·刘宝楠集·念楼集：卷九．扬州：广陵书社，2006：335.

⑥ 王翼凤《舍是集》卷七《奉送姚石甫先生兵备台湾》尾句下小注云：“时幕中纳西御舍兄书记。”

“道”与“艺”的关系，在古代文艺思想史上是一个经常被提及的重要话题。“按照传统观念，‘道’都是指儒家修己治人之道，即封建社会正统的政治、伦理思想体系；而‘艺’（文），则是‘载道’‘明道’的工具和形式。”① 桐城派文人对这一问题的认识也大致如此。姚莹作为桐城派传人和程朱理学尊奉者，其道艺观实际上并无多少新见。如他曾说：“诗文者，艺也，所以为之善者，道也。道与艺合，斯气盛矣。文与六经无二道也，诗之与文尤无二道也。”②“文者，载道以行，舍道以为文，非文也，技耳，技不足传君子。”③“文之至者必近道，非知道者不能为，则文成而道以立。”④ 这些都表明：在姚莹的思想观念里，“道”具有两种意味，或指本体之道，或指社会政治之道。尤以后者最为明显，它涵括伦理教化、切乎世用等相关内容，作为“艺”的诗文必须与道紧密结合，即“道与艺合”，不然不足道也。

其实，姚莹在幕府内与宾客“共谈道艺”，看重双方对“道”的交流与认同，而不在乎诗酒风流。他对“道”的致意与固守，既体现了姚氏家学的代际传承，又体现了桐城派重道翼道之传统。他期冀和坚信道学能够挽救世道人心，能够扶持纲常伦纪。他之所以把“道”抬到高位，不仅与嘉道时期严峻的社会现实有关，更与其强烈的经世意识有关。他在姚门弟子中，就以“志在经世”⑤著称于世。

实际上，与姚莹交往的阳湖派、扬州学派成员大多也都有浓厚的经世意识，这是他们志同道合的思想基础。阳湖派的代表人物李兆洛就是一个讲究经世致用的学者，他“于书无不备，而必期其有用也”⑥，于兵、农、河、漕、盐、币等现实问题，随事立说，颇有卓见。与姚莹交往的李兆洛弟子为学也是务实致用，如蒋彤亲炙兆洛，主博综而蔑据守，经史实学，颇有根底；江阴宋景昌学问渊博，“兼精天文历算之学”⑦；吴育也是饱学之士，精通小学、训诂之学，尝谓为文之事有三，曰理、曰典、曰事，“理足以究天人之际，典通古今之变，事周万

① 陈居渊．清代朴学与中国文学［M］．南昌：百花洲文艺出版社，2000：230.

② 姚莹．复杨君论诗文书［M］//东溟文集：卷三．续修四库全书：第1512册．上海：上海古籍出版社，2002：452.

③ 姚莹．与张阮林论家学书［M］//东溟文集：卷三．续修四库全书：第1512册．上海：上海古籍出版社，2002：394.

④ 姚莹．赠王栻序［M］//东溟文集：卷二．续修四库全书：第1512册．上海：上海古籍出版社，2002：388.

⑤ 徐世昌．惜抱学案上［M］//清儒学案．北京：中国书店，1990：607.

⑥ 蒋彤．养一子述［M］//盛宣怀，编．常州先哲遗书：丹棱文钞．刻本．武进：思慧斋．光绪年间.

⑦ 刘声木．桐城文学渊源考［M］徐天祥，点校．合肥：黄山书社，1989：277.

物之情。三者备，而后可言文"①。包世臣亦究心于经世之学，"东南大吏，每遇兵、荒、河、漕、盐诸巨政，无不屈节咨询，世臣也慷慨言之"②。

扬州学人治学不为凿空之言，实事求是，积极关注现实问题。如刘宝楠论学不分汉宋，期于明道；他重视运河、淮河等问题，在道光十一年写的《上朱大司空书》中明确表示："改河漕为湖漕，诚今日第一要务。"③ 刘文淇研精古学，"于毛、郑、贾、孔之书及宋元以来通儒解谊博览冥搜，实事求是"④；他还走出书斋，实地考察，写《圩岸公修议》，提出圩岸修葺的解决方案。吴熙载学书于包世臣，与王翼凤业畴人之学，熟悉天文，梅植之称其"妙擅掞天才"⑤。梅植之尝学书于包世臣，博览经史，与刘文淇交情最密。杨亮学书于包世臣，曾入精熟边疆舆地之学的徐松门下，与乌程沈垚、平定张穆、泰兴陈潮、阳湖董祐诚，"皆谈地学之友也"⑥。王句生除师事姚莹外，还曾师事包世臣、李兆洛、黄春谷、江藩、刘宝楠、刘文淇⑦，自然与他们声气相通，志趣相投。

姚莹"平居以贾谊、王文成自比，其学体用兼备，不为空谈"⑧，加之他确有经世才干，常州、扬州等地饱学之士纷纷会聚于其幕下。他们各有所长，各有所能，大家相互交流，各有裨益。如潘德舆在扬州订交毛岳生，获益匪浅，潘氏就说他们在扬州期间"朝夕谈论，推动至微"⑨。当然，就"道艺均进"对姚莹的影响来说，主要表现在文事与政事两方面。就文事而言，一方面是指导求学后进，奖掖拔尖人才；另一方面是自身的诗文创作，在江南期间，他的诗歌创作虽然不多，但奏议、尺牍等实用性文章相对较多，而且其内容大多数与政务有关。就政事来说，他无论是任职淮南监掣同知还是代理两淮盐运使，都要与盐政打交道。实际上，他在任这些职位之前，鲜有对盐政问题的论述。他仕宦江南时，两淮盐政弊病丛生，已成为亟需解决的问题，盐政问题应该是姚莹幕府内宾主之间的热点话题之一。在这些宾客中间，包世臣、李兆洛、毛岳生、刘宝楠等人对盐

---

① 吴育．书震川文录目录后［M］//缪荃孙．烟画东堂小品·吴山子遗文．刻本：江阴缪氏，1920（民国九年）．

② 赵尔巽．清史稿：第44册［M］北京：中华书局，1977：13471．

③ 刘宝楠．送姚石甫先生兵备台湾［M］//张连生，秦跃宇点校．宝应刘氏集·刘宝楠集·念楼集：卷六．扬州：广陵书社，2006：272．

④ 丁晏．皇清优贡生候选训导刘君墓志铭［M］//颐志斋文集：卷十一．铅印本．1949（民国三十八年）．

⑤ 梅蕴生．熙载句生业畴人之学诗以赠之［M］//嵇庵诗集：卷二．刻本．1844（清道光二十四年）．

⑥ 徐珂．徐星伯著新疆赋新疆识略［M］//清稗类钞：第8册．北京：中华书局，2010：3757．

⑦ 王翼凤．自序［M］//舍是集．刻本．1841（清道光二十一年）．

⑧ 方东树．姚石甫文集序［M］//考盘集文录：卷三．刻本．1894（清光绪二十年）．

⑨ 潘德舆：《与徐廉峰札》，《养一斋杂稿》，清稿本。转引自《潘德舆年谱考略》，第276页。

法多有研究，尤其是包世臣，于盐政颇有见地，曾协助姚莹的上司两江总督陶澍主持两淮盐政的改革。作为经世派官员，姚莹面对棘手的盐政问题，敢于担当，多方寻求解决之道，撰写了《艄后缉私弁兵饭食船价状》《捆场缉私章程变通状》《变盐法议》《上陶制府淮北溢课融销南引议》《再上陶制府北课融销南引议》等文章，这些议状不仅反映出他为官的务实干练，也显现出他对盐政问题的深思熟虑。他能够在较短的时间内，洞察盐政弊病，并能提出相关解决之道，其幕府内嘉宾恐怕助益良多。

如上所述，姚莹仕宦江南期间，与当地文人广泛交游，双方“道与艺均进”，反映了他们在学术思想上的深度交流及其相互促进作用。在姚莹幕府内，既有尊崇汉学者，又有信奉宋学者，体现出姚莹一视同仁、汉宋兼容的学术襟怀，也在一定程度上体现了桐城派的开放性、灵活性。这些幕宾没有壁垒森严的门户之见，而是渐融尊德性与道问学于一体，兼含强烈的忧时意识与经世意识。他们在姚莹的主导下，把臂交谈，既研讨学术辞章，又关注时病秕政。《谈艺图》是他们在姚幕内“和谐共振”的鲜明缩影与重要见证。实际上，幕府内谈艺者身上呈现的汉宋调和之态势以及重道经世之情怀，也充分昭示了道光年间江南士风与学风的新变化。从某种意义上说，这种新变化不仅是对另一个学术文化中心——京师的学风与士风变迁的遥相呼应，也是对“四海变秋气”的时代主题默移的积极回应。

四、传扬桐城

从嘉庆季年到咸丰六年梅曾亮谢世为止，桐城派在发展过程中分别围绕陈用光、邓廷桢、姚莹、梅曾亮四人，形成了四大传播中心。① 而姚莹这个中心的形成实际上与其仕宦江南有重要关联。这一点可从纵向与横向两个层面来考察。

就纵向层面而言，我们要观照姚莹仕宦江南前后的交游经历。他来江南为官之前，有过游幕广东、为官闽中、客游京师的重要经历。自嘉庆十四年至十九年间，他一直游幕于岭南。六载幕府生涯，虽然他与王蓬壶、宋青城、张维屏、黄培芳、王啸云、孙秀林、蒋杏甫等人有交往，但更多的是“怀刺门多羞陆贾，谭经苑令惜虞翻”②。他写信对张聪咸也说：“仆倦游岭外，少师友之助，悄然块

① 王达敏．姚鼐与乾嘉学派［M］．北京：学苑出版社，2007：217.

② 光聪谐．得石甫书感赋［M］//稼墨轩诗集：卷四．刻本．1827（清道光七年）.

处，又得书甚艰，莫由稽考，辗转六年，无所成就。”① 自嘉庆二十一年春至道光元年，姚莹一直在福建平和、龙溪、台湾等地当官。在闽期间，他与当地古文名家陈寿祺、高澍然、张绅等相友善。虽然他们对姚莹诗文亦有佳评，但更多的是推崇其政治才具，如张绅尝与他纵谈时政，将其与诸葛亮相提并论②；高澍然称赞姚莹："私谓如足下者得十数人散布直省为之倡，庶几吏治一新，转弱为强可几而待也。"③ 可以说，姚氏在闽期间的卓著政绩固然可以彰显其经世才干，但也在一定程度上遮掩了他的文学声望。自道光五年十月至七年三月，姚莹有短暂的京师游宦之行。这期间，新交故旧皆相过从，他们有魏源、龚自珍、汤鹏、张际亮、李宗传、吴嵩梁、邓显鹤、管同、张祥河等人。两载京师生涯，他虽多次参加文人雅集，但并未成为京都文坛的领袖人物，文学影响力有限。自道光十七年十月，姚莹离开江南之后，仕途辗转，历尽艰辛。道光二十三年，他在台湾兵备道任上，因保台抗英受诬被逮入狱。赦罪出狱后，他被安排到四川效力任用，任蓬州知州。咸丰帝即位后，擢授湖北武昌盐法道，未赴任，奉旨前往广西赞理军务，旋又被升为广西按察使。咸丰三年，病逝于湖南按察使任上。这一时期，他虽有交游活动，但因政务、军务繁忙，从桐城派扩散之层面来看，影响也不大。

就横向层面而言，我们要考察他仕宦江南期间其他人物对桐城派的影响。自姚鼐去世之后，姚门弟子承担着秉承师说、传扬文法的重任。被姚莹称为“姚门四杰”的刘开、方东树、管同、梅曾亮，对桐城派的影响各有不同。这四人中，刘开曾被姚鼐寄望“他日当以古文名家”④，然而他却在道光四年病逝于亳州；管同尝被姚鼐赞为“少年异才”⑤，但命运多舛，在道光十一年卒于宿迁。由此看来，在道光十二年至十七年间，“姚门四杰”中只有方东树和梅曾亮二人在继续恪守和弘扬惜抱家法。方氏在这几年间客居姚莹幕府，以编刻书籍为业，对桐城派的传播影响有限。梅氏虽在道光十三年入京，并在次年以赀得户部郎中，但至少在道光十八年之前，还未形成以他为中心的古文圈子。⑥ 除“姚门四杰”

---

① 姚莹．与张阮林论家学书［M］//东溟文集：卷三．续修四库全书第1512册．上海：上海古籍出版社，2002：394．

② 张绅．书姚石甫心清消息图后［M］//怡亭文集：卷四．刻本：留香书屋．1833（清道光十三年）．

③ 高澍然．抑快轩文钞［M］．铅印本，1948（民国三十七年）．

④ 陈方海．刘孟涂传［M］//计有余斋文稿．丛书集成初编本．

⑤ 姚鼐．与鲍双五［M］//卢坡，点校．惜抱先生尺牍．合肥：安徽大学出版社，2014：61．

⑥ 柳春蕊．晚清古文研究：以陈用光、梅曾亮、曾国藩、吴汝纶四大古文圈子为中心［M］．南昌：百花洲文艺出版社，2007：103．

外，陈用光、邓廷桢也是发扬姚氏学说的得力干将。早在嘉庆末姚鼐去世到道光中期梅曾亮进京之前，陈用光便大力推动桐城古文在京师的传播。① 陈氏在道光十三年提督浙江学政，砥砺学风与文风，但两年后就返回京师且不久病逝。因而，他仕宦江南在时间上既没姚莹长久，在文化活动影响上也不及姚氏。邓廷桢对桐城派的推动最为用力时期是在道光六年至十五年②，这期间他正任安徽巡抚。尤其在道光十年，梅曾亮、管同、汪钧、马沅、方东树、陆继辂、宋翔凤等名士皆聚集幕下。③ 邓氏常和他们讲艺于八箴堂，文采风流，焜耀江左。此外，他还留意培植安庆敬敷书院内的士子，"试之日，集诸生于院署，手评其文而面教之"④。应该说，邓氏的这些文化活动的确对传衍桐城派起到了积极作用，但从业绩、声势、影响等方面看，他逊于姚莹。

综前所论，我们再次认真审视姚莹仕宦江南的一些活动，会有以下发现：其一，他积极刊刻姚范、姚鼐及个人的著述，不仅有意识地彰显和弘扬了家学与家族文化，同时也加深了江南士人对姚氏学说、桐城文风的认识，从而有力地促进了桐城派学术文化的传播。其二，他是文化活动的倡导者、组织者，常州、扬州两地诸多文人会聚于他的周围，宾主交游酬唱，谈艺论道，"东南学坛牛耳，一时为桐城派所执"⑤。由此看来，姚莹居官江南，确实对道光年间桐城派的传衍有重要的贡献。

五、余论

乾嘉时期，以两淮盐运使之职主持风雅且影响较大者，先后有卢见曾、曾燠两人。他们幕府内会聚大批文士，雅集唱和之频繁，编刻书籍之丰富，一时极东南人文之盛，对当时的文风与士风产生了相当大的影响。道光年间，姚莹在扬州雅好文士，招揽才俊，扶轮大雅，也算是继之而起，再现风流了。相较而论，卢、曾二幕中宾主双方往往以闲适雍容之情致，借助于频繁的诗文酬唱来铺饰盛美；而姚幕则有明显的不同，宾主双方一直忧虑世运人心，致力于黜虚崇实、重

---

① 柳春蕊．晚清古文研究：以陈用光、梅曾亮、曾国藩、吴汝纶四大古文圈子为中心［M］．南昌：百花洲文艺出版社，2007：20.

② 王达敏．姚鼐与乾嘉学派［M］．北京：学苑出版社，2007：221.

③ 邓邦．邓尚书年谱［M］//北京图书馆，编．北京图书馆藏珍本年谱丛刊：第135册．北京：北京图书馆出版社，147.

④ 邓邦．邓尚书年谱［M］//北京图书馆，编．北京图书馆藏珍本年谱丛刊：第135册．北京：北京图书馆出版社，147.

⑤ 王达敏．姚鼐与乾嘉学派［M］．北京：学苑出版社，2007：220.

道济世、挽危救颓，诗酒雍容反在其次。这种差异亦折射出世运升降与谭艺盛衰、学术隆污之间的关系。

实际上，倘若我们把视线往后延伸十余年，姚莹谈艺扬州，这一重要的文化事件更显得别具意味。自姚莹离开扬州数年后，鸦片战争爆发，接着又有太平军兴，东南安定和平之局被枪炮声所打破，兵火连年，生灵涂炭，风雅道丧。多年以后，吴汝纶观赏到《谈艺图》，感触万端，撰记写道："是后中国多故，封疆大吏无网罗人才之意，贤俊离散，海内无此风流矣。"① 其言辞中饱含对风雅消歇的痛惜之意、怅惘之情。可以说，姚莹的谈艺盛会，是大清帝国动乱变局来临之前江南文人雅集的最后余音了。此后的风雅复兴，则要等到曾国藩平定动乱后开府江南了，与前者相比，这又是别有一番新境界了。总之，这幅《谈艺图》中蕴含着丰富的思想内涵与多重的文化记忆，值得我们反复思索与长久回味。

（原载《北京大学学报》哲学社会科学版2016年第4期）

① 吴汝纶．姚公谈艺图记［M］//吴汝纶全集·文集：卷二．施培毅，徐寿凯．校点．合肥：黄山书社，2002：97.

曾国藩与晚清湖湘骈文批评的崛起

吕双伟

骈文发展到清代，才结束之前有实无名的状态，达到名实兼备，从而成为中国古代一种独特的文章体类。清代骈文号称“复兴”，但从地域上来看，其实主要集中在江浙地区，其他地方的骈文发展一直较为冷寂。因为骈文重学尚才的天然属性，使得其对地域和作家的文化程度要求较高。文化发展相对滞后的湖南，骈文创作和批评在清代中叶以前一直默默无闻，难以寻觅。直到晚清，随着曾国藩为首的湘军集团的崛起，政治、军事和学术的兴盛，骈文创作和骈文批评才迎来了它前所未有的黄金时代。周寿昌、李元度、王闿运、皮锡瑞、阎镇珩、易顺鼎、王先谦等都是当时的骈文名家，周寿昌和王闿运还入选王先谦编选的《国朝十家四六文钞》。[①] 骈文批评方面，据笔者所见，曾国藩为湖湘最早对骈文加以批评的人。他不因体废文，认为古文之道与骈体相通，对骈文文体属性作了较为深入的评论。这开启了晚清湖湘骈文批评的先河，稍后的湖湘文士如李元度、王闿运、易顺鼎、杨毓麟、王先谦等人的骈文批评，多与曾国藩的骈文批评内容有关，共同构成了晚清湖湘骈文批评的主要内容，也成为清代骈文学的重要组成部分。

学术界关于曾国藩的古文创作和理论的研究成果较多，如赖力行先生从“切于世用”与“文道俱至”等三个方面概括了曾国藩的古文理论内涵，对其骈文批评只略有涉及[②]；武道房先生对曾国藩的骈散结合，以散为本的主张作了简要分析，指出其与李兆洛骈散结合的重心在骈文不同。[③] 但专门研究尚未出现，更无人将其骈文批评与晚清湖湘骈文批评的崛起联系起来。本文拟从曾国藩的骈文

---

① 吕双伟. 关于晚清湖湘骈文创作的崛起 [J]. 求索，2016 (2)：152 - 158.

② 赖力行. 曾国藩与桐城古文理论的中兴 [J]. 中国文学研究，2001 (3)：16 - 19.

③ 武道房. 汉宋之争与曾国藩对桐城古文理论的重建 [J]. 文学遗产，2010 (2)：144.

观念出发，探讨其主要观点，同时联系晚清湖湘其他人的骈文批评，借以展现晚清湖湘骈文的崛起。晚清西学东渐虽成趋势，但湖湘文学依旧传统气氛浓郁，骈文批评反而在旧文化积累的基础上顺势崛起，展示出自我固有的生命力。这里的骈文批评，包括对骈文理论的探讨与对作家作品的评论。

一、曾国藩对骈文地位与文体特征的审视

曾国藩（1811—1872）为人理性平和，为学视野开阔，为文骈散兼行。学术上，他推崇宋儒，不废汉学；文学上，他喜爱辞章，钟情古文，又对被视为俳优的骈文多有声援，肯定其存在的合理性和善于表达情感、韵味隽永的特点等。他的骈文批评内容主要有：指出奇偶、阴阳互用为自然现象，文章奇偶演变为必然过程；指出古文偏于义理，骈文重在情韵；主张古文写作应该学习骈文在对偶和辞藻、节奏和声韵上的长处，融合气势与情韵，增加文章的雄直之气，而不是先入为主地反对骈文；还说明了骈文创作需要博学多才的主体等。这种对待骈文的通达态度，既与晚清汉宋之争趋于调和，共同面对西学挑战有关，同时也是清代文章发展从嘉道间就走向骈散兼行，骈文批评趋向骈散并存的自然结果。桐城派梅曾亮、方东树、刘开等人对骈文都有正面评价，有的还创作骈文，曾国藩骈散相通的观念正是桐城派文章观念发展的延续。

姚鼐既以神、理、气、味和格、律、声、色论古文之“精”与“粗”，又以“阳刚”和“阴柔”来论文章风格，但从没有用阴、阳概念来评价骈文与古文。在晚明以来为骈文争取正常地位的理论基础上，曾国藩从天文与人文相配的角度，指出阴、阳、奇、偶同为天地之用，文字之道与天地运行之理相通，自六经至司马迁都是奇偶错综，相辅相成。其《送周荇农南归序》有曰：

> 一者阳之变，两者阴之化。故曰一奇一偶者，天地之用也。文字之道，何独不然？六籍尚已，自汉以来，为文者莫善于司马迁。迁之文，其积句也皆奇，而义必相辅，气不孤伸，彼有偶焉者存焉。其他善者，班固则毗于用偶，韩愈则毗于用奇，蔡邕、范蔚宗以下，如潘、陆、沈、任等比者，皆师班氏者也。茅坤所称八家，皆师韩氏者也。①

该文为曾国藩送别乡人周寿昌而作。天地之数，以奇而生，以偶而成；万物奇、偶互用，独、对相成，奇偶互用本为天地规律。文章说明由先秦两汉的古文到六朝隋唐的骈文，再到韩柳欧苏的古文，都是自然演变的结果，没有高低尊卑之

① 曾国藩．曾国藩诗文集［M］．王澧华，校点．上海：上海古籍出版社，2005：167.

分。司马迁之文造句虽奇，但“义”与“气”都趋偶化；其他人或偏重于偶，或偏重于奇。因此，对于奇偶之文，不能是丹非素，截然分开。曾国藩还以韩愈所说“孔子必用墨子，墨子必用孔子。不相用，不足为孔墨”，说明韩愈对于班固“相师而不相非明矣”。古文大家韩愈都能学习班固的偶化文章，其他人又何必尊古抑骈？曾国藩对于韩愈以后古文之名独尊，骈偶之文被弃的状态不以为然。在《鸣原堂论文》中，他借陆贽《奉天请罢琼林大盈二库状》来说明骈文可以兼得“义理”与“气势”，以反拨“芜累而伤气”之评：“骈体文为大雅所羞称，以其不能发挥精义，并恐以芜累而伤气也。陆公则无一句不对，无一字不谐平仄，无一联不调马蹄；而义理之精，足以比隆濂洛；气势之盛，亦堪方驾韩苏……而公之剖晰事理，精当不移，则非韩、苏所能及。吾辈学之，亦须略用对句，稍调平仄，庶笔仗整齐，令人刮目耳。”① 陆贽的骈体奏议不仅句式整齐，平仄和谐，还义理精湛，气势恢宏，可与周敦颐、程颐、程颢的理学比隆，与韩愈、苏轼的古文并驾。可见，讲究对仗和平仄，并不一定导致“芜累而伤气”。因此，曾国藩强调古文创作要吸取骈文对句之长，注意平仄搭配。吴曾祺(1852—1929)《涵芬楼文谈·属对》有曰：“文以气为主，而气之所趋，苟一泄无余，而其后必易竭，故其中必间以偶句，以稍止其汪洋恣肆之势，而文之地步乃宽绰有余。”② 则明确指出用对偶来舒缓文气，放缓节奏，可以视为对曾国藩对仗理论的补充和深化。

曾国藩明确追求文章的气势和声律特征，多次强调作文需要工于对仗，要学习骈文的对仗功夫。古文遣词造句上不像骈文那样回环往复，宛转相承，多是一脉贯穿，直线前进，从而容易导致文意倾泻，文气衰颓，缺乏气势，对仗可以增加文章的抗坠和顿挫之美。在《谕纪泽》中，曾国藩强调作赋要追求气势流畅，工于对仗：“尔所作《雪赋》，词意颇古雅，唯气势不畅，对仗不工。两汉不尚对仗，潘、陆则对矣，江、鲍、庾、徐则工对矣。尔宜从对仗上用工夫。”③ 这事实上说明了对仗不工的文章未必气势流畅，对仗工整的骈文未必就一定“芜累而伤气”。同时，曾国藩还肯定骈文的对仗工整、用典贴切有助于诗歌创作，主张诗人必须学习创作骈文：“诗人必学为四六，故唐世诗家无不工为骈文者。姚惜抱最服杜工部五言长排，以其对仗工，使典切，而气势复纵横如意也。鼎臣精

① 曾国藩．曾国藩全集：第14册诗文［M］长沙：岳麓书社，2011：532.

② 吴曾琪．涵芬楼文谈：属对［M］//王水照，编．历代文话．上海：复旦大学出版社，2007：6618.

③ 曾国藩．曾国藩全集：第20册家书［M］长沙：岳麓书社，2011：564.

心为诗，须于古人之骈文，观其对仗使典，讨论一番。乾嘉以前，翰林作赋，类多富赡工整。道光中叶后，词苑后进腹俭，而为之亦苟。骈文久不讲矣。不独骈文宜求工切，即古文亦然。”① 对仗工整、用典贴切是诗文精湛的必要条件，不仅骈文讲究富赡工整，古文也同样需要组织工切。因为认识到骈文优点和思想融通，曾国藩身体力行，不仅自己创作骈散兼行之文，还在家书中多次要求其子弟兼修诗赋、古文和骈文。如其《致温弟沅弟》有曰：“每月六课，不必其定作时文也。古文、诗、赋、四六无所不作，行之有常。将来百川分流，同归于海。则通一艺即通众艺，通于艺即通于道，初不分而二之也。”② 要求儿子曾纪泽：“作四书文，作试帖诗，作律赋，作古今体诗，作古文，作骈体文，数者不可不一一讲求，一一试为之。”③ 作为咸同时期的文坛宗主，曾国藩对于骈文对仗功能和价值的评论，不仅深化了桐城派对骈文的认识，同时丰富了清代骈文学内容，无疑也有利于深受其熏陶的湖湘文士对骈文创作和批评的亲近。

曾国藩虽以先秦两汉（包括六经）的古文为文章之本，但有意泯灭骈散之争，主张超越语言形式对文体的限制，提出“古文之道与骈体相通”④。这里“道”固然包括作文之法，因为曾国藩紧接着指出古文和骈文之道都可以从徐陵、庾信到任昉、沈约，由任沈到潘岳、陆机，由潘陆而到左思，由左思而到班固、张衡，再由班张到司马相如和扬雄。这种作文之道，迥异于方苞、姚鼐排斥六朝骈文进入古文辞的做法，也打破了宋以后理学家或者古文家有意忽视六朝骈文的常规思路。当然，曾国藩认为韩愈之文比司马相如和扬雄更高一格，理解韩文就可以窥测六经的阃奥，但他从不否定魏晋六朝骈俪之文对古文的借鉴作用，从不否定古文与骈文在作法和风格等方面的相通。其《答许仙屏（振祎）书》有曰：“古文者，韩退之氏厌弃魏晋六朝骈俪之文，而反之于六经两汉，从而名焉者也。名号虽殊，而其积字而为句，积句而为段，而为篇，则天下之凡名为文者一也。”⑤ 这是说古文和骈文名虽不同，但遣词造句、累句为段、由段成篇的为文之法是相通而不是排斥的。对怎样达到字、句、段、篇的“古”，曾国藩也提出了造句效法《尔雅》《说文》《汉书》《文选》和班固、司马迁、韩愈、欧

① 王定安．求阙斋弟子记［M］//王澧华，校点．曾国藩诗文集·附录一．上海：上海古籍出版社，2005：450.

② 曾国藩．曾国藩全集：第20册家书［M］．长沙：岳麓书社，2011：71－72.

③ 曾国藩．曾国藩全集：第20册家书［M］．长沙：岳麓书社，2011：362.

④ 曾国藩．曾国藩全集：第17册家书［M］．长沙：岳麓书社，2011：24.

⑤ 吴曾琪．涵芬楼文谈：属对［M］//王水照，编．历代文话．上海：复旦大学出版社，2007：6861.

阳修之作以及群经诸子乃至近世名家之作，“大抵以力去陈言、戛戛独造为始事，以声调铿锵、包蕴不尽为终事”①。《文选》为骈文渊薮，句式多较整齐，曾国藩却主张为文造句当以此为法，可见其泯灭骈散的用心。曾门弟子张裕钊学文推崇方苞、姚鼐，忽视骈文，为此，曾国藩特意让张裕钊熟悉《文选》，说：“徒摹唐宋文，而不及《文选》，则训诂弗确，不能几于古。”② 在曾国藩的影响下，张裕钊不仅学习《文选》，还钻研文风骈俪的《汉书》和《后汉书》，这影响了张裕钊的为文风格。张裕钊文章原本取源于庄子、屈原、司马相如和贾谊，恢奇跌宕，富于辞藻，文风华丽，由此更具骈俪色彩。其门生如朱铭盘竟以骈文名家，乃师的文风不能不说没有影响。吴汝纶儿子吴闿生崇尚西汉瑰玮文章，特别是扬雄和司马相如，而司马相如在晚清一度被视为骈文之祖。朱一新回答学生关于骈散困惑的问题时，有云：“西京之文莫盛于两司马。史公源出《左》《国》，长卿源出《诗》《骚》，皆以气为之主。气有毗阳、毗阴之分，故其文一纵一敛，一疏一密，一为散体之宗，一为骈体之宗，皆文家之极轨。班、扬多学相如，崔、蔡学班、扬，而气已渐薄，遂成骈偶之体矣。”③ 可见，曾国藩对司马相如和扬雄文章的推重，本身就意味着其对骈体文的重视。曾国藩所说的“古文之道与骈体相通”之“道”，还偏指古文与骈文都要具有“雄直之气”。他曾说：“古文一道，国藩好之，而不能为之。然谓西汉与韩公独得雄直之气，则与平生微尚相合，愿从此致力不倦而已。”④ 西汉之文，实际上主要是司马相如和扬雄之文，他们与韩愈一样，为文雄健刚直，独得“雄直之气”，曾国藩终身服膺。他多处提到文气、气势或气韵的重要性，如“至行气为文章第一义。卿、云之跌宕，昌黎之倔强，尤为行气不易之法”⑤。同样是以司马相如、扬雄和韩愈文章行气表现为例，说明文章讲究“气”的重要性。在曾纪泽《拟陈伯之〈答邱迟书〉》后批语中，曾国藩则强调骈文“气”与“情”的重要性：“六朝偶俪文中，有能运单行之气、挟傲岸之情者，便于汉京不甚相远。”⑥

曾国藩还对乾嘉骈文兴盛的原因作了思考，大胆地肯定骈文的“闳丽”“藻丽”特征；又根据骈文、古文发展脉络，指出骈文重情韵、古文重义理的特征。道光二十五年（1845），送别同乡诗人、骈文名家周寿昌时，曾国藩在追述乾嘉

① 曾国藩．答许仙屏书［M］//王水照．历代文话．上海：复旦大学出版社，2007：6861.
② 费行简．近代名人小传［M］．北京：中国书店，1988：15.
③ 朱一新．无邪堂答问［M］．吕鸿儒，张长法，点校．北京：中华书局，2000：88.
④ 曾国藩．曾国藩全集：第29册家书［M］．长沙：岳麓书社，2011：239.
⑤ 曾国藩．曾国藩全集：第21册家书［M］．长沙：岳麓书社，2011：43.
⑥ 曾纪泽．曾纪泽遗集［M］．喻岳衡，点校．长沙：岳麓书社，1983：127.

时天下尚博学，重考核，薄空言，从而为文务闳丽，骈文名家辈出后，无限惋惜又充满期待地说："沿及今日，方姚之流风稍稍兴起，求如天游、齐焘辈宏丽之文，阒然无复有存者矣。间者，吾乡人凌君玉垣、孙君鼎臣、周君寿昌乃颇从事于此。而周君为之尤可喜，其才雅赡有余地，而奇趣迭生，盖几于能者。"① 指出博学宏通的环境与才华雅赡的主体有利于骈文的发展。同治七年（1868），吴汝纶代曾国藩为酷爱李商隐的钱振伦的骈文集作序，肯定其"藻丽"特征，有云："君文不尽效李氏，冲夷清越，藻丽自生，吾知后世必有读而好之，如君之于李氏者。"② 该文经过曾国藩修改，其观点至少得到曾国藩的认同。晚年曾国藩对骈文的认识更加深化，1871 年为罗汝怀《湖南文征》作序，从五经、周秦诸子为文无法出发，打破为文有定"法"之说，实际上是否定了方苞的"义法"；提出自然之文有"理"和"情"两端，骈文偏于情韵，古文偏于义理。其中有曰：

> 自群经而外，百家著述，率有偏胜。以理胜者，多阐幽造极之语，而其弊或激宕失中；以情胜者，多悱恻感人之言，而其弊常丰缛而寡实。自东汉至隋，文人秀士，大抵义不孤行，辞多俪语，即议大政，考大礼，亦每缀以排比之句，间以婀娜之声，历唐代而不改。虽韩、李锐志复古，而不能革举世骈体之风，此皆习于情韵者类也。宋兴既久，欧、苏、曾、王之徒，崇奉韩公，以为不迁之宗。适会其时大儒迭起，相与上探邹鲁，研讨微言，群士慕效，类皆法韩氏之气体，以阐明性道。自元明至圣朝康、雍之间，风会略同，非是不足与于斯文之末，此皆习于义理者类也。③

不但简要地叙述了文章的发展历史，更慧眼独具地指出骈文偏于情韵，古文偏于义理，很大程度上揭示了骈文善于抒情、写景，古文善于议论、说理的特征。中国古代骈文虽然公牍文较多，但优秀的骈文，无一不是感慨深沉、韵味隽永之作；中国古代散体文虽然也有情韵悠长之作，但以传道或者载道为宗旨的古文，则多偏重于表现儒家义理。这不仅反映了曾国藩对骈文、古文发展史认识的深化，更揭示出了骈文和古文不同的文体属性。曾国藩不仅在理论上理解骈文，肯定骈文，而且在创作中多用骈俪色彩明显的语句，甚至有些本身就是骈文。如

---

① 曾国藩．曾国藩诗文集：文集［M］．王澧华，校点．上海：上海古籍出版社，2005：168.
② 钱振伦．示朴斋骈体文［M］．刻本．1867（清同治六年）：序.
③ 曾国藩．曾国藩诗文集：文集［M］．王澧华，校点．上海：上海古籍出版社，2005：412.

《顺性命之理论》不仅运用了单句对，还运用了长联隔句对，是以典型的骈文句法行文。《讨粤匪檄》则以骈俪为主，散体为辅，以散行之气，运排偶之文，气势流畅，说理透辟。正如李详《论桐城派》中称曾国藩之文“奇偶错综，而偶多于奇；复字单义，杂厕相间，厚集其气，使气采炳焕，而戛焉有声”①，兹不赘述。

二、晚清湖湘骈文批评对曾国藩的延续与发展

曾国藩是中国古代文士经世致用的典范，立德、立功和立言合一的楷模。他堪称咸同以来的“磁石”，以杰出事功、自省人格和优秀诗文等吸引或影响着晚清至今的人们，特别是晚清湖湘人士。随着湘军集团的崛起，晚清湖湘文士在当时的政治、军事和文化等领域叱咤风云，卓尔不群，为近代中国的发展与变革建立了不朽功勋。湖湘文学从曾国藩开始，才真正摆脱历代以来的沉寂或者衰弱局面，成为文坛的中心，名家辈出，佳作如林。晚清湖湘文士文学成就的取得，绝大部分或显或隐地受到曾国藩的启发或影响。礼贤下士，钟爱辞章是曾国藩为人和为文的突出特点。同时或稍后的湖湘文士，如吴敏树、郭嵩焘、李元度、杨彝珍、王先谦、阎镇珩等都很推崇曾国藩的事功与人格。李元度将曾国藩视为湖湘千古第一人，理学、经济和文章最为杰出的代表，可以与王阳明媲美：“此非阿好之谀词，盖尝上下千古而见为确然也。”（《上曾爵相书》）②曾国藩诗文中也流露出浓郁的乡土意识和地域观念，与吴敏树、孙鼎臣、王闿运、周寿昌等湖湘文士交流较多，在诗文酬答中谈学论文，而这些人便构成了晚清湖湘文学包括湖湘骈文的主体，因此，可以肯定曾国藩通达的文章观念和骈文批评，或多或少直接影响了湖湘文人乃至当时文坛。

乾嘉以前，湖湘骈文批评处于空白状态；道咸以后，在继承江南骈文批评的基础上，曾国藩的骈文批评开启了湖南的新气象。晚清湖湘其他骈文家，或点评前代和当代骈文家特征，或阐述骈文发展历史与存在的合理性，或强化对骈文偏于情韵特征的论述，从多方面丰富或扩展了曾国藩的骈文批评内容。长沙周寿昌（1814—1884）的骈文曾得到曾国藩的鼓励与肯定，他对乾嘉骈文大家的优点与不足有清醒的认识。王先谦曾转引其评论曰：“其文词皆清绝可喜，而于骈体文义法尤精，尝曰：‘吾师胡稚威之博，而不取其僻；爱洪稚存之隽，而不学其

---

① 李详．李审言文集［M］．南京：江苏古籍出版社，1989：888．

② 李元度．天岳山馆文钞［M］．王澧华，校点．天岳山馆文钞诗存：二．长沙：岳麓书社，2009：745．

纤。’自命如此。曾文正亟推其能。”① 胡天游和洪亮吉同为清代骈文大家，胡沉博绝丽却有些晦涩深僻，洪清新隽永却过于纤巧靡丽。鉴于此，周寿昌颇注意扬长避短，择善而从。平江李元度（1821—1887）是曾国藩的好友兼下属，善为骈文且精于评论。其《金粟山房骈体文序》开篇从三个方面来说明骈文存在的合理性，质疑所谓韩愈“文起八代之衰”之说，否定古文家推尊韩柳而贬低徐庾的窠臼：一、天地之道，阴阳奇偶相须而行，缺一不可；二、人受天地五气之中和，发言引声长短不齐，和言中宫，危言中商，疾言中角，微言中徵羽，莫非自然体势；三、圣人孔子早就提出“物相杂故曰文”，阴阳刚柔相杂迭用，没有偏于一端。既然天地运行规律、人的发言引声实际和圣人孔子都表现或者强调了奇偶相生的必然性，那么，还有什么必要人为地把奇偶截然分开，褒贬高下？这种观点既与曾国藩以阴阳、奇偶论文相似，同时又丰富和扩大了其范围。湘乡王礼培（1864—1943）“论历代文派”同样从阴阳奇偶自然之理的角度来肯定骈散消长之律，主张合骈散为一体，收华实于一囊。有曰：“魏晋之际，实为骈散消长之机，然排偶之中义理曲畅，叙述明析，别具韵味，是亦阴阳奇偶自然之理。数其远源，出于《周易》《尚书》；近之，亦邹、枚遗轨，本非创制。句虽偶出，气仍单行，不似齐梁抽黄配白之靡，自得两骖如舞之乐。”② 清代骈文家和古文家十分推崇魏晋骈散不分之文，就是因为这种“骈散文”句式虽然骈偶，但文气依旧是单行，即以散行之气运排偶之文。李元度《金粟山房骈体文序》还从古今文质升降来追溯骈文源流，概述古文与骈文本来就密不可分：

> 骈体文造端于六经，引伸于百氏。秦汉六朝暨唐初四杰，类皆理大物博，文质相宣。至用之庙堂，勒诸金石，尤于此体为宜。韩柳文皆自东京六朝沉浸而出，韩之才力大，能尽变其面目；柳则天不假年，规模之迹未尽化，要其所从出，不可诬也。宋欧苏氏出，以东京、六朝为文敝，不肯为亦不能为，即其所为古文者，视昌黎、河东亦复有间，此惟邃于古者辨之。望溪力诋柳文，固由性不相近，抑其所从入者殊欤？③

李元度认为骈文源于六经，发展于诸子；秦汉六朝与初唐的骈文大体能做到“理大物博，文质相宣”；庙堂公牍以及金石碑志之文尤其适合骈体；韩柳古文自六朝骈文沉浸而出，欧阳修轻视六朝骈文，导致其所为古文与韩柳存在差距。

---

① 周寿昌．思益堂日札［M］．许逸民，点校．北京：中华书局，1987：268.

② 王礼培．小招隐馆谈艺录［M］．排印本，1937（民国二十六年）．

③ 李元度．天岳山馆文钞［M］．王澧华，校点．天岳山馆文钞诗存：二．长沙：岳麓书社，2009：532－533.

蔡世远《古文雅正》选录骈体文，李兆洛《骈体文钞》选录秦汉古文，李元度认为这正是他们深刻理解文章正变源流的表现；清代骈文名家陈维崧、吴锡麒、洪亮吉、孙星衍、孔广森等都能各辟生面，李元度也认为正是他们寝馈东京、渔猎六朝骈文的结果。确实，骈散都是汉字为文的表现，散体变为骈体如同古体诗变为近体诗，只当论词义之是非，不必拘泥于格律之今古；古文、骈文并非判若鸿沟，仅仅是文章自然演变的结果。最后，李元度对朱寯瀛的骈文加以点评："遒逸似谷人，逋峭似稚存，源本经术似渊如、巽轩。高而不枵，华而不缛，知其探源于东京、六朝者富矣。"① 以吴锡麒的"遒逸"、洪亮吉的"逋峭"、孙星衍和孔广森的"源本经术"以及格高而不空疏、华丽而不繁缛来评价对方的骈文，不管夸饰与否，都可见李元度对于清代骈文发展的熟稔和自己独特的骈文观念。

对清初至乾嘉的骈文家加以点评，一方面反映了晚清湖湘骈文批评的本朝意识，距离较近的骈文小传统对时人的影响往往超过较远的大传统；另一方面，这种点评又强化或者更新了对清代中叶以前骈文家的接受，丰富了清代骈文批评史内容。龙阳（今汉寿）易顺鼎（1858—1920）《国朝文苑传》一文对清代骈文代表作家多有精要评价，如"陈维崧"条曰："所为骈俪文亦哀艳往复，凄怆伤怀，世以为庾信而还，一人而已……然自乾嘉以来，维崧体已不为文家所重。"② 画龙点睛，一语破的。叙述王昙，先说其游侠性格和娴熟弓马，通兵家言，接着指出其"骈偶之文，才气纵横，不可一世"③，观点鲜明，断制精准。易顺鼎还对吴锡麒、邵齐焘、刘星炜、王太岳、吴鼒、洪亮吉、孙星衍、汪中、杨芳灿、杨揆、顾敏恒、彭兆荪、方履篯、董祐诚等人的骈文作了简评。这些叙述或者简评，放在清代骈文批评史上多非高论，且多是吸收前人观点而来；但在《国朝文苑传》中能够列为条目，足见他对清代骈文的重视。1897 年，长沙杨毓麟（1872—1911）也为清朝八位骈体名家作《国朝骈体诸家赞》。和曾国藩视骈文为偏于情韵之文一样，赞文前的骈体序也将视骈文为"情韵之作"：

懿夫烟景丽瞩，则山川亦灵；荃荪振馨，则金石流韵。是以楚骚赠奇，挹香兰而饮泣；风诗歌咏，睇浮云而凝怨。情韵之作，自昔无沫，体备于战国，藻遒于西汉，唐宋而下，嗣音殆绝。求之国朝，馨逸斯

① 李元度．天岳山馆文钞［M］．王澧华，校点．天岳山馆文钞诗存：二．长沙：岳麓书社．，2009：533.

② 易顺鼎．易顺鼎诗文集［M］．陈松青，校点．长沙：湖南人民出版社，2010：1331－1332.

③ 易顺鼎．易顺鼎诗文集［M］．陈松青，校点．长沙：湖南人民出版社，2010：1342.

远。漱其芳腴，则琼佩在握；挹其灵想，则霜葩媚秋。川谷沉郁而朗以清光，风雨徘徊乃扶之元气。①

楚辞与骈文关系密切，其两两对举的语言形式、哀怨的情感表达、循声得貌的山水描写等，对骈文的形成与文体特征影响很深。孙梅早就说过："屈子之词，其殆诗之流，赋之祖，古文之极致，俪体之先声乎？"② 杨毓麟侧重从风骚注重情韵的特点出发，指出骈文为情韵之作。石门阎镇珩（1846—1910）为时人洪良品骈文作序时，对骈文源流和发展特征作了勾勒，同时强调骈文对风骚情韵之美的继承。其《洪给谏骈文序》开头曰："《骚》《雅》之胜，曰情曰韵。汉初二马，兼蕞厥美。子长闳览硕识，古文之家祖焉；相如飞词丽藻，俪体之派导焉。"③ 指出司马相如和司马迁继承了风骚的情韵特征，两人的丽藻和硕识分别成为骈文和古文之祖。此后，崔骃、蔡邕以降，文章风骨不遒，谐声近缓，化奇为偶，崇尚藻饰和声律，导致文多质少，华而不实。这不仅是"人事"为之，还有"天运"使然。俗儒不察，信口雌黄，胶柱鼓瑟，自当辨别。杨毓麟和阎镇珩对骈文偏重情韵的强调，与曾国藩认为骈文偏于情韵的观点一致，从中不难看出后者对前者的继承。杨毓麟还推选陈维崧、吴锡麒、孔广森、孙星衍、洪亮吉、胡天游、袁枚、王昙为清代骈文八大家："八人者，体制各殊，渊源斯别，要皆摘艳于萧《选》，树干于汉京。或取径任沈，或揎采王杨。譬之锦缋殊丽，各绚临风之采；筝笛异均，自擅穿云之响。"④ 认为八家都学习《文选》与两汉文章，或取经任昉和沈约，或效法初唐四杰，都能自成一家之言，独有千载之虑，继往开来，光耀后世。这八位骈文家中，除陈维崧、胡天游和王昙三家外，其余的与嘉庆初年吴鼒《八家四六文钞》所选重合。吴鼒所选骈文家集中在乾嘉时代，杨毓麟将邵齐焘、刘星炜和曾燠以陈维崧、胡天游和王昙三家代替，将范围扩展到清初陈维崧，对象扩展到以骈文名家的王昙，时间和空间的改变，使得其代表性更强。在对八位骈文家的简要评价中，杨毓麟或从情韵、或从奇怀、或从典重风格、或从经学风雅的角度来评价陈维崧、吴锡麒、孔广森和孙星衍等，虽为印象式点评，但多个人独到之论。李元度编《国朝先正事略》，也在前人评论的基础上，对陈维崧、胡天游、袁枚、邵齐焘等人的骈文成就作了概述。晚清湖湘文人对清代，特别是乾嘉骈文家风格评价的过程，自然是对乾嘉骈文家

① 饶怀民．杨毓麟集［M］．长沙：岳麓书社，2008：25.
② 孙梅．四六丛话［M］．上海：商务印书馆，1937：39.
③ 阎镇珩．北岳山房骈文［M］．刻本，1892（清光绪十八年）.
④ 饶怀民．杨毓麟集［M］．长沙：岳麓书社，2008：25.

和骈文作品加以接受与定位的过程。这不仅扩大了乾嘉骈文家的影响，也自然形成了清代骈文经典化的过程。

王闿运（1833—1916）与曾国藩相交多年，为人特立独行，不拘一格。他是晚清汉魏六朝诗派的代表人物，同时还是杰出的骈文家和颇有创见的骈文批评家。他将文章分为单、复两派而不是骈、散两体，这打破了传统的骈散二分，具有较大的启发意义。他主张“复者文之正宗，单者文之别调”，言骈、散不如说单、复。其《论文体单复》（答陈完夫问）曰：“古今文体分单、复二派。盖自六经以来，秦汉以后，形格日变，要莫能再创他体也。至诡异者莫如陈、隋，骈四俪六，古文所无，盖由宫体而变。晋、宋诸赋虽有偶句，非其趣也。文、孔演《易》，全用复体。《商书》多单，《周书》多寓复于单，尤为隽永。而《礼记》文最工，虽圣作不能胜也。以《檀弓》《公羊传》记事与《左传》比之，同记一事，精神迥异，便知七十子之圣于文矣。然皆单行，不可复也。复者文之正宗，单者文之别调，以徐、庾为骈体，则非。”① 所谓“单”“复”，大约是指文章的句式是散句为主还是复句为主，“复”不是指文章都是骈四俪六的对偶句式，而是句式基本整齐的句子，徐、庾文章称为“复体”比“骈体”更为恰当。在《论文》（答陈深之）中，王闿运再次详述其“单复”观点：

> 此外文家则单复二法，单者顿挫以取回转，复者疏宕以行气势。貌神相变，即所谓物杂故文也。故《国策》《史记》、贾、晁、向、操诸人能用单，《国语》、班书、东汉以至梁初诸家之文善用复，不能者袭其貌。单者纯单，始于北周，而韩愈扬其波，赵宋以后奉宗之，至近代归、方而靡矣。复而又复，始于陈、隋，而王勃漏其泥，中唐以后小变焉，至南宋汪、陆而塌矣。元结、孙樵化复为单，庾信、陆贽运单成复，皆似有使转，而终限町畦，卒非先觉，反失故步。故观于汪中、恽敬、袁枚之徒，体格无存，何论气韵。其余如魏、侯之纪事，乃成说部；洪、吴之骈俪，不如律赋。兹非学者之明戒与！余少学为文，思兼单复。②

“单者顿挫以取回转，复者疏宕以行气势”。何谓顿挫？这里约指散句行文时，需有抑折停顿，回旋转折，不能一览无余。何谓疏宕？这里似指复句行文时，文气应该阔大奔放，气势流畅，不能凝滞呆板。战国至南宋文坛，单复此消

① 王闿运．湘绮楼诗文集：二［M］．长沙：岳麓书社，2008：45－46.

② 王闿运．湘绮楼诗文集：二［M］．长沙：岳麓书社，2008：50.

彼长，各执一端。其实，纯单或者纯复都不是为文之道，单复兼行而不偏执一端才是王闿运认可的为文之法。至于王闿运认为汪中、恽敬和袁枚之文缺乏体格和气韵，魏禧、侯方域的纪事古文类似说部杂家，洪亮吉、吴锡麒的骈文没有律赋成就高，虽然过于尖刻，锋芒毕露，但也反映了王闿运对文章的独到认识，值得重视。这种以单、复论文的方法，易顺鼎同样提到。其《〈国朝文苑传〉赞》中认为清代文备众体，众体皆工；又从“复行之文”和“单行之文”的角度来评价六朝骈文与宋代古文，有曰：“自汉以降，六朝以复行之文胜，唐以五七言之诗胜，五季以长短句之诗胜，宋以单行之文胜，明以分比之文胜。”① 易顺鼎认为清代文章兼工众体，与汉比隆：复行之文力追六朝，五七言诗力追于唐，长短句追于五季，单行之文力追于宋，分比之文力追于明，试帖律赋本于唐而胜于唐。以复行之文代替骈文，以单行之文代替古文，其观点或许受到王闿运的影响。

晚清湖湘骈文批评不仅对骈文存在的合理性和属性等做了总结性或者创新性的阐释，而且还对文章，包括骈文、古文与经学的关系做了说明，突出学问与骈文的重要关系，指出学问渊深对于骈文创作的重要性，认为骈文是经学和辞章融合的典型代表。这突出地表现在善化（今长沙）皮锡瑞（1850—1908）的学生为其《师伏堂骈文》所作序上。这是对曾国藩认为骈文尚博学与藻丽理论的发展。此外，晚清湖湘的骈文选本成绩突出。长沙王先谦（1842—1917）先后编选了《国朝十家四六文钞》和《骈文类纂》，分别对清代道咸以后的骈文代表作家作品和历代骈文代表作家作品做了披沙拣金的选择工作，特别是《骈文类纂》对各类骈体源流作了序目，将辞赋纳入骈文选本之中，将同时的李慈铭、王闿运等人的骈文收录进去，这些都标志着清代骈文选本的发展和完善。限于篇幅，不再赘述。

三、晚清湖湘骈文批评崛起的背景及意义

从李商隐以“四六”命名其文集直到乾嘉时代，湖南都没有出现以“四六”或“骈体”命名的别集和总集。晚清湖湘骈文批评的崛起，整体上与此时湖湘骈文创作的兴起同步，甚至批评家本身就是优秀的骈文作家。晚清湖湘政治、经济和文化相比前代大为发展，传统诗文走向兴盛。随着文化的成熟与作家素养的提高，乾嘉骈文在江南复兴之后自然向湖广延伸。道咸以来，特别是同光时期，湖湘骈文名家涌现，如周寿昌、王闿运等。他们的骈文，庙堂之作极少，多是指

① 易顺鼎．易顺鼎诗文集［M］．陈松青，校点．长沙：湖南出版社，2010：1285.

事述意之作或缘情托兴之文，如序、书、记、哀祭和碑志类等。这些作品在写景、抒情、说理、议论甚至叙事等方面都能意到笔随，抒情性和应用性功能得到全面发展，个性化、私人化的写作模式已经形成，这为晚清湖湘骈文批评重情韵、重丽藻与重学问的特征提供了基础。同时，这些骈文中反映湖湘自然风光、人事现象和人文景观的骈文也比前代增加，或重叙述言情，或重议论说理，扩大了湖湘文学的内涵。

晚清湖湘骈文批评的崛起也与道咸以来文章走向骈散不分的时代思潮有关。齐梁至唐宋时代工整的骈体文或者四六遭到冷落或者批评，汉魏骈散兼行的文风得到肯定和推举。这是晚清文章的时代潮流，湖湘地区也概莫能外。晚清湖湘骈文骈散交融的特征明显，具有“骈散兼行”的魏晋之风。雍乾间文人李绂就以音韵、对仗等方面的不同表现，将骈文分为三种类型，即六朝体、唐人体、宋人体三类；清末的胡念修更进一步将六朝体分为汉魏体与齐梁体，这更加符合骈文发展的实际。晚清以来，骈文和古文在走向交融的过程中，不约而同地选择了多以四言行文，少用六言，句式整齐但不求工整对偶，基本不用四六隔句对，语言精练、风格雅洁的魏晋文作为典范。当然，作为中兴名臣与晚清湖湘的中心人物，曾国藩的骈文批评对湖湘骈文创作的兴起有先导作用。

从地域来说，清初，特别是道咸以来湖湘文学的逐渐兴盛为骈文的兴起提供了良好的氛围和文学素养较好的创作主体。蒋寅先生有曰：“文学史发展到明清时代，一个最大的特征就是地域性特别显豁起来，对地域文学传统的意识也清晰地凸显出来。理论上表现为对乡贤代表的地域文学传统的理解和尊崇，创作上体现为对乡里先辈作家的接受和模仿，在批评上则呈现为对地域文学特征的自觉意识和强调。”① 康熙至嘉道年间，湖湘政治人物兼善文章为乡人树立了典范，如陈鹏年、陶澍、李星沅等。这些政治人物既经世致用，又兼善文章，其兴趣爱好自然会影响后来同乡才俊。在清初至嘉道文风的潜移默化之下，道咸以来的湖湘诗歌取得了显赫成就，产生了重要影响。张翰仪《湘雅摭残·弁言》说：“吾湘自道咸以来．洪杨之役，曾左崛起，不独事功彪炳于史册，即论诗文，亦复旗帜各张，有问鼎中原之概。”② 这种声势和影响，使得晚清湖湘出现了几个诗歌流派，如宋诗派、汉魏六朝诗派、中晚唐诗派等，深刻影响了晚清文坛。汪辟疆《近代诗人述评》论同光以来之诗，将近代诗人按地域分为六派，而湖湘派列居首位。湖湘诗派推崇汉魏六朝，钱仲联称其“远规两汉，旁绍六朝。振采蜚英，

① 蒋寅．清代诗学与地域文学传统的建构［M］．中国社会科学，2003.

② 张翰仪．湘雅摭残［M］．曾卓，丁葆赤，校点．长沙：岳麓书社，2010：1.

《骚》心《选》理。白香、湘绮，凤鸣于湖衡；百足、裴村，鹰扬于楚蜀”①。邓辅纶和王闿运推崇汉魏六朝诗歌，以《离骚》为“心”，以《文选》为“理”，容易导致他们对汉魏六朝骈散不分之文或骈文的推举。这或许是王闿运以单复论文且以复者为文章正宗的重要原因之一。

在影响晚清湖湘骈文批评的人物中，曾国藩无疑最为突出。湖湘骈文创作和批评的兴起主要集中在光绪时期，这与曾国藩通达的骈散观念有关。阎镇珩《复孙太仆书》有曰：“近代文家，唯文正才力豪纵，若不可及，恃其骏足，一往奔放，时或轶出法度之外。然未尝与道不相准。盖其词伟以辩，而其气沛焉能达，古之立言者类如是，宁独孟、韩云尔哉？”② 自视甚高的阎镇珩在回复孙衣言的信中，指出曾国藩文辞常超越法度，自成一家，不为孟子、韩愈所牢笼。这其实说明了曾国藩不为古文文统和理学道统所囿，善于博采众长、融会贯通的特点。孙衣言回复阎镇珩的书信有曰：“近来文章之运钟于湖湘，文正曾公尤为得天独厚。所钞《经史百家》，持论最正，所见最大，非如姚姬传氏墨守家法之比。其自作文则涵蓄闳深，发挥盛大，诚非宋、元以来所有。逸梧祭酒以为冠绝古今，非卓有所见，不敢作此惊人之语。”③ 出于对乡贤的仰慕，阎镇珩和王先谦难免有溢美之词，但孙衣言为浙江人，同样对曾国藩文章之“发挥盛大”推崇备至。他的《祭曾文正公文》同样从恢奇浩瀚的角度来评价曾文：“而其文章之恢奇浩瀚，学术之广博精微，贯古今于怀抱，罗百家而兼该，以视欧公，又可谓齐驱并骤，殊途而同归。”④ 这些评价超越了曾门嫡系往往只是从桐城文统的角度来肯定曾国藩的古文地位的做法。如黎庶昌《续古文辞类纂叙》有曰：“湘乡曾文正公出，扩姚氏而大之，并功德言为一涂，挈揽众长，轹归（有光）掩方（苞），跨越百氏，将遂席两汉而还之三代，使司马迁、班固、韩愈、欧阳修之文绝而复续，岂非所谓豪杰之士，大雅不群者哉！盖自欧阳氏以来，一人而已。”⑤ 薛福成虽然认识到曾国藩为文不名一家，但也是在桐城派的谱系中加以评论：“早尝师义法于桐城，得其峻洁之诣。平时论文，必导源六经、两汉，而所选《经史百家杂钞》，搜罗极博，《文选》一书，甄录至百余首。故其为文，气清体闳，不

① 钱仲联．梦苕盦诗话［M］//张寅彭，编．民国诗话丛编：六．上海：上海书店出版社，2002：217.

② 阎镇珩．北岳山房诗文集［M］．陶新华，校点．长沙：岳麓书社，2009：222.

③ 阎镇珩．北岳山房诗文集［M］．陶新华，校点．长沙：岳麓书社，2009：卷首3.

④ 孙衣言．逊学斋文钞［M］//清代诗文集汇编：第662册．上海：上海古籍出版社，2010：460.

⑤ 黎庶昌．拙尊园丛稿［M］//沈云龙．近代中国史料丛刊：第八辑第76册．台北：文海出版社，1973：80.

名一家，足与方、姚诸公并峙，其尤峣然者，几欲跨越前辈。”① 与此不同的是，湖湘文士多指出曾国藩超越或突破唐宋八大家至桐城派以来的文统，具有牢笼百家的气象和博采众长的胸怀。曾国藩对桐城派继承又超越的态度，让湖湘后人多能反思桐城派文统之弊，从而主张骈散兼行，不可偏废。

曾国藩的骈文批评及晚清湖湘骈文批评的崛起，具有重要的文学史意义。在曾国藩或显或隐的影响下，晚清湖湘文学走向兴盛，特别是诗文独领风骚，占据时代潮流，骈文批评走向繁荣，从而能够从文章学中独立发展，凸显个性，彰显特色。这自然丰富了骈文学的内涵，促进了清代骈文学的建构。咸同以后，骈散之分与骈散之争的思潮已经过去，以曾国藩为首的桐城派作家，继续探索骈文文体的自然性、正常性，指出骈文擅长抒情与达意，具有气势美和藻饰美，大力肯定骈文存在的合理性。清末民初的桐城后学，从现代文学性内涵出发，对骈文的修辞特征，如用典、对仗、辞藻及发展历史等作了细致、合理的论述，使得骈文与古文对举的文章学体系日趋成熟。文学史上影响深远的桐城派，倡导先秦西汉及唐宋八家古文，主张文以明道或载道；信守立身节义，重视实践躬行，反对单纯地考证文物，好奇求博，相信以考证求义理的为学之道，导致学术界认为桐城派崇古文，抑骈文；重宋学，轻汉学。事实上，桐城派自姚鼐开宗立派之后，虽然一直强调文章的韩欧本色与学术的程朱传统，但并没有鲜明地反对骈文或者简单地反对汉学，多是主张两者兼善，只反对琐细的汉学末流或浮靡的骈俪文风。这就是桐城派学人和文人多汉宋兼采、骈散兼容的原因。在其他地方骈文批评停滞或者衰微的情况下，湖湘骈文批评逆势崛起，自然是湖湘文化发展和湘人倔强性格的表现。李元度对骈文发展史的概括、王闿运以单复而不是奇偶评论文章，易顺鼎和杨毓麟对清代骈文名家的点评，皮锡瑞的门生和友人对其骈文与经学关系的强调，王先谦对本朝和历代骈文名篇加以编选，给各类骈文写序等，成为晚清湖湘骈文批评的主要内容。这种批评在湖湘前所未有，它一方面反映了骈文创作和骈文批评由乾嘉时代主要集中在江浙地区，而今扩散到湖湘地区的历史场景，充实了湖湘文学的内容，丰富了湖湘文学的形式，从而为骈文学的建构提供了重要的时空视点；另一方面，晚清湖湘文学和文化的主流是回归古典，皈依传统，而不是倡导新文体改革，拥抱西学。这种逆时而动显示了晚清湖湘文学强大的复古性和保守性特征。

总之，因为文体的宽泛性，齐梁时代已经成熟的骈文，对应的、专门的理论

① 薛福成．庸庵文外编：二［M］//续修四库全书编委会，编．续修四库全书：第1562册，上海：上海古籍出版社，2002：212.

批评却较为滞后。南宋才出现宋四六话，元明有些四六序跋、凡例和书信对四六作了批评，特别是晚明出现了较多的四六选本，这些都促进了骈文批评理论的发展。但是，骈文理论与批评的真正成熟在清代，特别是在乾嘉和晚清，从自然对偶现象、经典俪词中张扬骈文的正常地位甚至文章正宗地位的文位论，对文体特征如骈偶组织、典故技巧和声律调谐等加以点评的文体论，对骈文整体风格及代表作家、时代文风等加以印象式批评的骈文史论等都臻于成熟。文体学意义上的"骈文"和骈文学体系，到清代才真正实现了文体独立和理论批评的自足。晚清湖湘骈文批评是骈文学体系中的重要组成部分，值得我们深入研究。

（原载《文学评论》2017年第6期）

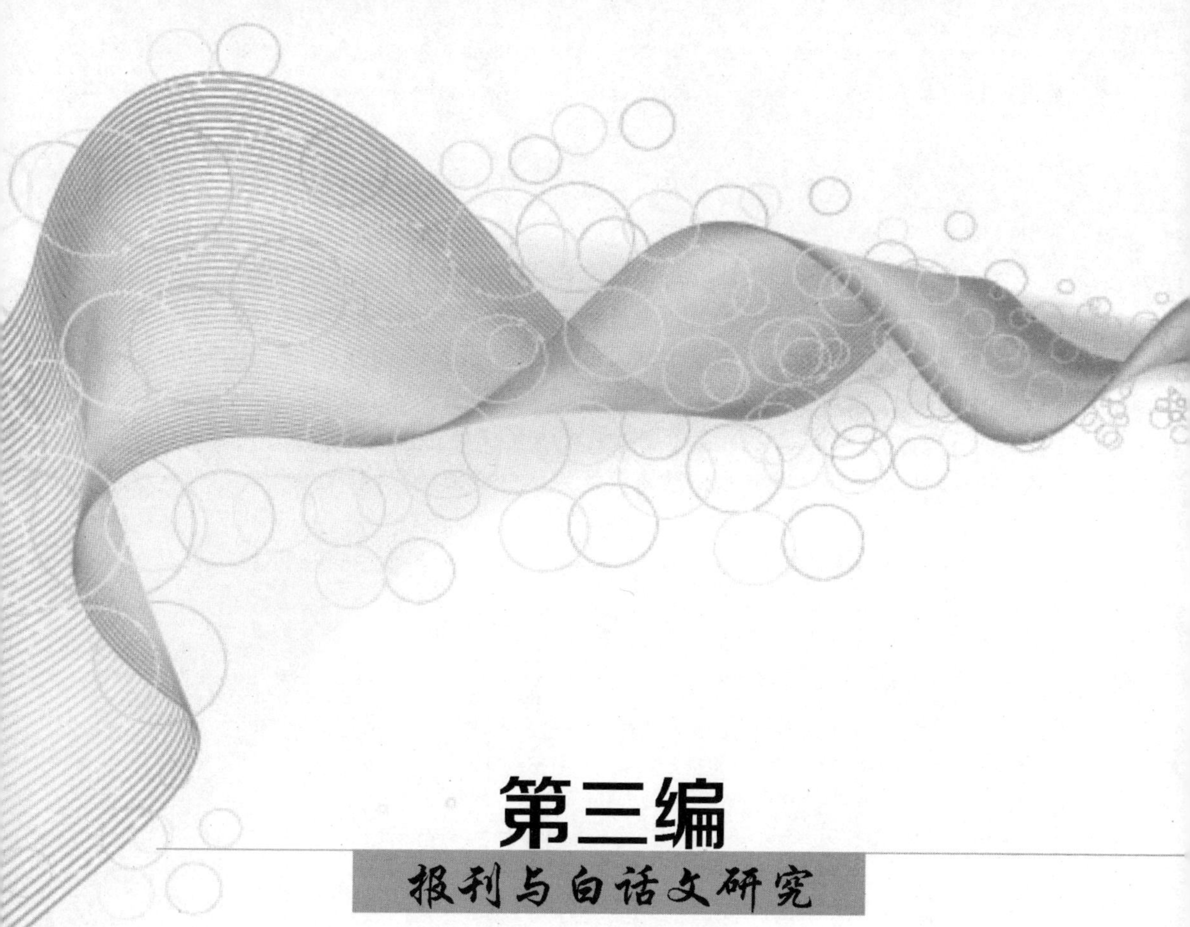

第三编

报刊与白话文研究

钱玄同论

任访秋

一

钱玄同（1887—1939）原名夏，原籍浙江吴兴人。

五岁从塾师读书，直至十五岁完全是一个被关在书房里读经书、学八股、准备考秀才的书生。因此，满脑子皇帝圣明、德泽广被的尊清思想。十七岁时他开始读到邹容的《革命军》和章太炎的《驳康有为论革命书》，于是思想才为之一变，剪掉了辫子，表示自己反清的决心。以后，又继续阅读到革命派排满的论著和刊物，从而更坚定了革命的信念。

1906 年 9 月赴日本留学，入早稻田大学习师范。1908 年，从章太炎问学。在这期间，得识鲁迅、周作人、许寿裳等。在章氏的影响下，参加了革命组织同盟会，但辛亥革命后并未参加国民党。

钱氏自述他年八岁时即识《说文》部首，庚子（1900）读段茂堂、王菉友、严铁桥诸先生言《说文》之书，粗谙六书大意及篆隶变迁。及请业章门，于是遂确立了从事小学及经学的治学方向。

1910 年 4 月，钱玄同回国后曾任浙江嘉兴、海宁等中学国文教员。辛亥革命后，任杭州教育专署科员。在辛亥革命前，因受《国粹学报》影响，主张光复以后应该复古，所以在 1911 年 12 月，参考《礼记》《书仪》《家礼》和前人关于考证《深衣》之说，做了部《深衣冠服说》。同时，又做了一身这样的礼服。1912 年 3 月，他曾经戴上玄冠，穿上深衣，系上大带，上办公所去，赢得大家大笑一场，朋友中从此传为笑柄。这说明他当时思想中的复古倾向，竟由意识而变为实际的行动了。但由于别人的讥笑，对他来说无异是一次尖锐的批评，这对他后来在“五四”前夕成为一名文学革命与思想革命的闯将，不能说不是一个有力的促进。

"五四"前夕他已到北京，任教高师同北大，投稿《新青年》，响应胡适、陈独秀等人所提倡的思想革命与文学革命，并参加国语研究会为会员。1918年为《新青年》编辑委员。这一时期，是他在思想上最解放时期。他大胆地抨击孔教同古文学，并曾主张废除汉字，发表了不少书信及论文，一时名噪海内。复古派以林纾为首，把他与陈、胡并列，写小说《荆生》，用"金心异"来影射他，进行口诛笔伐，这反而让钱玄同在青年心目中树立了崇高的威望。

"五四"高潮过后，《新青年》团体散掉了，正如鲁迅所说的："有的高升，有的退隐，有的前进。"（《自选集自序》）钱玄同正是属于第二种人，于是退回书斋，专力于学术的研讨。1927年任师大国文系主任，并与国语研究会诸人，致力于国语运动。1924年《语丝》发刊，他也是该刊长期撰稿人之一，但发表文章不多。这时，他的精力全部投入到教学与学术研究中去了。自从1921年后，他已经从思想革命战线上退了下来，逐渐成为一个关起门来研究学术的宁静的学者了。不过，在1925年女师大事件发生后，他同鲁迅等人还是站在一起，发表了同情学生、反对女师大校长杨荫榆的宣言，只是他的政治思想始终没有越过旧民主主义革命的局限。所以，到了1921年后，他和鲁迅已经分道扬镳。1927年"四一二"反革命政变后，鲁迅旗帜鲜明地站在中国共产党一边，对国民党反动派以及依附于它的御用文人们进行了不妥协的斗争。这时，他们之间的矛盾逐渐趋向表面化。所以，在1929年鲁迅回北京省亲时，钱玄同在孔德学校同他相遇，两人已经无话可说了。

1929年以后，钱玄同患高血压症，血管硬化，神经衰弱。1935年，病益加剧。"七七"事变后，北平环境极为恶劣，钱玄同精神上受的刺激更大了。当时师大与平大均迁陕西城固，成立西北联大。他因病未能前往，后来曾向该校秘书汪如川说："请转告诸友放心，钱某决不做汉奸。"1938年北京沦陷，他恢复原名夏，字逸谷，一署逸叟。1939年1月17日病殁于医院，年五十二岁。著有《文字学音篇》《音韵学》及《国音沿革讲义》并论文杂说函牍若干篇，行于世。①

二

钱玄同平生治学的方向，是小学同经书，但总起来应该说都是史学。因为他

① 钱玄同．三十年来我对于满清的态度底变迁［J］．语丝．1925（8）：1－8；黎锦熙．钱玄同先生传［J］经世季刊．1940.1（1）；钱秉雄、钱三强、钱德充．回忆我们的父亲——钱玄同［M］//人民文学出版社．新文学史料：第3辑．北京：人民文学出版社，1979：105－112.

是从史的发展角度来研究它们的。但他也应该在中国现代文学史上占一席之地。因为在“五四”文学革命运动中，他曾经对旧思想旧文学进行过勇猛冲杀，不愧为当时一名闯将。现在回顾起来，起码有下列几件事是值得一述的。

首先是在1917年，胡适、陈独秀提出文学革命的口号后，最早响应的就是钱玄同，同时他提出了非常切合实际的打击敌人的战斗口号，这就是“桐城谬种”和“选学妖孽”。这个口号最初见于他给胡适的信，后来在《尝试集序》中曾进行阐述：

> 六朝的骈文满纸堆垛词藻，毫无真实的情感，甚至用了典故来代实事。删割他人名号，去就他的文章对偶。打开《文选》一看，这种拙劣恶滥的文章，触目皆是。直至现在，还有一种妄人说，文章应该照这样做，《文选》文章为千古文章之正宗。这是第一种弄坏白话文章的文妖……明清以来，归有光、方苞、姚鼐、曾国藩这些人拼命做韩、柳、欧、苏那些人的死奴隶，立了什么桐城派的名目，还有什么“义法”的话，搅得昏天黑地……这两种文妖，是最反对那老实的白话文章的，因为做了白话文章，则第一种文妖便不能搬运他那些垃圾的典故，肉麻的词藻；第二种文妖，便不能卖弄他那些可笑的“义法”，无谓的格律。并且若用白话做文章，那么会做文章的必定渐多，这些文妖就失去了他那会做文章的名贵身份，这是他们最不愿意的。

当时中国文坛上最有势力的文派，就是“桐城派”同“选派”。而这个话，的确打中了他们的要害。至当时反对文学革命的《国故》派，都是选派作家，用《荆生》小说来攻击胡、陈同钱玄同的林纾，乃是桐城派的代表。从这里可以看出这个口号战斗作用之大了。一直到了20世纪30年代，鲁迅对这个口号还是非常赞许的，他在论及攻击对方要给以名号问题时，还曾提到它，说：

> “五四”时代的所谓“桐城谬种”和“选学妖孽”是指做“载飞载鸣”的文章和抱住《文选》寻字汇的人们的，而某一种人确也是这一流，形容惬当，所以这名目的流传也较为永久。除此之外，恐怕也没有什么还留在大家的记忆里了。（《且介亭杂文二集·五论文人相轻——明术》）

其次，是他竭力拉周氏兄弟为《新青年》撰稿，他在《我对于周豫才君之追忆与略评》中有所叙述，他说：

> 六年（1917）蔡元培先生任北京大学校长，大事革新，聘陈仲甫

（独秀）君为文科学长，胡适之（适）君、刘半农（夏）为教授。陈、胡、刘诸君正努力于新文化运动，主张文学革命，启明亦同时被聘为北大教授。我因为我的理智告诉我，旧文化之不合理者应该打倒，文章应该用白话做，所以我是十分赞同仲甫所办的《新青年》杂志，愿意给他当一名摇旗呐喊的小卒。我认为周氏兄弟的思想是国内数一数二的，所以竭力怂恿他们给《新青年》写文章。七年一月起，就有启明的文章……但豫才尚无文章送来。我常常到绍兴会馆去催促，于是他的《狂人日记》小说居然做成，而登在四卷第五号里了。自此以后，豫才便常有文章送来，有论文、随感录、诗、译稿等。①

关于这种情况，鲁迅在《呐喊·自序》中也曾有所叙述，这可以说是我国现代文学史上值得称述的一段佳话。

其三，他同刘半农两人在《新青年》上所发表的双簧信。他们为什么要这样做，正如鲁迅说的："他们正办《新青年》，然而那时仿佛不特没人来赞同，并且也还没有人来反对，我想，他们许是感到寂寞了。"（《呐喊·自序》）于是由钱玄同化名王敬轩给《新青年》去信，概括了当时一些封建顽固派对《新青年》主张"打倒孔家店"和提出"桐城谬种"与"选学妖孽"的口号表示恨之入骨，并且据理驳斥。无奈所用的武器，乃是封建时代早已生锈了的青龙偃月刀，只要多少有一点新思想的，一看就觉得非常的好笑。刘复的复信，用当时的理论武器逐条予以驳斥，真可以说语语打中要害。所以，这两文发表以后，马上引起了真的敌人的反扑。作为封建顽固派代表的林纾就发表了《与蔡鹤卿太史书》《论古文白话之相消长》和他的杀气腾腾的小说《荆生》。此外，两派旗帜鲜明，互相交锋。由于新思潮已如洪涛巨浪，那种一切腐朽的意识形态的堤坝，最后终于像摧枯拉朽一样，彻底地被冲垮了。到了20世纪30年代，鲁迅在《忆刘半农》一文中还称道刘复答王敬轩君的双簧信，是一次大仗。

其四，在文学革命初期，钱玄同还曾提出废除汉字、改用拼音文字的主张。他在1918年给陈独秀的信中说：

先生前此著论，力主推翻孔学，改革伦理，以为倘不从伦理问题根本上解决，那就这块招牌一定挂不长久（约述尊著大意，恕不列举原文）。玄同对于先生这个主张，认为是救现在中国的唯一办法。然因此又想到一事，则欲废孔学，不得不先废汉文；欲驱除一般人之幼稚的野

---

① 此文原载于《艺谭》，发表于1981年。

蛮的顽固的思想，尤不可不先废汉文。

中国文字衍形不衍声，以致辨认书写极不容易，音读极难正确，这一层近二十年来，很有人觉悟，所以创造新字，用罗马字拼音等主张，层出不穷……除了那“选学妖孽”“桐城谬种”要利用此等文字，显其能做骈文、古文之大本领者，殆无不感现行汉字之拙劣。欲图改革，以期便用。(《中国今后之文字问题致陈独秀》)

钱的这个主张发表后，虽然受到许多顽固派的激烈反对与攻击，但对白话文学的发展却起了意外的推动作用。鲁迅后来在讲到“五四”文学革命时说：

但是，在中国，刚刚提起文学革新，就有反动了。不过白话文却渐渐风行起来，不大受阻碍。这是怎么一回事呢？就因为当时又有钱玄同先生提倡废止汉字，用罗马字母来替代。这本也不过是一种文字革新，很平常的，但被不喜欢改革的中国人听见，就大不得了了，于是便放过了比较的平和的文学革命，而竭力来骂钱玄同。白话乘了这一个机会，居然减去了许多敌人，反而没有阻碍，能够流行了。(《无声的中国》，见《三闲集》)

以上各点，都是钱玄同对文学革命运动方面的贡献，是值得我们大书特书的。

在写作上，钱玄同不是从事文学创作的，他只是一个文学革命的赞助者和呐喊者。不过他的散文，则是有他的独特风格的。他在《新青年》上发表的书信同论文，最初还是文言，后来在三卷六期发表的《与陈独秀先生书》就竭力主张《新青年》杂志以后的文章全改为白话。后来他自己果然就这样做了。

他的散文，据黎劭西先生给他写的传中说：“他自己讲，早年写作文言文，完全得力于梁任公。”这大概是正确的。甚至在“五四”时期，他的文言散文还留有学习梁任公文章句调的痕迹。不过在当时，他对梁任公已感到不满。他说：

梁任公的文章，颇为一般笃旧者所不喜。据我看来，任公文章不好的地方，正在旧气未尽涤除，八股调太多，理想欠清晰耳。至于用新名词，则毫无不合。(《新文学与今韵问题》)

但他对梁任公在晚清提倡文学革新，则是非常赞许的。他说：

梁任公，实为创造新文学之一人。虽其政论诸作，因时变迁，不能得国人全体之赞同，即其文章，亦未能尽脱帖括蹊径，然输入日本之新体文学，以新名词及俗语入文，视戏曲、小说与论记之文平等。(梁君之作《新民说》《新罗马传奇》《新中国未来记》皆用全力为之，未尝分轻重于其间也。）此皆其识力过人处。鄙意论现代文学之革新，必数梁君。（《寄陈独秀》）

这个看法是非常正确的。梁任公实为晚清文学改良运动的倡导者，所不足的，是他的革新还不彻底，只能说是改良。钱玄同说："论现代文学之革新，必数及梁君。"这正是历史发展的观点，是非常正确的。至于在散文的写作上，由于他平生对古人诗文，最喜淋漓痛快、明白晓畅之作，所以他的散文集，劭西先生说他："其文言似梁任公的笔锋常带情感，发挥尽致，吐泻无余，而无一句含糊语。"（《钱玄同先生传》）同时，鲁迅也说："十分话只须说到八分，而玄同则必说到十二分。"又说："其实畅达也自有畅达的好处，正不必故意减缩（但繁冗则自应删削）。例如玄同之文，即颇汪洋，而少含蓄，使读者览之了然，无所疑惑，故于表白意见，反为相宜，效力亦复很大。"（《两地书》）

这都说明了钱玄同散文的特点。

三

"五四"文学革命运动中，马克思列宁主义虽已传播到中国，并且已得到早期共产主义知识分子的大力宣扬，但能运用辩证唯物主义和历史唯物主义的立场、观点同方法，来从事中国学术研究的，还不多见。而当时认为比较进步的观点，首先是历史的进化论，认为一切事物无一不在时时变化中，一时代一时代的文化，一时期一时期的学术，既不应用古人的标准来衡量现在，更不应盲目地否定现在的一切，而从事复古。原因是人类在进化，历史在前进，因而绝不应开倒车。钱玄同当时曾发挥了这种看法。他说：

玄同自丙辰春夏以来，目睹洪宪皇帝之反古复始，倒行逆施，卒致败亡也，于是大受刺激，得到一种极明确的教训，知道凡事总是前进，决无倒退之理……研究一九一六年以前之历史、道德、政治、文章，皆所谓"鉴既往以察来兹"，凡以明人群之进化而已。故治古学，实治社会学也。（《论应用文之亟宜改良》）

这段话中所说的"研究一九一六年以前的历史、道德、政治、文章，皆所谓'鉴既往以察来兹'，凡以明人群之进化而已。故治古学，实治社会学也"，这最足以说明他治古学的目的、态度与方法。

钱氏最早本来也是治经学的，经学本来不过是我国古代的一些历史资料，但后来被孔子的后学把它们搞得神乎其神，认作是"修、齐、治、平"的理论根源。加上在秦代，由于始皇的焚书，于是到了汉代就出现了今文和古文两派的论争，直到晚清仍然相互攻讦不已。钱玄同的第一个老师章太炎，是尊尚古文经的，他推许刘歆，曾刻一图章，文为“刘歆私淑弟子”。同时力诋董仲舒，谥之为“博士、神人、大巫”。可是，钱氏后来于1911年2月请业于崔适（觯甫）之门。崔氏为一今文家，钱氏从他那里借读到康有为的《新学伪经考》，从此笃信古文经为刘歆所伪造之说。章、康两人对经学的见解，可以说恰恰处于极端对立的两面，但钱氏也正因为这样，才能够洞悉两派的是非，而摆脱了几千年来的门户之习，而产生出个人超越今古的比较客观的见解。他曾自述其对今古两派态度转变的过程道：

> 我对于经，从一九〇九至一九一七，颇宗今文家言，我专宗今文是从看了《新学伪经考》和《史记探源》而起。这两部书，我都是在一九一一才看到的。一九〇九细绎刘申受与龚定庵二人之书，始背师（章太炎师专宗古文，痛诋今文），而宗今文家言。但那时唯对于《春秋》一经排斥左氏而已，此外如《书》之马，《诗》之毛，虽皆古文，不在排斥之列。而鲁恭王得壁经一事，并不疑为“子虚”“乌有”，故那时虽宗今文，尚未绝对排斥古文。自一九一一读了康、崔二氏之书，乃始专宗今文……我前几年对于今文家言，是笃信的，自从一九一七以来，思想改变，打破家法观念，觉得今文家言什九都不足信，但古文之为刘歆伪作，则至今仍依康、崔之说。我总觉得他们关于这一点的考证，是极精当的。我现在以为古文是假造的（《左传》所记事实，自然不是刘歆造的。它的本身，是一部与《春秋》毫无关系的历史），今文是口说流行，失其真相的，两者都难凭信。（《论今古文经学及辨伪丛书》，《古史辨》第一册）

至于今古两派主张之所以不同，和他个人对这两派所取的态度，钱玄同也曾详细地讲过。他说：

> 过去学者凡研究经学的，最大的缺点就是所谓家法师说。犯此病的，尤以汉人为甚。汉以后学者比较好一点，但依然不免会有这种意味，虽以清儒之“实事求是”，亦有所不免。在清末有两位学者，可以说集中国两千年来经学派别之大成，一是康有为，一是章太炎。他们两位都是经学大师，但他们的见解是极端相反的。康偏于微言大义，而太炎先生则特别偏重于训诂名物……
>
> 我曾经说过，刘逢禄、龚定庵是新今文学派。其实他们不过是康有

为的先驱，而真正足以称为新经学派的，则唯康有为一人而已。他第一步不过阐明了经学的微言大义，但在第二步他借着微言大义，以发挥自己的理想。至于太炎先生，他恰与康相反，他特别尊信古文。在过去学者，只不过偏于古文，或偏于今文，绝没有如康有为之专信今文，而认古文为全非。同时，也绝没有如太炎先生之专信古文，而认今文为全非者。所以，他们两个可以说是两个极端。太炎先生是极端推许刘歆的，竟至刻一图章为“刘歆私淑弟子”。他之所以如此，也因为他的立场与康氏不同。康氏是想借微言大义，以发抒他自己的政见。至于太炎先生是排满的，所以特别看重自己的历史。同时呢，刘歆是历史的保存者，所以他就极端的佩服刘歆。关于章、康两人对于经学的态度，我们可以由他们的两句话中看出来，康氏在他的《孔子改制考》中有句话，即“六经皆孔子改制所作考”，这差不多是康氏的口号。至于太炎先生，在他的《原经》中有句话，即“六经皆史”，这也就是章先生的口号。章先生最看重历史，他认为印度之所以亡，就因为他们太不看重历史了。中国有三千年的历史，假如历史不亡，则中国还有复兴之望。（笔者所记先生的《经学史讲演稿》）

以上所讲都是很精辟的见解。正因为他能从历史的角度来看待章、康两人的政治同学术思想的分歧，所以才有这样比较客观的实事求是的看法。他在讲授中最后又说：“说到我个人对于经学的态度，我想大家从我近来的讲话中，总可以了解一点，我只不过是站在历史的立场上，来研究经的本来面目罢了。”（同上）所以，他尽管同意康有为对于古文经怀疑的见解，但他对《六经》仍是持的章太炎所说的“六经皆史”的观点。

其次在史学方面，钱氏曾提出“考古务求其真”的主张。很显然，他从康有为对古文经的怀疑，从而进一步地对中国传说中的古史以及先秦的某些古籍都抱怀疑的态度。当时抱有这种态度的有胡适同顾颉刚。钱在这方面和他们的倾向基本是一致的。他曾经对当时从事国学研究者提出三项注意的事：一、要注意前人辨伪的成绩。二、要敢于疑古。三、治古史不存“考信于六艺”之见。他曾论一般人疑古的不彻底道：

我们研究的时候，应该常持怀疑的态度才是……我们要是发现了一部书的可疑之点，便不该再去轻信它，尤其不应该替它设法弥缝……弥缝的缘故，便是不敢疑古，他们总觉得较后的书可以疑，而较古的书不可疑；短书小记可疑，而高文典册（尤其是经）不可疑。殊不知学术之有进步，全由于学者的善疑，而赝鼎最多的国学界，尤非用极炽热的怀疑精神打扫一番不可……（《研究国学应该首先知道的事》，选自《古史辨》第一册）

但以前的学者，无论如何大胆的疑古，总不免被成见所囿，先生说崔述著书的目的是要替古圣人，揭出他们的圣道王功，辨伪只是手段，真是一针见血之论。姚、康诸人也是这样，所以他们总要留下一团最厚最黑的云雾，不肯使青天全见的。我们现在应该更进一步，将这团最厚最黑的云雾尽力拔除。(《答顾颉刚先生书》，《古史辨》第一册)

这里谈过去学者疑古的不彻底，其原因是这些人脑子里的封建思想还没有得到排除，这样必然会留下一团最厚最黑的云雾。按钱氏提出的“考古务求其真”，这样“真”就不可能实现。

不过疑古乃研究历史的第一步，因为治史必须根据最可信的资料，这样得出的结论，才可能是正确的。如果根据虚妄的资料来写历史，那这种历史就是说谎，就是骗人，而作者也就是历史的罪人。至于伪书如果能彻底辨明，知道它产生的时代，那么在研究上，还是有它一定的价值的。钱氏说：

若讲伪书的价值，正未可一概而论。乱抄乱说的固然不少，至如《易》之彖、象、系辞传，如《小戴礼记》中之《礼运》《中庸》《大学》诸篇，如《春秋》之《公羊传》与《繁露》，如《周礼》，这都是极有价值的托古著作。但不能因其有价值，便说是姬旦、孔丘所作。也不能因其非姬旦、孔丘所作，便说是无价值。我很佩服姚际恒、崔述、康有为那样疑古的求真态度，很不佩服他们那样一味痛骂伪书的卫道态度。(同上)

辨古书的真伪，是一件事，审史料的虚实，又是一件事。譬如《周礼》《列子》，虽然都是假书，但是《周礼》中也许埋藏着一部分周代的真制度，《列子》中也许埋藏着一部分周汉间道家的思想（这只是泛说，非指《杨朱篇》而言，我绝不相信《杨朱篇》思想是杨朱的思想，可以拿他来作杨朱学说的史料，我对于《杨朱篇》的思想，与蔡孑民先生所见全同，认为是“清谈家之人生观”，虽然我不同意蔡先生说周朝那个真的杨朱就是庄周）……反过来说，一切真书，尽管是某人作的，但作者之中有的是迷于荒渺难稽的传说，有的是成心假造，如所谓“托古改制”，有的是为了古籍无证，凭臆推测。咱们并不能因其为真书，就来一味地相信它，这是咱们跟姚际恒、崔述、康有为及吾师崔觯

甫、章太炎两先生诸人不同的地方。(《论〈说文〉及壁中古文经书》)

所以，钱氏对治史学，一方面主张辨真伪，另一方面又主张审虚实。但归根结底一句话，求真与信而已。为了真与信，而对古代传说中的历史以及古代流传的一些古籍，不问其为经、为史，而一一持怀疑的态度，给以考证研究，在当时学术界形成“疑古”的风气，这对当时学术界的影响，的确是巨大的。就中国史学的研究的发展来说，这种态度与精神是正确的。尽管比着马克思主义的立场、观点与方法，还存在着极大的局限，但从当时的情况来说，是未可全盘否定的。

四

钱氏一生精力，大部分从事文字学的研究，在近代可以说是一位有数的专家。但他的态度同见解，和他的老师章太炎却有着极大的不同。其所以不同之处，有以下几点：

一、历史的观念。清代学者，治学多有好古、信古、崇古的毛病。就韵书来说，《广韵》是现存韵书中最早的，于是治古韵的以它为阶梯，治今韵的又以它为准绳，因而好古的学者，奉之为金科玉律，而摒弃以后的许多韵书。但钱氏深以为不然，他认为《广韵》固应重视，即后于《广韵》的《中原音韵》同《洪武正韵》在音韵史上，也都有它们的价值。所以要想了解三千年来中国音韵的沿革，实不应轩轾于其间。他说：

> 清代学者，自然有他们的优点，不过也有缺点，就是因为他们没有历史观念。古今中外的音韵，只能有异同，不能说有好坏。至章太炎、黄季刚两先生确认为元明以前的都好，唯有到了元明就糟了。所以自清代以来，上而至于顾炎武、戴东原，以迄段玉裁、孔广森，下而至于王念孙、章太炎，以迄黄季刚，都是专讲元以前的音韵，至于元明则绝口不道。他们这种观念，可以说是很谬误的。

他论周德清的《中原音韵》道：

> 周德清这个人……是很可佩服的，并不是我们故意来翻前人的案，我们拿历史眼光去看，周德清确实是大胆，他能不管《切韵》《广韵》而毅然从当时北平音而作了这部《中原音韵》。

又说：

> 至于学者则更排斥它了，不提则已，一提就大骂一顿。我们从这儿，就可以晓得清代的人，对于《中原音韵》的态度了。

他论《洪武正韵》道：

清代学者因为好古的原因，所以总是排斥《洪武正韵》的。而其实清人所以排斥《洪武正韵》的地方，正是我们所以称赞《洪武正韵》的地方。

又说：

清代学者的研究学问，可以说是科学的，而明代学者研究学问，则为文学的。清代学者因为好古的原因，所以不能不受传统观念的束缚。而明人正因不能作考证的工作，所以能以不受过去传统的影响，能以自辟蹊径。即如《洪武正韵》就是一例。（以上均为笔者所记钱氏“音韵沿革”讲稿）

这都是说明钱氏治学能摆脱封建传统的谬见，而采取的客观的平允的态度。对于韵书的看法是这样，对文字的形体也有他的独到之处。即如《说文》，清代学者把它奉为不刊之典，专家如吴大澂，就想废楷而用篆。钱氏认为这是非常荒谬的。他的看法，中国文字以甲骨为最古，自是之后变而为钟鼎、为篆、为隶、为楷书、为破体小写，乃系自然的趋势。文字之起源，“六书”并不足以尽之。而破体小写（按即现在所用的简体字）更不应鄙弃。他对中国字形的发展，有段极精辟的论述。他说：

盖讲字形，则甲骨文（商）、金文（商周）极其重要。段氏（玉裁）对于金文无研究，王氏（筠）对此造诣亦浅。二氏生时极早，未见后来发现之甲骨文，当然亦一缺点。金文，于许慎著《说文》时，仅发现一二，不足言云。宋二次发现大批钟鼎，前后不下千余。段氏曾见之，然存而不论。王氏认为钟鼎应加研究，然所得甚浅。王氏对于字形之研究，非得助于金文，乃能体贴物情，从《说文》本身研究者也。

对于破体小写，钱氏说：

破体小写的起源，乃在唐以后，宋元之时。可以说是把楷书又简单化了。如“双”字，“对”字，“刘”字。这种变迁，也同小篆变为隶书，隶书变为楷书一样，我们看宋、元人的刻板书，把“齊”字写成“齐”字，是很平常的，至于戏曲小说，更不用说了。如《京本通俗小说》及《元曲三十种》里边的破体小写更是不胜枚举。

到了清代，科举对于写字固然很严格，但有许多文字学家，也写破

> 体小写的。如江永在他稿本中“聲”字，每写为“声”，孔广森与王念孙写信“雙”声，写为“双”声。段玉裁给家人写信，“竊”字写为“窃”字。可知文字由复杂而渐趋于简单的心情，是不可讳言的。所以讲文字学，而不讲破体小写，是抹煞事实，是不对的。这种趋势据我看，是方兴未艾的。中国文字要在没有变成拼音以前，是非全趋于不美而易于写的破体小写不可。（以上均录自笔者所记钱氏的《说文研究》笔记）

这种从历史的演变上来说明中国字形发展的必然趋势，的确是很有见地的。到现在简体代替繁体，不正是遵循他的看法来做的吗？

二、考古务求其真。钱氏于讲音韵沿革时，如对《击壤》《卿云》《元首》《五子之歌》《商颂》之辨伪，《诗经》时代之断定，《老子》《易传》诸书之考证都有独到的见解。于讲《说文》时，则引甲骨、钟鼎以相参证，除说明其在形义上的演变外，并时时指出小篆的谬误，从这里就足以充分说明钱氏在治学上求真的态度，疑古不过是一方面而已。

三、致用务求其适。钱氏致力于文字学的研究，绝非如当时一般的学者纯粹是为学术而学术，而是非常注意于致用的。他平时深感中国文字太难学了，因而大大影响了教育的普及和民族文化的发展。这一点他同鲁迅先生的看法完全是一致的。所以从1927年以后，他和黎劭西先生共同致力于国语统一与汉字改革的工作。在这两方面的确做出了巨大的成绩。这种把自己研究的所得与主张付诸实践的做法，对中国文化的发展产生了一定的影响，这绝非一般笃古守旧的学者所能望其项背的。钱氏在这方面的贡献，他的好友黎劭西先生评论得最中肯，今录之于后：

> 钱先生一方面在研究上精益求精，一方面总求适用于教育，不遗弃普及工作；一方面嘉惠士林，一方面唤起民众。普及和不普及的矛盾，钱先生可算真能统一了。（《钱玄同先生传》）

钱玄同的一生，是从事文化教育的一生，在“五四”时期并曾以一个战士的姿态出现于文坛。尽管后来思想有点停滞，行动倾向于保守，但在北京沦陷后，洁身自好，保持了民族气节，这就是很难得的。我觉得评论古人，不应过于求全责备，鲁迅评章太炎同刘半农，毛泽东同志评孙中山，都给我们树立了榜样。我们应该像毛泽东同志《纪念孙中山先生》一文中最后所说的：“孙先生也有他的缺点方面，这是要从历史条件加以说明，使人理解，不可以苛求于前人的。”对钱玄同晚年在政治倾向上的表现，也应该持这样的看法。

（原载《艺谭》1981年第4期）

晚清拼音化运动与白话文运动催发的国语思潮

王　风

推源起来，拼音与白话都有很长的历史。关于白话文，如果没有胡适《白话文学史》那样上推两千年的胆量，最保守的也可从宋元算起；至于拼音问题，如果不硬去牵扯中古时期梵音随佛教入中土，以及后来出现守温和尚的“三十六字母”这些对音韵学发展有益的事实，提及明末利玛窦等耶稣会传教士总是可以的——尽管金尼阁撰著《西儒耳目资》的目的本在为西方人学习汉语提供方便。

但到了近代，“拼音”和“白话”都成为严重的话题，“拼音”不再只是跟音韵学家有关系，而“白话”也不再被看作仅仅是流通于“文言”系统之外的非正式的书写语言。“拼音化”和“白话文”在晚清都酿成规模浩大的文化运动。

自海禁大开，所谓中外交通，不外外务通商及传教两端。外务通商格于上流或局部，其往返翻译，各成定式。至于传教，与明末清初耶稣会士已不可同日而语——当时他们只能活动于皇帝大臣周围，即便如此，仍免不了最后通通被赶到澳门岛上的待遇。[①] 而鸦片战争后，帝国政体松动，传教士可以毫无困难地遍布沿海地区，并进而渗透到内陆的穷乡僻壤。与其前辈不同的是，他们所面对的不再是具有高度文化修养的士大夫，而是文化程度低下的普通民众，其中大部分是半文盲甚至文盲。于是，为了追求最大程度和最高效率地传播福音，从 19 世纪下半叶开始，《圣经》和其他基督教读物在各个教区被译成当地的口头语言，有的用汉字书写，有的干脆用罗马字拼音。许多教徒通过这一途径获得粗浅的读写

① 参看罗常培：《汉语拼音字母演进史·汉语拼音字母之发端》，北京：文字改革出版社 1958 年版，第 3 页；倪海曙：《中国拼音字母运动史简编》“一”，上海：时代书报出版社 1948 年版，第 9 页。耶稣会士乃在雍正元年，除钦天监外，皆驱往澳门看管，不许阑入内地。

能力，而基督教士们震惊于自己亲手创造的奇迹，同时对于他们毫无尊敬感的国度的文明产物——难学而奇怪的方块字，表现出日益高涨的鄙视和改革冲动。①

不过，传教士及其子民毕竟是一个相对隔绝的社会群体。中国士大夫对自己语言的变革萌芽发端于在殊方异域的体察和研究。1887年，有过出使日本经历的黄遵宪刻版印行《日本国志》。在其“文学志”中，借助泰西日本及中国自身的语言史事实，他认定“语言与文字离，则通文者少，语言与文字合，则通文者多，其势然也”，并由此提出三项预言：“余乌知夫他日者，不又变一字体，为愈趋于简，愈趋于便者乎。”“余又乌知夫他日者，不有滋生之字，为古所未见，今所未闻者乎。”“余又乌知夫他日者，不又变一文体，为适用于今，通行于俗者乎。”

其所亟亟，在于“天下农工商贸妇女幼稚，皆能通文字之用”②。五年之后，主张“变一字体”的拼音化运动登台；又五年，主张“变一文体”的白话文运动也正式亮相。其共同的立论基础都是黄遵宪首张旗帜的言文一致。

1892年，卢戆章在厦门编出中国第一份拼音方案——《一目了然初阶》。有趣的是，最早的教会罗马字拼音方案也是在厦门出现的，其时为1850年。而卢戆章本人早年曾赴新加坡学英文，返厦门后又帮英人马约翰翻译《华英字典》，因有所触动，“考究作字之法”。在他看来，“外国男女皆读书，此切音字之效也”，反观“中国字或者是当今普天之下之字之至难者”，国势陵替端在于此，只要文字一变，“何患国不富强也哉”。③ 这种看法，在晚清文字改革论者中可以说毫无例外。近代以来，“铁路、机器、技艺、矿务、商务、银行、邮政、军械、战舰”，以及“设学堂以求西法”，“立报馆以启民心”，都曾有论者以为是救国灵药。④ 所谓医国之方，各在一端，文字改革论者自也不能例外。卢戆章保证他的切音字能够“不数月通国家家户户，男女老少，无不识字，成为自古以来一大文明王国矣”⑤。其天真浪漫，正是那个时代志士仁人的共同特点。

从时间上看，卢戆章的切音字方案可以说是特例。在晚清，语言成为知识阶层的公共话题应该是在甲午战后。那可真是到了“世变之亟”，严复标举“民

---

① 参看罗常培：《耶稣会士在音韵学上之贡献》，《中央研究院历史语言研究所集刊》第一本第三份，1930年；倪海曙：《中国拼音字母运动简史编》“二”，第10－31页。

② 黄遵宪．学术志二［M］//日本国志．刻本．广州：富文斋，1890（光绪十六年）．

③ 卢戆章．中国第一快切音新字原序［M］//清末文字改革文集．北京：文字改革出版社，1958：2.

④ 王炳耀．拼音字潘自序［M］//清末文字改革文集．北京：文字改革出版社，1958：12.

⑤ 卢戆章．中国第一快切音新字原序［M］//清末文字改革文集．北京：文字改革出版社，1958：2－3.

智”“民力”“民德”三端为救国之道①，开始将提高民众素质作为解决民族危机的根本性策略，由此顺理成章地联系到普及教育的必要性。这一思路增强了人们对文字便利性问题的重视程度。1896至1897两年间，一下子出现了蔡锡勇、沈学、力捷三、王炳耀四套拼音方案，其字母形体竟不约而同地采取了速记符号。② 从这个侧面可以看出当时知识界的急躁心态。沈学分析“欧洲列国之强”“美洲之强”“俄国、日本之强”，“三者莫不以切音为富强之源”，而他的方案的学习效率比卢戆章还提高了一大步，“八下钟可以尽学”。③

沈学的方案经梁启超之手刊入《时务报》中，梁并为之作序，劈头就说：“国恶乎强，民智，斯国强矣；民恶乎智，尽天下人而读书，而识字，斯民智矣。”所以他欢迎在汉字之外另造拼音文字，“宜于妇人孺子，日用饮食”，而把汉字留给了“通人博士，笺注词章”。④

但维新派中也有不同意见，文廷式就认为“不必再造简便文字”，其根据竟然是“中国文字，自是天地间最简之学”，真堪谓非常奇怪之论。成稿于1896年的《罗霄山人醉语》，其中有一条记录他和以为“中国文繁”的李提摩太的往返辩论，其所举证的四条汉字优越性的理由，如今看来都有点似是而非。但当李提摩太问他：“然则中国学童，每至七八年十年，犹有文理不通者，其故何欤?”文廷式的回答颇值一观，他认为那是“求工、求雅之过，非文字之咎也”，并举例说：“且闾里之女子，乡井之细民，但能阅戏文，看小说，不一二年，便可亲笔写家信。”⑤ 这一段话实际上提示了汉语变革的另一条思路，那就是不触动汉字本身，让书写语言通俗化，简单地说，就是使用白话。

宋元以来的白话大致可分两类，一类是禅宗和宋明理学家的语录，这和普通民众关系不大；另一类是发端于戏台和说书场的俗白语言，尤其是落实于话本小说和拟话本小说的书写语言，成为一千多年来初识汉字民众的广泛读物。其实，不管是戏曲还是说书，本来都有方言问题，异乡人是不大容易欣赏的，但落实到书面，尤其形成某种文体之后，方言形态都得到很大削弱。局于一域的纯方言小

---

① 严复．论世变之亟［M］//严复集第一册．北京：中华书局，1986：1. 严复．论原强［M］//严复集第一册．北京：中华书局，1986：5－15.

② 倪海曙．清末汉语拼音运动编年史［M］．上海：上海人民出版社，1959：33－53.

③ 沈学．盛世元音自序［M］//清末文字改革文集．北京：文字改革出版社，1958：11.

④ 梁启超．沈氏音书序［M］//清末文字改革文集．北京：文字改革出版社，1958：7.

⑤ 文廷式．文廷式集［M］．北京：中华书局，1993：804.

说在比例上是很小的。[①] 绝大部分白话小说，即便如《金瓶梅》那样保留大量特殊词汇，在“行远”上也不存在问题。代代从说书场上记录整理的故事和文人模仿的创作，尽管语言深浅程度颇有差异，但大体上是相类的。这种流布广及的读物，确实具有成为粗识一二千汉字民众的书写工具的可能。

“戏文”“小说”在历史上属于创作量有升降，但阅读面始终稳固的俗白文体，并不存在普及推广的问题。文廷式之后，维新派人士普遍注意到这类文体的功用和可利用的价值。康有为认为“仅识字之人，有不读经，无有不读小说者”[②]。严复等人也很快意识到“说部之兴，其入人之深，行世之远，几出于经史上，而天下之人心风俗，遂不免说部之所持”[③]。至于梁启超，尽管赞成沈学的试验，其倾向还是在于“专用今之俗语，有音有字者以著一书”[④]。

晚清知识阶层借助白话的力量，其目的当然不仅仅是提高民众的阅读写作能力，他们的希望更在于“今日人心之营构”，并为“他日人身之所作”打下基础”。[⑤] 故而此时的白话作品不再只是普通人消闲娱乐的读物，其所为用，“上之可以借阐圣教，下之可以杂述史事，近之可以激发国耻，远之可以旁及彝情，乃至宦途丑态，试场恶趣，鸦片顽癖，缠足虐形，皆可穷极异形，振厉末俗”[⑥]。

既有此动机，白话之为用显然要比以往广泛，自不能再局限于“戏文”“小说”，其载体也从书籍更多地移到了报刊。

中国之报刊史可远溯到道光时期，但甲午之前，不但种类少，且大部分具有教会和西人背景。国人大量办报起始于维新变法时期，议论国是之余，面向下层民众进行宣传，也是当时报刊的重要目的之一。1897 年 10 月《国闻报》刊出《本馆附印说部缘起》，尽管此后没有实行，但紧接着一批白话报就出现了。

白话报其实并不起源于这个时期，1876 年 3 月 30 日起，申报馆曾发行过

① 这里所谓“方言小说”是文学研究中的术语，指的是类似于“吴语小说”这样的作品。如果照严格的语言学表述，应该说，绝大部分传统白话小说都是以北方方言为基础创作的。

② 康有为．日本书目志·小说门第十四［M］//康有为全集：第三集．上海：上海古籍出版社，1992：1212－1213．

③ 几道，别士．本馆附印说部缘起［N］．国闻报，1897－11－13～12－11（光绪二十三年十月十六日至十一月十八日）．

④ 梁启超．论学校五：幼学（变法通议三之五）［N］//时务报：第18 册．1897－03－04（光绪二十三年正月二十一日）．

⑤ 几道，别士．本馆附印说部缘起［N］．国闻报，1897－11－13～12－11（光绪二十三年十月十六日至十一月十八日）．

⑥ 梁启超．论学校五：幼学（变法通议三之五）［N］//时务报：第18 册．1897－03－04（光绪二十三年正月二十一日）．

《民报》，每周三份，据云“此报专为民间所设，故字句俱如寻常说话”。这份短命的报纸售价很低，但显然是出于商业目的才发行的，即使不盈利，也是为了扩大《申报》集团的影响，“只消读过两年书的华人，便能阅读此报。而其定价仅取铜五文，当能深入《申报》所不能达到的阶层和店员劳工之类”①。

《民报》属于孤例，其影响和作用俱可置之不论。而到19世纪末，短短两三年时间，就出现了好几种白话报。

举办白话报诸君的思路与设计拼音方案者颇为相似，认为救国并不在“机器改造土货种植畜牧开矿铁路诸事”，民智大启之由“必自白话报始”。其所不同，如裘廷梁，认为中国读书者并不少，问题在于“学究教法不善”和“中国文义太深”，因而他办《无锡白话报》，“一演古”，“二演今”，“三演报”②，只要将知识通俗化，凭着民众已有的阅读能力，就能够达到传播新思想新知识的目的。

这种思路在白话论者中是具有代表性的，比如1904年出版的两种很有名的白话报——《京话日报》和《安徽俗话报》，其宗旨也大类相同。《作京话日报的意思》谈到为什么要采取白话，“第一是各报的文理太深，字眼儿浅的人看不了；第二是价钱太大，度日艰难的人买不起”。《开办安徽俗话报的缘故》也说，“只有用最浅近最好懂的俗话，写在纸上，做成一种俗话报，才算是顶好的法子”，目的都在于让“能识几个字的人”和“没有多读书的人”能够知道“外边情形”和“外边事体”③。

晚清主张用拼音和主张用白话者，其思想基础都是言文合一，让普通公众拥有获取知识的能力。拼音用来拼切口语，而像各种白话报，以及类似于《大公报》的“敝帚千金”这样的白话附张，所用也多是口语体的白话，区别在于是采用字母文字还是方块字作载体。这一区别也造成二者策略的差异：主张拼音者，其目的虽也在开启民智，但重点却是方案的制订，对应该向民众灌输什么样的知识并不具论；主张白话者，因为并不触动汉字本身，拿来即用，因而各白话报的办刊宗旨和栏目设计以及内容选择都具有很强的针对性。或者可以这么说，主张用拼音者侧重于让民众获得工具，主张用白话者侧重于让民众获得具体的新知。所以，主张用拼音者都有很强的“毕其功于一役”的冲动：一旦迅速地掌握他们的工具，所有人，即使一字不识的文盲，只要会说话，就能马上获得写作

---

① 王洪祥．中国近代白话报刊简史［J］//郑州大学学报，1990：6.

② 裘廷梁．无锡白话报序［J］//戊戌变法：四．上海：神州国光社，1953：542－545.

③ 见：《京话日报》第一号，光绪三十年（1904）七月；《安徽俗话报》第1期，光绪三十年（1904）七月初十日。

能力，因为各个拼音方案都是为了拼切口头语言，而又无须“识字”的。

相对而言，白话论者在理论上就显得有点半截子。白话报的读者至少应该粗通汉字，文章再浅俗起码也应该是半文盲才能读得了。那么文盲怎么办？说开了可谓卑之无甚高论：“叫人念一念，也听得明白。”① 气魄再大一些，“则多开演说社可矣”②。

尽管如此，在实践上，白话无论如何还是显得比拼音方便。晚清曾出现过近两百种白话报，没有一份是大报，而且绝大部分都以所在地区标名，具有浓厚的地方色彩。如今虽然能看到的只是其中很少的几种，但可以发现，尽管其语言风格千差万别，大体上却还是相近的，除谣讴以外，真正使用当地地道方言的为数不多。《安徽俗话报》曾特意标明“做报的都是安徽人，所说的话大家可以懂得”③，但翻阅这份报纸，外地人也是看得了的。最说明问题的是《无锡白话报》，办了四期之后，裘廷梁“又以报首冠‘无锡’二字，恐阅者或疑本为无锡而设，尚虑不足以号召宇内……拟自第五期起改名为《中国官音白话报》”④，其照办不误，正说明没有什么方言障碍，刘师培所谓“各省官话虽亦不无小异而大致相同，合各省通用之官话，以与各省歧出之方言相较，亦可谓占大多数矣”⑤，确实是实际情况。

其实，这其中的道理非常简单，主张使用拼音的人一再以方言中常见“有音无字”的情况，汉字不足以反映口头语言，作为应该采用字母文字的理由。白话报真要完全照书口头语言，也实在是有诸多窒碍，碰到“有音无字”，那就只能不写。这正如话本小说流行千年，读者遍布穷乡僻壤，而真正的纯方言小说反而罕见一样。像吴语区和粤语区那样拥有自己的某些方言用字，这种情况毕竟少见，大量的白话文本事实上控制着下层民众的读写，使其不致分歧太大。

文廷式很早就洞察到这其中的关键，他认为：“若中国则各行省虽有言语不同之病，而一字为一言，则举国同之，不必再学各国拼音之法，转令民间多一事也。”⑥ 这一段话触及了汉文和表音文字在性质上的根本性差异，由于有了汉字

---

① 佚名．作京话日报的意思［N］．京话日报：第1号．1904－09－25（光绪三十年八月十六日）．

② 陈荣衮．论报章宜改用浅说［M］∥剪成文．清末白话文运动资料．近代史资料1963（2）．北京：知识产权出版社，2006：128．

③ 陈独秀．开办安徽俗话报的缘故［N］．安徽俗话报：第1期．1904－03－11．

④ 本馆告白［N］．无锡白话报：第4期．1898－5－25（光绪二十四年四月初六日）．

⑤ 刘师培．论白话报与中国前途之关系［M］∥李妙根，编．刘师培论学论政．上海：复旦大学出版社，1990：341．

⑥ 文廷式．罗霄山人醉语［M］∥汪叔子，编．文廷式集．北京：中华书局，1993：804．

这种高度稳定的书写形态，汉语读音的不断变化和分化实际上不足以造成书写语言的断裂；而表音文字不一样，语音一变，书写形态跟着改变，这就是欧洲语言中，英语的拼写在历史上不断变化，拉丁语作为正式书写语言的地位一下降，法、意、西诸种民族书写语言就迅速崛起的原因。

拼音化运动“言文一致”所出的问题也就在这里。其实，教会罗马字的状况已是触目惊心，据说到19世纪末20世纪初，“至少有十七种方言用罗马字拼音，各有一本罗马字圣经”①。显然，教徒是拥有了简单的读写能力，但不同教区之间根本无法交流，读音之差异被带到书面上，其结果是连异地通信都不可能实现。

拼音化运动的情况也大体相类，仅19世纪90年代的几套方案，其拼音标准除官话音外，就涉及厦门音、漳州音、泉州音、吴音、福州音、粤音等。而且教会罗马字好歹用的都是拉丁字母，晚清人士所创制的拼音方案，据罗常培分类，除拉丁字母外，尚有假名系、速记系、篆文系、草书系、象数系、音义系及其他不可名状者。② 如果用谭嗣同的主张，“尽改象形字为谐声，各用土语，互译其意”③，放任推行，不计后果地实现地区性的言文合一，其必然的结果就是全国性的“言”和“文”都不能统一。传教士的目的只在传播福音，大可不必计及，但国人显然无法回避这些问题。

1900年，流亡日本的戊戌党人王照秘密回国，潜伏天津，并写出《官话合声字母》，这是晚清拼音化运动中影响最大、质量最高的方案。不过王照的想法较之他的先行者并没有什么过人之处，仍是“为多数愚稚便利之计”。但这套方案所面向的是“北方不识字之人”④，也就是以北方方言为设计对象，而且标举“官话”，其适用面无疑是比较广的。

思维的变化来自吴汝纶。1902年，他就任北京大学总教习，并前往日本考察，接触了不少当地的教育家。有一位叫土屋弘的给他去信，建议他在中国的初等教育中直接“采用敝邦五十音图”。这当然让人难以接受。结果，吴汝纶想起了“敝国人王照曾为省笔字”。接着，又有了与据称是日本“教育家名称最显白者”伊泽修二的谈话⑤，谈话中伊泽强调：“欲养成国民爱国心……统一语言尤

---

① 倪海曙．教会罗马字运动和西洋人的华语拼音方案［M］//中国拼音文字运动史简编．上海：时代书报出版社，1948：11.

② 罗常培．注音字母之演进［M］//汉语拼音字母演进史．北京：文字改革出版社，1958：23－53.

③ 谭嗣同．仁学［M］//谭嗣同全集．北京：三联书店，1954：69.

④ 王照．官话合声字母原序［M］//清末文字改革文集．北京：文字改革出版社，1958：23.

⑤ 吴汝纶．日本学制大纲序［M］//吴挚甫全集：第三卷．台北：商务印书馆，1973.

其亟亟者。”甚至建议中国学堂“宁弃他科而增国语”，这个观点在当时的中国并没有什么人提到，让吴汝纶颇为震动。伊泽氏还举例日本“所谓普通语者，即东京语也”①，说明建立共同语对于一个国家的统一是至关重要的。

有了这两件事，吴汝纶回国后在《上张管学书》中建议使用所谓天津“省笔字书”。在谈到其功用时，他讲了“言文一致”，接着又说：“此音尽是京城声口，尤可使天下语音一律。”这实际上是提出了“统一语言”的问题。

“统一语言”的口号马上被拼音化运动者接了过去，与“言文一致”配合使用。1903年吴汝纶去世，王照在悼念文章中用到“国语”这个词。② 接着，他周围的一批人上书袁世凯，想依赖这个强势人物推广官话字母，在讲到这个方案的好处时，第一条就是“统一语言以结团体也”③。

“统一语言”的问题在此之前不是没人提起过。1892年，卢戆章在《〈中国第一快切音新字〉原序》的结尾部分，语气一转，突然谈到“又当以一腔为主脑，十九省之中，除广福台而外，其余属官话，而官话之最通行者莫如南腔，若以南京话为通行之正字，则十九省语言文字既从一律，文话皆相通”④。但他当时的方案却是拼切福建音的，如何实行“正音”，语焉不详。而且这个观点似乎来源于龚自珍的《拟上今方言表》：“旁采字母翻切之旨。欲撮举一言，可以一行省音贯十八省音，可以纳十八省音于一省也。”⑤《今方言》未成，固亦莫明其具体措施。

“言文一致”和“语言统一”作为晚清拼音化运动的两大旗帜，其间一直存在着难以克服的矛盾。19世纪90年代，拼音化论者反复强调的是“言文一致”，像卢戆章涉及“语言统一”问题几乎就是孤例。拼音的最大优势在于随地拼切土语，一个文盲，花很少的时间认识几十个符号和几条规则，马上就具有书写能力，效果确是能说服人的。但进入20世纪，拼音化运动开始摆脱教会罗马字思路的影响，“语言统一”渐渐成为更主要的宗旨，也就是要建立全民共同语，而共同语与方言在观念上是绝对对立的，那么，原先他们所提倡的“言文合一”也就无从谈起了。即便如王照方案，拼合官音，能大致与使用面最广的北方方言相切合，但南方数省如何处置，总不能重新成为化外之民，何况北方方言也不是

---

① 吴汝纶．东游丛录［M］//清末文字改革文集．北京：文字改革出版社，1958：28.

② 王照．挽吴汝纶文［M］//清末文字改革文集．北京：文字改革出版社，1958：28.

③ 何凤华．上直隶总督袁世凯书［M］//清末文字改革文集．北京：文字改革出版社，1958：28.

④ 卢戆章．中国第一快切音新字原序［M］//清末文字改革文集．北京：文字改革出版社，1958.

⑤ 龚自珍．拟上今方言表［M］//龚自珍全集：下．王佩诤，校．上海：上海古籍出版社，1999：308－309.

铁板一块，方音随处可见，大量词汇会出现不同的拼写，更何况还有不计其数的地方表达习惯。

1905年，在征得王照的同意后，劳乃宣在南京依据《官话合声字母》，“与二三同志考订商榷，增六母三韵一入声之号”，成《增订合声简字谱》和《重订合声简字谱》。之所以有此一举，是由于王照方案“专用京音，南方有不尽相同之处”①，也就是说，“简字谱”是为了拼切南省方言。这样问题就来了，“语言划一”怎么办？1900年以前的拼音方案绝大多数就是拼合方言，但当时只有“言文一致”的取向，而此时“统一语言”已渐成众矢之的，拼音化运动开始转入围绕建立共同语来发展思路的时期。劳氏却以官话字母在北方发展迅速而在南方难以推行之故，开此方便之门，其马上遭到反对是必然的，如《中外日报》称：“中国方言不能划一，识者久以为忧，今改用拼音简字，乃随地增撰字母，是深虑语文之不分裂而极力制造之，俾愈远同文之治也。”建议“唯有强南以就北”②。

对此，劳乃宣有他自己的主张，以为“文字简易与语音划一本应作两级阶级，本应为两次办法”，在二者“皆为中国当务之急”的情况下，“欲文字简易，不能遽求语言之统一，欲语言统一，则必先求文字之简易”。这种看法也有他顺理成章的地方，“盖设主音之字，欲人易识，必须令其读以口中本然之音，若与其口中之音不同，则既须学字，又须学音，更觉难也”③。这其实跟文廷式当年说的“转令民间多一事也”④，结论不同而道理一样，文廷式以此证明采用白话就挺好的了，劳乃宣的理想是拿拼音让人先拼切方言，待到字母使用得熟了，再来教共同语，“以土音为简易之阶，以官音为统一之的”，亦即“引南以就北”的策略。⑤ 这个策略在理论上当然是讲得通的，但实践起来是否可行就成问题了。语言文字的统一是统治意志的外化形式之一，上至秦始皇的“书同文”，往近里说有明朝的《洪武正韵》和清朝的《音韵阐微》，都是这种意志的产物。此时的共同语意识，其背景更为严重，这是在外来压力下中国开始形成国家观念的

---

① 劳乃宣．增订合声简字谱序［M］∥清末文字改革文集．北京：文字改革出版社，1958：51．增订合声简字谱序［M］∥清末文字改革文集．北京：文字改革出版社，1958：52．

② 中外日报．评劳乃宣合声简字［M］∥清末文字改革文集．北京：文字改革出版社，1958：59．

③ 劳乃宣．增订合声简字谱序［M］∥清末文字改革文集．北京：文字改革出版社，1958：51．增订合声简字谱序［M］∥清末文字改革文集．北京：文字改革出版社，1958：52．

④ 文廷式．罗霄山人醉语［M］∥汪叔子，编．文廷式集．北京：中华书局，1993：804．

⑤ 劳乃宣．增订合声简字谱序［M］∥清末文字改革文集．北京：文字改革出版社，1958：51．增订合声简字谱序［M］∥清末文字改革文集．北京：文字改革出版社，1958：52．

产物。在这种情况下，就政权的角度而言，统一语言与言文合一显然不是一个层面上的问题。

晚清的拼音化运动，以王照和劳乃宣影响最大，有“北王南劳”之称。其影响大的原因是他们都走上层路线，而且走得成功。王照依靠的是袁世凯，劳乃宣则依赖端方。其实，其他人也多多少少都在试图借助权力机构的力量，只是不一定有这个能力而已。就以卢戆章为例，戊戌变法时期他就托同乡林辂存呈请都察院代奏切音字，1905年又去北京呈缴切音字著作。① 可能是当时王照那类方案占优势，卢戆章也把原先拉丁字母及其变体改为汉字笔画式；又因“统一语言”呼声渐高，他的方案变成了以拼切京音为主。

卢戆章所呈交的著作，由外交部转到学部，由该部译学馆文典处审查，迁延一年，终被驳回。这份《学部咨外交部文》写得相当有分量，指出所呈方案三大弊病并详加分析，见识比卢戆章甚至可能比当时几乎所有拼音化运动的参与者高明得多。可见机构虽是官僚，其人员未必皆昏愦。这份文件引人注目之处，在于其立场完全站在“语言统一”上。虽然它也讲到汉字的象形较“国书之字头，泰西各国之字母”的切音来得“繁重”，但并不由此就推出以拼切口头语言来达到“言文合一”的结论，只是认为拼音对初等教育有帮助，可以“仿照泰西诸国文字成例，别制切音字一种，以与固有之象形字相辅而行”。另一方面，“新字成立……不得迁就方音，稍有出入，要使写认两易，雅俗兼宜，然后足以统一各省之方言”，这也可以看作直接拒绝劳乃宣路线。事实上，这份反映官方立场的文件，根本上就否定拼音字母可以代替汉字。所谓“汉字为我国国粹之源泉，一切文物之根本”②，拼音的功用只是厘定汉字读音，只是在汉字统一的形体之外再给予统一的读音的一种工具。简单地说，它根本不能具有字母或假名的地位，只相当于西文的“音标”。

晚清拼音化运动走到这性质渐变的一步，是有其必然性的。说起来，拼音化论者的根本立场就是以字母代文字，卢戆章所谓“切音字乌可不举行以自异于万国也哉”③。19世纪末拼音化运动以“言文合一”为主要旗帜，虽然论者说法不一，但主要意见都是用表音文字代替汉字。但到20世纪初，从王照开始，拼音化运动的宣传口径就开始有了变化：“余今私制此字母并喉音字，但为吾北方不

① 林辂存．上都察院书［M］//清末文字改革文集．北京：文字改革出版社，1958：17；卢戆章．催呈外务部核办原禀［M］//清末文字改革文集．北京：文字改革出版社，1958：67.

② 学部咨外务部文［M］//清末文字改革文集．北京：文字改革出版社，1958：68.

③ 卢戆章．中国第一快切音新字原序［M］//清末文字改革文集．北京：文字改革出版社，1958：3.

识字之人，便于俗用，非敢用之于读书临文。”① 接着，在日本考察的吴汝纶从该国教育先假名后汉字得到启发，以为中国初等教育应先教“省笔字”，然后“以省笔字移换认汉字”②，可见他根本就不认为“省笔字”可以代替汉字。这已是将拼音文字的性质认作音标了。结果，王照照着这个思路，也转为在“汉字旁边音着字母，借着字母，就认得汉字，日子多了，就可以多认汉字，以至连那无有字母的书，也都可以看了”③。到劳乃宣，则发展为“简字”“非唯不足湮古学，而且可以羽翼古学、光辉古学、昌明古学”④。连卢戆章也改了主张：“倘以切音字翻译京话，上截汉字、下截切音，由切音以识汉文，则各色人等，不但能读切音，兼能无师自识汉文。”⑤ 由19世纪末直斥“最拙者文字一学”⑥，到20世纪初称颂“汉文高深美妙”⑦，拼音化运动的目标渐渐暧昧起来。

出现这种局面，其原因就在于拼音化运动必须走上层路线。那些形形色色的方案本就是生造出来的，与汉字是完全不同的两套系统，要被使用，尤其是要推广到全民，不依靠政权力量是根本行不通的。而要借助官方，说动官方，就必须与官方的政策取得某种沟通。早在戊戌变法时期，林辂存《上都察院书》就已有将卢戆章方案“正以京师官音”的建议⑧，因为不如此就没有让政府推行的可行性。至20世纪初，教育体制出现大变动。1904年，参照东西各国制度，张百熙、荣广、张之洞奏定《学堂章程》，其中《学务纲要》第二十四条云：“中国民间各操土音，致一省之人，彼此不能通语，办事动多扞格。兹拟以官音统一天下之语言。故自师范以及高等小学堂，均于中国文一科内附入官话一门。”⑨ 不过这门课怎么教，用什么方案，都没有明言，而且是否用拼音方案也不清楚。但尽管如此，毕竟让拼音方案制订者们看到了希望。所以，此后各种论调都强调拼音对于初级教育的重要性。再加上不同方案之间的竞争，于是，《学务纲要》在阐明宗旨时尽量与现行政策相衔接。为了最大限度地减少舆论的质疑，拼音论者

① 王照．官话合声字母原序［M］//清末文字改革文集．北京：文字改革出版社，1958：23.

② 吴汝纶．东游丛录［M］//清末文字改革文集．北京：文字改革出版社，1958：29.

③ 王照．出字母书的缘故［M］//清末文字改革文集．北京：文字改革出版社，1958：33.

④ 劳乃宣．江宁简字半日学堂师范班开学演说文［M］//清末文字改革文集．北京：文字改革出版社，1958：56.

⑤ 卢戆章．颁行切音字书之益［M］//清末文字改革文集．北京：文字改革出版社，1958：72.

⑥ 沈学．盛世元音自序［M］//清末文字改革文集．北京：文字改革出版社，1958：9.

⑦ 卢戆章．颁行切音字书之益［M］//清末文字改革文集．北京：文字改革出版社，1958：72.

⑧ 林辂存．上都察院书［M］//清末文字改革文集．北京：文字改革出版社，1958：17.

⑨ 张之洞．奏定学务纲要［M］//中国近代教育史资料汇编·学制演变．上海：上海教育出版社，1991：499.

一退再退，不管他们本心如何，总之是从最初的取代汉字退到了给汉字标注读音的地步。

令人惊奇的是，关于拼音化运动的这种结局，主张用白话的人早就看清楚了。

1898年，裘廷梁在《无锡白话报序》中说："比岁中国士人，颇多创造新字，意非不善，然非假以国力，未易通行。"可称是一针见血，所以他认为不如用"浅报"。[①] 而话论者主张白话的理由与拼音论者主张拼音的理由完全一致，也无非是"智民""教育""言文"等，只是白话所用即为汉字，没有方案推行之类的麻烦事，而且晚清报禁已开，不必非得跟官府打交道不可。他们的言论可比那些"造字"的来得无顾忌，裘廷梁直斥文言分离乃"一人之身而手口异国，实为二千年来文字一大厄"；论说白话"八益"，得出的结论是："愚天下之具，莫如文言；智天下之具，莫如白话。"[②] 至陈荣衮则干脆说："今夫文言之祸亡中国。"[③] 他们大可不必像那些急于推行方案的人那样小心翼翼地歌颂汉文"渊懿浩博"[④]，寻求文、言两不相妨的理由以求自存。

在晚清，拼音出版物的数量并不大，这是因为有个方案必须先行的问题。相对来说，白话报几乎在每个重要城市都出现过，类似《大公报》这样的大报，也长期出白话附张。[⑤] 与此同时，小说这种文体极度膨胀，简直到了铺天盖地的地步。有趣的是，文言、白话在小说杂志中和平共处。梁启超办《新小说》，尽管也说俗语的好处，但刊载起来，却是"文言、俗语参用"[⑥]。到后来办小说刊物的人都懒得分辨了，反正有读者就行，越往后越趋近于商业需要。

相比之下，拼音化运动要纯粹得多，在晚清最后几年，争论也越来越热闹。1908年，吴稚晖一批人在创办于巴黎的《新世纪》上发表了一批文章，认为也别造什么拼音文字了，干脆废弃汉文汉语，直接使用"万国新语"，亦即现在所说的"世界语"。一开始，吴稚晖还提出造一种"中国新语"以为过渡，到后来

---

① 裘廷梁．无锡白话报序［M］//戊戌变法：四．上海：神州国光社，1953：542－545.

② 裘廷梁．论白话为维新之本［M］//剪成文．清末白话文运动资料．近代史资料1963（2）．北京：知识产权出版社，2006.

③ 陈荣衮．论报章宜改用浅说［M］//剪成文．清末白话文运动资料．近代史资料1963（2）．北京：知识产权出版社，2006：128.

④ 劳乃宣．增订合声简字谱序［M］//清末文字改革文集．北京：文字改革出版社．1958. 增订合声简字谱序［M］//清末文字改革文集．北京：文字改革出版社，1958.

⑤ 李孝悌．清末的下层社会启蒙运动1901－1911［M］．台北：中央研究院近代史研究所，1998.

⑥ 新小说报社．中国唯一之文学报新小说［M］．黄霖，韩同文，编．中国历代小说论著选：下．南昌：江西人民出版社，1985：31.

觉得这也是“徒生枝节，其结果不外多造一难题”，因此对于那时国内的拼音化运动深不以为然。依据他们的逻辑，“中国文字为野蛮，欧洲文字为较良；万国新语淘汰欧洲文字之未尽善者而去之，则尤为较良”，所以不但中国文字，连欧洲文字未来也一并归于“迟早必废”之列。本来，“中国略有野蛮之符号，中国尚未有文字”，如果我们先行一步，则“外国人到中国者亦必习万国新语”，那中国可就挟“左右世界之力”了。① 看来，十多年前《大同书》中世界语文大同的理想②，并不是康有为一个人在做这个白日梦。

这一极端主义主张对国内的拼音化运动并没有什么影响，但引起当时流亡日本的国粹主义者的高度关注。很快，章太炎在《国粹学报》上发表《驳中国改用万国新语说》，以为无政府主义者所论，乃“季世学者好尚奇觚”。在他看来，文字能否普及，乃在于“强迫教育之有无”，根本不是什么易识难识的问题；而语言之优劣，恰在于能否“明学术”“道情志”，不是越简单越好。他并分析说，且“汉字所以独用象形，不用合音者，虑之有故，原其名言符号，皆以一音成立，故音同义殊者众，若用合音之字，将芒昧不足以别”。也就是说，汉语词汇多是单音节，同音字极多，汉字象形恰取其能够分别，如果全用“合音之字”，“斯则同音而殊训者又无以为别也”。③

章太炎当然不可能考虑到采用复音词占优势的白话可以部分地解决这个问题。在晚清，思路还没发展到这一步，谁也不会想象用白话来述学，白话这东西主要是面向“开启民智”的。甚至在章太炎看来，汉字还得大量新造。刘师培认为解决“中国文字流弊”的策略包括“用俗语”和“造新字”两条④，其分别受的是黄遵宪和章太炎的影响，他也是根本反对拼音化的。此时针对《新世纪》诸人，刘师培写了一篇《论中土文字有益于世界》的文章，以策应章太炎。他举了大量例子证明汉字对社会学研究具有非常方便的条件，而“今人不察，于中土文字，欲妄造音母，以冀行远，不知中土文字之贵，唯在字形”。他甚至建议，“取《说文》一书译以 Esperanto（即中国人所谓世界语）之文”，认为这样可以促进“世界学术进步”。⑤

---

① 倪海曙．清末汉语拼音运动编年史［M］．上海：上海人民出版社，1959．

② 康有为．大同书［M］//康有为大同论二种．北京：三联书店，1998：133 – 134．

③ 章太炎．驳中国改用万国新语说［J］//国粹学报第四十一、四十二期，1908 – 05 – 19 ~ 06 – 12（光绪三十四年四月二十日至五月二十日）．

④ 刘师培．中国文字流弊论［M］//刘申叔先生遗书：左庵外集．刻本．宁武：南氏，1934 – 1936．

⑤ 刘师培．论中土文字有益于世界［J］//国粹学报：第46期，1908 – 10 – 14（光绪三十四年九月二十日）．

其实，即便章太炎，也并不绝对排斥白话。在他看来，只要符合文体规范，就是“雅”，如《水浒传》《儒林外史》，“皆无害为雅者”，因为符合“小说”的标准。① 当年邹容写《革命军》，因担心“不文”受章太炎批评，但章氏为其作序曰：“若夫屠沽负贩之徒，利其径直易知，而能恢发智识，则其所化远矣。藉非不文，何以致是也？”② 在他看来，文体各有所用，各种文体所负载的语言不一样，不存在一概而论的标准。

对于拼音，他也不反对，他所反对的是“本字可废，唯以切音成文”的主张，以为“切音之用，只在笺识字端，令本音画然可晓”，也就是说，只供汉字标音之用。受巴黎无政府主义者的刺激，在《驳中国用万国新语说》中，他创纽文三十六、韵文二十二，也提供了一套拼音方案。③

其时，章太炎还是个流亡者，他公布的这套方案没得到什么反响。不久，国内开始筹备立宪。1909 年，学部奏报教育方面的立宪事宜清单，在师范和初级教育中增添“官话”一科也成了其中的一项内容。④ 此后，已到北京的劳乃宣锲而不舍地要求学部议奏合声简字，他坚信“中国宜别设主音简易之字，与汉字相辅而行”⑤。学部是不会承认汉字之外还能有文字的，因此始终不议不奏，不予理睬。到了 1910 年，资政院成立，议员们虽然没有什么权力，但发挥些“清议”的舆论作用还是可以的。而王照、劳乃宣的宣传和组织也终于见了效果，先是议员江谦发布《质问学部分年筹办国语教育说帖》，连署者达三十二人。这份“说帖”要求学部回答奏报分年筹备事宜清单各项内容如何实施。就编订官话课本一项，说帖质问说：“不知学部编订此项课本时，是否主用合声字拼合国语，以收统一之效，或用形字，而旁注合声字，以为范音之助，抑全不用音字，但抄袭近时白话报体例，效力有无，置之不顾。”⑥ 虽然都是问句，但语气间倾向性还是很明显的。有意思之处在于，所谓“但抄袭近时白话报体例”，透露出拼音论者从心底里是根本看不起白话文运动的。

---

① 章太炎．文学论略［J］//国粹学报：第 23 期，1906－12－05（光绪三十二年十月二十日）．

② 章太炎．革命军序［M］//郭绍虞，罗根泽，主编．中国近代文论选：下．北京：人民文学出版社，1963：403．

③ 章太炎．驳中国改用万国新语说［J］．国粹学报：第 41、42 期，1908－05－19～06－12（光绪三十四年四月二十日至五月二十日）．

④ 倪海曙．清末汉语拼音运动编年史［M］．上海：上海人民出版社，1959：199－208．

⑤ 劳乃宣．致唐尚书函［M］//清末文字改革文集．北京：文字改革出版社，1958：114．

⑥ 江谦．质问学部分年筹办国语教育说帖［M］//清末文字改革文集．北京：文字改革出版社，1958：116．

以此为开端，从京畿到四川，各地都有说帖送到资政院，现在所能见到的就多达五份①，内容一致，都是要求颁行官话简字，证明这是一项有组织的活动。只是这时所提的两大宗旨已是“教育普及”和“语言统一”。“言文合一”这一拼音化运动的早期宗旨，已经渐渐淡出了他们的宣传。

随后，资政院成立一个以严复为股员长的特任股员会，负责审查这些提案，最后通过了一项《审查采用音标试办国语教育案书》。

这份文件最引人注目之处，就是所谓“正名”：“简字当改名音标，盖称简字，则似对繁体之形字而言。称推行简字，则令人疑形字六书之废而不用，且性质既属拼音，而名义不足以表见，今改名音标，一以示为形字补助正音之用，一以示拼音性质，与六书形字之殊。”这大概就是“一名之立，旬月踟蹰”，时正任职于学部名学馆的严复的杰作。“简字”之改为“音标”，就是易“拼音文字”为“拼音”，否认其具有文字功能。由此讲到“用法”：“一范正汉文读音，二拼合国语”，其后者则在于“中流以下之人民”和“蒙藏准回等之教育”②，仍然只是记录读音。

严复学通中西，而且深明政治操作规则，这份由他负责拟出的文件与江谦等人的期待表面上似乎相合而实质相距甚远。拼音文字论者本意是至少在汉字之外通行一种表音文字，而严复则干脆“正名”为“音标”，实贻偷天换日之讥。其实，虽然没见明确表述，但他是不可能赞成将“拼音”进而为“文字”的。早年在《新民丛报》上梁启超认为他文字“太务渊雅”，建议他浅俗一点，他回答说：“理之精者不能载以粗犷之词，而情之正者不可达以鄙俗之气。”③ 何况自郐以下！说白了，在这个问题上他跟章太炎的看法是相距不远的。

“音标”之外，严复不曾对另一个关键的词汇“国语”提出疑问，而是从江谦的说帖中直接采用其“正名”：“官话之称，名义无当，话属之官，则农工商兵，非所宜习，非所以示普及之意，正统一之名，将来奏请颁布此项课本时，是否须改为国语读本以定名称。”④ 这是个性质严重的细节，因为正如北魏称鲜卑语为“国语”，辽、西夏、金、元也各称其本族语为“国语”一样，在清朝这个同样由少数民族统治的政权下，“国语”只能指满语，至于满文，那是被称为

① 江谦．质问学部分年筹办国语教育说帖［M］//清末文字改革文集．北京：文字改革出版社，1958：116.

② 郑乐胡．切音字说明书［M］//清末文字改革文集．北京：文字改革出版社，1958：135.

③ 严复．与新民丛报论所译原富书［J］//新民丛报：第7号，1902-5-8（光绪二十八年四月初一）.

④ 江谦．质问学部分年筹办国语教育说帖［M］//清末文字改革文集．北京：文字改革出版社，1958：116.

“国书”的。但在明治维新后的日本，也出现了“国语”一词，作为标准语的名称，这是现代民族国家观念的产物，与当时中国所谓“国语”在意义上自是风马牛不相及，因为在清王朝的疆域内，“国语”之外另有从明朝沿用下来的“官话”一词，作为通用语的名称。但到20世纪，随着国家民族观念在中国成为强烈的意识形态，以及日语词铺天盖地的涌入，日本的“国语”开始冲击中国的“国语”。

早在黄遵宪的《日本国志》中，就有不指满语的“国语”一词①，不过这本书有特殊的语境，不足为例。直到戊戌变法前，梁启超在《变法通议》里介绍日本师范教育，“十七事”中也有“国语”一节，他特意注明“谓倭文倭语”②；同书另一处还提到，“其所译定西人名称，即可为他日国语解之用”，这里的“国语”则是满语，夹注有云，“翻译西书名号参差，宜仿辽金元三史国语解之例”③。一书两种“国语”，不说明还真不行。可以断定，直到19世纪末，汉语汉文还是绝对不能缀以“国”字的。20世纪初吴汝纶访问日本的游记也是只在他方人士之口出现“国语”，王照吊吴汝纶文倒是模模糊糊说“各国莫不以字母传国语为普通教育至要之源”④，但这不足以犯忌。至少在光绪年间，绝大部分拼音化论者的文件还是由“汉语”“汉文”“官话”一统天下。

20世纪头十年是中国教育大变革的时期，按说此类词汇是极易涉及的，不过官方文件绝不会出这方面的纰漏，壬寅学制时用了“词章”，癸卯学制时用到“中国文字”“中国文学”“中国文”，以与“外国文”相对⑤，全是渊源有自、沿袭已久的词汇。只是出了个小意外，与“外国文”相对的“中国文”很快被缩略为“国文”，尤其在教材的名称上，使用极为普遍，这让“国书”的处境有点微妙。当然，此时还不会有两种“国语”并行天下的尴尬，因为正式课程里并没有白话的位置，偶尔涉及，“官话”一词就足以对付了。

但在民间，此时拼音化运动的两大口号之一就是“普及教育”，其首要目标是在初级教育中以白话替换文言，这样他们的拼音方案就能顺理成章地被带进课堂，不过在众多的论述中，一般也不会使用“国语”这样容易犯忌的名称。唯

① 黄遵宪．学术志二［M］∥日本国志．刻本．广州：富文斋，1890（光绪十六年）．

② 梁启超．论学校四：师范学校（变法通议三之四）［N］∥时务报：第15册，1896－12－25（光绪二十二年十一月廿一日）．

③ 梁启超．论学校五：幼学（变法通议三之五）［J］∥时务报：第18册，1897－02－22（光绪二十三年正月廿一日）．

④ 王照．挽吴汝纶文［M］∥清末文字改革文集．北京：文字改革出版社，1958：32．

⑤ 陈元晖．中国近代教育史资料汇编［M］．上海：上海教育出版社，1991．

一的例外出在劳乃宣身上。1905 年，在《江宁简字半日学堂师范班开学演说文》里，他以“日本亦先有平假名片假名而后有国语科”为例，宣传其“引南以就北”的思路：“故莫若即其本音而迁就之，俾人人知简字之易学，知简字之诚可代语言，然后人人皆有变迁语言之思想，有变迁语言之思想，然后率而导之于国语之途……北音全解而国语全通矣。”① 这里将汉语称作“国语”，不知是有意还是无意，大概还是无意的成分居多，因为观察沈凤楼同时在座，并先于他发表同名演讲。② 在拼音化运动全力争取官方支持的当口，劳乃宣不大可能出此下策。或者是由于当时日语借词正横行中国，他又如此借重日本的经验，以至有此一用。

显然，随后劳乃宣就得到善意的提醒或警告，此后两三年，在他这一类文章中，再也看不到“国语”一词了。但到宣统年间，先有江谦“说帖”，将“官话”正名为“国语”。其后，来自各地的五份“说帖”，集体署名的四份都用到“国语”。仅此细节，也可以看出这是有人组织的“造势”，在背后策划的很可能就是这几年一直在京城活动的劳乃宣。拼音化运动的组织者已经意识到，争取“国”字号的名头已是当务之急，因为仅从构词的角度看，较之“官话”，“国语”也更容易与“国文”获得对等的地位。

在清廷覆亡的那一年，学部中央教育会议议决了《统一国语办法案》。这份“办法案”采用了严复建议的“音标”这个称呼。其“审定音声话之标准”项下提出“宜以京音为主”“宜以不废入声为主”“宜以官话为主”三项要求③，建立标准读音的方案终于初步成型，拼音化运动“统一语言”的目标开始有了着落。至于“国语”，也就这么用了，如此涉及国家权威的敏感用语，从上到下一片麻木，国之不亡，那真可谓无天理了。

民国与清朝的交替并没有中断拼音化运动，与其说是这项运动势力强大，还不如说是新朝建立都有个“书同文”的冲动。民国元年，在北京召开“中央临时教育会议”，其中一项提案就是“采用拼音字母案”，与宣统三年的“统一国语办法案”正相衔接。

民国二年，读音统一会召开，各路代表到会，还有汇寄提案的，可算是晚清拼音化运动的大检阅。不过会开得也太热闹了一些，几乎打了起来。王照首先就

---

① 劳乃宣．江宁简字半日学堂开学演讲［M］//清末文字改革文集．北京：文字改革出版社，1958.

② 劳乃宣．江宁简字半日学堂开学演讲［M］//清末文字改革文集．北京：文字改革出版社，1958.

③ 严复．资政院特任股员会股员长严复审查采用音标试办国语教育案报告书［M］//清末文字改革文集．北京：文字改革出版社，1958：134.

对会名不满："蔡孑民原意，专为白话教育计，绝非为读古书注音……读音云者，读旧书之音注也。"但情况似乎并不像他所说的"不得违韵学家所命之字音"①，因为会上审定国音是以代表投票表决的方式进行的，以至于与会的杜亚泉后来评论说："当时会议情形，多以议政立法之普通集会方法为标准，稍不适于研究学术之性质。"②

尽管如此，会议进行得还算顺利。接着要采定字母，这下麻烦了，"征集及调查来的音符，有西洋字母的、偏旁的、缩写的、图画的，各种花样都有；而且都具匠心，或依据经典，依据万国发音学，依据科学，无非人人想做仓颉，人人自算怯卢"③，结果是争个没完没了。当时大概只有会议主席吴稚晖能置身事外，因为他打定主意中国文字必亡，只要静待采用"万国新语"就行了。

最后的结局是通过了跟他们谁也没有关系的方案。本来，在会议开始前，教育部有关人员将章太炎的"纽文""韵文"略加改动，作为审定字音时的"记音字母"。到了欲罢不能时，与章太炎深有关系的浙江会员马裕藻、朱希祖、许寿裳、钱稻孙和部员周树人乘机建议干脆采用这套唯一没有参加竞争的"记音字母"，当然也只有这套字母跟谁都没伤和气，于是正式通过。改了一个字，称"注音字母"，成为我国第一套官方公布的拼音方案。④

持续整整二十年的晚清拼音化运动就这样戏剧性地结束了。最终的胜利者是一位根本没有参与其中的学者，而主持最后检阅的竟是一位对这场运动根本不屑一顾的人，卢戆章以来数十套拼音方案无一遗漏地被丢弃在那段历史里。对此，也带着方案参加这场会议的邢岛曾有伤感的一笔："……然当会中拣定音韵及字母时，诸家各表所长，皆欲自用，争执不已。卒至用我国数千年来固有之音字，即简单之汉字是也。而诸家所耗废数载或数十载之光阴精力，皆随流光而俱逝，其所创造之成绩，亦等于覆瓿物，应天然之淘汰而取消……运笔墨灾梨枣欲以私家著述推行于世者，可云难矣。"⑤

但是，所有"个别"的失败，也正是"总体"的成功。"注音字母"只为范正汉字读音，大违拼音化运动者的本意，但就汉语书写语言而言，"国音"的确定是由文言时代进入白话时代的门坎。民国二年五月十三日，"读音统一会"议

① 倪海曙．注音字母运动［M］//中国拼音文字运动史简编．上海：时代书报出版社，1948：67；黎锦熙．国语运动史纲［M］．上海：商务印书馆，1934：50．

② 伧父．论国音字母［J］．东方杂志．1916-05，13（5）．

③ 吴稚晖．三十五年来之音符运动［M］//国音国语国字．台北：传记文学出版社，1970．

④ 倪海曙．注音字母运动［M］//中国拼音文字运动史简编．上海：时代书报出版社，1948：66-91．

⑤ 邢岛．读音统一会公定国音字母之概说［J］//东方杂志，1914-02-01，10（8）．

决“国音推行办法”，其中有一条曰：“中学师范国文教员及小学教员必以国音教授。”这也正是“统一语言”必备的条件之一。更重要的是另外一条：“请教育部将初等小学‘国文’一科改作‘国语’，或另添‘国语’一门。”① “国语”终于被作为“国文”的对立面提了出来，并开始威胁“国文”的地位了，拼音化运动的另一个目标“普及教育”也迈出了第一步。

当然，在当时，究竟什么是“国语”，恐怕谁也说不清楚。拼音化运动的成果基本上是各式各样的方案，没有提供什么标本。而晚清蓬勃芜杂的白话文运动，其“白话”“浅说”“俗话”“宣讲”……语言体式五花八门，也并没有什么标准的“国语”。至于极度繁荣的白话小说，基本可以看作外来刺激下传统白话小说的各种变体，很难承担“国语”所应该担负的广泛使命。不过，“国语”进入中小学课本的努力使得“文言”一统正式书写语言的体制开始受到动摇。可以说，“国音”的确立，为“国语”奠定了根本的基础，而基于某种“白话”的新的书写语言的出现已经可以期待了。

（原载《现代中国》第一辑，湖北教育出版社 2001 年版）

① 倪海曙．注音字母运动［M］//中国拼音文字运动史简编．上海：时代书报出版社，1948：66－91.

南社与近代新闻报刊业

孙之梅

新闻报刊业在中国近代社会的变革中扮演的角色、产生的巨大作用是有目共睹的。社会近代化每向前走一步，就会推出一批活跃于宣传舆论界有思想、有激情的报人、记者。如甲午战争时期的王韬、郑观应，维新运动时期的康有为、梁启超、严复、唐才常、谭嗣同、黄遵宪、夏曾佑、汪康年等人，而在“驱逐鞑虏、恢复中华”的革命运动中，又有一批朝气蓬勃、少壮淋漓的报人记者涌现在新闻报刊的舞台上，他们大多数有参加南社的经历。

新闻报刊业是南社成员主要从事的职业，有记载的南社成员大多数曾涉足或立足这一行业，或主办报刊，或任报刊的主编、编辑、记者。南社人在近代新闻报刊业当中大致经历了三个时期：1905 年以前，辛亥革命以前和辛亥革命以后。

一、舆论界的新面孔

1899 年到 1905 年是中国世纪之交的过渡时期，社会结构和社会思潮处于急剧变化之中，新闻报刊业以其特有的敏感成为这种变化的晴雨表。戊戌变法失败后，改良派在国内的报刊丧失殆尽，但很快在海外找到了立足点。《清议报》《新民丛报》在一段时期内仍然引导着舆论界的潮流和走向。然而毕竟改良正在退去彩釉，革命共和的时代就要到来。1900 年“中国革命提倡之祖”① 的《中国日报》在香港问世，标志着革命派登上了新闻宣传的阵地。由于《中国日报》的发行集中在沿海和通商口岸的大城市，加上《中国日报》人才有限，没有足以与梁启超相抗衡的淋漓妙笔，因此，革命派在舆论界仍处于劣势。而事实上，当时的革命思潮正日益高涨，励志会、国民会、青年会、亡国纪念会、东京留学生会馆、军国民教育会等革命组织的革命活动风起云涌，革命目标愈来愈明确，

① 佚名. 代派香港中国日报［J］. 民报. 1909（19），1909-05-25.

革命气氛也愈来愈炽烈，中国的思想界和舆论界正面临着一次大转折。适应这种转折，一方面留日学生创办了一批宣传革命思想的报刊，南社的部分成员是其中的骨干，如刘成禺与《湖北学生界》、陈去病与《江苏》、黄兴与《游学译编》；另一方面革命派在国内打破了戊戌政变后舆论界的沉寂。1902 年教育会编辑的《选报》在国内率先脱离维新派的羁绊，显示出独立的革命倾向。此后由中国教育会主办或教育会成员编创的《苏报》《国民日日报》《童子世界》《少年中国报》《大陆》《中国白话报》《俄事警闻》《警钟日报》《二十世纪大舞台》《女子世界》《觉民》等报刊，旗帜鲜明地进行排满革命的宣传，批评保皇派对专制政体的眷恋，阐发革命的必要性和改良的危险性，以民族主义、国家主义警世觉民，形成了国内革命舆论的中心，与《清议报》《新民丛报》分庭抗礼，而且初露长江后浪推前浪、取而代之的趋势。中国教育会在思想舆论上的贡献，又在很大程度上仰赖于南社成员手中的“毛瑟枪”“横磨剑”。这些年轻的革命宣传家“弄三寸管演话剧”，“奔走海上疾呼号”①；“思想界中初革命，欲凭文字播风潮”②；“铸得洪钟着力撞，鼓声遥应黑龙江”③。他们写诗撰文，编报创刊，以无所顾忌、朝气蓬勃的姿态出现在新闻界。以中国教育会为纽带的这批报刊，大部分是由南社人主办、创刊和编辑的，分述如下：

这一时期国内最有影响的报纸当属《苏报》。《苏报》创刊于 1896 年，原由日侨生驹悦注册主办，曾因格调卑下，被法租界传讯，在上海诸报中卑不足道。1898 年陈范因教案落职，移居上海，“愤恨晚清官场的腐败，很想主持清议，挽救糟糕的时局”④，承办了该报，使之面目一新，“主张逐步前进，初由变法而保皇，继由保皇而革命”⑤。其中的转变又与中国教育会的兄弟团体爱国学社有直接的关系。1902 年 11 月，南洋公学和南京陆师学堂发起退学风潮，教育会协助南洋公学筹办爱国学社，给以经济上的资助，陈范月赠百金；《苏报》特设“学界风潮”专栏，先后发表了《释仇满》《汉奸辨》《代满政府筹御汉人之策》《俄据满洲后之汉人》《驳革命驳议》《呜呼保皇党》《读某报》等文章，堂而皇之地打出了革命的旗帜。柳亚子的《五十七年》说：“在当时，上海革命的大本营，一个是中国教育会，一个是爱国学社，还有一个却是陈蜕庵先生所主持的

① 高旭. 海上大风潮起作歌［N］//国民日日报，1903-08-23.
② 柳亚子. 岁暮述怀［M］//柳亚子诗词集：补编. 上海：上海人民出版社，1985：1823.
③ 陈去病. 题警钟日报［N］//警钟日报，1904-06-03.
④ 佚名. 苏报案始末［M］//上海通社，编辑. 上海研究资料续集. 上海：上海书店，1984：72.
⑤ 佚名. 苏报案始末［M］//上海通社，编辑. 上海研究资料续集. 上海：上海书店，1984：72.

《苏报》。”①《〈苏报〉案始末》亦云：“当时，上海已于无形中成为革命志士集合之地，而自《苏报》改革编制，昌言革命后，人们耳目更为之一新，影响所及，潜移默化，大有功效。”②《苏报》的主持人陈范、社论作者中的汪文博、柳亚子都是南社的骨干。

《苏报》案后，在清政府肆意摧残新闻出版活动的锣鼓声中，《苏报》人又创办了《国民日日报》。它毫不隐晦自己的政治观点，以犀利的笔墨批判满清政府的封建专制政体和种族压迫，批判改良派保皇立宪的宗旨，以历史材料为依据，阐发“华夷之辨”的思想，激发人们反清排满的革命情绪。因此，《国民日日报》被称为《苏报》第二。这份报纸的主编是章士钊，而南社成员陈去病、苏曼殊参加了编辑工作，高旭、王无生、朱锡梁、包天笑、柳亚子、高燮等人则是该报的作者。

《国民日日报》在1903年12月停刊，作为其后继的是《警钟日报》。陈去病《革命闲话》云：

> 《警钟》者，承《俄事警闻》之后，以扩大其范围也。先是孑民、小徐、浩吾、竞全诸子，以俄警日迫，特组对俄同志会，筹应付之法。又发行日报一纸，名曰《俄事警闻》，以告群众。辞气慷慨激厉，读之者莫不惊心动魄，为之流涕。每晚更于镜今书局门口，张贴要电，大书磅礴，血泪交迸，环而观者往往如堵墙。于是诸子知群情之融洽也，因有《警钟日报》之举，设馆于福州路英巡捕房东首之惠福里。以孑民总其成，予与允中、申叔、静庵为任撰述、编纂之责，而竞全独任其赀。③

《警钟日报》的前身是《俄事警闻》，该报及时地通报了俄国企图长久霸占东三省、清政府妥协投降以及留日学生的拒俄运动等动向，作者以“血泪交迸”之笔述，如同向国人敲起了亡国灭种之警钟，吸引了广大读者，因而改名为《警钟日报》。是报坚持《苏报》《国民日报》排满革命的办报宗旨，抨击封建专制政体，揭露清政府内政外交上的腐朽无能。它还及时地向读者介绍国内外的革命活动，并披露了中华革命军“驱除鞑虏，恢复中华，建立民国，平均地权”的誓词。这是“第一次在国内人民当中公布了资产阶级革命团体的政治纲领”④。

① 柳亚子．自传年谱日记［M］柳亚子文集．上海：上海人民出版社，1986：154.
② 佚名．苏报案始末［M］//上海通社，编辑．上海研究资料续集．上海：上海书店，1984：74.
③ 陈去病．革命闲话［M］//江苏革命博物馆月刊，1930：4.
④ 方汉奇．中国近代报刊史［M］．太原：山西教育出版社，1991：258.

陈去病、林獬等人担任编撰之责，高旭、高燮、柳亚子、蔡寅、王无生都是此报的撰稿人。

《女子世界》是由中国教育会丁初我主编的妇女刊物。在辛亥革命前众多的女子报刊中，《女子世界》是创刊较早、言论较激烈、革命倾向鲜明，而影响较大的一种。它把“家庭革命”和“种族革命”结合起来，号召妇女以苏菲娅等外国女杰为榜样，投身于反帝反封的斗争。《女子世界》一创刊，柳亚子就做了该刊在黎里的发行人，并在上面发表了《松陵新女儿传奇》《黎里不缠足会缘起》《中国民族主义女军人梁红玉传》《哀女界》《女雄谈屑》《为民族流血无名之女杰传》《中国女剑侠红线聂隐娘传》《论女界之前途》等文。柳亚子一生在各个历史时期都写过与妇女问题相关的文章，而《女子世界》上的文章首先展现了作者对妇女问题的关注。

中国最早的戏曲杂志当推陈去病主编的《二十世纪大舞台》。它以“改革恶俗，开通民智，提倡民族主义，唤起国家思想为唯一目的”①。杂志号召当时有革命倾向的戏剧家，以文学和戏剧宣传排满革命。陈去病《革命闲话》云：“《大舞台》杂志者，藉改良戏剧之名，因以鼓吹革命而设也。一时汪笑侬、孙菊仙、朱素云、熊文通、周凤文、时慧宝诸伶，咸与予往还。笑侬手编《缕金箱》一剧，以演杨龙友、方芷故事。予亦撰《金谷香》，记枪击王之春一案，并撰白浪滔天、杨白花诸传。刘申叔亦撰《原戏篇》以贻予。购者甚众。惜仅出两期，即被禁锢，三期稿杳不可得矣。”② 这份刊物的短命，与它旗帜鲜明的民族民主革命倾向有直接的关系。陈去病在《论戏剧之有益》一文中说：“凡衿缨冠带之伦，苟其稍具普通知识，固罔不知戴异族之为非”，而普通百姓则“以为吾祖宗以来，知有珠申；生世以降，即蒙辫发；明社虽屋，吾仍有君；黄帝其谁，何关血统”？通过观戏，既可睹汉家衣冠，又可了解“吾民族千数百年前之确实历史，而又往往及于夷狄外患”，“与夫家国兴亡之惨，人民流离之悲”，从而“通古今之事变，明夷夏之大防，睹故国之冠裳，触种族之观念”。所刊登的戏剧内容与这一宗旨相表里：“编明季稗史，而演汉族灭亡记；或采欧美近事，而演维新活历史，随俗嗜好，徐为转移，而潜以尚武精神、民族主义，一一振起而发挥之。”③ 两期杂志除陈去病《革命闲话》提到的外，《长乐老》《安乐窝》《鬼磷寒》《黄龙府》都有明显的反满色彩。这些戏剧公开指斥清廷为“北虏”

① 方汉奇．中国近代报刊史［M］．太原：山西教育出版社，1991：259.

② 陈去病．革命闲话［J］//江苏革命博物馆月刊，1930（6）：4.

③ 陈去病．论戏曲之有益［J］//二十世纪大舞台，1904（1）.

“虏骑”“匪种”，表示向往汉朝威仪、汉家衣冠，崇拜共和，倾心卢梭、孟德斯鸠、玛志尼。革命的目标是“建独立之阁，撞自由之钟”，“光复旧物，推倒虏朝”。这份杂创刊于1904年10月，半月一期，只存在了一个月。

《中国白话报》也是南社人主编的一份有影响的报纸，创刊于1903年年底，主编南社成员林獬。林獬是中国近代著名的报人，一生从事新闻业三十余年，参与刊发的报刊十余种，其中《中国白话报》为独力创办主编。在这份报上，他以“白话道人”的笔名撰写了大量的文章。世纪之交，白话报不下五十种，《中国白话报》无疑是最重要的一种。

与上海、香港的革命宣传形成呼应之势的地方刊物中，创刊于金山县的《觉民》是引人注目的月刊。该刊辟有论说、哲理、教育、军事、卫生、传记、时局、小说、谈丛、杂录、尺素、婚制、时译、演说、政法、历史、文苑、青年思潮等栏目，主办人是高旭和其叔高燮、其弟高增，撰稿人多是后来的南社成员，如黄节、陈家鼎、包天笑、马君武、马一浮等人。该刊发刊于1903年11月，到1904年8月停刊，共出10期。

在1905年前的报刊宣传中，南社人初步展现了他们激进的革命倾向和活泼淋漓的写作才华，在国内革命宣传中起了重要的作用，涌现出马君武、陈范、陈去病、高旭、林獬、柳亚子这样出色的报人、记者、撰稿人。

二、革命派新闻报刊界的主力军

1905年是中国近代史上具有里程碑意义的一年。是年8月同盟会成立，提出了“驱逐鞑虏，恢复中华，创立民国，平均地权”的政治纲领。同时，提议把《二十世纪之支那》改组为同盟会的机关报《民报》，1905年11月26日《民报》以同盟会代言人的姿态在东京创刊。《民报》的问世是辛亥革命前的一个重大事件，也是近代报刊史上的大事件，带动了有革命倾向的报刊在全国普遍开花。在《民报》的带动下，日本创办24种报刊①，其中南社人创办、编辑的就有9种。它们是《醒狮》（1905年9月29日创刊，编辑者为陈去病、高旭、柳亚子、李叔同等）、《复报》（1906年5月创刊，编辑者为柳亚子、田桐、高旭、高燮等）、《云南》（1906年10月15日创刊，主持人为李根源）、《洞庭波》（1906年10月18日创刊，编辑者为陈家鼎、景定成、宁调元等）、《鹃声》（1906年创刊，编辑者有南社人雷铁崖、李肇甫）、《汉帜》（1907年1月25日创刊，编辑者为陈家鼎、宁调元、景定成等）、《晋乘》（1907年9月15日创刊，编辑者为景定成、

---

① 方汉奇．中国近代报刊史［M］．太原：山西教育出版社，1991：403.

景耀月)、《夏声》(1908年2月26日创刊，赵世钰为主编)。南社人投身于新闻报刊业的这种优势在上海更为突出。据方汉奇《中国近代报刊史》统计，1905年至1911年期间，革命派在上海先后出版了15种报刊，其中由南社人编创撰稿的就有11家。有《国粹学报》(1905年2月23日创刊，黄节为主编之一)、《竞业旬报》(1906年10月28日创刊，傅专是主编之一)、《神州日报》(1907年4月2日创刊，创办人于右任)、《民吁日报》(1909年10月3日创刊，创刊人于右任)、《民立报》(1910年11月创刊，创刊人于右任)、《越报》(1909年11月创刊，雷铁崖为撰稿人之一)、《中国公报》(1910年创刊，陈其美、陈去病、陈毓川任主编)、《民声丛报》(1910年5月23日创刊，陈其美为主编之一，雷铁崖、林獬等是撰稿人)、《克复学报》(1911年4月创刊，李季直为主编)、《天铎报》(1910年3月11日创刊，李叔同、戴季陶、陈布雷等人出任主编)。除了日本、上海这些革命知识分子聚集的地方外，其他地区也有南社人编发的报刊活跃在舆论界，如在马来西亚槟榔屿刊发的《光华日报》，汪精卫、雷铁崖任主笔，陈世宜、李叔同、戴季陶为其撰稿；泰国刊发的《光华日报》是同盟会在停刊不久的《仰光新闻》的基础上办起来的，参与编撰的人有居正、吕志伊等人。再如广州的《群报》，卢谔生、沈厚慈任主编；《时世画报》《东方报》，谢英伯是主编之一；《中华新报》，更是南社人在岭南的聚集之处。北京的《帝国日报》，宁调元任主编；《国风日报》，景定成、田桐、仇亮任编辑；《国光新闻》，田桐、景定成任主编。山西的《晋阳白话报》，景定成、景耀月任编撰。还值得特别一提的是在为数不多的几种妇女报刊中，有南社女成员唐群英主编的《留日女学会杂志》。《南社丛刻》也是这一时期有影响的文学刊物，它代表了革命文学的一个窗口。如果说，1905年前，南社人在新闻报刊业中崭露头角的话，1905年到辛亥革命前则成为革命派新闻报刊界的主力军，更重要的是在革命运动中，南社人和这些报刊发挥了无可取代的作用。

《民报》是同盟会的机关刊物，也是革命派的舆论中心，很多南社成员为其撰稿，如汪精卫、陈去病、苏曼殊、马君武、田桐、雷铁崖、景定成、柳亚子、叶夏声等人。《民报》创刊后，就面临着一个重要任务，除了宣传孙中山在《发刊词》里提出的三民主义和同盟会的十六字纲领外，就是清除维新派的影响，和保皇立宪的论调进行针锋相对的斗争。为此，《民报》发动了和《新民丛报》的论战。在论战中，《民报》以同盟会的纲领为中心，系统地阐发了革命派的民族主义思想和三民主义的政治思想，有力地反驳了梁启超的“开明专制论”及共和会招致内乱、导致外国干涉瓜分的观点，为革命运动的展开澄清了理论是非。

与国外酣畅淋漓的论战相比，国内的革命宣传则颇多曲折。自《苏报》《国民日日报》《警钟日报》相继被封后，舆论界缄口结舌将及两年，与海外特别是日本留学生言论的活跃大胆形成了鲜明的对比。打破这种“万马齐喑”局面的不能不提到于右任和他创办的《神州日报》及“竖三民”。《神州日报》创刊于1907年4月2日，报名隐含反清思想与爱国思想。于右任自己说：“顾名思义，就是以祖宗缔造之艰难和历史遗产之丰富，唤起中华民族之祖国思想”，“激发潜伏的民族意识”。[①] 冯自由《上海〈神州日报〉小史》介绍该报内容、特点和发行情况：

> 盖自《苏报》以后，清吏对于富有革命色彩之书报，文网周密，一般新学家咸具戒心，不得不用旁敲侧击之文字，以作迂回之宣传也。此报体裁特重社论一栏，所下时政批评，针针见血，足以廉顽立懦。副刊之说部小品文字，以芳馨悱恻之词，写小雅诗人之旨，亦足使读者之种族观念油然而生……又其与别报不同之特点，在于不用清胡君主年号，而以丁未二字代之。出版数月，销路日盛，骎骎驾旧时各报而上之，非无故也。[②]

这一份成功的报纸仅出版37天，因邻居失火，不幸殃及，编辑印刷营业三部悉付一炬。经过八个月的筹备，于右任于1909年5月15日又创办了《民呼日报》。该报主笔阵容更强大，内容更丰富，持论更激烈，为民请命，大声疾呼，“批评时政之得失及排斥官僚之腐败，则较《神州日报》尤为激烈”[③]，以抨击陕西政界为最力。不出三月，销量雄居上海各报之首。但因此也招致陕甘总督的迫害，92天后于右任被逐出租界，报纸也被迫停刊。未及一月，《民吁日报》又诞生了，于右任撰宣言书，景耀月撰出世之辞。不久，针对日本侵略满蒙和朝鲜志士刺杀伊藤博文的事件发表评论，引起了日驻沪领事的恼火，48天后的《民吁日报》又被迫停刊。1910年春夏间于右任着手组织《民立报》，10月10日发刊，发刊词出自于右任之手，冯自由称其为“洵不愧新旧文学合流之代表”[④]。发刊词不仅辞采丰赡，情文并茂，而且不乏精辟之论，如：“是以有独立之民族，始有独立之国家；有独立之国家，始能发生独立之言论。再推而言之，有独立之言论，始产生独立之民族，始能卫其独立之国家。”阐发了言论、民族、国家“相依为命，此伤则彼亏，彼倾则此不能独立”的关系。近代以来，几代人前仆后继

① 于右任．如何写作评论［J］//新闻学季刊，1940（2）．

② 冯自由．上海神州日报小史［M］//革命逸史：第2集．北京：中华书局，1981：242．

③ 冯自由．上海民吁日报小史［M］//革命逸史：第3集．北京：中华书局，1981：300．

④ 冯自由．上海民吁日报小史［M］//革命逸史：第3集．北京：中华书局，1981：330．

追求社会的民主，但对民主的理解却千差万别，经历过雾里看花的过程。于右任在民国前就把民族独立、国家独立、思想言论独立作为现代民主社会最本质的特征，不能不令人感佩其思想的敏锐深邃。因此，《民立报》与《民呼》《民吁》相较，报名只一字之差，其思想的境界却是不同的。后二者旨在"大声疾呼，为民请命"，而《民立报》则紧紧扣住"民立"二字，"提倡吾国民自立之精神"，"培植吾国民独立之思想"，"补助吾国民进立于世界之眼光"，也就是用报纸为民主国家的建立准备合格的国民。辛亥革命前夕，如此的宗旨可谓宏大、适时，正如于右任所指出的，是"一大杰物之出现此社会"。何谓"杰物"？杰物"与此社会即有际地蟠天之关系，否则新事业无异乎陈死人。倘其适宜于此社会也，虽百劫而不磨，而其精光浩气，时来时往于两大之间，时隐时现于吾人耳目之表，待时而生，自足风靡乎一世"。① 这一段话也道出了《神州》《民呼》《民吁》《民立》四报获得极大成功的秘诀——"适宜于社会"，反映社会对进步、光明、公正、自由的追求。《民立报》出版之时，正是民主革命高潮到来之际，报纸大量报道孙中山在国外的革命活动和国内革命形势及革命党人的事迹。报纸发行不久，销量达两万余份，是当时国内发行量最大的一家日报。冯自由《上海〈民立日报〉小史》云："《民立》《神州》二报反借此宣传民族主义，鼓荡革命精神，竞载殉义烈士之嘉言轶事，如数家珍。遂令全国之革命思潮，有黄河一泻千里之势。"②《民立报》还有一个作用，在辛亥革命前和辛亥革命中是同盟会中部总会的联络和指挥机构。武昌起义后不久，武汉形势紧张，于右任、陈英士策动和组织了上海的光复。各省光复后，革命党内部为谁来执掌大总统争持不下，《民立报》率先著文欢迎孙中山回国主持政局，介绍孙中山二十多年为创建民国所进行的艰苦卓绝的斗争。正是因为《民立报》在辛亥革命前后在宣传和实际工作中发挥的突出作用，中华民国临时政府成立，报社同人中的于右任、景耀月、吕志伊、宋教仁、马君武、陈英士等人入选内阁，于右任出任交通次长。

三、报刊业中"大聚义"

蒋智由曾对文字的作用期许甚高："地覆天翻文字海，可能歌哭换神州。"(《久思》)"文字收功日，全球革命潮。"(《卢骚》)③辛亥革命的胜利，很大程度上得力于文字宣传，这一事实诫示了以后的掌权者更加重视对新闻报刊的控

① 冯自由．上海民吁日报小史［M］//革命逸史：第3集．北京：中华书局，1981：330.

② 冯自由．上海民吁日报小史［M］//革命逸史：第3集．北京：中华书局，1981：334.

③ 郭延礼．近代六十家诗选［M］．济南：山东文艺出版社，1986：138.

制、收买、迫害。民国后，新闻报刊业并没有因为共和制的建立而自由顺畅地发展，除了南京临时政府期间短暂的繁荣外，武人弄权，新闻报刊在刀口剑尖上度日。政治风云的波诡云谲，导致报刊的迅速分化。据《太平洋报》1912 年 7 月 25 日刊发的一条消息，说上海的报纸分为同盟会与反对派两个系统，属于同盟会系统的《中华民报》《民权报》《天铎报》《民强报》《民立报》，其中的四种是由南社人主持编辑的。《民立报》《天铎报》已如前述；《中华民报》的创办人是广西桂林的邓家彦，主笔是四川夔县的刘民畏；《民权报》的主编是戴季陶。柳亚子《南社纪略》的一段话可以作一补充，他说在上海的其他各报中，南社社友也占据了不少位置，如《天铎报》有邹亚云、李怀霜、俞语霜，《民主报》有范鸿仙，《民权报》有戴季陶、汪子实、牛霹生，《时报》有包天笑，《神州日报》有黄宾虹、王无生，《大共和报》有汪旭初，《民国新闻》有陈泉卿、吕天民、陶冶公、沈道非、林庚白，《民国日报》有黄季刚、刘昆孙。事实上，这仍不是全部，南社人编撰的报纸还有一些，如《国风日报》主持人是景定成，《亚东新报》的策划者是宋教仁，《民主报》的主办者是仇亮，广州《讨袁报》的主编是谢英伯，《长沙日报》的编撰人员是清一色的南社人，文斐主持，傅尃任总编，孔昭绶、龚尔位、谭觉民等人任编辑。此外，王钝根、陈蝶仙、周瘦鹃在《申报》，郭步陶、杨千里、王蕴章在《新闻报》，邓孟硕、管际安、程善之、刘民畏在《中华民报》，徐郎西、陈匪石、姜可生在《生活日报》。

南社人物最集中的是《太平洋报》。该报创刊于 1912 年 4 月 1 日，是同盟会于民国后在上海创办的第一家大型日报。它的全部设备来自光复前同盟会在上海租界的秘密印刷所，经费由上海都督府调拨。柳亚子《南社纪略》说："叶楚伧办起《太平洋报》来了，于是我从《民声》出来，跳进了《太平洋》。《太平洋》的局面是热闹的，大家都是熟人，并且差不多都是南社社友，不是的，也都拉进来了。那阵容揭示如下：姚雨平（社长）、陈陶遗、邓树南（顾问）、叶楚伧（总笔）、柳亚子、苏曼殊、李息霜、林一厂、余天遂、姚鹓雏、夏光宇、胡朴庵、胡寄尘、周人菊、陈无我、梁云松（主笔）、朱少屏、王锡民（干事）。"① 由于南社人长于诗词戏曲小说的创作，《太平洋报》的"文艺副刊是很精彩的"。《太平洋报》的广告也很有特色，它代客户进行美术加工，用各种书法提高广告的艺术性，都由李叔同设计书写。南社对演员冯春航的褒贬也多登载在该报上。这份能表现南社"全盛时代"的报纸只出了半年左右就停刊了。

另一份清一色由南社成员办的报纸是《中华民报》，该报创刊于 1912 年 9 月

① 柳亚子．南社纪略［M］．上海：上海人民出版社，1983：42.

20 日。同盟会各报中，此为反袁最坚决的一份报纸。宋教仁被暗杀的真相暴露后，该报在 1913 年 4 月 27 日一天发表反袁讨袁的社论八篇，创造了新闻史上同一天一份报上社论数量的最高纪录。总理邓孟硕，经理龚铁铮，总编辑兼电报编辑汪洋，外埠新闻编辑刘民畏，外埠新闻助理编辑殷人庵，本埠新闻编辑管义华，副刊编辑程善之、胡寄尘，社评胡朴安，翻译陈无我。二次革命后，邓孟硕被捕入狱，报纸被迫停刊。南社成员在报纸上的再一次大聚合是创刊于 1916 年 1 月 22 日的《民国日报》。该报的筹办人是陈其美、邵力子，叶楚伧主持报务，副刊的作者多是南社成员，胡朴安称该报为“社友文字发表之中心”。不幸的是 1917 年前后南社的唐宋诗之争以及由此引发的意气之争、人身攻击，甚而拉帮结派的党棍作风也表现在该报上。

胡朴安《南社诗话》讲南社在民国后新闻报刊业的作用云：“南社本是与国民党先后组织的，国民党为革命实际之行为，南社为革命文字之鼓吹。民国成立，民党报纸，其任编辑者，多半是南社社员，常与非民党报纸，以笔墨相战斗。”① 辛亥革命中，南社人编撰的报刊传播革命消息，宣传民主共和的思想，欢呼民主政治新时代的到来；南北议和后，反对议和、反对妥协、反袁是主题，特别是宋案以后，报纸用大量篇幅揭露袁世凯刺宋的内幕和用武力实现独裁专制的野心，猛烈抨击其专横跋扈、到处制造惨案的罪行；在袁政府的独裁统治即将成为事实的情况下，他们又展开了以“法律解决”还是以武力解决国体政体问题的讨论，最后达成了共识，主张二次革命。

这是民党报纸与非民党报纸的“正式战斗”，还有“偏师之战”。胡朴安《南社诗话》述及《民权报》和《大共和报》副刊的一次“小小有趣的事”，“《大共和报》登一篇小说，篇名《情海归槎记》，内容短篇《聊斋》体裁，皆是写本人情场之经过。汪子实……知其生平，作一打油诗，登之《中华民报》副刊，内句云：‘一篇《情海归槎记》，霜妹如何独见遗?’因之此小说遂引起民党报纸之注意。《民权报》正式作批评，略谓此种淫秽之文字，负风化之责者，应当禁止，并引法律条文。此批评登出，竟引起巡捕房之干涉，传《情海归槎记》著者，处以相当之责罚。我辈闻之，皆大笑云：‘我党偏师又获胜矣!’此是民党报纸之一趣事，亦南社之一趣也。”② 可见以南社为主体的民党报纸与非民党

① 胡朴安. 南社诗话［M］//曼昭，胡朴安，著. 杨玉峰，牛仰山，点校. 南社诗话两种. 北京：中国人民大学出版社，1997：149.

② 胡朴安. 南社诗话［M］//曼昭，胡朴安，著. 杨玉峰，牛仰山，点校. 南社诗话两种. 北京：中国人民大学出版社，1997：149.

报纸两家壁垒分明，“正式战斗”不会掉以轻心，就是“偏师”之战也不放过。

综上所述，从20世纪初民族民主革命思潮的酝酿、高涨到辛亥革命前后，南社人从1905年前以“散兵游勇”的形式进入新闻报刊领域，到辛亥革命前以省为界的小型组合，再到民国后的“大聚义”，在促进革命高潮的到来，保卫革命成果，促进中国政治的民主化进程等方面，发挥了相当重要的作用，是一二十年代新闻界最活跃最有生气的进步力量，对报刊的版面、编排、管理、发行、栏目设置、广告代理等业务都有尝试，在新闻采访、新闻理论、新闻教育等方面多有建树。

（原载《文史哲》2002年第3期）

重新审视欧化白话文的起源

——试论近代西方传教士对中国文学的影响

袁　进

文学是语言的艺术，“五四”新文学新就新在运用现代汉语。这几乎已经是常识了。我们一直认为：新文学是“五四”时期方才诞生的，它是“五四”一代作家用现代汉语创作的新型文学作品，正是这样一批新文学作品奠定了现代汉语的地位。按照胡适等“五四”新文化运动倡导者的说法，两千年来的中国文学，走的是言文分离的道路，“五四”白话文运动，才确立了“言文一致”的状态。

但是，一种语言的转换需要整个社会的响应与支持，这是需要时间的！因为语言是整个社会交流的工具，它不大可能只由少数人在短短几年时间内支配决定。如果按照“五四”新文学家的叙述，“五四”新文学靠着这么一点作家振臂一呼，办了这么一点杂志，在短短的几年内，就能够转变中国的语言，可以说是创造了世界语言史上的奇迹，值得人们去进一步深究。胡适正是意识到这一点，才写了《国语文学史》《白话文学史》，试图把新文学的白话与中国历史上的白话文本连接起来，梳理出白话文发展的历史线索，寻找出“五四”新文学白话文的历史依据。但是，胡适的《国语文学史》《白话文学史》没有做完，只做到宋代。在我看来，他幸好没有做下去，假如他按照这样的线索一直做到“五四”，那么，鸳鸯蝴蝶派就是当时白话文学的正宗，他们做的白话才是按照中国文学传统一直发展下来的白话。张恨水曾经以《三国演义》为例说明“五四”以来新文学欧化句式与当时一般读者的美感距离：“‘阶下有一人应声曰，某愿往，视之，乃关云长也。’这种其实不通俗的文字，看的人，他能了然。若是改为欧化体：‘我愿去。’关云长站在台阶下面，这样地应声说。文字尽管浅近，那一般通俗文运动的对象，他就觉着别扭，看不起劲。”① 张恨水说的其实是鸳鸯蝴蝶派代表的通俗文学与“五四”新文学之间的语言差距。因此，我把按照中国文学传统发展下来的白话称作古白话。在鸳鸯蝴蝶派看来，他们才是古白话的继承者。

新文学的白话受到古白话影响，但是它们显然不是鸳鸯蝴蝶派用的古白话。它们主要是一种带有欧化色彩的白话。如果说20世纪20年代新文学与鸳鸯蝴蝶派在文学语言上有什么区别，那区别主要就在欧化的程度上。鸳鸯蝴蝶派也受到西方文学的影响，但它还是从古代章回小说的发展线索延续下来的，以古白话为主，并且没有改造汉语的意图；新文学则不然，它们有意引进欧化的语言来改造汉语，以扩大汉语的表现能力。我们从“五四”新文学家的翻译主张上，尤其可以看出这一点。如鲁迅主张的“硬译”，就是一种改造汉语的尝试。

那么，古白话何时转换为欧化白话文？欧化的白话文是何时问世的？它是在“五四”新文学问世时方才问世的吗？显然不是。根据我的研究，欧化白话文在中国已经存在了一个漫长的时段，到“五四”时期，它至少已经存在了半个多世纪。对于欧化白话文在中国近代的存在，它们的发展线索，它们对后来国语运动的意义，我们似乎还缺乏研究，学术界也不重视。

中国自身的古白话是何时开始转化为欧化的白话的？这要归结为近代来华的西方传教士，是他们创作了最早的欧化白话文。西方近代来华传教士最初所用的汉语大多是文言，但他们运用汉语的目的既然是传教，而传教又是“在上帝面前人人平等”的，他们就必须照顾到文化水平较低、无法阅读文言的读者。中国的士大夫由于具有儒家信仰，对于基督教的传教，往往持抵制态度。这就促使西方传教士必须更加注意发展文化水平较低的信徒，用白话传教正是在这种状态下进入了他们的视野。“初期教会所译《圣经》，都注重于文言。但后来因为教友日益众多，文言《圣经》只能供少数人阅读，故由高深文言而变为浅近文言，再由浅近文言而变为官话土白。第一次官话译本，乃1857年在上海发行，第二次1872年在湖北发行。”② 其实，西方传教士最初创作白话文时运用的却是古白话，因为这时还没有欧化白话的文本。早在鸦片战争前，德国的新教传教士郭实腊在广州创办《东西洋考每月统纪传》，所用语言即是浅近文言和古白话。郭实腊将中国用于小说叙述的古白话运用到新闻叙述中来：

---

① 张恨水．通俗文的一道铁关［N］．新民报（重庆）．1942－12－09．

② 王治心．中国基督教史纲［M］．上海：上海古籍出版社，2004：254．

在广州府有两个朋友，一个姓王，一个姓陈，两人皆好学，尽理行义，因极相契好，每每于工夫之暇，不是你寻我，就是我寻你。且陈相公与西洋人交接，竭力察西洋人的规矩。因往来惯了，情意浃洽，全无一点客套，虽人笑他，却殊觉笑差了，不打紧。忽一日来见王相公说道："小弟近日偶然听闻外国的人，纂辑《东西洋考每月统纪传》，莫胜欢乐。"①

然而，古白话毕竟是一种书面语言，它与当时的口语已经产生了距离。况且西方传教士在翻译西方《圣经》和赞美诗时，需要有一种更加切合西方文本，能忠实于原著，同时也更加切合当时口语的语言，以完整地对下层社会成员表达出西方典籍的意思。经过不断的翻译磨合，大概在19世纪60年代之后，古白话渐渐退出传教士翻译的历史舞台，欧化白话开始登场。这些译本是中国最早的欧化白话文本，也是最早的白话文学前驱。

我们先看欧化白话的小说，西方长篇小说最早完整译成汉语的，当推班扬的《天路历程》，翻译者为西方传教士宾威廉，时间在1853年。当时所用的翻译语言还是文言，后来因为传教的需要，又重新用白话翻译了一遍，时间在1865年。它虽然用的是白话，却已经不是章回小说所用的古白话，大体上已经是崭新的现代汉语了。试看：

世间好比旷野，我在那里行走，遇着一个地方。有个坑，我在坑里睡着，做了一个梦，梦见一个人，身上的衣服，十分褴褛，站在一处，脸儿背着他的屋子，手里拿着一本书，脊梁上背着重任。又瞧见他打开书来，看了这书，身上发抖，眼中流泪，自己拦挡不住，就大放悲声喊道，"我该当怎么样才好?"他的光景，这么愁苦，回到家中，勉强挣扎着，不教老婆孩子瞧破。②

这是《天路历程》开头的第一段，我们可以看到，作者已经不再运用古白话的套语。为了忠于英文原著，作者运用白话翻译时必须保持原著的特点，忠实于原作的意思，这样的翻译也就坚持了原著套叠的限制视角叙述，白话也就出现了新的特色，带有西方语言表述的特点，它作为书面语是以前中国白话小说中罕见的，小说同时保持了西方小说的叙述特点，从而改造了中国原有的白话文学。假如把这一段与今天《天路历程》的译本对照，我们不难发现：它们之间并没有

---

① 爱汉者，等编．东西洋考每月统纪传［M］黄时鉴，整理．北京．中华书局．

② 班扬．天路历程［M］．刻本．1865（同治四年）．

明显的差别，尤其是在白话语言的运用上。

我们再看散文。古代没有专门的白话散文，散文都是文言的。但是，在19世纪70年代，西方传教士的出版物却刊载了不少白话散文。试看一篇描写上海的游记：

> 上海是中西顶大通商口岸，生意茂盛，人烟稠密，各口岸都及不来。城西北门外，纵横四十里，都是外国租界，其中所居的各西国人，统计约有三千多。洋房几千件，有三层楼、五层楼，高大宽敞；也有纯石、纯铁、纯木建的房屋，牢固的狠。街道都用石子填成，宽四五丈，至少二三丈，往来马车、小车、东洋车终日纷纷不绝。路上遇尘土飞扬，自有许多工人，用水车汲水，沿路泼洒，而且随时有人打扫，真乃洁净之极的。①

这篇散文作为游记虽然缺乏文采，但是它的行文语气已经摆脱了过去传教士所用的古代白话的行文语气，表现出新的气息，虽然其间还有文言的影子，如“每傍晚，当此炎天，西人都到园中散步纳凉，乐如何之”等，但是，这种文言的影子在“五四”白话文中也存在，甚至要更加厉害。假如把它放到与“五四”后的杂志上刊载的白话散文一起，我们会很难断定它是写于19世纪70年代。

我们再看西方传教士在同年代用白话写的议论文：

> 从前多年，有天主教的西国人，将西国乐法，大小规矩讲明，成一部书，叫律吕正义，都定在律历渊源里头。只是这部书，如今难得，而且说的也太繁数，并不是预备平常人学唱，乃是预备好学好问的先生，互为证验。再说作成这部书以后，又有人出新理，添补在乐法之中，因此这部书，如今就算是旧的，其中多半，是些不合时的老套子。近来又有耶稣教的人，将西国的乐法，作成乐书。但是所作的，大概只是圣诗调谱，而乐中的各理各法，并没有详细讲明，更没有预备演唱的杂调和小曲。现在所作的这本书，是详细讲明，各理各法，并有演唱的杂调小曲，又有三百六十多首圣诗调谱。②

因为篇幅关系，不能将全文展现在读者面前。这篇文章的分段和标点都是原有的，标点只有顿号和句号，也就是只有句读，现在将原来的顿号换成了逗号。这

① 佚名．小孩月报：第15号［N］．1876（光绪二年）．

② 狄就烈．序［M］//圣诗谱．刻本．潍县．1873（同治十二年）．

是一篇用英文想好了的文章，然后再翻成中国白话的，行文方式是英国式的，它是英语“树式结构”的文章，与中国传统的议论文序跋完全不同。其差异主要有以下几点：

一、中国传统的序跋有一套古文的写法，其中的起承转合非常复杂，而且不分段落，讲究一气呵成。现今古文的分段都是后人重新分的。英国议论文讲究分段，每一段一层意思，有一个主干，逐层递进，层层深入，显得逻辑清晰，层次分明。

二、古代的序跋文言富于弹性，词语可以前置后置，变化较多，并有意通过这种变化增加散文的色彩。英国散文句子都讲究语法，各种词有着固定的位置，不容像中国古代序跋那样随便变化。

三、古代文言散文行文以单音节字词为主，现代散文行文以双音节词为主。该文以双音节词为主，而且用得十分自然流畅。

四、文章对音乐的理解，带有很强的西方色彩，这是站在西方音乐的立场上观照东方音乐，指出中国音乐的缺陷。

五、因为没有受过这样的训练，在晚清即使是与西方传教士合作翻译的士大夫也写不出这种文体的序跋，只有西方传教士因为受过专门的英文训练，才写得出这样的序跋。这就是一篇现代散文。

最能代表文学作为语言艺术的体裁是诗歌，西方传教士对汉语诗歌的影响也是很大的。传教士要翻译基督教的赞美诗，传教的需要和他们的汉语水准都不允许他们把赞美诗的翻译格律化。于是，他们翻译了大量的欧化白话诗。中国古代也有运用口语的白话诗，不过那运用的是古代的口语，不是现代的口语，如《诗经》《乐府》《山歌》；也有近于今天的白话诗，如寒山、拾得的禅诗等，不过那仍旧是以单音节为主的诗。胡适自己认为，现代白话诗是由他发明的，其实不然。传教士在翻译基督教赞美诗时，为了帮助信徒快速理解，有不少传教士就把它翻译成白话诗。现从19世纪70年代的出版物中举出若干例证（原文无标点，只有句读）：

两个小眼，要常望天；两个小耳，爱听主言。两个小足，快奔天路；两个小手，行善不住。耶稣我主，耶稣我主；耶稣我，耶稣我，善美荣耀之耶稣。

仰望天堂一心向上，走过两边绊人罗网，天使欢喜等候接望，大众赞美弹琴高唱。①

这些白话赞美诗至少在19世纪70年代就已经流传在教民中了，它们的问世，很可能还要推前。为了准确翻译赞美诗，也为了大众能够马上理解，这些诗已经开始把古代白话诗的以单音节为主转变为现代白话诗的双音节为主，不讲平仄，不讲古诗格律，它们数量众多，也有文言和古白话的气息，表现的又是西方文化，比起胡适“两个黄蝴蝶，双双天上飞”的“缠了足又放”的白话诗，在白话文的运用上，似乎要更加大胆，更加贴近普通老百姓。从新文学的理念看，也就更加具有新文学的色彩。我们再看写于19世纪80年代的赞美诗：

我眼睛已经看见主的荣耀降在世/是大卫子孙来到败了撒旦魔王势/诸异邦在黑暗如同帕子蒙着脸/远远的领略到了一个伯利恒客店/在加利利的海边困苦百姓见大光/天父救世的恩典传到犹太国四方/耶路撒冷的长老把我救主当大凶/复活还安慰门徒逐被接到荣光中/同心祈求的教会蒙主赐下来圣灵/以信爱望拜仇敌拿着十字架得赢/今教会已经平坦只是德气还不足/不几时主必来到那就成全我的福/在天上有一城邑名叫新耶路撒冷/宝座周围白衣的都是快快乐乐永生/荣耀荣耀哈利路雅/荣耀荣耀哈利路雅②

在这首诗中，翻译者更加忠实于英文原作。译诗也就更像新文学的诗作，双音节为主的节奏，整齐的长句式，单音节和双音节交错的旋律，都体现了对现代汉语诗律的尝试。这是一种全新的节奏，这样的诗，节奏韵律虽然还不够成熟，其间也还有旧诗的痕迹，但是其欧化程度远远超过了胡适等人所做的新诗。这样形式的诗，即使拿到20世纪20年代，在新诗的创作上，它也应当算领先的。我们以前有一个观念，认为现代白话文是与口语结合的结果；其实不然，它是外语同口语结合的结果，这在诗歌的翻译上尤其可以看出。像这首诗与当时的口语距离甚远，但是它恰恰代表了后来新诗的发展方向。应当说，这种翻译并不完全是当时的口语，实际上它提供的是一种新型的书面语言。当时传教士用西化白话这样翻译赞美诗和《圣经》，中国信徒也是有一个接受过程的。当时“所唱的诗，都是从英文翻译的，而用外国的调子。在中国习惯上，实在非常陌生，所以唱来不甚好听；在翻译的词句上亦甚俚俗”③。只是这个接受过程对于中国社会来说，

① 狄就烈．序［M］//圣诗谱．刻本．潍县．1873（同治十二年）．

② 文璧．赞美圣诗［N］//小孩月报：第3号．1890．

③ 王治心．中国基督教史纲［M］．上海：上海古籍出版社，2004：243．

到“五四”白话文运动已经延续了数十年之久，中国的信徒早已适应了这样的赞美诗和《圣经》。

因此，我们可以看到，早在“五四”新文学问世之前，运用类似于现代汉语的欧化白话文创作的文学作品已经存在，除了戏剧目前尚未发现外，小说、散文、诗歌等各种文体都已作了颇为有益的尝试。在西方传教士的支持下，它们在语言形式上走得比早期新文学更远，在欧化程度上有的作品甚至超过了早期新文学的作品。这些欧化白话文作品不绝如缕，在教会出版物中一直延续下来，延续到“五四”白话文运动，一直到现代汉语占据主导地位。

颇有意思的是，这些作品似乎在“五四”新文学家的心目中并不存在，它们虽然问世已经接近半个世纪，但是它们对新文学家似乎毫无影响。新文学家在说到自己的创作时，几乎都没有提到西方传教士的中文翻译作品对他们的影响，他们几乎一直认为自己的创作主要接受的是外国小说的影响，他们或者是阅读外文原著或英译本，或者是阅读林纾等非西方传教士的中译本，仿佛西方传教士的欧化白话文译本从来就没有存在过。甚至连许地山这样的基督徒作家都没有提及西方传教士的白话文对他的影响。对于造成这种状况的原因分析将是另外的论文要论述的内容。但是，毫无疑问，这是西方传教士的欧化白话文文本后来被历史遮蔽的主要原因。然而，正因为新文学家也是接受外国小说的影响，用外国文学的资源来改造中国文学，所以他们创作的作品所用欧化白话与西方传教士可谓殊途同归。

那么，新文学作家没有提到西方传教士欧化白话文对当时社会的影响，是否这一影响就不存在呢？答案是否定的！西方传教士的欧化白话文本俱在，对当时的基督徒以及靠拢教会的平民不会没有影响。其实，在“五四”新文化运动提倡白话文时期，并不是没有人发现“五四”白话文与西方传教士白话文的相似之处。周作人在1920年就曾经提到：“我记得从前有人反对新文学，说这些文章并不能算新，因为都是从《马太福音》出来的；当时觉得他的话很是可笑，现在想起来反要佩服他的先觉：《马太福音》的确是中国最早的欧化的文学的国语，我又预计他与中国新文学的前途有极大极深的关系。”① 可见，早在1920年前，新文学创作初起之际，就有人发现它与西方传教士所用的翻译白话之间的联系，指出新文学所用的语言就是以前西方传教士翻译所用的欧化白话，只是当时的新文学家不愿承认。这一发现其实非常重要，这说明当时有读者是因为先看到了西方传教士的欧化白话文译本，在这个基础上才接受或者反对新文学的，而对

① 周作人．圣书与中国文学［M］//艺术与生活．长沙：岳麓书社，1989：45.

这些读者来说，新文学的欧化白话已经不是新鲜事，他们很容易就能够辨别新文学的语言。换句话说，西方传教士的欧化白话文是新文学的语言先驱，这一看法后来也得到周作人的认可。其实，这一看法虽然没有成为新文学的共识，在中国基督教会的学术界却已经成为常识。有学者指出："当时在《圣经》翻译的问题上，有许多困难问题，大都由西人任主任，而聘华人执笔，为欲求文字的美化，不免要失去原文的意义，为欲符合原文的意义，在文字上不能美化。文言文不能普遍于普通教友，于是有官话土白，而官话土白又为当时外界所诟病。却不料这种官话土白，竟成了中国文学革命的先锋。"① 还有的学者直接就把白话《圣经》的翻译看作是新文学运动的先驱："那些圣书的翻译者，特别是那些翻译国语《圣经》的人，助长了中国近代文艺的振兴。这些人具有先见之明，相信在外国所经历过文学的改革，在中国也必会有相同的情形，就是人民所日用的语言可为通用的文字，并且这也是最能清楚表达一个人的思想与意见。那早日将《圣经》翻译国语的人遭受许多的嘲笑与揶揄，但是他们却作了一个伟大运动的先驱，而这运动在我们今日已结了美好的果实。"② 他们都把新文学看成是西方传教士白话文的继承者。

西方传教士对于新文学的贡献，不仅在于提供了最早的欧化白话文的文本；更在于奠定了中国近代"国语运动"的基础，在汉语的语法、词汇、语音三方面，都推动了现代汉语的建立。一般人能看到语法词汇在近代受到的外来影响，外来新事物带来大量的新词汇，西方传教士最早翻译大量西方著作，汉语词汇受到外来影响的扩展是众所皆知的；用语法规范汉语的做法本身就是受到外来影响做出的，最早的语法专著《马氏文通》就是在外国语法启示下成书的。陈寅恪指出："往日法人取吾国语文约略摹仿印欧语系之规律，编为汉文典，以便欧人习读。马眉叔效之，遂有文通之作，于是中国号称始有文法。"③ 但是一般人可能会觉得，汉字的语音是中国人自己确定的，它来源于中国人自己的生活与社会，与西方传教士又有什么关系？其实，西方传教士对汉字语音的认定做出过重要贡献，他们确立了表达语音的文字。汉字是表形文字，而不是表音文字，它不能直接读出字音，这就给它带来了很大的麻烦。中国古代用来解决这一问题的方法是"释音""反切""四声"，这一套注音方式是为培养士大夫服务的。但是，这套注音系统很不适合西方传教士，他们的母语基本上都是表音语言，用字母表

---

① 王治心．中国基督教史纲［M］．上海：上海古籍出版社，2004：243.

② 贾立言、冯雪冰．汉文圣经译本小史［M］．上海：广学会，1934：96.

③ 陈寅恪．与刘叔雅论国文试题书［M］//金明馆丛稿二编．上海：上海古籍出版社，1980：223.

音是他们的常识。但是，汉语就完全不同了，它是象形文字，文字与读音缺少表音文字那样密切的联系。传教士晁俊秀说："对于一个欧洲人来说，汉语的发音尤其困难，永远是个障碍，简直是不可逾越的障碍。"① 他们要尽快学会中文，很自然的就运用母语的字母给汉字注音，明末的西方传教士提出了最早的汉语拼音方案，晚清的传教士又继续提出各种为官话、方言注音的方案。这些方案至少有十多种，其中比较著名的有艾约瑟的首尾字母法、丁韪良的元音基础法、威妥玛的拼音法等，形成了一个"教会罗马字"运动。这些拼音方案进入了实践，小孩子通过几天的注音学习可以很快掌握注音方法，实现以前要花几年乃至十几年才能实现的阅读。西方传教士相信，用拼音改革汉字可以作为"一种使西方的科学和经验能够对一个民族的发展有帮助的最好贡献"。这样的一种文字，"是产生一条达到文盲心中去最直接的路"②。中国最早的汉字拼音文本是19世纪产生的各种方言《圣经》，在厦门的拼音《圣经》曾经卖掉四万多部，甚至产生了完全用罗马字母拼音构成的方言报纸。西方传教士用罗马字母为汉字注音给中国学者打开了思路，启发了他们。1892年，卢戆章的《一目了然初阶（中国切音新字厦门腔）》在厦门出版，只要联系西方传教士的注音活动就不难看出，中国人自己想到用字母为汉字注音是受了西方传教士的影响。卢戆章就住在厦门，熟悉西方传教士在厦门的罗马字母注音，他在1878年又成为西方传教士马约翰的助手，自己就在传教士指导下进行过用罗马字母注音的实践。《一目了然初阶》采用西方"左起横行"的形式书写，这也许是中国人自己写的第一本横排的汉字书。在1892年卢戆章提出字母注音方案之后，几乎每年都会由中国人自己提出的字母注音新方案问世，如吴稚晖的"豆芽字母"、蔡锡勇的"传音快字"、沈学的"盛世元音"、王炳耀的"拼音字谱"、劳乃宣的"简字全谱"、王照的"官话合声字母"、力捷三的"切音官话字书"，等等。他们或多或少受到西方传教士的影响，蔡锡勇早年在同文馆学习，那里的教师有许多都是传教士，他的方案是后来在美国拟制的。沈学在上海梵皇渡书院就读，那是传教士创办的教会大学。这意味着由西方传教士开创的用字母为汉字注音的方式开始为中国学者所接受，并且成为他们改革汉语文字的努力方向。汉字拼音化的方案还曾经受到政府的重视，劳乃宣的"简字全谱"引起慈禧太后的关注，王照的"官话合声字母"为袁世凯所提倡。

---

① 朱静．洋教士看中国朝廷［M］．上海：上海人民出版社，1995：158.

② 陈望道．中国拼音文字运动的简史［M］//倪海曙．中国拼音文字概论．上海：时代书报出版社，1948.

因此，我们也许可以得出这样的结论：中国现代的汉字拉丁化运动，其发端是在西方传教士，是他们提出了最初的设想，并且做出了具体的实践，取得了一定的成绩，从而启发了中国的学者和政府。用字母注音最大的好处是可以较快地认识汉字，它成为国语运动的基础。但是，在西方传教士看来，既然用字母注音可以取代汉字，汉字的存留也就成了问题。这一思路也被中国学者继承下来，作为中国社会现代化的一种需要，成为后来语言学界的重要争论之一。这是当时学界“西化就是现代化”思潮的一种表现。

事实上，中国近代最早的中文报刊是由西方传教士创办的，最早的启蒙就是由西方传教士出版的报刊和翻译的西书开始的。西方传教士对平民的传教与清代白话文运动启蒙普通百姓的宗旨也是很相近的，晚清的思想启蒙运动实际上受到西方传教士的影响，晚清先进士大夫在思想上几乎都受到西方传教士办的《万国公报》《格致汇编》等启蒙杂志和墨海书馆、广学会、江南制造局翻译馆等出版的中文西书的浸染。晚清的同人启蒙报刊显然不同于《申报》这类市场化的报刊，而更像西方传教士办的启蒙报刊。晚清的白话文运动其实受到西方传教士的启发，是学习西方传教士的，在白话文运动的发难之作裘廷梁的《论白话为维新之本》中就提到：“耶氏之传教也，不用希语，而用阿拉密克之盖立里土白。以希语古雅，非文学士不晓也。后世传耶教者，皆深明此意，所至则以其地俗语，译《旧约》《新约》。”① 晚清白话文运动的许多白话作品，也具有欧化白话的倾向。晚清白话文运动也提出了汉字“拉丁化”的设想，吴稚晖、钱玄同等人甚至主张“汉字不灭，中国必亡”。从西方传教士到晚清白话文运动，再到“五四”白话文运动，构成了一条欧化白话文在近代的发展线索。明乎此，我们就能够理解，为什么“五四”白话文运动可以做到几个人振臂一呼，就能够群山响应。接受欧化白话文的社会基础已经建设了几十年了。语言是文学的基础，文学是语言艺术的集中表现。我们寻找“五四”新文学的起源，应该看到西方传教士对此曾经做出过贡献。西方传教士的白话文有的比“五四”作家写的白话文更像后来的白话文，是因为他们直接是从外文翻译过来的，即使不是翻译是创作，也是用外文先想好了，然后翻成汉语。这种汉语书写方式是非常独特的，只要对比一下今天文学的语言和形式，我们就不难发现它们比“五四”时期的中国文学更加接近外语作品，这种接近实际上显示了现代汉语的变革走向，以及它所受到的外来影响。假如我们再联系以下几点：由西方传教士发端的中文报刊作为新兴传播媒体给近代文学变革带来的影响，推动了文体及语言的变革和文学的

① 裘廷梁．论白话为维新之本［N］．无锡白话报：第1号．1898（光绪二十四年）．

通俗化；晚清的"新小说"运动实际上源于曾经做过传教士的傅兰雅提倡的"时新小说"征稿，他最初提出了用创作"时新小说"来改造社会恶俗的设想；近代在文论上占统治地位的"文学救国论"实际上源于西方传教士林乐知翻译的《文学救国策》，以文学为"教科书"就是他最早提出来的；它们后来都成了统治中国文坛的主流①——我们也许会对西方传教士对中国近代文学的影响形成一个更加全面的印象，他们在文学观念、文学内容、文学功能、文学形式、文学语言、文学与现实的关系以及传播方式、读者对象、教育培训等诸方面都曾对中国文学的近代变革产生过影响，它的力量远远超出了目前学术界对它的估计。在某种意义上，我们甚至可以说：中国文学的近代变革，首先是由西方传教士推动的，他们的活动是"五四"新文学的源头之一。

欧化白话文改造了汉语，促使汉语精细化、明确化，扩大了汉语的表现能力。但是，语言是文化的表现，汉语欧化的结果，也失落了不少传统文化的内涵，促使汉语"平面化"，失去了汉语原有的厚度。现代汉语语法体系是从《马氏文通》发展而来的，陈寅恪在20世纪30年代曾经批判《马氏文通》的做法："今日印欧语系化之文法，即《马氏文通》格义式之文法，既不宜施之于不同语系之中国语文，而与汉语同系之语言比较研究，又在草昧时期，中国语文真正文法，尚未能确立。"他认为一直到30年代，摆脱西方传教士影响的中国的真正文法并没有建立。他担心汉语的欧化语法会导致中国文化的失落，甚至警告当时的语言学家："从事比较语言之学，必具一历史观念，而具有历史观念者，必不能认贼作父，自乱其宗统也。"② 30年代还曾经发生过十教授联名发表宣言，拒绝汉语的欧化，要求汉语恢复传统。就是在主流文学内部，也曾经出现对欧化白话文的反思。瞿秋白认为："五四"白话文"造成一种风气：完全不顾口头上的中国言语的习惯，而采用许多古文文法，欧洲文的文法，日本文的文法，写成一种读不出来的所谓白话，即使读得出来，也是听不惯的所谓白话"③。寒生（阳翰笙）也认为："现在的白话文，已经欧化、日化、文言化，以至形成一种四不像的新式文言'中国洋话'去了。"④ 对于当时的白话受到欧化影响，他们的看法与陈寅恪、王国维以及十教授倒是一致的。只是这些抗拒欧化的努力，由于不是主流，后来被历史遮蔽了。

---

① 袁进．中国文学观念的近代变革［M］．上海：上海社会科学院出版社，1996.

② 陈寅恪．与刘叔雅论国文试题书［M］//金明馆丛稿二编．上海：上海古籍出版社，1980：223.

③ 宋阳．大众文艺的问题［M］//文学月报：创刊号．1932-06.

④ 寒生．文艺大众化与大众文艺［J］//北斗：第2卷3、4期合刊．1932-07.

19世纪欧化白话文的发现，需要我们重新思考和调整目前的现代文学研究。首先，现代文学研究的时段必须改变，原来的现代文学研究从1917年的新文化运动开始，后来上推到1915年，甚至上推到1898年。但是，欧化白话文作为新文学先驱的存在，需要我们把研究时段延伸到西方传教士的中文传教活动。布罗代尔早就指出：长时段的对对象的审视，也许更能说明问题。如果说晚明的传教主要还是文言，目前还没有发现传教士对文学的影响；那么，19世纪马礼逊创办《察世俗每月统纪传》和郭实腊创办《东西洋考每月统纪传》就应当进入我们的研究视野。后来传教士的欧化白话文正是从他们发端的。其次，我们以往的研究受到民族主义影响，把汉语书面语从文言到现代白话的转变看成是汉语内部的转变，很可能低估了近代"西化""全球化"的力量。我们忽视了西方传教士用中文创作翻译的作品，他们改造汉语的努力，只在我们中国作家内部寻找变革的因果关系；西方传教士是外国人，他们的汉语文学活动便不能进入我们的文学史，这种作茧自缚遮蔽了我们的视野，也掩盖了某些历史真相。第三，我们以往对现代文学的研究，是继承了胡适这批学者，以一种进化论的观念，来看待白话取代文言，把历史简化了；其实，其中的关系要复杂得多。晚清的文学现代化过程，有着多种选择的可能性。看不到这种复杂性，我们就无法理解：为什么像王国维、陈寅恪这样从来就主张现代化的学者，王国维会去自杀，而陈寅恪会认为他的自杀是殉文化，为什么陈寅恪这时会认为中国的文化已经凋零到需要有人来殉了，我们的学术界至今还无法回答这些问题。研究新文学成长必须把它与旧文学的衰亡结合在一起研究，这样才能更清楚地看出历史的演变脉络。最后，我们重新审视这段历史，考察西方传教士的中文文学活动，也许能够对"全球化""殖民化""帝国主义"在文化上的影响及其方式，产生更深入的认识。如果我们不把"现代化"只看作"西化"，并且我们需要对现有的"现代化"做出反思，那么，我们就应当对西方传教士开始的欧化白话文做出新的反思，重新思考全球化和殖民主义的特点，以及与之相关的文化现代化，重新思考和评价中国近代古今、中西、雅俗的三大矛盾冲突的背景与结果。对近代欧化白话文和西方传教士的影响研究是一个值得深究的课题，本文只是提出一些粗浅的想法，希望有更多的人从事这方面的研究。

（原载《文学评论》2007年第1期）

有声的中国

——“演说”与近现代中国文章变革

陈平原

1927年2月，鲁迅在香港发表演说，题为《无声的中国》。此文重提十年前的“文学革命”，用决绝的口吻断言：“我们此后实在只有两条路：一是抱着古文而死掉，一是舍掉古文而生存。”在具体论述时，鲁迅用了个形象的比喻：此乃“有声的中国”与“无声的中国”的对决。若用古文写作，“所有的声音，都是过去的，都就是只等于零的”；而唯有“大胆地说话，勇敢地进行，忘掉了一切利害，推开了古人，将自己的真心的话发表出来”，才可能催生出一个“有声的中国”。①

在鲁迅眼中，所谓“有声的中国”，就是不再“将文章当作古董”，而是“思想革新”与“文字改革”并举，“用活着的白话，将自己的思想，感情直白地说出来”。谈论“民族”与“声音”之间的关系，这里有象征的成分（如“人是有的，没有声音，寂寞得很”），但也包含“五四”新文化人的共同立场：轻文辞而重言语。从“声音”的角度探讨文言白话之利弊，思考现代民族国家的命运，以及如何看待汉字这“我们的祖先留传给我们的可怕的遗产”，接着鲁迅的“话头”，可进一步拓展的路径很多，这里仅从晚清以降闹得沸沸扬扬的“演说”入手着重讨论。

谈及晚清与“五四”时期之独立思考、自由论辩，研究者多喜形于色，追慕不已。那些充溢于文坛学界以及政治社会的“自由辩论”②，既体现在“口

---

① 鲁迅．鲁迅全集：无声的中国［M］．北京：人民文学出版社，1981：11－15.

② 周谷城．“五四”时期的自由辩论［M］//周谷城史学论文选集．北京：人民出版社，1983：411－415. 按，周氏在此文中简要评说五四时期在文学、史学、哲学、政治等四个方面的“自由辩论”，结尾是：“‘自由辩论’，即在近日的学术界，仍值得提倡，故特举出于此。”

头”，也落实在“笔端”。可当你翻阅学者们的著述，其引证史料，不是报刊文章，就是书籍档案，至于当初那些激动人心的“声音”，早就被抛落到九霄云外。若能真的“回到现场”，史家当然承认“口说”的重要性；只是因技术的缘故，在录音录像设备出现之前，我们只能更多地依赖“立字为据”。

文字寿于金石，声音则随风飘逝。但不管是思想启蒙、社会动员，还是文化传播、学术普及，“巧舌如簧”的功用，一点也不亚于“白纸黑字”。明白这一点，我们就不该忽视那些因各种因缘而存留在纸上的声音——尽管其在“转译”的过程中，不可避免地有所“损耗”与“变形”。

关注那些转瞬即逝的声音，既是后世史家的责任，也是当事人的期待。光绪二十八年（1902），梁启超借政治小说《新中国未来记》驰骋想象：60年后，中国人在南京举行维新50周年庆典，同时，在上海开大博览会，不只展览商务、工艺，而且演示学问、宗教，“各国专门名家、大博士来集者不下数千人，各国大学学生来集者，不下数万人，处处有演说坛，日日开讲论会，竟把偌大一个上海，连江北，连吴淞口，连崇明县，都变作博览会场了”。博览会场中间最大的讲座，公推博士三十余人分类演讲中国政治史、哲学史、宗教史、财政史、风俗史、文学史等，其中又以全国教育会会长孔觉民老先生演讲的“中国近六十年史”最为精彩。①

喜欢谈论“演说”，将其作为“新学”的象征，这在晚清小说中比比皆是。只不过其他小说家并不都像梁启超那样对“演说”持全面肯定的态度。若李伯元《文明小史》第二十回“演说坛忽生争竞，热闹场且赋归来”、吴蒙《学究新谈》第二十七回“言语科独标新义，捐助款具见热心”，以及雁叟《学界镜》第四回“神经病详问治疗法，女学堂欢迎演说词”②，对于时人之追赶时髦、热衷于“演说”，便不无嘲讽之辞。如此都市新景观，有人正面表彰，断言此乃建立现代民族国家的必要手段；有人热讽冷嘲，称其为晚清最具特色的“表面文章”。但无论如何，借助于演说，“西学”得以迅速“东渐”，这点没有人怀疑。

所谓“孔觉民演说近世史”，速记生从旁执笔，于是有了《新中国未来记》，这当然只是“小说家言”。但“演说”之于维新大业以及现代民族国家的重要性，在梁启超的这一预言/寓言中，得到了畅快淋漓的呈现。这里不妨就此落笔，依次讨论盛行于近现代中国的“演说”，对于开启民智、普及知识、修缮辞令、

---

① 饮冰室主人. 新中国未来记［J］. 新小说，1902－11：　.

② 李伯元：《文明小史》，1903—1905年连载于《绣像小说》，1906年商务印书馆出版单行本；雁蒙《学究新谈》，1905—1906刊《绣像小说》47－71期；叟《学界镜》，1908刊于《月月小说》21－24号。

变革文章以及传播学术的意义。

一、演说之于“开启民智”

谈及在近代中国发挥巨大作用的“演说”，不妨以“古树新花”视之。说“古树”，那是因为，高僧大德讲说佛经，说书艺人表演故事，确系古已有之；至于“新花”，则是指晚清方才出现的在公众场合就某一问题发表自己的见解，说服听众，阐明事理——这后一个“演说”，乃舶来品，源于日语，意译自英语的 publicspeech。

将学校、报章、演说并列为“传播文明三利器”，如此时尚的晚清话语，发明权归日人犬养毅；而在三利器中突出渲染“演说”的功用，则属于梁启超的精彩发挥：“大抵国民识字多者，当利用报纸；国民识字少者，当利用演说。”①日本人演说成风，创于明治思想家福泽谕吉；而近代中国演说风气的形成，则康梁师徒大有贡献。

戊戌变法失败，流亡日本的梁启超，对于世人不解“演说”乃“风气骤进”的原动力，大发感慨：

> 我中国近年以来，于学校、报纸之利益，多有知之者；于演说之利益，则知者极鲜。去年湖南之南学会，京师之保国会，皆西人演说会之意也。湖南风气骤进，实赖此力，惜行之未久而遂废也。今日有志之士，仍当著力于是。②

这里所说的“京师之保国会”以及“湖南之南学会”，在梁启超的《戊戌政变记》中多有提及：“戊戌三月，康有为、李盛铎等同谋开演说恳亲之会于北京，大集朝士及公车数百人，名其会曰‘保国’。”康有为“又倡设强学会于北京，京朝士人大集者数十人，每十日一集，集则有所演说”；南学会“会中每七日一演说，巡抚、学政率官吏临会，黄遵宪、谭嗣同、梁启超及学长□□□等，轮日演说中外大势、政治原理、行政学等，欲以激发保教爱国之热心，养成地方自治之气力”。③

① 梁启超．饮冰室自由书：传播文明三利器［M］//饮冰室合集：专集第一册，上海：中华书局，1936.

② 梁启超．饮冰室自由书：传播文明三利器［M］//饮冰室合集：专集第一册，上海：中华书局，1936.

③ 梁启超．戊戌政变记［M］//饮冰室合集：专集第一册，上海：中华书局，1936：70，126，137－138.

戊戌变法功败垂成，但借演说中外大势，“欲以激发保教爱国之热心，养成地方自治之气力”，却日渐成为晚清志士乃至整个社会的共识。稍为排列晚清众多提倡演说的文章，以及各地如何开展演说的新闻报道，当能明白这一“利器”当年所发挥的巨大作用。

早在1901年出任南洋公学特班总教习时，蔡元培就着意培养学生们的演说能力。据特班生黄炎培追忆：“师又言：今后学人，领导社会，开发群众，须长于言语。因设小组会，习为演说、辩论，而师自导之，并示以日文演说学数种令参阅。又以方言非一般人通晓，令习国语。”①

1902年的《大公报》上，刊有《说演说》一文，称今日开瀹民智最有效之三物，分别为译书、刊报和演说，而后者“惟先觉之士能见之而流俗不暇察也”。若论上下沟通之便捷，“死文字断不及生语言”，这也是“后起爱国之贤不可不讲演说之术”的原因。至于作者坚称“必有一律通行语言以为演说之器用”②，正与蔡元培“令习国语”的思路相通。只要记得章太炎在北大讲演，“因学生多北方人，或不能懂浙语，所以特由钱玄同为翻译”，以及梁启超特别得意于因夫人指教，“得谙习官话，遂以驰骋于全国”③，就能明白晚清提倡“演说”者，为何特别在意各地方言的限制。

1904年，秋瑾撰《演说的好处》，称报纸之外，“开化人的知识，感动人的心思，非演说不可”。接下来，秋女士具体论证演说的五大好处：“第一样好处是随便什么地方，都可随时演说。第二样好处，不要钱，听的人必多。第三样好处，人人都能听得懂，虽是不识字的妇女、小孩子，都可听的。第四样好处，只须三寸不烂的舌头，又不要兴师动众，捐什么钱。第五样好处，天下的事情，都可以晓得。”④ 这直截了当的“五大好处”，基本上涵盖了晚清关于演说功用的表彰。此后关于演说的提倡，更多地进入具体的操作状态。

1905年的《新小说》上，连载周桂笙的《知新室新译丛》，其中有一则《演说》，提及“演说一道，最易动人”，“其状殆如吾国之说书”。但传统的“说书”与新起的“演说”之间，实有天壤之别：“一则发表意见，就事论事，一则

① 黄炎培．吾师蔡孑民先生哀悼辞［M］//陈平原，郑勇，编．追忆蔡元培，北京：中国广播电视出版社，1997：115.

② 佚名．说演说［N］．大公报，1902－11－05.

③ 周作人．周作人回忆录［M］．长沙：湖南人民出版社1982年版：520；丁文江，赵丰田．梁启超年谱长编［M］．上海：上海人民出版社，1983：252.

④ 秋瑾．演说的好处［M］//秋瑾集．上海：上海古籍出版社，1979：3－4. 按，此文初刊《白话》杂志第一期（1904年9月），因错字甚多，这里用的是校正本。

抱守陈腐，徒供笑谑，宗旨不同，智愚斯判。”正因此，作者对演说家提出很高的道德标准和技术要求：“然在西国演说极难，非有新理想，新学术，必不足以餍听者之望。而其民之智识，又大都在普通以上，不若说书之可以随意欺人也。故演说之人，平日既有习练，临时尤有预备，而不敢轻于发言。凡有可以取悦听者之意者，无不粲苏张之舌，为委曲之谈，盖将以博听者之鼓掌欢迎也。是故登台者，每兢兢唯恐不能得台下人之欢心，若优伶之必以喝彩为荣者，殆亦演说家之通病欤。”①

当“以演说代教授”成为社会共识，“遍设白话演说所”也日渐落实时②，如何培训演说人才，成了学界关注的重心。于是，便有了宋恕（字平子）撰于1906年的《创设宣讲传习所议》。为了减少社会对“演说”作为舶来品的反感，宋平子曾曲为辩解，称此乃“唐以前之常语”，并非日本新名词。③ 这种古已有之、于今为烈的“演说”，需要进行专门的训练，因此，传习所之设，迫在眉睫：“今海外民主政体及君主立宪政体之国，演说皆极发达，而皆特有演说之学以造就演说之人才……今节下既热心提倡宣讲一事矣，则必宜远法孔门设言语科，近师外国习演说学之意，创设宣讲传习所以造就宣讲之人才，而后宣讲之事业庶几其可望稍兴也。”④

晚清志士之提倡新学，最有效的策略，莫过于强调此举乃“上法三代，旁采泰西”。所谓“远法孔门设言语科，近师外国习演说学之意”，正是同样的招数。既然是世界潮流，且又有本土渊源，“演说”的迅速推广，一点都不令人惊讶。晚清的最后10年，从最激进的无政府主义，到相对温和的改良群治，从可以肆无忌惮谩骂清廷的日本东京，到天子脚下说话不能不多有禁忌的北京，到处都留下了演说家矫健的身影。

1907年，张继与刘师培夫妇在东京成立社会主义讲习会，前后举行过21次专题演讲，每次听众数十到百人不等，主要讲题是无政府主义、社会主义、中国百姓生活状况等。⑤ 对于无政府主义思想的传播，这些系列演说以及相关杂志

① 上海知新室主人．知新室新译丛：演说［J］．新小说（20），1905－09.

② 梁启超．论中国宜遍设白话演说所［N］．顺天时报，1905－08－25.

③ “伏查‘宣讲’二字之义，即日本之所谓‘演说’。今我国顽固士大大尚多憎闻‘演说’二字，彼辈不知‘演说’二字见于南北史，为唐以前之常语，而谬指为日本之新名词，可谓不学之甚矣。”

④ 宋恕．创设宣讲传习所议［M］//胡珠生，编．宋恕集：上册．北京：中华书局，1993，415－416.

⑤ 参见杨天石辑《社会主义讲习会资料》，《中国哲学》第一辑（1979）和第九辑（1983），以及王汎森《反西方的西方主义与反传统的传统主义——刘师培与“社会主义讲习会”》，见《中国近代思想与学术的系谱》石家庄：河北教育出版社，2001：197－219.

《天义报》的刊行，起了决定性的作用。同年，《益森画报》第五期上刊出一幅《厮役演说》，说的是位于京师西四牌楼毛家湾的振懦女学堂门口，“一女生仆人，年五十余，初十傍晚，在该堂门首对各家父兄及仆人演说‘阅报之益’，津津有味，颇能动听”。记者感叹的是“演说不奇，出自厮役则奇”；我则惊讶于作者竟如此敏感，将同为新学象征的“读报”与“演说”置于“女学堂”门前，彻底落实了梁启超“传播文明三利器”的设想。

除了个人的即兴发挥外，晚清演说的主要场所，是各种民间社团的集会。张玉法在《清末的立宪团体》一书中，辑得国内各地及海外各埠的民间社团共668个①，而桑兵综合李文海、Bastid、朱英等人的考证，认定晚清各类社团已达两千有余②。这么多社团，开展活动时，无论身处国内还是海外、都市还是乡镇，“演说”都是必不可少的主课。此类演说，有同人之间切磋技艺的，但主要功用还是“唤起国民思想，开通下流社会”③。

兰陵忧患生撰于1909年的《京华百二竹枝词》，其中有这样一首：“所开宣讲纸新闻，迷信捐除问几分。每月逢三土地庙，香花士女众如云。”诗后自注：“宣讲所、新闻纸，极力开通智识，破除迷信。而土地庙香火，较前尤甚，令人不能索解。”将宣讲（演说）与报章并列，没有错；但将其功用局限在“破除迷信”，则未免狭隘了点。比如上海的演说，就不是这个架势。《新中国未来记》第五回描写两名士黄克强、李去病来到上海的张园，现场观摩这里的演说：讲的是俄人在东三省如何蛮横，北京政府如何软弱，针对列强瓜分中国的野心，我同胞该怎样反抗。这其中，“也有讲得好的，也有不好的，也有演二三十分钟的，也有讲四五句便跑下来的”，“通共计算，演过的差不多有二十多位”。④ 在诗人及小说家眼中，国内的演说之风虽不尽如人意，但毕竟开了个好头。

讨论迅速崛起于晚清的“演说”，必须厘清其与“宣讲”与“说书”的关系，方能明白此一“新旧杂陈”的启蒙手段如何有效地促成了其时的政治革命与社会改良。

说“如今对于开通风气最有力量的，就是演说”，那是假定演说真的能“对着众人发明真理”。可实际情况并非全然如此，就像《大公报》文章所警示的：

---

① 张玉法．清末的立宪团体［M］．台北：“中央研究院”近代史研究所，1971：90－144. 按，其中商业类265，教育类103，政治类85，学术类65，外交类50，农业类、风俗类各26，青年类、艺文类各17，宗教类6，工业类、慈善类各4。

② 桑兵．清末新知识界的社团与活动［M］．北京：三联书店，1995：274.

③ 佚名．练习演说会之发达［N］．警钟日报．1904－11－09.

④ 饮冰室主人．新中国未来记［J］．新小说．1902－11：第1号.

“讲的稍有个宗旨不正，好者弄成一个从前初一、十五宣讲圣谕的具文，坏者结成一个寻常说书场儿的恶果。”①

传统中国的思想教化，自有一套独特的制度设计。如明太祖于洪武二十七年（1394）设立“里老人”制，四年后颁布《教民榜文》，其第十九条规定，每乡每里各置木铎一个，于本里内选年老残废或瞽目者，令小儿牵引持铎循行本里，直言叫唤，劝人行善，词曰：“孝顺父母，尊敬长上，和睦乡里，教训子孙，各安生理，毋作非为。”这就是所谓的圣谕六言。入清，有《康熙圣谕》以及雍正的《圣谕广训》，都是强调传统伦理道德的宣讲。② 这也能解释为何清廷并不全盘反对演说，除兄弟和睦、孝顺父母外，地方自治等各项新政也都需要有人宣讲；否则，穷乡僻壤的小民百姓何从知晓？政府对于方兴未艾的“演说”，真是又爱又怕，既希望宣传新政，又想杜绝“一切偏激之谈”，可这基本上是一厢情愿。反过来，革命党或维新志士，也不愿意新兴的“演说”很快落入宣讲圣谕的老套。于是，提倡演说者，不能不格外关注其中蕴涵的“新思想”：“因为这演说一道，不专在乎口才，总要有学问，有见识，有新思想，才可以登台演说……要不然，竟仗着能说，说出来不但不能开民智，或者倒须闭民智。”③ 事实也是如此，只有当话题涉及国计民生乃至世界大势时，演说方能吸引求知欲强且富有政治激情的年轻人。

至于演说与说书之间的纠葛，更是个有趣的话题。传统中国，说书以及演戏，乃是民众获取知识、陶冶性情的重要途径。借助动人心弦的故事情节，传播特定的思想观念与伦理道德，此举为晚清的维新志士所积极借鉴。梁启超之提倡小说界革命，看中的正是“小说有不可思议之力支配人道”；批判“旧小说”诲淫诲盗，赞赏“新小说”觉世新民，骨子里依旧是“文以载道”。④ 有“专欲发表区区政见”的政治小说⑤，又有在剧场中大声疾呼的“言论小生”，你怎么能要求“演说”与“说书”彻底划清界限呢？当然，一讲故事，一重言论，二者

---

① 佚名．敬告宣讲所主讲的诸公［N］．大公报，1905－08－16.

② 这段文字，乃根据李孝悌《清末的下层社会启蒙运动：1901—1911》（石家庄：河北教育出版社2001 年版）第 65－66 页撮要；另外，本节的论述，受李著第四章“宣讲、讲报与演说”的启发，特此致谢。

③ 参见《说宣讲所》，《敝帚千金》第二册，1905 年 9 月。关于《大公报》附张《敝帚千金》，参见杜新艳《白话与模拟口语写作——〈大公报〉附张〈敝帚千金〉语言研究》，夏晓虹等著《文学语言与文章体式》，合肥：安徽教育出版社，2006：379－410.

④ 陈平原．二十世纪中国小说史：第一卷［M］．北京：北京大学出版社，1989.1－8；陈平原．小说史：理论与实践［M］．北京：北京大学出版社，1993：227－242.

⑤ 饮冰室主人．新中国未来记·绪言［J］．新小说．1902－11：第 1 号.

不难区隔。问题是，在群情激愤的特定语境里，“人人都能听得懂”且“最易动人”的演说，跳出专门设置的讲坛，阑入小说、戏剧、说书等艺术形式，一点都不奇怪。或者说，这正是当事人所刻意追求的效果。举个例子，1906年的《北京画报》上，曾刊出一幅《戏园子进化》，上面题有：

> 排演新戏，最能感动人，最能改风俗。闰四月初四初五初六三天，广德楼玉成班主田际云，开演《惠兴女士传》（这出戏是办理匡学会的时候，特意排出来的）。并且每人戏价加五百钱，入国民捐。是日特约请彭君翼仲、王君子贞，合本馆主人张展云，登台演说。新戏没开场的时候，先由三人演说。每说一段，满园的人，都一齐拍手。并且鸦雀无声，听的极其入神……如果各班戏子，都排新戏，演新戏都带演说，中国的人，一定开化的快了。①

此举当时影响很大，《大公报》及《顺天时报》上，都有相关报道。② 既然演说可以提升新戏的道德水准，新戏又能酿造演说的情感氛围，二者珠联璧合，何乐而不为？

演说作为一种声音，再精彩、再催人泪下，也都是转瞬即逝。如何扩大演说的接受面，在没有录音设备的年代，最理想的方案，莫过于尽量将声音转化成文字。秋瑾除了建议成立演说练习会，更希望“又把演说的话刻了出来，把大家看了，可以晓得些世界上的世情、学界上的学说”③。刘师培的思考更为切实：演说若想“推行于极远”，最好的办法便是与白话报刊结盟：

> 中国自近世以来，演说之风，虽渐发达，然各省方言参差不一，方隅既隔，解语实难。且演说之设，仅可收效于一乡，难以推行于极远，是演说之用，有时而穷。若白话报之设，虽与演说差殊，然收效则一。④

同样讲究浅俗易懂，同样为了传播新知，在白话报刊上设立“演说”专栏，这是一个“双赢”的局面。

---

① 佚名．戏园子进化［N］．北京画报，1906-04：第3期．

② 李孝悌．清末的下层社会启蒙运动：1901-1911［M］．石家庄：河北教育出版社，2001：109；夏晓虹．旧戏台上的文明戏：田际云与北京妇女匡学会［M］//陈平原，主编．现代中国：第五辑，武汉：湖北教育出版社，2004．

③ 秋瑾．演说的好处［M］//秋瑾集．上海：上海古籍出版社，1979：3-4．

④ 刘师培．论白话报与中国前途之关系［M］//李妙根．论学论政．上海：复旦大学出版社，1990：484．按，此文刊于1904年4月25-26日《警钟日报》“社说”栏，未署名。

也幸亏是秋瑾、刘师培等人将声音转化为文字的不懈努力，我们今天谈论晚清的“口语启蒙”，才有了足够的人证物证。“演说”与报刊、书局结盟，最初只是为了扩大接受面，日后竟能左右白话文运动的发展，甚至影响文章体式的变革，那可是始料未及的。

二、演说的诸面相

犹如晚清无数新生事物，“演说”之提倡，首先是找到恰当的追摩目标。榜样有远有近，《新小说》与《顺天时报》的说法，便各自有所侧重：

> 演说一道，最易动人。故欧美特多，分门别类，几于无一处，无一业，无演说。晚近日本学之，亦几于无一聚会，无演说。甚至数人之会，亦必为之。①
>
> 我东邻之日本，在今日已跻于一等强国之地位。当维新之始，其国之伟人，若木户孝允、大久保利通，皆提倡演说以唤醒国民。我国而欲自强也，则须开人群之智识；欲开人群之智识，则须教育之普兴；欲教育之普兴，则以白话演说为基础也可。②

明治时代的日本，其演说风气的养成，乃欧风东渐的产物，故《新小说》从欧美说起，此思路没错；对于晚清的中国人来说，他们之所以“提倡演说以唤醒国民”，最切实的榜样是日本，故《顺天时报》专讲东邻的经验，当然也可以——更何况，《顺天时报》本来就是日本人开办的。

不过，讲日本经验，与其推崇木户孝允和大久保利通，还不如表彰福泽谕吉。后者最早将英文的speech译成“演说”，并从明治六年（1873）起连续四年在庆应义塾与社友一起进行针对“演说”的专门训练。这种“口头论政”的崭新形式，一改传统通过文牍实现“上意下达”的政治运作。在这个意义上，“‘演说’这一新媒体不仅改变了语言，也给都市空间的外观带来很大变化，成为‘明治’这一新时代的一种象征”③。

在福泽谕吉的《劝学篇》中，有一则《论提倡演说》，也像中国人那样，从“正名”入手：

> 演说一语，英文叫作“Speech”，就是集合许多人讲话，即席把自

---

① 上海知新室主人．演说［J］//知新室新译丛．新小说，1905－09：第20号．
② 梁启超．论中国宜遍设白话演说所［N］．顺天时报，1905－08－25．
③ 小森阳一．日本近代国语批判［M］．陈多友，译．长春：吉林人民出版社，2003：30．

> 己的思想传达给他们听的一种方法。我国自古没有听说有过这种方法，只有寺院里的说法和演说差不多。在西洋各国，演说极为盛行，上自政府的议院、学者的集会、商人的公司、市民的集聚，下至冠婚丧祭、开店开业等琐细的事情，只要有十个人以上集合在一起，就一定有人说明集会的主旨，或发表个人生平的见解，或叙述当时的感想，养成当众发表意见的风气。①

在具体辨析演说的功用时，福泽兵分两路：一是“口头叙事会让人自然产生兴趣”，一是“谈话演说在治学上的重要性”。② 前者指向文学，后者关注学问，着重点在“口头”而非“浅俗”。在福泽看来，提倡演说，并非只是为了开启民智，《劝学篇》第十七篇《论人望》提及学习语言的重要性③，《文明论概略》第一章则谈到如何鼓励不同观点互相碰撞④。所有这些，都属于知识者的自我修养，或曰“自我启蒙”。不难看出，福泽谕吉对于演说的想象，与绝大部分晚清志士有很大差异。

演说者不该总是居高临下，必须学会反躬自省。如此重思想、善学习、能反省的演说者，在清末民初，并非全然没有；只是以往我们过于强调对下层百姓的“口头启蒙”，而忽略了演说可能存在别的面相。比如，谈及演说，我们更多地关注其在政治史上的意义，而漠视其在学术史上的贡献。福泽谕吉所设想的“演说”如何有利于学问的形成与展开，在晚清以及当世便都很少被提及。

李孝悌《清末的下层社会启蒙运动》设立专节，讨论“演说的内容”，其中包括“劝戒缠足”“劝戒鸦片”“特殊事件”（如1905年中美华工禁约风潮、1907年的江北大水灾）“鼓励蚕桑、实业”“时局与爱国”“与新政有关者”“与军队、警察有关者”“革命宣传”等八类。⑤ 所有这些，都未涉及任何学术文化

---

① 福泽谕吉．劝学篇［M］．群力，译．北京：商务印书馆，1984：65.

② 福泽谕吉认为：“比如用文章叙述出来不大使人感兴趣的事情，一旦改用语言说出，则不但容易了解，而且感人至深，古今有名的诗歌都属于此类。”（《劝学篇》，第66页）“换句话说，就是借观察、研讨、读书等方法搜集知识，借谈话交换知识，并以著书和演说为传播知识的方法。”（《劝学篇》，第67页）。

③ 福泽谕吉认为：“近来社会上演说会很多，可以听到有益的事情，诚属有利，如言语通俗流畅，则演说者和听众双方均感便利。”（《劝学篇》，第98页）

④ 《文明论概略》第一章“确定议论的标准”中，谈到在鼓励不同观点互相碰撞方面，报章与演说所起作用：“有识之士所以特别重视人民议会、社团讲演、交通便利、出版自由等，也就是因为它有助于人民的接触。”福泽谕吉．文明论概略［M］北京编译社，译．北京：商务印书馆，1982：5－6.

⑤ 李孝悌．清末的下层社会启蒙运动：1901－1911［M］．石家庄：河北教育出版社，2001：114－150.

的传承，属于政治宣传或社会动员，针对的是不识字或文化水平不高的民众。实际上，还有另外一种“演说”同样值得关注，如章太炎的东京讲学（1906—1910）以及创办《教育今语杂志》（1910），以“浅显之语言”系统地“演述各种学术”。此类演说或“拟演说”，针对的并非粗通文墨者，而是有较高文化水准的“读书人”。随着新式学堂的迅速扩大，此类带有学术普及与文化交流性质的演讲得到了很好的推广。

任鸿隽曾提及在东京听章太炎讲《说文》《庄子》以及“中国文学史”：“倘能把他的讲话记了下来，可以不加修改，便是一篇绝好的白话文章”，“可惜他写成古文以后，失掉了讲时的活泼风趣”。[①] 几十年后的回忆，不免有些错漏，加上作者独尊白话，混淆了两种文体的不同功能。但有一点任鸿隽说得对，讲课和著述，口气及效果相差甚远。与章太炎东京讲学密切相关的，既有专门著述《国故论衡》，也包括“讲义”性质的《章太炎的白话文》。阅读《章太炎的白话文》，即便对书中各文的来龙去脉不甚了然，单凭直觉，也很容易将这些与太炎先生平日著述风格迥异的文章，与“讲义”挂起钩来。至于书中各文，到底是演说的纪录，还是演讲的底稿，抑或是“拟演说”的文章，一时很难判断。但可以肯定的是，这些文章都以潜在的“听众”为接受者。文章使用白话，有杂志体例的制约，但随意性很强的插话以及借题发挥，则与太炎先生平日著述之谨严大异其趣，倒是与其讲课之生动活泼十分吻合。

不管你持什么样的政治立场、你的学术思路如何，进入新式学堂，你就不可能像朱熹等理学家那样“坐而论道”，只能在一定的学科体系中，介绍某一专门化的知识。对比康有为的《万木草堂口说》和梁启超的《中国近三百年学术史》，很容易看到，变化了的，不仅仅是其传授的学业，更包括“讲学”这一形式。现代中国文人学者中，有不太擅长演说，主要以著述面对读者的[②]；但更多的是兼及声音与文字，如康有为、蔡元培、章太炎、梁启超、刘师培、鲁迅、周作人、胡适、陶行知、梁漱溟、朱自清、闻一多等，都有不少精彩的“演说”传世。因此，谈论晚清以降的文人学者，专门著述固然重要，那些随风飘逝或因各种因缘残留在纸面上的“演说”，同样值得我们关注。

1912 年元月，蔡元培出任中华民国首任教育部长，当即通电各省都督，促

---

① 任鸿隽．前尘琐记［M］//科学救国之梦：任鸿隽文存．上海：上海科技教育出版社，上海科学技术出版社，2002：708.

② 如柳亚子在晚清文坛很活跃，但因口吃，极少演说；严复、王国维学问好，也偶有讲稿传世，但远不及文章精彩。

其推行以演说为中心的社会教育：

> 社会教育，亦为今日急务，入手之方，宜先注重宣讲。即请贵府就本省情形，暂定临时宣讲标准，选辑资料，通令各州县实行宣讲，或兼备有益之活动影画，以为辅佐。①

同年六七月间，蔡元培派人筹办“以利用暇晷，从事学问，阐发理术，宏深造诣为目的”的“北京夏期讲演会”。此一“由教育部邀请中外专门学家分别担任各种科学”的系列讲演，涉及人文、社科、自然、军事等门类，包括严复讲授“进化天演”、章太炎讲授“东洋哲学”、许寿裳讲授“教育学”、鲁迅讲授“美术略论”等。②

不妨就以鲁迅为例，探讨现代中国的文人学者到底是如何兼顾“演说”的政治性与学术性的。鲁迅自称：“我曾经能讲书，却不善于讲演。”③ 前者大概指的是20世纪20年代在北大讲授“中国小说史”（包括出版《中国小说史略》），以及在厦门大学讲授“中国文学史”（包括撰成《汉文学史纲要》）；后者则讽喻上海十年的诸多演讲“大可不必保存”。之所以不保留，并非找不到原始记录稿，而是因为：

> 而记录的人，或者为了方音的不同，听不很懂，于是漏落，错误；或者为了意见的不同，取舍因而不确，我以为要紧的，他并不记录，遇到空话，却详详细细记了一大通；有些则简直好像是恶意的捏造，意思和我所说的正是相反的。凡这些，我只好当作记录者自己的创作，都将它由我这里删掉。④

可见，所谓“不善于讲演”，在鲁迅，与其说是谦词，不如理解为反讽。

其实，晚清以降，书院改学堂，学校里的教学活动，不再以学生自修，而是以课堂讲授为中心。这么一来，所有的大学教授，多少都得学会“演说”——不管是在课堂上，还是校园以外。鲁迅之登台演说，从早年的不太成功，到晚年的大受欢迎，既得益于其文坛领袖地位的确立，也与演说技巧日渐娴熟不无关系。

1912年六七月间，时任教育部社会教育司第一科科长的鲁迅，在北京夏期

① 高平叔．蔡元培年谱长编：上册［M］．北京：人民教育出版社，1996：402.
② 高平叔．蔡元培年谱长编：上册［M］．北京：人民教育出版社，1996：450－451.
③ 鲁迅．集外集序言［M］//鲁迅全集：第7卷，北京：人民文学出版社，1981：5.
④ 鲁迅．集外集序言［M］//鲁迅全集：第7卷，北京：人民文学出版社，1981：5.

演讲会连续讲授《美术略论》。演说效果如何，读鲁迅日记，可知大略情形。第一次“听者约三十人，中途退去者五六人”；第三次“听者约二十余人”；第四次“初止一人，终乃得十人”①。四次演讲，只有第二次没记录听众的反应。鲁迅记日记，历来很简略，可这回连有多少人中途退去，他都记下来了，可见观察之细致，以及作者对此事之在意。好在听众逐渐增加，这才让演讲者松了口气。

十多年后，已经成为一代文豪的鲁迅，北上探亲，顺便应邀在北京大学演讲。在给许广平的信中，鲁迅这样描述听众的精神状态：

> 下午到未名社去，晚上他们邀请我去吃晚饭，在东安市场森隆饭店，七点钟到北大第二院演讲一小时，听者有千余人，大约北平寂寞已久，所以学生们很以这类事为新鲜了。②

虽语带调侃，但看得出来，作者其实很得意。未名社的李霁野日后撰写回忆文章，提及宴请席间，鲁迅谈起他在南方各地讲演，虽语言不通需要翻译，但很受青年欢迎，“这使先生在精神上感到很大的快慰”；而演讲结束后，“我们谈到这种热烈欢迎的情形，鲁迅先生告诉我们，南方的青年比北方的更热情，常常把他抬起来，抛上去，有时使他头晕目眩才罢手”。③

没有材料证明鲁迅接受过“演说学”方面的专门训练，但从1926年在厦门大学的演说，我们可以断言，起码从那时起，鲁迅已经很好地掌握了广场演说的技巧。身为专门教授中国文学史的国文系兼国学院教授，“论理应当劝大家埋首古籍，多读中国的书”，可鲁迅却反其道而行之，竟然以《少读中国书，做好事之徒》为讲题，博得“暴风雨似的拍掌声，连续响了好久”。④ 细读鲁迅日记，不难发现，他做演说，多在半小时左右（偶有一小时的），这就与正规的课堂教学活动拉开了距离。连续两小时的言辞轰炸，对于教师与学生来说，都是个严峻的考验。而三四十分钟的演说，则更容易排兵布阵，只要出奇招，经营好两三个小高潮，这讲演就笃定成功了。鲁迅最后十年的演说，记录下来，往往是杂感而非论文——如《帮忙文学与帮闲文学》，诀窍就在这里。

晚清以降，随着新教育的迅速扩张，学者们的撰述，很容易在专著、演说、教科书三者之间自由滑动。专著需要深入，教科书讲究条理，演说则追求现场效

---

① 鲁迅．壬子日记［M］//鲁迅全集：第14卷，北京：人民文学出版社，1981：6－10.

② 鲁迅．两地书［M］//鲁迅全集：第11卷，北京：人民文学出版社，1981：308.

③ 李霁野．回忆鲁迅先生·鲁迅先生两次回北京［M］//李霁野文集：2卷，天津：百花文艺出版社，2004：29－30.

④ 鲁迅．鲁迅演讲资料钩沉［M］朱金顺，辑录．刊本：北京师范大学出版社，1979：16－19.

果，鲁迅很清楚这其间的缝隙。查有记载的鲁迅演讲达五十多次，可收入《鲁迅全集》的只有16篇——不全是遗失，许多是作者自愿放弃或因记录稿不够真切，或因与相关文章略有重复。① 但只要入集，也都大致体现了鲁迅思考及表达的一贯风格。② 在政治与学术之间，鲁迅保持了“必要的张力”——既反对学院派的“为学术而学术”，也不希望将文学/思想/学术方面的演说，弄成纯粹的政治宣传。

晚清以降的“演说”，可以是思想启蒙，可以是社会动员，也可以是文化传播或学术普及；更重要的是，这四者并非截然对立，而是存在着互相转化的可能性。意识到这一点，我们谈论近现代中国蔚为奇观的“演说”，有必要引入教育体制、白话文运动、述学文体等一系列新的维度，而不再局限于如何“开启民智”。

三、演说与学堂之关系

在《新中国未来记》中，梁启超曾畅想维新50周年大祝典，“处处有演说坛，日日开讲论会”，演说者是各国专门名家，听众则是大学生。如此坚定不移地将“演说”与“学堂”相勾连，大有深意。实际上，晚清以降，“演说”事业的迅速推进，学校确实是关键的一环。

一方面，演说之所以被关注与提倡，很大程度是因其可以作为学堂的补充；另一方面，学堂里的专业训练，又使得演说的内容及技巧大为提升。在这个意义上，二者互为因果，难解难分。就像梁启超设想的，学校、报章、演说三者同为传播文明之利器，只是因国家穷，民众识字少，只好更多地依赖演说。就因为演说浅俗，人人能听懂，按《顺天时报》的说法：“是补学校之所未备，报章之所未及，其莫要于白话演说乎！”③ 这一点，连山西巡抚赵尔巽也都认同。早在1902年，赵曾上奏折，纵论如何广行教化以开民智：“学堂之效，必在十年以后，不如白话演讲之力，敷陈甚浅，收效弥多。”④ 政治立场迥异，对于“教化”的想象千差万别，但将演说作为学堂的补充或替代这一点，倒是得到晚清士人的高度认同。

“演说”需要学问，需要激情，也需要一定的技巧，并不是谁想说都能说好

---

① 参见鲁迅《〈集外集〉序言》，以及朱金顺的《鲁迅演讲资料钩沉》和马蹄疾的《鲁迅讲演考》（哈尔滨：黑龙江人民出版社1981版）。

② 陈平原．分裂的趣味与抵抗的立场：鲁迅的述学文体及其接受［J］．文学评论，2005（5）．

③ 梁启超．论中国宜遍设白话演说所［N］．顺天时报，1905－08－25．

④ 李孝悌．清末的下层社会启蒙运动［M］．石家庄：河北教育出版社，2001：114－150，95－96．

的。周桂笙连载于《新小说》上的《知新室新译丛》，“皆平日读外国丛报时，摘译其小品之有味者，而拉杂成之”，每则笔记后面，均有代表译者意见的“检尘子曰”①。《演说》一则的“检尘子曰”是这样的：“己巳六月以后，抵制美约事起，各社会之演说者无虚日。试往聆之，则今日之演说于此者，明日复演说于彼。屡易其地，而词无二致，如移置留声器然。不知视此为何如也。”② 这与《文明小史》《学究新谈》《学界镜》等小说对于演说风气的讥讽，倒是若合符节。演说是个好东西，但演说并不容易，需要训练，需要学习。在这方面，学堂负有不容推卸的责任。

据黄炎培追忆，作为南洋公学特班的中文总教习，蔡元培引领他们“成立演说会，定期轮流学习演说”③。朱有瓛主编的《中国近代学制史料》收录有南洋公学“演说会”的资料，可惜没注明年月，无法判定其与蔡、黄之关系。在演说会的“会章缘起”中有这么一句：

> 演说乎！演说乎！永永万年，眉寿无极，与吾新中国终始，是吾所望也，亦学生之光彩也。④

如此激动人心的“呐喊”，稍微夸张了些，却很能显示那个时代新式学堂里师生们的趣味与使命感。差不多与新世纪的曙光同步，各种新式学堂里，纷纷成立了演说会，开展演说方面的研究与训练。既有校长们的身体力行，也有学生们的自发组织。各方合力的结果，终于使得校园内外的演说水准得以迅速提升。这里借钩稽相关史料，描述早年复旦、南开、清华以及北大（京师大学堂）的演说活动。

1902 年，马相伯在上海创立震旦学院，章程里就提到设宽敞的演说厅；第二年 3 月，学院正式开学，当即开展了制度化的演说活动。⑤ 1905 年，马相伯因反对传教士控制震旦学院，另外创立复旦公学，其章程明确规定：“每星期日或星期六下午开演说会，校长及校员、教员登堂演说。”而学生们也必须练习“聚散之仪文，辩论之学术”，其具体做法是：“先由一人登台讲演，然后轮流推举

① 知新室主人．弁言［J］//知新室新译丛．新小说．1905－09：第 20 号．

② 知新室主人．演说［J］//知新室新译丛．新小说．1905－09：第 20 号．

③ 黄炎培．八十年来［M］//朱有瓛．中国近代学制史料：第一辑下册．上海：华东师范大学出版社，1986：537．

④ 朱有瓛．中国近代学制史料：第一辑下册［M］．上海：华东师范大学出版社，1986：544．

⑤ 宣炳善．大学演讲与自我启蒙［J］．书屋，2005（8）．

学生中一二人加以批评，使他们各人发挥自己的意见，互相观摩。”① 事隔多年，马相伯回忆起当初如何召集全校学生开讲演会，教会学生们演说的技巧，“如分段，如开始怎样能抓住听众，结论怎样能使人对于他的演说获得具体的了解”，颇为得意。② 对于马校长作为演说家的风采，早年学生于右任曾有精彩的描述：

> 先生于星期日，必集诸生于大会堂，或讨论时政，或启沃新知，辄历一二小时不倦……盖先生于演说最擅胜场，常能以诙谐之意态，调剂其端庄严肃之精神，故听者咸声入心通，相悦以解。以余所见演说家，能兼科学分析与文学情感之长，使每一问题皆生动活泼，不感枯寂者，实以先生为第一人。③

知道演说的重要性是一回事，真的喜欢演说又是另外一回事；不仅喜欢，而且擅长，那就更难得了。马相伯之注重学生口头表达能力的训练，每周日举行演讲会，一人登台演说，众人参与评议，这既有耶稣会的传统，也包含了中国书院讲学的意味。④

另外一个喜欢且擅长演说的校长，可举出私立南开中学（1904 年起）、南开大学（1919 年起）的创办人张伯苓。1909 年 11 月 16 日的《大公报》上，曾专门报道张伯苓率领南开私立第一中学堂的学生，在天津西马路宣讲所举办第二次通俗演说会，晚上七点开始，十一点结束，除慷慨激昂的政治演说外，还放映了欧美及日本风景名胜的幻灯片，据说听众有千人之多。学生能上街演说，与平日的训练有关。南开中学早年学生、后长期在南开大学担任领导职务的黄钰生，曾深情地回忆张伯苓校长是如何鼓励学生参加演说活动的：

> 就这样，在张校长的积极鼓励之下，演说活动开展起来了。各班在自己课室里练习演说，学生社团组织，也把演说当作一项重要活动，有全校性的演说比赛，优胜者得奖。全校性的演说会，也组织起来了。我们敬爱的周总理当时就是演说会的会长，我是会员。⑤

至于校长本人，每到周三第五六节课，便召集全校师生，在大礼堂里演说：

---

① 参见《复旦公学章程》第十六章《演说规则》（朱维铮主编《马相伯集》，上海：复旦大学出版社 1996 年版）及马相伯《关于震旦与复旦种种》（朱有瓛主编《中国近代学制史料》第二辑上册，上海：华东师范大学出版社 1987 版，第 714 页）。

② 朱维铮．马相伯集［M］．上海：复旦大学出版社，1996：1110，1151.

③ 于右任．追念相伯夫子并略述其言行［N］．国民公报，1939－11－26.

④ 复旦大学校志编写组．复旦大学志［M］．上海：复旦大学出版社，1985：29.

⑤ 黄钰生．早期的南开中学［M］//申泮文．黄钰生同志纪念集，天津：南开大学出版社，1991：39.

“起初声调低缓，渐渐地昂扬起来，高亢沉重，表情也随之奋发。”① 据另外一个老学生、日后成为台湾“中央研究院”院长的吴大猷回忆，张校长的演说很有特色：“他是很自然地‘训话’，题材顺口出来，庄中有谐，从来不讲空洞大话。”②

作为留美预备学校起家的清华，对于演说课程的重视，在当时的中国，无出其右者。学校里不但安排了演讲教练，配备了专门课本，还要求学生从中等科四年级起，必须练习演说三年。校园里，于是活跃着各种练习演说与辩论的学生社团，如英文方面的“文友会”“英语演说辩论会”“得而他社”，国语方面的“达辞社”“辞命研究会”“国语演说辩论会”等。此外，学校还设立了专门的演说辩论委员会，负责定期举办校内以及校级的演讲比赛。③

花那么大的工夫训练学生的演说能力（从文辞、结构、语速、声调，到手势、眼神以及心理素质），是否值得，当时以及后世，均有人提出质疑。这里不妨以闻一多作为个案，略加评说。从1912年入学，到1922年赴美，闻一多在清华园里度过了十年光阴。在这期间，受当时学校氛围的感染，闻也积极投身演说训练。日记中，多有练习演说的记载，以及担心落人后的表白；直到有一天，功夫不负有心人，闻方才如释重负：“演说果有进步，当益求精至。”④ 虽在演说课程上投入很多精力，闻一多对于清华之过分关注口头表达能力，其实不太以为然。⑤ 二十几年后，作为西南联大教授的闻一多，积极投身昆明的民主运动，在不同场合，面对不同听众，即席演讲，挥洒自如。这个时候，早年清华打下的底子，终于还是发挥了作用。

当然，谈论“演说”与“学堂”之关系，最有名的还属京师大学堂师生之因东三省事“鸣钟上堂”。1903年蔓延全国的拒俄运动，各地学堂多有卷入，媒体上更是充盈着各种抗议活动的报道以及各色人等的演说词。⑥ 京师大学堂因其

① 南开大学校史编写组．南开大学校史［M］．天津：南开大学出版社，1989：37.

② 吴大猷．十年的南开生活［M］国立南开大学．台北：南京出版社有限公司，1981：275.

③ 苏云峰．从清华学堂到清华大学：1911—1929近代中国高等教育研究［M］．台北：“中央研究院”近代史研究所，1996年：301－309.

④ 闻一多．仪老日记［M］//闻一多全集：12卷．武汉：湖北人民出版社，1993：413.

⑤ 颜浩．千古文章未尽才：闻一多演讲集序言［M］//陈平原，主编．现代中国：第七辑．北京：北京大学出版社，2006：253－262.

⑥ 杨天石，王学庄．拒俄运动［M］北京：中国社会科学出版社，1979年；桑兵．以拒俄为中心的学潮高峰［M］//晚清学堂学生与社会变迁．上海：学林出版社，1995.

特殊地位，具有指标性的意义，甚至可以说是直接开启了日后绵延百年的“闹学潮”。①

1903 年 5 月 3 日的《大公报》上，有一则《记京师大学堂学生拒俄事》，详细报道京师大学堂的师生如何因东三省事“鸣钟上堂”：“先由范助教演说利害，演说毕，全班鼓掌，有太息者，有流涕者”；接下来，各学生登台演讲，思筹善策。② 值得注意的是，这回的学生运动，既有传统的伏阙上书，也有演说、通电等新鲜的社会动员手段，而这与学校平日的训练不无关系。带头上书管学大臣请代奏拒俄书的师范馆学生俞同奎，为纪念北大创办五十周年，撰写了《四十六年前我考进母校的经验》，其中讲到：“当年我们的政治常识，都是偷偷摸摸，由片纸只字禁书中得来，自然不甚充足。但是对于朝政得失，外交是非，和社会上一班风俗习惯的好坏，都喜欢研究讨论。有几位特别能演说的同学尤喜作讲演式的谈话。每天功课完毕，南北楼常开辩论会，热闹非常。高谈阔论，博引旁征，有时候甚至于争辩到面红耳赤，大有诸葛亮在隆中，抵掌谈天下事的风度。”③

“演说”本身并无党派色彩，只是一种互相沟通以及表达思想观念的手段。可在专制社会里，此等独立思考、自由表达，已经构成对于绝对王权的巨大挑战。难怪事后朝廷一再下令，严禁学生立会演说。先是光绪二十九年（1903）十一月，张百熙等制订《学务纲要》，指斥“近来士习浮嚣，或腾为谬说，妄行干预国政；或纠众出头，抗改本堂规条”，并于“各学堂管理通则”中专列“学堂禁令”；后又有光绪三十三年十二月六日（1908 年 1 月 9 日）的《学部为遵旨不许学生干预国家政治、联盟纠众、立会演说等知照大学堂》，其中特别说明：“不准干预国家政治及离经叛道，联盟纠众、立会演说等事，均经悬为厉禁。”④

如果只是“开启民智”之类无关宏旨的宣讲，或者学堂里关于文辞、结构、语速、手势的讲求，不曾引起公众的广泛关注以及政府的大力弹压，“演说”不可能成为政治史或文化史的研究对象。而实际上，不仅仅是 1903 年的拒俄运动，更包括 1919 年的“五四”运动等，凡有学潮的地方，演说都在发挥巨大的作用。甚至可以说，没有“演说”这么一种思想启蒙以及社会动员的特殊手段，就不

---

① 正如萧超然等《北京大学校史》（北京大学出版社 1988 版）所说的：“京师大学堂的拒俄运动，是北京大学历史上发生的第一次政治性群众运动，是北大学生运动的开端。”（第 31 页）

② 北京大学校史研究室．北京大学史料：第一卷［M］北京：北京大学出版社，1993 年：573.

③ 俞同奎．四十六年前我考进母校的经验［M］∥陈平原，夏晓虹，主编．北大旧事，北京：三联书店，1998：24.

④ 舒新城．中国近代教育史资料：上册［M］北京：人民教育出版社，1961：209；北京大学校史研究室．北京大学史料：第一卷［M］北京：北京大学出版社，1993 年：580.

可能有现代学潮的风起云涌、五彩斑斓。

可是，反过来，我们不能将校园内外的演说，全都与政治抗议联系在一起。实际上，在政治宣传之外，还有学问的传播；在思想立场之外，还有辩论的技巧；在正义感之外，还有平等心。而所有这些内在的张力，在“五四”时期北京大学的两个学生社团“雄辩会”与“平民教育讲演团”那里，都得到了充分的呈现。

四、“学艺”还是“事业”

“五四”时期活跃于北京大学的众多社团中，有两个是以“言说”为主攻方向的，一是发起于1917年12月的雄辩会，一是创立于1919年3月的平民教育讲演团。历经沉浮，八十年后的今日，后者声名如日中天，前者则很少为人关注。这里试图勾勒两个社团的基本面貌、思想资源以及发展趋势，并将其对照阅读，目的是凸显“五四”那代人的文化姿态与思维方式。选择作为一种论述策略的“雄辩”或“讲演”，不只受制于拟想读者（听众），而且牵涉一系列重大命题，如学校与社会、思想与行动、怀疑与信仰、对话与独自、逻辑与立场、精英与大众等。而所有这些，深刻影响着“五四”以后中国知识者的历史命运。

为纪念校庆，1920年12月17日的《北京大学日刊》上，专门载文介绍本校的“学生生活及活动”。“关于学艺方面者”，共开列了21项，如音乐研究会、画法研究会、哲学研究会、新潮社、英文演说会、雄辩会等；“关于事业方面者”，则有平民夜校、平民教育演讲团、学生银行等。其中对于“雄辩会”是这样描述的：“暂分国语、外国语两部，以修缮辞令、发展思想为宗旨。每月开演说会一次，每学期开雄辩比赛大会一次。”关于“平民教育讲演团”的介绍则是：“其宗旨在以通俗讲演之方法，增进平民之智识，及唤起其自觉心”；“定期讲演每月四次”，另有不定期演讲。都是演说，可拟想的听众不同：一局限于校园，一走上社会。也正因此，学校分得很清楚，前者属于自我修养的“学艺”，后者则是负有社会责任的“事业”。二者几乎同时并存于北大校园，到底是互相补充平等竞争，抑或水火不相容？这里牵涉“演说”的不同功能及宗旨，值得认真钩稽。

1919年3月22日的《北京大学日刊》上刊出两则布告：一是平民教育讲演团定于第二天在马神庙理科校长室开成立大会，“除报告及选举外，并筹商一切进行办法”，后附“本团团员录”（共39名）①；一是校方“为奖励英文演说，

① 佚名．平民教育讲演团广告［J］．北京大学日刊，1919－03－22．

增进辩才起见”，拟定章程、提供奖金，并确定每年五月间开演说赛会。① 相对于“平民教育讲演团”的边界清晰、旗帜鲜明，北大校园里热衷于演说竞赛的个人和团体则显得面目模糊——单在1917至1926年间，比较活跃的就有雄辩会、辩论会、英文演说会、国语演说会等。

1917年12月16日，“北京大学雄辩会”开成立大会，修订章程，选举职员，并请伦理学教授章行严演说。三天后，北大雄辩会正式公布章程，称“本会以修缮辞令发展思想为宗旨”，分国语、外国语两部，每部分若干小组，除平日训练外，每学期举行一次雄辩大会。② 此后，《北京大学日刊》上，不时有雄辩会的通告以及相关活动的报道。而1918年1月17日《北京大学日刊》上所载北京大学雄辩会国语第一支部细则，让我们对其活动方式有了更为详尽的了解。该支部的活动分演说、辩论两种，会员均需练习演说及辩论；两星期举行一次常会，每次常会指定演说者二人，辩论者六人；请教员担任评判员；演说题目自选，辩论题目由评判员指定。③

演说的状态容易想象，辩论又是如何进行的呢？1918年1月27日午前十时，在法科第一教室召开的辩论会，题目为“科学与宗教之消长”，正方主张“科学日进而宗教日衰”。正反方各有三人上场，分主辩、第一助辩、第二助辩，按理论、言词、态度、复辩四项评分，其中态度、复辩两项不分上下，差别在理论与言词。正、反方的成绩是185对155、160比110，最后，正方以505比415分取胜。④ 同年5月，还有另外一次辩论，论题是“最后之胜利在强权抑在公理”，是否还是正方取胜，不得而知。

1919年3月14日《北京大学日刊》刊载《改组雄辩会之提议》，称根据陈启修等提议，北京大学雄辩会改组为北京大学辩论会。其理由是：

> 仲尼设教，立言语之专科；子产会盟，藉辞令以安郑。盖阐扬学术，折冲坛坫，言辞之重，自古已然，而于今为甚。同人等有鉴于斯，前本练习辞令发展智识之宗旨，有北京大学雄辩会之组织。只以才力薄弱，时期过短，故规模虽具，而发展未遑。⑤

因会长西渡留学，“为免虎头蛇尾之讥”，重订章程，定名为“北京大学辩论

① 佚名．英文演说奖金条例［J］．北京大学日刊．1919－03－22．

② 佚名．雄辩会开会［J］．北京大学日刊，1917－12－19．

③ 佚名．北京大学雄辩会国语第一支部细则［J］．北京大学日刊，1918－01－17．

④ 佚名．北京大学法科雄辩会国语辩论成绩表［J］//雄辩会布告．北京大学日刊，1918－02－05．

⑤ 佚名．公启［J］．北京大学日刊，1919－03－14．

会”，依旧“以阐扬学理、修饰辞令为宗旨”，“每两周开常会一次，专为会员练习辩论时间”。但邀请校长当会长、教职员当干事，加上“本会于适当时间与他校举行联合辩论会”①，这样的设计，已不全然是学生社团的规模，似乎更多地体现校方的意愿。

“五四”运动爆发，辩论会发表公告，“于学潮未平静以前暂行停止练习”。说是“凡我会员，为国奔走，心神交瘁，无暇及此”固然可以，但更直接的原因，恐怕是疾风骤雨般的群众运动，与校园里优雅的练习辞令、切磋学问格格不入。因此，只能期待“学潮渐平，会员等得于忧患之余，复睹弦歌之盛”。②

与辩论会（雄辩会）在学潮中暂停活动恰好相反，平民教育讲演团则因“五四”运动的爆发而得以大展宏图——不仅不断征招新团员，寻找演说场所，还走向乡镇，尽可能扩大听众范围。1921年9月29日《北京大学日刊》上，刊有讲演团总务干事朱务善所作的《北京大学平民教育讲演团缘起及组织大纲》，其中提到：

> （平民教育讲演团）创办不久，颇著成效。轰动一时之“五四”“六三”运动，本团团员曾尽力奔走呼号，竭力宣传，颇有以促醒社会之自觉，而引起同情。至于“乡村讲演”尤为有力，盖此种讲演，能于最短时间内使大多数乡民得受少许常识，并能助长其兴趣。③

“以增进平民智识，唤起平民之自觉心为宗旨”的北京大学平民教育讲演团④，正式成立于1919年3月，最初社员39人，多为国民社和新潮社同人，后不断有人加入。据统计，前后有157位北大学生参与活动，其中甚至包括性格温和且明显不善言辞的俞平伯、朱自清等。⑤ 这个“五四”时期十分活跃的学生团体，其活动在《北京大学日刊》上多有报道；更因其主要骨干为北京共产主义

① 佚名．改组雄辩会之提议［J］．北京大学日刊，1919-03-14；辩论会开成会纪事［J］．北京大学日刊，1919-04-22.

② 佚名．辩论会启事［J］．北京大学日刊．1919-10-22；辩论会通告第三号［J］．北京大学日刊．1919-11-13.

③ 朱务善．北京大学平民教育讲演团缘起及组织大纲［J］．北京大学日刊，1921-09-29；王学珍，等．北京大学史料：第二卷下册［M］北京：北京大学出版，2000：2611.

④ 佚名．北京大学平民教育讲演团简章［J］．北京大学日刊，1919-03-07.

⑤ 1919年5月3日《北京大学日刊》所刊《平民教育讲演团启事》，称新加入团员中有俞平伯；1920年3月19日《北京大学日刊》上的《平民教育讲演团分组单》中，第四组成员包括朱白清。俞平伯的生性沉穆不善言辞，可谓人所共知；至于朱自清，虽长期在中学、大学教书，同样不以演说见长。参见曹聚仁《文坛三忆》，北京：三联书店，1999：36；吴组缃：《佩弦先生》，郭良大编《完美的人格》，北京：三联书店，1987：167.

小组成员，其工作日后理所当然地受到史家的强烈关注。①

1919年3月8日《北京大学日刊》上，刊有《北京大学平民教育讲演团征集团员启》：

> 盖闻教育之大别有二：一曰以人就学之教育，学校教育是也；一曰以学就人之教育，露天演讲、刊发出版物是也。共和国家，以平民教育为基础。平民教育，普及教育也，平等教育也……顾以吾国平民识字者少，能阅印刷品出版物者，只限于少数人，欲期教育之普及与平等，自非从事演讲不为功。

这与十几年前梁启超“大抵国民识字多者，当利用报纸；国民识字少者，当利用演说”的说法，何其相似乃尔。

平民教育之展开，不仅因国民识字少，还是讲演者道德自我完善的需要。1917年入北大国文门、结业后转入哲学系学习的邓康（中夏），既是平民教育讲演团的主要发起人，又带头成立了“北京大学马克思学说研究会”，成为早期中国共产党人，其对于讲演团的自我定位，便另有一番天地。在1920年6月的一次演讲中，他给出的题目是“我们为什么要来讲演”，副标题便是答案——“谋大学教育之普及”。②“平民教育”，对于演讲者和听众来说，同样重要；换句话说，这不仅仅是演讲者的事情，也是听众的事情。如此内外呼应，促成了北大平民教育讲演团的巨大成功。

可惜的是，当初回荡在京城内外的众多激动人心的讲演③，早已烟消云散。今天，我们无法获知邓康等人讲演的具体内容。其实，“声音”短暂，不如“文字”传之久远。这个问题，当事人早就意识到，只是因学生社团经费拮据，印刷讲演集的规划无从落实。据《平民教育讲演团开第三次常会纪略》称，会议讨论的事项就包括：“为讲者及听者免除扞格起见，发行讲义”；“为普及京外起见，发行讲演集”。④ 半个月后登载的《平民教育讲演团启事》也有：“讲演员如恐方言名辞，不易为听众所晓，可作成讲义，交由本团代为油印。”⑤ 可讲演团

---

① 萧超然．北京大学与五四运动［M］．北京：北京大学出版社，1986：106－114；彭明．五四运动史：修订本［M］．北京：人民出版社，1998：228－230.

② 邓康．平民教育讲演团报告［J］．北京大学日刊，1920－06－22.

③ 王学珍，等．北京大学史料：第二卷下册［M］．北京：北京大学出版：2601－2612；王学珍，等．北京大学纪事（1898—1997）：上册［M］．北京：北京大学出版社，1998：54－117.

④ 佚名．平民教育讲演团长第三次常会纪略［J］．北京大学日刊，1920－03－16.

⑤ 佚名．平民教育讲演团启事［J］．北京大学日刊．1920－03－30.

的活动，主要靠的是“本团团员应纳常年金现币一元，愿特捐者听”①，这就决定了其经费的严重短缺。1922 年 3 月 22 日《北京大学日刊》刊有《北大平民教育讲演团常年大会纪事》，提及会上再次讨论如何筹集“印刷讲演录款项”。相对来说，将讲稿送白话报纸发表，还比较简单；出版专门的讲演集，确实不太容易。所谓“暂向学校借洋五十元办理之”，因至今未见实物，我很怀疑是否真的落实。②

花开花落，大学校园里，年年新人换旧人，再活跃的学生社团，也都很容易“神龙见首不见尾”。即便我们找出一两则相关启事，依然无法改变“讲演团的活动究竟终于何时，已不可考”的局面。③ 大致而言，1923 年以后，平民教育讲演团基本上停止活动④；若偶有，也属于“余音袅袅”了。

随着政治局势的相对缓和，作为“事业”的平民教育讲演团渐行渐远：相反，作为“学艺”的雄辩会、辩论会、国语演说会等，其活动仍在继续，且逐渐活跃起来。

1922 年 4 月 21 日，北大举行演说竞赛大会，由英文系主任胡适主持，东南大学教授陶行知和燕京大学教授博晨光、庄士敦等任评判员。评判的标准有三：思想方面，演说者必须有话说，不要找话说；组织方面，演说词之理论及文法上的构造必须合乎逻辑；技术方面，说话自然，态度之表现须与其演说辞之内容一致。获得第一名的是英文系三年级学生熊训启。在随后举行的华北专门学校演说会上，熊以“职业的国会代替省城的国会”为题，代表北大参赛；结果是南开和北大优劣不分，合得一二奖，清华得第三奖。⑤

这是英文演说竞赛，国语的呢？据 1925 年 3 月 10 日、15 日《晨报》，还有同年 3 月 16 日《北京大学日刊》报道，华北六大学举行国语辩论会，经过一番激烈竞逐，北大的正组、反组均大获全胜。⑥ 而此前此后，在《北京大学日刊》

---

① 佚名．北京大学平民教育讲演团简章［J］．北京大学日刊，1919－03－07.

② 与此相类似，辩论会刊行杂志的计划（参见 1919 年 10 月 22 日《北京大学日刊》上的《辩论会启事》：“拟自本学期起，除练习辞令之外，并发行杂志一种，以便互相讨论而为学术上之磋磨。”）似乎也落了空。

③ 萧超然．北京大学与五四运动［M］北京：北京大学出版社．1986：106－114，114；彭明．五四运动史：修订本［M］北京：人民出版社．1998：228－230.

④ 王学珍，等．北京大学纪事（1898—1997）：上册［M］．北京：北京大学出版社．1998：96－97.

⑤ 北大国语演说会．北大国语辩论会启事［J］．北京大学日刊，1925－03－16.

⑥ 1924 年 11 月 21 日《北京大学日刊》上刊出《北大国语演说会简章》，声明“本会以练习语言交换知识为宗旨”，会期每周五举行一次，聘请导师“以指导演说及辩论之进行”；1925 年 12 月 1 日《北京大学日刊》上载有《雄辩会通告》：本月 4 日午后 7 时在二院大讲堂开讲演大会，由陈启修、燕树棠、高一涵等讲授辩论演说之方术及理论，欢迎全体会员及校内同学参加。

上，与这些竞赛消息交叉出现的，便是各种演说会简章，以及如何聘请教授指点辩论演说之术。① 眼见那个与一场政治运动紧密相连的平民教育讲演团逐渐退出历史舞台，作为大学教育的一个组成部分，各种各样的演说训练及比赛（国语的、英文的），则得以在大学校园里长期存留。时至今日，所谓“阐扬学理，修饰辞令”，也还是不同政治/文化立场的人都能接受的练习演说的“宗旨”。

史家周策纵在论及新文化运动兴起后，“新知识分子发起的大众教育运动”时，特别强调“学术性和普及性的讲演”。前者指向杜威、罗素以及美国教育家保尔·孟禄（PaulMonroe）、德国哲学家汉斯·德里斯赫（HansDriesch）等，这些人在华的讲演稿或登于报刊，或汇集成书，对中国知识界影响甚大；后者则是北大学生廖书仓、邓中夏、罗家伦、康白情、张国焘、许德珩等人于 1919 年 3 月 23 日创立的“平民教育讲演团”。在这个论述框架中，雄辩会等不值一提，因其不过是学校教育的有机组成部分。

我承认异军突起的平民教育讲演团在现代史上的贡献，但同时也不想抹杀当年北大及其他院校训练演说和辩论的意义。后者看似平淡无奇，可它形成一种风气，在读书作文之外，格外看重口头表达。这一现代社会对于大学师生的要求，影响极为深远。所谓“辩论”，不同于独白性质的“演说”，主要针对的是同道，承认事情具有多种可能性②，对话中包含着挑战与反省，强调学理与逻辑。如此尊重对手、自我质疑，更多的属于精英们的自我启蒙。如果说“开启民智”是为人之学，那么，“阐扬学理，修饰辞令”则属于为己之学。只是因已有的历史叙述普遍关注前者，欣赏演说者的救世情怀，而忽略了其政治激情背后那个“居高临下”的姿态，我才反过来提醒注意对话性质的“辩论”，各大学校园里，类似的练习演说/辩论的团体很多，其对于大学生思维及表达的潜在影响不该被小觑，更不该任其在思想史/文化史上永远失踪。

确实，“辩论”不如“演说”气势磅礴、畅快淋漓，面对的是同道，而非亟待教诲的下层百姓，必须有更多学理方面的考量，只能“一方面”“另一方面”，而无法“一言以蔽之曰”。在这个意义上，“演说”容易走上社会，“辩论”则始终只能局限在大学校园。可无论是“为人”还是“为己”，“演说”还是“辩

---

① 周策纵著．五四运动：现代中国的思想革命［M］．周子平，等译，南京：江苏人民出版社，1996：262－264.

② 亚理斯多德称：“我们只讨论有两种可能的事情。至于那些在过去、现在或将来都没有另一种可能的事情，没有人拿来讨论。”（罗念生译《修辞学》，北京：三联书店 1991 年版，第 26 页）现代中国史上的“辩论”与“演说”，其差异正在于此。有没有对手，允不允许驳难，涉及到开口说话时的心境与姿态。大部分情况下，居高临下的启蒙者，不允许、也没提供多种选择的可能性。

论”，都牵涉口头表达，都必须讲求辞令。还记得《新中国未来记》第三回“论时局两名士舌战”吗？如此长篇论辩，借用平等阁主人（狄平子）的批语：“拿着一个问题，引着一条直线，驳来驳去，彼此往复达四十四次，合成一万六千余言，文章能事，至是而极。”① 所谓“驳来驳去”的技巧，是需要长期训练的，并非一蹴而就。

前面已经提到，蔡元培教南洋公学特班生演说时，曾“示以日文演说学数种令参阅”，可到底是哪些演说学著作，黄炎培没说。倒是蔡元培任主笔的《警钟日报》，曾在1904年连续刊登广告，推荐日人冈野英太郎的《演说学》：“唯书中图画精致，绘声绘色，于学演说者裨益不鲜。”② 可惜目前所知国内外图书馆收藏的钟译《演说学》，只有20世纪20年代穗、沪刊行的本子。但无论如何，翻阅众多20世纪上半叶国人所刊演说学著作③，我们起码可以大胆断言：“演说”已经成为现代中国极为重要的社会/学术/文化活动。

五、文章体式的革新

晚清以降迅速崛起的“演说”，不仅仅是社会/学术/文化活动，作为一种知识传播方式，甚至深刻地影响了中国的文章变革。这里所说的“文章”，是传统意义上的，不局限于诗歌散文小说，更包含学术著述。就像陈源表彰胡适的考据文章，朱自清称颂胡的长篇议论文价值，都是注意到了近现代中国文章变革的这一大趋势。

陈源在《新文学运动以来的十部著作》中，首先推举的是《胡适文存》，而不是常人特别赞许的《尝试集》或《中国哲学史大纲》，理由是，“明白清楚”构成了“他的说理考据文字的特长”。陈甚至称：“《胡适文存》却不但有许多提倡新文学的文字，将来在中国文学史里永远有一个位置，他的《水浒传考证》

① 平等阁主人．新中国未来记：第三回总批［J］新小说，1902－12：第2号.

② 参见1904年4月20至22日《警钟日报》。另外，同年4月25日，《警钟日报》又刊出了六折优惠的“《演说学》折价券”，称“开通社会风气，以演说之力为最大，是书图说详明，颇便学者”。

③ 童益临编：《演说学讲义》，关东印书馆，光绪三十三年（1907）；冈野英太郎著、王蕃青、贾树模译：《演说学》，保定：直隶教育图书局1912年版；汪励吾：《实验演说学》，上海：人生书局1928年版；徐松石编著：《演讲学大要》，上海：中华书局1928年版；杨炳乾编：《演说学大纲》，上海：商务印书馆1928年版；余楠秋著：《演说学ABC》，上海：ABC丛书社1928年版；郝理思特（R. D. T. Hollister）著、刘奇编译：《演说学》，上海：商务印书馆1930年版；程湖湘编：《演讲学》，上海：商务印书馆1933年版；徐松石编著：《演讲学大要》（“初中学生文库”本），上海：中华书局1935年版；余楠秋著：《演说学概要》，昆明：中华书局1941年版；任毕明著：《雄辩术》，桂林：实学书局1943年版；任毕明著：《谈话术》，桂林：实学书局1945年版；任毕明著：《演讲·雄辩·谈话术》，桂林：实学书局1946年版。

《红楼梦考证》也实在是绝无仅有的著述。”① 至于朱自清，在指导年轻人阅读《胡适文选》时，也专门指出：“他的散文，特别是长篇议论文，自成一种风格，成就远在他的白话诗之上。”在朱自清看来，胡适的论文，采用的是“标准白话”，“他那些长篇议论文在发展和组织方面，受梁启超先生等的‘新文体’的影响极大，而‘笔锋常带情感’，更和梁先生有异曲同工之妙”②。这里讨论白话文学的成功，举的却是胡适的长篇论文，表面上有点错位，实则大有见地。

正如黎锦熙在为钱玄同立传时所说的，“五四”新文化运动初期，胡适发表白话诗“算是创体，但属文艺”；而“规规矩矩作论文而大胆用白话”，对于当时的读书人，“还感到有点儿扭扭捏捏”。③ 面向读书人而非下层民众的《新青年》，积极提倡并带头使用白话，挑战的正是这种不成文的“规矩”。只有在此背景下，才能理解刘师培在《中国白话报》上“述学”（1904）④，以及章太炎等创办《教育今语杂志》（1910）的意义；也才能理解《新青年》同人为何热心于四处演讲、北京大学何以成立“以修缮辞令、发展思想为宗旨”的雄辩会，还有各地学堂为什么设立演说课程或组织演讲比赛。即便几十年后，在“报纸新闻副刊乃至普通著作”之外，白话作为学术语言，能否用于写碑撰史，依旧被人质疑。⑤ 说到“五四”新文化人的贡献，论者一般沿用胡适的分析框架，称其不同于晚清白话报刊或字母运动的提倡者之处，在于“没有‘他们’‘我们’的区别”，认定“白话并不单是‘开通民智’的工具，白话乃是创造中国文学的唯一工具”。⑥ 这一总体判断，时至今日，仍大体有效。问题在于，晚清人对文章的区分，除了日后备受讥讽的“我们”和“他们”，还有不太为人注意的“学术文”（论学、论政）与“文艺文”（叙事、抒情）。

晚清以降，述学之文同样面临自我更新的使命。实现这一使命的，主要通过两个途径，一是严复、梁启超、王国维等新学之士所积极从事的输入新术语、新语法乃至新的文章体式，借以丰富汉语的表达能力。这一努力，符合百年中国

---

① 陈源．西滢闲话：3版［M］．上海：新月书店，1931：335－336.

② 朱自清．胡适文选指导大概［M］//朱自清全集：2卷，南京：江苏教育出版社1988：209，299.

③ 黎锦熙．钱玄同先生传［M］//曹述敬．钱玄同年谱．济南：齐鲁书社，1986：附录171.

④ 如刊《中国白话报》第五期的《中国理学大家颜习斋先生的学说》、第六期的《黄黎洲先生的学说》、第七期的《王船山先生的学说》等。

⑤ 钱穆《中国史学名著》称：“此刻白话文应用范围，其实也尚只在报纸新闻副刊乃至普通著作之类。如要写一传记，白话文反不易写。如要写一碑文，用白话，实不甚好。有时连日常应用文字也不能纯粹用白话，不得不转用简单的文言。若我们要来写一部历史，如《中华民国史》之类，单就文体论，便有大问题。”北京：三联书店，2004：97.

⑥ 胡适．五十年来中国之文学［M］//胡适古典文学研究论集．上海：上海古籍出版社1988：153.

"现代化进程"的大趋势，一直受到学界的重视。可还有一条蜿蜒曲折的小路，比如章太炎、梁启超、刘师培、蔡元培以及鲁迅、胡适等，面对新的读者趣味和时代要求，在系统讲授中国文化的过程中，提升了现代书面语的学术含量，为日后"白话"成为有效的述学工具，做出了独特的贡献。

回过头来，反省学界对"五四"白话文运动的论述，可以有几点修正：第一，《新青年》同人在提倡白话文时，确实多以明清章回小说为标本；日后讲授"国语文学"，也都追溯到《水浒传》等。可所有这些"溯源"，都指向"文艺文"（或曰"美文"），而不是同样值得关注的"学术文"。第二，白话文运动成功的标志，不仅仅是"国语的文学，文学的国语"；述学文章之采用白话，尤其是长篇议论文的进步，也是至关重要的一环。第三，晚清兴起、"五四"后蔚为大观的演说热潮，以及那些落在纸面上的"声音"，包括演讲的底稿、记录稿、整理稿，以及模拟演讲的文章，其对白话文运动和文章体式改进的积极影响不容低估。第四，创造"有雅致的俗语文"，固然"以口语为基本，再加上欧化语，古文，方言等分子，杂糅调和"①；可这个"口语"，不限于日常生活语言，还应包括近乎"口头文章"的"演说"。②

也有学者注意到"五四"文学革命中周作人思想的特殊性，提及其《国语改造的意见》和《国语文学谈》等文，"其实不过是像清季人一样主张分工：文章语重提高而口语重普及"。此说不无道理，但将其与刘师培的《论文杂记》或赵启霖的《详请奏设存古学堂文》相比拟，似乎有欠斟酌。③ 原因是，作为"五四"新文化人，周作人心目中的"国语"，毫无疑问是以白话为基石；即便写文章追求"用字更丰富，组织更精密"，也"全以口语为基本"。只是对于时人之将"白话"等同于"口语""俗语"或"民间的语言"，周大不以为然，这才转而强调民间使用的日常语言"言词贫弱，组织简单，不能叙复杂的事情，抒微妙的情思"。以现代人的口语为基本，"采纳古语""采纳方言""采纳新名词"，经过一番锤炼与改造，催生出合格的"现代的国语"。这一"把古文请进国语文学里来"的思路，明显不同于刘、赵之区分文白，让文言承担"保存国学"与"精诣之文学"的重任。④

---

① 周作人．燕知草跋［M］//永日集．上海：北新书局，1929.

② 陈平原．学问该如何表述：以章太炎的白话文为中心［M］//触摸历史与进入五四．北京：北京大学出版社，2005：157－206.

③ 罗志田．裂变中的传承［M］．北京：中华书局2003：276－278.

④ 周作人．艺术与生活［M］．上海：群益书社，1931：101－120.

文言白话之争，几乎贯穿整个20世纪的中国。① 在我看来，所谓“现代国语”的形成，不仅牵连民族国家想象，还涉及区域文化、大众传媒、教育体制、文学类型等。就连“演说”的迅速崛起，也都跟“国语”的成熟不无关系。除了前面提到的以“白话”述学的重要性，还包括“白话”更适合于作为记录演说的文体。

1922年章太炎的上海讲学，有三种不同的记录整理本——《申报》的摘要本、张冥飞的文言本以及曹聚仁的白话本。这里真正需要认真比较的，是张、曹二本。张书错漏百出，乱加按语，封面上还赫然写着“长沙张冥飞、浙江严伯梁批注”，难怪章先生极为愤怒。② 至于年仅21岁的曹聚仁，其记录整理本为何能得到一代大儒章太炎的赏识，曹的解释是：第一，“章师的余杭话，实在不容易懂”，只有“对于他的方言并不感到困难的人”，才没有理解的障碍；第二，在杭州一师念书时，曹已经读过《国故论衡》和《检论》，熟悉章太炎的学术思路，“又从单不庵师那里知道足够的关于今古文家争执知识”，因此，记录稿才可能“没有错过一句话，一个人名，一个地名”。③

这两点都很在理，可我还想补充第三点：因曹聚仁使用的是白话，更能传达太炎先生讲演时的语气与神态。对比张冥飞那蹩脚的本子，你会发现，章太炎很有个性的语言，以及许多精彩的表述，全被现成的套语弄得面目全非。即便全部“听懂”，以张冥飞的文言文水平，也绝难达意。

这里有一个重大的难题：讲演者使用的是白话，如果用渊雅高深的文言来记录整理，不是绝对不可能，但必须经过一番伤筋动骨的改造。以至经过“文言”这个模子出来的“讲演”，很可能尽失原先的风采与神韵。在表情达意方面，文言自有其长处，但绝对不适合于记录现场感很强的“讲演”。偶尔也有例外的，如学过速记的罗常培，在北大念二年级（1918）时，“用功的重心放在刘师培先生的中古文学和中古文学史上面。在讲堂要把他的‘口义'用速记记录，回家后又逐字逐句地翻译成文言”④ ——这就是日后广泛流传的《汉魏六朝专家文研

① 陈平原．当代中国的文言与白话［M］∥当代中国人文观察．北京：人民文学出版社，2004：121－146.

② 据太炎先生晚年弟子沈延国称：“又先师曾谕延国云，昔在江苏教育会演讲，曹聚仁所记录（即泰东书局出版的《国学概论》），错误较少；而另一本用文言文记录的，则不可卒读。”沈延国．章太炎先生在苏州［M］∥陈平原，杜玲玲．追忆章太炎．北京：中国广播电视出版社，1997：394.

③ 曹聚仁．章氏之学［M］∥章太炎．国学概论．香港：学林书店，1971：175；曹聚仁．中国学术思想史随笔［M］．北京：三联书店，1986：55－56.

④ 罗常培．自传［M］∥杨扬，等选编．学人自述．杭州：杭州大学出版社，1998：268.

究》和《文心雕龙讲录》。如此“翻译”，即便成功，也都不是“原汁原味”。在某种意义上，学者的公开讲演，以及将讲演稿整理成文或成书，不管他主观上是否赞成白话诗文，都是在用自己的学识与智慧，来协助完善白话的表达功能；换句话说，都是在“赞助白话文学”。假如此说成立，那么晚清以降蔚然成风的“演说”，对于推广白话文，功莫大焉。①

晚清兴起的演说之风，确实有利于白话文的自我完善，以及“现代国语”的生产与成熟。除此之外，它还深刻影响许多作家的思路与文风。有经验的读者都明白，“口若悬河”与“梦笔生花”不是一回事，适合于讲演的，不见得适合于阅读。一场主宾皆大欢喜的讲演，抽离特定时空，很可能不知所云。相反，一篇精彩的专业论文或小说、散文，即便由高明的演员朗读，也不见得能吸引广大听众。这一点，亚里士多德的《修辞学》说得很清楚：“比较起来，作家的演说在论战场合显得淡薄；而演说家的演说，尽管口头发表很成功，拿在手上阅读，却显得很平凡，其原因是这种演说只适合于在论战场合发表；所以适合于口头发表的演说，不在口头发表，就不能发挥它们的效力，而且显得笨拙。”② 尽管亚里士多德对“笔写的文章”与“论战的演说”二者风格的区分有其特殊含义（前者指典礼演说，后者指政治演说和诉讼演说），而所谓口头发表的“演说”，更适合于表现性格与情感，还是很有道理的。

演说不同于专业著述，突出的是大思路，需要的是急智、幽默、语出惊人。如果用最简要的语言来描述，“演说”的特点大致是这样的：表达口语化，故倾向于畅快淋漓；说理表演化，故追求语不惊人死不休；追求现场效果，故受制于听众的趣味与能力；蔑视理论体系，需要的是丰富的高等常识；忌讳“掉书袋”，故不能过于深奥，更不能佶屈聱牙。而所有这些，都将影响文坛乃至学界的风气。

“演说”一旦入文，酿成了现代中国文章的两大趋势，一是条理日渐清晰，二是情绪趋于极端。原先以典雅渊深著称的文章，如今变得直白、浅俗，“卑之无甚高论”，这一点很好理解；更值得关注的是，演说之影响文章，使得表述趋于夸张，或尖刻，或奇崛，全都剑走偏锋。熟悉演讲的都明白，台上台下，能否成功互动，十分要紧。演讲者固然借助语言、手势以及身段在调动听众的情绪，而听众通过拍掌、跺脚、嘘声乃至走人等，同样达成对于演讲者的诱惑，使得其身不由己，往听众的趣味靠拢。所谓的“现场效果”，是演讲者与听众共同营造

① 陈平原．学术讲演与白话文学［M］//中国大学十讲．上海：复旦大学出版社 2002：135－184.

② 亚理斯多德．修辞学［M］．罗念生，译，北京：三联书店，1991：189.

出来的。

对于演讲者来说，现场的氛围，构成巨大的压力。在十人、百人、千人、万人的场合演说，声调、语速、手势全都不一样。总的趋势是，人越多，手势越夸张，长句变短句、短句变单词（这里还得考虑麦克风放大尾音的影响）。在群众集会上演说，很难有冷静平和的思考与表达，往往是调子越唱越高，上得去，下不来。值得注意的是，这种“现场感”与“听众的压力”，很可能一直延续到书斋，渗透在你的思维以及笔墨之中。

1917 年 12 月 16 日，在北大雄辩会的成立会上，章士钊应邀做了专题演说，讨论“调和论”之是非功过：

> 无论何种题目，两极端之说，最易动听；一经折衷，便无光彩……调和论者必就甲说而去其乖戾之气，就乙说而去其偏宕之言。不知甲乙之说所以能存，正以其乖戾偏宕。今欲去其所以存立之基础，而强之入我无声无臭之范围，其事之难，有如登天。①

章本想论述的是“调和之妙用”，可因“先生演说甚长，未克全录”，单看发表出来的部分，更容易记得的，反而是“极端之说”。说者无心，听者有意。学生于此，很容易领悟到演说的诀窍。

这确实也是经验之谈。演说需要条理，需要智慧，需要幽默感，过于理性、稳健、缜密，其实是不合适的。在某种意义上，演说与杂文相通，应该说狠话，下猛药，借题发挥，激情奔放，甚至不惜使用“语言暴力”。

不管你是左翼还是右翼，也不管你是否反感“宣传家文字”，只要你选择广场演说，以平民百姓或年轻学子为拟想读者，必定趋于“激烈”，而不可能“调和”。既然熟谙演说中“两极端之说，最易动听”，转而为文，可以想象，对于传统中国讲求温柔敦厚的文风，将造成何种挑战与冲击。

六、以“演说”为“著述”

现代中国日渐兴盛的“演说”，其影响不仅及于“文章”，还扩展到“学问”。学问该如何表述，面对专家还是大众，追求专深还是普及，这里面大有讲究。

“五四”新文化运动中，蔡元培、张谨、陈宝泉、汤尔和等大学校长，曾感叹近年士风日敝、民俗日偷，而关键就在于学术消沉，希望教育界负起责任，于

① 章士钊．章行严先生莅雄辩会演说纪要［J］．北京大学日刊，1917－12－20．

是发起“学术讲演会”：

> 同人有鉴于此，特仿外国平民大学之例，发起此会，请国立高等学校各教员以其专门研究之学术，分期讲演，冀以唤起国人研究学术之兴趣，而力求进步。①

“学术讲演会”的具体地点，在教育部会场、北京高师和北大法科礼堂。原先刊出的广告，第一讲是章士钊的“论理学”，后因章临时外出，改为陈大齐的“现代心理学”。② 在此后的三个月里，除了上述二题以外，还举办过如下题目的系列讲演：社会与教育（陶履恭）、燃料（王星拱）、墨翟哲学（胡适）、天文学（高鲁）、放射性化学（俞同奎）、教育学（邓萃英）、生物与人生哲学（李煜瀛）、社会与伦理（康宝忠）、电子相对论（何智杰）、政治学（陈启修）、园艺与害虫学（夏树人）等。如此规模的“学术讲演”，在让大学走向社会的同时，也让“演说”承担起传播高等学问的责任。

教授们不再只是针对社会问题发言，而是努力向公众传播自己所擅长的专门知识。这么一来，如何有效地演说“学问”，在此后的半个多世纪里，受到学界以及社会的共同关注。当学者们不再满足于“口说”，将“讲坛”搬到了纸上时，所谓的“著述”风格，便不可避免地发生嬗变。如果采用的是传统的讲学形式，以解读经典为中心（如《复性书院讲录》）③；或因职责所在，演说时学术性不是很强（如《蔡孑民先生言行录》）④，那么，将其言谈记录下来，相对来说还是比较容易的。但若讲授的是专深的学问，要实现从“声音”到“文字”的转化，难度就大多了。

这就牵涉晚清的另一个新生事物——速记法。梁启超特别推崇的日本政治小说《经国美谈》，就是久野龙溪采用口述笔记的形式完成的；“同时他在卷尾附

---

① 学术讲演会启事一［J］. 北京大学日刊，1918-02-20.

② 学术讲演会特别启事［J］北京大学日刊，1918-02-22.

③ 马一浮《复性书院讲录》（江苏教育出版社，2005年）除总纲性质的《开讲日示诸生》《学规》《读书法》《通治群经必读诸书举要》外，主体部分按原典《论语》《孝经》《诗》《礼》《洪范》《易》来展开阅读与阐释，不受现代学科分类体系的制约。

④ 1920年新潮社编辑刊行的《蔡孑民先生言行录》，被视为蔡先生思想学说“最好的结集”（参见周作人《记蔡孑民先生的事》和高平叔《〈蔡孑民先生传略〉叙言》，载陈平原、郑勇编《追忆蔡元培》32-36页、287-290页）。此书共收文84则，大致可分为三类：演说40则，文章21则，序跋及书札23则。演说占主导主体（包括《劳工神圣》《以美育代宗教说》《就任北京大学校长演说词》等），但专业性不强。集中不少演说，除注明登坛时间，还有何时修订成文。

录了一篇名为《论速记法》的文章，向《经国美谈》的读者介绍了‘速记法’”①。对于《清议报》能及时地译介“以稗官之异才，写政界之大势”的《经国美谈》，梁启超十分得意，在《本馆第一百册祝辞并论报馆之责任及本馆之经历》中特别予以表彰。② 一年后，梁撰《新中国未来记》发表，第一回中有如下一段：

> 却说自从那日起，孔老先生登坛开讲，便有史学会干事员派定速记生从旁执笔，将这《中国近六十年史讲义》，从头至尾录出，一字不遗。一面速记，一面逐字打电报交与横滨新小说社登刊。③

如此强调“速记”，明显受《经国美谈》的启发。所谓“一字不遗”，当然过于夸张；但速记的出现，使得“演说”之成为“著述”，平添了许多可能性。

谈论中文速记，一般从蔡锡勇说起。京师同文馆毕业后，蔡在驻美使馆任参赞期间，对当时美国流行的“快字”感兴趣；回国后，参考美国凌士礼（Lindsley）的速记法，撰成《传音快字》一书，于光绪二十二年（1896）在武昌刊行。到了清廷推行新政，设置咨政院，开会时亟需速记员，于是召蔡的儿子蔡璋进京，创办速记学堂，并将其父的《传音快字》改编为《中国速记学》，于1913年正式出版。④ 此后，不同的速记法纷纷面世，对学术文化的整理以及思想的传播发挥了很大作用。

然而，在这中间，陷阱依然很多——即便速记员训练有素，还有口音差异，以及话题的专业性等。一般的社会动员或知识普及比较好记，倘若是“学术讲演”，可就没那么轻松了。章太炎晚年曾拒绝刊行未经自己审定的讲演稿⑤，就是担心记录有误，以讹传讹。此举并非多余，谓予不信，请看北大校长蔡元培的经历。《新青年》3卷1号的“通信”栏里，收有蔡元培致《新青年》记者函：

> 《新青年》记者足下：鄙人归国以来，偶在会场演说，事前既无暇预备，事后亦不暇取速记稿而订正之。日报所揭，时有讹舛，以其报仅

---

① 小森阳一．日本近代国语批判［M］．陈多友译，长春：吉林人民出版社，2003：110－111.

② 梁启超．本馆第一百册祝辞并论报馆之责任及本馆之经历［N］清议报：第100册，1901－12－21.

③ 饮冰室主人：新中国未来记［J］．新小说，1902－11：第1号.

④ 葛继圣．中国速记应用的历史、现状、问题及建议：纪念中文速记创始一百周年［J］．广西大学学报，1996（4）.

⑤ 汤炳正称：“当时，应全国学术界的要求，每一门课讲毕，即将听讲记录集印成册。先生以精力不给，付印前皆未亲自审校。因此，在听讲记录出版时，他坚决反对署上自己的名字。”忆太炎先生［M］//陈平原、杜玲玲，编．追忆章太炎．北京：中国广播电视出版社，1997：462.

> 资一阅，即亦无烦更正。不意近日在政学会及信教自由（会）之演说，乃为贵杂志所转载，势必稍稍引起读者之注意。其中大违鄙人本意之点，不能不有所辨正。①

蔡元培自称信奉引力说及进化论，可报载他在信教自由会的讲稿，竟阑入一大段“宗教家反对进化论者之言”，让他实在不能容忍。至于“政教会演说报纸所载有漏脱，有舛误，尚无增加之语”。其中“最为舛误者”，蔡开列了十条，逐一辨正。

此信让既是北大文科学长、又是《新青年》主编的陈独秀狼狈之至，赶紧以“记者”名义附言：“本志前卷五号，转录日报所载先生演说，未能亲叩疑义，至多讹误，死罪死罪。今幸先生赐函辨正，读之且愧且喜。记者前论，以不贵苟同之故，对于先生左袒宗教之言，颇怀异议。今诵赐书，遂尔冰释。”② 引领学界风骚的《新青年》尚且如此，其他报章的情况可想而知。

正是有感于此，后人为慎重起见，不太敢用报刊上的演说资料。可完全放弃这些口述实录文献，又实在可惜。若方豪编《马相伯先生文集》，其《凡例》的第一则称：“本书所收以先生亲自撰著之文字为限，其为先生口述，他人笔录或代作者，如先生生前各报刊登之谈话、语录、讲词等，一概不收。”③ 严守边界，宁缺毋滥，固然是好事；但对于研究者来说，我还是更喜欢半个世纪后朱维铮所编篇幅剧增的《马相伯集》④。

不再满足于固守书斋的现代中国学者，开始走出校园，面对公众，就自己熟悉的专业发表公开演讲，而且借用速记、录音或追忆等手段，将“口说”变成了“著述”。对于此类不够严谨专深、但也自有妙用的“大家小书”，到底该如何评价？

倘若速记者听得懂方言，有较高的文字修养，也能大致理解演讲的内容，这种情况下，速记稿还是可信的。当然，正式出版前，需要演讲者做一番仔细的修订。1922 年商务印书馆初版的《东西文化及其哲学》，封面署的是“梁漱溟讲演，陈政、罗常培编录”。为什么这么署，不外是突出速记者的成就与责任。在

① 《通信》，《新青年》3 卷 1 号，1917 年 3 月。《蔡孑民先生在信教自由会之演说》及《蔡孑民先生之欧战观——政教会欢迎会之演说》二文，刊《新青年》2 卷 5 号（1917 年 1 月）。

② 《通信》，《新青年》3 卷 1 号，1917 年 3 月。《蔡孑民先生在信教自由会之演说》及《蔡孑民先生之欧战观——政教会欢迎会之演说》二文，刊《新青年》2 卷 5 号（1917 年 1 月）。

③ 马相伯．马相伯先生文集［M］//方豪，编．北平：上智编译馆 1947：凡例 1.

④ 马相伯．马相伯集［M］朱维铮，主编．上海：复旦大学出版社，1996.

《自序》中，梁漱溟称："这是我今年八月在山东济南省教育会会场的讲演，经罗君莘田替我纪录出来，又参酌去年在北京大学讲时陈君仲瑜的纪录而成的。""在别人总以为我是好谈学问，总以为我是在这里著书立说，其实在我并不好谈学问，并没在这里著书立说，我只是说我想说的话。"① 更有意思的是，这部现代学术史、思想史上的名著，连序言的落款都是"中华民国十年十月二十二日漱冥口说陈政记"。但这并不妨碍其成为一代名著。贺麟在《五十年来的中国哲学》中，就曾给予此书高度评价："在当时大家热烈批评中西文化的大潮流中，比较有系统，有独到的见解，自成一家言，代表儒家，代表东方文化说话的，要推梁漱溟先生在一九二一年所发表的《东西文化及其哲学》一书。"②

以"演说"为"著述"，不是完全不可行，除了演说前的殚精竭虑以及演说中的超常发挥，还依赖以下三点：一是需要好的记录稿，二是需要作者认真修订，三是需要读者转换阅读眼光。对此，举三本书，略作说明。

1932年，周作人应沈兼士的邀请，到辅仁大学作系列演讲。因其平日所思所感，别有会心，"既未编讲义，也没有写出纲领来，只信口开河地说下去就完了"。看过邓恭三（即日后成为著名历史学家的邓广铭）的记录稿后，周大为称奇："不但绝少错误，而且反把我所乱说的话整理得略有次序"。于是，将讲稿交北平人文书店刊行。表面上，作者姿态很低，一再谦称此书"只是临时随便说的闲话，意见的谬误不必说了，就是叙述上不完不备草率笼统的地方也到处皆是，当作谈天的资料对朋友们谈谈也还不妨，若是算它是学术论文那样去办，那实是不敢当的"。可接下来的这句话，可见作者并非真的那么谦卑："我的意见并非依据西洋某人的论文，或是遵照东洋某人的书本"。单是"这讲演里的主意大抵是我杜撰的"③，便可知作者的立意与抱负。在众多关于此书的评论中，钱钟书的意见最值得重视。钱对周说有所批评，但还是承认："这是一本小而可贵的书，正如一切的好书一样，它不仅给读者以有系统的事实，而且能引起读者许多反想。"④ 称周书"有系统"，实在有点勉强；但要说引起"许多反想"，那倒是真的——时至今日，此书还在被人阅读、批评、引证。

1961年，应香港某学术机构的邀请，钱穆就"历史研究法"这一总题作了八次演讲。作者称："这次一连八讲，由于时间所限，所讲总嫌空泛肤浅，又是

① 梁漱溟．《东西文化及其哲学》自序［M］//梁漱溟全集：1. 济南：山东人民出版社，2005：542.

② 贺麟．五十年来的中国哲学［M］. 沈阳：辽宁教育出版社，1989：9.

③ 周作人．中国新文学的源流：订正三版［M］. 北平：人文书店，1934：1-3.

④ 中书君．中国新文学的源流［J］. 新月．1932-11，4（4）.

语焉不详。我不能站在纯历史纯学术的立场来讲话，有时不免带有情感，随便空说，请诸位原谅。”① 此讲演集，先由叶龙记录讲辞，再经钱穆本人整理润饰，1961 年刊行于香港，1969 年在台北重版。到了为台北版作序，钱穆开始自得起来，提醒“读者勿忘我此八番讲演之主要意义所在”。所谓“近人治学，都知注重材料与方法。但做学问，当知先应有一番意义”，明显有所指。在钱穆看来，主流学者只讲研究方法，不考虑历史背后的文化与意义，并非理想的学术境界。②

同样是在香港，同样是为非本专业的学生讲课，牟宗三讲的是中国哲学。牟说得没错，在总共十二小时的系列演讲中，“想把中国哲学的特质介绍给社会上公余之暇的好学之士，当然是不很容易的”。可成书时，作者显然颇为得意，其《小序》相当有趣，值得大段引录：

> 本讲演并无底稿。在讲述时，托王煜同学笔录。口讲与自己撰文不同，而笔录与讲述之间亦不能说无距离。如果我自己正式撰文，也许比较严整而详尽。但有这个时间限制的机会，也可以逼迫我作一个疏略而扼要的陈述。这也自有其好处。而王君的记录也自有其笔致。换一枝笔来表达，也自有其新鲜处。顺其笔致而加以修改，也觉得与我的原意并不太差。紧严有紧严的好处，疏朗也有疏朗的好处。是在读者藉此深造而自得之。③

好一个“疏朗也有疏朗的好处”，一下子点到问题的关键，也说透了学术演讲之所以吸引人的奥妙。至于“顺其笔致而加以修改”，更是道尽此类文章或著述的特点。

周、钱、牟三书，都是“小而可贵”。唯其篇幅小，讲者（作者）不能不有所舍弃；也正因此，面貌更加清晰，锋芒也更加突出。所谓“虽非著述之体，然亦使读者诵其辞，如相与謦于一堂之上”④；不以严谨著称，但“疏略而扼要”，“能引起读者许多反想”。在一个专业化成为主流、著述越来越谨严的时代，此

---

① 钱穆．中国历史研究法［M］．北京：三联书店，2001：147.

② 钱穆．序［M］//中国历史研究法．北京：三联书店 2001.

③ 牟宗三．《中国哲学的特质》小序［M］//中国哲学的特质．台北：台湾学生书局，1962.

④ 钱穆《中国史学名著》（北京：三联书店，2004 年）一书《自序》，称“此稿乃一年之讲堂实录”；“亦有前后所讲重复，并有一意反复申明，辞繁不杀，此稿均不删削。亦多题外发挥，语多诫劝，此稿乃保留原语。虽非著述之体，然亦使读者诵其辞，如相与謦于一堂之上”。

类精神抖擞、随意挥洒、有理想、有趣味的“大家小书”，值得人们永远怀念。①

比起“文字的中国”来，“声音的中国”更容易被忽略。引入随风飘逝的“演说”，不仅是为了关注晚清以降卓有成效的“口语启蒙”，更希望借此深入了解近现代中国的文章风气以及学术表达。

（原载《文学评论》2007 年第 3 期）

① 近年风气大变，喜欢阅读“演讲稿”的大有人在。若北京的三联书店推出“三联讲坛”，“以课堂录音为底本，整理成书时秉持实录精神，不避口语色彩，保留即兴发挥成分，力求原汁原味的现场氛围”（《缘起》），便博得读书界一片叫好声。至于像《钱仲联论清诗》（魏中林记）那样，“其中，评骘先贤时人诗文人品，思想言论，或褒或贬，‘随口而谈’，‘思至语出’，为存原貌，并未刊落”（《钱仲联先生跋语》，《学术研究》2004 年 1 期），更是为广大读者所喜闻乐见。

清末民初报章文话和白话语体的近代化

胡全章

“自报章兴，吾国之文体，为之一变。”① 1901年《清议报》上这则极具历史眼光的名言，道出了近代报章之崛起对文体变革所产生的决定性影响。这一文体剧变，不仅兼及诗、文、小说、戏曲诸种文体，亦涉及近代书写语言和语体。而近代报章语言和语体，除了居于主流位置的浅易文言外，还包括正由边缘向中心位移的报章白话。前者以成熟于梁启超之手的“新文体”为代表，后者以清末白话文运动中大量问世的报章白话文为主体。清末民初，“新文体”朝着白话化和欧化方向演进；与此同时，报章白话的书面化与近代化，亦成为一种不可忽视的发展趋向。

一、清末报章“文话”的白话化与欧化趋向

清末以降，随着近代报刊这一新兴传播媒介的出现，以觉世为旨归的报章文体应运而生，对追求传世的传统“文集之文”形成了越来越大的冲击。至梁启超“新文体”风靡一时，“学者竞效之”②，报章文体所使用的文言早已不复是传统意义上的古文、骈文、时文之“文言”。与白话报相对的文言报刊，在语言运用上业已熔新名词、方言俚语、韵语及外国语法于一炉，时人遂以“文话”和“文话报”名之。这一约定俗成的称谓比“文言”和“文言报”更为贴切。清末民初，白话化和欧化是报章“文话”发展演变之大势，极大地打破了文言的旧格局，开辟了一条与白话文运动貌离神合的“言文合”之途径。

比《清议报》同人更早意识到报章之兴所带来的文体之变，并对“报馆之

① 梁启超．中国各报存佚表［N］．清议报：第100册，1901-12-21.

② 梁启超．清代学术概论［M］．上海：上海古籍出版社，1998：85-86.

文”与“文集之文”作出明确区分的，是作为《时务报》重要创始人的黄遵宪。1897年3月，黄遵宪致函汪康年嘱托时务报馆事宜，共19条，首条云：“馆中新聘章枚叔、麦孺博（任父盛推麦孺博，弟深信其言）均高材生，大张吾军，使人增气。章君《学会论》甚雄丽，然稍嫌古雅。此文集之文，非报馆文。”① 可见，在维新变法时期，“文集之文”与“报馆之文”在语体和文体方面的差异已经泾渭分明。

最早有意识地用“报馆之文”来改造传统“文集之文”的，是中国第一位报刊政论家王韬。1874年，王韬在香港创办了世界上第一家成功的华资中文报纸——《循环日报》。1883年行世的《弢园文录外编》，集该报论说精华而成，乃中国历史上第一部报刊政论文集，不仅以其世界性的眼光和变法图强思想对近代中国学术思想界和政界产生了巨大的冲击力，而且于报章文体独有创造。王韬的报刊政论文运用明白易晓的浅易文言，掺入许多外来语和新名词，文笔畅达，发自胸臆，“往往下笔不能自休”②，感情充沛，词强理直，刚健雄劲，于变革理论的阐发中深寄爱国挚忱，开辟了报章文体社会化、通俗化的新径。

而将文话报“报馆之文”推向极致的，则是以“新文体”开一代文风的“舆论之骄子，天纵之文豪”梁启超。《清议报》《新民丛报》时期的梁启超，以“烈山泽以辟新局”③ 的气度和兼收并蓄、取精用弘的态度，打破了古文与时文、骈文与散文、文言与白话、中语与西语等文体和语体之界限；其中外兼采、骈散相间、文白夹杂、感情充沛、极富感染力和表现力的文字，显示着“文界革命”的实绩。梁氏之“新文体”运用的语言乃是白话化和欧化了的浅易文言，新名词和新概念涉目皆是，极大地打破了文言的旧格局。其语体、文体、风格及影响，正如他自己总结的那样：“务为平易畅达，时杂以俚语韵语及外国语法，纵笔所至不检束。”“其文条理明晰，笔锋常带情感，对于读者，别有一种魔力焉。”④ 黄遵宪尝赞其《新民说》：“若权利、若自由、若自尊、若自治、若进步、若合群，皆吾腹中之所欲言，舍底笔下之所不能言。其精思伟论，吾敢宣布于众曰：贾、董无此识，韩、苏无此文也。”⑤ 梁文之所以能表达出如此超迈千古的“精思伟论”，以至于贾谊、董仲舒“无此识”，韩愈、苏轼“无此文”，可以说

① 黄遵宪．致汪康年书［M］//汪康年师友书札．上海：上海古籍出版社，1987：2351.

② 王韬．自序［M］//弢园文录外编．北京：中华书局，1959：1.

③ 梁启超．清议报一百册祝辞并论报馆之责任及本报馆之经历［N］．清议报：第100册，1901-12-21.

④ 梁启超．清代学术概论［M］．上海：上海古籍出版社，1998：85-86.

⑤ 黄遵宪．致梁启超书［M］//吴振清，徐勇，王家祥，编校整理．黄遵宪集：下．天津：天津人民出版社，2003：507，490.

新名词和新学理起到了至关重要的作用。“新文体”之所以“惊心动魄，一字千金，人人笔下所无，却为人人意中所有，虽铁石心肠亦应感动，从古至今，文字之力之大，无过于此者矣”①，语体和文体的大解放功莫大焉。

1902年年初，梁启超与严复就语体的通俗化问题发生过一场很有意味的争论。梁氏评严译《原富》有言：“其文笔太务渊雅，刻意摹仿先秦文体，非多读古书之人，一翻殆难索解。”② 严氏复信对梁氏“文界革命”之说反唇相讥：“若徒为近俗之辞，以取便市井乡僻之不学，此于文界，乃所谓陵迟，非革命也。且不佞之所从事者，学理邃赜之书也，非以饷学童而望其受益也，吾译正以待多读中国古书之人。”③ 黄遵宪亦介入这场争论之中，直言不讳地指出以古文翻译西方名著所面临的难题：“以四千余岁以前创造之古文，所谓六书，又无衍声之变，孳生之法，即以书写中国中古以来之物之事之学，已不能敷用，况泰西各科学乎?”黄氏以为：“文字一道，至于人人遵用之乐观之，足矣。”④ 其基本立场和观点，大体上认同梁氏“文界革命”之设想，尤其是语言通俗化的基本路径。

1902年6月，梁启超从“言文合”的角度，论述了“新名词”的产生和使用的必然性：

> 社会之变迁日繁，其新现象、新名词必日出，或从积累而得，或从变换而来。故数千年前一乡一国之文字，必不能举数千年后万流汇沓、群族纷拏时代之名物、意境而尽载之、尽描之，此无何如者也。言文合，则言增而文与之俱增。一新名物、新意境出，而即有一新文字以应之。新新相引，而日进焉。⑤

可见，大力提倡运用“新名词”，以之为向国人输入与传播新思想、新知识的重要媒介，是以梁启超为代表的启蒙思想家和文话报同人自觉的历史选择。其目标亦是走向“言文合”；其总体精神，与当时正蓬勃展开的白话文运动以及十几年之后的“五四”白话文运动，都是相通的。

1930年，陈子展针对“纯正的旧文学者”章炳麟、张之洞、叶德辉、康有

---

① 黄遵宪．致梁启超书［M］//吴振清，徐勇，王家祥，编校整理．黄遵宪集：下．天津：天津人民出版社，2003：507，490.

② 梁启超．绍介新著《原富》［N］．新民丛报．1902－02－08：第1号.

③ 严复．与《新民丛报》论所译《原富》书［M］．新民丛报．1902－05－08：第7号.

④ 黄遵宪．与严复书（光绪壬寅）［M］//吴振清，徐勇，王家祥，编校整理．黄遵宪集下，天津：天津人民出版社，2003：479.

⑤ 中国之新民．新民说·论进步［N］．新民丛报，1902－06－20：第10号.

为诸辈“对于梁启超派新文体掺杂俚语或日本语的抨击”，起而为之辩护：“实在讲起来，这种新文体不避俗言俚语，使古文白话化，使文言白话的距离比较接近，这正是白话文学运动的第一步，也即是文学革命的第一步。梁氏于此，可说有功无罪。至于掺杂日本语，或其他外来语，抑或创制新名词，则是中外学术交换上必然的现象。外来学术大半于此土为新义，本国旧语不能正确地表现新义，自不能不另铸新词，或者直用原来术语而译其音。中国自汉、晋至隋、唐八九百年间，翻译佛经，即是如此办法。”① 旧派文人对“新文体”掺杂俚语和来自日本的新名词的掊击，以及新派学者陈子展为其做出的辩护，从正反两方面证实了“新文体”的口语化和欧化特征。这说明，以“新文体”为代表的报章“文话”的白话化与近代化趋向，乃时人及后世学者之共识。

作为文学史家的陈子展，将“新文体不避俗言俚语”的特征，上升到“使古文白话化，使文言白话的距离比较接近”的时代高度来认识，给予其“白话文学运动”和“文学革命”之“第一步”的崇高历史地位，可谓目光如炬，识见不凡。他对于“新文体”掺杂“外来语”“新名词”的回护，同样具有历史眼光。陈先生不仅论证了其历史合理性和时代必要性，而且意识到“最近二三十年间，中外学术的接触日近一日，中国语文里面加入的外来语新名词也日多一日，中国语文的实质愈益扩大了”②。

新时期以来，较早接续陈子展这一历史眼光对“新名词”之于“新文体”乃至于现代白话文的重要的历史意义和作用加以阐发的，是文学史家夏晓虹。她指出：大量“新名词”随着“新文体”的风靡全国日益得到普及，逐渐融入中国语文之中，成为其不可分割的重要组成部分，从而为现代白话文超越语言自身缓慢的自然进化过程而加速完成转变创造了条件，并在其中扮演了举足轻重的角色。③ 正是在这层意义上，她认定“‘文界革命’最有价值且予后世影响最大的贡献，还是新名词”④。

同样肯定新名词所发挥的重要历史作用却有着更深一层思虑的，是文学史家陈平原。他敏锐地指出：“就对中国文章体式的改造而言，显赫的‘新名词’其实不如隐晦的‘外国语法’更带根本性。前者扩大了文章的表现范围，后者则

---

① 陈子展．最近三十年中国文学史［M］．上海：太平洋书店，1930：113.

② 陈子展．最近三十年中国文学史［M］．上海：太平洋书店，1930：113.

③ 参见夏晓虹《五四白话文学的历史渊源》（中国现代文学研究丛刊．1985（3）：22－41）、《中国现代文学语言的形成》（夏晓虹．中国现代文学语言的形成［J］．开放时代．2000（3）：60－66）等文。

④ 夏晓虹．中国现代文学语言的形成［J］．开放时代．2000（3）：60－66.

涉及中国人的思维方式与审美趣味。"① 梁启超"新文体"喜用长句和倒装句，追求的是文气的畅达与说理的缜密。应该说，这一效果还是达到了。新名词的流行，以及借"外国语法"来改造中国文章"在清末民初是一种普遍趋向"②，足证报章"文话"的欧化与近代化趋向，是一种不可否认的历史发展趋势。

二、清末民初报章白话的文话化与书面化趋向

清末民初，与报章文话的白话化趋向相对应的，是报章白话的文话化或雅化趋向。然而，长期以来，学界对"新文体"不避俗言俚语的特征与趋向关注较多，评价亦高，却至今无人注意到同一历史时期出现的报章白话的文话化趋向，遑论对其予以积极评价及客观定位。

受办报宗旨和拟想读者的制约，早期白话报刊语言走的是一条通俗化和口语化的路子。无论是1902年《京话报》定位的"只用京中寻常白话""演得明白晓畅，务使稍能识字之人，皆不难到口成诵"③，还是1902年《大公报》白话附栏标榜的"为开民智起见，多半是对着平等人说法，但求浅、俗、清楚，不敢用冷字眼儿，不敢加上文话、成语"④，抑或是1903年《安徽俗话报》提出的"用最浅近最好懂的俗话，写在纸上"⑤，都能看出早期白话报人这一明确的语言定位。然而，几个方面的历史合力，促使清末最后几年的白话报人不得不与时俱进，逐渐调整其语言策略，向着雅化和书面化方向发展，报刊白话的文话化趋势日益加重。

促成报章白话渐趋走向文话化之途的历史因素，有白话报人的文人积习和重文轻白的传统观念、白话报刊拟想读者自下而上的调整与受众群体的阅读期待、风诡云谲的政治气候及文化保守主义势力的抬头等。为适应"中人以上者"的阅读期待及白话报刊读者群体文化素养不断提高的现实之需，清末白话报人不得不逐渐调整其语言策略，纷纷用文话和文气对报章白话加以包装，以至于雅化和书面化逐渐发展成一种时代风气，使得原本用于"对中下社会说法"的口语的白话文，渐渐变得难以对普通百姓当众"演说"，充溢着书卷气和书生腔。这一趋势，最初只是细流和潜流；至民国初年，终于在专制政治气候和保守文化氛围的熏染下浮出地表，汇成江河。民国初年，北京地区"各家的白话报"已经

① 陈平原．中国散文小说史［M］．上海：上海人民出版社．2004：199.
② 陈平原．中国散文小说史［M］．上海：上海人民出版社．2004：199.
③ 佚名．创办京话报章程［N］．京话报．1901－09－27：第1号.
④ 佚名．说大公报［N］．大公报，1902－07－20：第34号.
⑤ 开办《安徽俗话报》的缘故［N］．安徽俗话报．1904－08－20：第1号.

“多半间以文话”。[①] 这里所要提出的问题是：清末民初报刊白话语言的雅化与书面化趋向，对作为表达工具和文学语言的近代白话的发展来说，到底是一种历史的倒退？抑或是白话的提升呢？

从接受角度来看，出自口语而又高于口语，比口语更精炼典雅，更富文采和文化底蕴，才能得到更多读书人的认可，才更有利于白话地位的提升。因而，雅化和书面化有助于提高口语白话的表达能力，有利于提升白话书写的社会文化地位。其对近代白话的成长，倒也并非坏事。如此说来，民元前后报刊白话语言普遍雅化之趋势，非但不是历史的倒退，反而具有语言“试验”意义和“先锋”意味。我们看到，文言与白话在近代白话报刊主笔手中经过多年的掺杂、搭配与磨合，逐渐锤炼出一些经验和技巧，使得两者之间的结合不似先前那样生硬。白话报读者经过多年的阅读和濡染，已经对文白夹杂习以为常，见怪不怪。

1930 年，陈子展在《最近三十年中国文学史》一著中，对“梁启超派的新文体”之“不避俗谚言俚语”的进步历史意义给予高度评价，认为这一举措做到了“使古文白话化，使文言白话的距离比较接近”，赞誉其为“白话文学运动的第一步，也即是文学革命的第一步”。[②] 在笔者看来，清末民初报章白话的文话化趋向，在白话文运动乃至中国近现代语言文学发展史上，同样有着重要的历史意义。报刊白话的文话化做到了使白话高雅化和书面化，同时也促进了报章文话的白话化，同样发挥了“使文言白话的距离比较接近”的历史作用。既然“新文体”与“五四”文学革命是衔接的，那么，文话化的白话文与“五四”白话文运动亦有历史连续性。清末民初以“新文体”为代表的白话化的报章文体和文话化的报刊白话文形成的历史合力，共同促成了白话书写语言的近代转型。

三、清末民初报章白话的近代化趋向

相对于“文界革命”和“新文体”而言，清末民初白话报刊在引入新名词的速度上要慢半拍，对报界和文学界的影响也要小得多。正因如此，至今人们谈起新名词、新语句对中国思想界、报界、语言界和文学界的影响时，几乎无人提及近代白话报刊和白话报人，似乎他们从未在其中发挥过什么作用。相反，关于当时对新名词之流布持激烈反对态度者中“不乏白话写作的热心人”的说法，却不时被人提起。[③]

---

① 谔谔声．报无大小之分［N］．爱国白话报．1913－11－18．

② 陈子展．最近三十年中国文学史［M］．上海：太平洋书店，1930：113．

③ 参见夏晓虹《五四白话文学的历史渊源》、《中国现代文学语言的形成》等文。

其实，即便是从保存国粹立场出发而从心底里排斥日语影响的林獬和刘师培，1903—1904年间依托《中国白话报》进行的白话文写作实践，又何尝没有大量运用新名词呢？即便是在政治立场、文化思想和文学观念等方面与梁启超存在严重分歧，对借自日本的新名词存有警戒之心，作为白话文作者的林獬和刘师培落笔为文，也还是离不开新名词。

清末民初北方影响最大的白话报《京话日报》同人也不止一次地表露过对借自日本的“新名词”的不满。不过，尽管他们心存保存国粹动机，本意却并非排斥或反对新名词，只是对滥用新名词和大言欺世的行径表示反感。正如一主笔所言：“讲究新理的地方，有时候也非新名词说不透，偶然用上几句，亦没有什么妨碍。”这位未署名的主笔所反感的是“强词夺理，借文明的题目，作野蛮的行为”——“打算哄骗钱两，□著脸说讲经济界的学问；明明调戏妇女，偏敢说婚姻自由；不尊家法，叫做家庭革命；不受约束，叫做平等自由”——此之谓“新名词的流弊”。①（□系原刊字迹不清或缺失，下同。）

夏晓虹断言：“晚清的白话文不可能直接转化为现代白话文；只有经过‘文界革命’与‘新文体’大量引进新名词，现代思想才得以在中国广泛传播，现代白话文也才能够超越语言自身缓慢的自然进化过程而加速完成转变。”② 这一结论之成立固然没有问题，然而史家的论断总是粗线条的，往往大处着眼而省略掉许多“历史细节”。清末民初白话报人在推广普及“新名词”及其蕴含的新思想方面所做的大量工作，就是这样一个被史家一致省略掉的“历史细节”。打捞和复原这一“历史细节”，丰富前人对这段历史进程的简单化叙述，并非一件可有可无的事情。

其实，民初白话报人对白话报刊在新名词和新思想的社会化普及方面曾经发挥过的重要作用已经有了客观的社会评价。1918年初春，《白话国强报》主笔燕痴在总结近二十年来北京地区白话报的社会功效时，有一段相当精彩的说辞：

> 北京自有白话报以来　社会总算收益不小　如文明　野蛮　权利　义务　爱国保种　自由　改良　公益　团体等等字样　几于无人不说　以文明论　有文明园　文明戏　文明缎　演唱各种文明曲词……说到义务二字　随处都有　诸如水灾放赈　都叫作义务　要说起爱国两字来　更了不得啦　什么爱国烟　爱国布　除去爱国饼没兴开　样样儿全都卖

① 佚名．新名词［N］．京话日报．1905－03－06.

② 夏晓虹．中国现代文学语言的形成［J］．开放时代．2000（3）：64.

钱　再如保种一事　有孤儿院　贫儿院　疯人院　贫民院　可称不一而足　论起自由来　实比从前好了　甚么婚姻自由　妓女自由　言论自由　居住自由　书信自由　行动自由　那都算不了一回　至于改良二字　更是喧腾人口　可谓无处不改良　无事不改良　公益则有牌坊路灯　太平水桶　施医施药　茅厕土车　以上所说　无一非白话报鼓吹的力量①

如果说燕痴该文主要从正面立论，表彰白话报在开启民智、移风易俗方面做出的突出贡献，从中可见其在新名词和新思想的宣传方面做出的努力的话；那么，对新名词持揶揄态度的《群强报》“谐谈”栏目主笔耐尘1913年2月发表的那篇题为《新名词集会》的谐文，则透露出时人尤其是保守派人士对新名词和新思想的复杂心态：

有黄祸君　爱国人　维新党首领也　生于二十世纪　生平不受压力　以自强为宗旨　于各界皆有最优之名誉　世界之哲学家　心理家　皆崇拜之　近因文明进化时代　发起一合群社会　召集同胞　在大□舞台开成立大会　到会者约数千人　公推代表君为临时主席　登台演说报告宗旨　研究天演　共谋幸福　又有美术家华侨君登场　运用半球击碎□□　又用视线□入方针　全场鼓掌如雷　又顽钢党兄弟二人　长名特别字民主　次名特色字民权　登台演说　倡言媚外　意欲牺牲铁血　为奴隶之国民　众因其言倡此荒谬言论　普通人民大受影响　全体皆不认可　感情已伤　有淘汰君痛斥其非　骂之为贱种谬种　特氏兄弟亦以灭种名词还骂　大动野蛮　势如金风铁雨　不分优胜劣败　会场诸人严守中立　任此不文明之竞争　演成惨剧　幸有弹压警士极力维持　始将秩序恢复　振铃闭会　黄祸君因经此一番风潮　深痛人民程度不齐　从此亦抱厌世主义矣②

这篇谐文不啻为一场“新名词”的盛宴。作者政治文化思想之保守暂且不论，其对新名词的谙熟于心和妙趣横生的高超的驱遣能力，则是毋庸置疑的。诚然，白话报人对新名词的心态相当复杂。冷嘲热讽者有之，大体认可或部分接受者有之；但赞成也好，揶揄也罢，接受也好，抵触也罢，要皆都不能避免与新名词打交道。正是在这种不断质疑、讥刺、揶揄和部分赞成、有条件接受的过程中，新名词在白话报人笔下得到了较为广泛的运用，直至成为白话语言的有机组

① 燕痴．论白话报之功效［N］．白话国强报．1918－03－03．

② 耐尘．新名词集会［N］．群强报．1913－02－12．

成部分。

1913年12月，贯作反面文章的谔谔声在《爱国白话报》发表了《新名词误认不浅》一文，颇耐人寻味。其开篇道：

> 自庚子以后　中国各等社会　忽然兴出来一种新名词　有说是由日本书上传来的　有说是由西洋学说里译出来的　于是乎纷纷传诵　无论是谁　嘴里总免不掉这种新名词　但是名词是名词　实事是事实　二者各不相侔　断不能因为有这种名词　便认作真有这件实事呀　皆因是中国情势不一样　中国虽有这们一句话在　作的到与作不到　还在两可之间　就拿革命俩字说　中国人总算是真作到了　但是革命二字　出在易经　并不能算由外国输入　其余如卫生　团体　合群　平等　男女平权　这一类的话语　不但是新名词　而且还是好名词　近十年以来　人人都要说这几句话　而且热心志士　更要盼着这几句话实行　但是中国人的程度　是否能把这几句话实行　是否能够讲卫生　结团体　合群平等　男女平权　果真作的到么　不见得吧①

可见，近代白话报人并非一味排斥新名词。在他们看来，“如卫生、团体、合群、平等、男女平权，这一类的话语，不但是新名词，而且还是好名词”。他们所担心的，是负载有新思想的“新名词”不一定符合中国国情，“皆因是中国情势不一样”，“中国人的程度”尚未开化到将这些负载思想解放、文明进化时代内涵的“新名词”完全付诸“实行”的地步。虽然这种打上保守印记的思想倾向并不符合时代潮流，然而其贴近现实真相的素朴看法和社会隐忧，却并非全无道理。时至今日，一个世纪过去了，清末启蒙先驱者呼唤的“卫生、团体、合群、平等、男女平权”等思想观念也还没有在国人头脑中扎根，国人的思想启蒙工作依然任重道远。

如果我们对清末民初白话报刊多加浏览，便会发现其在新名词的普及和推广过程中所发挥的不可或缺的重要作用。不仅大量演说文充斥着新名词，而且很多文艺栏目亦喜欢拿“新名词”说事。其中，在对联和诗词中大量引入新名词，便是其著例。1909年5月20日，《正宗爱国报》“附件”栏刊登了17副“新名词对联”，其中有“社会合群国民进化，文明起点宪政萌芽”“国民幸福社会幸福，思想自由言论自由”“由破坏以图成立，行竞争方保和平”“冒险精神宜鼓动，改良主义莫空言”“行见共和政体，勉为立宪国民”等，均是从正面肯定和

① 谔谔声．新名词误人不浅［N］．爱国白话报．1913－12－14．

宣扬新名词及其负载的新思想。

1913年8月，《白话捷报》创刊伊始，便在“文苑”栏连载吟秋《新女界竹枝词二十首》，涉目皆是“新名词”。如第2号所刊“平权世界法三章，抗议峨眉半武装”“日本皮鞋美国冠，戎装女士厌金鞍”等①，第3号所登“国民捐进女儿箱，权利何如义务长”“大道一旁含笑立，逢人亲自送新闻”“西装女士登堂日，垂髫孺婴受课时”等②，第5号所载“抵掌逢人说自由，公园市场共闲游”“拈针压线绮罗香，制服公司让女郎。专利尚含贫女恨，为他人作嫁衣裳”等③，第6号所绘“解退红裙换武装”“腕弱难持毛瑟枪”“平权言论日纷纷，财富何须羡子云。手把生花一支笔，不描眉□只描文”等④，第9号所状“三迁画荻古贤媛，廿纪新开教育坛。绛帐栽培佳子弟，热心端不让罗兰”“家庭习惯久相沿，改革全凭女教员。侬爱自由娘压制，愿求法律正人权”等⑤，时代气息浓郁，读来耳目一新。

民国二年新年伊始，《爱国白话报》主笔畅谈迎“新”话题道：

> 按近来人人口头的论议　书籍报纸上的文字　凡关于国家社会种种事情　多有用新字形容的地方　类如采取欧美各强国治法　改良一切政治　就叫作新政治民智民德　程度日高　入于完全高尚的境界　叫作新国民　世界的学术　日出不穷　随时输入国中叫作新学术　旧道德人不肯守　另发生合宜的道德来约束人心　叫作新道德　在寻常知识以外又有世界的知识　和科学的知识　叫作新知识　人的思想进步由顽固变为开通　由幼稚变为远大　叫作新思想　社会上旧有的污俗陋习　一律去净　另换一番高尚清明的风气　叫作新社会　仿照各国办法　经营有益于人民的事业　叫作新事业　人群渐渐的进化　在旧文明之外　又发生种种文明出来　叫作新文明　全国里头无论那一个社会　那一种事业　内容外表　都焕然改观　叫作新气象⑥

该文列举了诸如“新政治”“新国民”“新学术”“新道德”“新思想”“新知识”“新社会”“新事业”“新文明”“新气象”等近代中国的新事物，说明伴

---

① 吟秋. 新女界竹枝词二十首［N］. 白话捷报. 1913－08－04（2）.
② 吟秋. 新女界竹枝词二十首［N］. 白话捷报. 1913－08－05（3）.
③ 吟秋. 新女界竹枝词二十首［N］. 白话捷报. 1913－08－07（5）.
④ 吟秋. 新女界竹枝词二十首［N］. 白话捷报. 1913－08－08（6）.
⑤ 吟秋. 新女界竹枝词二十首［N］. 白话捷报. 1913－08－11（9）.
⑥ 瑥懒. 新［N］. 爱国白话报. 1914－01－06.

随新思想、新事物而来的大量新名词已经渗透到人们的日常生活之中；该报主笔以浅显易懂的语言对其一一作出解释，进一步推广和普及了新名词。

中国历史上历次语言变革一般都是鲜活的口语影响相对停滞的书面语，或者说是书面语主动吸收日常用语，为其补充了新鲜血液。不仅文体和语体的变革如此，诗词的语言变革亦如此。然而到了近代，这一情形却倒转了过来。中国语言的近代化变革，是通过书面语言影响了日常语言。大量的新名词最先通过报刊“文话”译介过来，在中国社会经过一段时间的运用、磨合、变异和普及，包括白话报刊的推广宣传，到了口头语言接受了这些新名词之后，再大量运用白话化或口语化了的新名词和外国语法进行写作，就形成了现代白话文。“五四”新青年所从事的白话文运动，正是这样一项水到渠成的工作。

清末民初，报章文话朝着白话化和欧化的趋势演化发展；与此相对应的，是报章白话的文话化、书面化和近代化演变趋向。报章文话的白话化与报章白话的文话化，是一而二、二而一的同步演变过程。文话吸收了大量口头语，变得浅易、通俗、活泼、晓畅；白话接纳了大量文言语汇和句法，变得趋于雅化与书面化。报章文话充当了吸收和推广“新名词”和外国语法的先锋队，无孔不入的新名词和外国语法也渗透到报章白话文之中。报章文话的白话化和欧化趋势，以及报章白话的书面化和近代化趋向，深刻地影响了近代中国书写语言的面貌，乃至左右了其历史走向。两者的历史合力，极大地推进了中国书写语言的近代化进程及其现代转型。

（原载《中州学刊》2011 年第 5 期）

作为书面语的晚清报刊白话文

夏晓虹

作为现代白话文的前身，晚清白话文的重要性不容忽视。但长期以来，为“五四”划时代的光芒所遮掩，晚清白话文黯然失色，很少受到学界关注。这与其时白话书写史无前例的繁盛极不相称。

所谓“繁盛”，就文本载体而言，晚清白话文主要存在于报刊。虽然1876年3月30日申报馆最早发行的第一份白话报纸《民报》很快夭折，但总数达到两百多种的白话报刊①，在晚清启蒙思潮中，仍然成为引领风尚、对社会大众最具影响力的白话读物。加以文言为主的报刊亦不乏开辟白话文栏目者，到20世纪初，报刊中的白话书写已堪称声势浩大。而以通俗为准则，方言写作的分量也日益加重。由此形成的官话与非官话区方言的交错，构成了晚清报刊白话文的丰富图景。

一、“手”与“口”的关系

晚清关于白话文学最有名的一句话出自广东嘉应州（今梅州）人黄遵宪。1868年，时年21岁的黄遵宪作《杂感》诗，中有“我手写我口，古岂能拘牵”② 之句，经过胡适的引述、发挥③，此语几成为对于白话文学最精准的概括。1898年5月11日，无锡人裘廷梁联合同志，创办了《无锡白话报》（自6月19日第5、6期合刊起，改名《中国官音白话报》）。8月27日出刊的第19、20期合刊上，刊登了裘氏的名文《论白话为维新之本》，赫然提出“崇白话而废文

① 胡全章．清末民初白话报刊研究［M］//中国社会科学院博士后研究工作报告，2010.

② 黄遵宪．杂感其二［M］//钱仲联，笺注．人境庐诗草笺注：上册．上海：上海古籍出版社，1981：42.

③ 胡适．五十年来中国之文学［M］．上海：申报馆，1924：34－38.

言"的主张，指责文言使"一人之身，而手口异国，实为二千年来文字一大厄"，结语为："文言兴而后实学废，白话行而后实学兴；实学不兴，是谓无民。"此文先是作为1901年裘廷梁编辑的《白话丛书》第一集代序印出，后又于1903年收入梁启超在日本横滨出版的《清议报全编》之《群报撷华》卷，因而产生了相当广泛的影响。

以上两例早已是学界常识。不过，在裘廷梁之论见报前，1898年7月24日，创刊于上海的《女学报》第1期上，却尚有未经研究者道及的《上海〈女学报〉缘起》。作者上海女士潘璇乃是这份中国最早的女报主笔之一，其文第一节"论用官话"，已经在辨析"这文字是手里的话，言语是嘴里的话，虽是两件事情，却是一样功用"。她的结论是："古话除考古外，没有别用。不如用白话的易读易晓，可以省却那些无限的工夫，好去揣摩这些有用的实学。"由于裘廷梁办《无锡白话报》所倚重的从侄女裘毓芳亦在《女学报》第一批公布的主笔名单上，因此，裘廷梁的白话论极有可能受到了潘璇的启发。

有意思的是，三人关于文言与白话关系的早期思考，都不约而同地提到了"手"与"口"的分离与合一。"手口异国"的文言书写既被视作大害，手口如一自然也就成为白话写作的最大好处与特征。而就其言说与立场的坚定来看，论者显然并不以为"手""口"统一有何难处。以此推想，无论是1905年病逝的黄遵宪，还是1943年方才谢世的裘廷梁，都应有白话文传世。尤其是后者，以其提倡之早、鼓吹之力，白话著述更应数量可观。不过，翻检各家文集，结果殊出意外。

在目前收录最全的《黄遵宪全集》① 中，除了被胡适称赞的辑录当地民歌而成的《山歌》等作品外，并没有一篇白话文。最接近的是1898年2月21、28日，黄氏任湖南代理按察使时，在长沙南学会的两次演讲稿。② 此稿于《湘报》发表时，称为"讲义"。起始虽也使用了"诸君，诸君"这样开讲的套语，但通篇所用文体仍属浅近文言。如第一段：

> 诸君，诸君！何以谓之人？人飞不如禽，走不如兽，而世界以人为贵，则以禽兽不能群，而人能合人之力以为力，以制伏禽兽也，故人必能群，而后能为人。何以谓之国？分之为一省一郡，又分之为一邑一乡，而世界之国只以数十计，则以郡邑不足以集事，必合众郡邑以为

---

① 黄遵宪．黄遵宪全集［M］．陈铮，编．北京：中华书局，2005.

② 黄遵宪．开讲盛仪［N］．湘报：第1号．1898-03-07.

国，故国以合而后能为国。

不过，比较其他演讲者，如陈宝箴、谭嗣同、皮锡瑞等，黄遵宪的讲稿已算是最具现场感了。除了开篇与另外两段开头使用的“诸君，诸君!”外，文中也随处提到“诸君”，并有“嗟夫！嗟夫!”的感叹，最后则以“诸君，诸君！听者，听者!”① 结尾。总之，通过保留或添加此类呼唤与感叹，黄遵宪确实是在有意制造或复原同听众交流的临场氛围。只是，其讲义与白话文仍有间隔。

裘廷梁的情况比较复杂。可以认定的是，其在主持《无锡白话报》(《中国官音白话报》)期间，唯一以本名发表的文章即是《论白话为维新之本》，而此文乃出以文言。当然，这并不排除他可能用笔名进行白话写作，而且，起码一些未署名的文字确实出自裘廷梁之手。② 不过，1901 年出版的《白话丛书》第一集中所收六种白话著作③，全部记为裘毓芳“撰”或“演”。裘廷梁 87 岁去世前编定的《可桴文存》，也以文言著述为主；特别列出的“白话文”一类，仅得 13 篇，且目前排在首位的《致梁任公信》，写作时间已迟至 1922 年。④ 尤其值得注意的是，裘廷梁 1936 年 2 月刊出的《国粹论》，是其晚年十分看重的论文。按照裘廷梁自陈，此篇“初意欲作白话文，不果”，后由其从侄孙裘维裕译成白话，并不避重复，特别作为《可桴文存》的“白话文”附录印出。⑤

由上述叙述透露出的信息是，白话书写对于黄遵宪和裘廷梁也并非轻而易举，特别是裘氏自认相当重要的文章，仍要假手他人，而非自撰成白话文，其间必有为难处。激烈主张“手”“口”合一的人，自己却无法践行其说，所以致此的原因何在?

首先可以想到的自然是书写习惯。文言作为统一的书面语，早已成为读书人自我表达与文字交流的通用媒介。假如没有经过一定的训练，写作白话文并不一定比撰写文言文更便捷，甚至可能费时更多。1902 年，梁启超翻译法国小说家焦士·威尔奴（今译“儒勒·凡尔纳”）的《十五小豪杰》一例堪称经典。梁启

① 黄遵宪．黄公度廉访南学会第一、二次讲义［N］湘报，1898－3－11：第 5 号．

② 如第 1 期“无锡新闻”中《亚洲废物》一则，用“本馆主人”自述的口气，作者明显为裘廷梁。

③ 包括《〈女诫〉注释》、《农学新法》、《俄皇彼得事略》、《日本志略》、《印度记》与《海外拾遗》。

④ 信中提及“听见你担任东南大学讲席，并且常往南京各校演讲”（裘可桴：《可桴文存》，裘翼经堂，1946 年，第 96 页），与梁启超 1922 年 10 月下旬起在南京东南大学讲学事合（参见丁文江、赵丰田编《梁启超年谱长编》，上海人民出版社 1983 年版，第 967 页）。《可桴文存》复印本由胡晓真提供，特此致谢。

⑤ 裘可桴：《〈可桴文存〉自序》，《可桴文存》卷首。《国粹论》的刊载时间见《致吴观蠡》(《可桴文存》，第 113 页)。

超当时自道甘苦："本书原拟依《水浒》《红楼》等书体裁，纯用俗话，但翻译之时，甚为困难；参用文言，劳半功倍。"这显示出，对于熟习文言写作的人，骤然调换笔墨，情形很有些"欲速则不达"的尴尬。而其"每点钟仅能译千字"① 的白话书写，若与以文言翻译小说出名的林纾相比，则林氏"日区四小时，得文字六千言"② 的高速率，实足令人惊叹。可见，写作习惯同样应是黄遵宪与裘廷梁自由使用白话的一大障碍。

另外一个也许是更重要的原因，则是各人的方言背景。本来"我手写我口"，只能指向方言写作。但在黄遵宪、裘廷梁、梁启超等人当年看来，采用白话文原本就是要达到通行全国、启蒙大众的目的，如果只限于方言区一隅，便折损了写作的意义。因此，官话成为必然的选择。潘璇为《女学报》所作序中，已经把这层意思说得十分清楚：

> 我中国通行的，有这官话。"官"字是公共的字，"官话"就是公共的话了。我们如今立报，应当先用官话，次用土话。为什么呢？因为土话只能行在一乡一村的，不能通到一县一州；行在一县一州的，不能通到一省一国。本报章定用官话，乃是公共天下的意思。③

这也是《无锡白话报》改名《中国官音白话报》的缘由："以报首标明'无锡'二字，恐阅者或疑专为无锡而设，尚虑不足以号召宇内。"④ 当然，随着白话启蒙运动的深入，日后对于以官话统一人心、增强国力一类政治层面的意涵有更多的论述。

在以官话为标准的白话文书写理念引导下，生活在北方话之外的方言区作者的情况便值得格外关注。如黄遵宪为客家人，所用日常口语为粤东客家话；裘廷梁籍贯无锡，属于吴语方言区；梁启超则为广东新会人，正处于粤语区内。自然，出于科考、仕宦等缘由，必须奔走在外的士人也一定要学说官话。但对于非北方话地区出身的读书人来说，先入为主的方言总是会成为日后断续习得的官话的羁绊，与北方话音韵、词汇差别越大的地区，官话越难以写得顺畅。据说梁启超戊戌变法中被光绪皇帝召见，本拟加以重用，但后来"仅赐六品顶戴"，"仍以报馆主笔为本位"，个中原因是"传闻因梁氏不习京语，召对时口音差池，彼

---

① 少年中国之少年（梁启超）．十五小豪杰：第四回批语［N］．新民丛报：第6号．1902－04．

② 林纾．孝女耐儿传序［M］//阿英．晚清文学丛钞：小说戏曲研究卷．北京：中华书局1960：251－252．

③ 潘璇．上海女学报缘起［N］．女学报：第1期．1898－7－24．

④ 佚名．本馆告白［N］．无锡白话报：第4期．1898－5－25．

此不能达意，景皇（按：即光绪帝）不快而罢”。[①] 而例举其音，则梁启超读“孝”字为“好”，读“高”字为“古”，让说着道地北京话的光绪帝如何明白。虽然梁启超晚年往来密切的弟子杨鸿烈记述，“后来，因梁氏常与外省人周旋接触，新会乡音便逐渐改变”，但还是认为：“事实上，全国大多数听众都以不能完全明了他的西南官话为憾”。并举例说，“尤其在华北方面，如一生最崇敬他的前北京高等师范学校教务主任兼史学教授王桐龄氏，凡有梁氏的讲演，几乎风雨无阻，每次必到，但总是乘兴而往，怏怏而归。问其所以，总是自认对于讲词的某段某节，竟完全听不明白。”[②] 由此我们也可以知道，梁启超尽管日后学会了西南官话，但在交流上仍存在困难。特别是时当晚清，其浓重的乡音，必然会影响到他的官话白话文书写。

因此，下文拟从晚清报刊中选取若干文本，通过仔细比对，考察处在文言与其他方言夹缝中的官话白话文与各方的纠葛，以呈现晚清白话文的多种面貌，并探测其成因及演化趋势。

二、文言与白话的同出一手

如上所述，晚清的现实情境是，文言与白话的壁垒，使得大部分未经训练的读书人很难在两者之间自由转换。因翻译《十五小豪杰》时，“明知体例不符”，但为“贪省时日，只得文俗并用”，梁启超不由发出了“语言、文字分离，为中国文学最不便之一端，而文界革命非易言也”[③] 的慨叹。梁启超的粤语背景，固然也制约了其纯熟写作官话的能力，但即便是北方官话区的作者，初次试笔白话文，也仍然可能文白掺杂，写得四不像。例如，1905 年 12 月，一位天津的读者向英敛之主编的白话报《敝帚千金》投稿，其中说到自己勉力执笔的情况：“我今天把几年的愚志宣一宣，奈白话的文理虽浅，很难说得有味。愚素日既未学过，如今又无人指教，不得不任笔写来，不免贻笑方家。”[④] 虽则为了劝导大众的爱国思想，积极响应国民捐的号召，作者也调整了文笔，努力写作白话文，但其中随处可见的文言字眼，特别是把口语中常见的“说一说”或古白话中常用的“表一表”，十分别扭地写成了“宣一宣”，读来的确引人发笑，倒也因此可

① 王照．复江翊云兼谢丁文江书［M］//夏晓虹，编．追忆梁启超．北京：中国广播电视出版社，1997：183.

② 杨鸿烈．回忆梁启超先生［M］//夏晓虹，编．追忆梁启超．北京：中国广播电视出版社，1997：287.

③ 少年中国之少年（梁启超）：十五小豪杰：第四回批语［N］．新民丛报．1902－04：第 6 号.

④ 津门张鸿钧．劝上国民捐［J］敝帚千金：第 9 期．1905－12－28.

见晚清白话文作者的启蒙热情之高。

而在清末众多的白话报刊中，若与五四文学相联系，陈独秀1904年3月31日在安徽芜湖创刊的《安徽俗话报》于是具有了特别的意义。陈独秀为安徽怀宁（今属安庆）人。关于该刊所用的语言，第一期揭示宗旨的《开办〈安徽俗话报〉的缘故》已作了说明，“做报的都是安徽人，所说的话，大家可以懂得”。也就是说，主笔陈独秀所写的白话文，乃是“下江官话”（江淮官话），属于晚清官话的体系内。

应该承认，陈独秀对语言、文字有特殊的敏感与兴趣，他在《安徽俗话报》上发表过《国语教育》一文，很早就提出了“国语”的概念。他认为，国语教育意义重大，其中一个理由便是可以统一语言——“全国地方大得很，若一处人说一处的话，本国人见面不懂本国人的话，便和见了外国人一样，哪里还有同国亲爱的意思呢”。其中也讲到安徽内部的方言情况：“就说我们安徽省，安庆、庐州、凤阳、颍州、池州、太平这六府的话，虽说不同，还差不到十二分。唯有徽州、宁国二府的话，别处人一个字也听不懂。就是这二府十二县，这一县又不懂得那一县的话。”所以，陈独秀劝告“徽、宁二府的人，要是新开学堂，总要加国语教育一科”，起码“要请一位懂得官话的先生，每天教一点钟的官话”。显然，隶属安庆府的陈独秀，在语言上已先天地占有会讲官话的优势。陈独秀更希望的是，“用各处通行的官话，编成课本，行销各处”[①]。由此看来，他在《安徽俗话报》的白话写作，也应以此为目标。

当然，除了语言外，其时给予陈独秀官话书写以深刻影响的还有文本。由于陈独秀留下的早年生活自述资料很少，我们现在无法准确地还原其阅读经验。不过，至少可以知道的是，近则有其“都看见过”的《中国白话报》《杭州白话报》《绍兴白话报》《宁波白话报》《潮州白话报》《苏州白话报》[②]，陈独秀曾参与编辑的《警钟日报》也发表过白话论说；远则有其喜欢的白话小说，如断言文学史价值远在归有光、姚鼐古文之上的《水浒传》与《红楼梦》，认为“文章清健自然”远超《红楼梦》而更为其看好的《金瓶梅》，以及“文笔视聊斋自然得多”而最得其喜爱的“札记小说”《今古奇观》。[③] 凡此种种，都有可能在陈独秀写作白话文之际，成为其经验世界中先在的样本。而这种白话文学的修养，

① 三爱．国语教育［N］安徽俗话报：第3期．1904－05－15.

② 三爱．开办安徽俗话报的缘故［N］安徽俗话报：第1期．1904－03－31.

③ 参见胡适《文学改良刍议》文末之独秀识语、“通信”栏中独秀《答胡适之》，《新青年》2卷5号、3卷4号，1917年1月1日、6月1日。

也使陈独秀在《安徽俗话报》上刊载的白话文，较之同时代其他作者多了一份自然。

恰好，陈独秀留下了一文一白两篇同样题为《论戏曲》的文章，可以供我们观察其如何出入两种文体。其中，白话本发表在1904年的《安徽俗话报》①上，文言本见于1905年的《新小说》②。《新小说》由梁启超1902年11月在日本横滨创办，此时，杂志已改为上海广智书局发行，撰稿的主力也以上海作家为主。

很容易看出，白话本《论戏曲》比文言本多出了一些内容。主要是最后一段对于上海热心戏曲改良的演员汪笑侬的推许："听说现在上海丹桂、春仙两个戏园，都排了些时事新戏。春仙茶园里有个出名戏子，名叫汪笑浓［侬］的，新排的《桃花扇》和《瓜种兰因》两本戏曲，看戏的人被他感动的不少。"因此提出："我很盼望内地各处的戏馆，也排些开通民智的新戏唱起来。看戏的人都受他的感化，变成了有血性、有知识的好人，方不愧为我所说的世界上第一大教育家哩!"这一段基于陈独秀在上海的观剧体验，对于内地的白话读者会感觉言之亲切，而放在通篇采用宏阔视野的文言论述中，则显得气魄不足，煞不住尾。这也是白话与文言一更近乎日常、一更讲究文章作法的不同追求所造成的。

同黄遵宪一样，陈独秀在白话本的《论戏曲》中，也不断与读者打招呼；而且受到其时已经盛行的演说风气的熏染，这些原本写在纸面上的文字，也在极力模拟演讲的口吻。文章是这样开头的：

> 列位呀！有一件事，世界上人没有一个不喜欢，无论男男女女老老少少，个个都诚心悦意，受他的教训，他可算得是世界上第一大教育家。却是说出来，列位有些不相信，你道是一件什么事呢？就是唱戏的事啊！列位看《俗话报》的，各人自己想想看，有一个不喜欢看戏的吗？我看列位到戏园里去看戏，比到学堂里去读书心里喜欢多了，脚下也走得快多了，所以没有一个人看戏不大大地被戏感动的。

如果以语意为单位，上引文字中，几乎每一语意句中，都有一个"列位"在。如此一再被呼唤的"列位"读者，自然也很容易亲近作者，迅速融入论说的情境。而且，大量使用提问句，也是晚清白话文写作的一个诀窍。特别是在模拟演说的白话论说文中，提问句的插入，也有助于建构一种虚拟的作者与读者之间的

① 三爱．论戏曲［N］安徽俗话报：第11期．1904－9－10．

② 三爱．论戏曲［J］新小说：第2号．1905－03．

互动关系。当然，晚清许多白话报的编写者，已经有意识地提倡一报两用，打通耳目，兼供阅读与宣讲两用。① 因而，这些纸面上的文字，也确有可能以声音的方式抵达听众的耳中。

而对于白话文非常重要的拉近作者与读者关系的言说方式，在文言文中显然并不那么必要。《论戏曲》改为文言后，与之相对应的文句已相当简括："戏曲者，普天下人类所最乐睹、最乐闻者也，易入人之脑蒂，易触人之感情。故不入戏园则已耳，苟其入之，则人之思想权未有不握于演戏曲者之手矣。"文中不但掺入了"思想"这样源自日本的新名词，而且也以人类共同的经验取代了白话文中有意唤起的个体感受。当然，文言本也并非只是对白话本的缩写，偶尔也会出现添加。如紧接前引文字有如下数言："使人观之，不能自主，忽而乐，忽而哀，忽而喜，忽而悲，忽而手舞足蹈，忽而涕泗滂沱，虽些少之时间，而其思想之千变万化有不可思议者也。"这些文句其实都是从"没有一个人看戏不大大地被戏感动的"生发出来的。而铺陈感动的情状，则是文言的拿手好戏。四字词的纷至沓来与排比句的使用，合力构成了文章的铿锵气势。

更能见出陈独秀在文白之间熟练游走的例句，还是那些字句基本对应的古文今译。不过，这里的工作程序也许刚好反过来，即先有了白话文，再改写成文言文。如下列文句：

[1] 依我说起来，戏馆子是众人的大学堂，戏子是众人大教师，世上人都是他们教训出来的。

由是观之，戏园者实普天下人之大学堂也；优伶者实普天下人之大教师也。

[2] 现在国势危急，内地风气，还是不开。各处维新的志士设出多少开通风气的法子，像那开办学堂虽好，可惜教人甚少、见效太缓；做小说，开报馆，容易开人智慧，但是认不得字的人，还是得不着益处。我看唯有戏曲改良，多唱些暗对时事、开通风气的新戏，无论高下三等人，看看都可以感动，便是聋子也看得见，瞎子也听得见，这不是开通风气第一方便的法门吗？

现今国势危急，内地风气不开，慨时之士，遂创学校，然教人少而功缓。编小说，开报馆，然不能开通不识字人，益亦罕矣。唯戏曲改

① 参见李孝悌《清末的下层社会启蒙运动：1900—1911》，石家庄：河北教育出版社 2001 年版。陈独秀本人也很看重演说，就在《论戏曲》中，他还要求"戏中夹些演说"（《安徽俗话报》第 11 期，1904 年 9 月 10 日）。

良，则可感动全社会，虽聋得见，虽盲可闻，诚改良社会之不二法门也。

文言文中照样使用了新名词，进入白话文则进行了适当的“翻译”或改写，如“学校”之统一为“学堂”，“全社会”之改为“无论高下三等人”，另一处的“改良社会”则意译为“开通风气”，既不失其新意，两边的文字又都显得相当妥帖。

考证历史、引用典故本来也是文言文的常见作法，同时也是文人习气的表征。陈独秀面对的读者尽管包括了“没有多读书的人”①，但他写起白话文来，仍免不了追源溯流、引经据典。《论戏曲》中也有这类文字。其中考察戏曲渊源的一段最为重要：

> 即考我国戏曲之起点，亦非贱业。古代圣贤，均习音律，如《云门》《咸池》《韶护［濩］》《大武》等之各种音乐，上自郊庙，下至里巷，皆奉为圭臬。及周朝遂为雅颂，刘汉以后变为乐府，唐宋变为词曲，元又变为昆曲，迨至近二百年来，始变为戏曲。故戏曲原与古乐相通者也……孔子曰：“移风易俗，莫善乎乐。”孟子曰：“今之乐犹古之乐也。”戏曲即今乐也。

这一段考论有意改变当时国人鄙视戏曲的观念，故将今日戏曲的源头上溯到三代古乐，且引古代圣贤增重之，以此提高戏曲的地位，最终的目的则在借助戏曲改良社会。这样重要的论述思路，在白话文中自然也应予保留，其言如下：

> 就是考起中国戏曲的来由，也不是贱业。古代圣贤，都是亲自学习音律，像那《云门》《咸池》《韶护［濩］》《大武》各种的乐，上自郊庙，下至里巷，都是看得很重的。到了周朝就变为雅颂（就是我们念的《诗经》），汉朝以后变为乐府，唐宋变为填词，元朝变为昆曲，近两百年，才变为戏曲。可见当今的戏曲，原和古乐是一脉相传的……孔子常道：“移风易俗，莫善乎乐。”孟子也说过：“今之乐犹古之乐也。”戏曲也算是今乐。

像《云门》之类上古乐舞，逐一解释，既费篇幅，也不容易说清，索性列出名目，含糊过去，也无碍了解大意。至于尚在众人闻见范围内、却未必都能准确理会的典故，如“雅颂”与《诗经》的关系，则不妨给出说明（虽然其中少了

① 三爱．开办安徽俗话报的缘故［N］．安徽俗话报：第1期．1904－3－31．

“风”，使二者并不对等），因《诗经》虽未必读过，“四书五经”总该是知道的。至于出自孔孟圣贤的经典文字，便只是照抄，不做通俗化处理，还是无意中透露出陈独秀其时对儒学还是持有相当的尊重。可以想象，这样的引文进入演说场中，依然需要再解说。

凭借个人的阅读积累，依托官话区的方言优势，陈独秀实现了在文白之间的从容转换，以一人之手，而使文言与白话书写各臻其妙。而其文言文也已非传统古文所能范围，其中夹杂的诸多外来词，标记出陈独秀之文与大量使用新名词的梁启超“新文体”① 之间的关联。而他的白话文又能够完美地传达出其新体古文的所有成分，由此提前验证了陈独秀本人1917年的论断：“吾辈有口，不必专与上流社会谈话。人类语言，亦非上流社会可以代表。优婉明洁之情智，更非上流社会之专有物。”② 白话在陈独秀手下，正有可供驰骋的无限广阔天地。

三、官话与非官话区方言的歧出

为了叙述的方便，依照晚清作者书写的差异，大致可将其时的白话文分为官话与非官话区方言两类。而无论哪一区域的作者，真要做到“我手写我口”，只能使用纯粹的方言（包括官话）。极端的例子，比如吴稚晖1896年发明了“豆芽字母”，“以拼音字母，拼写乡音俗语，以代字母，使文盲可以据以代语”，“并教家人试学‘豆芽字母’，以为通信工具”。③ 吴夫人袁氏是文盲，但学会了这套字母，在吴稚晖去法国时，“夫妻之间就用这种‘豆芽字’作为通信工具，积累起来的信纸有半寸厚”④。就“达意”而言，不识字的人也可以借助拼音沟通，这样的写作也算得上是手口如一了。

而正如前文所指出，晚清白话文的提倡者，并不仅仅满足于“辞达而已”，更抱了一种通行全国的宏愿，以求最大限度地发挥文字的启蒙功效。因此，裘廷梁办在无锡的白话报，也放弃了更为方便的吴语，而致力于官话写作。操着无锡口音的人如何撰写官话文章，或者说，无锡话是怎样被改造成了官话，于是值得

---

① 梁启超．清代学术概论［M］．上海：中华书局，1921：142.

② 陈独秀．答陈丹崖（新文学）［J］．新青年 1917－02－01：2（6）.

③ 杨恺龄：《民国吴稚晖先生敬恒年谱》，台北，商务印书馆，1981年，第19页。吴稚晖则自称于乙未年（1895）“依了《康熙字典》的等韵，做成一副豆芽字母”。吴敬恒：《三十五年来之音符运动》，载庄俞编《最近三十五年之中国教育》卷下，上海：商务印书馆，1931年版，第30页。

④ 蒋术：《吴稚晖和他的一家》，载《卢湾史话》第四辑，中国人民政治协商会议上海市卢湾区委员会编印，1994年，第34页。据蒋文记述，这些信“回国后一直保存在环龙路志丰里10号寓所。到了文化大革命时，被‘红卫兵’抄家搜查出来，说它是秘密文件，有的说是‘妖书’，一起撕毁烧掉”。

关注。吴芙的《女诫》俚语本中的一段文字，与裘毓芳的《〈女诫〉注释》吴芙序，恰好提供了相映成趣的两个文本。

裘毓芳（1871—1902）字梅侣，为裘廷梁的从侄女。在《无锡白话报》创办前，为预做准备，曾遵叔父之命，“以白话演《格致启蒙》”①。迨杂志创刊，又担任编务。裘毓芳亦为《无锡白话报》最重要的撰稿人，每期杂志上必载其文，少则一种，多则四种。除《〈女诫〉注释》外，裘氏还在该刊发表了《孟子年谱》《海国妙喻》《海国丛谈》《海外拾遗》《俄皇彼得变法记》《日本变法记》《化学启蒙》《印度记》等。因此，《白话丛书》第一集除刊印于卷首的裘廷梁《论白话为维新之本》外，其他著作均出其手。1902年6月21日，裘毓芳因传染时疫去世②，年仅32岁。

裘毓芳所作《〈女诫〉注释》自1898年5月20日起在《无锡白话报》第3期开始连载，吴芙的《班昭〈女诫〉注释·序》即在此期刊出。而吴芙（1873—1889）其人实为吴稚晖之女③，《无锡白话报》刊行时，她刚刚虚龄十岁。吴芙所留下的《女诫》俚语本乃是清抄稿本，封面左侧有大字“女诫”，下接小字“吴芙俚语本”，右侧下方又有“无锡白话报馆置”的题记，说明此本应为《无锡白话报》的存稿。而所谓“俚语”，即是无锡方言。根据其父创造豆芽字母、教会家人的传奇经验，十岁的吴芙也可以尽早提笔为文，且其《女诫》俚语本中，亦不乏将“写弗出个字”用“等韵简马［码］”——即家传的豆芽字母填写之处。因为这些字母排印上的麻烦，更重要的原因应该是无锡方言书写与《无锡白话报》提倡官话写作的立场相左，所以，此本并未在该刊登载，吴芙也只完成了《〈女诫〉序》的注解与翻译。

与《无锡白话报》之吴芙序相对应的一段文字，出自《女诫》俚语本第一段“吴芙说道”，属于注释者在文字疏解与白话译文之外，独立发表意见的空间，体现了晚清女性在经典注解中的主体意识。而这篇文字由于“五四”以后周作人的引用，在学界颇为人所知。周作人所持为一种批评的态度，他认为，晚清的白话文和现代白话文“话怎样说便怎样写”不同，“却是由八股翻白话”，举证的例子即包括了吴芙为裘毓芳《〈女诫〉注释》所作序的开篇部分：

梅侣做成了《女诫》的注释，请吴芙作序，吴芙就提起笔来写道：

① 裘廷梁．无锡白话报序［N］．时务报：第61册．1898-5-20．

② 佚名．女史逝世［N］．中外日报，1902-06-30．

③ 关于吴芙的生平考证参见：夏晓虹．经典阐释中的文体、性别与时代：晚明与晚清的女诫白话注解［J］．中国文学学报，香港中文大学出版社，2010（1）．

从古以来女人，有名气的极多，要算曹大家第一……

周作人因此断言："这仍然是古文里的格调，可见那时的白话，是作者用古文想出之后，又翻作白话写出来的。"① 不过，吴芙俚语本的发现，让我们可以还原真相。

"吴芙说道"其实是这样开始的：

> 从古以来个女人，有名气个极多，要算曹大家第一。曹大家是女（人）当中底孔夫子，《女诫》是女人最要紧念底书，真真一字值千金，要一句句想想，个个字味味。依了《女诫》底说话，方才成个女人。

所以，见于《无锡白话报》那几句被周作人专门摘引的穿靴戴帽的话，吴芙的俚语本中原来并不存在。添加的人应该是该刊编辑，很可能即为裘毓芳。《无锡白话报》的文本乃是将吴芙的无锡话全部改写成合乎报社要求的官话。像上述第二句中的"个"改为"的"，便是常例。两相对照，多数文字没有大改动，如：

> 况且曹大家会做皇太后个（的）先生，会替哥哥做书。就要想着我是女人，他也是女人，他（就）万古留名，贤慧到如此；我就依依袅袅，眼孔小到像绿豆：做小姐单**晓得**（知道）衣裳首饰，争多嫌少；做媳妇单**晓得**（知道）**吃老官**（靠着丈夫吃），**著老官**（靠着丈夫著）；也弗（不）**晓得**（知道）天东地西，也弗（不）**晓得**（知道）古往今来。

上述引文中，黑体字已经官话本改动，括号里的字即为改写或添加的部分。报社方面所做的主要工作是方言词的调整，如"晓得"易为"知道"、"弗"易为"不"、"老官"易为"丈夫"等。

当然，最重要的改写应属于把吴语方言区以外的人无法理解的词句修整为通行的官话。如俚语本中批评那些没有见识的女人，"空闲下来，寻寻烦恼，说阿婆，骂媳妇，惹姑娘，讲阿嫂，**搭伯姆鸡搭子百脚，拿丈夫萝卜弗当小菜**"；称赞那些贤慧女子"空闲下来，写字看书，自自在在，规规矩矩，讲讲故事，教教男女，终日弗听见一句高声，**无人弗搭他客气**"。

而这些黑体字的地方，官话本都作了"翻译"。后句不是直译成"没有人不同他客气"，而是意译为"没有人不敬重他"，很得体。前句中，两个"搭"（含

① 周作人．中国新文学的源流［M］．北平：人文书店，1934：98－99.

"搭子"）都是"同"或"和"的意思，"伯姆"即"妯娌"；"鸡搭子百脚"中"百脚"指"蜈蚣"，按照《明清吴语词典》对于"鸡搭百脚"的解释："鸡和蜈蚣，比喻老是争斗不休的两方。"[①] 如果单独使用，后面往往还会跟上"冤家结煞"[②] 一句。官话中没有直接对应的表达，所以改写成"妯娌像冤家"。"萝卜弗当小菜"也是一句吴地俗话，用来"比喻对人随便，不尊重"[③]，官话本中因此译为"丈夫当奴仆"，正可与"妯娌像冤家"成为对句。显然，对那些最具有地方特色的俗语，官话完全没有办法直接照搬，多半只能采取意译的办法。

而经过这样的改译，意思倒是都明白了，但在文学情趣上却有很大损失。从下面一段无锡方言与官话的对比中，可以看得更清楚。承接上文"无人弗搭他客气"，吴芙的俚语本接着写道（均用黑体字表示相异的部分）：

> 住到一处，个个称赞，**做个村中底好嫂嫂，弄到满巷姑娘齐行要好**。死**子着**大**着**小，个个眼泪**索索抛**。隔**子三十、廿年**，还说着他底好处。念书人听见**子**，记到书上去，**搭**他扬名，就**搭**曹大家一样。隔开一千六七百年，还个个**晓得**他。闭**笼子**眼睛一想，想他少年时候，就一个**个**端端正正，秀秀气气**一个**贤慧小姐，活龙活现，到眼睛前头来了；想到他年纪大**个**时候，就一个**弗火冒，也弗多话，一个板方**老太太，活龙活现，到眼睛前头来了。

改写过的官话本作：

> 住到一处，个个称赞，把他**做个好榜样**。死**了没大没**小，个个眼泪**汪汪，不住的哭**。隔了**二三十**年，还说着他底好处。念书人听见了，记到书上去，**替**他扬名，就**与**曹大家一样。隔开一千六七百年，还个个**知道**他。闭**着**眼睛一想，想他少年时候，就一个端端正正、秀秀气气**的**贤慧小姐，活龙活现，到眼睛前头来了；想到他年纪大**的**时候，**就是**一个**慈眉善眼、循规蹈矩**的老太太，活龙活现，到眼睛前头来了。

不难看出，那些生动鲜活的方言口语，替换成规规矩矩、通行全国的官话后，减少了细节描述，已经变得相对平板，失去了原有的新鲜水分。

如果回到周作人的批评，应该说，吴芙以无锡方言写出的文字，倒更接近周

① 石汝杰，宫田一郎．明清吴语词典［M］．上海：上海辞书出版社，2005：287.

② 苏州市民间文学集成编委会·苏州歌谣谚语：谚语卷［M］//中国民间文学集成．北京：中国民间文艺出版社，1989：25. 其中录"鸡搭百脚"为"鸡和百脚"。

③ 石汝杰，宫田一郎．明清吴语词典［M］．上海：上海辞书出版社，2005：414.

氏及其“五四”同人所标举的“话怎样说便怎样写”的现代白话文理想，而且其贴合程度远高于周作人。反而是模拟官话写作的《无锡白话报》编辑，虽然摆脱了文言“手口异国”的弊端，却也并未能进入其所期望的手口合一境界。特别是那些自我强制的官话书写，会令人遗憾地减损或流失文学的趣味，不能不说是走进了“兴一利必有一弊”的怪圈。

四、官话与模拟官话的差异

尽管晚清白话报刊的兴起是从南方发端的，但北方官话区的作者显然享有更多的心理优越感。1906 年，白话报的涌现已渐趋高潮之际，先后在北京创办了《启蒙画报》与《京话日报》的彭翼仲发表观感，认为只有《大公报》主人英敛之以及另外两位京城作者，“演说的白话，是很干干净净的”①，而其列举的三人都是旗人。

其实，作为京城出现的第一份白话报，1901 年 9 月 27 日发刊的《京话报》已具有普及官话当仁不让的气魄。由黄中慧主编②的这份“专为开民智、消隐患起见”③ 的刊物，第一回便开宗明义，发表了《论看这〈京话报〉的好处》，高屋建瓴地畅谈了一番推广官话的意义以及《京话报》在其间所起的作用。文章明确讲到，“中国所以不能自强，受人欺负的缘故，不过两端：一是民智不开，一是人心不齐”。而“这个人心不齐的缘故，大半可就在言语不通的上头”。其论述的思路是：

> 外洋各国，也是有多少种语言，本不能律，但是一国之中，所说的话，不差什么，总是一样的。所以他们通国的人心，没有不齐的。我们中国则不然。南边的人，不能懂北边的话，这一省的人，不能懂那一省的话，甚至于同省同府的人，尚有言语不通的地方，你说怪不怪？这不是一国之中，变成了许多的国了么？所以要望中国自强，必先齐人心；要想齐人心，必先通言语。

以语言凝聚人心、强盛国家，这一思想相当深刻，且更早于陈独秀的论述。此种中外对比认知的得出，应与作者曾经“在西班牙的京城，住过一年半”④ 的实地感受有关。既然沟通语言如此重要，统一语言便成为唯一的选择。作者由此

---

① 佚名．语言合文字不同的病根［M］．京话日报：第 221 号．1905－04－02．

② 黄河．北京报刊史话［M］．北京：文化艺术出版社，1992：16．

③ 创办京话报章程［N］．京话报：第 1 回．1901－09－27．

④ 中外新闻·要办发财票［N］．京话报：第 1 回．1901－09－27．

得出“现在要想大家都说一样的话，这一定是京城的官话无疑了”的结论。而“我们这个《京话报》，是全用北京的官话，写出来”的，自然，“要学官话，这个报就是个顶好的一位先生”。所以，不仅北方的人应该看这份报，“就是南方的上中下三等人，皆也不可不看这报”。这就是全国人民都应该读《京话报》的坚实理由。

更值得重视的是《京话报》明确表达出的对于建立标准国语的自觉意识。虽然在《创办〈京话报〉章程》第一条，该刊已将其书写语言规定为“只用京中寻常白话”，但实际上，同处于北方官话区的各地方言之间也还存在着差异。《京话报》同人对此也有清醒认识：

> 本报既名“京话”，须知京话亦有数种，各不相同。譬如南城与北城，汉人与旗人，文士与平民，所说之话，声调字眼，皆大有区别。此间斟酌去取，颇不易易。本报馆特聘有旗员，及南北城各友，互相审定，不敢惮烦，务取其京中通者，始为定稿。①

可知其酌定文词时，已经考虑到地区、民族、阶层的差异，而以“京中通行”“雅俗共赏”为采择标准，态度相当慎重。既然在开通民智之外，《京话报》也力求承担统一语言的责任，于是，制定标准官话也就成为报社同人责无旁贷的工作。

本着以标准官话见报的书写要求，《京话报》对转载的“他处白话各报”上的文字，也势必要经过“略加改正”② 的工序。因当时所有现存或已停的白话报均出现在南方，其中模拟官话写作所带来的不合标准之处所在多有，这使得改稿也成为《京话报》的日常编务与一大特色。1901 年 6 月 20 日在杭州新创的《杭州白话报》，因此有了现身《京话报》的最多机缘。而每一次的转录，都已经过改写。

如创刊号在“论说”栏借用了《杭州白话报》上林万里（笔名“宣樊子”）作为发刊词撰写的《论看报的好处》，以代替《京话报》自己的申说，也要特别注明：“宣樊子做的本是南方口音，我们略改了数字。”有些改动与《无锡白话报》处理吴芙的文稿相同，如“晓得”改为“知道”，而这类词语的出入，很多属于各地官话的本地风光。此外，一些表述方式也会有调整。如讲到看报对于士农工商的益处，有这样的说法（以《杭州白话报》为主，其中黑体字表示《京

① 佚名．创办京话报章程［N］．京话报：第 1 回．1901－09－27．

② 佚名．创办京话报章程［N］．京话报：第 1 回．1901－09－27．

话报》改动或删去之处，相应的改动见括号中）：

> 古人说的（好）：“秀才不出门，能知天下事。”**想不到**（谁想到）这两句**说话**（话），到如今才应**哩**（了）。就是那农工商三等的人，能多看报，都有好处。譬如**务农的**（种地的庄稼人），新**买**（制［置］）了几亩**的园地**（园子），不**晓得**（知道）种那样东西，将来好多**趁铜钱**（赚钱）；有了报看，就**晓得**（知道）广东新会县的橙子，近来销路最多，种法又容易，**工本**（本儿）又轻，**便**（就）好把这**园地**（园子）种起橙子来。这种的话，报里头时时说的。譬如（这）钉书、印书两种（的事情），**我**中国向来是用人工的；有了报看，便**晓得**（知道）近来**新法**（新出的法子是）用机器的，**好省许多工夫，何等便快**（又快又好，何等的爽快），能够照样做起来，这工艺的生意，就**畅旺**（兴旺）的了不得了。若说做**生意**（买卖）的人，**全靠**（更是要）消息灵通，没有报看，那**里**能都晓得呢？

就此看来，改动的地方很不少，大抵是把《杭州白话报》中比较文言的说法，如“务农”“园地”“工本”“新法”“便快”等，改得更接近口语。不过，按照改稿规则来检查，也会发现其中偶有遗漏。如“便晓得近来新法”中的“便”，按例应写作“就”；最后一句中的“晓得”，照理也应替换成“知道”。

看来，以道地官话的水准来打量，福建侯官（今为福州）人林万里的模拟官话其实并不纯粹，虽然他自己的感觉已经是“呱呱叫的官话”[①]。而被裘廷梁称为“白话高手，视近人以白话译成之西书，比《盘庚》《汤诰》尤为难读，判若天渊矣”[②] 的裘毓芳，其官话书写落在《京话报》同人眼中，也还需要斟酌。比较《无锡白话报》原刊之《海国妙喻》一则寓言与《京话报》改本之异同，便见分晓。此则寓言原题为《老鼠献计结响铃》，《京话报》易为《耗子献计拴铃铛》，已然大不同（以《无锡白话报》为主）：

> **老鼠**（耗子）受猫的害**已经长久**（不知多少日子）了。有一日（天）一群**老鼠**（耗子）聚在一堆（块）议论道：“我们**实在伶俐乖巧想得周到的**。**日里**（白天）躲**拢**（着）**夜头**（黑间）出来，也（就）算**知趣**（乖巧）的了，怎么**总**（还是）不免受猫的害？总要想个好法子，保住永远不受猫的害，才可以放心**托胆**安安顿顿地过日子。”（于

① 白话道人．中国白话报发刊辞［N］．中国白话报：第1期．1903－12－19．

② 裘可桴．与从侄孙维裕书可桴文存［M］．铅印本．无锡：裘翼经堂．1946（民国三十五年）．

> 是这）**一群老鼠**（耗子）都要想献**出**（个）好计策**来，你**（有）说这**样**（么样的），**我**（有）说那**样**（么样的），却都是有（些）关碍做不到的。又有一只**老鼠**（耗子）说道："只要在猫**颈里**（脖子上）**结**（拴）个**响铃**（铃铛），猫一动，我们**就**听见响声，就可以**逃开避拢**（逃避）了。这条计策，岂不好么？"**一大群老鼠**（大家伙儿听说），都拍手拍脚地叫道："好极好极，真正是（个）好法子！"大家高兴**已极**（得很），都觉**着**（得）有好法子了。（谁知）这一群里（单）有一个（老）**老鼠**（耗子），**不声不响**（不言不语）**不开口**（也不说好，也不说不好）。大家（都）问他□（道）："你**不开口**（张嘴），难道这个法子（还）不好么？"□□（这个）（老）**老鼠**（耗子）答道："法子好是好的，但不知**道，把这响铃结在猫颈里，哪一个肯去**（哪一个肯去，把这铃铛拴在猫脖上呢）？请你们**快些**（赶快）**定见**（拿主意）。"那一群**老鼠**（耗子），竟你看我，我看你，一句话也说不出（来），唉！这种说空话的**老鼠**（耗子），世界上最多。说话是好听的，但（是）说得出，做不到，就叫这献计的**老鼠**（耗子）自己去做，他也一定要想法逃走的。这种说空话的**老鼠**（耗子），岂不可恨可怜么？①

这则出自《伊索寓言》的故事，乃是根据张赤山编辑的文言本《海国妙喻》中《鼠防猫》一则改写而成的。② 裘毓芳的白话本经过《京话报》的修改，读起来确实更为流畅。不过，以后见之明来看，并非所有词语的调换都是可取的。例如全篇出现最多的"耗子"，毕竟只是北方方言中的词汇，在南方并不通行。所以，时至今日，书面语中，一般还是写作"老鼠"而不是"耗子"。这也显示出作为书面语的白话文并不完全是口语的摹写，通行的词语还应该折中南北。当然就此一文本而言，"耗子"的使用仍有其特殊便利处：在"耗子"前冠以"老"，应是《伊索寓言》的原意，年长者显然虑事更周全；而若直接写作"老老鼠"，

---

① 梅侣女史演：《海国妙喻·老鼠献计结响铃》，《无锡白话报》第1期，1898年5月11日；《海国妙喻·耗子献计拴铃铛》，《京话报》1回，1901年9月27日。其中□为原刊缺损之字。

② 《鼠防猫》原文如下："鼠受害于猫久矣，一日群猫聚议曰：'吾辈足智多能，深谋远虑，日藏夜出，亦可谓知机者矣，无如终难免猫之害。必须设一善法，永得保全，庶可逸然安生矣。'于是纷纷献策，皆格碍难行。乃后一鼠献曰：'必须用响铃系于猫颈，彼若来时，吾等闻声，尽可奔避，岂不善哉！'众鼠拍手叫绝曰：'真善策也。'于是莫不欣然，各以为得计。其中有缄默不言者，众问之曰：'汝不言，宁谓此法不善乎？'曰：'善则善矣，但不知持铃以系其颈者，谁也？请速定之。'由是众鼠面面相觑，竟无言可答，徒唤奈何。噫！坐而言者，不能起而行，诚可恨而亦可怜。"（赤山畸士编：《海国妙喻》，天津时报馆，1888年）

读起来便相当拗口，必得如现在通行本之译为“年长的老鼠”[1] 才合适。因此，《京话报》的添改显然更准确。

总而言之，既然方言在流通上具有局限性，希望以官话统一全国白话文的努力于是成为晚清白话文的主流。不过，官话本身仍有缺失，它更接近日常口语，无法容纳新名词；同时，官话也仍然是一种方言，其中一些地域性的词汇也不具备通行全国的质素。因此，现代白话文还需要从夹杂大量新名词的梁启超的“新文体”中有所借鉴，而从晚清的官话到日后的普通话书写，也需要经过词汇的选择和提炼。

（本文系作者提交香港中文大学中文系于2011年5月举办的“汉语书面语的历史与现状”学术研讨会之论文）

（发表于《天津社会科学》2011年第6期）

① 伊索．伊索寓言［M］．吕志士，译注，北京：外语教学与研究出版社，1985：147.

国家与文辞
——清季文学教育的制度化

陆　胤

以获得读写能力为旨归的本国语文教育，虽非清末引进西学、改创学制的重点，却攸关知识基础和民族认同的形成。其在新学制中地位的奠定，更与20世纪初国家思潮的兴起桴鼓相应。本稿将在近代国民教育和民族共同体意识勃发的背景下，重新检视清末文学教育被纳入全国性学制的历程，考察包括文字训诂和诗赋辞章在内的“中国文辞”，如何从危急时势下的“无用之学”，升格为学校制度不可或缺的一门教科。

晚近颇有论著涉及这一时期的“文学立科”，相关研究从学科史出发，多以大学为重点，相对忽略普通教育实践的展开；关于清末学制设计的外来资源，以及“国文”与其他学科的横向关系，似仍有开掘余地。① 作为清廷首次正式颁行的近代化教育设计，壬寅、癸卯两学制当然是讨论重点；但制度酝酿、争议、起草、重订的过程，及背后思想语境的变化，也许更值得关注。

一、外来的“本国文”

甲午战争之后，在内外局势逼迫和外人议论的启发下，士大夫颇属意于“识字之难易”，以为文字关乎国运，各种切音字、白话文和蒙学变革的方案应时而

① 代表性研究，参见陈平原：《新教育与新文学——从京师大学堂到北京大学》，《学人》第4辑，南京：江苏文艺出版社，1993：13－40；陈国球：《文学立科——〈京师大学堂章程〉与“文学”》，载其所著《文学史书写形态与文化政治》，北京：北京大学出版社，2004：1－44。二者都是从大学教育切入。此外，近年还有栗永清《知识生产与学科规训——晚清以来中国文学学科史探微》（中国社会科学出版社2012年版）等书。涵盖普通教育在内全学制的讨论，有Elisabeth Kaske关于“清末教育体系中法定语言”的考察，但她更关心语言问题，所取角度与本稿不同。参见Elisabeth Kaske. The Politics of Language in Chinese Education，1895—1919. Leidon & Boston：Brill，2008：234－272.

起。其时，新学界渐形成以日本为楷模的意识，教育亦莫能外。

光绪二十二年（1896）冬，梁启超发表《变法通议·论师范》篇，列举日本寻常师范学校制度，已提到“其所教者有十七事，一修身，二教育，三国语，四汉文……”，并在“国语”下注明“谓倭文倭语”①。考梁氏所引据，当是明治二十五年（1892）日本文部省改正的《寻常师范学校之学科及其程度》。该学制科目第三项即为“国语”，包括“讲读”“文法”“作文”等内容。② 梁氏以为“依其制度损益之”，则中国的师范学堂亦须“通达文字源流”。至戊戌维新期间，梁启超筹划《大学堂章程》，分课程为“溥通”“专门”两种。“溥通学”中列有“文学”一目，置于经学、理学、中外掌故学、诸子学、算学、格致学、地理学、政治学之后，体操学之前。考虑到该章程“于大学堂中兼寓小学堂、中学堂之意，就中分列班次、循级而升”的体制，隶属于“溥（普）通学”的“文学”科目，或即相当于进入“专门学”以前，中小学阶段“通达文字源流”的内容。③

教育要区分“普通”和“专门”，“溥通学者凡学生皆当通习者也，专门学者每人各占一门者也”④，是这一时期从外国引进的新认知。光绪二十四年（1898）春，湖广总督张之洞派遣姚锡光赴日考察教育。姚氏回国后上陈《东瀛学校举概》，按“普通”“陆军”“专门”三类介绍日本学制，特为解释：“普通各学校者，乃植为人之始基，开各学之门径，盖无地不设，无人不学，故曰普通。”而在日本普通学堂各科中，就包含了“本国文”“汉文”等门目，二者意义非同寻常：

> 日本学校虽皆习西文，而实以其本国文及汉文为重，所授功课皆译成本国文者，其各种品类各物皆订有本国名目，并不假径西文。且现其出洋之人，皆学业有成之人，否亦必学有根柢之人。故能化裁西学而不

---

① 梁启超．论学校四变法通议三之四·师范学校［N］时务报：第15册．光绪二十二年十一月廿一日（1896－12－25）．

② 日本内阁．尋常師範学校學科及其程度［N］官报：第2710号．明治25年（1892）－07－11：109－114．

③ 梁启超．大学堂章程［M］//中国第一历史档案馆，编．京师大学堂档案，选编．北京：北京大学出版社，2001：27，30．

④ 同上，29页。按：光绪二十三年（1897）梁启超就任长沙时务学堂总教习，就有“溥通学”与“专门学”的分别，前者包含经学、诸子学、公理学、中外史志及格算诸学之粗浅者，并无与文学词章相关的内容。梁启超．时务学堂功课详细章程［M］//夏晓虹，编．饮冰室合集集外文：上册，北京：北京大学出版社，2005：22－23．

为西学所化，视弃本国学术而从事西学者，亦实大相径庭。①

此间已涉及本国语文维系国民认同的功能。是年，张之洞聚集幕僚编成《劝学篇》，介绍西洋、日本学制，深受“普通”与“专门”两分思路的影响：“专门之学极深研几，发古人所未发，能今人所不能，毕生莫殚，子孙莫究……公共之学所读有定书，所习有定事，所知有定理，日课有定程，学成有定期。”二者相辅相成，不仅是西洋、日本学制的特点，更启发了新学体制下涵纳中国固有学问的途径。②《劝学篇》另有《守约》一篇，针对十五岁至二十岁学子，尝试将旧学内容打入普通学的框架，分经学、史学、诸子、理学、词章、政治、地理、算学、小学九类。较之梁启超《大学堂章程》中叨陪末座的“文学”，此处的“词章”同样不受重视。

同一时期，江标在湖南学政任上刻《灵鹣阁丛书》，收入“大清钦差出使日本国大臣裕（庚）随带东文翻译官译录”的《日本华族女学校章程》一种，内有题为“本国文”的课程，与“汉文”“习字”等科并列。③ 按明治二十六年（1893）日本宫内省颁定该章程原文，“本国文”应是“国文”的译语。其课程内容：初高等小学科为“读方”“作文”，中学科为“讲读”“文法”“作文”，与梁启超所引日本寻常师范学校“国语”科性质略同。④ 光绪二十四年（1898）四月，《蒙学报》刊出松林孝纯（1869—?）译自明治二十四年（1891）日本文部省《小学校教则大纲》的《日本小学校章程》，列有“读书作文”和“习字”二科。“读书作文”科宗旨：“先令知普通文字及日常须知之文字、文句、文章、读方缀字，及其意义，又用稳当言语字句，以养推辨思想之能，兼要启发智德。”⑤ 光绪二十五年（1899）美国人路义思（Robert Ellsworth Lewis，1869—1969）撰《日本学校源流》出版，系统介绍日本学制，亦提及寻常小学“读书”“作论”“写字”三科。此外，师范学校分“本国言语文字”（国语）、“中国文学”（汉文）科，中学校“本国言语文字与中国文学”（国语及汉文）并为一科，

① 姚锡光．查看日本学校大概情形手折（光绪戊戌闰三月二十日上南皮制府［M］//东瀛学校举概．木活字本．京师：1899（光绪二十五年）．

② 张之洞．劝学篇·学制［M］//苑书义，等主编．张之洞全集：第12册．石家庄：河北人民出版社，1998：9742．

③ 佚名．日本华族女学校规则［M］//丛书集成初编．北京，中华书局，1991：21－33．

④ 日本内阁．宫内省谕第四号：华族女学校章程［N］官报：第3046号．明治26年（1893）－08－23：218．

⑤ 松林纯孝．日本小学校章程［N］．蒙学报：第21册．1898－05－20（光绪二十四年四月初一）．

高等女学校课程则直称“国语”①。

在当时日本的学制系统中，有关本国语文的学科，根据学程高低，有着相当复杂的形态。大学经由明治初年“和汉文学”“和文学”科，最终确立了“国文学”的地位②；中等以上教育称“国语”或“国文”，中学校又归并原本独立的“汉文”而为“国语及汉文”科。③ 唯小学阶段的读写教育，长期未能形成统一学科。明治十九年（1886）的《小学校之学科及其程度》，规定了“读书”“作文”“习字”三科并存的局面，稍后又将“读书”“作文”二科合并为“读书及作文”，亦即松林孝纯所译章程中的“读书作文”。④

“读书”“作文”“习字”分科并立的格局，特别是以“读书科”及其教科书“读本书”来涵纳各科知识的思路，特别适应戊戌前后国内新式教育资源匮乏的现实。以连载新式蒙学教科书著称的《蒙学报》，自创刊之始即设有“读本书”栏目。此后坊间更是涌现了大量题为读本或课本的新式教科书。光绪二十八年（1902），无锡三等公学堂所编《蒙学读本全编》问世，俞复作序追溯该书缘起：“同人于戊戌（1898）八月创办无锡三等公学堂……堂中课程，略仿日本寻常小学校，分修身、读书、作文、习字、算术等科。读书一科，随编随教，本不足存，近欲录副者颇多，爰图画写稿，付之石印。”⑤ 该书内封署“寻常小学堂读书科生徒用教科书”，明确继承了日本小学校学制中与“作文”“习字”并立的“读书科”。

至明治三十三年（即光绪二十六年，1900），日本文部省颁定新制《小学校令》，始将“读书及作文”“习字”合并为“国语科”，完成从小学到大学一贯的“国语—国文学”学制。这一新变化，虽然很快反映在了一些日本学制的译介文

① 美国路义思．日本学校源流［M］卫理，口译．范熙庸，笔述．铅印本．上海：江南制造局．1899（光绪二十五年）：21，22，51．

② 日本“国文学”在大学的成立，伴随着国家思想的成熟。参见 Lee Yeounsuk（李妍淑）：《国語という思想——近代日本の言語認識》，岩波书店，1996：96－105．

③ 打越孝明．中学校漢文科存廃問題と世論：明治三十四年中学校令施行規則発布前後［J］早稲田大学教育学部学術研究，1990（39）．

④ 关于明治前中期读书、作文、习字等课程的演化，参见：甲斐雄一郎．読書科における二元的教授目標の形成過程［M］//.（日本）全国大学国语教育学会编．《国語科教育》第 38 集，1991－03．小笠原拓．「国語科」の発見とその歴史的意義：坪井仙次郎『小学国語科之説』を中心に［M］教育学研究．4 号，2003－12：70（4）．

⑤ 俞复．蒙学读本全书序［M］．石印本．上海：文明书局，1902（光绪二十八年）．

字中，却未受到充分重视。[①] 如光绪二十七年（1901）春，《教育世界》登出樊炳清译日本《小学校令》，仍为明治二十三年的旧制，分列读书、作文、习字为三科。[②] 次年三月，罗振玉发表《学制私议》，已是为迫在眉睫的新学制建言，依旧作此三科[③]；七月间，“壬寅学制”正式颁布，蒙、小学阶段的读写课程，同样采取了分科治之的策略。

壬寅学制的最低级为蒙学堂，其课程门目：“修身第一，字课第二，习字第三，读经第四……”总共八科当中，读写类课程仅次于“修身”，且在“读经”之前，字课、习字两门占总课时高达33.3%，为各科之首。“字课”内容大体继承了戊戌前后梁启超等蒙学变革论的遗产，将传统蒙学的集中识字与新兴的文法学“字类”体系相结合，按照实字、静字、动字、虚字、积字成句法的顺序分配四年学程。蒙学堂毕业后升入寻常小学堂，在“修身”“读经”之后，列“作文”“习字”科目，但要到第二年才开始作文，两科占总课时比16.7%，与修身、读经课时相当。[④] 根据当年十二月京师大学堂所出《暂定各学堂应用书目》，“字课作文”类用书有《澄衷蒙学堂字课图说》、张维新《初级普通启蒙图课》、王筠《文字蒙求》、苗夔《说文建首字读》、无锡三等公学堂《蒙学读本（全书）》、戴懋哉《汉文教授法》、马建忠《马氏文通》七种，参考书为段玉裁《说文解字注》，可见该部分内容糅合清儒训诂学、晚近蒙学识字和最新文法学知识的特点。[⑤]

至升入高等小学堂，始有“读古文词”课程，与习字、作文二科每周（十二日）轮替，第二、三年每周减少习字两课时，合计占总课时14.8%。中学堂以上，则统一为“词章”一科，课时渐少。但大学堂师范馆仍为习字、作文二科，以与师范所教蒙、小学课程衔接。大学堂则在“文学科”（相当于School of Letters）中设“词章学”一门，列第六位，居经学、史学、理学、诸子学、掌故

---

① 时充留日学生总监督的夏偕复，在光绪二十七年十月撰文介绍日本学制，已于寻常、高等小学校学科中明列“国语”一科。见夏偕复：《学校刍言》，《教育世界》第14号，辛丑（1901）十月下。此外，《译书汇编》所附《日本学校系统说》亦按含“国语科”的新制介绍了日本小学课程。见《译书汇编》第2年第7期，“附录”栏，壬寅（1902）七月。

② 樊炳清译．小学校令［J］教育世界：第2号．1901－04.

③ 罗振玉．学制私议［J］教育世界：第24号．1902－03.

④ 张百熙．钦定蒙学堂章程（1902年8月15日）［M］//璩鑫圭，唐良炎，编．中国近代教育史资料汇编：学制演变．上海：上海教育出版社，2007：291－292．张百熙．钦定小学堂章程（1902年8月15日）［M］//璩鑫圭，唐良炎，编．中国近代教育史资料汇编：学制演变．上海：上海教育出版社，2007：280－284.

⑤ 京师大学堂．暂定各学堂应用书目［M］．刻本．京师：京师大学堂，1902（光绪二十八年）．

学之后，“外国语言文字学”之前。①

对照新制《小学校令》之前的日本学制，不难发现壬寅学制的读写科目与之在高等小学阶段最为吻合：读古文词、习字、作文的三分，即相当于日本旧制小学的读书、习字、作文三科。蒙学堂、寻常小学堂无作文内容，改读书科为“字课”，或是考虑到中国无拼音文字，不若日本幼童可以凭借假名读写，故加强识字内容，亦较易与传统资源配合。至于中学堂、高等学堂（政科）、大学堂预备科（政科）所习“词章”，则相当于日本中等以上学校的“国语”或“国语及汉文”。在基础教育阶段分为多科，中等以上则统为一科，正是日本明治三十三年（1900）新制以前的格局。读写课时随着学程上升而减少，中小学阶段本国语文的位置仅次于“修身”等思想规训课程，也与日本学制精神一致。

与后来颁布实行的癸卯学制比较，壬寅学制时而又表现出对本国文辞的忽略，如规定高等小学堂或可“加外国文而除去古文词”②；高等学堂及大学堂预备科分为政（文商政法）、艺（理工农医）二科，政科有“词章”课，艺科则不设任何本国语文课程，带有显著的实用主义色彩。

二、“理胜”与“辞胜”

光绪二十七年京师大学堂重建，同时暂充新式教育的最高行政机构，壬寅学制即在此背景下起草。其时管学大臣张百熙倾向新学，拜吴汝纶任总教习，又聘请于式枚、张鹤龄、沈兆祉、李希圣、罗惇曧等人参与。此次章程即出自张鹤龄、沈兆祉创议，课程亦以张、沈及李希圣参议为多。③ 大学堂副总教习张鹤龄“总司编订学堂教科诸书”④，编订“文章课本”宗旨有云：

---

① 张百熙. 钦定中学堂章程（1902年8月15日）[M] //璩鑫圭，唐良炎，编. 中国近代教育史资料汇编：学制演变. 上海：上海教育出版社，2007：273. 张百熙. 钦定高等学堂章程（1902年8月15日）[M] //璩鑫圭，唐良炎，编. 中国近代教育史资料汇编：学制演变. 上海：上海教育出版社，2007：264. 张百熙. 钦定大学堂章程（1902年8月15日）[M] //璩鑫圭，唐良炎，编. 中国近代教育史资料汇编：学制演变. 上海：上海教育出版社，2007：251，245.

② 璩鑫圭，唐良炎，编. 中国近代教育史资料汇编：学制演变 [M]. 上海：上海教育出版社，2007：284，499，499－500.

③ 光绪二十八年六月初五日《大公报》“时事要闻”栏记载：“闻管学大臣此次拟定之大、中、小、蒙学课程，以沈小沂（兆祉）、李亦园（希圣）、张小圃（鹤龄）三君参议为多。”北京发行的《经济丛编》亦有类似报道，见《兴学端倪》，《经济丛编》第10册，“中外大事记”栏，光绪二十八年六月三十日。并参见吴汝纶：《答张小浦观察》（壬寅四月初九日），施培毅、徐寿凯点校：《吴汝纶全集》第3册，合肥：黄山书社，2002：390.

④ 张鹤龄. 振兴学务 [J] 经济丛编：第6册. 1902－06－05（光绪二十八年四月二十九日）.

溯自秦汉以降，文学繁兴，揽其大端，可分两派：一以理胜，一以辞胜。凡奏议论说之属，关系于政治学术者，皆理胜者也；凡词赋记述，诸家争较于文章派别者，皆辞胜者也。兹所选择，一以理胜于辞为主，部析类从，以资诵习，冀得扩充学识，洞明源流。凡八家、十家之标名，阳湖、桐城之别派，一空故见，无取苟同。①

当时参画学制的京师大学堂诸人，与康梁一派多有瓜葛。壬寅学制虽是朝廷政令，却与戊戌年梁启超所拟《大学堂章程》一样，实是趋新势力短暂掌握中枢权力的产物。与此相对者，则是身居京城之外，实际握有"官权"的督抚。庚子事变中的"东南互保"，大为伸张了督抚对于中枢的发言权。张之洞、袁世凯等筹办新学的尝试，尤其是张之洞于癸卯年参与重订学制，将地方实践确立为国家制度，为原本虚悬于本土经验之上的外来学制提供了一个坚固的制度外壳。

以"儒臣"自命的张之洞，早在戊戌年的《劝学篇》中，就欲模仿西洋、日本"学堂教人之法"（与"专门箸述之学"相对），构建"中学守约"的门径。其学程设计以十五岁为界：十五岁以前，仍依旧法诵《孝经》、四书、五经，并读含有史略、天文、地理内容的"歌括""图式"等书；文章方面，则要兼及"汉唐宋人明白晓畅文字有益于今日行文者"；十五岁以后，始纳入普通学范围，按"有限有程，人人能解，且限定人人必解"的宗旨约为九门。其中"词章"一门居第五，要在"读有实事者"：

一为文人，便无足观。况在今日，不唯不屑，亦不暇矣。然词章有奏议、书牍、记事之用，不能废也。当于史传及专集、总集中，择其叙事、述理之文读之；其它（他）姑置不读。若学者自作，勿为钩章棘句之文，勿为浮诞嵬琐之诗，则不至劳精损志矣。②

在戊戌前后的内外交急的形势下，谈论"文人""文学"的基调是不屑且不暇，从事诗文更被认为有"劳精损志"而占用实学精力的危险。故必须将其范围限制在"奏议、书牍、记事"等庙堂应用文体，专读史传和集部中"叙事""述理"两类文章。此种突出政治实用性、压抑诗文创作的论调，似是当时士林

① 张鹤龄．京师大学堂编书处章程［J］．经济丛编：第9册．1902-07-19（光绪二十八年六月十五日）．

② 张之洞．劝学篇·守约［M］//苑书义，等主编．张之洞全集：第12册．石家庄：河北人民出版社，1998：9730．

不分新旧立场的共识。前有梁启超主张“词章不能谓之学”①，后则如张鹤龄编订“文章课本”时强调“理胜于辞为主”，注重奏议论说，以及壬寅学制之关注“记事文”“说理文”，都可看作类似观念的产物。

相对于“词章”的边缘地位，《劝学篇》的“守约”方案中另有“小学”一门，殿列九门最后，却相当受重视。张之洞辈认为小学（文字训诂）对于经书传承的意义，犹如西学之有翻译：“欲知其人之意，必先晓其人之语。去古久远，经文简奥，无论汉学、宋学，断无读书而不先通训诂之理。近人厌中学者动诋训诂，此大谬可骇者也。”关键在于讲法不能过繁，须注重大旨大例：“若废小学不讲，或讲之故为繁难，致人厌弃，则经典之古义茫昧，仅存迂浅俗说，后起趣时之才士，必皆薄圣道为不足观，吾恐终有经籍道熄之一日也。”② 因此，“小学”兴废几乎被视作关乎整个经学传统存亡的枢纽。这固然是张氏早年“由小学入经学者，其经学可信……”③ 之类看法的延续，更为此后纳入“小学”内容的“中国文辞”课程从边缘走向中心埋下了伏笔。

作为对庚子岁末朝廷重开新政的回应，张之洞联合两江总督刘坤一于光绪二十七年五六月之交上奏变法三折，史称“江楚会奏”。其第一折规划学堂办法，明确以日本教科为典范，分为蒙学、小学校、高等小学校、中学校、高等学校及专门学校五级：八岁入蒙学，“习识字，正语音”；十二岁入小学校习“普通学”，十五岁入高等小学，须“学行文法，学为策论、词章”；中学校“仍兼习策论、词章……词章一门亦设教习”，但管理较为松散：“学生愿习与否，均听其便。弁兵入学者，专学策论，免习词章。”④ 高等学校分七专门，“文学”附“中国经学”而属“经学”专门之下，入专门学校者也要“温习”中国经学、文学。在忽略“词章”的同时，却特别强调“策论”，当是为了跟该折后段所涉科举改试策论、经义的主张相配合。⑤

紧接着，光绪二十七年（1901）九月，时任山东巡抚的袁世凯上奏《山东

---

① 梁启超．万木草堂小学学记·学文［M］//下河边半五郎，编．饮冰室文集类编：上册．帝国印刷株式会社，1904；陈国球．文学史书写形态与文化政治［M］．北京：北京大学出版社，2004：7－8.

② 张之洞．劝学篇·守约［M］//苑书义，等主编．张之洞全集：第12册．石家庄：河北人民出版社，1998：9731－9732.

③ 张之洞．书目答问·国朝著述诸家姓名略［M］//苑书义，等主编．张之洞全集：第12册．石家庄：河北人民出版社，1998：9976.

④ 张之洞、刘坤一．变通政治人才为先遵旨筹议折（光绪二十七年五月二十七日）［M］//苑书义，等主编．张之洞全集：第2册．石家庄：河北人民出版社，1998：1396－1398.

⑤ 张之洞．张之洞全集：第2册［M］．石家庄：河北人民出版社，1998：1402－1403.

大学堂章程》，借鉴登州文会馆的分斋制度，发明了以一所行省“大学堂”统摄从小学（备斋）、中学（正斋）直至专门学（专斋）全套学制的办法。① 壬寅学制颁布以前，山东大学堂的复合模式被多地督抚效仿，引发行省一级兴建“大学堂”的风潮。袁氏所奏章程中的本国语文课程仍不显著，备斋、正斋虽设“古文”一门，其内容为“作中文策论、四书义、五经义”，且规定“备斋、正斋学生每月均作中文策论一篇，经义一篇，或作公牍、书记文字”，实可视作书院课艺的延续。以策论、经义为主，注重公牍、书记等应用文，亦是针对科举新章的要求。② 随后，袁世凯调任直隶总督，并于光绪二十八年（1902）七月上奏直隶各属师范学堂、小学堂、中学堂拟定暂行章程。其中，本国语文课程通称“文学”，居经学后为第二科。其内容在师范学堂均为“策论”，唯三年毕业的第四斋自第二年起增加“经义”；小学堂前两年学“策论”，第三四年增“经义”；中学堂各年均学“古文、经义、策论”三项，基本延续了山东章程的以经义策论为重的方针。③

可以看出，张之洞、刘坤一、袁世凯对于新学堂本国语文教学的设想，含有配合科场改制的用意，或仍要培养章奏、公牍、记事等为官从政的文字能力，跟壬寅学制所体现的民间蒙学实践和外来学制资源，本处在渊源不同的两条思路上。张鹤龄编订“文章课本”之区分“理胜”“辞胜”，毋宁说更近于督抚兴学的路数。在壬寅学制照搬日本学制体系的表面之下，对于“读书”“作文”“习字”等新课程的理解，可能仍是课艺对策之学。光绪二十八年（1902）十月，张之洞上奏《筹定学堂规模次第兴办折》，以湖北经验挑战全国学制。其中有关本国文的内容，依旧漫不经心：小学、中学设“中文”科，居“修身/伦理”“读经/温经”之后；文高等学则将“道德学、文学均附于经学之内”，延续了江楚会奏的设计。④ 湖北学制指出“普通之学”“专门之学”“实业之学”“美术之学”的区别，以“启发国民之忠义，化成国民之善良”为要务，却尚未突出语

① 崔华杰．登州文会馆与山东大学堂学缘述论［J］山东大学学报 2013（2）．

② 袁世凯．遵旨改设学堂酌拟试办章程折：光绪二十七年九月二十四日（1901 年 11 月 4 日）［M］//廖一中，罗真容，整理．袁世凯奏议：上册．天津：天津古籍出版社，1987：317－340.

③ 袁世凯．筹设直隶师范学堂小学堂拟定暂行章程折：光绪二十八年七月初五日（1902 年 8 月 8 日）［M］//廖一中，罗真容，整理．袁世凯奏议：上册，天津：天津古籍出版社，1987：585－589，595－596；袁世凯．筹设直隶各属中学堂拟定暂行章程折：光绪二十八年七月初五日（1902 年 8 月 8 日）［M］//廖一中，罗真容，整理．袁世凯奏议：上册，天津：天津古籍出版社，1987：601－602.

④ 张之洞．筹定学堂规模次第兴办折（光绪二十八年十月初一日）［M］//苑书义，等主编．张之洞全集第 2 册．石家庄：河北人民出版社，1998：1488－1502.

文训练在造就国民过程中的作用。

三、“中国文辞”的时空同一性

戊戌以来“词章”不受官方重视的情形，到光绪二十九年十一月二十六日（1904 年 1 月 13 日）颁布癸卯学制之时，发生了决定性的转折。《奏定学务纲要》标举“学堂不得废弃中国文辞以便读古来经籍”和“戒袭用外国无谓名词以存国文端士风”两条原则。① 相对于壬寅学制的首创，癸卯学制“条目更加详密，课程更加完备，禁戒更加谨严”②。有关本国语文的课程细分为三种：

（一）初等小学堂称“中国文字”。

（二）高等小学堂、中学堂、高等学堂、初优两级师范学堂、中高两等农工商实业学堂、译学馆称“中国文学”。大学堂实行分科大学制，文学科大学下设“中国文学门”专科。此外，经学科大学全科及文学科大学下的中国史学门、万国史学门均以“中国文学”为随意科，英、法、德、俄、日本国文学门则以之为主课。

（三）初级职业教育的“艺徒学堂”、初等农工商实业学堂、实业补习普通学堂称“中国文理”。

尽管名称随学程变化，但本国语文训练被统合于一科之内③，高等学堂、优级师范学堂无论文、理、医各类均要求修习。至少从分科格局上，已与日本明治三十三年（1900）新制贯彻上下的“国语国文学科”相似。“中国文字”“中国文学”“中国文理”在《学务纲要》中统称为“中国文辞”，简称“国文”。各学程宗旨、教法不同，在各学堂章程中皆有详尽的规定。《学务纲要》还指出“中国文辞”的内容应包含各体，既有“阐理纪事、述德达情”而“最为可贵”的古文，亦有适用“国家典礼制诰”而“亦不可废”的骈文，甚至兼容“涵养

---

① 张之洞，张百熙，荣庆．奏定学务纲要（1904 年 1 月 13 日）［M］//璩鑫圭，唐良炎，编．中国近代教育史资料汇编：学制演变．上海：上海教育出版社，2007：499 - 501.

② 张之洞，张百熙，荣庆．奏定学务纲要（1904 年 1 月 13 日）［M］//璩鑫圭，唐良炎，编．中国近代教育史资料汇编：学制演变．上海：上海教育出版社，2007：495.

③ 仅有三处例外：（一）初级师范学堂考虑到师范生将来“教幼童”之需，将“习字”另立一科；（二）高等商业学校为适应商业文牍，预科设“书法”“作文”二科，本科另设“商业文”科目；（三）实业补习普通学堂的商业科，在普通科目的“中国文理”外，须加习“商业书信”。此外，进士馆、高等工业学堂、农业及工业教员讲习所均不设本国语文课程，商业教员讲习所亦仅设“商业作文”课。见《奏定初级师范学堂章程》《奏定高等农工商实业学堂课程》《奏定实业补习普通学堂章程》《奏定实业教员讲习所章程》，《中国近代教育史资料汇编学制演变》，第 411、471、452 - 453、475 - 477 页。

性情，发抒怀抱……可稍存古人乐教遗意”的古今体诗辞赋。① 虽然仍存轩轾之意，但在“理”和“事”之外兼顾“德”与“情”，多少改变了此前“词章”一门单纯注重实用文体的局面。

癸卯学制中的“中国文辞”课程框架，已不再如壬寅学制那样无意识地搬用外来学制成例，亦有别于此前督抚兴学的实用趋向，而是带有明确学科自觉，且在整个教学体系中负有独特功能的显著存在。众所周知，癸卯年重订学制是由当时在京参与学务的张之洞主导的，在引进湖北兴学既有经验的同时，回应了中枢整顿学风、预防流弊的政治诉求。② 就学科门类和学程系统而言，癸卯学制仍以日本为模范，出自张之洞幕府中曾赴日本考察学务的陈毅（士可）、胡钧等人之手，可视为壬寅学制更为精细的版本。但其中“《学务纲要》、经学各门及各学堂之中国文学课程，则公（张之洞）手定者也……所谓章程，实公晚年学案也”③。《劝学篇》时代“不屑亦不暇”的词章内容，何以到癸卯前后就成了与张之洞念兹在兹的“读经讲经”并列，且非要他“手定”不可的“中国文学”？此中曲折，值得细考。

前述光绪二十四年（1898）姚锡光访日后，湖北方面又先后派出了两次较大规模的对日教育考察。就中，光绪二十七年（1901）十一月罗振玉率领陈毅、胡钧等人赴日一次，被认为对癸卯学制的制定有着潜在影响。④ 其时正值日本小学校新设“国语科”，而中学校发生“汉文科”存废争议之际，围绕“国字”“国语”、汉字存废等问题，教育界和学术界展开诸多论争。与“言文一致”的意识相配合，“国语统一”观念的传入，对新学制中本国语文课程地位的提升也产生了促进作用。光绪二十八年（1902）吴汝纶致信管学大臣张百熙，建言编辑“国语课本”，用“京城声口”使天下语音一律，称为“国民团体最要之义”。⑤ 同时，与张之洞系统关系密切的《教育世界》刊出《欧美教育观》，教授部分亦

① 张之洞，张百熙，荣庆．奏定学务纲要（1904年1月13日）［M］//璩鑫圭，唐良炎，编．中国近代教育史资料汇编·学制演变．上海：上海教育出版社，2007：499.

② 癸卯年张之洞参与学务，进而主导改订学制，并非单纯的新旧人事之争；其主要动因，是为了应对当年京师大学堂等处的拒俄学潮。相关考证，参见陆胤．政教存续与文教转型——近代学术史上的张之洞学人圈［M］．北京：北京大学出版社，2015年：184－189.

③ 许同莘．张文襄公年谱［M］//北京图书馆藏珍本年谱丛刊：第174册，北京：北京图书馆出版社，1999：95.

④ 汪婉．清末中国对日教育考察の研究［M］东京：汲古书院，1998：236－248.

⑤ 吴汝纶．与张尚书（光绪二十八年九月十一日）［M］//吴汝纶全集：三．施培毅，徐寿凯．校点．合肥：黄山书社，2002：435－437.

首列“国语教授之必要”。① 无论是“言文一致”还是“国语统一”，两者都将语文教育与近代国家的整合紧密联系在一起。癸卯学制规定“以官音统一天下之语言，故自师范以及高等小学堂，均于中国文一科内附入‘官话’一门”，正是此种新思潮的反映。②

不过，癸卯学制并未采用现成的“国语”概念。“官话”一门附入“中国文学”的设计，更说明“国文”并非如民间教育改革者设想的那样，仅仅是“国语”未达统一之前的代用品，而是另有其目标。“中国文辞”课程一方面继承“国语”观念带来的语文共同体意识，另一方面却回避了具体的“言文一致”问题，而更强调在“文字”“文理”“文学”等书面层次构建国族文化的时空同一性：不仅在空间上，以“四民常用之文理”统合地域、阶级的差别；更要在时间上，回溯古圣先贤之遗文，沟通经典与当下。张之洞关于“中国文辞”的独特思路，正是在此种夹缝中生成的。故当光绪二十八年（1902）正月回复张百熙学务咨询时，张之洞一改此前轻视词章的论调，提出“中国文学不可不讲”的要义：

> 七曰中国文章不可不讲。自高等小学至大学，皆宜专设一门。韩昌黎云“文以载道”，此语极精，今日尤切。中国之道具于经史，经史文辞古雅，浅学不解，自然不观。若不讲文章，经史不废而自废。③

从高等小学到大学“专设一门”的“中国文章”，即为癸卯学制高等小学堂以上“中国文学”课程的滥觞。本国语文课程必须通贯全部学程，自属“东西洋之通例”；引韩愈“文以载道”说，却并不一定拘泥于桐城古文的思路。④ 清末古文家引以为国粹的文学，在张之洞和许多趋新教育家的观念中，都只是“载道”的途径。不过这条途径所通向的目的地却可能大不相同，反过来也影响到各自关于“文学”教育的想象和规划。张之洞心目中“中国文章”的最大目标，是中国独有的“经史”，亦即中国独有之“道”。马建忠辈以西洋“数度、格致、法

---

① 日本育成会．欧美教育观：第七章·教授［J］教育世界，1902（35）.

② 张之洞，张百熙，荣庆．奏定学务纲要（1904年1月13日）［M］//璩鑫圭，唐良炎，编．中国近代教育史资料汇编：学制演变．上海：上海教育出版社，2007：505，500.

③ 张之洞．致京张冶秋尚书（光绪二十八年正月三十日）［M］//苑书义，等主编．张之洞全集：第11册．石家庄：河北人民出版社，1998：8745.

④ 参见：Elisabeth Kaske. The Politics of Language in Chinese Education，1895—1919. Leidon & Boston：Brill，2008：253－265. 张之洞早年曾受学于古文家朱琦，与桐城古文确有渊源。见：张之洞．抱冰堂弟子记．［M］//苑书义，等主编．张之洞全集：第12册．石家庄：河北人民出版社，1998：10631.

律、性理诸学”为终点的“文以致道”，虽也是题中之义，却非最重要的宗旨。①提升“中国文章”的地位，正是对西学威胁下中学危机的回应，要在“今日尤切”四字。其目的并不寄于古文辞本身，而是因为“经史文辞古雅”，不讲文章则“经史不废而自废”，继而导致古今时间共同体（古文—经史—道）的断绝。在张之洞看来，其危险程度不亚于时论所重视的空间共同体（国语—近代国家）的分裂。

光绪二十九年（1903）冬张之洞主导《学务纲要》，强调“学堂不得废弃中国文辞”，实即近两年前与张百熙论“中国文章不可不讲”的延续。《学务纲要》掇拾“文化”“国粹”等新概念，调门高了很多，如“中国各种文体，历代相承，实为五大洲文化之精华”“外国学堂最重保存国粹，此即保存国粹之一大端”云云。但若细按其以文辞为“国粹”的理据，则是“必能为中国各体文辞，然后能通解经史古书，传述圣贤精理。文学既废，则经籍无人能读矣”，则“文学”的价值仍须依附于经史才能实现。② 癸卯学制中文学教育的附庸地位，亦体现在其与壬寅学制语文读写类课程占总学时比例的对照。壬寅学制基本符合同时期日本学校国语科学时从高学级到低学级不断增加的趋势：蒙学堂占比最高，“字课”“习字”二科共占总学时的33.3%，是各科中课时最多的科目；寻常小学堂次之，占16.7%。而在癸卯学制相当于壬寅学制蒙学堂和寻常小学堂的初等小学堂中，“中国文字”课仅占总学时13.3%，同学程“读经讲经”课程占比却高达40%。高等小学堂“中国文学”加入“官话”内容，学时比提高到22.2%，为各学程最高，却仍不如“读经讲经”的33.3%。国文课时始终少于读经课时，是癸卯学制最为时人诟病的缺陷之一，却也正是张之洞等“儒臣”的私衷所寄。除了小学阶段“供谋生应世之需”“备应世达意之用”的基础文字课程外，“中国文学”科的一大功能便是辅助读经讲史。

“若不讲文章，经史不废而自废”“文学既废，则经籍无人能读”等语，不难让人联想到《劝学篇·守约》中“若废小学不讲……吾恐终有经籍道熄之一日”的判断。“小学”和“文章”“文学”可以替换。由此推论，在张之洞壬寅以前的知识结构中，与癸卯学制“中国文学”课程功能更为对应的部分，并非

---

① 马建忠．马氏文通后序［M］//马氏文通．铅印本．上海：商务印书馆，1898（光绪二十四年）．按，马建忠《后序》云：“余观泰西童子入学，循序而进，未及志学之年，而观书为文，无不明习。而后视其性之所近，肆力于数度、格致、法律、性理诸学，而专精焉。……文者，所以循是而至于所止，而非所止也，故君子学以致其道。”

② 张之洞，张百熙，荣庆．奏定学务纲要（1904年1月13日）［M］//璩鑫圭，唐良炎，编．中国近代教育史资料汇编：学制演变．上海：上海教育出版社，2007：499－500.

“词章”，而是“小学”。《奏定大学堂章程》中罗列“研究文学之要义”，首先是古今字体、音韵、训诂三者的变迁，相当于《劝学篇·守约》“小学”条下“解六书之区分、通古今韵之隔阂、识古篆籀之原委……”等内容。① 接下来一条，则是：“古以治化为文，今以词章为文，关乎世运之升降。”② 可知在学制主导者观念中，“词章为文”决不是值得追求的理想。从戊戌到癸卯，张之洞关于“词章”的偏见并没有根本上的改变，发生变化的，只是新学制将原本属于不同知识分类的小学、词章等内容都包纳到“中国文辞”的范围内，且为之“专设一门”。小学内容的加入，提升了文学教育在整个知识体系中的地位。“中国文字”“中国文理”“中国文学”有序递进，正可看作乾嘉诸儒所揭橥“由字以通其词，由词以通其道”这一治学正途的翻版。③

在《学务纲要》中，除了指向经史的“文以载道”以外，针对“袭用外国无谓名词”的猖獗现状，学制主导者还从厘正文体的角度提出了“文以载政”的命题：“古人云‘文以载道’，今日时势，更兼有文以载政之用，故外国论治论学，率以言语文字所行之远近，验权力教化所行之广狭。”④ 此说类似于今人俗称的“软实力”，其背景则是在梁启超等报章新文体引导下，来自日本的“新名词”大量涌入，构成对传统政教及其文章载体的威胁。而在“道”之外，把“政”作“中国文辞”学习的另一目标，亦呼应了《劝学篇·守约》以降对“词章”政治实用性的重视。在强调记事、说理文字的通用性这一点上，癸卯学制与民间教科书流行的“普通文”理念有相通之处。唯在张之洞等观念中，相对于“化学家、制造家及一切专门之学，考有新物新法，因创为新字”的情况，一般“通用文字”理应剔除不必要的外来词汇文法。⑤ 故在中学堂“作文”教程中，

① 张之洞．劝学篇［M］//苑书义，等．主编．张之洞全集第12册．石家庄：河北人民出版社，1998：9731.

② 张之洞，张百熙，荣庆．奏定大学堂章程（附属儒院章程）（1904年1月13日）［M］//璩鑫圭，唐良炎，编．中国近代教育史资料汇编：学制演变．上海：上海教育出版社，2007：36.

③ 戴震：《与是仲明论学书》，汤志钧等编：《戴震集》上编，第183页，上海古籍出版社2009年版。又阮元《西湖诂经精舍记》云：“圣贤之道存于经，经非诂不明。”见《揅经室二集》卷七，邓经元点校：《揅经室集》上册，北京：中华书局，1987：547.

④ 张之洞，张百熙，荣庆．奏定学务纲要（1904年1月13日）［M］//璩鑫圭，唐良炎，编．中国近代教育史资料汇编：学制演变．上海：上海教育出版社，2007：505，500.

⑤ 就此而言，张之洞等并不是在普遍意义上排斥一切“新名词”，而是强调：在科学专门之需以外的“通用名词”不能滥用。《学务纲要》也指出“外国文体界限本自分明”，其所要检点的文类是“官私文牍一切著述”以及“课本日记考试文卷”等，背后有在“普通”和“专门”之间辨体的意识，值得重视。

明示要以“清真雅正”为主：“一忌用僻怪字，二忌用涩口句，三忌发狂妄议论，四忌袭用报馆陈言，五忌以空言敷衍成篇。”① 癸卯学制期待的普通应用文体，仍处在清代科场衡文标准与古文“义法”的延长线上②，其对于新名词和报章文体的拒斥态度，仍有别于《蒙学报》《蒙学读本全书》《最新国文教科书》等民间教科书所主张的“浅近文言”。③

因此，或可将癸卯学制“中国文辞”课程的培养目标破析为三部分：一是初学阶段所学应世谋生所必须的语文技能；二是在此基础上，运用“中国文法字义”知识读写奏议、公牍、书札、记事等“通用文字”的能力；三是读经读史进而维系国族文化认同的途径。第三点作为主张，体现于《学务纲要》和《大学堂章程》，前两点则散见于中小学及各师范、实业学堂课程安排的细节中。这种“复合型”的文学教育，当然不太吻合后设的“文学”观念。正如以往研究反复提到的，癸卯学制有排斥诗歌词赋而独尊古文的倾向。④ 虽然“古今体诗词赋”作为文学之一体被《学务纲要》提及，《读古诗歌法》也在初等小学堂、高等小学堂、中学堂、初级师范学堂四处章程中反复出现，但是，对照教授时刻表就会发现，“读有益风化之古诗歌”是系于“修身科”之下，作为外国“唱歌音乐一门”的代用品被引进的，同时还揉入了明代王守仁、吕坤诸儒“歌诗习礼”的主张。⑤ 作为一种旨在涵养伦理的“诗教”“万不可读律诗”“万不宜作诗”“诵读既多，必然能作”等原则被反复强调。《劝学篇·守约》中对“钩章棘句之文”“诞嵬琐之诗”的紧张并没有得到缓和。

此外，即便在训练应用性读写的阶段，癸卯学制也未直接采用日本国语教育的既有经验。试举中学堂“中国文学”课程为例：应对中学生获得作文能力的需要，章程将“为文之次第”具化为文义、文法、作文三步骤，兼习各体书法，

---

① 张之洞，张百熙，荣庆．奏定中学堂章程［M］//璩鑫圭，唐良炎，编．中国近代教育史资料汇编：学制演变．上海：上海教育出版社，2007：329.

② 关于清代科场衡文“清真雅正”标准与古文义法的关系，参见方孝岳．清初“清真雅正”的标准和方望溪的义法论［M］//中国文学批评．上海：世界书局，1944：38－150.

③ 清末蒙学教科书整体趋向于一种以“浅近文言”为基调，同时涵纳新名词、新知识的“普通国文”；其课文亦多采用新学报章的内容。参见陆胤．普通国文的发生——清末《蒙学报》的文体试验［J］．文学评论，2016（3）.

④ 陈国球．文学史书写形态与文化政治［M］．北京：北京大学出版社，2003：24－25；栗永清．知识生产与学科规训-晚清以来中国文学学科史探微［M］．北京：中国社会科学出版社，2012：69.

⑤ 《读古诗歌法》，并载张之洞、张百熙、荣庆奏：《奏定初等小学堂章程》《奏定高等小学堂章程》《奏定中学堂章程》《奏定初级师范学堂章程》，《中国近代教育史资料汇编·学制演变》，第306、308－309、320、322－323、332、334、413、415页。

第五年加讲“中国历代文章、名家大略”。表面上看，似乎是借鉴了日本中学“国语及汉文”科分为“讲读”“文法及作文”“习字”三类，并在第五年第三学期加课“国文学史”的成规①。但具体内容却有差别，尤以对“文法”的理解分歧最甚：

> 文法备于古人之文，故求文法者，必自讲读始。先使读经、史、子、集中平易雅驯之文，《御选古文渊鉴》最为善本，可量学生之日力择读之（原注：如乡曲无此书，可择较为大雅之本读之），并为讲解其义法。次则近代有关系之文，亦可流览，不必熟读。②

此处的“文法”并非《马氏文通》以下教授字类词性、句法结构等新知的Grammar（如光绪二十九年文明书局《蒙学文法教科书》之类），而是“备于古人之文”，以“平易雅驯”“清真雅正”为标准，以古文“义法”为旨归的作文之法。优级师范学堂的“中国文学”课程除了与中学堂相同的“文义、文法、作文”，更要讲授“教学童作文之次序法则”，在字法、句法、篇法之外，还有“熟读”和“拟古”两门“自然进功之法”。章程于此处特地注明：“文章乃虚灵之物，其佳否半由自悟，不能尽教；唯诵读极熟，兼常令拟古，则自能领悟进益。”③清末引进西洋文法学，本意在为过去依赖记诵模拟的文章学找到一种可以在课堂上教授的法则。早在戊戌以前，叶瀚就曾批评：“中国诗歌赋颂，及唐宋古文家，均属词章家。凡词章须规橅格调字句，词多而例少，故规橅之文，其所用虚字、活字，多是仿用留存的，以致古文词例之学，日即销亡。”④ 癸卯学制的“文法”竟以叶瀚等新派教育家深恶痛绝的“熟读”“拟古”为法门，“文章乃虚灵之物”的判断，几乎消解了引进新式文法的必要性。

余　论

光绪三十三年（1907）正月，学部颁行《奏定女学堂章程》，正式将本国语文课程定名为“国文”，国文课时占总学时比例亦大幅提高：初等小学堂达

① 佚名．中学校教授要目（明治三十五年文部省训令）［M］//南洋公学译书馆，新译．日本法规大全：第8册．北京：商务印书馆200：468.

② 张之洞，张百熙，荣庆．奏定中学堂章程（1904年1月13日）［M］//璩鑫圭，唐良炎，编．中国近代教育史资料汇编：学制演变．上海：上海教育出版社，2007：329.

③ 张之洞，张百熙，荣庆．奏定初级师范学堂章程（1904年1月13日）［M］//璩鑫圭，唐良炎，编．中国近代教育史资料汇编：学制演变．上海：上海教育出版社，2007：408.

④ 叶瀚．中文释例·开端小引［N］蒙学报．1897-12-04（光绪二十三年十一月十一日），(1).

50%，高等小学堂为30%，女子师范学堂占11.8%；国文科宗旨亦与日本学校国语科类似，强调读写“普通文”的能力。[①] 两年后（1909），江苏教育总会发起变通学制，学部奏请增加小学堂国文时刻，删去历史、地理、格致三科，将相关知识并入文学读本内讲授。[②] 凡此均可视作对癸卯学制的反弹。至民国肇造，废止读经，中小学校国文科学时大增。壬子学制规定小学校“国文”要旨“在使儿童学习普通语言文字，养成发表思想之能力，兼以启发其智德”，中学校在此基础上增加“略解高深文字，涵养文学之兴趣”两项：“首授以近世文，渐及于近古文，并文字源流，文法要略，及文学史之大概。”[③] 二者分别挪用了明治三十三年日本《小学校令实施细则》的“国语科要旨”和明治三十四年《中学校令实施规则》中的“国语及汉文科要旨”。[④]

民国初年“国文科”回到日本“国语科”典范的过程，亦即返回了梁启超等在戊戌前后介绍日本学制的原点。从《劝学篇》到癸卯学制的制度设计，似乎都成了徒劳。不过，如果能够换一种视角看待“制度”，不仅仅从可行性、有效性、普遍性评判一种制度的优劣，而是充分注意制度筹划者在其中所寄寓的理想，那么癸卯学制的“中国文辞”课程或许不合于一时之需，却有可能作为一种思想“潜势力”，成为百世以降的精神资源。“不讲文章，经史不废而自废”，国语运动和文学革命百年以后，文辞的古今断绝已然影响到文化传承，当年张之洞的隐忧正日益成为现实。清末文学教育制度化过程中所呈现的，构建国族时空同一性的文化理想，虽然在当时未必能达致有效的教育实践，却值得当下的回望和反思。

（原载《文学评论》2017年第5期）

---

① 学部. 奏定女学堂章程折（1907年3月8日）[M]//璩鑫圭，唐良炎，编. 中国近代教育史资料汇编：学制演变. 上海：上海教育出版社，2007：586，588，593，596－600.

② 学部. 奏请变通初等小学堂章程折（1909年5月15日）（1904年1月13日）[M]//璩鑫圭，唐良炎，编. 中国近代教育史资料汇编：学制演变. 上海：上海教育出版社，2007：551－555.

③ 中华民国教育部. 小学校教则及课程表（1912年12月）[M]//璩鑫圭，唐良炎，编. 中国近代教育史资料汇编·学制演变. 上海：上海教育出版社，2007：702；教育部. 中学校令实施规则（1912年12月2日）[M]//璩鑫圭，唐良炎，编. 中国近代教育史资料汇编·学制演变. 上海：上海教育出版社，2007：680.

④ 小学校令实施细则[M]//南洋公学译书馆. 新译日本法规大全：第8册. 北京：商务印书馆200：586；中学校令实施规则[M]//南洋公学译书馆. 新译日本法规大全：第8册. 北京：商务印书馆200：448－449.